W0210885

Carla Montero, née à Madrid en 1973, est titulaire d'une licence de droit et d'un diplôme en gestion d'entreprise. Son premier livre, *Una Dama en Juego (Une dame en jeu)*, a reçu en 2009 le Premio Círculo de Lectores (prix du Cercle des Lecteurs), et s'est déjà vendu à plus de 40 000 exemplaires. *La Table d'émeraude* est son deuxième roman, le premier traduit en français.

Carla Montero

LA TABLE D'ÉMERAUDE

ROMAN

Traduit de l'espagnol
par Marianne Millon

Éditions Prisma

TEXTE INTÉGRAL

TITRE ORIGINAL
La Tabla esmeralda
ÉDITEUR ORIGINAL
Random House Mondadori S.A., 2012
© Carla Montero, 2012

ISBN 978-2-7578-5678-9
(ISBN 978-2-8104-0394-3, 1re publication)

© Éditions Prisma, 2013, pour la traduction française

Le Code de la propriété intellectuelle interdit les copies ou reproductions destinées à une utilisation collective. Toute représentation ou reproduction intégrale ou partielle faite par quelque procédé que ce soit, sans le consentement de l'auteur ou de ses ayants cause, est illicite et constitue une contrefaçon sanctionnée par les articles L. 335-2 et suivants du Code de la propriété intellectuelle.

À mes enfants, Gala, Martina, Luis et Nicolás.
Petits voleurs de temps, j'ai achevé
cette histoire malgré vous.
Je vous aime.

En dépit de tout, je continue à penser que les gens sont fondamentalement bons.

Anne Frank

Prologue

Florence,
9 avril 1492

« Laurent de Médicis est mort. »

Cette pensée venait grossir le torrent de toutes celles qui déferlaient dans la tête de Giorgio. Parfois, elles passaient, rapides et légères comme les nuages dans le ciel ; d'autres fois, elles se bousculaient comme les mendiants à la porte d'une église. Mais une chose était sûre, elles tournaient toutes autour des mêmes mots : « Laurent de Médicis est mort. » Son cadavre était encore chaud. Sa veuve, ses enfants et ses amis le pleuraient. Florence tout entière était sous le choc.

Ce n'était toutefois pas Laurent de Médicis, sa famille ou Florence, qui angoissaient Giorgio, mais sa propre personne et sa destinée. Il était resté enfermé toute la nuit et toute la journée dans son atelier, d'abord paralysé par l'annonce de la nouvelle, puis il avait réfléchi à sa situation.

Ce ne fut qu'au moment où le soleil se cachait derrière les collines de la campagne toscane qu'il décida qu'il valait mieux revenir à Venise, où tout avait commencé. Et il se persuada qu'il devait agir le plus vite possible, en profitant des ombres de la nuit qui approchait. Avec la précipitation inhérente à l'improvisation, il rassembla ses affaires, en particulier son matériel de peinture, car il ne possédait guère d'autres effets personnels à empaqueter, et ses outils de travail – pinceaux, palettes, toiles, châssis et des dizaines de composés qu'il utilisait pour fabriquer les huiles – constituaient ses biens les plus précieux.

Quand la nuit tomba, l'atelier était pratiquement vide. Sous la fenêtre, à l'emplacement qui jouissait le mieux de la lumière naturelle, il ne restait qu'un tableau recouvert d'un tissu sur un chevalet.

Giorgio s'en approcha en se demandant encore comment il allait le transporter. Il le découvrit lentement et le contempla de nouveau, bien qu'il sût parfaitement ce qu'il allait voir ; il pouvait même discerner ce qui serait passé inaperçu à d'autres yeux : le résultat final de l'œuvre telle qu'il l'avait imaginée. Cette toile, une simple esquisse qui ne comportait que quelques coups de pinceau de couleur, était l'objet de son inquiétude.

Il se surprit à la fixer… Les images du passé semblaient s'y projeter. C'était peut-être l'anxiété qui lui faisait voir des choses étranges. Peut-être juste les souvenirs d'un jeune et insignifiant peintre vénitien qui s'était laissé entraîner dans une sombre histoire.

« Tu as devant toi un avenir plein de promesses et de satisfactions, Giorgio. Je gage que tu sauras mettre à profit tes dons et ta chance, en te montrant en toute occasion fidèle à l'honneur et à la vertu. Que Dieu soit toujours avec toi, mon fils », lui avait dit son père avant son départ, en lui glissant dans la main une aumônière qui contenait quelques pièces de monnaie et une lettre de recommandation pour sa logeuse vénitienne. Il y avait déjà un lustre… Giorgio se rappelait qu'il était nerveux, il venait d'avoir dix ans et n'était qu'un enfant de Castelfranco, le petit village situé aux environs de Venise où Dieu avait jugé bon de le déposer en ce monde, non sans l'avoir béni en le gratifiant d'un talent particulier. Depuis sa petite enfance, Giorgio dessinait merveilleusement. Son père l'avait remarqué le jour où le garçonnet avait distraitement retiré du feu un bout de bois noirci et s'était mis à griffonner sur les dalles : l'aisance, le trait, le mouvement… Ce coquin avait un don. Aussi avait-il tout mis en œuvre pour faire entrer son fils comme apprenti dans l'atelier de maître Bellini, à Venise.

Là, le jeune garçon avait dû nettoyer bon nombre de pinceaux et balayer souvent les sols, faire briller les mortiers et tendre les toiles sur les châssis. Il avait même appris à mélanger les épices de ce *rosoli*[1] que le maître buvait tous les après-midi avant de mélanger les pigments des peintures à l'huile. Mais parmi toutes ces tâches ingrates, Giorgio observait les yeux grands ouverts tout ce qui se passait autour de lui : le maître qui fabriquait l'apprêt de la toile avec de la colle de parchemin en peau d'agneau et le *gesso*[2] obtenu, qui récupérait les cendres d'os calcinés, râpait l'oxyde d'un morceau de cuivre, pulvérisait la malachite ou le lapis-lazuli… L'apprenti observait la quantité d'huile de lin qu'il employait dans les mélanges et la façon dont il la diluait dans la térébenthine. Il contemplait, extasié, le maître qui trempait le bout du pinceau en poils de martre ou de porc dans la pâte huileuse et le faisait glisser sur la toile comme de douces caresses. Il l'écoutait, ébloui, parler de la lumière et des formes, des proportions et de la couleur… Il apprenait ainsi sans le vouloir, respirant les enseignements du maître avec l'odeur de la peinture.

1. Liqueur dans laquelle on fait macérer de la cannelle et de la coriandre. [Toutes les notes sont de la traductrice. Les termes en italique sont en français ou en allemand dans la version originale.]

2. Enduit destiné à rendre la toile plus lisse.

Giorgio avait également trouvé une école en dehors de l'atelier de Bellini. Dans cette ville fourmillant de gens et de culture, de nobles et de marchands qu'était Venise, il approcha un monde à découvrir et à saisir avec ses pinceaux. À la recherche de l'inspiration pour ses tableaux, il aimait se promener dans Venise, visiter les palais, les églises et les monastères, parcourir les ruelles étroites qui sentaient l'eau croupie et le poisson et laisser son regard se perdre dans la lagune, sur les eaux où chatoie le crépuscule et où la mer berce les barques pendant que leurs contours s'évanouissent avant de devenir des ombres.

Souvent, il s'échappait vers l'île de Murano et le monastère de San Michele, car la lumière y offrait un spectre très particulier : selon l'époque de l'année, elle rendait les couleurs vives ou les supprimait presque à force de les éteindre ; parfois, elle se fondait avec la brume de la lagune et semblait couvrir les silhouettes de cendre, ou bien, les jours où le ciel était clair et dégagé, découper les figures avec la précision d'une lame tranchante. Giorgio aurait adoré pouvoir faire de même avec ses pinceaux : capter la lumière qui s'infiltrait par les arcades du cloître et créait des ambiances différentes dans un même lieu, ou appliquer la brume sur les couleurs afin de les nuancer, être capable de dessiner avec la main de la nature. Le jeune homme pensait que s'il saisissait du regard tous ces détails, il y parviendrait tôt ou tard. Aussi passait-il des heures à tenter de capturer l'essence de ce qui l'entourait pour l'exprimer dans ses tableaux.

Un soir d'été où la ville semblait bouillir dans l'eau des canaux, Giorgio s'était assis à l'ombre du cloître de San Michele et, protégé par la fraîcheur des orangers du jardin, il contemplait, comme d'habitude, les jeux de lumière. Absorbé comme il l'était, il n'avait pratiquement pas entendu le pas traînant et las d'un homme âgé qui se dirigeait vers lui.

– Quel intérêt renferme ce monastère pour un jeune homme comme toi, qui passe tant d'heures entre ses murs ?

Quelques jours plus tôt, Giorgio s'était aperçu de la présence du moine grâce à son odeur caractéristique. Il sut que le religieux s'était assis à côté de lui quand cette pestilence indéfinissable, mélange d'effluves de soupe à l'oignon qui semblait constituer la seule nourriture de ces moines édentés, de robe de bure imprégnée de transpiration et de souffre, vint lui chatouiller l'odorat.

En dépit de cette première rencontre rebutante, fra Ambrosius devint l'un des meilleurs amis du jeune Giorgio, et plus tard un guide, un conseiller et un maître. Guide spirituel, conseiller pour les affaires matérielles, et maître indiscutable, car fra Ambrosius était l'un des hommes les plus instruits qu'il eût connus. Le moine lui transmit les savoirs classiques : l'héritage des Pères grecs et latins. Il le guida à travers la philosophie de Socrate, Platon et Aristote, de Sénèque et Épictète, de saint Augustin et saint Justin, de Maïmonide et d'Averroès. Le cosmos, l'homme et la nature le bouleversèrent. Et le religieux l'initia aussi aux sciences occultes que thésaurisaient les magiciens et les alchimistes depuis des centaines d'années. Car fra Ambrosius étudiait et pratiquait en secret l'alchimie, le savoir qui rassemble toutes les connaissances auxquelles l'homme a accédé de lui-même ou par révélation divine. Fra Ambrosius avait fréquenté à travers l'Europe une infinité de monastères, où il avait reçu le legs de grands alchimistes tels que Nicolas Flamel et Roger Bacon. Mais ce n'était pas tout : il avait également été le disciple de Basile Valentin, le célèbre alchimiste bénédictin du monastère d'Erfurt. Rappelons que, bien que l'alchimie fût prohibée par les hommes d'Église, elle était toujours pratiquée dans les monastères.

Et puis le moine avait une telle science des composés et des matières de la nature que Giorgio avait trouvé en lui une fontaine inépuisable de connaissances afin de fabriquer ses peintures, pour lesquelles il employait des formules nouvelles, plus variées et durables que celles communément utilisées jusqu'alors.

De la sorte, Giorgio avait pris goût à ses escapades sur l'île de Murano et aux longs moments passés en compagnie du vieux moine, à égrener ensemble les mystères de l'humanité dans la bibliothèque du monastère ou dans sa cellule. Et pendant que fra Ambrosius tachait sa robe de bure claire avec des formules et des breuvages, Giorgio le contemplait simplement avec l'attention d'un élève appliqué ou, à l'occasion, jouait pour lui du luth, instrument qu'il maîtrisait honorablement.

Un jour où maître Bellini lui avait donné la permission de quitter l'atelier plus tôt, Giorgio traversa la lagune en direction de San Michele. Dès qu'il entra dans le cloître, fra Ambrosius l'aborda.

– Zorzi ! s'exclama-t-il, l'appelant par le surnom que seuls ses proches connaissaient.

Le visage du moine reflétait autant la hâte que les paroles qu'il lui adressa sans tarder :

– J'attendais ton arrivée avec impatience, jeune Zorzi. J'ai quelque chose de très intéressant à te montrer. Dépêche-toi, mon garçon, allons dans ma cellule.

Petite, sombre et froide, la pièce sentait aussi mauvais que le moine. Nue, à l'exception d'un grabat et d'un crucifix, elle aurait été semblable aux autres si la table n'avait été couverte de flacons, de mortiers et d'alambics que le moine était parvenu à entasser dans un coin. Il y avait même un four, quoique rudimentaire, un athanor selon les canons de l'alchimie, et un récipient spécifique en verre permettant d'effectuer les mélanges, que le vieil homme appelait « œuf philosophal ».

Il tourna la clé dans la serrure avec un empressement et une agitation que trahissaient sa maladresse et les paroles incohérentes qu'il ne cessait de murmurer de sa bouche édentée. Il devait probablement marmonner une prière, comme si l'invocation de Dieu Notre Seigneur avait contribué à l'apaiser.

– Approche-toi ! Approche-toi ! pressa-t-il le jeune homme, soulevant avec difficulté le matelas en paille de son grabat.

La lumière qui pénétrait par la petite fenêtre, à peine une fente dans l'épais mur du monastère, était faible. Giorgio décida donc d'allumer une bougie avant de répondre à la demande impatiente du vieil homme.

– Par la Sainte Croix de Notre Seigneur Jésus-Christ, mon garçon ! Laisse la lumière pour plus tard et aide-moi, ces sarments que j'ai pour doigts ont du mal à le saisir.

Giorgio s'exécuta sans difficulté et le vieil homme passa la main afin de fouiller dans le trou.

– Le voilà ! Je ne pensais pas l'avoir poussé aussi loin, mon Dieu. Attrape ce rouleau, Zorzi.

Fra Ambrosius se retira pour laisser faire son élève, tout en l'observant sans cesser de se tordre les mains sous les manches larges de l'habit.

– C'est ça, c'est ça ! Pose-le ici, sur la table, lui indiqua-t-il en dégageant la planche, rassemblant tous ses ustensiles dans un grand fracas de verre. Voyons… C'était par là. On le remarque à peine à l'intérieur, comme si, au fil des années, le parchemin l'avait avalé et ainsi tenu à l'abri des regards curieux.

– Quel est ce parchemin, *frater* ?

– Ah, l'important n'est pas le parchemin. Il s'agit d'une chronique des guerres des Diadoques[1]. Assez

1. Conflits qui interviennent pour le partage de l'empire entre les successeurs d'Alexandre le Grand (les diadoques) à sa mort en 323 av. J.-C.

médiocre, certes. Mais la copie est bonne : calligraphie de qualité et très belles illustrations. Je suppose que cela lui a donné de la valeur quand il a été mis en gage…

Giorgio se tut, bien qu'il ne comprît guère les intentions de fra Ambrosius ni la raison de son excitation. Le jeune homme savait que s'il se montrait patient, il recevrait tôt ou tard des explications ; le religieux faisait partie de ces gens qui parlent beaucoup lorsque les autres se taisent et qui se taisent quand les autres parlent.

– Il ne doit être à la bibliothèque que depuis quelques mois, car je ne l'avais jamais vu auparavant, et je sais parfaitement ce qu'elle contient, pas comme d'autres. Le frère bibliothécaire dit qu'il est arrivé avec un lot de manuscrits donnés par un prêteur sur gages. Les usuriers le font parfois : quand ils sentent venir l'heure de rendre des comptes, ils veulent se racheter et se mettre en règle avec le Juste parmi les justes. Je me risquerais à assurer qu'il vient de Constantinople. Peut-être du saccage des armées de Dieu dans la croisade contre les infidèles vers l'an 1204, ou peut-être plus récent, quand frère Aurispa a fait débarquer ici, à Venise, une immense collection de manuscrits grecs d'Orient et a dû mettre en gage une bonne partie d'entre eux afin d'en régler le transport…

Tout en parlant, fra Ambrosius déroulait avec le plus grand soin le parchemin et la peau tannée craquait craintivement comme si elle allait se déchirer, incapable de supporter le poids des ans.

– Le voilà, mon jeune ami ! s'exclama-t-il, soulevant triomphalement un petit objet que Giorgio ne parvint pas à distinguer avant de l'avoir en mains.

Il s'agissait d'un cylindre d'environ cinq centimètres de long et deux de diamètre, élaboré dans une pierre translucide de couleur rouge-orangé. Le jeune homme en déduisit que cela devait être de la cornaline. Mais le plus remarquable consistait en ce qu'il était gravé de haut en bas.

– Un cylindre de cornaline, confirma fra Ambrosius. Le texte ressemble à du grec ancien, la *koinè*. Dieu seul sait depuis combien de temps il est dans ce parchemin.

En constatant que son apprenti silencieux fixait le cylindre sans faire aucun commentaire, fra Ambrosius le lui arracha des mains avec impatience et le déposa sur la table sous la lumière de la bougie.

– La cornaline est une pierre magique, elle chasse la faiblesse et donne du courage. Elle possède de grandes vertus curatives : elle est bonne pour la circulation, les gencives et autres tissus mous du corps. Pour les Égyptiens, elle avait une grande valeur symbolique. C'est la pierre de la Vierge. La pierre d'Hermès…

Le moine s'aida de la voix pour ajouter du mystère à ses paroles. Le « s » d'Hermès devint un sifflet qui prolongeait quelque chose d'important.

– Hermès ?

– Mon garçon, sur ma foi, Dieu ne t'a pas versé beaucoup de sang dans les veines ! Oui, Hermès ! Hermès Trismégiste ! Le trois fois grand ! Le sage le plus sage de tous les temps ! Le père de l'alchimie et de l'hermétique !

– Je le sais, *frater*. Tu m'as tout appris sur Hermès Trismégiste. Mais je ne comprends pas quel peut être le rapport entre le grand sage et cette pierre.

Le visage ridé du moine se plissa encore, jusqu'à ce que ses petits yeux disparaissent entre les plis de la chair.

– Moi non plus je ne le sais pas très bien, mon fils. Mais je suis convaincu qu'il existe un rapport… admit-il à la surprise de Giorgio.

– Que dit le texte ?

– Je reconnais que je n'ai pas su l'interpréter. Il est très abîmé et mes vieux yeux ne voient pas très bien. Les quelques phrases que j'ai pu traduire n'ont pas de sens. Comme si elles n'étaient pas reliées entre elles. Pourtant, un nom apparaît… Un nom très important !

Magno Makedonio. Le grand macédonien. Alexandre le Grand en personne ! Ce sont des indices, des pistes qui me font subodorer une grande découverte ! s'exclama le religieux avec une grande excitation qui s'évanouit à l'instant. Ou peut-être pas… Ce n'était peut-être qu'un cylindre quelconque. Dans les temps anciens, on les fabriquait par milliers ; en Mésopotamie, c'étaient des objets assez communs qui servaient de sceaux ou d'amulettes ; puis en Perse, en Assyrie, en Égypte… Le monde est plein de cylindres, pourquoi celui-ci devrait-il être celui d'Alexandre ?

Fra Ambrosius murmura des textes connus et des divagations au rythme lent de ses pas avant de se laisser tomber sur sa paillasse, dans un crissement de paille et un nuage de poussière. La vitalité du moine se manifestait par rafales, brève concession de la vieillesse. Et elle repartait tout comme elle était venue, le laissant épuisé.

La cellule fut plongée dans le silence, un silence saisissant que Giorgio ne percevait que dans les lieux sacrés. Le cylindre dans la paume de la main, il lui venait des centaines de questions qu'il ne parvenait pas à formuler.

– Je suis un vieil homme inutile, un esprit vivant emprisonné dans un sac d'os moribond. J'ai déjà eu besoin de tes yeux et de tes oreilles, de tes mains fermes et de tes bras forts, jeune Zorzi. Maintenant plus que jamais, j'ai à nouveau besoin que tu sois le substitut de mon corps invalide.

Giorgio écoutait fra Ambrosius sans bien comprendre la portée de ses paroles.

– Tu dois apporter ce cylindre à Florence, à l'académie néoplatonicienne. Là, tu t'entretiendras avec le père Ficin, Marsile Ficin, un vieil ami. Lui seul peut nous aider à découvrir les secrets que renferme cet objet, si tel est le cas.

– Mais de quels secrets parles-tu, *frater* ?

Le moine agita la main avec dédain. Giorgio pensa que cet homme avait vraiment l'air privé de raison, un pauvre vieux fou.

– Bah ! Suppositions, suppositions… Ce ne sont que des suppositions !

Fra Ambrosius se tourna vers lui ; de sa bouche édentée et fripée comme une poire mûre s'échappèrent des relents pestilentiels d'oignon.

– Je ne te le dirai pas, Zorzi !…. Ce sont de sombres secrets, peut-être de mauvais augure… Le monde est pourri par le péché, ajouta le moine en se signant. Oui… qu'un secret de cette sorte voie la lumière ne peut qu'être un mauvais présage. Fais ce que je te dis et n'essaie pas d'en savoir plus. Ne te charge pas d'un poids que tes épaules ne pourraient supporter…

Suivant les recommandations du vieux moine alchimiste, Giorgio Da Castelfranco était parti un matin de printemps à Florence, muni d'un cylindre de cornaline et d'une lettre destinée au *pater* Marsile Ficin. Fra Ambrosius lui avait raconté que Marsile Ficin était l'un des plus grands philosophes du moment. Sous la protection des Médicis, à l'époque de Côme l'Ancien, déjà, il avait été l'un des fondateurs de l'Académie néoplatonicienne, où des érudits proches de la cour de l'insigne famille florentine se réunissaient pour parler philosophie et littérature, en particulier celle de Platon. Ficin n'avait pas traduit en vain ses *Dialogues* du grec au latin, et on le considérait comme un défenseur acharné des courants platoniciens. Mais dans son récit, fra Ambrosius avait insisté sur les liens de Ficin avec l'hermétisme. « Côme l'Ancien était un homme très féru de curiosités, lui avait-il expliqué. Il envoyait des agents dans le monde entier à la recherche de manuscrits et autres trésors de l'Antiquité. Il y a quelques années déjà, quand le *pater* Ficin était encore très jeune, un moine avait apporté à Côme des manuscrits grecs provenant de Macédoine, le *Corpus Hermeticum*, la plus importante compilation de textes du savoir classique et la base de l'alchimie moderne. Le patriarche des Médicis avait alors ordonné à Marsile d'interrompre la traduction des textes de Platon et de se concentrer sur le *Corpus*, brûlant de voir le travail achevé avant sa mort, tant il accordait d'importance à la sagesse d'Hermès à la fin de sa vie », lui avait-il confié.

Dès son arrivée à Florence, Giorgio se rendit à la Villa Careggi, siège de l'Académie néoplatonicienne, où il devait s'entretenir avec le *pater* Ficin. Le prêtre l'attendait dans la salle de réception ; il avait lu la lettre de fra Ambrosius et était curieux d'apprendre ce que le vieux bonhomme, aussi savant que cinglé, pouvait avoir en tête.

– Allons faire un tour en devisant, suggéra le *pater*. Ainsi, nous pourrons profiter de ce magnifique cadeau de Dieu qu'est le soleil sur la Villa Careggi.

Giorgio eut l'impression d'avoir traversé les portes du paradis tandis qu'il se promenait dans l'imposante villa : un jardin qui embrassait un palais aux airs de forteresse et de vigie des plaines toscanes. Il lui sembla ne jamais avoir vu la lumière avant cet instant, pas même au cloître de San Michele. Il fut convaincu qu'elle naissait de la Villa Careggi elle-même pour se répandre ensuite sur le reste du monde. En ce matin printanier, la lumière donnait vie aux silhouettes du jardin, faisait briller les couleurs de tout ce qu'elle touchait, conférait des reflets dorés aux ailes des insectes. Elle se décomposait à travers les gouttes d'eau qui éclaboussaient les fontaines, jouait au clair-obscur comme les enfants à cache-cache, allait et venait à flots dans la maison à travers les arcades des *loggias*, se posait avec force sur la terre et avec douceur sur l'herbe, émergeait de tous les angles possibles. Elle était vivante ! Giorgio se sentait écrasé par la beauté du spectacle, incapable de capter toutes les nuances en même temps. Il aurait aimé avoir des yeux de libellule pour embrasser du regard une telle explosion.

De surcroît, l'art avait élu domicile Villa Careggi. Partout où le jeune homme posait son regard, il surgissait dans toute sa splendeur, se manifestait de façon éclatante. Donatello, Léonard de Vinci et Botticelli étaient passés par là, car il y avait toujours un jeune artiste sous la protection de Laurent de Médicis. Où qu'ils se promènent, le jeune homme découvrait un heureux peintre appliquant son pinceau sur une toile à la lumière de la Villa Careggi, et Giorgio lui-même avait les mains qui le démangeaient, comme pour lui demander de sortir sa palette et de commencer à mélanger les couleurs, de saisir les pinceaux et d'attraper tout ce qui l'entourait. Mais ce qui attira puissamment son attention fut une scène qui se déroulait à l'entrée d'un avant-toit : la lutte d'un homme contre la pierre, brandissant le ciseau avec une telle maestria que la roche se rendait sans condition sous ses coups et ses assauts ; davantage que la sculpter, il semblait la dompter, la modeler comme de l'argile. Ficin s'était adressé à ce jeune homme en l'appelant Michel-Ange.

Toutes ces merveilles, toutes ces stimulations qui lui semblèrent une promenade au paradis l'avaient empêché de consacrer toute son attention à la conversation de Marsile Ficin. Et aussi de remarquer l'impatience dans les yeux du prêtre quand il eut entre les mains le cylindre de cornaline, et l'enthousiasme contenu dans l'inflexion de sa voix au moment où il lui avait donné un second rendez-vous avec le prince de Florence en personne, Laurent de Médicis. Il n'avait pas vu ces détails parce qu'il était aveuglé par la lumière de la Villa Careggi.

Giorgio revint le lendemain, aussi émoustillé qu'effrayé à l'idée d'être présenté au grand Laurent de Médicis. Le prince était non seulement un mécène des arts et des sciences, mais également un érudit, un esthète, un amateur de philosophie, de poésie, de musique et de toute manifestation artistique et intellectuelle. Il avait pratiquement été élevé et éduqué à la Villa Careggi, entouré des plus grands savants de l'époque, avec qui il débattait sur un pied d'égalité intellectuelle et pas uniquement en qualité de seigneur.

Dans une salle, à côté du buste de Platon qui présidait toutes les réunions de ses prosélytes, à la lumière des bougies, car il faisait nuit, Giorgio avait reconnu Laurent de Médicis, assis dans un fauteuil en forme de trône, les jambes surélevées pour atténuer les douleurs liées à la goutte. Corpulent, portant jupon et casaque de brocard qui lui donnaient une apparence plus volumineuse encore, il était coiffé du *mazzochio*, un tissu qu'il enroulait autour de sa tête comme un turban et dont l'extrémité retombait sur un côté. Il avait un air imposant, ce fut du moins l'impression de Giorgio du haut de ses seize ans à peine et de sa courte expérience. Le visage dur à l'expression renfrognée reflétait une forte personnalité et une immense détermination. Il se sentait vraiment petit et insignifiant devant Laurent de Médicis, qui lui inspirait même une crainte respectueuse.

Il était flanqué de deux de ses meilleurs amis et collaborateurs : Marsile Ficin et le comte Jean Pic de la Mirandole. Le premier portait la tenue incarnat de clerc, et les rides de son visage indiquaient qu'il était le plus âgé des deux. C'était d'ailleurs la seule caractéristique physique de ce grand savant. En revanche, son disciple, Jean Pic, attira dès le premier instant l'attention du garçon. Le comte de la Mirandole était jeune et séduisant – la beauté était une qualité qui n'échappait pas au regard d'artiste de Giorgio –, peut-être légèrement efféminé, en contradiction avec la réputation d'audace et d'impétuosité qui le précédait. Le jeune homme n'était à Florence que depuis deux jours, et pourtant, il avait entendu parler du comte à plusieurs reprises. Malgré sa jeunesse, Jean Pic avait déjà fait plusieurs séjours en prison. L'un pour avoir enlevé l'épouse d'un cousin des Médicis et déclenché ainsi un scandale qui, pour une histoire de jupons, faillit lui coûter la vie et dont seul Lorenzo put le sauver, et l'autre, pour hérésie, après avoir défié l'Église par des thèses philosophiques suffisamment compromettantes. Le prince dut venir à son aide pour la deuxième fois. Le comte de la Mirandole était cependant l'un des plus grands spécialistes de la pensée classique : spécialiste d'Aristote et de Platon, connaisseur de la kabbale et de l'hermétisme, astrologue…

– Montre-moi ce que tu as apporté de Venise, Giorgio Da Castelfranco.

L'ordre de Laurent de Médicis, formulé de la voix puissante et sur le ton autoritaire des grands hommes d'État, le tira soudain de ses réflexions et provoqua un tremblement de ses jambes qui lui fit honte. Essayant de se contrôler, il s'approcha du prince de Florence et lui tendit le cylindre que contenait sa main moite. L'espace d'un instant, en raison du malaise que cette réunion provoquait en lui, Giorgio maudit l'heure où fra Ambrosius l'avait appâté avec ce voyage.

Le prince observa le cylindre d'un air encore plus crispé que d'habitude, qui ne traduisait pas la contrariété, mais un véritable intérêt. Puis, sans un mot, il passa la main entre les plis de sa chemise et en ressortit un objet qui était accroché à son cou ; Giorgio eut la sensation qu'il ressemblait fort à son cylindre. En donnant un coup sec, il brisa le fin cordon du collier et les plaça tous les deux dans la paume de sa main. Marsile Ficin et Pic de la Mirandole se penchèrent par dessus l'épaule de leur patron pour voir ce qu'il examinait.

– *Madonna mia*… conclut Ficin.

– Où dis-tu avoir trouvé cela, mon jeune ami ? s'enquit le prince.

– Ce n'est pas moi, monseigneur, mais mon mentor, le moine Ambrosius, à la bibliothèque du monastère de San Michele de Murano. Il l'a trouvé à l'intérieur d'un vieux rouleau de parchemin qui faisait partie d'un lot de manuscrits donné au monastère par un prêteur.

– Un vieux rouleau de parchemin ? De quel genre ?

– Une chronique en grec sur la guerre des Diadoques, monseigneur. Fra Ambrosius croit qu'il peut venir de Constantinople.

– En l'état, Laurent, il est presque impossible d'en vérifier la provenance de façon fiable. Ce qui est vraiment inquiétant, c'est leur ressemblance, estima Ficin.

– Approche, Giorgio, et regarde ça, ordonna Laurent en lui montrant les objets dans la paume de sa main.

Le jeune homme en fut émerveillé. Les deux cylindres semblaient calqués l'un sur l'autre. De même taille et confectionnés dans le même matériau, la cornaline. Et même s'il ignorait le grec, il en conclut que les symboles gravés dans la pierre appartenaient à la même langue. Ne sachant que dire sans avoir l'air d'un sot, il préféra donc se taire.

– Ce cylindre, qui est mon amulette, appartenait à Côme, mon grand-père. Il y a quarante ans, un mercenaire venu d'Afrique du Nord la lui a vendue. L'homme racontait qu'il l'avait prise à un bédouin à qui il venait de trancher le cou. Avant de mourir, le bédouin s'était vanté de l'avoir volée à un moine copte pendant un pillage au monastère Saint-Paul sur la mer Rouge, et il assurait que c'était une relique égyptienne de grande valeur, car le moine l'avait protégée jusqu'à la mort. Le message n'a pourtant pas pu être décrypté, rien de ce qui est écrit ne semble voir de sens. En soi, ce cylindre n'est qu'une belle relique, une jolie amulette… Mais il n'est plus unique, maintenant il y en a deux, et la légende prend forme.

– Tu as observé l'inscription dont je t'ai parlé ?

– Effectivement, Marsile, répondit Laurent. *Magno Makedonio.* Alexandre le Grand n'a peut-être pas emporté son secret dans sa tombe…

Les derniers mots de Laurent de Médicis restèrent en suspens au-dessus de leurs têtes, murmurant avant de s'évanouir dans l'air ce qui semblait être pour eux une conclusion et pour Giorgio un mystère.

– As-tu envisagé qu'il pourrait s'agir d'un faux ? demanda le comte de la Mirandole, intervenant pour la première fois.

Laurent s'agita sur son siège et réinstalla ses pieds gonflés. Impossible de préciser ce qui l'avait le plus incommodé, les désagréments liés à la goutte ou les paroles du comte.

– Cela pourrait être le cas des deux. Mais vais-je pour autant les dédaigner, vais-je laisser passer l'occasion de vérifier par moi-même la vérité de ces cylindres et de leur légende ? Ce serait stupide de ma part. Tu m'as souvent entendu dire, mon cher Pic, que la véritable sagesse consistait à attendre et à saisir l'occasion. Ce cylindre attend depuis quarante ans sous la chemise d'un Médicis ; l'occasion se présente aujourd'hui. Même s'il n'existe qu'une infime possibilité que ces cylindres renferment le grand secret, aussi minime soit-elle, je me dois de l'envisager, car, si elle s'avère exacte, nous nous trouverons devant la plus grande découverte de tous les temps. Et si la divine Providence a voulu que ces cylindres soient tous réunis dans la paume d'un Médicis, ce sera également un Médicis qui en dévoilera les mystères. Pour cela, mes amis, j'aimerais pouvoir compter sur votre aide.

– Tu sais bien qu'elle t'est acquise, Laurent, assura Marsile Ficin, ce à quoi Pic de la Mirandole acquiesça, totalement convaincu.

Un léger sourire de complaisance filtra sur les lèvres de Laurent de Médicis. Il était manifestement certain de la loyauté de ses amis.

– Vous allez devoir déchiffrer le message des cylindres. Ensuite, si nous constatons qu'il pourrait s'agir de ceux d'Alexandre le Grand, nous les détruirons.

– Les détruire ? s'enquit le comte de la Mirandole afin de s'assurer d'avoir bien entendu.

– Oui. Maintenant qu'ils sont réunis, le secret n'est plus assuré.

– Mais si nous faisons cela, le message sera perdu à jamais. Quel droit avons-nous d'éliminer un legs qui appartient à l'humanité ? objecta le jeune comte.

– Ne sois pas obstiné, Jean. Tu te laisses une fois de plus dominer par l'impétuosité et l'irréflexion. Je n'ai pas parlé de détruire le message, mais les cylindres. Quant au message, nous devons penser à la façon de le codifier d'une façon aussi sûre, voire plus sûre qu'Alexandre en son temps.

Quand Laurent eut fini de parler, un silence embarrassé se fit, celui qui suit l'énoncé d'un problème dont la solution n'a pas été prévue. Jusqu'à présent, Giorgio avait observé sans comprendre le débat de ces personnages comme un spectateur étranger à la pièce qu'ils jouaient : ils parlaient en langage codé de secrets et de légendes qu'ils semblaient connaître par cœur et qui lui échappaient. Cependant, si ces cylindres avaient affecté l'état d'esprit de Laurent de Médicis lui-même, il était clair qu'il ne s'agissait ni d'une folie ni d'une fantaisie du vieil Ambrosius, et Giorgio mourait de curiosité de connaître le grand secret. De sorte qu'il décida de s'armer de courage pour briser la barrière de discrétion derrière laquelle il s'était retranché et sauter dans l'arène :

– Excusez-moi, monseigneur…

Les trois hommes le fixèrent du regard comme s'ils avaient oublié qu'une autre personne les accompagnait. Giorgio remarqua que ses jambes tremblaient de nouveau.

– Ne t'inquiète pas, Giorgio Da Castelfranco, je ne t'ai pas oublié. Le frère Ambrosius et toi recevrez un prix juste pour le cylindre et pour votre confiance…

– Non, monseigneur, ne vous méprenez pas. Ce n'est pas de ça que j'allais vous parler…

Lorenzo haussa un sourcil pour le regarder.

– Si vous me le permettez, monseigneur, bien que j'ignore la nature et le contenu du secret dont vous parlez, je crois que je sais comment ce message pourrait être dissimulé.

– Parle, mon garçon, l'y invita le prince. Comment ?

Et Giorgio commença son explication, croyant, comme Laurent, que les mots prononcés dans cette salle restaient secrets. Aucun d'eux ne songea que les mots s'échappent parfois par les fentes les plus insoupçonnées. Et qu'ils s'envolent.

Cette rencontre remontait presque à l'année précédente. Une année pendant laquelle Giorgio s'était installé à la Villa Careggi et avait travaillé avec Marsile Ficin et Pic de la Mirandole à la traduction du message des cylindres et à sa recodification.

Les souvenirs du jeune homme cessèrent de défiler et le tableau inachevé se matérialisa à nouveau devant ses yeux. Il le descendit du chevalet, libéra la toile du châssis, la roula soigneusement et la plaça dans un étui en cuir afin de la protéger pendant le voyage. Il ressentit alors, pour la première fois, la tristesse de quitter ce lieu. Mais il eut tôt fait de décider qu'il était plus raisonnable de regagner Venise. Il ne donnerait son adresse qu'au *pater* Ficin et au comte Pic, et quand son travail serait terminé, il viendrait les retrouver.

Le secret des cylindres avait peut-être coûté la vie à Laurent de Médicis… Tous ceux qui en connaissaient le secret comme lui étaient peut-être menacés… « Ne te charge pas d'un poids que tes épaules ne pourraient supporter. » Il aurait dû écouter les sages recommandations de fra Ambrosius ; maintenant, c'était trop tard. Maintenant, il n'avait pas d'autre solution que d'accrocher la toile sur ses faibles épaules et de traîner cette charge sur un chemin d'ombres, de la traîner jusqu'à la fin de ses jours.

*

Forêt de Ketrzyn, Prusse orientale,
23 août 1941

Adolf Hitler ferma la porte derrière son dernier visiteur de l'après-midi, passa la main sur sa mèche, plus par réflexe que pour la lisser, et éteignit le plafonnier. La chambre spartiate et fonctionnelle qui servait aussi de bureau resta doucement éclairée par les lumières indirectes, et le Führer la jugea même accueillante. Il se dirigea vers le siège placé derrière la table et remarqua alors un vrombissement gênant près de son oreille ; d'un geste vif de la main, il écrasa un moustique qui volait près de son visage. Sans ces bestioles répugnantes, Wolfsschanze, la Tanière du Loup, aurait été un endroit presque enchanteur. Mais comme le refuge se cachait derrière un bois épais et sombre, les soirs de chaleur, les moustiques surgissaient en bande et le traquaient sans qu'aucune des mesures de sécurité exceptionnelles et inébranlables qui le protégeaient ne pût lui éviter d'être dévoré. Hitler ne respectait pas les avions de la RAF autant que ces sangsues insatiables.

Le Führer n'était là que depuis quelques semaines, depuis le début de l'invasion de l'Union soviétique, appelée « Opération Barberousse ». Wolfsschanze était extrêmement sûr, par sa situation géographique et ses fortifications ; de plus, il se trouvait tout près de la frontière avec l'Union soviétique, ce qui en faisait le centre de commandement idéal pour diriger cette opération qui mettrait définitivement les communistes sous la botte du Troisième Reich. Une fois les Juifs, les maçons, les bolcheviks exterminés, les gouvernements socialistes de l'Ouest réduits au silence et soumis, Adolf Hitler régirait le destin d'un monde à sa mesure… Et si le rapport qui lui était parvenu le matin de Berlin contenait ce qu'il attendait, peut-être son sort serait-il scellé plus tôt que prévu.

Plus rien ne vrombissant autour de lui, son regard s'arrêta sur le dernier dossier à traiter de la journée, qu'il avait gardé pour la fin, comme un bon verre de cognac couronne un délicieux repas. Il s'installa sur son siège, posa les pieds sur la table, desserra sa cravate et ouvrit la chemise envoyée par les bureaux centraux de l'Einsatztab Reichsleiter Rosenberg de Berlin. Ce n'était pas très long, il n'y avait que trois pages du rapport de l'expert qui avait effectué la recherche et une lettre.

Il décida de commencer par la missive. Les chercheurs de l'Einsatzstab Reichsleiter Rosenberg l'avaient découverte en Crète dans la bibliothèque privée d'une famille juive, cachée entre les pages d'un vieux journal. L'original, écrit en latin, était accompagné d'une copie traduite en allemand. Il s'agissait d'un document historique précieux du XVe siècle qui émanait du comte Jean Pic de la Mirandole, adressé à son maître et ami, le philosophe juif Eliyah Delmédigo, en réponse à un courrier de ce dernier. Hitler commença à lire : « Villa Careggi, 15 novembre 1492. »

Un sourire traversait le visage du Führer à mesure qu'il avançait dans sa lecture, une grimace presque inconsciente, témoignage d'une satisfaction difficile à masquer. Quand il eut terminé, il souleva sans hésitation le combiné du téléphone et demanda une communication avec Berlin : il fallait convoquer le camarade Heinrich Himmler pour organiser une réunion hautement confidentielle dans les plus brefs délais.

La lettre d'un nazi

Pendant que Konrad se concentrait sur l'écran de son iPhone pour répondre à un e-mail, je me penchai sur la table pour admirer avec une véritable délectation l'œuvre d'art qu'on venait d'exposer sous mes yeux : l'emploi des couleurs et la texture, les volumes, les proportions qui régnaient dans tout l'ensemble et la façon dont la lumière se reflétait sur toutes les surfaces dans un jeu apparemment fortuit de mats et de brillants.

Mais surtout l'odeur… Mmm, cet incroyable arôme de chocolat de la meilleure qualité. Une odeur qui activait la partie la plus sensuelle de mon cerveau. Je suis une littéraire et je n'ai aucune idée, même lointaine, du nom exact de cette partie de mon anatomie, je sais juste que la fragrance du chocolat m'excite outre mesure. Fondant au chocolat de Java à soixante-dix pour cent et glace à la cardamome… Rien, absolument rien au monde ne pourrait égaler ce dessert. Rafa, le chef, avait beau s'évertuer à varier à chaque saison la carte d'Aroma, le restaurant gastronomique le plus *in* de Madrid, je demandais toujours le même dessert.

– Tu ne le goûtes pas ?

Je répondis, sans quitter mon assiette du regard :

– Je suis en train. Ne critique pas mon rituel. La jouissance de ce dessert commence par les stimuli visuels et olfactifs. Tu ne peux pas comprendre, conclus-je avec arrogance.

Effectivement, Konrad était victime d'une malédiction. Celle qui consistait à pouvoir se passer de dessert. Il achevait ses repas sur un verre de vin rouge. Il buvait lentement un grand cru pendant que je tachais les commissures de mes lèvres avec du sucré.

– Eh bien, aujourd'hui, tu ferais bien d'écourter ton rituel. J'ai quelque chose à te montrer et je ne voudrais pas que tu le taches avec du chocolat, *meine Süße*.

Süße, mon petit sucre, le surnom que me donnait Konrad, il n'était pas difficile de deviner pourquoi.

Il m'avait prévenue dès le début qu'il s'agissait d'un dîner d'affaires. Nous nous étions appelés très tôt pendant qu'il attendait l'avion qui le conduirait de Munich à Madrid. Et, comme tous les vendredis, nous avions pris rendez-vous pour dîner ; Konrad avait appelé Alberto, le chef de salle de l'Aroma, pour réserver sa table habituelle, dans le coin le plus retiré et le plus intime du restaurant. Rien de spécial, hormis le dîner « d'affaires ». J'avais pensé, bien sûr, qu'il plaisantait, il était allemand et avait un sens de l'humour très particulier.

J'expédiai rapidement le dessert et, alors que j'en savourais encore le souvenir au fond du palais, on apporta le café et le plateau de *petits fours*.

– Que fais-tu, Ana ?

– J'en mets quelques-uns de côté pour Teo. Tu sais qu'il adore les *petits fours* d'ici.

– Mais, *meine Süße*, ce n'est pas la peine de les glisser dans ton sac comme si tu les volais ! Je vais demander à Alberto de te préparer un paquet. Allez, laisse ça. Arrête de manger et essuie-toi bien les mains.

Je m'exécutai, même si le fait que Konrad me traite comme une petite fille m'agaçait parfois. Certes, il avait presque vingt ans de plus que moi, mais cela ne justifiait pas son paternalisme : si j'étais assez adulte pour être sa partenaire, je l'étais aussi pour tout le reste. C'était du moins mon avis.

– Jette un coup d'œil là-dessus, me demanda-t-il en cherchant dans la poche intérieure de sa veste.

Il me tendit une feuille de papier. Je m'aperçus tout de suite qu'elle était ancienne : jaune et abîmée sur les bords, comme si elle avait été pliée et dépliée si souvent qu'elle risquait de se déchirer, comme une carte très usée. J'y jetai un coup d'œil et constatai qu'il s'agissait d'une lettre manuscrite.

– Konrad, mon chéri, elle est en allemand.

– Eh bien, tu lis un peu l'allemand.

– Pas après un cocktail et une demi-bouteille de vin. Je t'en prie, dis-moi de quoi il s'agit, ça ira plus vite.

– Allons, ne sois pas paresseuse. Je vais la lire avec toi.

J'acceptai à contrecœur, entre autres parce que je savais qu'il était inutile et épuisant de discuter avec lui. Je déposai soigneusement la lettre sur la table, à mi-chemin entre nous deux. Sur la nappe d'une blancheur immaculée, elle semblait encore plus vieille et jaunie.

Wewelsburg,
2 décembre 1941

Chère Elsie,

J'espère que lorsque tu recevras cette lettre, la petite Astrid et toi serez en bonne forme.

Je ne pourrai malheureusement pas rentrer à la maison après mon voyage en Italie, comme je te l'avais promis. Les événements se sont précipités ces derniers jours, et les exigences de ma nouvelle mission m'en empêchent. Mais j'espère avoir quelques jours de permission pendant les fêtes de Noël et être près de toi quand notre bébé viendra au monde.

Après mes recherches en Italie sur *L'Astrologue* de Giorgione, le *Reichsführer* Himmler a insisté pour que je rejoigne le plus vite possible ma nouvelle affectation dans les bureaux de l'Einsatzstab Reichsleiter Rosenberg à Paris. Auparavant, je vais devoir me rendre à Berlin pour m'y entretenir avec Hitler, car il désire que je l'informe personnellement de l'avancement de la mission. Une fois encore, j'espère ne pas trahir la confiance que notre Führer a placée en moi.

Demain matin, je recevrai officiellement la charge de *Sturmbannführer* des mains de Himmler. Je serais très heureux que tu assistes à la cérémonie et à la réception qui suivra, mais je comprends que dans ton état, tu ne doives pas voyager. Sois assurée que tu seras à chaque instant dans mes pensées, chère Elsie, comme d'habitude, particulièrement dans les moments les plus importants de ma vie.

Dès que je serai installé à Paris, j'essaierai de t'appeler pour entendre ta douce voix. D'ici là, rappelle-toi que je t'aime et que tu me manques. La petite Astrid aussi. Embrasse-là et serre-là dans tes bras en lui disant qu'elle est ma jolie petite fille. Prends soin de vous deux et veille sur le bébé, j'ai hâte de poser la main sur ton ventre et de sentir ses coups de pied.

Avec tout mon amour.

GEORG

P.-S. : S'il te plaît, prépare-moi une valise avec quelques vêtements et les uniformes que j'ai laissés à la maison. Quelqu'un passera la prendre pour me la faire parvenir.

Bien que la lecture fût terminée, j'observai la lettre pendant un moment. Je me sentais mal à l'aise, comme si j'avais usurpé un instant de l'intimité de deux personnes, comme si je m'étais glissée dans la chambre d'un couple et y avais écouté leurs confidences en cachette.

– Alors ? me demanda Konrad en me ramenant au présent.

– D'où sors-tu ça ?

Konrad eut un sourire espiègle.

– Eh bien, j'ai mes sources. Certaines personnes qui cherchent sur les marchés aux puces, dans les greniers et chez les antiquaires, ou qui renchérissent pour moi dans les enchères d'objets rares. Tu sais que je suis un collectionneur compulsif !

Oui, je le savais. Konrad était un authentique maniaque d'art et d'antiquités, qu'il pouvait de surcroît se permettre le vice extrêmement onéreux de collectionner. Il possédait effectivement l'une des plus belles collections d'art d'Europe, particulièrement en matière de peinture. Sans compter que c'était probablement l'art qui nous avait réunis.

Je reportai le regard sur la missive, la lettre d'un nazi, le papier qu'avaient un jour touché ses mains et les mots écrits à l'encre sur l'injonction de son cerveau de nazi. Cela me faisait froid dans le dos.

– C'est la lettre d'un nazi, fut mon premier verdict, même si je savais que ce n'était pas celui que Konrad attendait.

– Oui.

– Que signifie « *Sturmbannführer* » ?

– « Major ». Ça correspond à commandant dans l'armée espagnole. Commandant SS.

– Eh bien ! Nazi, et en plus, SS. Une vraie perle !

– Je sais ce que tu veux dire, et il est fort probable que ce soit un fanatique, un criminel qui tuait des Juifs. Ils étaient nombreux à l'être et l'idée que nous a transmise l'imagerie moderne est qu'ils l'étaient tous : cinéma, télévision, littérature… on les a diabolisés. Mais les SS étaient une organisation beaucoup plus complexe que tout cela.

– Tu essaies de les justifier ?

– J'aurais du mal à trouver des arguments ! Je veux juste te montrer que le fait qu'il ait été membre des SS n'en fait pas automatiquement un criminel. Par exemple, les Waffen-SS étaient une organisation militaire : une armée, des soldats, avec toutes les qualités et tous les défauts que cela implique. Il y avait des soldats brutaux et des criminels, et d'autres qui se contentèrent de défendre leur pays avec honneur, comme dans n'importe quelle armée. Au procès de Nuremberg, la plupart des officiers des troupes régulières des Waffen-SS ont été lavés de toute charge criminelle grâce au témoignage de ceux qui avaient été leurs ennemis sur le champ de bataille.

Cette défense me rappela qu'après tout, Konrad était allemand et que ses deux grands-pères s'étaient battus pendant la Seconde Guerre mondiale. Sa position était discutable, mais compréhensible.

– Et qui était notre ami Georg ? Un bon, ou un mauvais nazi ? Au vu de cette lettre, il semble éprouver des sentiments humains…

Konrad se cala dans son siège et poussa un profond soupir.

– Oh, allez, Ana ! Quand est-ce que tu vas reconnaître que ce qui a retenu ton attention, c'est l'allusion au tableau de Giorgione ?

– C'est possible.

Cela m'amusait de continuer à le taquiner.

– D'accord. Étant donné que le fondant au chocolat t'est monté à la tête, c'est moi qui vais être sérieux.

Et s'il y avait une chose que Konrad faisait bien, c'était ça. Je commençai donc à penser que cette invitation à dîner n'était pas celle des autres vendredis, mais effectivement un repas d'affaires.

– C'est toi la spécialiste de Giorgione, et tu sais mieux que moi qu'aucun catalogue au monde ne mentionne un tableau de Giorgione intitulé *L'Astrologue*.

Il avait raison de dire que j'étais une spécialiste de Giorgione. Ma thèse de doctorat avait pour titre « Giorgio Da Castelfranco, le peintre obscur de la Renaissance ».

– Oui, mais je sais également que le catalogue de Giorgione est probablement l'un des plus originaux du paysage pictural. Ce qui n'était pas un Giorgione hier parce qu'on le considérait comme un Titien, ou parce qu'il n'émanait tout simplement pas d'un peintre de renom, est parfois aujourd'hui un Giorgione. Tout cela à cause de sa manie de ne signer pratiquement aucune de ses toiles. Il ne pouvait pas imaginer le travail qu'il allait donner aux générations futures.

– Alors on se trouverait devant la découverte éventuelle d'un nouveau Giorgione ! Tu te rends compte de ce que cela signifie pour le monde de l'art ?

Je restai un peu sceptique devant l'enthousiasme de Konrad. L'expérience professionnelle m'avait appris à me méfier de tout document promettant une grande découverte pour l'humanité.

– Peut-être s'agit-il d'un tableau de Giorgione déjà catalogué, auquel notre ami Georg donne un autre nom. Cela arrive souvent : *Les Trois Philosophes* ou *Les Rois Mages*, *Vénus endormie* ou *La Vénus de Dresde*… Les tableaux ne portent presque jamais un titre unique. Et puis, fis-je, soudain assaillie par un souvenir, autant que je m'en souvienne, il existe un tableau intitulé *Le Sablier*, connu également comme *L'Astrologue*, que l'on avait attribué pendant un temps à Giorgione, mais actuellement, la plupart des experts le démentent.

Konrad m'observa pendant quelques secondes. Il semblait méditer sur les raisons pour lesquelles il s'était trompé, et la raison pour laquelle cette lettre, dont il avait pensé qu'elle m'enthousiasmerait, m'avait laissée indifférente.

– Dis-moi que tu te fais l'avocat du diable, conclut-il.

À ma surprise, et bien que Konrad fût l'antithèse de tout ce qui pouvait inspirer la moindre peine, il me sembla mériter de la compassion l'espace d'un bref instant. Il avait l'air vraiment déçu.

– Désolée, mon chéri, m'excusai-je en lui caressant la joue. Le monde de l'art est plein de bluff, de grandes découvertes qui finissent dans le néant. J'en ai assez d'en voir tous les jours.

Il emprisonna alors ma joue dans sa main.

– Quand même… tu ne crois pas que cela vaut la peine d'essayer ?

Je regardai à nouveau la lettre.

– Mais cette information est insuffisante, Konrad. Tout ce qu'on sait de cet homme est qu'il s'appelait Georg. Ce devait être le cas de milliers de nazis !

Comme s'il avait été préparé à mon objection, il contre-attaqua en me montrant une enveloppe et le nom de son expéditeur.

– Il s'appelait Georg von Bergheim, *SS-Sturbannführer* Georg von Bernheim. Tu as quelqu'un avec un nom et un prénom.

Je m'avouai vaincue dans un soupir.

– Réfléchis bien, *meine Süße* : pourquoi Hitler aurait-il éprouvé un tel intérêt pour un tableau précis alors qu'il avait toute une organisation qui spoliait l'Europe de ses plus grandes œuvres d'art ?

Une fille banale

En quatre ans à peine, ma vie avait effectué un virage à cent quatre-vingts degrés. On pouvait dire que, de Cendrillon, j'étais devenue princesse, ou de façon moins poétique, que, d'entrepôt industriel, je m'étais reconvertie en local à la mode. Le responsable de cette transformation n'était autre que Konrad.

Konrad Köller était certainement l'un des hommes les plus riches d'Europe. La presse le présentait comme un entrepreneur allemand, façon très vague de cataloguer quelqu'un dont on ne sait pas très bien ce qu'il fait car il fait pratiquement un peu de tout : télécommunications, transport, construction, tourisme, banque, pharmacie… Une autre presse moins sérieuse le définissait plus par ce qu'il possédait que par ce qu'il était : les voitures qu'il conduisait, sur le passage desquelles les gens se retournaient ; les maisons merveilleuses, dans des lieux où tout le monde voudrait en avoir une ; l'avion privé, le yacht, les collections d'art et, pourquoi pas, les femmes. En plus de cinquante ans d'existence, Konrad avait connu une longue liste de femmes, qui s'arrêtait pour l'instant à moi. Et, à plus de cinquante ans, il démentait la plupart des clichés sur son âge : célibataire, sportif, séduisant et infatigable comme un jeune homme de vingt ans, voire plus que certains jeunes gens de vingt ans que j'avais connus. Il devait remercier des gènes privilégiés, mais aussi son coach personnel et son conseiller en image qui veillaient à lui faire suivre un régime sain, pratiquer des exercices adéquats et porter des tenues impeccables.

Compte tenu des circonstances, être l'amoureuse de Konrad depuis quatre ans était pour moi un mystère et, pour la plupart des gens, c'était un événement quasi paranormal. Car j'étais vraiment une fille banale.

À commencer par mon nom, Ana García. Du moins jusqu'à ce que ma mère, française et avec des rêves plein la tête, décide que ses filles uniraient leurs deux noms en un nom composé, car García-Brest était beaucoup plus chic et plus *charmant*.

Mon allure était elle aussi banale : ni grande ni petite, ni grosse ni maigre, ni jolie ni vilaine. Jusqu'à ce que Konrad entre dans ma vie, je faisais partie de ces femmes qui sortent sans problème sans être maquillées, qui ne se soucient pas de leur coiffure – j'attachais mes cheveux en queue de cheval, sans plus –, qui ne s'intéressent pas particulièrement à la mode – je mettais n'importe quoi sans trop innover pour ne pas avoir l'air déguisée –, et qu'un kilo en trop n'empêche pas de dormir, car on ne peut renoncer aux plaisirs de la chère. Jusqu'à ce que Konrad entre dans ma vie… À compter de ce jour, je ne sortis plus le visage nu, car il trouvait que cela faisait négligé ; j'adoptai une coupe dégradée qui me donnait beaucoup d'allure et des mèches en trois tons qu'un coiffeur choisi par lui retouchait tous les deux mois ; je portai des vêtements de marque achetés dans les boutiques du Triangle d'Or[1] de Madrid, toujours conseillée par son goût exquis, et je surveillai ma ligne pour ne pas avoir à l'entendre dire : « *Meine Süße*, tu as une belle silhouette. Ne va pas l'abîmer pour un chocolat de trop. »

Mon intelligence, ma formation et ma profession étaient ordinaires eux aussi. J'avais suivi des études d'histoire

1. Quartier chic de Salamanca.

de l'art parce que ma famille paternelle avait toujours été liée à ce monde : mon grand-père était peintre et mon père, marchand et galeriste. Ensuite, comme je ne savais trop que faire, j'avais entamé le doctorat. Une fois ma thèse terminée, mon unique certitude était que j'avais surtout un don pour les études, aussi avais-je préparé le concours du Corps facultatif de conservateur des musées d'État. Je l'obtins au bout de quatre ans, et commençai à travailler au Musée national de la céramique et des arts somptuaires Gonzalo Martí de Valence, dans l'attente d'un poste à Madrid. Jusqu'au jour où Konrad était entré dans ma vie… Depuis lors, je travaillais au département de communication du musée du Prado. Je n'étais plus entourée toute la journée de céramique ni d'art somptuaire à surveiller et à conserver, mais de Japonais, d'Américains, de Chinois, ou de personnes de toute autre nationalité auxquelles je devais faire de grands sourires et cirer les chaussures. Je ne portais plus de jeans troués, de grands T-shirts ou de baskets, mais des tailleurs impeccables et des talons vertigineux.

Même ma voiture était banale. Une Renault Clio grenat qui avait appartenu à ma mère et que mon père m'avait offerte à la fin de mes études. Jusqu'au jour où Konrad était entré dans ma vie… et m'avait offert une décapotable, une Mercedes SLK, pour mon anniversaire.

Il avait changé beaucoup de choses en moi. Il m'avait fait briller, comme une vieille cuillère en argent oubliée au fond d'un tiroir. Il avait écrit mon nom sur papier glacé et sur le bout de la langue de nombreuses langues envieuses. Il m'avait convaincue que j'avais quelque chose de spécial que je ne pouvais ni gâcher dans les sous-sols d'un vieux musée ni cacher sous des couches de vêtements amples et usés. Il m'avait donné un coup de pouce vers le côté lumineux de la vie, et il m'y entraînait par la main tout en caressant mes oreilles de centaines de jolis mots. Et je l'aimais comme je n'avais jamais aimé personne, comme une œuvre admirée de tous devrait adorer son artiste, celui qui lui a donné forme par de douces caresses et même, parfois, des coups de ciseau.

La seule chose que Konrad n'avait pas changée était mon appartement. Il n'avait rien d'extraordinaire, mais j'avais refusé de le quitter en faisant preuve d'une résistance féroce, bien qu'il ait insisté à satiété pendant les deux premières années de notre relation pour que j'emménage dans son dernier étage sélect de deux cents mètres carrés avec piscine privée de la rue Velázquez. Konrad ne pouvait comprendre que je préfère ma minuscule mansarde, avec une terrasse qui ressemblait plus à un grand pot de fleur qu'à une terrasse, à laquelle on accédait dans des conditions vraiment périlleuses après l'escalade épique de quelques marches en bois abîmées qui grinçaient, dans un immeuble ancien et sans ascenseur de la très typique place de Chamberí. Mais ma mansarde signifiait bien davantage. C'était un symbole de moi-même, le peu qu'il restait de ma véritable personnalité, négligé et bohème comme mon esprit ; en définitive, l'endroit où, une fois la porte fermée, je pouvais redevenir moi-même. Sans compter les nombreuses connotations sentimentales qu'il revêtait pour moi, car c'était l'atelier de mon grand-père, le peintre, et il me l'avait légué à sa mort. Aussi, les après-midi que je passais à lire près de la fenêtre ou à simplement regarder le sol me rappelait le nombre de fois où j'avais barbouillé des centaines de feuilles sur cette estrade couleur miel et avais fini par me tacher les doigts de peinture sous le regard tendre de mon grand-père ; sur la table de la cuisine, nous avions goûté avec du chocolat et des *churros*, et sur la terrasse nous avions dessiné les constellations dans le ciel les nuits d'été et de pleine lune.

Ce soir-là, c'était aussi une nuit d'été, de fin d'été, et de pleine lune. Et comme cela arrivait souvent, je dînais chez Teo et Antonio, mes voisins. Il était rare que je n'atterrisse pas chez eux, pour deux raisons essentielles : leur terrasse était plus grande et leurs dîners bien meilleurs que les miens, car Antonio, originaire de Getxo, cuisinait comme un ange, comme les anges basques, je suis sûre qu'en matière de cuisine ils appartiennent à une catégorie à part. Pousses de salade au canard, petits calmars dans leur encre et soufflé à la pomme, voilà ce que servaient Teo et Antonio à dîner les jours ordinaires, sans avoir rien à fêter.

Teo était de plus un de mes meilleurs amis, et même le meilleur. Nous étions liés depuis l'Université, et il avait rencontré Antonio grâce à moi, quand ce dernier avait acheté l'appartement voisin du mien. Ils avaient eu un coup de foudre. « Tu sais, ma chérie, le coup de foudre, c'est un truc de pédés, m'avait expliqué Teo. On a beau faire beaucoup de bruit, on n'est pas très nombreux et on ne peut pas tourner autour du pot : tu le vois et tu te le fais, c'est tout. » Leo ne pouvait certes pas tourner autour du pot, c'était le prototype de l'homosexuel en qui les femmes déplorent une perte terrible pour le genre féminin. En résumé, une sensibilité féminine enfermée dans le corps de Hugh Jackman. « Ma vie serait beaucoup plus simple si tu n'étais pas gay et que tu m'avais épousée », avais-je l'habitude de dire en pleurant sur l'épaule de mon ami.

Le cas d'Antonio était différent. « Moi, je suis une vraie folle, mais Toni fait partie de ces gays qu'on ne voit pas venir », disait Teo. En dehors du fait qu'il était de Getxo, Antonio avait un emploi très hétéro d'ingénieur en chef de travaux publics, et avec sa bedaine, son casque jaune et sa barbe, personne n'aurait dit que les hommes lui servaient à autre chose qu'à regarder le foot, boire des bières et tenir des propos salaces aux nanas du haut des échafaudages. En fait, Teo et Antonio constituaient une couple pittoresque : ils symbolisaient le proverbe : « Les jolies filles envient le sort des laides », version gay.

Nous avions transformé le sixième étage en une sorte de communs : un lieu aux portes ouvertes avec des zones compartimentées et une cuisine unique, celle d'Antonio.

– Je vais me coucher, je suis mort, annonça ce dernier en baillant, peu après le dîner.

– Quel bonnet de nuit, Toni. On est samedi ! Reste un peu. Un deuxième *limoncello* va te réveiller, l'incita Teo.

Passant outre, Toni se leva, déposa un baiser sur les lèvres de Teo et m'embrassa sur la joue.

– Bonne nuit, ma chérie.

– Le dîner était délicieux, Toni, comme toujours.

– Merci. Demain, ce sera encore mieux. N'oubliez pas de mettre les verres dans la machine et de la lancer, sinon la vaisselle du petit déjeuner ne tiendra pas, dit-il en nous donnant des instructions précises tandis qu'il quittait la terrasse.

– Tu as des habitudes de bourgeois. Et je te dirai que tu es en train de grossir ! le piqua Teo au moment où il s'éloignait, avant de me dire tout bas : Ça l'énerve.

– Je suis un bourgeois et je suis déjà gros, lui cria Toni de l'intérieur. Bonne nuit, chéri.

– Eh bien, il n'a pas l'air très énervé.

– Il crâne. En ce moment, il doit être sur la balance, et demain au petit déjeuner, il prendra de mes Special K, c'est moi qui te le dis.

Je lui souris et me calai dans le transat. Cette nuit aussi, on aurait pu dessiner les constellations. C'était une belle nuit, fraîche et tranquille. On entendait à peine la rumeur lointaine de la circulation nocturne, et la terrasse tout entière était enveloppée dans les effluves de terre mouillée des jardinières fraîchement arrosées et le parfum des plantes aromatiques qu'Antonio avait plantées dans un coin : basilic, romarin, menthe…

Teo me lança une couverture fine.

– Prends, chérie, maintenant, avec l'humidité, on sent le vent du soir…

Je me couvris un peu les jambes et trempai à nouveau les lèvres dans le petit verre de *limoncello*.

– Quand Konrad revient-il ? me demanda-t-il.

– Pas avant vendredi. Quand il va à Hong Kong, il y reste plusieurs jours pour profiter du voyage.

– Et tu as réfléchi à ce que tu allais faire ?

– Je n'en suis pas sûre. D'un côté, je suis piquée par la curiosité, d'un autre, je trouve que c'est une perte de temps. Prétendre trouver un tableau, dont l'Histoire dément de surcroît l'existence, à partir d'une lettre vieille de soixante-dix ans, revient à chercher une aiguille dans une botte de foin.

– Moi, je trouve que ça a l'air amusant. Comme une chasse au trésor ou quelque chose dans le genre, non ?

– La réalité n'est jamais aussi romantique, Teo. Les grandes découvertes se produisent après avoir passé des années enfermé dans des archives poussiéreuses et en désordre, à perdre ses amis et à souffrir d'intolérance à la lumière du soleil comme les vampires de *Twilight*. Comme ça, ou par hasard.

– Eh bien, le hasard frappera peut-être à ta porte : une lettre mystérieuse est tombée dans tes mains… annonça Teo avec emphase.

– Pour faire plaisir à Konrad, j'ai commencé à chercher un peu sur Internet. La lettre donne si peu d'informations que je ne sais pratiquement pas où chercher sur Google : Himmler, plus d'un million de résultats ; *L'Astrologue* de Giorgione, aucun, parce qu'il n'existe pas ; commandant SS von Bergheim, comme ça, tout collé, ça ne donne rien… Je peux juste partir de l'Einsatzstab Reichsleiter Rosenberg.

– Le quoi ?

– L'Einsatzstab Reichsleiter Rosenberg ou Institut Rosenberg, une façon très anodine de nommer l'organisation qui se consacra à spolier les territoires occupés par l'Allemagne nazie de leurs œuvres d'art. Rosenberg était le nom du haut gradé nazi qui l'avait mis en marche, et dont il dépendait sur le plan formel, quoique, en pratique, du moins dans les territoires de l'ouest, il dépendait de Göring.

– C'était le goret, non ? Je m'en souviens parce que Göring-goret, go-go… ça commence pareil !

Je ris de la trouvaille de Teo et de ses règles mnémotechniques.

– Oui, c'était le goret. Et l'un des nazis les plus obsédés par l'art. Il voulait ériger un grand musée dans sa propriété de Carinhall, où il rassembla plus de mille trois cents tableaux, sans compter les sculptures, tapisseries, meubles, tapis… Le tout confisqué à des collections privées dans les territoires occupés.

– Alors ce doit être Göring qui a pris ce tableau. C'est évident, ma petite ! conclut Teo en simplifiant.

– Non. En supposant que le tableau existe, d'après ce qu'on peut déduire de la lettre, Hitler en personne aurait ordonné, à travers Himmler, un de ses acolytes, de le rechercher.

Teo porta à son front une main très stylisée, comme une ballerine balinaise, et il me regarda d'un air bovin.

– Maintenant, je suis vraiment perdu, chérie : que vient faire Himmler dans tout ça ? N'était-ce pas ce bâtard SS à lunettes qui a massacré tous les Juifs et les gays ?

– Oui, essentiellement. C'était le chef des SS.

– Quel est le rapport avec ton affaire ?

– Eh bien, je n'en ai aucune idée. Voilà le problème : tout ce que m'a remis mon cher Konrad, c'est une lettre d'un commandant nazi à sa femme avec trois pistes mal indiquées, et à partir de là, il veut que je fasse pour lui la découverte du siècle. Conclusion : j'ai initié une recherche sur Internet et j'en sais assez sur les nazis pour épater tout le monde au Trivial Pursuit, mais c'est tout. Il faudrait que j'arrive à trouver d'autres éléments concernant ce commandant von Bergheim.

– Eh bien ma chérie, je te vois déjà dans ces archives sales et répugnantes.

– J'ai juste dit poussiéreuses et en désordre, mais passons.

Je veux que tu m'accompagnes à Paris

Quelques instants après avoir parlé à Konrad au téléphone, je cherchai dans le répertoire de mon BlackBerry le numéro de Teo et l'appelai. J'avais à peine laissé s'écouler les premières notes de la chanson de Kylie Minogue qui composaient la sonnerie qu'il décrocha.

– Où es-tu ? lui demandai-je avant de le laisser parler.

– Eh bien, crois-moi si je te dis que tu ne voudrais pas savoir quelle partie du corps je suis en train de me faire épiler…

– Non, je ne veux pas savoir. Écoute : je veux que tu m'accompagnes à Paris. Tu ne peux pas refuser.

– À Paris ? Mais, tu es… ! – on entendit un cri à l'autre bout de la ligne – Pu-tain !! Fais attention, mon vieux, tu approches du coffre au trésor… Ana Ana chér… Écoute, je te rappelle.

Et il raccrocha sans me laisser le temps de protester.

L'après-midi même, je m'échappai un peu plus tôt du musée parce que j'étais fatiguée et de mauvaise humeur. Je trouvai la maison vide : ni Teo ni Toni n'étaient arrivés, et cela ne fit que m'irriter davantage. Je détestais être seule ; qui plus est, cela me faisait peur, cette simple idée me terrifiait, me rendait vulnérable. Je ne tolérais la solitude que comme un état transitoire, une gare pour changer de train.

Je me déchaussai et décidai de piller le frigo de mes voisins : une bouteille de vin blanc ouverte la veille au soir pour le dîner et un énorme pot de glace Häagen-Dazs à la vanille avec des *cookies*. J'étais disposée à prendre plusieurs kilos dans l'intention assez puérile d'ennuyer Konrad.

Je mis un CD de jazz et sortis sur la terrasse. On sentait que l'été touchait à sa fin, non pas à cause des températures, qui restaient élevées pour la saison, mais de la lumière : les jours raccourcissaient. À 19 h 30, la terrasse était plongée dans une semi-pénombre. On entendait cependant encore le bruit des gamins jouant dans le parc situé en contrebas ; les cours n'avaient pas encore commencé et ils épuisaient leurs derniers jours de vacances.

Un bruit de clés et de verrou me prévint que Teo rentrait à la maison après sa séance d'épilation. Je fus soudain soulagée. Je l'entendis arriver, mais je ne me retournai pas pour lui dire bonjour.

– Tu es en retard, lui assenai-je de façon laconique.

– J'en ai profité pour me faire faire un nettoyage de peau et après, j'ai bavardé avec la réceptionniste, qui, l'air de rien, m'a refilé trois crèmes. Ah, salut.

Il me donna un baiser que j'acceptai de mauvaise grâce.

– Pourquoi est-ce que tu fais la gueule, chérie ?

– Je ne fais pas la gueule, je suis fatiguée…

Teo me regarda en fronçant les sourcils.

– Eh bien alors, détends-toi ! Voyons, qu'est-ce que c'est ? demanda-t-il en désignant la bouteille de vin et la glace.

– Du vin.

– Je sais, mais comment est-ce que tu comptes le boire ?

– Au goulot.

– Ne sois pas vulgaire, chérie, ça ne te va pas du tout. Et la glace… Dis-moi que ce n'était pas pour accompagner le vin. Quelle cochonnerie !

Il emporta l'Häagen-Dazs à l'intérieur et revint avec des verres. Il y versa une quantité généreuse de vin blanc, alluma de petites bougies romantiques et m'ordonna de m'allonger. Puis il s'assit à côté de moi et plaça mes pieds sur ses genoux.

– Ce qu'il y a, ma petite, c'est que tu ne sais pas te détendre. Heureusement que je suis là pour arranger ça, déclara-t-il en massant mes pieds fort maltraités par les chaussures à talons.

Je bus une gorgée de vin blanc frais au goût de fruit, et je ne tardai pas à gémir de plaisir. Le brouhaha des enfants du square cédait la place à la musique de Diana Krall, tandis que la petite bougie aromatique commençait à nous envelopper de sa fragrance de thé vert.

– Tu vas me raconter à quoi est dû ce coup de gueule… ? On parlera de Paris plus tard, marmonna Teo tout en appuyant fortement sur ma voûte plantaire.

Je poussai un nouveau gémissement en guise de réponse. Paresseuse et câline comme une chatte en chaleur.

– Mmm… Je ne veux pas…

– Peu importe. Tu croyais que le massage serait gratis, ma jolie ?

À contrecœur, mais convaincue qu'il n'y avait pas d'autre solution, je cédai :

– Je me suis disputée avec Konrad…

Silence et pression plantaire.

– Je ne supporte pas quand il se comporte en Allemand à tête de pioche avec moi… ! Mais surtout, je ne supporte pas qu'il soit condescendant et me donne raison comme on le fait avec les fous.

Nouveau silence et nouvelle pression plantaire.

– Déjà au dîner d'hier, chez mes parents, je l'ai senti tendu. Tu sais comme on est tous nerveux après ces repas…

Teo acquiesça. Il connaissait par cœur l'historique des tensions générées par ces circonstances. Et Konrad n'était pas le coupable, mais en était la cause.

Tout d'abord, Papa ne tolérait pas que nous soyons ensemble. Konrad était son meilleur client ; en fait, nous nous étions connus grâce à lui. Mon père avait fait découvrir à Konrad un jeune peintre très talentueux dont il était devenu le mécène, car il se fiait à son avis quand il achetait une toile. Toutefois, s'il était son client, de là à devenir son gendre, ou à l'être de fait, il y avait un pas. La différence d'âge, de statut social, sa vie dissolue… Ce n'étaient que quelques-uns des arguments qu'il utilisait contre lui.

Ensuite, il y avait ma mère, d'un avis totalement opposé à celui de mon père en ce qui concernait Konrad. Elle l'adorait. Pour elle, il représentait la récompense d'une mère qui vise ce qu'il y a de mieux pour ses filles ; des années d'efforts à cultiver les amitiés utiles, à choisir les ambiances les plus sélectes et à tirer le meilleur parti de nos habiletés féminines et sociales avaient été récompensées ; une récompense qui, venant de moi qui semblais avoir déjoué ses attentes, l'avait surprise et payée de ses efforts. Le problème était que ma mère, passant outre le fait que Konrad appartenait, non pas à un autre milieu social, mais à une autre dimension, se démenait pour être toujours à sa hauteur, ce qui générait en elle de fortes doses de stress et des frustrations permanentes.

Ma sœur, mon beau-frère et mes neveux constituaient un chapitre à part. Ma sœur correspondait au prototype de la Susanita de *Mafalda* : elle s'était mariée et avait eu des enfants, trois pour être précis, à qui elle consacrait la majeure partie de son temps. Elle avait de plus une occupation qui satisfaisait ses prétentions de femme moderne et professionnelle comme l'exigent les canons des nouvelles générations. Contrairement à moi, elle avait hérité du don de ma famille pour les arts plastiques et elle dessinait des cartes pour les mariages, les communions, les baptêmes, de petits tableaux pour enfants, des invitations… C'est-à-dire tout objet susceptible d'être dessiné et vendu par Internet. En définitive, ma sœur menait une vie de mère dévouée exerçant une profession libérale que toutes les femmes refusent à vingt ans, mais que nous recherchons toutes à quarante.

Mon beau-frère était un type assez gris : conseiller financier, ornithologue amateur, collectionneur de timbres et joueur chevronné de backgammon. Un homme lourd avec une extraordinaire capacité de générer de l'apathie et de l'ennui autour de lui.

Je ne crois pas que Konrad ait eu quelque chose contre eux en les considérant individuellement, mais en tant que groupe familial, il les trouvait exaspérants. Ma sœur le perturbait avec sa vie éreintante faite de pédiatres, d'activités extrascolaires et de commandes sur Internet. Mon beau-frère l'ennuyait comme il ennuyait tout le monde. Et mes neveux piétinaient ses vêtements de marque, mordillaient son pain et lui cassaient les oreilles avec des centaines de chansons enfantines claironnées dans un anglais horrible.

Étant donné le contexte, les repas du dimanche chez mes parents étaient un supplice et me provoquaient un nœud dans l'estomac qui mettait des jours à se relâcher. Si Konrad et moi devions nous disputer, nous le ferions certainement un de ces jours-là.

Même l'ambiance de relaxation quasi zen que Teo était parvenu à créer sur la terrasse ne suffit pas à éviter que ce seul souvenir me crispe.

– D'accord, ma chérie, bois encore un coup et commence par le début, me suggéra-t-il.

Je suivis son conseil et poursuivis.

– Tout est parti de cette fichue lettre, maudite soit l'heure… Il m'a demandé si j'avais fait quelque chose, et je lui ai dit la vérité, qu'il n'y avait pas moyen, que je ne sais même pas où chercher, et Internet, et l'Einsatzsab et la mère de Tarzan. Alors son esprit d'entreprise qui trouve des solutions pour tout se manifeste, il me dit que je devrais aller consulter les archives de l'Einsatzsab à Paris, qu'il y a certainement quelqu'un qui s'en charge, un responsable, que je dois lui envoyer un e-mail pour le lui demander. « D'accord, Konrad, je lui envoie un e-mail et je lui demande, mais qu'est-ce que je peux bien lui demander, puisque tu veux que personne ne sache qu'on cherche ce maudit tableau ? », lui ai-je répondu.

– Et pourquoi, dis-moi ?

– Ne me le demande pas, c'est la parano de Konrad : il est persuadé qu'on se trouve devant la découverte du siècle, et il ne veut pas se la faire piquer. Résultat, il me dit d'inventer un prétexte pour accéder au archives. Je lui réponds que si c'est aussi simple, pourquoi est-ce qu'il ne s'en charge pas lui-même ou une de ses multiples secrétaires. Et c'est là qu'il devient condescendant et qu'il me dit d'accord, que j'ai raison, que ce doit être très compliqué. La discussion est close et il va me faire la gueule pendant trois semaines, je le connais.

– Je vois.

– « Ce que je ne comprends pas, c'est pourquoi tu tiens tant à ce que je m'en charge. Tu fais une fixation sur cette lettre », lui ai-je dit. Et il me répond que ce qu'il ne comprend pas, c'est pourquoi je suis si attachée à la routine et pourquoi j'ai peur de prendre des risques, de faire des folies, et je ne sais quelles autres sottises. On croit rêver ! Depuis que je le connais, ma vie est un chaos ! Tu parles d'une routine, merde !

– Du calme, ma petite, sinon je vais devoir te donner un Valium, et avec le vin tu seras K.-O. Bois encore un coup et nettoie cette langue, grossier personnage !

– Ouh, Teo, je vais me prendre une…

À ce moment, on sonna à l'interphone, et Antonio arriva sur la terrasse.

– Bonjour, vous deux.

– Bonjour, chéri, tu rentres tard…

– Je suis passé par le marché et j'ai acheté un petit merlu pour le dîner…

– Eh bien, embrasse-moi, merlu. Et la petite aussi, elle est toute triste.

J'adoptai à nouveau une posture de chatte câline, et je laissai Toni m'embrasser sur le front.

– Elle s'est disputée avec le *Kartoffel*, dit mon représentant.

– Ooooh, une dispute d'amoureux ? Comme c'est attendrissant !

– Ce n'est pas drôle, Toni, lui reprochai-je.

– Allez, chéri, prends-toi un verre, comme ça tu m'aideras à la consoler, et tu nous aideras à boire le vin avant qu'il ne s'évente.

– Non, je vais aller préparer le dîner. Tu vas voir les bons petits plats avec lesquels j'efface tes peines, ma chérie. Ensuite, vous me raconterez tout.

Ce fut le cas. Un moment plus tard, nous partagions un merlu à la mode de Bilbao vraiment délicieux, qui parvint à adoucir un peu ma contrariété.

– Alors tu as raccroché, toute énervée, et ensuite ? me demanda Teo au fil de la conversation, sans lever les yeux de la circonférence qu'il traçait soigneusement avec un morceau de pain dans le bain d'huile, d'ail et de persil tapissant le plat du merlu.

– Eh bien, je t'ai appelé, disposée à partir à Paris sur-le-champ…

– Bon, nous les simples mortels, on s'envoie balader, mais comme ton fiancé est multimillionnaire, il t'envoie à Paris. Ça c'est classe, chérie !

Toni émit un petit rire devant le trait d'esprit de son partenaire.

– Tais-toi, l'interrompis-je. J'étais tellement en colère que je me serais tirée n'importe où pour lui montrer que moi aussi je pouvais la ramener. Mais bon, comme tu m'as raccroché au nez, j'ai été obligée de réfléchir. Je suis retournée sur Internet et j'ai localisé le contact aux archives de l'Einsatzstab en France, un certain docteur Arnoux, qui est actuellement le directeur du Département de Recherche de la délégation en France de l'EFLA.

– Quel vilain sigle.

– European Foundation for Looted Art. Tu préfères comme ça ? Je lui ai envoyé un e-mail lui expliquant que j'aimerais consulter les archives et lui demandant si je pouvais le faire par voie numérique. Je ne m'attendais pas à ce qu'il réponde aussi vite, dix minutes plus tard en fait, en me disant qu'il déplorait que cela ne soit pas possible mais que de tout façon il serait ravi de m'apporter en personne toute l'aide dont je pourrais avoir besoin dans mes recherches. *Et voilà !*

– Oui, super, le type. Mais alors, tu vas à Paris, oui ou non ?

Je soupirai, avalai ma dernière bouchée de merlu et méditai un moment ma réponse pour créer une attente.

– Eh bien, je ne sais pas. En ce moment, je ne sais pas ce qui serait le plus susceptible d'embêter Konrad…

– Voyons si je comprends bien, intervint Toni, jusqu'à présent silencieux et concentré sur son assiette, tu fais tout cela pour l'embêter, ou pour lui plaire ? J'ai dû manquer une étape du raisonnement…

À cet instant, on entendit le bip-bip de mon mobile. Il sonna à plusieurs reprises sans que je réponde pendant que Teo et Toni me regardaient.

– C'est Konrad. Je n'ai pas l'intention de lui répondre, si c'est ce que vous attendez.

– Tu es folle ou quoi ? Il est riche ! On n'ignore pas les appels des riches. Apporte !

Teo se jeta sur l'appareil et me l'arracha avant que j'aie le temps de l'en empêcher.

– Teo ! Non… !

Et il répondit.

– Allô… ? Konrad… ? Oui, oui, elle est là…

– Teo ! ronchonnai-je entre mes dents pendant que je tentais en vain de contourner la barrière de son dos haut et large.

– Je te la passe. Oui… Mais écoute : elle est très, très affectée… Ce ne sont pas des façons…

– Teo, ça suffit !

Je finis par le lui arracher. Je le repoussai et le foudroyai du regard avant de disparaître à l'intérieur.

À l'autre bout de la ligne, Konrad vociférait en tentant de reprendre le fil de la conversation. Avant de lui répondre, je m'assis sur le sol du salon, dans un coin sombre, les genoux serrés contre la poitrine et le téléphone collé à la joue.

– Teo… ? Ana… ? Il y a toujours quelqu'un… ?

– Konrad…

– *Süße... Meine Süße*, je suis vraiment désolé… Je n'aurais pas dû te parler comme ça. J'oublie parfois que tu n'es pas une de mes affaires… Je t'aime, tu le sais ?

Quelques minutes plus tard, je revenais sur la terrasse, accrochée à mon téléphone, les joues roses.

– Alors ? demanda Teo.

– Dans un moment, je vais te tuer pour indiscrétion, mais pas pour l'instant…

– Tu meurs d'amour… Oui, je sais ! Ça se lit sur ton visage !

Je ne cherchai pas à le contredire. Je regagnai ma chaise, le téléphone encore collé à la poitrine. Toni commença à desservir en silence. En général, sa présence était aimable et silencieuse ; il remplaçait les mots par les sourires, les soupirs, les moues… et les phrases de Teo.

– Et maintenant, dis-moi, où est-ce que tu vas m'inviter pour t'avoir aidée à retrouver l'amour et la joie de vivre ?

– À Paris.

Toni interrompit un instant sa tâche et Teo perdit son éloquence.

– Tu déconnes. Tu retournes avec moi ?

– Non, monsieur. Je suis très sérieuse. J'ai promis à Konrad de consacrer quelques jours à la question, le temps de vérifier à Paris si cette recherche a un sens. Après, on verra. Alors je vais à Paris la semaine prochaine… et je veux que tu viennes avec moi, le priai-je sur le ton d'une fillette capricieuse.

– Bon-on-on, je vais me sacrifier pour toi et je ferai des pieds et des mains avec mon agenda serré. Je crois que j'ai deux reportages, mais je vais voir si je peux les reporter. Qu'en dis-tu, chéri ? demanda-t-il en adressant un regard à Toni. Tu me laisses aller à Paris avec la petite ?

Toni haussa les épaules, entassa une pile d'assiettes et sourit avant de partir à la cuisine.

– Du moment que tu rentres…

Je suis le docteur Arnoux

Konrad était actionnaire majoritaire de KonKöl Properties, une société immobilière à la philosophie très particulière : rénover des bâtiments atypiques au centre des grandes villes, les transformer en appartements de haut standing et les louer à la semaine moyennant un prix exorbitant. Il choisissait généralement lui-même ces bâtiments et participait activement au projet de rénovation et de décoration, utilisant une bonne partie des œuvres d'art de sa collection privée pour la décoration des appartements. L'immeuble de Paris s'appelait L'École et avait été une école militaire à l'époque de Napoléon Bonaparte. Avec son architecture élégante néoclassique et sa décoration minimaliste destinée à mettre en valeur les œuvres des nouveaux talents artistiques, l'École était une référence dans le Paris le plus chic.

Teo et moi sortîmes de l'appartement après avoir déjeuné tranquillement et, comme la Sorbonne n'était pas loin, nous nous y rendîmes à pied pour mon rendez-vous de onze heures avec le docteur Arnoux.

J'étais venue à Paris au moins une douzaine de fois et pour des occasions très variées : avec mes parents, en voyage de fin d'études, un été avec Interrail… J'avais même vécu trois mois dans une chambre de bonne du Quartier latin, avec un amoureux qui était un activiste en révolte contre le système et qui comptait revivre une expérience proche de mai 68… Nous nous contentâmes d'aller crier en agitant des pancartes devant le lieu où se tenait un sommet de la Communauté Économique Européenne ; le reste du temps, nous menions une vie assez conventionnelle et bourgeoise.

Peu importait le nombre de fois où j'étais venue, cette ville ne cessait de me surprendre car, lors de mes promenades, j'y découvrais toujours des lieux inexplorés, secrets et pleins de charme, à l'écart des circuits touristiques, un espace où s'arrêter pour contempler la beauté. Teo et moi nous promenâmes donc bras dessus bras dessous, nous délectant de l'arôme du chocolat en passant devant les confiseries, scandalisés par les prix affichés dans certaines vitrines, émus à la simple vision d'une fontaine dans un jardin secret, ou émerveillés de la beauté des rayons du soleil à travers les vitraux d'une église inconnue.

Nous arrivâmes avec cinq minutes d'avance et dûmes attendre dans l'antichambre d'une enfilade de bureaux du Département d'histoire, à l'étage F du bâtiment principal de la Sorbonne.

Prenant une pose de *designer* de mode, les jambes croisées et agitant un pied dans le vide, Teo analysa ma tenue :

– Veste bleu marine, chemise blanche, jeans, mocassins Tod's et ce foulard Hermès en soie bien tape-à-l'œil… Ni trop formel, ni pas assez : la juste mesure. Je crois que tu es parfaite pour impressionner un respectable professeur d'Université. Remonte ta manche, pour qu'on voie ta montre Cartier…

– Ce n'est qu'un professeur. Mais tu as peut-être raison, j'ai passé trop d'années à l'Université pour perdre l'habitude de vouloir impressionner des profs. En outre, presque tout ce que je porte est un cadeau de Konrad et maintenant, avec cette énumération de marques d'un élitisme répugnant que tu viens de faire, je me sens complètement stupide.

À ce moment, la porte d'un bureau s'ouvrit.

– Docteur García-Brest ?

Dès que je vis la personne, je ne pus m'empêcher de penser que le docteur Arnoux m'avait envoyé un de ses thésards pour se dispenser de la corvée. Cet homme, sans être un gamin, était relativement plus jeune que je m'y attendais. Il portait une chemise bleu ciel en coton sans col qui réclamait à grands cris un bon repassage, un jean usé et des Converse éculées ; dans l'ensemble, une tenue qui ne cadrait pas avec la longue liste de titres académiques et professionnels qui précédaient son nom.

– Je suis le Dr Alain Arnoux, annonça-t-il en me tendant la main. Enchanté de vous rencontrer. Et vous…

– Teo Díaz, se présenta l'interpellé en lui serrant la main.

Pendant ce temps, j'en profitai pour faire glisser discrètement mon foulard Hermès de mon cou à l'intérieur de mon sac.

– Il m'assiste dans mes recherches, ajoutai-je, car j'avais le sentiment que le Dr Arnoux se demandait « et celui-ci, qu'est-ce qu'il fait là ? ».

– Bien. Veuillez me suivre dans mon bureau.

La pièce était assez impersonnelle, ou du moins plus que je ne l'avais imaginé d'un bureau situé dans le bel édifice de la Sorbonne. De nombreux livres, papiers et dossiers, un classeur, une mappemonde encadrée et quelques affichées au mur, annonçant des événements de l'université. Sur sa table, un ordinateur portable, un pot à crayons, une grenouille en peluche et une plante moribonde. Tel était le bureau du Dr Arnoux, directeur du Département d'histoire de l'art contemporain de l'université de la Sorbonne, directeur du Département de la recherche de l'European Foundation for Looted Art en France et responsable du fonds documentaire de l'Einsatzstab Reichsleiter Rosenberg du ministère français des Affaires extérieures.

Bien que je l'aie déjà fait par mail, je lui expliquai de nouveau l'objet de ma recherche et en quoi je pensais qu'il pouvait m'aider. Pendant ce temps, Teo se tut, de façon presque miraculeuse, mais seulement parce qu'il ne parlait pas assez bien le français.

– Comme je vous en ai fait part dans mon courrier, Dr Arnoux, je suis en train d'écrire la biographie du *SS-Sturmbannführer* Georg von Bergheim, pour un particulier.

Je lui avais déjà menti par écrit et je recommençai de vive voix.

– Je sais que, en novembre 1941, cet homme a été affecté à l'Einsatzstab Rosenberg à Paris, et j'aimerais en apprendre davantage sur son travail ici.

En fait, je voulais vérifier le plus vite possible que, même après avoir consulté les fameuses archives, toute cette histoire de *L'Astrologue* débouchait sur une impasse, et pouvoir ainsi regagner Madrid et reprendre ma routine.

– Ce nom me dit quelque chose : von Bergheim... Bien sûr, s'il a travaillé à l'ERR – je compris qu'il s'agissait de l'Einsatzstab Reichsleiter Rosenberg –, j'ai déjà dû le croiser. Vous savez en quoi consistait son travail : catalogage, inventaire, administration, sécurité... ?

– Non, pas du tout. Je viens de commencer mes recherches et je dispose de très peu d'informations à son sujet.

– Eh bien, Dr García-Brest, le problème est que toute la documentation relative à l'ERR est assez dispersée entre différentes archives en France. Les principaux fonds documentaires sont répartis entre les Archives nationales et, surtout, le Centre de documentation juive contemporaine du Mémorial de l'holocauste et la Direction des archives du ministère des Affaires étrangères. Je ne suis responsable que de ce dernier fonds, qui présente un inconvénient pour les chercheurs. Tout d'abord, la base de données n'est pas consultable par le public. Et puis, en accord avec les lois qui limitent l'accès aux documents relatifs à la vie privée, la majeure partie d'entre eux ne l'est pas non plus…

– Je comprends. Mais je ne prétends pas faire une consultation exhaustive. J'ai juste besoin de délimiter la période pendant laquelle Bergheim a travaillé pour l'ERR et de savoir quelles fonctions il y exerçait. J'ai pensé qu'il y aurait peut-être aux archives un registre du personnel où il me serait facile de trouver ce genre d'information. Maintenant, je ne sais pas si, au cas où ce registre existe, il appartient au fonds qui relève de votre compétence ou non… Ou s'il s'agit d'une liste à accès restreint.

– Oui, il existe une liste du personnel de l'ERR en France. Même si ce n'est pas la plus complète, car ce n'est pas celle de l'ERR – que les Allemands ont emportée à Berlin quand ils ont quitté la ville – mais celle qui a été établie après la guerre pour le Tribunal militaire permanent de Paris, au cours de l'instruction des procès contre les responsables des spoliations nazies.

– Eh bien, même si ce n'est qu'une première approche, je vous serais très reconnaissante de m'autoriser à la consulter.

Le Dr Arnoux finit par m'accorder une autorisation limitée pour consulter les documents relatifs à l'ERR provenant du Tribunal militaire permanent de Paris. Il me donna le nom de l'archiviste qui me remettrait les documents, et l'adresse des archives de La Courneuve, une banlieue située à huit kilomètres du centre de Paris. Je le remerciai dûment de sa collaboration, puis Teo et moi prîmes congé et quittâmes son bureau.

Teo ne put se retenir que le strict minimum, c'est-à-dire le temps de prendre le premier tournant dans le couloir et de nous arrêter devant l'ascenseur, pour faire le commentaire que je voyais venir :

– Tu as vu ce Dr Jones ?

– Dr Arnoux.
– Mais non, idiote. Je veux dire, tu parles d'un Indiana Jones version surfeur de Tarifa. On dirait celui du film, mais en ébouriffé.

En fait, moi aussi j'avais été surprise par le Dr Alain Arnoux à partir du moment où je l'avais vu et où je l'avais même pris pour un étudiant. De même que Teo, je m'attendais à un professeur d'Université mûr et respectable. Pendant mes études à l'université, j'avais vu toutes sortes de professeurs, mais la majeure partie d'entre eux répondaient à un cliché quant à l'âge et à l'aspect physique, surtout quand on montait dans l'échelle hiérarchique, comme dans ce cas.

Eh bien, le Dr Arnoux ne répondait absolument pas au cliché dont je l'avais affublé avant de le connaître. Le qualificatif d'« ébouriffé » par lequel l'avait défini Teo était sans doute dû à ses cheveux longs qui lui arrivaient presque aux épaules, et à sa barbe de largement plus de trois jours. Et l'allusion au surfeur de Tarifa était appropriée, car il était plus facile de l'imaginer sur la plage en maillot de bain hawaïen avec une planche de surf sous le bras que dans un bureau de la Sorbonne.

En définitive, j'étais d'accord avec Teo sur son aspect, mais je n'avais pas envie de jouer les commères.

– Eh bien, si tu le dis… Pour moi, ce qui compte, c'est qu'il m'a donné ce que je voulais : l'autorisation de consulter les archives, de constater que je n'y trouverai rien et de rentrer à la maison.

L'ascenseur s'arrêta enfin à notre étage.

– Maintenant, allons manger un morceau, j'ai une faim de loup, lui dis-je tandis que les portes se refermaient.

En matière d'affaires, Konrad n'y allait pas par quatre chemins ; comme on dit, il aurait tondu un œuf. Je suppose que c'était l'un des ingrédients secrets de son succès. Aussi, le fait que Teo m'accompagne à Paris tous frais payés était une chose dont il tirerait parti d'une façon ou d'une autre. Mon ami était photographe professionnel, il travaillait en freelance pour un important groupe éditorial de revues. De sorte que Konrad n'hésita pas à profiter de l'occasion pour le charger d'un reportage avec lequel il souhaitait illustrer la campagne publicitaire de l'un de ses services de télécommunications.

Dans l'après-midi, Teo partit à La Défense afin de prendre les premières photos, et je me dirigeai vers les archives de l'ERR, peu enthousiaste à l'idée de passer des heures à éplucher de la documentation. Après un contrôle de sécurité exhaustif qui me valut de passer à travers plusieurs détecteurs de métaux, et à mes objets personnels par les rayons X, j'obtins un laissez-passer pour les archives. J'allai voir l'employée dont m'avait parlé le Dr Arnoux : une dame très sèche qui, au bout d'un long moment d'attente, déposa devant moi deux gros dossiers pleins de documents. Avec ce tas de papiers et la musique de Keane résonnant dans mon iPod, je m'assis dans un coin pour travailler.

La documentation était assez hétérogène et dispersée. Il y avait de tout : des interrogatoires du personnel de l'ambassade d'Allemagne, des récépissés d'acquisitions d'œuvres d'art en Suisse, un document concernant le transport de cent quatre-vingts tableaux et gravures de la collection Walestein à destination de l'Allemagne, des lettres et documents saisis dans les bureaux de l'ERR… Beaucoup de paperasse et aucune trace de Bergheim. Cependant, le temps que je consacrai à ces dossiers ne fut pas inutile, car il me permit de me faire une idée de l'organisation minutieuse mise en place depuis le début de la spoliation des œuvres d'art dans les territoires occupés, et plus précisément en France. Rien n'avait été laissé à l'improvisation, rien n'avait été le fruit du hasard.

Le processus était simple mais efficace : à l'aide de la Gestapo, des responsables de l'ERR avaient accès à des logements abandonnés (soit volontairement, soit de force) et ils emportaient tout ce qu'ils estimaient présenter une valeur artistique : tableaux, sculptures, livres, antiquités, meubles, céramiques, bijoux… Les propriétaires étaient généralement des Juifs, émigrés ou déportés, et d'autres catégories considérées comme des ennemis du Reich. Ainsi, les grandes collections d'art des plus importantes familles juives de France, parmi lesquelles les Rothschild, David Weil, Seligmann, Veil-Picard et de nombreuses autres, atteignant un total de plus de 22 000 pièces dérobées, furent confisquées par les nazis. Dans certains cas, ces derniers subtilisèrent des œuvres appartenant à des collections publiques, particulièrement d'artistes allemands, en partant du principe selon lequel l'art devait revenir à son pays d'origine.

Tous les biens étaient stockés au Jeu de Paume, un pavillon situé aux Tuileries, et dans certaines salles du Louvre spécialement aménagées à cet effet, puisque pendant l'Occupation, seule une petite partie du musée resta ouverte au public. Là, ils les inventoriaient, les photographiaient, les restauraient si nécessaire. Puis ils les empaquetaient pour leur transport par trains spéciaux à destination de l'Allemagne. Et régulièrement, les techniciens de l'ERR préparaient des expositions afin que le maréchal Göring, lors de ses nombreuses visites à Paris, pût choisir les œuvres qu'il préférait pour sa collection particulière. Celles qui n'intéressaient aucun des hauts dignitaires du gouvernement nazi étaient vendues ou mises aux enchères. D'autres œuvres connaissaient un sort encore moins enviable, celles qui appartenaient à l'*Entartete Kunst*, ou ce que l'idéologie nazie considérait comme « Art dégénéré » ; de nombreux tableaux de peintres tels que Chagall, Kandinsky ou Munch finirent relégués dans des entrepôts oubliés ou, dans certains cas, au bûcher.

Avec toutes ces informations à assimiler, l'heure de la fermeture des archives arriva sans que j'aie eu le temps de consulter la liste du personnel ; tout ce à quoi j'étais parvenue était à achever la discographie de Keane. De sorte que je dus reporter la tâche au lendemain.

Une tache d'encre

J'avais laissé Teo à dix heures du matin sur le chemin de la gare de l'Est car sa deuxième séance photo aurait lieu dans des gares de chemin de fer, et je me rendis à La Courneuve en RER pour me replonger dans le monde merveilleux de la recherche documentaire.

Comme l'avait dit le Dr Arnoux, la liste du personnel de ses archives n'était pas exhaustive : elle contenait essentiellement le nom, la fonction et l'information sur l'endroit où se trouvait l'individu en question au moment de l'instruction judiciaire. Il ne s'agissait pas non plus à strictement parler d'une liste du personnel, car elle incluait toute personne qui aurait eu un contact direct ou indirect avec l'ERR : marchands, intermédiaires, politiciens, militaires, acheteurs particuliers, salles des ventes, entreprises de transport… Et puis le personnel allemand était mêlé au personnel français, le militaire au civil, et la liste ne donnait pas l'impression d'avoir été établie sur la base de critères logiques. La tâche consistant à étudier tout cela s'avéra d'un ennui absolu : un nom après l'autre, un objectif après l'autre, un lieu après l'autre… On aurait dit Dustin Hoffman dans *Rain Man*, mémorisant l'annuaire du téléphone.

J'ignore depuis combien d'heures je travaillais, mais au moment où je me trouvais au plus profond de cette immersion particulière, quelqu'un me ramena soudain à la surface en me donnant de petits coups sur l'épaule. Je sursautai à tel point que ce fut presque comique.

– Je suis désolé. Je n'avais pas l'intention de vous faire peur.

– Docteur Arnoux ! Je ne vous ai pas vu arriver...

– Je m'en suis aperçu, dit-il en souriant. Je voulais juste vous dire bonjour. Je passais par là et... Il hésita avant de changer de sujet. Comment avance votre travail ?

Je ne pus retenir une moue assez expressive.

– Mal, je dois dire. Georg von Bernheim a l'air d'un fantôme : pour l'instant, je ne le trouve nulle part.

– Je vous ai prévenue qu'il s'agissait d'une liste incomplète. Vous devriez peut-être essayer de consulter les archives de la Shoah...

– La Shoah ?

– Le Mémorial de l'holocauste. Ils possèdent la copie de la majeure partie des documents de l'ERR transférés à Berlin. Peut-être disposent-ils aussi de reproductions des registres internes du personnel.

– Je crois que je vais d'abord finir ça, annonçai-je en regardant l'épais tas de papier poussiéreux sur la table. Si Bergheim n'apparaît toujours pas, j'essaierai peut-être.

– Je vais rester jusqu'à l'heure du déjeuner. Si vous estimez que je peux vous être d'une quelconque aide, n'hésitez pas : troisième étage, bureau E.

– Merci beaucoup, je n'y manquerai pas.

J'avais beau me montrer polie, l'idée qu'en partant il me ferait le salut des surfeurs de la main ou me souhaiterait *peace and love* m'amusait. Il ne fit évidemment rien de ce genre, et se contenta de faire demi-tour et de s'éloigner avec l'agilité de ceux qui ont de longues jambes. En souriant de l'absurdité de mon existence, je retournai à ma liste.

Peu avant que je ne décide de faire une pause déjeuner, le voyant rouge de mon BlackBerry me prévenait de l'arrivée d'un e-mail. Du Dr Arnoux ?

Je le regardai, surprise.

« Je me trouve actuellement juste derrière vous. Au fait, vous chantez à voix haute A. »

Je me retournai automatiquement et le vis planté devant moi, souriant comme un enfant espiègle. J'ôtai les écouteurs de mon iPod.

– Je ne voulais pas vous effrayer une deuxième fois, et je ne savais comment l'éviter.

– Je chantais vraiment très fort ?

Il fit signe que oui.

– Mon Dieu, quelle honte !

Le Dr Arnoux sourit et regarda par-dessus mon épaule.

– Je vois que vous planchez toujours sur la liste, observa-t-il avant de s'asseoir à mes côtés.

Je soupirai et acquiesçai dans la foulée.

– J'ai pensé à quelque chose qui pourrait vous servir…

– Vraiment ? Ce serait génial. Je commence à me lasser, surtout parce que je ne suis pas convaincue d'être sur la bonne voie.

– Je vais manger un morceau dans le quartier. Si vous avez envie de vous joindre à moi, je vous en parlerai en déjeunant.

– D'accord, mais à deux conditions…

Il sembla un peu surpris de constater que je mettais des conditions à ce qu'il proposait par politesse.

– Que Teo Díaz nous accompagne, c'est la personne qui…

– Ah, oui ! Qui vous aide dans vos recherches.

J'acquiesçai… sans grande conviction. En fait, je ne mettrais pas longtemps à lui avouer la véritable nature de nos relations ; je le ferais au cours du repas.

– J'avais déjà pris rendez-vous avec lui.

– Bien sûr, il n'y a pas de problème. Quelle est la seconde ?

– Qu'on arrête de se vouvoyer. Je vous assure que c'est très dur pour moi de le faire avec quelqu'un qui doit avoir mon âge, même si on est docteurs tous les deux. Si je devais conserver ce côté formel pendant tout le repas, j'aurais vraiment du mal.

Le Dr Arnoux sourit. Je supposai qu'avec son allure de surfeur négligé de Tarifa, ma proposition serait accueillie avec soulagement.

– D'accord, Ana. Prends tes affaires et allons déjeuner.

Au cours du repas, Alain nous raconta que lorsque les Allemands occupèrent Paris en 1940, ils se trouvèrent devant le problème de devoir installer tout le contingent d'hommes qu'ils avaient amenés : personnel civil, administratif, armée, SS. Pour la troupe, on construisit des baraquements aux abords de la ville, organisés en campements militaires, ou on la logea dans de grands bâtiments : des écoles, des entrepôts et des hangars industriels. Parfois, en vertu d'une ordonnance du nouveau gouvernement, les familles parisiennes se voyaient contraintes de loger l'occupant chez elles, en échange d'une petite somme pour compenser les frais occasionnés par le nouveau locataire. Pour les autres, surtout les hauts gradés militaires et civils, on utilisa les principaux hôtels du centre, particulièrement les établissements les plus luxueux ; ils disposaient des chambres nécessaires, du service requis et des installations adéquates. Des hôtels tels que le Lutetia, le Crillon, le Meurice et le Georges V constituèrent, entre autres, la résidence dorée de nombreux Allemands affectés à Paris. La *Militärbefehlshaber in Frankreich*, le Commandement militaire en France, contrôlait tout le personnel logé à Paris. Si Bergheim avait séjourné dans la ville, il devait figurer sur ces registres. Bref, il semblait possible que Georg von Bergheim, en tant que commandant SS affecté à l'*Einsatzstab Rosenberg*, ait logé à l'hôtel Commodore, là où vivait le personnel allemand haut gradé de l'ERR pendant les premières années de l'Occupation.

Dès que nous regagnâmes les archives, Alain s'empara des registres. Nous ouvrîmes le dossier contenant la période comprise entre novembre 1940 et novembre 1942, cherchâmes le mois de décembre 1941, date de la lettre de Bergheim, et…

– *Voilà !* s'exclama Alain, pointant l'annotation d'un doigt sur le papier.

– Putain ! bondit Teo.

– Mon Dieu… murmurai-je, me réveillant de mon scepticisme.

Bergheim était là. Nous ne disposions que de son nom et d'une date à l'encre floue sur un papier jauni, mais il semblait s'être soudain incarné, comme dans *La Rose pourpre du Caire*, quand le protagoniste sort de l'écran et se transforme en un homme de chair et d'os. Bergheim n'était plus seulement un caprice de Konrad, il était réel.

– Un instant, remarqua Alain. Regardez : il est enregistré le 4 décembre chambre 202, mais la date de sortie est le 5.

– Il n'est resté qu'une seule nuit ? voulus-je m'assurer, surprise.

Alain consulta les pages suivantes du registre. Il les tournait avec le soin de quelqu'un qui connaît la valeur des documents historiques, mais il les regardait avec l'habileté de quelqu'un habitué à les consulter.

– Là aussi ! 2 avril 1942 ; chambre 202 encore.

– Pourquoi est-ce qu'il ne serait resté qu'une nuit à Paris pour y revenir quatre mois plus tard ?

– Il savait qu'il reviendrait, précisa Alain. Il est possible que cette nuit-là, il soit venu pour s'installer dans la ville, apporter ses affaires. C'est pour ça qu'il gardait la même chambre, la sienne, où il s'était déjà installé.

– Et qu'aurait-il fait pendant ce temps ?

– Eh bien, chérie, chercher le fameux petit tableau. C'était son travail, non ? me répondit Teo en espagnol, car même s'il avait compris ma question en français, il n'était pas capable d'y répondre dans la même langue.

Je le foudroyai du regard. C'était censé être une affaire secrète.

Par chance, l'espagnol *cheli*[1] efféminé de Teo était incompréhensible pour Alain qui, ignorant le commentaire, reprit le premier enregistrement de Bergheim. Nous restâmes tous les trois à le regarder comme dans l'espoir qu'il nous parle.

– Ah, quels cochons ! Ils ont fait un pâté… observa mon ami.

Alain le regarda, confus, et je lui traduisis. Alors il approcha son regard de la feuille et passa le doigt sur le prétendu pâté.

– Ce n'est pas une tache, conclut-il. C'est un astérisque, un appel de…

En prononçant ces mots, il fit glisser son doigt au bas de la page. Là, il signala une ligne écrite en marge du quadrillage dans lequel figuraient ceux qui se trouvaient à l'hôtel.

– Rhein Palast, 2, Reichsplatz, Strasbourg. Palais du Rhin, 2 place du Reich, Strasbourg. C'est l'adresse de la *Kommandantur*, quand Strasbourg faisait partie du Troisième Reich. On sait maintenant où était ton commandant fuyant.

1. Argot madrilène.

Avril 1942

Paris. Depuis le 13 juin 1940, l'armée allemande occupe la ville. Les drapeaux du Troisième Reich flottent sur chaque bâtiment officiel. Après la défaite face à l'Allemagne, la France signe un armistice en vertu duquel le pays est divisé en deux zones : la zone occupée, au nord, et la zone libre, au sud, sous l'autorité d'un gouvernement collaborationniste présidé par le maréchal Pétain, dont le siège était à Vichy.

Une automobile noire identifiée par le fanion de la croix gammée s'arrêta devant la somptueuse entrée de l'hôtel Commodore.

Quand le chauffeur ouvrit la portière, Georg von Bergheim descendit de l'arrière du véhicule. Il ne pouvait pas encore courir avec agilité, mais il tenta de se réfugier le plus vite possible sous la marquise afin de se protéger d'une forte averse. Il entra dans le hall. Par contraste avec les rues pluvieuses, solitaires et sombres de Paris, la réception lui semblait être un lieu chaud et vivant, témoin d'allées et venues calmes et de conversations détendues dans sa langue natale. Il s'enregistra au comptoir et reçut la clé de sa chambre, la 202. Il prit l'ascenseur et gagna son étage. Il engagea la clé dans la serrure, la fit tourner et poussa la porte. Là, en revanche, l'accueil redevint aussi froid que les rues parisiennes : une pièce plongée dans la pénombre, propre, nette et à l'odeur de désinfectant ; figée comme une photo, sans vie. Malgré la nuit qui tombait, il n'alluma pas. Il mit de côté ses maigres bagages, juste une mallette, dans un coin. Puis il ôta son pardessus et sa casquette, déboutonna sa vareuse et ôta la Croix de fer qu'il portait autour du cou. Tout ce qu'il désirait, c'était s'étirer de tout son long sur le lit, et quand il le fit, il se sentit un peu mieux. Il poussa un profond soupir qui se prolongea… Il ferma les yeux. Il avait mal au genou, certainement à cause de ce maudit climat humide. Dans le silence mortuaire de la chambre, la pluie tambourinant de l'autre côté de la vitre étouffait les autres sons, y compris celui de sa propre respiration.

Il n'était affecté que depuis quelques mois à son nouveau poste, et il se sentait bien plus fatigué qu'après un an et demi de combat en première ligne. Les politiciens et la politique absorbaient son énergie, le laissaient éteint et inutile comme une arme sans munitions. Il arrivait de Berlin, ce nid de bureaucrates éloignés de la réalité. Il avait fait son rapport à Himmler : aucune trace d'un tableau appelé *L'Astrologue*, et sa recherche absurde avait coûté plus de vies qu'elle ne le méritait. Il ne craignit pas d'être sincère, d'employer les mots justes et non politiquement corrects. Le *Reichsführer* Himmler le regarda par-dessus ses lunettes rondes avec une grimace de mécontentement sur la bouche, mais il ne daigna pas répondre à ses observations, il semblait lui donner une occasion presque clémente de reconsidérer ses paroles. Le silence de Himmler fit comprendre à Georg qu'oser remettre en question les désirs du Führer pouvait coûter très cher. Pourtant, contre toute attente, le *Reichsführer* se montra bienveillant. « Je ne crois pas que votre recherche ait coûté des vies, *Sturmbannführer* von Bergheim », cracha-t-il avec mépris et indifférence. Georg faillit répliquer, mais il devina que cela ne ferait qu'aggraver la situation.

« Quoi qu'il en soit, le Führer est convaincu de l'existence de ce tableau, précisément sur la base des rapports que vous nous avez fournis vous-même. À plus forte raison, le désir de notre Führer Adolf Hitler est que *L'Astrologue* se trouve le plus vite possible en possession du Reich. *Sturmbannführer* von Bergheim, je vous conseille de bien relire vos rapports. J'ignore si vous êtes conscient de l'importance de votre mission pour l'issue de la guerre, et pour la plus grande gloire de notre Führer et de l'Allemagne. Il serait déplorable qu'une personne de votre valeur échoue lamentablement dans cette affaire, pour nous, et encore plus pour vous », poursuivit Himmler. Le *Reichsführer* savait menacer, c'était évident. Et aussi mettre ses menaces à exécution. Georg n'avait rien à ajouter, juste à ravaler son orgueil et à regretter d'être devenu l'instrument d'une obsession du Führer dépourvue de fondement. Peu importait le nombre de fois qu'il lirait ce maudit rapport, la réalité se montrait obstinée : le tableau n'apparaissait nulle part car il n'existait probablement pas, et, même si c'était le cas, c'était une folie de baser l'issue de la guerre et la gloire de l'Allemagne sur une supercherie.

Georg leva le bras droit, claqua des talons, cria « *Heil Hitler !* » et quitta le bureau de Himmler. Dès qu'il eut échappé à l'influence de l'ombre du *Reichsführer*, noire et asphyxiante, il surmonta son découragement. Il avait reçu un ordre et il allait l'exécuter, car c'était ce qu'il faisait de mieux. Georg von Bergheim n'avait pas reçu pour rien deux Croix de fer pour avoir transformé des ordres impossibles à exécuter en prouesses dignes de louanges.

Cependant, en dépit de sa détermination, il avait le sentiment que cette réunion l'avait fait vieillir. Ou cela provenait-il peut-être en partie de ce qu'il avait vu les mois précédents. Même les jours de congé qu'il avait pris à la naissance de son fils n'avaient pas insufflé un peu de vie à son esprit. Voir naître le bébé avait été une expérience très gratifiante, lui avait procuré une joie indescriptible et avait ressuscité dans son cœur une tendresse qu'il croyait morte. La petite Astrid, avec son innocence et sa douceur quand elle l'appelait papa, sa générosité et son amour quand elle l'embrassait et le prenait dans ses bras, lui avait également offert une cure d'humanité. Mais rien de tout cela ne rendit à Georg sa paix intérieure. Quelque chose avait changé. Peut-être la guerre, peut-être tout ce qui l'entourait… Toujours était-il qu'il s'était transformé. Et, peut-être parce qu'il avait changé, Elsie aussi. Cela lui avait fait bizarre de la retrouver, elle se montrait distante comme lui, elle semblait irascible et lui aussi, elle ne l'embrassait plus sur la nuque pour le surprendre, il ne l'embrassait pas non plus.

« Depuis quand ai-je vieilli ? », se demanda Georg. Ce n'était pas la guerre, cette guerre de tous, qui l'avait changé. Georg était sûr de livrer une bataille personnelle, un combat contre lui-même qui le consumait, une confrontation qui n'était pas celle des tranchées, des chars blindés, d'ennemis sans visage, ni la guerre pour l'honneur et la patrie. Non, la sienne semblait beaucoup plus sale. Mais quand, quand avait-elle commencé ?

Strasbourg. C'était le mot. L'endroit. Le moment. Plus rien n'avait été pareil après Strasbourg, pas même lui. Auparavant, il n'avait jamais mis de visage, de nom ni de prénom sur ses victimes. Il n'avait jamais agressé sans se sentir agressé. Jamais avant Strasbourg.

Au début, tout s'était bien passé : les visites à la maison, les entretiens avec le propriétaire, les discussions sur l'art avec cette fille… Mais du jour au lendemain, tout avait basculé. Comme ça, comme on glisse, comme on tombe dans un précipice et on se laisse entraîner par une avalanche de terre, de roches et de confusion. Sans rien à quoi s'accrocher, sans savoir comment s'arrêter.

Les souvenirs de Georg s'arrêtèrent à cette chute dans le vide. Le rêve annihilait lentement sa capacité de penser et de se souvenir. Mais, avant de se laisser vaincre par lui, il crut s'être juré de ne jamais permettre à la Gestapo d'intervenir dans ses affaires. Il ne le lui permettrait plus jamais… Jamais… Jamais… Jamais…

Le bruit de la pluie à la fenêtre le réveilla. Il n'était pas sûr d'avoir dormi, mais il était certain d'avoir cessé de penser clairement. Il alluma la lampe de chevet et consulta sa montre-bracelet en clignant des yeux : vingt heures. Paresseusement, ignorant l'élancement douloureux au genou, il sortit du lit. Il passa dans la salle de bains et, devant le miroir, il accrocha à nouveau la Croix de fer sur sa poitrine et boutonna sa vareuse. Il allait descendre boire un verre au bar.

Dans le hall, l'ambiance était animée. Il bruissait de gens qui bavardaient, riaient et prenaient un verre. On entendait de la musique, et le bruit de boules d'ivoire qui s'entrechoquaient trahissait la présence d'une table de billard.

Il s'assit au comptoir, commanda un whisky avec des glaçons et alluma une cigarette. Il n'avait rien mangé depuis le petit déjeuner, mais il n'avait pas faim non plus. Il s'aperçut toutefois qu'il avait l'estomac vide quand il lui sembla que la première gorgée de whisky lui ouvrait un ulcère en descendant.

– *Sturmbannführer* von Bergheim ! Je vois que vous êtes rentré à Paris…

Georg se retourna : il s'agissait de Bruno Lohse, l'une des rares personnes à qui il avait parlé lors de sa seule nuit dans la capitale.

– Eh oui, *Doktor* Lohse. Je me réjouis de vous revoir. Je vous croyais parti pour un de vos voyages artistiques.

– En fait, j'arrive d'Amsterdam. Mais j'ai prévu de rester ici quelque temps. Et vous ? Qu'est-ce qui vous ramène à Paris ?

Georg acheva sa dernière gorgée de whisky et, sans trop réfléchir, il répondit :

– Une femme.

Bruno Lohse haussa un sourcil et esquissa un sourire.

– Ce n'est pas ce que vous croyez, précisa Georg. Il s'agit d'une femme qui doit me conduire à un tableau.

– Ah, tableaux et femmes, les plus belles choses du monde. Nous avons de la chance d'être entourés des deux.

Lohse s'assit à côté de lui.

– Vous me permettez de vous tenir compagnie ?

– Bien sûr. Que prenez-vous ?

– La même chose que vous.

Georg commanda deux autres whiskies. Il sortit de son étui une cigarette pour Lohse et une autre pour lui.

– Merci.

Lohse porta la cigarette à sa bouche et l'approcha de la flamme du briquet que Georg lui tendait.

– Vous travaillez toujours pour Himmler ? ajouta-t-il après avoir tiré une longue bouffée.

Il en convint. Officiellement, il jouissait à l'intérieur de l'ERR du statut de *Sonderauftrag* Himmler, mission spéciale Himmler.

– J'imagine que vous travaillez toujours pour Göring.

– C'est exact.

De la même façon, Lohse possédait depuis un an son propre statut indépendant de *Sonderauftrag* de Göring, bien qu'il fût également assigné à l'organisation de l'ERR.

– On nous considère comme des enfants gâtés, poursuivit Lohse. Je vous préviens que votre *Sonderauftrag* vous vaudra un certain nombre de problèmes à l'intérieur de l'organisation. Les gens n'apprécient pas que certains jouissent de privilèges. Or, ils ne se rendent pas compte que les privilèges sont généralement accompagnés de responsabilités. Mais ceci est une autre histoire dont nous parlerons plus tard à loisir.

Georg pouvait comprendre ce dont parlait Lohse. En théorie, il était considéré comme enviable de dépendre directement d'un haut responsable du gouvernement. En pratique, cela se traduisait par une pression supplémentaire de la part d'un supérieur. Lohse se trouvait probablement dans la même situation.

Depuis le début, le parallélisme entre sa situation et celle de Lohse l'avait surpris. Ils avaient le même âge, étaient docteurs en histoire de l'art, avaient exercé des fonctions militaires avant d'être écartés du service. Et même s'ils faisaient officiellement partie de l'ERR, ils avaient tous deux été affectés à des missions spéciales et jouissaient d'une indépendance totale dans leur travail, ce qui suscitait la jalousie de bon nombre de leurs collègues. Et Lohse, quant à lui, était un personnage qui déclenchait la polémique : toujours en civil, il se déplaçait dans sa propre voiture, refusant d'utiliser le véhicule officiel ; il avait son propre appartement à Paris ; malgré son appartenance à la SS, il avait refusé d'afficher un rang à l'intérieur de l'organisation ; et en dernier lieu, détail tout aussi important, il couchait avec la moitié des secrétaires de l'ERR. Il semblait logique que Bruno Lohse ait des ennemis.

C'était de plus un grand expert en art, particulièrement l'art hollandais du XVIIe siècle. Il connaissait le marché comme sa poche, les marchands le respectaient et lui proposaient toujours de bonnes affaires. Et c'était un négociateur fort habile.

– Dites-moi Lohse, avez-vous entendu parler d'un tableau de Giorgione, *L'Astrologue* ?

Lohse ne réfléchit pas plus d'une seconde avant de hocher la tête et de répondre par un « non » catégorique.

– Mais je vais me renseigner. C'est le tableau que vous êtes allé chercher à Strasbourg et qui vous a ramené à Paris ?

– Entre autres.

– Au fait, j'ai eu l'occasion de voir la collection Bauer à Berlin : pas très fournie, mais avec des pièces vraiment intéressantes. C'est vous qui vous en êtes occupé, n'est-ce pas ?

À la mention des Bauer, Georg sentit qu'il se crispait. En essayant de le dissimuler, il baissa la tête et écrasa son mégot dans le cendrier avec une force démesurée.

– Pas exactement.

Quand il sentit qu'il retrouvait une certaine maîtrise de lui-même, il s'autorisa à être un peu plus explicite :

– La collection Bauer est l'exemple caractéristique d'une spoliation dénuée de scrupules. La Gestapo a outrepassé ses fonctions et exigé des tableaux qui ne se trouvaient pas en situation d'abandon.

Quelqu'un lui avait expliqué que les fonctions qu'il exerçait à l'ERR dans le domaine de la protection des œuvres d'art étaient entièrement légales en vertu des accords signés lors de l'armistice avec le gouvernement français. L'ERR se contentait de protéger et de sauvegarder le patrimoine artistique abandonné par ses propriétaires. Cependant, à Strasbourg… À Strasbourg, il s'agissait d'un vol irrémédiable. Un vol dont il se sentait complice. « Strasbourg n'est plus la France, *Sturmbannführer*. Ici, les accords de l'armistice ne sont pas applicables, et l'on fait les choses autrement. Si vous êtes venu inventorier la collection Bauer, contentez-vous de faire votre travail, et laissez-nous faire le nôtre », avait répondu à ses objections le *Kriminalrat* de la Gestapo de Strasbourg. Georg n'était pas venu pour ça, mais il avait signé l'inventaire ; qu'aurait-il pu faire d'autre, quand la collection se trouvait déjà en situation d'abandon ? Et tout cela par sa faute…

L'espace d'un instant, Lohse lui adressa un regard que Georg prit pour de la compassion.

– Mon cher Bergheim, on voit que vous n'êtes pas resté longtemps à Paris, observa-t-il en fin de compte. Si vous aviez travaillé sous les ordres de Behr, vous ne seriez pas surpris par ce genre de choses. Mais n'oubliez pas, *Sturmbannführer* : l'Allemagne ne spolie pas, l'Allemagne protège le patrimoine culturel des territoires occupés de la perte et de la destruction, conclut Lohse, non sans une certaine goguenardise dans la voix.

Le baron Kurt von Behr était le directeur de l'ERR pour les territoires occupés de l'ouest. À l'époque, Georg n'était pas au fait des méthodes confiscatoires de gangster de Kurt von Behr, de son ignorance absolue de la méconnaissance du monde de l'art et de son mépris pour la valeur intrinsèque de chaque œuvre, de son arrogance, de sa pétulance et de son ambition. Mais il ne tarderait guère à s'apercevoir que, même si Strasbourg n'appartenait plus à la France, en France, les choses ne semblaient pas très différentes.

– Écoute, Georg… Je peux t'appeler Georg, n'est-ce pas ? Après tout, on est collègues…

– Bien sûr.

– Demain, j'irai rendre visite à quelques marchands d'art avec lesquels je travaille actuellement pour parler affaires. Tu peux venir avec moi, si tu veux. Tu trouveras peut-être quelque chose d'intéressant pour ton chef.

Georg vit là une bonne idée. En attendant de trouver une piste menant à *L'Astrologue*, il devait satisfaire Hitler avec une pièce qui permettrait au *Reichsführer* d'agrandir sa collection de Wewelsburg. Que Lohse soit son guide sur le complexe marché de l'art à Paris était un luxe qu'il ne pouvait dédaigner.

J'ai quelque chose qui peut t'intéresser

Je dus reconnaître que je ne savais pas très bien pourquoi j'avais été si contente de retrouver la trace de Georg von Bergheim. En réfléchissant à la question, je m'aperçus que cette découverte ne pourrait que me compliquer les choses. J'étais venue à Paris avec la conviction absolue que je n'y découvrirais rien pour nourrir la recherche concernant le prétendu tableau de Giorgione. Mon idée était de rentrer immédiatement à Madrid, de l'expliquer à Konrad et de reprendre le cours de ma vie. Mais il s'était avéré que Georg von Bergheim existait… Quelle contrariété !

Konrad se montra enthousiaste quand je lui en fis part au téléphone et, même s'il s'abstint habilement de me sortir son classique « Je te l'avais bien dit » qui m'énervait tant, il m'enjoignit avec beaucoup de tact de poursuivre mes recherches.

– Tu peux prendre un congé le temps que tu voudras, me précisa-t-il à l'autre bout du fil.

– Hors de question, Konrad ! Je te rappelle que c'est toi qui m'as pistonnée pour mon poste actuel. Le congé, je l'ai déjà demandé pour le poste de conservatrice. Ce serait le congé du congé, répliquai-je avec ironie.

– Eh bien, tu me facilites les choses, *meine Süße*. Je…

On sonna à la porte. Comme j'étais convaincue que c'était Teo, je laissai Konrad continuer à m'embobiner pendant que j'allais ouvrir.

– … je peux appeler dès maintenant… comment s'appelle-t-il ? Ton chef, tu sais bien. Et je lui explique la situation…

– Je n'ai pas besoin que tu joues mon père, Konrad. Je peux…

Je comptais ouvrir la porte et faire demi-tour pour continuer à parler pendant que Teo entrait. Mais, en l'ouvrant, je ne me retournai pas et ne poursuivis pas la conversation.

– Ana ?

– Je te rappelle, Konrad.

Et je raccrochai.

– Tu portes des lunettes ? me demanda d'emblée le Dr Arnoux, planté dans l'embrasure de la porte.

Rapidement, comme si on m'avait surprise en train de commettre un acte répréhensible, je les ôtai. Presque en même temps, je me demandai pourquoi diable j'avais fait ça.

– Uniquement quand je ne porte pas de lentilles, lui répondis-je.

– Alors tu devrais les remettre.

En essayant de ne pas songer à mon comportement ridicule, je lui obéis. Ce fut un soulagement de voir à nouveau nettement son visage.

– Désolé de t'avoir interrompue…

– Ah, ne t'inquiète pas, ce n'était rien d'important, juste mon… ami, un ami.

– Eh bien, je voulais t'appeler, mais je passais par là en rentrant de l'université et… Le moment est peut-être mal choisi.

Les lunettes, le pantalon de jogging, le T-shirt, les cheveux mal retenus par une pince et les pieds nus… Je savais exactement ce que Teo allait me dire : « S'il te plaît, ma chérie, jure-moi qu'il ne t'a pas vue dans cette tenue… Je t'avais dit que tu n'aurais pas dû lui donner ton adresse. » Oui, le moment était décidément mal choisi.

– Non, non, entre, je t'en prie.

Il me suivit jusqu'au salon. Je ramassai tout sur mon passage : une veste, mon iPod, un livre, mes pantoufles, une lime à ongles…

– Excuse le désordre, dis-je, ne faisant que souligner l'état de l'appartement. Les situations embarrassantes génèrent la stupidité.

– Ne t'en fais pas, ça va. L'appartement est très joli. Et l'immeuble, incroyable ; la collection de peintures à l'huile de Larousse dans l'entrée est incroyable.

Larousse était l'un des jeunes peintres français les plus cotés depuis que Konrad s'en était entiché.

– Oui, n'est-ce pas… ? Eh bien, assieds-toi, je t'en prie.

Le Dr Arnoux s'exécuta, sans se mettre à l'aise, en s'installant sur un canapé blanc de ce salon moderne et minimaliste, qui ressortait si bien sur l'estrade en chêne, les hauts plafonds aux moulures en stuc et les grands balcons caractéristiques d'un bâtiment du XIXe siècle. Je l'imitai, non sans une certaine raideur musculaire, comme dans la salle d'attente du dentiste.

– Je ne vais pas te déranger longtemps, je ne resterai qu'un moment. Hier, quand on s'est quitté aux archives, j'ai réfléchi à ta recherche…

Mes muscles se tendirent encore. Avait-il découvert l'énorme bobard que je lui avais raconté et était-il venu me tirer les vers du nez ? J'aurais dû me douter qu'il n'avalerait pas l'histoire de la biographie d'un simple commandant des SS.

– J'étais sûr que ce n'était pas la première fois que j'entendais le nom de Bergheim, poursuivit-il pendant que je cherchais précipitamment une excuse pour sortir la tête haute de ce qui s'annonçait, j'en étais sûr. Hier soir, je me suis enfin souvenu, et ce matin, j'ai relu les notes de mes derniers travaux pour confirmer. En résumé, j'ai quelque chose qui peut t'intéresser.

Cela me perturba. J'avais commencé à me préparer pour une attaque et, en réalité, le Dr Arnoux voulait me faire une proposition.

– M'intéresser ? répétai-je, confuse, parvenant à le déstabiliser lui aussi.

– Oui... Enfin, je crois... Je me mêle peut-être de ce qui ne me regarde pas...

– Non, non ! Pas du tout ! Excuse-moi, j'étais distraite. Tu disais que tu avais trouvé quelque chose sur Bergheim ?

– Oui. Ce n'est pas grand-chose, mais cela t'aidera peut-être dans ton enquête, dit-il en sortant une feuille de papier de sa poche de pantalon. Je t'ai apporté une copie d'une page d'un rapport sur les activités de l'Eisantzstab Reichsleiter Rosenberg en France, rédigé après la guerre par l'ALIU, Art Looting Intelligence Unit, une unité spéciale de l'armée américaine qui a fait des recherches sur les spoliations commises par les nazis. Le rapport est basé sur des documents allemands officiels et sur les interrogatoires auxquels furent soumis pendant plus d'un mois certains membres du personnel de l'ERR tels que Walter Andreas Hofer, qui fut le marchand d'art de Göring, Robert Scholz, qui conseillait Rosenberg en matière d'art, ou Bruno Lohse, qui fut le directeur technique de l'ERR à Paris les derniers mois avant la Libération, même s'il y travaillait depuis le début.

Le Dr Arnoux me tendit le papier.

– Excuse-moi, il est un peu froissé parce que je suis venu en moto et que je ne savais pas où le mettre...

– Ne t'inquiète pas... Merci.

Je regardai la photocopie : un rapport rédigé en anglais d'une écriture minuscule et serrée où l'on ne distinguait rien sans une lecture attentive. Cependant, le Dr Arnoux avait souligné au feutre fluorescent le nom de Georg von Bergheim.

– Il est mentionné ?

J'étais sûre qu'il l'avait déjà lu et qu'il pourrait me faire un résumé qui m'éviterait d'étudier ce texte à l'aspect si peu agréable. C'était manifestement son idée aussi.

– Oui. Dans cette partie, on parle des conflits qui se produisaient au sein de l'ERR. À un moment donné, Bruno Lohse, qui était également le délégué de Göring en France en matière d'art, parle des envies que suscite parmi les autres membres du personnel le fait qu'il jouisse du statut de *Sonderauftrag*…

– *Sonderauftrag* ?

– Oui, c'est une sorte de mission spéciale confiée par une personne spéciale. Normalement, celui qui possédait un *Sonderauftrag* détenait des lettres de créance moyennant lesquelles n'importe quelle unité civile ou militaire devait lui faciliter le travail. C'était une sorte de carte blanche permettant d'agir librement dans l'exercice de sa mission, sans autre autorité que celle de la personne de qui émanait le *Sonderauftrag*, Göring dans le cas de Lohse. Lohse précise qu'il n'y avait que deux personnes dans tout l'ERR de Paris qui possédaient ce statut : lui-même et…

– Georg von Bergheim, complétai-je.

– En effet. Mais lui était un *Sonderauftrag* Himmler, c'est-à-dire qu'il dépendait directement d'Himmler. Lohse dit également que, même si Bergheim n'exerçait officiellement aucune charge à l'intérieur de l'ERR, il collaborait régulièrement à l'inventaire et au catalogage des collections en tant qu'expert en histoire de l'art, et qu'il resta à l'Arbeitsgruppe Louvre jusqu'en mars 1943, date à laquelle il rentra en Allemagne à la demande de son supérieur. Cela explique pourquoi tu n'as pas trouvé son nom sur les listes du personnel : elles ne mentionnent que le personnel actif en 1944.

– Qu'est-ce que l'Arbeitsgruppe Louvre ?

– C'était une unité de l'ERR composée d'historiens d'art, restaurateurs, photographes et personnel auxiliaire, qui inventoriaient et cataloguaient les œuvres d'art confisquées et préparaient leur expédition en Allemagne.

Je restai songeuse. J'avais beau savoir que Bergheim travaillait pour Himmler, ce document représentait la confirmation officielle de ce qui était dit dans la lettre.

– Je pourrais voir une copie du rapport complet ?

– Oui, bien sûr. Si tu passes demain à mon bureau, je te la prépare.

– Je crois qu'il peut être intéressant d'en savoir plus sur l'organisation dans laquelle travaillait Bergheim, me justifiai-je.

– Je t'avouerai que lorsque que tu m'as dit que tu faisais des recherches pour préparer la biographie d'un commandant des SS, j'ai pensé que c'était… un peu bizarre…

Je lui adressai un regard qui exprimait autant le sérieux que l'expectative.

– Les biographies de personnages anonymes sont généralement écrites par leurs proches, comme un hobby, une façon d'honorer la mémoire du grand-père et non comme un travail sérieux de recherche. Cependant, il est clair que si ce monsieur disposait d'un *Sonderauftrag* Himmler, ce n'était pas n'importe qui.

L'espace d'un instant, j'eus l'impression qu'Alain voulait me faire parler. Je tentai de m'en tirer comme je pus.

– Eh bien, je ne sais pas encore exactement qui était Georg von Bergheim… C'est précisément ce que je tente de vérifier. Mais tu as raison sur un point : la biographie est la commande d'un particulier capricieux, avec peu de temps et beaucoup d'argent. Quoi qu'il en soit, je te remercie sincèrement pour ta collaboration désintéressée.

– Ne me remercie pas. C'est de la déformation professionnelle : je ne peux pas rester insensible devant une recherche, quelle qu'elle soit. Et pour être sincère, je me suis souvenu de ce rapport par hasard, et c'est par hasard que j'ai trouvé Bergheim, parce que je ne l'y cherchais pas. C'est autre chose qui m'a fait penser à son nom toute la nuit…

Il fit une pause afin de vérifier qu'il avait réussi à éveiller mon intérêt. Je suppose que lorsqu'il me vit penchée en avant et sans ciller, il dut s'en apercevoir. Il poursuivit donc :

– L'an dernier, à l'European Foundation for Looted Art, je me suis occupé du cas d'une collection qui avait disparu à Strasbourg, début 1942. Elle appartenait à un industriel juif, Alfred Bauer, et, sans être immense, elle comporte des œuvres de grande qualité, surtout de l'école flamande du XVIe siècle. Aujourd'hui, j'ai revu la fiche : la collection a été cataloguée et inventoriée en février 1942… Tu devines qui est le spécialiste en art qui a signé l'inventaire ?

– Le *SS-Sturmbannführer* Georg von Bergheim.

– Lui-même.

Il me fallut à peine une seconde pour traiter l'information : étant donné que Bergheim cherchait *L'Astrologue* et que dès son arrivée à Paris il s'était rendu à Strasbourg où il avait réquisitionné la collection Bauer, pouvait-on en conclure que le tableau faisait partie de cette collection ? Je ne résistai pas à lui poser une question en retour :

– Juste par curiosité, y avait-il un tableau de Giorgione dans la collection Bauer ?

Le Dr Arnoux fronça les sourcils. J'avais peut-être commis une imprudence en lui posant cette question, déplacée pour lui.

– Non. Pas que je m'en souvienne, mais je peux revoir l'inventaire…

– C'est par curiosité. Je dois avouer que je suis une spécialiste de Giorgione et que, comme telle, je souffre moi aussi de déformation professionnelle.

Voyant que je commençais à m'enfoncer dans des eaux turbulentes qui ne conduisaient nulle part, je choisis de détourner la conversation.

– Qu'est devenue la collection Bauer ?

Alain haussa les épaules.

– La majeure partie a été perdue et sera difficile à récupérer de par sa nature même : soixante pour cent des œuvres entraient dans la catégorie de ce que les idéologues nazis considéraient comme de l'Art dégénéré. La collection Bauer comportait de nombreux chefs de file de l'impressionnisme, et particulièrement du cubisme. Il y avait un Van Gogh et un Matisse, ainsi qu'un Marcoussis et un Mondrian, pour te donner quelques-uns des noms les plus significatifs. Le problème des collections composées d'œuvres que les nazis méprisaient est qu'elles coururent un risque plus important de se perdre car, soit ils les détruisaient quand elles tombaient entre leurs mains, soit ils les échangeaient sur le marché contre d'autres plus en accord avec leurs goûts, les vendaient ou les mettaient aux enchères. Leur trace est plus difficile à retrouver. Cela n'arrive pas dans le cas des œuvres de leurs artistes préférés, qu'ils stockaient dans des dépôts spéciaux pour le grand musée qu'Hitler avait projeté de construire à Linz ou qui allaient grossir les collections particulières des membres éminents du parti nazi. Après la défaite de l'Allemagne, il fut très facile de retrouver des tableaux d'artistes flamands du XVIe siècle, que les nazis adoraient, et un Van Eyck…

Alain garda le silence pendant quelques secondes. Il semblait réfléchir tout en frottant sa barbe clairsemée. Il finit par soupirer.

– Après, j'ai arrêté, avoua-t-il, le regard égaré.

– Ah oui, pourquoi ?

Je m'aperçus que sa posture et son attitude semblaient tendues : il croisait et décroisait les jambes, se passait les mains dans les cheveux et la barbe, soufflait bruyamment.

– J'ai arrêté parce que… Je ne sais pas, c'est difficile à expliquer. En fait, personne n'avait demandé de restituer la collection à ses propriétaires légitimes. Il n'y avait pas d'héritiers connus ni personne pour la réclamer…

– Il ne restait aucun membre de la famille Bauer ?

– Eh bien, je n'en suis pas sûr… En principe, aucun d'eux n'a survécu à la guerre. En tout cas, l'une des filles, Sarah… Sarah Bauer. Je n'ai pas trouvé d'informations sur le lieu où elle se trouve, rien qui me permette de penser qu'elle soit vivante ou morte. Comme je te le disais, j'ai interrompu mes recherches.

Quand le Dr Arnoux s'en alla et que j'ôtai mon masque souriant, je fus prise d'une sensation embarrassante. Comme si, la porte refermée, l'appartement avait cessé d'être la scène sur laquelle nous jouions tous les deux un rôle. Je lui mentais ou, du moins, lui cachais le véritable but de mon enquête, mais quelque chose me disait qu'il me mentait lui aussi. Tant de collaboration désintéressée et tant de déformation professionnelle m'avaient mis la puce à l'oreille… J'étais sûre qu'il y avait quelque chose de caché derrière son aide gratuite, mais j'avais beau réfléchir, je n'arrivais pas à deviner de quoi il s'agissait.

Mai 1942

Depuis octobre 1941, date à laquelle le *Statut des Juifs* fut promulgué par le gouvernement de Vichy, les juifs ont vu leurs droits et libertés restreints : ils ne peuvent plus exercer la majeure partie des professions libérales, se voient interdire l'accès à de nombreux lieux publics, ne peuvent faire leurs achats qu'à des horaires déterminés et limités, et ils doivent voyager uniquement dans le dernier wagon de métro, entre autres restrictions. Ces mesures culminent en mai 1942, lorsque les autorités allemandes émettent un décret qui les oblige à s'identifier moyennant une étoile de David jaune cousue sur le côté gauche des vêtements.

Sarah se sentait confuse et étourdie. Elle n'y comprenait rien. Elle ne pouvait qu'observer, impuissante. Si elle voulait crier, sa voix ne sortait pas, et si elle voulait bouger, ses muscles ne répondaient pas. Sarah enfermait l'angoisse, la rage, la douleur et le désarroi dans une Cocotte-Minute, et elle les sentait monter sans aucune possibilité de les laisser sortir, de soulager ses sens. Cela revenait à être là, mais sans y être vraiment.

Les choses se passaient très rapidement et elle se laissait porter. Son père lui donnait son manteau et la poussait par la trappe dans le sol. Sa mère voulait l'embrasser, mais elle n'en avait pas le temps. Son petit frère étreignait sa sœur aînée et ils la regardaient tous les deux. La trappe se refermait et elle se sentait plongée dans l'obscurité de la cave. Au plafond résonnaient les pas du premier étage et la poussière qu'ils soulevaient s'infiltrait par les interstices du plancher et pénétrait dans ses yeux quand elle levait la tête vers la lumière, comme les mites. Elle entendait des voix et des cris, des chocs et des coups de talon. Son père criait, sa mère, son frère et sa sœur et ces hommes aussi. Mais Sarah ne pouvait pas. Tout en elle était muet : les larmes qui coulaient sur ses joues, jusqu'aux battements emballés de son cœur, qui n'étaient que des coups sourds dans sa poitrine.

Mais le pire arrivait dans une horrible séquence sonore. D'abord l'éclat d'une gifle, puis les pleurs hystériques de sa mère, et enfin la voix terrifiante de ce policier. Sarah serrait très fort ses paupières et se bouchait les oreilles, mais c'était inutile, elle entendait la séquence en boucle. Elle ne pouvait s'en débarrasser car elle était à l'intérieur de sa tête. Et elle pouvait se répéter un nombre incalculable de fois jusqu'à ce que la jeune fille croie devenir folle.

Une seule chose arrêtait ce tourment…

– *Es reicht !*

Un « Ça suffit ! » émanant de la voix puissante de cet officier allemand tirait Sarah de son rêve. Toutes les nuits, depuis qu'elle était arrivée à Paris, elle faisait le même cauchemar. Ensuite, elle ne parvenait pas à se rendormir. Elle se levait, se préparait une boisson à la chicorée en guise de café et commençait sa routine quotidienne. Elle faisait sa toilette, s'habillait et descendait Hélène à l'épicerie au coin de la rue. La queue devant la boutique était toujours longue, durant parfois des heures. Des heures d'attente qui s'achevaient devant un comptoir vide. « Cette queue est odieuse, se lamentait Hélène. Si mon père était là, il ferait certainement comme les riches : il paierait quelqu'un qui ferait la queue pour nous. On supportait l'attente en discutant avec ses voisins. Ces jours troublés et incertains favorisaient les commérages, et c'était la seule information qui ne passait pas par la censure allemande : "*On dit*". On dit que d'ici la fin de l'année, on ne pourra plus trouver de beurre même au marché noir. On dit qu'ils font le pain avec de la sciure parce que les Allemands prennent la farine. On dit que la ration quotidienne de viande va descendre à 120 g par personne… » Nourriture, nourriture, nourriture… Les Français ne savaient parler que de ça. Sarah était toujours surprise que les Français, alors que leur pays était soumis et humilié et le reste du monde en guerre, ne se soucient que de leur estomac.

Après avoir remis les coupons des cartes en échange des rations qui leur revenaient, les deux cousines remontaient à l'appartement et préparaient le petit déjeuner. Sarah donnait à manger aux lapins qu'elles avaient commencé à élever sur le balcon pour disposer d'une ration de viande supplémentaire, partait travailler à la librairie, rentrait, dînait et, avant de se coucher, écrivait une lettre à sa famille.

Aucune de ces lettres n'avait reçu de réponse.

On était dimanche et Sarah ne travaillait pas. Presque tous les dimanches après-midi, elle avait rendez-vous avec Jacob pour aller au cinéma voir un film allemand ou français ; les productions américaines étaient interdites, ce que Sarah trouvait lamentable. Elle avait tellement aimé les films de Hollywood, Cary Grant et Errol Flynn sur grand écran ! Et le nombre de fois où elle s'était regardée dans la glace en tentant de ressembler à Rita Hayworth. Mais le pire était de ne pas savoir si elle reverrait un jour ses acteurs préférés…

Sarah et Jacob avaient rendez-vous au métro place de l'Opéra. Ils iraient au Paramount, qui passait *L'Homme du Niger*.

– On doit se dépêcher si on veut arriver à la séance de quinze heures.

Jacob s'étira et se gratta la tête sous sa casquette ; il ne semblait pas aussi pressé que Sarah.

– Aujourd'hui, je n'ai pas envie d'aller au ciné. C'est un après-midi de printemps formidable, je ne veux pas me retrouver dans une salle obscure.

Sarah fronça les sourcils. Ces deux derniers mois, ils étaient toujours allés au cinéma le dimanche. Que signifiait ce changement de projet ?

– Et que veux-tu faire ?

– On peut aller au Luxembourg. Je ne sais pas, se promener, prendre un peu le soleil et respirer.

Sarah haussa les épaules. Ça ne l'amusait guère de se promener avec Jacob comme un couple. Sa cousine Hélène la taquinait toujours en lui disant que ce garçon était son fiancé. Mais ce n'était pas le cas. En réalité, c'était Hélène qui aurait aimé être la fiancée de Jacob. Sarah ne le comprenait pas. Avec son épaisse chevelure sombre et ses grands yeux noirs, c'était peut-être le genre de garçon qui plasait aux filles, solide et très viril. Mais à part ça, c'était un garçon assez rude et fanfaron, on ne pouvait guère parler de choses sérieuses avec lui. Bien sûr, elle devait reconnaître que Jacob était son seul ami à Paris et, de plus, il lui avait sauvé la vie.

– D'accord. Si c'est ce que tu veux…

Ils commencèrent par descendre la rue de la Paix en direction de la rue de Rivoli. Une bonne trotte les attendait jusqu'au jardin du Luxembourg, mais il faisait beau. Et puis, tout le monde marchait, à Paris. Les restrictions de pétrole et d'essence avaient limité la circulation aux véhicules du gouvernement d'Occupation. Les Parisiens devaient user leurs semelles ou pédaler, s'ils avaient de la chance. Les voitures tirées par des chevaux prolifé-raient à nouveau à côté de véhicules farfelus d'apparition plus récente en raison des restrictions : le vélo-taxi, les autobus fonctionnant au gaz, les automobiles avec un moteur à charbon… Et il y avait des vélos, des milliers de vélos partout.

En marchant, Sarah pensait que c'était dans les arrondissements du centre que l'on remarquait le plus la présence de l'occupant. Et pas uniquement en raison des drapeaux flottant à l'emblème du svastika sur la plupart des bâtiments officiels ou de la quantité d'hommes et de femmes en uniforme qui s'intégraient normalement dans la vie quotidienne, fréquentaient les cafés, allaient au marché, se faisaient prendre en photo devant la tour Eiffel, lisaient la presse à un coin de rue ou admiraient les tableaux de la Rive Gauche. Ce n'étaient pas que les immenses affiches de propagande : « Viens travailler en Allemagne », « Travail, Famille, Patrie ». Ni les écriteaux en lettres gothiques sur les bâtiments occupés et reconvertis : *SoldatenKaffee*, *General der Luftwaffe*, *Militärbefehlshaber*… Ni les véhicules militaires et officiels garés devant la Kommandantur. Après tout, ce n'étaient que les signes extérieurs de l'Occupation.

Le plus angoissant n'était pas visible : la tension contenue, la fausse apparence de normalité, la méfiance permanente, la sensation de ne pas savoir si l'on commettait un crime pour n'importe quoi : ne pas avoir ses papiers sur soi, lire le mauvais journal, ou être Juif.

La vie dans le Paris occupé était un débat continuel entre le « tout est pareil » et le « rien n'est comme avant ». Comme une montagne russe de moments routiniers, de situations d'incertitude, d'images de pénurie, d'instants de joie et de loisirs… et de peur, une grande peur. C'était aussi troublant que de savoir qu'un soldat allemand courtois, extrêmement bien élevé et respectueux, pouvait être le même que celui qui allait mettre un terme à la vie d'un citoyen français avec le peloton quelques heures plus tard. Un jour, Sarah avait bousculé un officier allemand sans le vouloir ; terrorisée, elle avait baissé la tête et s'était faite toute petite ; pourtant, l'officier l'avait aidée à ramasser ses affaires et s'était confondu en excuses. Quand Sarah pensait que ce même officier avait pu faire sortir de force son oncle Henri de chez lui, son estomac se retournait sous l'effet conjugué de l'angoisse et de l'incertitude.

Ainsi s'écoulaient les journées sous l'Occupation, dans un va-et-vient constant. Parfois, la situation devenait insoutenable ; d'autres fois, Sarah pensait qu'elle arriverait à s'habituer.

Comme cet après-midi de dimanche plein de soleil et de paresse où, en franchissant les grilles du Luxembourg, il lui sembla pénétrer dans une oasis de liberté et de calme. Les gens se promenaient au lieu de fuir, bavardaient tranquillement au lieu de le faire en cachette, partageaient leur ration de pain et de beurre sous un arbre au lieu de se battre pour elle. Des vieux jouaient aux cartes, d'autres somnolaient à la chaleur du soleil. Des enfants faisaient glisser leurs petits bateaux sur les eaux de l'étang, d'autres contemplaient avec éblouissement le spectacle du guignol, et ils riaient. Hormis les petits potagers d'oignons, de radis, de tomates et d'autres légumes qui s'étaient improvisés dans ce qui était autrefois des parterres de fleurs, rien ne semblait anormal.

– J'ai une surprise, annonça Jacob une fois qu'ils se furent installés sur l'herbe, à l'ombre brisée d'un marronnier qui commençait à bourgeonner.

– Quoi ?

Sarah se montrait sceptique. Elle ne croyait pas que Jacob pourrait la surprendre et continua à jouer avec insouciance avec un brin d'herbe.

Jacob fouilla dans la poche de son gilet en laine, reprisé et bouloché. Sarah crut entendre crisser du papier : Jacob attirait son attention.

– Du chocolat ! Mais Jacob, où en as-tu trouvé ? s'exclama-t-elle tout en prenant la tablette de chocolat Menier que le jeune homme lui tendait.

– Où veux-tu que ce soit ? Au marché noir.

– Ça a dû te coûter une fortune…

C'était précisément ce que Jacob voulait entendre. Il haussa les épaules, comme si la prouesse – pour lui, c'en était une – n'avait aucune importance.

– Eh bien, un *fridolin* m'a donné un bon pourboire.

Sarah sourit. Cela l'amusait de voir à quel point Jacob s'était fait à l'argot parisien. Il était surprenant de le voir, lui qui, en tant qu'Alsacien, était aussi allemand que français, parler des Allemands dans les termes méprisants des Parisiens. *Fritz* ou *Boche* en faisaient partie. *Fridolin* était nouveau.

– J'ai failli me battre avec un type pour l'emporter. Il ne restait qu'une tablette et ce voleur voulait me la prendre. Mais peu importe, ce n'est pas tous les jours… Et aujourd'hui, c'est mon anniversaire, annonça-t-il sans grandes démonstrations.

– Mais Jacob, pourquoi est-ce que tu ne me l'as pas dit avant ! Je t'aurais fait un joli cadeau ou une tarte. Tante Martha a un pot de confiture en réserve… Eh bien, je te souhaite un bon anniversaire !

Sarah ne savait pas si elle devait l'embrasser sur les joues. Elle préféra finalement s'abstenir.

Elle en savait curieusement si peu sur lui, malgré tout le temps qu'ils avaient passé ensemble. Certes, Jacob n'existait pour elle que depuis quelques mois, depuis qu'il l'avait aidée à s'échapper de chez ses parents. Elle savait juste qu'il n'avait pas de famille et qu'il avait été recueilli par le rabbin d'Illkirch, sur la recommandation duquel il travaillait pour le père de Sarah comme garçon d'écurie. Jacob l'avait emmenée avant que les Allemands ne la retrouvent, tétanisée et morte de peur dans la cave. Il lui avait montré à l'arrière de la maison un chemin conduisant à une épaisse forêt, à l'abri de la surveillance de la Gestapo. Après, ils avaient voyagé ensemble jusqu'à Paris, parfois à pied, en évitant les routes principales, remplies d'Allemands ; d'autres fois, cachés dans les wagons des trains de marchandises ou dans la charrette d'un paysan qui les prenait en pitié. Le jeune homme avait pêché, chassé et volé pour elle des fruits dans les jardins qu'ils traversaient. Jusqu'au jour où, après des semaines de péripéties, ils étaient enfin arrivés à la capitale, où vivaient l'oncle et la tante de Sarah. Alors ils avaient pensé l'un comme l'autre que leurs peines étaient terminées alors qu'en réalité elles ne faisaient que commencer.

– Tu ne vas pas en manger ?

– Si, bien sûr ! Sarah rangea le papier et coupa la tablette en deux. À ton anniversaire !

Ils levèrent leur part en guise de toast.

Sarah s'allongea de tout son long sur l'herbe tout en savourant le chocolat très lentement et avec une véritable jouissance. Elle ferma les yeux. Le soleil lui caressait les paupières ; la brise, les joues. On entendait des enfants jouer et un air d'accordéon. L'après-midi aurait pu être parfait, mais…

– Aujourd'hui, j'ai encore rêvé de mes parents. Comme toutes les nuits, murmura-t-elle, les yeux toujours clos.

Jacob regardait Sarah – il aimait l'observer – mais les mots ne venaient pas, il ne les maniait pas aisément. Sarah le savait, aussi n'attendait-elle pas de réponse ou de commentaire. Elle avait juste besoin d'être écoutée et Jacob était le meilleur pour cela. Il prêtait toujours attention à ce qu'elle disait.

Le chocolat avait déjà fondu dans sa bouche. Entièrement. Jusqu'au dernier petit morceau. Soudain, il ne restait rien de doux à l'intérieur de son corps.

– Le rêve est très confus… Autant que mes souvenirs.

Sarah ouvrit les yeux d'un coup et constata que Jacob la regardait. Elle se redressa et ses cheveux épars couvrirent son visage incliné.

– Ils n'ont pas répondu à mes lettres. Pas à une seule depuis que j'ai quitté la maison. Je suis inquiète.

– Ils vont sûrement bien. Tu sais ce qu'on dit : pas de nouvelles, bonnes nouvelles.

Sarah n'en était absolument pas convaincue, encore moins avec tout ce qui arrivait. Ils emmenaient beaucoup de monde : à la sortie de la synagogue, ou ils allaient les chercher directement chez eux, comme ça. Ils entraient, les appelaient par leur nom et les emmenaient en leur laissant tout juste le temps de prendre quelques affaires, et les gens partaient pratiquement avec ce qu'ils avaient sur eux. Personne ne savait très bien où ils allaient, il ne circulait que des rumeurs. Certains disaient qu'ils les emmenaient dans d'autres maisons, dans des ghettos ; d'autres, que les hommes étaient envoyés aux travaux forcés, pour effectuer ceux que les nazis ne voulaient pas faire, et les femmes, dans les usines ; les plus perspicaces parlaient d'un destin bien pire… Sarah ne savait pas très bien que penser. En général, elle préférait ne pas trop y réfléchir et, le cas échéant, choisir la version la plus optimiste, car c'était sa nature.

– Je devrais peut-être retourner à Illkirch…

– Surtout pas, l'interrompit Jacob. Ton père t'a dit de rester chez ton oncle et ta tante et de ne pas quitter Paris avant qu'il te le dise, tu te souviens ?

– Oui, je sais. Mais…

– Tu ne dois pas t'inquiéter, Sarah. Je suis convaincu que tout va bien. S'ils ne t'ont encore rien dit, c'est pour ne pas te mettre en danger. Tu dois être patiente.

Sarah soupira et ramena une mèche de cheveux derrière une oreille. Jacob avait peut-être raison. Elle voulait le croire.

Elle aurait aimé s'allonger à nouveau sur l'herbe… tout l'après-midi, tous les jours ; ne pas devoir abandonner cette île protégée de la tempête ; ne pas devoir affronter le quotidien. Car, allongée, là, en entendant les gens rire et en sentant la nature suivre son cours en marge de la folie des hommes, il lui semblait qu'il n'arrivait rien de mal. Cependant, Sarah savait parfaitement que ce n'était pas possible, que cet après-midi au jardin n'était qu'un rêve dont elle devrait se réveiller un jour ou l'autre.

– Rentrons à la maison, Jacob. Rentrons en marchant lentement comme si nous n'étions pas poursuivis.

Avant vingt heures, l'heure du couvre-feu pour les Juifs, Sarah et Jacob arriveraient chez les Metz, rue Desaix, dans l'un des quartiers les plus chics de Paris. Jacob dînerait avec la famille, comme presque tous les dimanches ; ils mangeraient des pommes de terre et des rutabagas et, qui sait, un peu de viande. Et peut-être tante Martha sortirait-elle du fond de l'armoire ce pot de confiture qu'elle gardait sous clé, l'anniversaire de Jacob était une bonne occasion.

*

Le père de Sarah lui avait répété jusqu'à l'obsession qu'elle devait rendre visite à la comtesse de Vandermonde dès qu'elle arriverait à Paris. Elle lui avait demandé pourquoi et qui était cette comtesse, mais il n'avait pas eu le temps de lui donner d'explications, juste quelques secondes pour lui glisser dans la poche de son manteau un papier indiquant une adresse. « Va la voir, Sarah. Fais-le, ma fille. Elle t'aidera. »

La comtesse de Vandermonde vivait dans un *hôtel particulier* situé derrière la place des Vosges. Dès qu'elle l'aperçut, Sarah y vit un lieu sombre, voire sinistre. Le jardin était négligé, envahi par les mauvaises herbes ; la façade, noircie par le temps et l'humidité ; tout semblait abandonné. Elle se réjouit que Jacob ait insisté pour l'accompagner ; quand il était à ses côtés, ses craintes et sa méfiance s'apaisaient. Elle faillit toutefois tourner les talons et partir en courant. Plus tard, elle se repentit de ne pas l'avoir fait.

La porte de la grille qui entourait la propriété de la comtesse était entrouverte. Quand Jacob la poussa, elle grinça comme si elle allait se désintégrer dans un nuage d'oxyde. Ils traversèrent ce jardin qui avait connu des jours meilleurs et sonnèrent à la porte d'entrée. Le son creux semblait indiquer une maison vide. Sarah estima que c'était une bonne excuse pour s'en aller, mais Jacob la retint. Quelques secondes plus tard, la porte s'ouvrit avec lenteur.

Ils furent tous deux stupéfaits. Ils n'avaient jamais vu un tel homme. Ils avaient vu des choses étranges, oui, au cirque d'Illkirch et dans les films d'horreur, mais jamais personne d'aussi étrange que ce personnage qui les observait sur le seuil sans dire un mot. Sa peau était de la couleur du talc et semblait posséder la même texture poussiéreuse. Des cheveux lâches et entièrement blancs lui retombaient sur le front. Le plus frappant était cependant ses yeux, fendus à l'orientale, mais à l'iris rouge qui lui donnait un aspect féroce et monstrueux. Il était très grand, trop, portait une redingote noire qui le faisait paraître encore plus grand, lui donnant l'air d'un fossoyeur victorien.

– La… la comtesse de Vandermonde habite-t-elle ici ? bégaya Sarah, cachée dans le dos de Jacob.

Le spectre ne se prononça pas. Il se cacha à l'intérieur de la maison et fit mine de fermer la porte.

Jacob l'en empêcha, la poussant de la main.

– Nous venons de la part d'Alfred Bauer !

Comme un « Sésame ouvre-toi », cette annonce fit cesser la lutte. La porte se rouvrit et l'homme insolite les laissa entrer. Ils le suivirent à travers un couloir sombre, avec des méandres, qui ressemblait à un labyrinthe sans issue. Au fur et à mesure qu'ils s'enfonçaient dans la maison, l'air se raréfiait, lourd comme dans une cave dépourvue de ventilation. Ils parvinrent enfin dans un salon qui, quoique vaste, semblait se refermer sur eux : tendu du sol au plafond de damas délavé par le temps ; un voile de poussière recouvrait les meubles ; les rideaux étaient restés tirés en plein jour, il y avait des centaines d'objets de toutes parts : porcelaines, petites boîtes, miroirs, vases, cendriers, une infinité de bibelots oubliés, comme dans une brocante sordide. Il était difficile de se déplacer sans tomber sur quelque chose. Sarah eut la désagréable impression que personne n'était venu là depuis longtemps, cela donnait des frissons.

Coïncidant presque avec le départ de l'étrange domestique de la comtesse dans un silence lugubre, un arôme intense d'ambre et de musc, comme dans un bazar oriental, se mit à flotter dans le salon. Ce parfum qui ne semblait émaner de nulle part était saisissant.

– Que voulez-vous de moi, garnements ? Ici, on ne donne de travail ni d'aumône à personne.

Une voix brisée les surprit dans leur dos, provenant de l'embrasure sombre d'une porte par laquelle ne tarda pas à apparaître à la lumière moribonde du salon une petite silhouette courbée sur une canne : une vieille dame vêtue de pourpre et coiffée d'un turban qui lui donnait l'air d'une voyante de foire.

Sarah avança timidement.

– Vous êtes la comtesse de Vandermonde ? balbutia-t-elle. Je viens de la part d'Alfred Bauer…

La vieille dame se dirigea vers le centre de la pièce et s'exposa au mince faisceau de lumière qui s'infiltrait par un interstice des rideaux. Son visage ressemblait à un masque grotesque de maquillage qui s'accumulait sur ses rides, aux sourcils épilés et tracés au khôl, et au rouge à lèvres débordant de la bouche.

– Alors, Alfred Bauer m'envoie des Juifs…

L'étoile jaune cousue sur le revers de son manteau qui l'étiquetait comme un objet ou un animal brûla Sarah. Elle aurait dû écouter Jacob et ne pas la mettre, mais sa tante avait insisté.

– Après être resté des années sans donner de nouvelles, Alfred Bauer a le toupet de m'envoyer des Juifs. Maintenant ! Ah ! Maintenant que les Juifs ont été abandonnés par leur Dieu, il fait appel à moi. Quelle outrecuidance ! Il croit que je vais l'aider après tout ce par quoi il m'a fait passer ! déclama la comtesse sur un ton incantatoire.

Jacob fulminait. Du coin de l'œil, Sarah vit qu'il commençait à bouillir d'une colère contenue. Contrairement à elle, toujours prudente et timorée, le jeune homme n'avait pas la langue dans sa poche. Il n'allait pas tarder à répondre à ces attaques gratuites. Sarah tenta d'apaiser les esprits avant que la situation ne devienne encore plus violente.

– Écoutez, je vous en prie…

– Et si Alfred Bauer veut quelque chose de moi, pourquoi n'est-il pas venu me le demander ? l'interrompit la comtesse de façon impolie. Cela lui déplaît tellement de me revoir ?

Sarah n'était pas sûre que la comtesse serait intéressée par ce qu'elle avait à lui dire, mais elle lui répondit :

– La Gestapo a arrêté mon père…

Contrairement à ce que Sarah avait prévu, la comtesse resta muette pour la première fois. Son arrogance et son mépris s'évanouirent pour laisser passer d'autres ombres sur son visage. Après avoir ruminé des pensées amères pendant quelques secondes, elle s'appuya sur sa canne et tenta de se redresser pour regarder Sarah les yeux mi-clos, sous l'effet de la curiosité la plus tordue.

– Alors tu es la fille d'Alfred… Redresse-toi, petite !

Sarah obéit instinctivement, ce qui eut raison de la patience limitée de Jacob.

– Dites, madame !

– Silence, vaurien ! Qui es-tu ?

– Ça ne vous regarde pas, marmonna Jacob.

Sarah lui intima par gestes de se taire.

– Quelle délégation vulgaire et grossière m'envoie ton père !

Avant que Jacob ne bondisse à nouveau, Sarah l'arrêta en lui prenant le bras. La comtesse put s'étendre à nouveau à loisir :

– Maintenant je comprends… Ce n'est plus amusant d'être juif, n'est-ce pas ? Je l'avais prévenu ! Je lui avais dit que les Juifs n'apportaient que le malheur, c'est un peuple marqué par la fatalité, au destin maudit… Béni soit celui qui a le courage de les extirper de notre sein !

La tension crispait le visage de Jacob. Il prit Sarah par la main et l'entraîna vers la sortie.

– Partons ! Je ne vais pas la laisser continuer à te parler comme ça !

– C'est toi qui t'en vas, canaille. Elle, elle reste, grogna la comtesse en donnant un coup de canne sur le sol.

Sarah se réveilla enfin de sa candeur stupide. Elle lâcha la main de Jacob et affronta cette sorcière déguisée en aristocrate.

– Non, moi aussi je m'en vais. Je n'ai rien d'autre à vous dire.

Elle fit demi-tour et quitta le salon en précédant Jacob. Les injures de la comtesse les suivirent.

– Arrête-toi, effrontée ! Reviens immédiatement ! Étourdie ! Tu es aussi impétueuse et têtue que ton père ! Mais tu reviendras !

Ses cris les accompagnèrent jusqu'à ce que la porte principale se referme d'un coup et les laisse entre les murs de la maison décrépite.

Un détail qui attire l'attention

Je ne disposais que de quelques pièces du puzzle : Georg von Bernheim s'était rendu de Paris à Strasbourg, où il avait réquisitionné la collection Bauer, puis il avait regagné la capitale, où il était resté jusqu'en mars 1943. Mais en tentant d'assembler les pièces, les premières questions apparaissaient : Bergheim cherchait-il *L'Astrologue* dans la collection Bauer ? L'avait-il trouvé ? Pourquoi était-il revenu à Paris ? D'après le Dr Arnoux, l'inventaire de la collection Bauer n'incluait aucun tableau de Giorgione. Peut-être parce les Bauer n'avait effectivement jamais possédé ce tableau, ou le contraire, mais comme il avait été réclamé directement par Hitler, Bergheim ne l'avait pas inclus dans l'inventaire ou, si je laissais voler mon imagination, les Bauer avait peut-être mis les tableaux en sécurité avant que les nazis ne confisquent la collection. Hypothèse mise à part, la seule chose claire était que je devais vérifier autre chose sur les Bauer et leur collection.

En profitant du fait que je retournerais voir le Dr Arnoux pour qu'il me remette la copie du rapport sur l'ERR, je tentai de tirer parti de ses connaissances une fois de plus.

– J'ai pensé que si la fille d'Alfred Bauer était toujours en vie, elle pourrait peut-être me donner des informations sur la visite de Bergheim à Strasbourg. À condition qu'elle n'ait pas été trop jeune en 1942 pour se souvenir de quoi que ce soit… glissai-je devant le distributeur automatique tout en faisant des acrobaties avec les doigts pour tenir un gobelet de café trop chaud.

Je lui avais proposé de l'inviter à boire un verre pour le remercier de sa collaboration, mais comme il donnait un cours vingt minutes plus tard, l'invitation se borna à un misérable café au distributeur du Département d'histoire de la Sorbonne. Il est impossible de se sentir généreux en introduisant quelques centimes dans une rainure pour offrir un gobelet en plastique, impossible d'avoir la conscience tranquille.

– Je ne me rappelle pas précisément sa date de naissance, reconnut-il après s'être brûlé les lèvres. Mais elle devait avoir dans les vingt ans, à l'époque… Avec de la chance, elle est peut-être encore vivante… Tout ce que j'ai pu constater, c'est qu'elle ne figure pas sur les listes de déportés, tandis que le reste de sa famille, si.

– Tu crois qu'elle aurait pu s'échapper, ou cela n'arrive que dans les films ?

Le Dr Arnoux sourit.

– C'est possible, pourquoi pas ? Mais je l'ignore…

Il haussa les épaules et sourit.

– Je regrette de ne pas être d'une grande aide. Je dois dire que je ne dispose que de peu d'informations. En fait, je suis tombé par hasard sur la collection Bauer, en faisant des recherches sur une autre, celle d'Heinrich Metz, un Juif autrichien installé à Paris. La famille Metz fut déportée et la collection, confisquée en 1942. Il y a deux ans, une nièce de Heinrich, fille de son frère, s'est rendue à la fondation pour nous confier son affaire. J'ai découvert la collection Bauer parce que la femme d'Heinrich Metz et celle d'Alfred Bauer étaient sœurs. J'ai constaté que pas une seule œuvre de Bauer n'avait été réclamée jusqu'alors… C'est curieux.

– Alors il est fort probable que la fille des Bauer soit morte, sinon elle l'aurait réclamé. Elle ou un de ses descendants.

– Oui, c'est le plus logique. Mais tu serais surprise. Dans le cas des propriétaires, la majeure partie des survivants ont réclamé leur dû en leur temps. Mais pour ce qui est des héritiers… Beaucoup ne savent même pas qu'ils le sont, ni même de quoi. Une bonne partie des Juifs qui vivaient en France pendant la guerre ont fui aux États-Unis. Rien d'étonnant à ce qu'un jour, un de leurs descendants voyage en Europe, voie un tableau à la galerie Belvédère de Vienne et s'exclame : « Mais c'est celui qui figure sur la photo du grand-père ! » Et il s'avère que c'est celui qui se trouvait dans la maison de son grand-père, et qui avait été emporté illégalement par les nazis et vendu ou cédé par la suite à un musée.

Le Dr Arnoux finit son café, écrasa le gobelet et le jeta dans la corbeille.

– Je ne sais pas si continuer sur la piste de Sarah Bauer te servira vraiment, je dois dire. Même si elle n'a pas été assassinée par les nazis, le temps ne joue plus en ta faveur : quatre-vingt dix ans, c'est très long pour espérer qu'elle soit toujours en vie. Ce que je peux te dire, c'est qu'il y a un détail dans toute cette affaire qui attire l'attention…

– Lequel ? demandai-je avec un véritable intérêt.

– Ton commandant von Bergheim, une fois de plus. Il est très étrange qu'il ait signé l'inventaire Bauer.

– Eh bien, Bruno Lohse disait qu'il collaborait à l'inventaire et au catalogage d'œuvres.

– Oui, mais ce n'est pas le problème. Le problème, c'est que l'Einsatzstab Reichsleiter Rosenberg fut un organisme constitué pour opérer dans les territoires occupés. Un membre de l'ERR n'avait rien à faire à Strasbourg parce que, entre 1940 et 1944, la ville n'était pas un territoire occupé, mais annexé au Troisième Reich : elle faisait partie de l'Allemagne. Sur le territoire allemand, le processus d'appropriation de biens artistiques suivait d'autres voies, il ne passait pas par l'ERR. Cela n'a pas de sens qu'ils aient envoyé Bergheim réquisitionner et inventorier la collection Bauer, car cela ne relevait pas de sa compétence… Du moins, en théorie.

Non, ce n'était pas le cas si Bergheim croyait que les Bauer possédaient *L'Astrologue*. En fait, j'aurais aimé partager cette idée avec le Dr Arnoux. Quoi qu'il en soit, tout semblait indiquer qu'il y avait un lien entre Bergheim, les Bauer et *L'Astrologue*.

Juillet 1942

Le 16 juillet 1942, la police française, à la requête du gouvernement allemand, procéda à Paris à une rafle au cours de laquelle plus de treize mille Juifs furent arrêtés. La majorité d'entre eux fut emmenée au Vélodrome d'Hiver, un pavillon de sport au centre de la ville, où ils restèrent pendant cinq jours dans des conditions très pénibles, avec très peu de nourriture ou d'eau. Après être passés par différents camps de transit, les prisonniers furent déportés à Auschwitz.

Avant la guerre, les Metz étaient une famille aisée de la haute bourgeoisie parisienne. Ils occupaient deux étages d'un immeuble cossu du Ve arrondissement, à deux pas de la tour Eiffel, possédaient une automobile avec chauffeur, allaient aux courses à l'hippodrome de Longchamp, passaient l'été à Deauville, louaient une loge à l'Opéra pour la saison lyrique et assistaient régulièrement aux événements les plus mondains de la capitale. Heinrich Metz était également réputé pour fréquenter les galeries et les salles des ventes à la recherche exclusive de peinture romantique, car ce n'était pas un collectionneur d'art, il était collectionneur de peinture romantique et très fier de posséder un Delacroix, un Ingres et un Turner dans sa modeste collection.

Cependant, depuis que Sarah était arrivée dans le foyer des Metz, elle avait été le témoin du déclin progressif de la famille. Peu de temps auparavant, l'oncle Heinrich s'était vu interdire l'exercice de sa profession d'avocat et confisquer sa voiture en plus du premier étage de l'appartement, où il avait son bureau. Ensuite, il avait été assigné à domicile jusqu'à son arrestation par la police française, sous la supervision d'un membre de la Gestapo allemande ; tout cela parce que c'était un Juif étranger. Depuis lors, ni tante Martha ni tante Hélène, qui avaient été libérées car elles étaient des citoyennes françaises, n'avaient eu de nouvelles de lui. Sarah avait vu sa tante, par économie, renvoyer les domestiques et mettre ses bijoux en gage ; plus tard, également l'un des tableaux de grande valeur de son époux. Les derniers mois, ils avaient décidé de fermer la plus grande partie de la maison et de réduire leur surface d'habitation à deux chambres, au salon, à la cuisine et à la salle de bains. Pour obtenir un peu d'argent, sa tante et sa cousine lavaient à la maison les draps d'un hôpital proche.

Devant cette situation, Sarah était angoissée par l'idée de devenir une charge supplémentaire, mais elle n'avait pas d'autre famille que la sœur de sa mère chez qui aller à Paris. La première chose qu'elle fit en arrivant à la capitale fut de chercher un emploi lui permettant de contribuer à l'entretien du foyer. Elle n'avait jamais travaillé auparavant ni envisagé de le faire un jour. Elle étudiait l'histoire de l'art parce que, comme son père, cela la passionnait ; son travail consisterait plus tard à agrandir la collection de la famille prospère, si on pouvait appeler cela un travail. Mais elle ne s'imagina jamais avec un emploi comme les autres, avec un chef, un salaire et des horaires.

Le jour où elle se proposa de parcourir les rues de Paris à la recherche d'un travail, elle déambula sans but fixe. Elle ne savait où aller, elle ignorait ce que pouvait faire une jeune fille comme elle et comment solliciter un emploi… Elle se sentit terriblement perdue et seule dans ces rues remplies de gens inconnus et hostiles ; elle regretta encore plus, si possible, sa famille, sa maison et sa vie à Strasbourg. Elle remarqua dans ses cordes vocales la tension due aux larmes, dans ses yeux, la brûlure des larmes, et elle dut lutter pour ne pas pleurer à cause de la compassion qu'elle prouvait pour elle-même. Pleurer pour cette raison était si honteux et indigne… Elle marcha pendant des heures avant d'arriver au Quartier latin, où elle rassembla le courage nécessaire pour entrer dans une cafétéria et se présenter pour l'emploi de serveuse qui était annoncé sur une affichette. Un an plus tôt, elle n'en aurait pas été capable. Elle sentit ses joues brûler et fut trahie par le tremblement de sa voix tandis qu'elle parlait au responsable. Elle crut mourir de honte quand celui-ci ne voulut pas d'elle, sans doute à cause de son manque de décision et d'aplomb. Elle connut le même sort à la cordonnerie, à la droguerie et à la boutique de chapeaux. Elle arriva à la maison de la rue Desaix peu avant le couvre-feu, les pieds endoloris d'avoir autant marché et l'orgueil en berne d'avoir autant mendié.

Humiliée et découragée, elle raconta ses terribles aventures à Jacob. D'une certaine façon, le garçon représentait pour elle le référent qu'elle avait laissé à Strasbourg : l'expérience et l'autorité. Jacob savait très bien se débrouiller seul. En deux jours à peine, il s'était débrouillé pour trouver un logement dans une pension, où il partageait une chambre avec un autre garçon, et celui-ci l'avait recommandé pour un travail dans une étable, une tâche idéale pour lui qui avait été le garçon d'écurie des Bauer. Et même, il ne s'était pas écoulé un mois quand il trouva un autre travail le soir comme bagagiste à la gare de l'Est. En revanche, Sarah, malgré son éducation, sa connaissance des langues, sa prestance et son élégance, avait lamentablement échoué. Une fois de plus, Jacob fut son sauveur : en moins d'une semaine, il lui avait trouvé un travail dans une librairie située près de la Sorbonne. Les propriétaires, un couple belge sans enfants, n'étaient pas juifs mais, horrifiés devant les événements, ils souhaitaient faire quelque chose et pensèrent qu'engager Sarah était une façon d'aider ces citoyens opprimé par les nazis.

De sorte que Sarah travaillait du lundi au samedi, de dix heures à seize heures, s'occupant des commandes, de l'inventaire, collant les étiquettes de prix et recevant les clients, essentiellement des étudiants et des professeurs de l'université. Mais le plus agréable, hormis le fait d'être entourée de livres toute la journée, était l'affection avec laquelle Monsieur et Madame Matheus la traitaient. Sarah ne tarda pas à s'apercevoir que sa petite famille à Paris s'était agrandie.

Un après-midi ordinaire, Sarah rentrait à pied à la maison après le travail depuis la station de métro Dupleix. Elle marchait vite, sans prêter grande attention aux détails d'un trajet qu'elle connaissait par cœur car elle le faisait presque tous les jours, le regard perdu sur les pavés, songeuse. Elle était si absorbée qu'elle ne vit pas Madame Benoît se jeter sur elle.

– Mademoiselle Sarah ! Par tous les saints du ciel ! Heureusement que je vous vois !

Sarah fut stupéfaite devant les exclamations incohérentes de Sylvie. Elle ne comprenait pas très bien ce qu'elle disait ni pourquoi elle la saisissait de la sorte, en lui serrant fort les bras et en l'empêchant d'avancer.

– Mais Sylvie, que… ?

Sylvie Benoît était la concierge de l'immeuble où habitaient son oncle et sa tante. D'habitude, elle n'était pas très bavarde, et elle s'était jusqu'alors contentée de murmurer un bonjour à peine audible à chaque fois que Sarah la croisait, presque toujours quand Sylvie balayait l'escalier dans sa blouse à fleurs et ses pantoufles en feutre. Sarah fut donc surprise qu'elle connaisse son nom.

– Je suis venue vous prévenir, mademoiselle ! Vous ne devez pas continuer, vous ne devez pas rentrer chez vous ! Mon Rémy me l'a dit : cours, Sylvie, et dis à Mademoiselle Sarah de ne surtout pas venir !

Sarah était parvenue à se dégager des bras de la concierge et elle comptait l'emmener à l'écart, loin du trottoir. Les gens commençaient à se retourner pour les regarder et à l'époque, il n'était pas recommandé d'attirer l'attention.

– Calmez-vous, Sylvie. Que se passe-t-il ?

La femme avala sa salive et, entre deux halètements sous le coup de l'excitation, elle commença à raconter de façon incongrue :

– Ils sont venus, mademoiselle. Ce matin. Ils sont entrés sous le porche sans rien demander et en écartant mon pauvre Rémy d'une poussée. Ils savaient où ils allaient, bien sûr. Comme pour votre oncle. Trois policiers français et un Allemand sans uniforme. L'un d'eux est resté en bas. Quelques instants plus tard, ils sont ressortis avec elles… Par la Très Sainte Vierge qui est au ciel ! Aïe, aïe, aïe ! La pauvre Madame ! Elle, une dame, ils l'ont emmenée comme une vulgaire délinquante ! Jusqu'où irons-nous ?

Quand Sylvie se mit à sangloter, Sarah avait compris. Quand elle se tut enfin, la jeune fille, appuyée contre le mur parce que ses jambes défaillaient, commençait à assimiler ses propos.

– Mon Rémy dit qu'ils surveillent la maison et qu'ils pourraient vous emmener vous aussi. C'est un malheur ! N'y allez pas, mademoiselle, pour l'amour de Dieu.

Sarah réagissait à peine à ses exhortations. Comme cela lui était déjà arrivé, elle était paralysée par la terreur : le regard fixe, la respiration accélérée et les mains moites. Le spectacle de la rue, les bruits, toutes les stimulations extérieures s'étaient amenuisées pour laisser Sarah livrer sa propre bataille : la bataille contre la peur et l'indécision.

*

Fräulein Volks observa avec stupéfaction son chef entrer à grandes enjambées bancales et, soufflant avec fureur, passer devant elle sans même lui adresser un regard pour pénétrer dans son bureau avec un tel élan que la secrétaire eut la sensation qu'il allait arracher la porte. Elle ne s'en était pas encore remise que la porte par laquelle son chef avait disparu s'entrouvrit.

– Trouvez-moi le Dr Lohse et dites-lui que je veux lui parler.

Tout comme il s'était montré, son chef disparut à nouveau à l'intérieur du bureau et la paix revint dans l'espace de travail de *Fräulein* Volks. La jeune fille secoua la tête, croisa les jambes en découvrant une bonne partie de sa cuisse gauche, plaça une mèche de cheveux derrière une oreille et décrocha le téléphone pour appeler la secrétaire du Dr Lohse sur la ligne intérieure.

Georg se laissa tomber sur la chaise et plongea le visage entre ses mains, en appuyant les doigts. Il soufflait encore comme s'il avait eu en guise de nez une soupape laissant échapper toute la colère accumulée. Il ne s'expliquait pas très bien pourquoi, mais ces salauds de la Gestapo réussissaient toujours à le faire sortir de ses gonds. Il n'y avait pas moyen de raisonner avec eux, de les détourner de leurs foutus procédés ni d'éviter qu'ils fourrent leur sale museau dans tout ce qui sentait le Juif. Et il avait eu la malchance de tomber constamment sur des Juifs depuis le début de cette opération.

Il se frotta les yeux et se carra dans son fauteuil, le visage encore congestionné. À chaque fois qu'il pensait à sa malheureuse rencontre avec le *Kriminalkommissar*

Hauser, il s'énervait. Il faut dire que ses hommes avaient encore raté leur coup, dans les grandes longueurs. Ils s'étaient spécialisés dans l'art de tuer des mouches à coups de canon et de les laisser s'échapper.

Ses recherches visant à retrouver *L'Astrologue* en étaient au point mort. Avoir pour seul point de départ du nom d'une femme revenait pratiquement à ne disposer d'aucun élément. Il avait même envisagé d'avoir recours à la police française pour tenter de la retrouver. À la demande de la *Kommandantur*, les Français tenaient depuis 1940 un registre de tous les Juifs résidant à Paris ; son nom y figurait donc très probablement, si, comme il le soupçonnait, la jeune fille s'était rendue à la capitale. Il avait cependant lui-même fait traîné les choses pour ne pas devoir s'adresser à la police française ; il savait que d'une façon ou d'une autre, la Gestapo était au courant de tout ce qui passait par les préfectures parisiennes...

Georg froissa le papier portant le nom de Sarah et le jeta violemment dans la corbeille. Il était si indigné... Avoir pris tant de précautions pour rien était révoltant. Même si, en réalité, il avait été naïf de penser qu'il pourrait faire son travail en se passant de la police. Si celle-ci n'y avait pas mis son nez, cela aurait été beaucoup plus simple et plus efficace. Surtout quand cela ne faisait que deux jours qu'il avait obtenu par hasard une information extrêmement utile. Cela s'était passé alors qu'il accompagnait Lohse au cours d'une de ses rondes habituelles dans les boutiques d'art et d'antiquités de Paris à la recherche d'objets pour Himmler : un manuscrit tibétain ou, avec un peu de chance, une amulette égyptienne. Le *Reichsführer* éprouvait une telle passion pour eux qu'il cessait de le harceler par rapport au véritable but de sa mission. Quand il parla au propriétaire d'une salle des ventes de son séjour à Strasbourg et du malheureux incident survenu avec les Bauer, celui-ci lui raconta qu'il avait un jour fait des affaires avec un certain Bauer du quartier d'Illkirch, à Strasbourg, par l'entremise d'Heinrich Metz, l'un de ses meilleurs clients. Metz était un avocat amateur d'art du XIXe siècle, qui possédait une collection monographique de peinture romantique peu fournie mais de qualité, résidait à Paris et était le beau-frère de Bauer. « Eurêka ! », se dit Georg. Si la jeune fille était à Paris, il la trouverait probablement chez les Metz.

Il réfléchit toute la journée à la façon d'aborder la jeune fille et de gérer la situation pour qu'elle ne lui échappe pas à nouveau des mains. Il décida finalement de rendre visite aux Metz. Parvenu au 5, rue Desaix, où se trouvait le domicile d'Heinrich Metz, d'après le type de la salle des ventes, il trouva d'abord un concierge effrayé et fuyant, puis un policier français qui montait la garde devant la porte et qui se mit au garde-à-vous dès qu'il l'aperçut.

– Vous ne trouverez pas les Metz ici, Herr *Sturmbannführer*. Monsieur Metz a été arrêté il y a six mois, et sa femme et son fils hier précisément, lui expliqua le jeune policier.

– Que leur reprochait-on ? demanda de façon absurde Georg, car il le savait parfaitement.

Le gendarme haussa les épaules.

– Ils n'ont emmené que deux femmes ?

– Oui monsieur. De toute façon, je vous conseille de vous adresser à la préfecture. Ils vous fourniront toute l'information nécessaire.

En usant de son rang et de son autorité, Georg obtint que le policier le laissât accéder à la maison. L'intérieur lui sembla amèrement familier : une maison relativement nette et en ordre ; dans les chambres, les armoires et les tiroirs étaient restés ouverts, les occupants avaient tout juste eu le temps de prendre quelques affaires, et encore moins de faire leurs bagages. Mais ce qui retenait l'attention, c'était qu'il n'y avait pratiquement plus un seul meuble, un seul tableau, livre ou objet d'un minimum de valeur ; il ne restait que les marques à la place qu'ils avaient occupée. Georg s'aperçut également que plus de deux personnes vivaient là : à une époque où les Parisiens survivaient avec le strict minimum, la présence de trois brosses à dents, de trois paires de pantoufles et de trois tubes de rouge à lèvres constituait de véritables indices.

Georg quitta les lieux, indigné. Étant donné son caractère fougueux, il n'attendit pas pour agir. Il n'irait pas à la préfecture, non, il irait directement dans les bureaux de la Gestapo, rue des Saussaies, pour apostropher un incapable. Quand il arriva, on le conduisit à la section IV des questions juives et au *Kriminalkommissar SS-Hauptsturmfüher*, Gunther Hauser, le type le plus arrogant, stupide et répugnant qu'il ait croisé dernièrement.

– Ah, oui, oui… L'affaire Metz, oui. C'était hier. J'ai ici le rapport de l'*Oberschaführer* Łódź, l'agent qui accompagnait la police française.

Georg restait debout devant la table de Hauser, observant d'un air sévère la lenteur avec laquelle le *kommissar* feuilletait le rapport.

– Martha et Hélène Metz, n'est-ce pas ?

– Je ne sais pas et ça ne m'intéresse pas, capitaine, répondit-il en s'adressant à Hauser par son rang dans la hiérarchie SS afin de renforcer son autorité. Tout ce que je veux savoir, c'est la raison pour laquelle la Gestapo a emporté une collection d'art dont la surveillance et la protection relèvent de l'ERR.

Georg avait conscience de manquer d'arguments pour remettre en question les agissements de la Gestapo. S'ils voulaient emmener deux femmes juives, ils le faisaient, point à la ligne. Mais pour vérifier pourquoi elles, il devait invoquer un conflit avec les intérêts de l'ERR, c'était sa seule légitimité pour demander des explications.

Hauser le regarda par-dessus ses lunettes avec une expression cynique dans ses yeux saillants.

– Avec votre respect, commandant von Bergheim, c'est l'ERR qui s'est chargé de confisquer la collection Metz. La Gestapo s'est contentée de faire arrêter deux éléments contraires aux intérêts du Reich, précisément sur instance de l'ERR. Pour votre information, voici l'ordre qui nous a été remis avant-hier depuis l'hôtel Commodore. Il est signé du directeur de l'ERR, le baron Kurt von Behr.

Hauser fit glisser le papier par-dessus la table et Georg se pencha pour le lire. Stupéfait, il observa la signature de Behr tout en faisant de grands efforts pour avaler la bile qu'il avait accumulée, et il cherchait à sortir la tête haute de la situation ridicule dans laquelle il s'était mis.

Hauser, d'un air condescendant, semblait beaucoup s'amuser de la situation.

– De toute façon, *Hauptsturmfüher* Hauser, je crois qu'il est de mon devoir de vous prévenir que la collection Metz relève de l'intérêt personnel du *Reichsführer* Himmler et je gage qu'avec l'arrestation précipitée de la famille Metz, ces intérêts n'ont pas été mis en danger. Ce serait une terrible malchance que vos supérieurs doivent recevoir une communication du *Reichshführer* Himmler à ce sujet.

Hauser sourit avec une béatitude et un aplomb exaspérants tout en posant ses longs doigt osseux sur son front.

– Je doute fort que cela puisse être le cas, si les membres de l'ERR agissent de façon coordonnée avant de solliciter notre collaboration. Que nous accordons bien entendu de bon gré.

Il n'eut pas d'autre solution que de quitter la rue des Saussaies la tête basse, maudissant son caractère impulsif et son manque de réflexion téméraire.

Il pensait encore à cet épisode avec une telle colère qu'il cassa en deux un crayon de papier de son bureau.

– Entrez ! ordonna-t-il en entendant frapper à la porte.

Le visage souriant de Bruno Lohse apparut dans l'embrasure de la porte.

– Ah, Lohse, c'est toi. Entre, je t'en prie.

Lohse s'avança avec précaution et ferma lentement la porte.

– Ta secrétaire m'a dit de faire attention, que tu étais d'une humeur de chien.

Sans dire un mot, Georg appuya sur le bouton de l'interphone.

– Helga, apportez-moi une aspirine. Et par la suite, abstenez-vous de faire des commentaires sur mon humeur auprès des visiteurs.

Lohse, assis face à la table dans une attitude détendue, avait croisé les jambes et allumé une cigarette, et il sourit en rejetant la fumée de la première bouffée. Il se sentait bien dans le bureau de Bergheim. En partie parce qu'il ressemblait au sien, spartiate – une table, des chaises, le portrait de Hitler –, mais avec de si belles vues sur le jardin des Tuileries et les bâtiments environnants que la fenêtre s'apparentait à un tableau si décoratif du réalisme romantique. Mais il se sentait aussi à l'aise dans ce bureau parce que Bergheim était l'un de ses rares amis au sein de l'Arbeitsgruppe Louvre.

– Tu as entendu parler d'un certain *Kriminalkommissar* Gunther Hauser ? lui demanda Georg, en le tirant de ses divagations.

– De la Sipo ? Il s'agissait de la *Sicherheistpolizei*, la police du Reich.

– La Gestapo. Section IVB4, pour être précis.

– Les questions juives ? Ce sont tous des tarés. Mais je ne connais pas ce Hauser. Je n'ai croisé que deux fois Lischka, un de ces nazis efficaces qui plaisent tant à ceux d'en haut.

Le fait qu'il ne connaisse pas Hauser indiquait qu'il s'agissait d'un type ordinaire, car Lohse ne fraternisait qu'à partir d'un certain rang, militaire, politique ou social.

– Eh bien, j'espère que c'est un sous-fifre, parce que, aujourd'hui, j'ai été ridicule devant ce salopard suffisant.

Lohse commença par écouter attentivement le récit des avatars de Bergheim, avant d'être interrompu par *Fräulein* Volks qui apportait l'aspirine à son chef. Tandis que la jeune et voluptueuse secrétaire quittait le bureau au rythme d'un claquement de talons sensuel, Lohse se retourna pour regarder son postérieur. Puis il attendit que son collègue ait pris l'analgésique avant de poursuivre son histoire et il écouta avec intérêt. Une histoire parmi d'autres, jusqu'à ce que Bergheim mentionne la collection Metz. Tous ses sens se mirent alors en alerte. Il écrasa sa cigarette, se redressa sur son siège et affecta le calme. Mais il se savait inquiet et, davantage qu'écouter Georg, il pensait à la façon dont il allait sauver la face devant son ami. Lohse était parfaitement conscient de ne pas jouir d'une grande sympathie auprès de ses collègues pour ce genre de raisons. Il avait commis plus d'une gaffe à cause de ses subterfuges et de ses manigances.

Bergheim semblait vraiment fâché. Il gesticulait exagérément, tapait du poing sur la table, criait parfois. Lohse craignait sa réaction s'il lui disait la vérité. Il se surprit toutefois lui-même en découvrant qu'il accordait davantage d'importance qu'il ne le croyait à l'amitié de Georg, et il décida pour une fois de faire son *mea culpa*.

– Ce que je n'arrive pas à comprendre, c'est comment ce foutu Behr a pu entendre parler de la collection Metz.

Georg avait manifestement terminé son discours. Le commandant déboutonna le col de sa chemise et but une gorgée du verre d'eau que lui avait apporté *Fräulein* Volks. Le silence qui s'ensuivit serra la gorge de Lohse, l'empêchant de parler ; il desserra lui aussi son col pour laisser place à un aveu qu'il n'était pas très sûr de vouloir laisser échapper.

– C'est moi qui le lui ai dit, reconnut-il finalement, sans oser le regarder en face. Et je lui ai demandé d'autoriser la confiscation.

La colère de Georg sembla se volatiliser soudain comme du gaz en combustion. Le silence s'empara de son bureau, et la stupeur, de son visage.

– Bon sang, Lohse… Mais pourquoi ?

– J'ai écouté ce que te disait Dequoy – le propriétaire de la salle des ventes – sur la collection. Le maréchal Göring est fou de peinture romantique, et j'ai pensé que c'était une occasion en or pour lui offrir de la matière de première qualité. Il doit venir prochainement à Paris et je n'ai pas grand-chose pour lui. Si j'avais su qu'elle t'intéressait, je ne serais pas intervenu, je te l'assure.

– Mais la collection Metz n'était pas en situation d'abandon ! L'ERR ne peut pas intervenir ! C'est du vol qualifié !

– Oh, allons, Bergheim ! Tu n'as pas encore compris ce qu'on fait ici ? Et toi, avec la collection Bauer ?

Lohse avait posé le doigt sur la blessure. Georg se calma et, abattu, avoua :

– Ce fut une erreur de novice que j'ai commise une fois et j'ai juré de ne pas recommencer. Pourquoi arrêter des personnes afin de nous approprier leurs œuvres d'art ? Bon Dieu, quelle perversion !

– Ce ne sont pas des personnes, ce sont des Juifs.

Sentant le regard sévère de Georg fondre sur lui, Lohs s'excusa :

– Ce n'est pas moi qui le dis. On ne t'a pas obligé à apprendre *Mein Kampf* à Bad Tölz, peut-être ? À la *Leibstandarte*, vous n'avez pas précisément la réputation d'être de gentils garçons…

« La *Leibstandarte* est une unité militaire d'élite », s'était répété Georg des centaines de fois. Une unité entraînée pour combattre en première ligne, et la réalité du combat est cruelle et impitoyable. Il ne pouvait cependant s'empêcher de penser au jour où il avait surpris un de ses lieutenants le pistolet sur la nuque d'un prisonnier anglais agenouillé dans la boue. La colère s'était emparée de lui et il avait fait sauter le pistolet d'un coup de pied, en le menaçant de l'emprisonner à vie s'il recommençait. Et il ne s'agissait pas d'un cas isolé… La *Leibstandarte* avait la réputation de ne pas faire de prisonniers, comme l'exigeait son commandant, le général Josef Dietrich, un homme connu pour sa dureté. Il n'approuvait pas la façon dont Dietrich commandait l'unité ; il avait donc envisagé de demander une mutation dans celle du général Paul Hausser.

– *Mein Kampf* n'est qu'une idéologie. Et la guerre… est souvent le lieu de viles passions qui échappent à tout contrôle, dit-il en tentant de se défendre. Mais entrer dans une maison en uniforme bien repassé, les bottes brillantes, les mains propres, les ongles soignés, et emmener des hommes, des femmes et des enfants sans défense… C'est… injustifiable.

Lohse était surpris par l'étrange sensibilité de Bergheim par rapport à la question. Bergheim était un SS, et les SS s'enorgueillissaient de ce type de nettoyage. Pour la plupart des gens, c'était une chose qu'ils ne voulaient ni entendre ni voir. De son côté, il avait tendance à ne pas trop y réfléchir. Il ressentit pourtant le besoin de se justifier devant son ami, comme si la posture noble de Georg avilissait la sienne, bien que, jusqu'à présent, il ne se soit sali les mains qu'avec de la peinture.

– Et tu crois que toi ou moi pourrons l'éviter ? J'aurais pu laisser les Metz et leurs tableaux, et toi les Bauer et les leurs, mais le mois suivant ils les auraient arrêtés sous n'importe quel autre prétexte… Que cela te plaise ou non, c'est comme ça.

Lohse était persuadé de connaître la recette pour survivre sans problème dans cette jungle, et il était disposé à la partager avec son ami.

– Écoute, Bergheim, si tu veux un conseil, occupe-toi de tes affaires, fais ton travail du mieux possible sans regarder sur les côtés, car la saleté s'accumule toujours dans les coins même si tu nettoies derrière toi.

*

Retourner à Illkirch avait été une folie qui aurait pu occasionner à Sarah des ennuis avec la police ; non seulement en chemin, où des agents vérifiaient à tout instant les papiers dans les trains, les cars et lors de contrôles improvisés sur la route, mais, surtout, à destination. Depuis l'armistice, l'Alsace avait été annexée au Troisième Reich, elle faisait partie du territoire allemand : la jeune fille devait donc traverser une frontière sous stricte surveillance pour gagner Strasbourg. Effectivement, ceux qui avaient fui ou avaient été évacués pendant la guerre avaient interdiction de rentrer chez eux. Pour cette raison, Sarah n'avait pas eu d'autre solution que de passer clandestinement la frontière, en utilisant la même voie que lorsqu'elle s'était échappée vers Paris avec Jacob : un passage montagneux au sud de la chaîne des Vosges.

Dès son arrivée, elle se rendit chez ses parents, chez elle. La trouvant fermée et abandonnée, elle s'assit devant la porte d'entrée, qui avait été scellée par une grosse chaîne et un grand cadenas. L'espace d'un instant, elle ne fut plus en mesure de réfléchir ; elle savait que quoi qu'elle se dise, toutes ses pensées la mèneraient à une réalité qu'elle n'était pas disposée à affronter. Rien qu'en voyant deux policiers faire leur ronde en bas de la rue, ses sens s'éveillèrent et elle partit en courant, tel un animal qui fuit par instinct. Elle se dirigea vers la maison du rabbin Cohen.

Le rabbin Ben Cohen, de la synagogue d'Illkirch, prit Sarah dans ses bras quand il la vit devant chez lui. Il l'étreignit en répétant son nom afin de s'assurer que ce n'était pas un fantôme. Depuis que la jeune fille avait disparu cet horrible jour où la tragédie s'était refermée sur la maison des Bauer, le rabbin avait craint le pire. L'avoir à nouveau devant lui était un cadeau de Yahvé le Miséricordieux. Il la fit entrer et, lui prenant les mains avec tendresse, l'obligea à s'asseoir ; il avait remarqué la peur qui altérait son visage et qui lui donnait l'air d'un être égaré.

Le rabbin Cohen l'avait vue naître, ainsi que son frère et sa sœur ; il l'avait vue grandir et passer de la fillette adorable à la jeune fille intelligente, joyeuse et jolie.

– Je suis allée chez moi… Où sont-ils tous, rabbi ? Et ma famille ?

Sarah était une gentille jeune fille juive, aimable et charitable, qui ne méritait pas la souffrance qui l'attendait ; aucune créature de Yahvé ne méritait ça.

– Ils les ont emmenés, ma chère petite. Ta mère et tes frères. Quelques semaines après ton père.

Le rabbin parvint à lui donner la nouvelle après avoir réuni un courage qui, il en était convaincu, ne pouvait venir que du Ciel. Et peut-être de la force qu'il avait rassemblée bien malgré lui au cours de ces derniers mois où il avait vu et tenté d'atténuer l'horreur et le malheur des familles de la communauté juive d'Illkirch-Graffenstaden. D'abord, les Allemands avaient emmené tous les hommes juifs jeunes, puis les vieux et les femmes, et enfin les enfants. Il avait lui-même conscience que son heure arriverait tôt ou tard, mais il était prêt à l'affronter si telle était la volonté de Yahvé.

– Mais où, rabbi ? Où les ont-ils emmenés et pourquoi ? demanda Sarah, angoissée.

Pourquoi ? Personne ne savait. Personne ne pouvait s'expliquer pourquoi ils emmenaient ses proches et ses amis, ni pourquoi ils les séparaient des leurs et les enfermaient dans des camps qui ressemblaient à des prisons.

Personne ne comprenait pourquoi ils les faisaient ensuite monter dans des trains de marchandises à destination de l'Allemagne. Mais il circulait des rumeurs, des rumeurs horribles que le rabbin refusait de croire, et avec lesquelles il ne comptait absolument pas empoisonner cette pauvre petite innocente.

– Et mon père ? Il est sorti de prison ?

Le rabbi baissa la tête. Il ne fut pas capable de la regarder en face pour lui avouer que son père était mort dans une cellule de la Gestapo.

Les pleurs exercent une sorte d'effet apaisant. Après, Sarah se sentit fatiguée, très fatiguée, et se cala contre le dossier du canapé. Elle était à Illkirch et, à ce moment, le petit salon du rabbin Ben, avec le coucou et les pots en céramique alsacienne, la mezouzah sur le jambage de la porte, était ce qui ressemblait le plus à un foyer pour elle. Le voyage avait été long, dur et dangereux, elle avait eu peur et faim, elle s'était griffé les jambes dans les broussailles et brûlé le visage en marchant sous le soleil. Elle était arrivée à Illkirch… où il ne restait plus rien, juste le petit salon du rabbin Ben, un petit morceau de foyer pour la jeune fille, un coin où pouvoir fermer les yeux et dormir.

Le rabbin déposa une couverture sur Sarah et alla préparer un peu de soupe pour quand elle se réveillerait.

Le cœur serré, Sarah poussa la porte de sa maison. L'intérieur était dans la pénombre, la faible lumière qui s'infiltrait par les contre-fenêtres permettait à peine un clair-obscur. Pendant un instant, Sarah resta paralysée sur le seuil, craignant d'avancer vers un lieu étrangement familier et inquiétant à la fois. L'espace et les objets qu'elle se rappelait plus qu'elle ne les voyait, chacun à sa place, lui étaient familiers. Et l'odeur, cette odeur caractéristique du foyer, celui qui n'appartient à personne et à tous ceux qui habitent la maison. Mais le silence, l'obscurité et le froid étaient inquiétants, car ils n'étaient jamais venus l'accueillir autrefois, quand elle passait le seuil.

Elle finit par se décider à franchir le seuil, chacun de ses pas résonnant dans la tranquillité de l'espace comme les tambours d'une exécution. Elle ouvrit l'une des contre-fenêtres et la lumière de l'extérieur se répandit comme de la peinture blanche dans le salon. Mais elle ne sut combattre le froid, et il était si intense que Sarah ne pouvait s'empêcher de trembler, même en fermant sa veste. Plantée au milieu de la pièce, elle grelottait en contemplant le fauteuil où sa mère brodait, situé près de la fenêtre, et qui était vide maintenant ; le pot à tabac dans lequel son père remplissait sa pipe, abandonné ; la table privée de l'échiquier sur lequel elle jouait aux échecs avec sa sœur, et le panier où la chatte dormait près de la cheminée…

Quand il lui sembla que la lumière n'était plus blanche ni les ombres, noires, mais qu'un reflet chaud et doré baignait la pièce, quand elle crut entendre des rires, des conversations et la musique d'un piano, Sarah quitta le salon, les paupières crispées et la bouche contractée, s'étreignant si fort qu'elle commença à ressentir de la douleur, la même que lui produisait le trou par lequel son cœur commençait à glisser. Elle gravit l'escalier comme autrefois, celui qui menait à sa chambre et à celles des autres membres de la famille, aux endroits qui contenaient des objets et des secrets, de nombreux rêves et quelques cauchemars.

Sa chambre était restée fermée et intacte, les autres étaient ouvertes. Des tiroirs dépassait du linge appartenant à sa mère, à Ruth et à Peter, ce qu'ils avaient voulu emporter mais qui était resté là : le pull préféré de sa mère, celui qui lui tenait si chaud ; et le petit pyjama à carreaux de Peter. À côté du lit de l'enfant, abandonné sur le sol, elle vit le petit ours en peluche, un vieux, aux oreilles usées et au nez décoloré. Depuis qu'il était bébé, Peter l'emmenait partout et dormait la joue appuyée contre son ventre moelleux. Très lentement, remarquant qu'à force de trembler elle pouvait à peine fléchir les genoux, Sarah se pencha pour le ramasser et, avec beaucoup de précautions, elle voulut le poser sur le lit de son petit frère ; ainsi, quand Peter reviendrait, son petit ours l'attendrait pour dormir… Mais quand elle l'eut dans les mains et le revit dans celles de l'enfant, Sarah se mit à pleurer et s'accrocha à la peluche comme à son propre frère. Repliée sur elle-même, le serrant contre elle comme un trésor, Sarah pleura longuement, inconsolable, sur tout ce qui était resté vide, abandonné, nu, intact et muet dans cette maison auparavant si pleine de vie. Elle pleura à cause du parfum de sa mère, qui flottait encore dans l'air, d'une photo de la famille prise pendant une sortie à la campagne, couverte de poussière, de la collection de papiers de bonbons de Ruth, qui n'était pas terminée, du livre que lisait son père, fermé sur la table de nuit, et de l'ours en peluche de Peter, oublié à côté de son lit…

– Sarah…

Son nom prononcé par cette voix douce apaisa ses pleurs. Lentement, elle releva la tête et, au milieu des larmes, elle devina le visage de Jacob. Elle le regarda à peine une seconde et ses lèvres recommencèrent à trembler, car il n'y avait plus de remède à l'angoisse.

Le jeune homme se pencha sur elle et posa timidement les mains sur ses épaules. Sarah l'étreignit, inconsolable, parce que tenir dans ses bras le petit ours de Peter lui était de plus en plus douloureux.

Assise sur une marche devant chez elle, Sarah contemplait le jardin : la brise berçait les fleurs et les feuilles des saules. Les moineaux avaient niché au bord du toit et le pépiement affamé de leurs petits égayait la soirée. Le soleil commençait à se cacher derrière les arbres et quelques rayons doux du soir lui fermaient les yeux d'une caresse ; ils lui brûlaient encore d'avoir tant pleuré.

L'étreinte de Jacob et l'air frais étaient parvenus à la calmer. La tête appuyée contre l'épaule du jeune homme, elle caressait lentement la peluche usée de l'ours et pouvait se dire qu'elle n'avait plus versé une larme depuis un bon moment.

Maintenant qu'elle se trouvait au point de départ, sa mémoire avait retrouvé les derniers mois de sa vie : une montagne russe d'émotions poussées à leur limite, qui débouchait sur l'apaisement. Elle osait maintenant regarder le cauchemar en face, reconstruire avec cohérence les bribes qui la tourmentaient toutes les nuits.

Cela s'était passé un après-midi où elle rentrait de l'université, comme à l'accoutumée. On était vendredi, veille du sabbat, et la maison tout entière embaumait le pot-au-feu traditionnel qui cuisait à feu doux pour le lendemain. On aurait dit un vendredi ordinaire… jusqu'à ce qu'on entende des coups vigoureux frappés à la porte. Ils étaient tous réunis au salon et son père se leva, nerveux. Quand la domestique ouvrit, on entendit clairement une voix grave : « Police. Nous voulons voir Herr Bauer. »

Comme si son père avait su ce qui allait se passer, comme s'il avait déjà tout préparé, il courut vers l'armoire et y prit son manteau. Ajoutant à la surprise et au désarroi de Sarah, il se dirigea vers elle :

– Prends ça, Sarah, ma fille. Il n'y a pas de temps à perdre, la pressa-t-il tout en repoussant le canapé sous lequel se trouvait une trappe.

Sarah regarda sa mère qui semblait consciente de tout ce qui arrivait.

– Allez, ma petite, descends. En bas, tu trouveras un tunnel qui te mènera en dehors des limites de la maison. Tu dois t'échapper, Sarah. Écoute-moi bien. Tu dois aller à Paris, chez ton oncle et ta tante.

– Mais, Papa… Et Maman ?

– Fais ce que te dit ton père, ma fille.

Les yeux de sa mère commençaient à se remplir de larmes et elle put à peine lui frôler la main tandis que son père la poussait dans le trou qui s'ouvrait dans le sol.

– Le manteau, Sarah, protège-le de ta vie s'il le faut. Quand tu seras à Paris, va voir la comtesse de Vandermonde. Va la voir, Sarah. N'oublie pas, ma fille. Elle t'aidera… Voilà son adresse.

Les yeux de Sarah s'ouvrirent démesurément. Elle aurait voulu dire mille choses à son père, mais les émotions ne lui laissaient pas prononcer un mot. Déconcertée et effrayée, elle regarda son père glisser un bout de papier dans la poche du manteau.

Puis il l'embrassa sur le front. Un baiser qu'il prolongea aussi longtemps qu'il put jusqu'à ce qu'il se trouve contraint de fermer la trappe. L'image de sa famille dans l'encadrement du trou fut la dernière chose que Sarah vit. Leurs visages angoissés et éperdus furent le souvenir qu'elle emporta d'eux. Ensuite, l'obscurité et la peur.

Au-dessus de sa tête, les premières foulées martiales commencèrent à résonner.

– Herr Alfred Bauer ? Police du Reich. Suivez-nous.

– Pas sans savoir auparavant de quoi on m'accuse.

– Ce n'est pas le moment de poser des questions.

– J'exige une explication ! Vous n'avez pas le droit de me passer les menottes… ! Que signifie tout cela ?

– Lâchez-le, pour l'amour de Dieu ! Où l'emmenez-vous ? Alfred !

– Papa ! Papa !

– Silence ! Sergent, faites-les sortir !

– Ne touchez pas à un seul cheveu de ma famille !

Sarah entendit alors le bruit caractéristique d'une gifle. Puis sa mère qui criait et sanglotait, hystérique.

– Alfred ! Alfred !

– *Es reicht !*

Sarah ne pouvait pas savoir ce qui arrivait, elle le devinait à peine car, de sa cachette, elle ne pouvait pas voir, juste entendre. Et elle n'avait reconnu aucune des voix… jusqu'alors. Ce « *Es reicht !* » « Ça suffit ! », sur lequel elle se réveillait toujours de son cauchemar n'avait pas été prononcé par un inconnu. Dès qu'il parla à nouveau, Sarah l'identifia sans hésitation.

– Je croyais avoir été très clair, lieutenant, il n'était pas nécessaire d'employer la violence ! Ôtez immédiatement les menottes à cet homme ! ordonna Georg von Bernheim.

Rien de plus. Ces mots et cette voix furent la dernière chose qu'entendit Sarah avant l'arrivée de Jacob qui l'emmena dans le tunnel, loin de la maison.

Sarah prononça à voix haute une question qui n'était destinée à personne.

– Pourquoi Bergheim a-t-il fait ça ?

Elle était revenue de ses souvenirs à la réalité du soir dans le jardin.

– Parce que c'est un salaud de nazi, répondit Jacob. Ils le sont tous.

Oui, ils l'étaient peut-être tous, en convint Sarah. Mais Georg von Bergheim lui avait semblé différent dès le début. Il était arrivé chez les Bauer par un matin de décembre afin de voir son père. Dès lors, ses visites avaient été assidues. Sarah l'avait vu traverser le vestibule ou l'avait croisé dans le couloir lorsque le commandant se dirigeait vers le bureau pour y retrouver son père. Un jour, en passant devant la porte de la bibliothèque, elle l'avait découvert en train d'admirer certains tableaux de la collection de la famille qui étaient accrochés aux murs. Il était debout devant l'un des tableaux préférés de Sarah. Sans y réfléchir à deux fois, elle était entrée et s'était placée à côté de lui.

– *La Conversion de Marie-Madeleine*, d'Artemisia Gentileschi, précisa Sarah en feignant d'observer le tableau comme lui.

Georg von Bergheim se retourna, surpris dans un moment de profonde contemplation.

À cet instant, Sarah, timide et réservée comme elle l'était, regretta cette spontanéité si peu habituelle chez elle. Sans très bien savoir que dire, elle sentit, bien malgré elle, la chaleur et la rougeur s'emparer rapidement de son visage.

Bergheim s'était aperçu de l'embarras de la jeune femme et se contenta très naturellement de lui sourire et de reprendre sa contemplation du tableau.

– C'est un tableau vraiment singulier, remarqua-t-il alors, sans regarder Sarah. J'ai rarement vu une femme représentée de la sorte. Il émane d'elle du remords et de la dévotion, mais aussi une force qui ne se manifeste dans rien de concret tout en inondant le tableau : son visage, sa posture, toute sa personne.

Sarah n'osait toujours pas parler, mais il lui semblait en même temps tout à fait stupide de continuer à se taire. Elle se racla la gorge pour secouer la timidité de ses cordes vocales.

– C'est le cas de la plupart des femmes chez Artemisia. Et la plupart de ses tableaux sont des portraits de femmes, indiqua la jeune fille dans un filet de voix.

Bergheim la regarda du coin de l'œil ; la timidité de la jeune fille semblait l'amuser.

– Un jour, j'ai appris que c'était une artiste du baroque italien, très appréciée à son époque et cependant tombée dans l'oubli après sa mort, rappela Georg. Mais je reconnais que je ne sais pas grand-chose d'elle.

– C'était une femme extraordinaire et un peintre d'une grande qualité, qui ne méritait absolument pas l'oubli dans lequel elle est tombée. La force de ses femmes n'est que le reflet de sa propre force, celle d'une femme qui, déshonorée et trompée par son maître, dut affronter une société dominée par des hommes afin de défendre son honneur, exposa Sarah, comme gagnée par la force d'Artemisia.

Bergheim glissa doucement son regard de Madeleine vers elle, la contemplant avec une curiosité qui parut aussi gênante que flatteuse à Sarah.

Dès lors, quand Georg von Bergheim se rendait chez les Bauer, ils finissaient toujours par se chercher d'une façon ou d'une autre. Les rencontres étaient devenues des conversations, et les conversations, des promenades dans le jardin glacé. Et Sarah appréciait énormément ces discussions sur l'art et ces promenades avec l'Allemand ; un salaud de nazi…

– Sarah, il faut rentrer à Paris, annonça Jacob en la tirant de ses souvenirs.

– Je dois retrouver ma famille, Jacob. Ce qu'il en reste…

– Et qu'est-ce que tu comptes faire ? Te présenter à la police et leur demander où ils sont ? On t'arrêtera toi aussi, argumenta le jeune homme avec sa rudesse habituelle.

– Ça me permettrait peut-être de savoir où ils se trouvent, répondit Sarah, sentant qu'elle pourrait se mettre à pleurer.

Jacob la serra plus fort pour la réconforter.

– Je sais que tu ne parles pas sérieusement. Écoute, je vais t'aider, on cherchera tous les deux. Mais il faut rentrer à Paris. Ce n'est pas prudent de rester ici.

Sarah soupira.

– Dis-moi, Jacob, y a-t-il un lieu sûr dans le monde ? Y a-t-il un lieu sûr dans cette maudite époque où il nous est échu de vivre ?

Je ne suis pas qualifiée pour ça

Je soufflai à Konrad qu'au vu de la tournure que prenait l'enquête, je n'étais pas qualifiée pour la mener à bien. J'étais peut-être une experte de Giorgione et de la peinture de la Renaissance, mais cela ne me servait à rien. Ce qu'il lui fallait, c'était un spécialiste de la spoliation nazie, quelqu'un qui compulserait aisément les archives, qui connaîtrait les dessous du marché de l'art à l'époque, qui saurait où s'adresser. Konrad avait besoin de quelqu'un comme le Dr Arnoux. Or, il ne voulait même pas en entendre parler.

– Il n'en est pas question ! Je connais les membres de l'European Foundation for Looted Art, des opportunistes. Ils sont en train de démonter la majorité des collections privées et les musées de la moitié de l'Europe parce qu'un type du Wisconsin, descendant collatéral au quatrième degré d'un Juif polonais, arrive un jour avec une photo d'un grand-oncle et affirme que les nazis lui ont volé son tableau. Il ne faut pas abuser ! Ça s'est passé il y a soixante-dix ans ! Et les gens ont payé pour ces tableaux ! Tout ce qu'ils veulent, c'est un gros titre dans la presse. Mais ils ne l'auront pas à mes dépens, je t'assure. Cette découverte m'appartient… Et puis, annonça-t-il en ménageant ses effets, je n'aime pas la façon dont ce Dr Arnoux met son nez dans notre enquête. Je ne crois pas qu'il t'aide par simple amour de l'art…

– Oui, moi aussi son intérêt me surprend… reconnus-je. De toute façon, je ne me crois pas qualifiée pour ça, Konrad, dis-je en changeant rapidement de sujet car ce n'était pas ce qui me dérangeait le plus.

– Bien sûr que si, *meine Süße*. Tu l'es pour tout ce que tu te proposeras de faire, mais tu t'obstines à te sous-estimer. Tu dois avoir un peu plus confiance en toi.

Il avait peut-être raison. Sans lui, je n'aurais peut-être été que la conservatrice d'un petit musée local, qui aurait mené une existence banale. Pourtant, grâce à Konrad, j'avais évolué, progressé, et mon existence était pleine de luxe et d'émotions. Même si je me sentais parfois comme une marionnette tenue par des fils invisibles que manipulait un homme sûr de lui.

« Très bien, ma jolie, si tu te sens manipulée par ton Allemand, pourquoi est-ce que tu te laisses faire ? », m'avait demandé Teo un jour. « Parce que je suis amoureuse et que j'aime qu'il me manipule », avais-je reconnu. C'est pathétique, je sais, mais vivre dans l'ombre de Konrad m'évitait de devoir prendre les rênes de ma vie et de m'apercevoir que je ne savais absolument pas dans quelle direction diriger les chevaux.

Sur son insistance, je restai à Paris, tentant de développer ma confiance en moi et de comprendre que si je ne me sentais pas capable d'avancer dans mon enquête, c'était parce que je ne l'avais pas décidé… C'était du moins l'avis de Konrad.

Pendant ce temps, Teo menaça de rentrer en Espagne, alléguant qu'il avait achevé son travail et qu'il me voyait perdre mon temps lamentablement. Terrorisée à l'idée de rester seule, je le persuadai de rester quelques jours de plus en le subornant avec des entrées pour les défilés de la collection printemps-été de Christian Lacroix que m'avait obtenues mon Allemand.

Un après-midi, nous allâmes nous promener au musée Rodin. Pour moi, c'est un endroit parfait pour se promener entre l'art et la nature et non avec les sens en alerte et l'attitude scolaire qu'exige par définition la visite d'un musée : cette tension permanente pour mémoriser artistes, styles, œuvres, techniques et interprétations, comme si notre vie en dépendait. Moi, bien sûr, je suis beaucoup plus heureuse depuis que je me promène dans les musées en jouissant de l'art comme expression de beauté et non en me torturant avec le désir académique de tout savoir. Et puis, le musée Rodin est entouré de jardins qui rendent la promenade plus longue et plus agréable.

Je m'arrêtai devant *Le Baiser* parce que c'est une des rares œuvres d'art populaires et donc très souvent surexploitées, outragées et salies, qui parvienne encore à me donner des frissons.

– Cette affaire commence à me dépasser, lâchai-je soudain à Teo, sans cesser de contempler la sculpture.

– Moi, je ne suis pas dépassé, ma chérie, mais excité, et pas qu'un peu. C'est un baiser hétéro, mais le mec a un de ces corps…

Je ne pus m'empêcher de sourire tout en lui répondant d'un coup de coude.

– Je ne parle pas de la sculpture, banane.

– Il faut reconnaître que tu dis des choses qui n'ont aucun rapport…

– Je te parle de l'enquête, lui précisai-je, reprenant la promenade dans les salles mais dans l'intention de chercher la sortie vers le jardin.

– C'est nouveau ! Chérie, l'enquête te dépasse depuis le début. Tu défies les lois de la physique : tu es capable d'avancer à contre-courant rien qu'en te laissant porter.

– Je parle sérieusement, Teo. Je réfléchis, mais j'en suis arrivée au point où, où que j'aille, je me retrouve sur un terrain que j'ignore complètement. Je ne sais rien sur les SS, ni Himmler, ni les nazis, ni leurs mille organisations si complexes. Et je ne sais pas où chercher !

– Demande de l'aide à ton ami le docteur surfeur. Tu sais ? L'autre jour, je me demandais comment ce salaud pouvait être bronzé en octobre. Les U.V. ? Alors ils doivent être très bons…

– D'accord, Teo, fis-je, l'interrompant dans ses divagations avant que nous ne nous y perdions. Ce n'est pas mon ami, et puis, je ne sais pas… je ne lui fais pas confiance, et Konrad non plus. Toutes ces envies d'aider sont étranges…

– Je crois que vous êtes tous les deux paranos, ma chérie. Konrad porte le signe du dollar gravé sur les pupilles, et il ne conçoit pas qu'on bouge le petit doigt sans rien attendre en échange. Et toi, chérie, il commence à t'arriver la même chose. C'est bien connu : qui se ressemble…

Teo laissa le proverbe en l'air, et une tache sur ma conscience.

Nous nous assîmes sur le perron qui donnait accès au jardin. C'était une belle après-midi de début d'automne, encore chaude et lumineuse, et comme on était mardi, il y avait pas trop de touristes et le jardin était tranquille.

– Et puis, peu importent ses intentions. Continue à lui tirer les vers du nez par des moyens pas très catholiques, comme tu l'as fait jusqu'à présent.

– Ce n'est pas bien, Teo. Je ne peux pas continuer à lui mentir. Tôt ou tard, il va me coincer.

– Eh bien, d'ici là, c'est toujours ça de pris. Ne sois pas sotte, chérie. Qu'est-ce que tu as à perdre ?

– Ma dignité, répondis-je, à demi sérieuse.

– Non, excuse-moi, ma petite, la dignité, tu l'as perdue le jour où il t'a vue en jogging, lunettes et cheveux en bataille.

Cette remarque lui valut un autre coup de coude.

– Et puis, Konrad ne veut pas, je te l'ai déjà dit.

– Eh bien, chérie, c'est ça ou tu dis à ton Allemand de chercher le tableau tout seul, tu n'as pas le choix. Et puis, je vais te dire une chose, que tu peux transmettre de ma part à ton fiancé qui sait tout : celui qui réussit n'est pas nécessairement le meilleur, mais celui qui sait s'entourer des meilleurs. Alors s'il veut réussir, il a intérêt à te demander de l'aide.

Je regardai mon ami, les yeux et la bouche grands ouverts.

– Teo ! Cette phrase est trop profonde pour toi, elle n'est pas digne de ta frivolité.

– Tais-toi, je m'inquiète. *Forever frivolous* ! s'exclama-t-il, mettant ses lunettes de soleil avec beaucoup d'allure et levant le visage au ciel à la recherche d'un bronzage instantané.

Dans un élan d'affection envers mon frivole ami, je passai les bras autour de ses biceps, aussi saillants que ceux de la sculpture que nous venions de contempler. Je me blottis contre lui et appuyai la tête contre son épaule.

– Je le répéterai à Konrad, mais je ne sais pas s'il voudra m'écouter… Je soupirai bruyamment, comme si j'avais voulu par là m'alléger de tout le poids que je portais. Je déteste tellement ça, Teo ! Cette enquête ne me plaît pas du tout, je ne veux pas continuer.

– Alors arrête. Je ne comprends vraiment pas pourquoi tu ne le fais pas.

– Parce que je ne veux pas décevoir Konrad. Il a tellement fait pour moi… Il me donne tout… Pour une fois qu'il me demande quelque chose, je ne peux pas le lui refuser, je trouve que ce ne serait pas bien.

Un homme terriblement séduisant et mystérieux

Le Dr Arnoux m'appela dans l'après-midi : sans que je le lui ai demandé, il avait de nouveau trouvé quelque chose qui pouvait m'intéresser. Comme me l'avait suggéré Teo, je fis mon possible pour faire taire mes craintes, et je décidai de tirer profit de son curieux intérêt en oubliant ses intentions, apparemment suspectes. Avant d'avoir trouvé la façon de faire avancer l'enquête par moi-même, cela me sembla être l'attitude la plus intelligente.

Nous nous donnâmes rendez-vous dans un pub irlandais du Quartier latin parce que, d'après le Dr Arnoux, son bureau était un lieu trop laid et désordonné pour y avoir une conversation agréable. Et je dois dire qu'il avait raison.

The Four-Leaf Clover était le typique pub irlandais, sorte de franchise qui proliférait dans toutes les villes du monde avec une esthétique aussi marquée que celle d'un McDonald's. Le plus intéressant était qu'il se trouvait tout près de mon appartement, dans une rue piétonne étroite qui retint mon attention parce qu'elle avait conservé des pavés d'aspect médiéval. Il était dix-neuf heures et le local commençait à se remplir de gens qui allaient prendre un verre après le travail. Un écran gigantesque, avec je ne sais combien de pouces, retransmettait en différé un match de rugby, France-Galles, et par-dessus le bruit des conversations, on entendait *Where the Streets Have no*

Name, de U2. Au bout du comptoir, sous une affiche de Guinness, je repérai le Dr Arnoux.

– Désolée pour le retard, je me suis trompée de rue…

– Ne t'inquiète pas. Je ne suis là que depuis cinq minutes. Qu'est-ce que tu prends ?

Je m'installai sur un grand tabouret en bois et jetai un coup d'œil sur son verre : de la bière. Cela ne me faisait guère envie, j'optai donc pour ce qu'on boit quand on ne sait pas vraiment ce qu'on veut.

– Un Coca, s'il te plaît.

Pendant qu'il passait la commande, je posai mon sac sur mes genoux, l'ouvris, y cherchai mon téléphone, vérifiai que personne ne m'avait appelée depuis dix minutes et le rangeai… J'étais nerveuse ; le silence m'inquiétait, il me semblait qu'il nous laissait tous deux à découvert, et je trouvais pathétique de se mettre à parler de la pluie et du beau temps. Alain prit la veste qu'il avait posée sur le siège voisin et commença à fouiller dans une poche.

– C'est pour toi, annonça-t-il en me tendant une enveloppe.

Je l'ouvris. J'y trouvai une photo en noir et blanc de quatre hommes dans ce qui ressemblait à un bureau, examinant un grand livre autour d'une table. Je reconnus tout de suite l'un d'eux.

– Hermann Göring ? voulus-je confirmer, sur un ton surpris. En quoi une photographie de Göring m'aurait-elle intéressée ?

Le Dr Arnoux acquiesça après avoir bu une gorgée de bière et désigna les personnages.

– Hermann Göring, Kurt von Behr, Bruno Lohse et… ton ami Georg von Bergheim.

Cette révélation me prit au dépourvu.

– Vraiment ?

L'espace d'un instant, je détournai le regard de la photo pour le reporter sur lui et lui montrer à quel point j'étais émue. Ensuite, comme l'endroit n'était pas très lumineux, je m'accoudai au comptoir afin de l'approcher d'une lampe, en veillant à ne pas la tacher avec les marques poisseuses laissées par les verres.

– La semaine dernière, une journaliste qui prépare un article sur Bruno Lohse m'a appelé pour me demander une photo de lui. Aux archives du ministère, il y a un fond photographique de l'Arbeitsgruppe Louvre, alors, hier, j'ai fait des recherches et voilà ce que j'ai trouvé. Elle a été prise au Jeu de Paume en août 1942, pendant une visite de Göring à Paris. Voici le *Reichmarschall* examinant un catalogue et tous les autres qui lui cirent les bottes.

– Trop génial !

Je ne m'étais pas exprimée de façon très académique, mais c'était sorti spontanément.

Je me focalisai sur Bergheim. Malheureusement, on ne le voyait pas très bien. C'était une petite silhouette, à demi dissimulée entre Lohse et Behr, qui, au lieu de regarder l'objectif, semblait concentrée sur le catalogue ; on distinguait donc à peine son visage.

– Je sais, elle n'est pas très bonne.

Il semblait avoir lu dans mes pensées.

– C'est pour ça que je t'ai apporté celle-ci.

Une autre enveloppe ? Je la regardai en fronçant les sourcils : en quoi consistait ce jeu d'enveloppes ?

Je la pris, l'ouvris, et y découvris une nouvelle photo. Mais je m'aperçus immédiatement qu'elle était bien différente de la précédente.

– Voilà Georg von Bergheim, m'annonça-t-il fièrement.

L'impact de l'image m'avait bouleversée.

Il s'agissait d'une photo ancienne caractéristique, au grain épais et avec d'importants contrastes de lumières et d'ombres en noir et blanc. L'homme du portrait, pris au premier plan, était un homme jeune, davantage que je ne m'y attendais pour un commandant SS, en uniforme militaire, et dès que je le vis, son image me rappela les stars de Hollywood dans les années 1940. J'ignore si c'était dû à l'uniforme ou à l'air solennel de son visage, mais il se dégageait de sa personne une impression de force et de décision. Pourtant, ce qui m'impressionna le plus fut de regarder Georg von Bergheim dans les yeux : en dépit du temps et du papier, son regard me dit beaucoup de choses. Il avait l'air sérieux, mais affable, et malgré ses yeux grands ouverts et lumineux, quelque chose en eux, peut-être les fines rides des extrémités ou ses paupières tombantes, lui donnait un air de tristesse, peut-être de fatigue.

Ces quelques secondes pendant lesquelles je contemplai Bergheim dans les yeux furent… inexplicables. Le temps et l'espace perdirent de leur sens, comme s'il ne s'était pas écoulé soixante-dix ans et un abîme d'histoire entre nous. J'éprouvai une connexion familière et proche avec cet homme sur la photo, étrange, en fait.

– Bon, qu'en penses-tu ?

La voix du Dr Arnoux me fit sursauter, me sortit de la transe quasi hypnotique dans laquelle j'étais entrée sous la chaleur du regard de Bergheim. J'entendis de nouveau la musique de U2 et les conversations en français autour de moi.

– C'est incroyable, murmurai-je, encore extasiée. D'où sortent-elles ?

– Quand j'ai trouvé l'autre photo, celle du Jeu de Paume, j'ai compris que si les archives de la Shoah possédaient une copie du registre du personnel de l'ERR au complet qui se trouve à Berlin, elles disposeraient aussi certainement d'une copie des photos figurant sur les fiches du personnel. La fille qui s'occupe des archives est une amie, je l'ai donc appelée et elle m'a confirmé que c'était le cas. Elle m'a permis de les consulter, et elle m'a laissé prendre une copie de la photo, alors tu peux la garder.

– Merci beaucoup. Je lui souris et mon sourire fut encore plus explicite que mes paroles.

– Il n'y a pas de quoi. Le plus intéressant est la quantité de choses que peut te dire cette photo…

J'en étais sûre, même si ce qu'elle m'avait déjà dit n'était pas ce dont voulait parler le Dr Arnoux.

– Quel uniforme porte-t-il ?

Le docteur s'approcha pour observer le portrait de plus près.

– Celui des SS, les Waffen-SS. La branche militaire, dit-il en élevant la voix pour dominer le tumulte au milieu d'une foule de plus en plus nombreuse et bruyante, et une musique de plus en plus forte.

À ce moment, un jeune homme, qui luttait au coude à coude pour s'asseoir sur le tabouret placé à côté du mien, heurta sans le vouloir mon Coca qui, en se renversant, faillit mouiller le document.

– On ferait mieux de partir, annonça le Dr Arnoux en sortant un billet de vingt euros pour régler les consommations. Tu aimes la cuisine japonaise ? Près d'ici, il y a un restaurant qui fait les meilleurs sushis de Paris, précisa-t-il devant ma réponse affirmative.

La cuisine japonaise était une de mes préférées ; j'aurais pu me nourrir de sushis sans jamais me lasser. Et le Dr Arnoux avait raison : à l'Okaido, je mangeai les meilleurs sushis au thon de ma vie et des tempuras inégalables.

– Pendant l'Occupation, ce restaurant s'appelait le Margaret, un *Wehrmacht Spieselokale*, un restaurant de la Wermacht, l'armée allemande, m'expliqua-t-il en guise d'anecdote.

Plus je le connaissais, plus je m'apercevais que c'était un spécialiste de l'Allemagne nazie, la personne qu'il me fallait dans mes recherches, ce qui générait en moi une impatience croissante.

Une fois dans la tranquillité zen et minimaliste du restaurant et de sa musique aux accords orientaux, je ressortis la photo de Bergheim.

– Comment peux-tu savoir que c'est l'uniforme des SS ?

– D'abord à cause de sa casquette : seules celles des SS portaient en haut l'aigle et en bas le *Totenkopf*, la tête de mort. Ensuite, des pièces sur le col. Particulièrement celle de droite, avec les deux runes *sig* : les deux S qui ressemblent à des éclairs et qui sont si caractéristiques des SS. À partir de la pièce de gauche, avec quatre losanges, et les épaulettes en fils d'argent, on connaît son rang : *Sturmbannführer*, commandant.

– Mais je croyais que les SS portaient ces uniformes noirs si beaux, avec le bandeau rouge du svastika sur le bras, objectai-je. Un jour, j'ai lu dans une revue féminine que c'était Hugo Boss qui les avait dessinés.

Le Dr Arnoux, devenu pour moi Alain pendant le dîner, sourit :

– C'est vrai. Toi et la majeure partie de ceux qui ont vu les films sur la Seconde Guerre mondiale avez cette image des nazis. C'est celle qui a été créée par Hollywood, car il faut reconnaître que l'uniforme noir est beaucoup plus spectaculaire et théâtral. Mais en réalité, il ne fut utilisé que jusqu'en 1938. Quand la guerre eut commencé, pour des raisons pratiques, ils adoptèrent l'uniforme vert-de-gris, ressemblant plus à celui de la Wehrmacht.

Quand il prononça le terme, je m'aperçus que je m'y perdais.

– Ce que je ne comprends pas très bien, c'est si Bergheim est un militaire ou non. Parce que si tu dis que la Wehrmacht est l'armée, mais qu'il était un SS… C'est la même chose ?

– Non. Effectivement, la Wehrmacht est l'armée allemande. SS est l'acronyme de *Schutzstaffel*, qui signifie littéralement « escadron de défense », parce que, à l'origine, c'était la garde personnelle d'Hitler. Mais par la suite, elle a évolué jusqu'à devenir une organisation paramilitaire très complexe et jouissant d'un énorme pouvoir. Les SS se divisaient en une branche politique, l'Algemeine-SS, et une branche militaire, les Waffen-SS, qui rejoignirent la Wehrmacht afin de combattre au front, même si, sur le plan opérationnel, ils dépendaient de commandements séparés. Bergheim est donc en quelque sorte un militaire : il en a reçu la formation et a combattu à la guerre. Et puis, c'était un héros. Tu vois ? – Il indiqua du doigt une croix qui pendait de son cou. – C'est la Croix de fer, concrètement la Croix du Chevalier de la Croix de fer, une décoration créée par Hitler en récompense d'exploits d'une grande valeur face à l'ennemi. On en remit très peu au cours de toute la guerre, un peu plus de sept mille.

– Elle est très jolie… murmurai-je en passant le doigt sur la photo.

– Le centre est en métal et le bord en argent. Le relief constitue le svastika et la date, 1939, est celle de la création de la décoration. Le ruban qui l'attache au cou est noir, blanc et rouge, les couleurs du Troisième Reich, précisa Alain en voyant mon air intéressé. Et puis, Bergheim appartenait à un corps d'élite des Waffen-SS, le *Leibstandarten-SS Adolf Hitler*.

Je ne pus m'empêcher de rire : ça avait l'air d'une plaisanterie, de tirer autant d'informations d'une simple photo.

– Mon Dieu ! Comment est-ce que tu sais ça ?

– Grâce à cette pièce sur la manche avec une tête d'aigle et les initiales d'Hitler. C'était celle du régiment.

Je continuai à contempler la photo en silence pendant qu'Alain faisait une pause dans son érudition et prenait entre ses baguettes un *nigiri* au thon.

– Pourquoi auraient-ils éloigné du front un militaire d'élite et un héros de guerre ? pensai-je à voix haute.

Alain but une gorgée de saké pour finir d'avaler le *nigiri* et me sourit : il savait quelque chose que j'ignorais.

– Bergheim nous fournira peut-être lui-même une piste…

– Que veux-tu dire ?

– La première fois où j'ai vu la photo, un insigne de son uniforme qui passait inaperçu entre tous ceux du *Leibstandarten*, des *Panzerdivision* et autres a attiré mon attention.

Alain essuya ses mains sur la serviette et désigna à nouveau la photo.

– Celui-ci…

Il s'agissait d'une petite broche avec un symbole semblable à un Y pourvu d'un troisième bras au centre.

– C'est la rune *leben* qui, avec l'Irminsul ou arbre de vie de la tradition saxonne, furent les symboles utilisés par l'Ahnenerbe.

Ce dernier terme m'était familier.

– Oui, je me rappelle avoir lu quelque chose là-dessus sur Internet…

– C'était un institut d'études scientifiques et historiques créé par Himmler en 1935, d'abord en tant que société privée, mais à partir de 1942, il fut intégré aux SS. Même si à l'origine on y faisait des recherches sur les racines germaniques et aryennes, il finit par compter plus de quarante départements spécialisés allant de la musicologie, la philosophie ou l'archéologie à des expériences sur des êtres humains dans les camps de concentration.

– Quelle horreur !

Je frémis à l'idée et me rappelai le peu que je savais des atrocités pseudo-médicales de nazis tels que Josef Mengele ou Albert Heim, appelé « D^r La mort ».

Voulant chasser ces pensées funestes, je me concentrai sur la partie la plus romanesque de la question.

– Comme la plupart des gens, je connais l'Ahnenerbe parce qu'elle a organisé les expéditions au Tibet, dans l'Antartique… ou pour aller chercher le Saint-Graal et l'Arche d'Alliance.

Je souris, un peu honteuse de ma culture hollywoodienne.

Mais Alain fut indulgent et, sans s'y attarder, poursuivit ses explications.

– L'Ahnenerbe effectua des recherches sur de nombreux autres objets magiques, ainsi appelés parce que, autant Himmler qu'Hitler, en dernière instance, croyaient que ces reliques archéologiques étaient dotées de pouvoirs surnaturels qui les aideraient à gagner la guerre et à fonder un État aryen en Europe, dont le centre spirituel serait le château de Wewelsburg…

– Wewelsburg ? interrompis-je Alain. La lettre de Bergheim a été expédiée de là…

J'étais si absorbée par ce que j'entendais que je parlai trop, sans m'en rendre compte. Je me repentis immédiatement de mon impulsivité et me traitai d'idiote pour en avoir dit autant au sujet d'une information dont j'ignorais l'utilisation qu'Alain pourrait en faire.

De façon théâtrale, son regard devint énigmatique. Et je me traitai à nouveau d'idiote.

– Cela devient intéressant… Wewelsburg était et reste un endroit mystérieux, le sanctuaire personnel de Himmler. Seuls les élus s'y rendaient, ceux qui jouissaient des faveurs du *Reichsführer*. Pour commencer, il est inhabituel de porter la rune *leben*, ce n'était pas le cas de tous les membres de l'Ahnenerbe car ils ne s'identifiaient généralement pas avec un insigne particulier.

– Tu crois que… commençai-je timidement, sans oser aventurer des hypothèses qui semblaient tout à coup autant relever du cinéma que ma culture nazie et que je ne voulais en réalité pas partager avec quelqu'un à qui je n'arrivais pas à faire confiance.

– Courage ! N'aie pas peur de spéculer. Il n'y a pas de science sans hypothèses.

– Ça n'est… pas important, reculai-je en mangeant un sushi d'une bouchée, ce qui m'empêchait de parler.

– Je sais que ça peut sembler saugrenu, poursuivit Alain pour moi, mais si l'on fait un plus un, soit Bergheim plus l'Ahnenerbe… Une chose très importante l'a conduit à Paris. Assez importante pour éloigner un militaire d'élite du front. Magique, peut-être…

Le ton d'Alain était badin, mais moi, je m'étouffais presque avec le sushi. Que pouvait bien chercher Georg von Bergheim ? Qu'était en réalité *L'Astrologue* de Giorgione ?

– Je te l'ai dit l'autre jour, ajouta-t-il. Ton *Sturmbannführer* von Bergheim n'était pas un nazi quelconque. Il te le dit lui-même…

Je reportai le regard sur l'homme de la photo. Ce nazi était soudain devenu mon allié. L'idée aurait dû me déplaire, mais j'éprouvais pour lui une fascination morbide, car hormis le fait d'être un nazi, vil par définition, c'était un homme terriblement séduisant et mystérieux.

Je rangeai la photo de Bergheim dans mon portefeuille, comme si j'avais eu un fiancé au service militaire, et je la scannai au cas où je la perdrais, la plaçai même en fond d'écran de mon portable : à chaque fois que je l'allumais, Bergheim me saluait et nous nous mettions à travailler.

Du jour au lendemain, l'enquête avait acquis pour moi une nouvelle dimension, j'avais trouvé la motivation et la décision qui me manquaient pour la mener à bien. Et si je voulais être sincère avec moi-même, je devais reconnaître que ce qui m'intriguait vraiment n'était pas l'existence improbable et le lieu difficilement accessible où pouvait se trouver *L'Astrologue*, mais Bergheim lui-même. Cet homme avait fait un bond de soixante-dix ans dans le temps pour me murmurer à l'oreille des énigmes le concernant, qu'il souhaitait dévoiler, m'avait envoûtée depuis la pose froide et immobile d'une photo, avec son halos de héros et la sensibilité que l'on devinait entre les lignes de sa lettre, que je relus à plusieurs reprises avec la même dévotion que si j'en avais été la destinataire.

Découvrir qui était en réalité Georg von Bergheim m'obsédait et me tenait scotchée à l'écran de mon portable du matin au soir. Un jour, Teo me fit même une remarque :

– Chérie, tu es une obsessionnelle compulsive perdue. Tu ne t'arrêtes même pas pour manger. On dirait que tu es amoureuse de ce vieux type.

– C'est que je le suis, Teo.

J'avais répondu sans réfléchir. Mais, oui, j'étais peut-être amoureuse de Georg von Bergheim. Du peu que je savais de lui et de tout ce qu'il me cachait. J'étais tombée amoureuse comme on tombe amoureux d'une personne croisée dans la rue, d'un acteur de cinéma que l'on contemple à travers les personnages de ses films, ou d'un héros de roman que l'on connaît à travers les mots de son auteur. Amoureuse d'un inconnu. Et soudain, je compris que le moteur de l'enquête s'était mis en marche à travers mon amour platonique pour un officier SS.

En complétant la biographie de Georg von Bergheim

« Tu dois partir de chaque médaille, insigne, et même de chacun des fils du tissu de son uniforme. De la couleur de ses yeux ou d'une cicatrice sur la joue. Tout a une raison, tout te parle de lui. » C'était sur ces recommandations que le Dr Arnoux avait pris congé à la sortie du japonais. Et avec une clé : le Bundesarchiv, les archives historiques allemandes. En réalité, Alain s'était borné à m'encourager à commencer ce que j'aurais dû faire depuis le début si j'avais bien abordé cette enquête.

Le fond documentaire du Bundesarchiv se répartit entre trois villes : Berlin, Coblence et Fribourg. Il me conseilla cependant de commencer par le Militärarchiv à Fribourg, qui disposait d'un fond spécial consacré aux Waffen-SS. Et puis, d'après ce qu'il m'indiqua, les archives de Berlin avaient une orientation plus politique et le fond documentaire de Coblence relatif aux activités de l'ERR en France était presque reproduit dans son intégralité aux archives du mémorial de la Shoah à Paris.

En suivant ses conseils, je fis la demande réglementaire pour visiter le Militärarchiv de Fribourg et on me donna rendez-vous dans un délai relativement court. Un lundi, je pris le premier vol qui partait de Roissy à neuf heures du matin.

Une fois au Bundesarchiv-Militärarchiv de Fribourg, de merveilleuses archives totalement informatisées, faciles et rapides à consulter, je complétai la biographie de Georg von Bergheim.

Je ne tardai pas à accéder à un rapport élaboré par les SS contenant toute son histoire, de sa naissance jusqu'en 1941, date à laquelle il devint militaire de réserve à la suite de graves blessures subies au front, celles-là même qui lui avaient valu la Croix de Chevalier de la Croix de fer et la médaille d'argent pour blessure au combat. J'avais également découvert que Bergheim était docteur en histoire de l'art et le titre de sa thèse de doctorat y était même cité. Toutes ces pièces s'imbriquaient parfaitement : il s'agissait de la réponse évidente à la question de savoir pourquoi Hitler l'avait choisi pour localiser *L'Astrologue*. Je l'aurais sans doute choisi moi aussi.

En deux jours, je réussis à compiler des photos, des certificats académiques, militaires, et les décorations qui lui avaient été remises, son acte de mariage et même le rapport de l'enquête qui avait été faite sur sa future épouse, Elsie Kirch, afin de garantir la pureté aryenne de celle qui allait être la femme d'un officier SS. À la fin du deuxième jour, il ne me restait qu'un mystère à résoudre concernant la vie de Bergheim : pourquoi on perdait sa trace en 1943, date à laquelle, d'après Bruno Lohse et comme le confirmait sa fiche de l'ERR, il partit en Allemagne à la demande d'Himmler.

Dans mon iPod résonnait *The Scientist* de Coldplay, chanté par la voix aiguë de Chris Martin. Sur l'écran de mon ordinateur, l'image de la décoration pour blessure au combat : une couronne de lauriers ceignant un casque militaire orné de la croix gammée sur deux épées croisées. La décoration en argent était donnée pour trois ou quatre blessures, pour la perte d'un membre ou pour une lésion cérébrale. Je ne pouvais m'empêcher de me demander de quel genre de blessures Georg von Bergheim avait dû payer cette distinction, d'éprouver de la curiosité pour sa disparition à partir de 1943.

Soudain, quelqu'un me couvrit les yeux de ses mains. Des mains grandes et douces. Je me retournai.

– Georg…

M'entendre prononcer une telle sottise me tira de ma méditation aussi efficacement qu'un jet d'eau froide. Je rectifiai, après m'être traitée d'idiote :

– Konrad ! Mais…

– Je traverse l'Atlantique rien que pour venir te voir et tu me reçois en m'appelant par le nom d'un autre ?

Je me levai pour le prendre dans mes bras. Son cou parfumé à l'Eau d'Orange Verte d'Hermès, sa fragrance préférée, me ramena peu à peu au présent comme un élixir.

– Tu n'étais pas à New York ? lui demandai-je entre deux baisers.

– J'y étais. Avant de décider d'avancer mon retour parce que j'étais resté trop longtemps sans toi.

Konrad s'écarta un peu pour regarder mon visage.

– Tu es jolie, *meine Süße*. Mais ton apparence est très négligée.

Je n'y avais pas réfléchi, mais j'étais sûre que Konrad ne mentait pas. J'étais enfermée là depuis des heures, mes vêtements devaient être fripés, mon visage avait dû prendre la couleur de la lumière blanche des néons et, comme après avoir regardé pendant longtemps l'écran de mon ordinateur, mes lentilles me gênaient, je les avais remplacées par mes lunettes.

– Aïe, Konrad, soupirai-je, découragée. Que veux-tu, je travaille depuis dix heures sans m'arrêter.

Ce ne fut qu'en protestant que je réalisai mon état de fatigue. Le plus révoltant dans cette situation était que Konrad, après un vol plus long que mes dix heures de travail, était toujours aussi impeccable.

Il m'embrassa sur les lèvres et m'étreignit à nouveau.

– Alors ? Qu'as-tu pu vérifier sur *L'Astrologue* ?

– Eh bien… lambinai-je, car je n'avais pas fait mes devoirs. Je n'ai pas encore pu réunir grand-chose. Mais regarde ! Regarde tout ce que j'ai sur le commandant von Bergheim !

Enthousiasmée par l'idée de lui raconter toutes mes découvertes sur Bergheim, je me mis à chercher mes notes avec un regain d'énergie. Mais il m'arrêta d'une autre étreinte.

– Non, *meine Süße*. Pas maintenant. Nous en parlerons à un autre moment. Tu as assez travaillé pour aujourd'hui.

Je me haussai sur la pointe des pieds pour que mes yeux soient à la hauteur des siens et pouvoir lui caresser commodément les cheveux.

– Tu m'invites à dîner ? lui demandai-je, caressante.

Konrad me fit signe que non de la tête.

– On va à l'hôtel. Je te ferai couler un bain et je commanderai un dîner rapide, parce que tout ce que je veux, c'est qu'on aille se coucher le plus vite possible.

Sa voix sensuelle et ses mains sur mes fesses me persuadèrent qu'il ne songeait pas précisément à dormir.

Le lendemain, nous nous quittâmes dans le hall de l'hôtel. Konrad rentrait à Madrid pour retrouver le rythme frénétique que lui imposait son agenda ; je devais regagner la salle d'études silencieuse et impersonnelle du Militärarchiv. Je m'accrochai à son cou comme un enfant pour son premier jour à l'école et je le couvris de baisers jusqu'à ce que la portière du taxi s'interpose entre nous. J'aurais aimé qu'il reste avec moi, mais je ne le lui suggérai même pas : il m'avait déjà fait une place dans son emploi du temps ; en tournant la page, il n'y avait pas de place pour moi avant le prochain rendez-vous.

Un peu dépitée par l'abandon après avoir passé une nuit merveilleuse, un peu déprimée par la nature solitaire de mon travail, je continuai mon ratissage des bases de données du Militärarchiv.

Je ne la trouvai pas au bon moment. Je n'étais pas d'humeur pour ça. La déclaration du décès du SS-*Sturmbannführer* Georg von Bergheim, datée de septembre 1946, fut le détonateur d'une explosion d'émotions contenues. En même temps que mes yeux parcouraient l'écran de l'ordinateur en procédant presque à une lecture aléatoire et que je m'efforçais de traduire de l'allemand au fil de ma lecture, je remarquai que j'avais un nœud dans la gorge et que ma vue se brouillait progressivement. Des larmes honteuses coulèrent sur mes joues éclairées par la lumière du moniteur. « Ma chérie, je t'assure que tu m'inquiètes. Tu ne vas vraiment pas bien », fut le diagnostic de Teo quand je lui racontai par téléphone le motif de mon chagrin.

À la fin de la guerre, Georg von Bergheim était mort.

Cette certitude, en dehors du fait qu'elle était décourageante, me laissait dans une impasse. Georg von Bergheim était mort sans rien me révéler de *L'Astrologue*.

Je retombai sur le siège de la salle où j'effectuais mes recherches. J'éteignis mon iPod et je jetai un coup d'œil à la pendule : il ne me restait que quatre heures avant d'épuiser le délai que le Bundesarchiv m'avait accordé. Si je quittais Fribourg en laissant les choses en l'état, tout serait fini ; mes recherches auraient échoué. Et il était certain que Georg von Bergheim, mon collaborateur exclusif, mon unique stimulant, ne pouvait plus me donner de pistes. Il ne pouvait plus m'aider parce qu'il était mort.

Je cherchai dans mon BlackBerry un numéro de mon répertoire, ce numéro qui aurait dû figurer à la rubrique S.O.S., c'est-à-dire celui du mobile du Dr Arnoux. J'appuyai sur la touche « appel » et attendis patiemment d'entendre sa voix. Mon impatience était si grande que je parlai précipitamment quand je remarquai qu'on décrochait, mais ce n'était que le répondeur : « Vous êtes sur la boîte vocale d'Alain Arnoux. Veuillez laisser votre message après le signal. Biiip. »

Et je raccrochai. J'essayai d'appeler à l'université, mais la standardiste m'informa que son poste ne répondait pas. J'essayai également à l'European Foundation for Looted Art et j'obtins la même réponse. Et le téléphone fixe de son domicile, mais il ne s'y trouvait pas plus. Je donnai une nouvelle chance à son mobile et sa boîte vocale m'invita pour la deuxième fois à lui laisser un message.

Mon BlackBerry paya les conséquences de mon manque de discernement lorsque, lasse de ne pas trouver Alain, je le jetai sur la table et que le couvercle de la batterie s'ouvrit. J'enfouis le visage dans mes mains, désespérée. Il était ironique que quelques semaines auparavant j'aie souhaité trouver une excuse qui m'aurait permis de laisser mes recherches de côté, alors que maintenant, l'idée de les abandonner n'engendrait en moi que rage et frustration ; je me frottai les tempes, balayai les cheveux de mon visage, soufflai et observai de nouveau la photo de Bergheim. Il était mort, soit, mais je ne voulais pas le laisser comme ça. Après avoir contemplé pendant quelques secondes son visage sérieux, l'un de mes neurones dut trouver l'inspiration nécessaire pour se connecter à un autre et trouver ensemble la façon de remettre la machine en mouvement. Jusqu'à présent, le nom de Bergheim ne m'avait menée à rien qui ait un rapport même lointain avec *L'Astrologue*, mais… et son numéro ?

Dans l'Allemagne de la Seconde Guerre mondiale, une personne était aussi identifiable par un numéro que par un nom. Au cours de mes recherches, j'en avais trouvé deux qui identifiaient Georg von Bergheim : son numéro d'affiliation au NSDAP (le Parti national socialiste) et son numéro de SS. Et si j'essayais de…

– Je ne veux pas me faire d'illusions, murmurai-je à voix haute, presque comme une folle, tandis que je fouillais nerveusement dans mes notes, mais, mon cher Georg… et si j'introduisais ton numéro de SS dans la base de données ? C'est peut-être une perte de temps, peut-être pas. De toute façon, je n'ai pas de meilleure option…

Enfin, je trouvai le numéro et je tapai ses six chiffres sur le clavier. J'attendis quelques secondes pendant que le système travaillait, jusqu'à ce que le résultat de ma recherche apparaisse : une longue liste de tous les documents compilés au Bundesarchiv, où figurait le numéro de SS que je venais d'introduire. Là, il y avait toutes sortes de choses : registres, rapports, dossiers… Mon regard parcourut les références avec rapidité et soudain, quelque chose attira mon attention : *Schreiben*, lettres. Mon pouls s'accéléra. Non parce qu'il s'agissait d'une missive, mais parce qu'elle appartenait à la section Ahnenerbe et parce que son expéditeur et son destinataire étaient respectivement Adolf Hitler et Heinrich Himmler.

– Mon Dieu, mon Dieu, mon Dieu… bredouillai-je sans quitter du regard la référence par crainte d'avoir mal lu. C'était la première fois que je parvenais à relier Bergheim à Hitler !

Sans perdre une seconde, j'allai chercher le document.

Au *Reichsführer-SS* et chef de la Police, Heinrich Himmler

Cher camarade :

Au vu du rapport en date du 15 octobre 1941, j'autorise l'officier SS numéro 634.976 à être assigné à l'Opération Émeraude.

À cet effet, j'ai déjà donné les ordres pertinents aux bureaux centraux de Eisantzstab Reichsleiter Rosenberg de Berlin pour que le dossier Delmédigo lui soit remis le plus rapidement possible.

Führerhauptquartiere
17 octobre 1941

DER FÜHRER,
ADOLF HITLER

J'avais gardé la copie sur microfilm de la lettre comme un trésor, je l'avais lue et relue à plusieurs reprises, j'avais souligné le plus important et j'étais arrivée à perdre la notion du temps jusqu'à ce qu'une employée de la salle de lecture annonce qu'il restait quinze minutes avant la fermeture. Je ne m'en étais pas rendu compte, mais dehors la nuit était tombée et la salle s'était vidée. Solitaire, elle semblait encore plus froide et plus impersonnelle que d'habitude avec son mobilier fonctionnel, sa moquette bleue, sa lumière blanche et son portemanteau à boules métalliques nu, n'invitant pas à rester plus longtemps…

J'eus un sourire satisfait parce que j'avais décroché ma récompense, et je commençai à ranger mon portable, mes papiers et tout le matériel que j'avais éparpillé à mon poste de travail. Sur un coin de la table, le téléphone vibra soudain. Je sursautai en entendant le téléphone se déplacer sur le bois ; il ressemblait à un grognement dans le silence de la salle. Je l'éteignis précipitamment et j'appuyai sur la touche pour lire le message :

Laß mich ruhe in Frieden. Georg von Bergheim

« Laissez-moi reposer en paix. Georg von Bergheim. » Un frisson me parcourut le corps et ma peau se hérissa sous les vêtements. Quelle était cette plaisanterie de mauvais goût ?

Août 1942

Le *Reichsmarschall* Hermann Göring se rendit une bonne vingtaine de fois au Jeu de Paume pour sélectionner des œuvres d'art destinées à sa collection particulière de Carinhall. Lors d'une seule visite, il emporta en Allemagne quarante tableaux, parmi lesquels un Rembrandt, deux Goya et un Vermeer.

Georg von Bergheim raccrocha et s'adossa contre son siège. Il devait mettre de l'ordre dans ses idées, mais à la fin de la journée, son esprit était une machine qui avait besoin d'être graissée. Il se leva en direction de la fenêtre à la recherche d'un peu d'air frais, la vue et le parfum de la végétation du jardin des Tuileries le soulagèrent ; la nuit tombait et on aurait dit que la nature s'étirait et bâillait en diffusant des arômes de terre mouillée et d'herbe fraîchement coupée. Georg aspira profondément pour s'en remplir les poumons puis poussa un long soupir.

Il venait de s'entretenir avec le chef de la police de Strasbourg. D'après la dénonciation d'un voisin, Sarah était à Illkirch, chez ses parents. Pourtant, quand la police était venue perquisitionner, il ne restait aucune trace de la jeune fille.

Il était presque convaincu que la fille des Bauer se trouvait à Paris. C'était tout ce qu'ils avaient pu tirer de son père lors de son interrogatoire ; *Herr* Bauer avait pu mentir pour protéger sa fille, mais Georg ne le croyait pas : il avait un pressentiment étrange, qui plus est après le parcours désolant dans la maison des Metz… Oui, il devinait que Sarah était venue. Même s'il était probable que cet oiseau de proie de Behr était parvenu à ce qu'il voulait, lui, éviter : faire fuir la jeune fille avec son bec crochu et ses griffes acérées.

Soudain, il sentit une certaine angoisse à l'estomac, de l'angoisse mais aussi du désir, une envie irrépressible de s'échapper de là, d'abandonner ce monde de bureaucrates et d'arrivistes, de racaille aux mains pleines d'avoir tant volé et aux chaussures sales d'avoir tant marché dans la boue. Il éprouva le besoin presque physique de retrouver le front et la vie militaire, de ressentir à nouveau les valeurs de l'honneur, de la loyauté et de la camaraderie qu'il n'avait connues qu'au régiment, quand sa vie était en jeu.

Avec amertume, comme le silence qui émanait des rues du Paris occupé après le couvre-feu, Georg se demanda comment il avait bien pu se retrouver embarqué dans cette histoire… La réponse à sa question arriva comme un carillonnement rythmique et constant, comme celui d'un pic dans une carrière… Le jardin des Tuileries commença à s'estomper sous ses yeux à mesure qu'apparaissaient les images vives des bois de Paderborn, en Westphalie.

Georg se rappela sa visite à Wewelsburg et, soudain, il lui sembla entendre un martèlement, un hurlement de scie radiale et le rugissement d'une perceuse… Les travaux de rénovation du château de Wewelsburg n'avaient pas cessé depuis que le *Reichsführer* Himmler l'avait acquis en 1934.

Pendant les premières minutes passées dans cet endroit, il avait pensé qu'il serait horrible de devoir travailler de la sorte. Puis il avait souri en coin en s'apercevant qu'il avait lui aussi travaillé dans le fracas constant et assourdissant du feu ennemi. Ce bruit l'accompagnait toutes les nuits dans ses rêves et finissait toujours par le réveiller, le faire crier et sursauter, parvenant même à perturber le repos de sa femme…

– Repos, *Hauptsturmführer*.

Comme si l'ordre avait déclenché un instinct, Georg se rappelait avoir décontracté ses muscles, tendus et au garde-à-vous. Tout de suite après, il avait senti que son genou blessé était engourdi, comme cela lui arrivait quand il restait longtemps debout… Mais il s'abstint même de le toucher. Il n'y avait pas d'excuse pour briser la discipline militaire devant un supérieur.

– Vous pouvez vous asseoir, lui indiqua le *Reichsführer* Himmler, désignant une chaise de l'autre côté de son bureau.

Georg s'exécuta encore. Heinrich Himmler ajusta ses lunettes et se concentra sur les papiers qu'il avait devant lui. La symétrie des lieux qu'il avait contemplés avait impressionné Georg. Un immense portrait du Führer était accroché exactement au centre du mur, dépourvu de tout autre ornement. Aligné avec le portrait, le bureau. Et juste au milieu de la table, la petite silhouette d'Himmler. Le tout flanqué des drapeaux de la nouvelle Allemagne : rouges et blancs, avec le grand svastika noir.

Le *Reichsführer* Himmler mit trop longtemps pour procéder à son examen. Le silence, brisé uniquement par l'écho lointain des travaux de rénovation, devint oppressant. La pénombre dans laquelle était plongée la pièce le déconcerta, car bien que l'on fût en plein jour, les rideaux laissaient à peine entrer la lumière et seule une lampe éclairait la table de travail ; les ombres s'accentuaient et avaient un aspect inquiétant. Comme le champ de bataille en pleine nuit, tout semblait menaçant et contribuait à renforcer la nervosité de Georg.

Certes, il était nerveux depuis qu'il avait reçu l'ordre de se présenter devant le *Reichsführer* Himmler. En tant que commandant en chef des SS, Himmler était, après

Hitler, son supérieur de plus haut rang. Pourquoi l'avoir convoqué, lui, un simple *Hauptsturmführer,* un capitaine des Waffen-SS parmi de nombreux autres ?

Il fallait ajouter à cela l'ambiance de Wewelsburg. Peut-être influencé par l'aura de mystère qui entourait le château, Georg se sentait mal à l'aise dans ce lieu sinistre. Dès son arrivée, il avait été envahi par une sensation étrange, comme s'il avait été ramené des centaines d'années en arrière vers un temps dénaturé par l'imagination d'un homme obsédé. En suivant l'assistant du *Reichsführer*, il avait traversé la cour triangulaire qui menait à l'une des tours, était entré dans un immense hall circulaire dont le centre était marqué par un dessin géométrique de svastikas concentriques qui dessinaient un soleil noir sur le sol de marbre, et il était monté par la spirale d'un escalier de bois richement sculpté. Sur son chemin vers le bureau d'Himmler, il avait remarqué les plafonds de bois aux symboles runiques et les consoles supportant les sculptures des grands héros teutons qui surveillaient ceux qui déambulaient sous leurs yeux. Et les lambris de chêne et les tapisseries représentant des scènes de la mythologie germanique. Les immenses cheminées de pierre sculptée ou les lourdes lampes médiévales en fer forgé complétaient une mise en scène aussi riche et somptueuse qu'intimidante.

Portant officiellement le nom de SS-Schule Haus Wewelsburg, le château était censé être un centre de formation pour officiers SS haut gradés et un point de rencontre pour les hommes de confiance d'Himmler. Certains disaient avoir entendu le *Reichsführer* parler de Wewelsburg comme du grand centre spirituel de l'État aryen. D'autres allaient plus loin et assuraient qu'entre ses murs se tenaient des rituels magiques et des cérémonies païennes qui réunissaient Himmler et ses acolytes, même si personne n'était capable de fournir des détails sur la nature de telles célébrations.

Georg ne prêtait généralement pas l'oreille aux rumeurs, mais une fois à l'intérieur du château, il en comprit du moins le fondement. Il n'était pas un expert médiéval, mais pas non plus un profane en la matière : il n'eut pas de mal à deviner la symbolique de Wewelsburg et le lien de l'ensemble avec la culture des ancêtres et le mysticisme germanique. Même si le château était de la Renaissance, Himmler lui avait donné un air fantastique et médiéval, proche des légendes du roi Arthur ou des Nibelungen. Il ne semblait pas saugrenu de penser que cet endroit représentât un peu plus qu'une académie pour des officiers SS… Non, quand Himmler lui-même se prenait pour la réincarnation du roi Henri Ier de Saxe et se rendait tous les ans sur sa tombe à l'anniversaire de sa mort.

– Bien que vous soyez précédé par votre réputation, capitaine von Bergheim, je dois reconnaître que, au vu de votre dossier, votre parcours est flatteur.

– Merci, *Reichsführer*. Mais je n'ai fait que mon devoir et servir ma patrie et mon Führer.

Ne faisant aucun cas de sa modestie, Himmler se mit à lire son dossier à voix haute.

– Licencié en philosophie de l'université de Berlin et docteur en histoire de l'art avec la mention *magna cum laude*[1] pour votre thèse « L'influence de la philosophie classique dans la peinture du quattrocento ».

Georg avait décidé de faire des études d'histoire de l'art pendant une visite à la Bildergalerie de Potsdam, sa ville natale. Son père, un militaire de la Wehrmacht, vétéran de la Grande Guerre, qui s'était vu relégué dans les réservistes quand l'armée allemande avait pratiquement été supprimée après la défaite de 1918, aurait souhaité voir son fils embrasser une carrière militaire. Mais Georg avait déjà été mordu par l'art et son poison l'avait tellement affecté qu'il ne voyait pas de meilleur

1. NdT : avec la mention très honorable.

remède que de consacrer sa vie à la beauté, à la proportion, à l'expression, à l'Histoire et au message transmis par les tableaux de la galerie qu'il pouvait passer des heures à contempler, ébloui.

– Vous entrez au parti après vos études…

« Comme tout le monde », avait pensé Georg. Le Parti national socialiste était la seule option, la meilleure pour une Allemagne humiliée et appauvrie. Pour un jeune homme à l'avenir incertain, sans véritables perspectives de travail ou de vie digne, Hitler apparaissait comme un messie, un sauveur qui promettait de sortir l'Allemagne du trou dans lequel elle se trouvait et de lui rendre sa grandeur. Ce leader né avait promis prospérité, dignité, intégrité…

– … en moins de deux ans, vous achevez votre formation à l'académie de Bad Tölz, avec le grade de *Sturmscharführer* de la *SS-Leibstandarte*.

Après tout, son père avait vu ses désirs exaucés : la guerre menaçant, Georg avait entamé la carrière militaire. « Mais pourquoi les SS, mon fils ? », avait été sa seule objection, quoique la réponse fût très simple : les SS étaient une organisation nouvelle, sans préjugés, sans passé, où l'on se détachait en raison de ses mérites et non de son origine sociale, de sa caste. Georg était le fils d'un sous-officier de la Wehrmacht, il ne voulait pas en subir les conséquences pendant toute sa carrière militaire. Wehrmacht ou SS, les yeux du vieil homme se remplirent de larmes la première fois qu'il le vit dans son uniforme de sous-lieutenant de la prestigieuse *SS-Leibstandarte*, la garde personnelle du Führer, les troupes d'élite des Waffen-SS. « Les Waffen-SS sont une armée, n'est-ce pas, Georg ? » Quand Georg lui répondit par l'affirmative, son père fut rassuré ; il avait peur que son fils ne s'engageât trop en politique.

Les mois passés à l'académie furent difficiles… Parfois surhumains. Il dut se soumettre à un entraînement physique titanesque : pour accéder à la *Leibstandarte*, il fallait non seulement être d'ascendance germanique depuis 1750, mesurer au minimum 1,78 m, ne pas porter de lunettes et avoir une constitution sportive ; de plus, il fallait s'acquitter d'épreuves physiques dignes de champions olympiques – d'ailleurs, c'était le cas des instructeurs. Mais le véritable défi consista à supporter la pression psychologique à laquelle il fut soumis pendant toute sa formation. La force mentale et spirituelle n'étaient pas en vain un barème de sélection des candidats. Le Führer voulait d'authentiques superstars pour sa garde personnelle.

Cependant, tout n'avait pas été négatif à Bad Tölz. Là, pendant une fête des cadets, il avait connu Elsie et l'avait épousée peu après avoir obtenu son diplôme. Elsie était la fille de Gunter Kirch, membre éminent du Parti et député de Bavière au Reichstag. Bien que Himmler ne l'ait pas mentionné, Georg était sûr qu'il le savait, car les SS menaient une enquête exhaustive sur les femmes qui devaient épouser leurs membres. Avec Elsie, il n'y eut pas de problème : c'était une authentique aryenne, loyale au parti, au Reich et au Führer. Et très belle.

– Vous avez participé à l'annexion de l'Autriche et des Sudètes et, plus tard, à l'occupation de la Pologne, en accomplissant un exploit lors de cette dernière campagne : recevoir en même temps la Croix de fer de première et deuxième classe pour votre courage devant l'ennemi à la bataille de Łódź…

En Pologne, il avait appartenu au Deuxième Bataillon d'Infanterie Motorisée. Ce fut pratiquement sa première action sérieuse au combat. Les Polonais s'étaient retranchés à Łódź, le dernier bastion avant Varsovie, et contrôlaient tous les accès routiers, en freinant la progression allemande vers la capitale polonaise. Sous un intense feu d'artillerie, son bataillon s'était dispersé dans la forêt, essayant de faire sortir l'ennemi de ses bunkers et tranchées. Il commandait un petit peloton de vingt-cinq soldats qui se retrouva vite à avancer à découvert vers la route : grenades à la main, ils vidaient les tranchées et prenaient les bunkers à coup de mortier pendant que les hommes tombaient dans la boue et que les munitions diminuaient… Mais il ne songea pas un instant à s'arrêter, dépassa chaque arbre, chaque pierre, repoussant le feu ennemi avec une mitrailleuse, en venant pratiquement au corps à corps… Ce furent trois jours d'atroces combats et, soudain, une rafale d'artillerie et un silence lugubre. Il jeta un regard alentour : une route solitaire et ses cinq derniers hommes. La bataille était terminée. Son peloton réduit était parvenu à ouvrir la voie sud vers Łódź… Il ne croyait pas mériter cet honneur : deux Croix de fer à la fois… ! Cela ressemblait plutôt à une manœuvre politique. L'action des Waffen-SS en Pologne avait été controversée, et son efficacité au combat remise en question. Après la campagne, la *Leibstandarte* fut retirée pour la réorganiser. Des mentions particulières comme la sienne semblaient obéir à une tentative de laver le nom de la garde personnelle du Führer.

– Ensuite, la Hollande et la France. Après la prise de Dunkerque, et sur les instances du général Dietrich, vous êtes décoré de la Croix de Chevalier de la Croix de fer pour votre courage extraordinaire devant l'ennemi, l'excellence de votre commandement et votre remarquable planification du combat allant plus loin que votre devoir…

En réalité, il n'avait pas pris Dunkerque… Les rafales d'artillerie, les explosions dues au mortier, les batteries antichars, les moteurs des renforts aériens… Ces bruits perturbaient encore son sommeil. « Mais quand tu es là, à manger la poussière du champ de bataille, tu ne sembles pas les entendre. Presque rien ne t'inquiète, tu ne penses qu'à avancer le regard rivé sur le front et sans jamais regarder en arrière. » À l'époque, il était *Obersturmführer* dans la Première SS-Panzer Division et commandait la troisième compagnie de blindés. Quand le capitaine Wolff était tombé au combat, il n'avait pas hésité à prendre le commandement du bataillon de blindés et à conduire l'unité dans ces collines infestées de troupes françaises et britanniques qui défendaient le périmètre de Dunkerque. Courage devant l'ennemi, excellence du commandement, remarquable planification du combat… Rien de tout cela ne lui avait traversé l'esprit dans l'action. Tout s'était limité à l'instinct de survie, au devoir de protéger la vie de ses hommes et à de très hautes doses de chance. Le régiment avait subi de nombreuses pertes. Son bataillon, huit seulement : trois morts et cinq blessés…

– Là, vous avez été gravement blessé.

Il avait conduit le bataillon en haut des collines de Watten, forçant ainsi la retraite de l'ennemi, quand un avion de la RAF avait bombardé le flanc de son blindé. Il ne s'en souvenait pas très bien, il savait juste qu'il s'était réveillé dans une fumée noire qui l'asphyxiait et avec une douleur insoutenable. Il avait porté la main à son pantalon : il était imbibé de sang. Et sa main gauche : l'index avait disparu et le majeur pendait, sectionné à la hauteur de la première phalange. En regardant autour de lui, il s'était aperçu que la tourelle était vide, l'artilleur et le chargeur avaient été projetés en l'air et gisaient à terre devant le char. Il s'était penché à l'intérieur du *panzer* et avait vu son conducteur affaissé sur les commandes, le cou tranché et la tête ensanglantée ; il avait crié son nom… Pas de réponse. L'opérateur radio gémissait faiblement, l'explosion l'avait déchiqueté, mais il était toujours en vie. Georg avait mis son masque et s'était traîné à l'intérieur du véhicule, il avait pris l'opérateur sur ses épaules et l'avait sorti de là quelques minutes avant que les flammes ne dévorassent le blindé. Dehors, les rafales d'artillerie semblaient venir de toutes parts, la bataille continuait. Tant qu'il aurait une arme, il s'estimait en condition de poursuivre le combat : il avait enveloppé sa main dans son mouchoir, fait un garrot avec son blouson et était grimpé sur une mitrailleuse abandonnée, d'où il avait continué à couvrir l'avancée des siens jusqu'à ce qu'il se fût retrouvé sans munitions et sans connaissance.

Quand il s'était réveillé, il était dans un hôpital de campagne immonde, démuni et débordé. « Si vous approchez avec votre bistouri, saleté de médecin, je vous jure que je vous tire dessus ! » C'était davantage la panique que le courage qui l'avait poussé à menacer de son arme le médecin-colonel qui s'apprêtait à l'amputer de la jambe. Toujours était-il que sa jambe droite était restée en place, et après trois opérations et six mois de rééducation, il avait pu marcher à nouveau et il ne lui manquait que deux doigts de la main gauche.

– Vous vous demandez peut-être, *Hauptsturmführer* von Bergheim, pourquoi je vous ai ordonné de vous présenter devant moi, conclut Himmler en refermant le dossier.

C'était vrai, il s'était posé la question un nombre infini de fois. Il en était même venu à penser que cette rencontre était le fruit de quelques ficelles tirées par son influent beau-père pour pallier l'invalidité du mari de sa fille.

– C'est exact, *Reichsführer*.

Himmler l'observa de ses petits yeux astucieux qui semblaient étinceler à cause des reflets de ses verres de lunettes. Ses mains, étonnamment petites, restaient croisées sur la table, emprisonnant le dossier, emprisonnant sa vie.

– Il semble que vous ne soyez plus apte au combat…

Cela le fit bondir.

– Avec tout mon respect, *Reichsführer*, je compte me rétablir entièrement et retourner au front le plus tôt possible.

– Votre sens du devoir et du service de la patrie est véritablement admirable, capitaine. Je crains toutefois que, d'après les rapports médicaux, cela soit fort peu probable…

Quand Himmler s'aperçut que Georg escomptait intervenir à nouveau pour défendre sa position, il s'empressa d'élever la voix et de poursuivre pour ne pas lui en laisser le loisir.

– C'est de plus le souhait personnel du Führer qui va pour l'instant vous tenir éloigné du champ de bataille. Rappelez-vous toutefois, *Hauptsturmführer* von Bergheim, que la lutte pour la grandeur du Reich se livre sur de nombreux fronts, pas uniquement sur le plan strictement militaire.

Ce fut peut-être un effet de sa vue fatiguée et soumise à la tension du moment, mais il avait semblé à Georg que des ombres diaboliques se dessinaient sous les yeux de son supérieur tandis qu'il prononçait ces paroles énigmatiques.

– Excusez-moi, *Reichsführer*, mais je n'arrive pas à comprendre…

– Vos succès militaires vous accréditent comme un homme loyal au Führer et sont sans doute une preuve de vos nombreuses capacités. Toutefois, vous n'êtes pas ici aujourd'hui en qualité de capitaine, mais de docteur… Avez-vous entendu parler, *Herr Doktor* von Bergheim, d'un tableau intitulé *L'Astrologue*, attribué au peintre vénitien Giorgio Da Castelfranco… ?

Des coups frappés à la porte le firent brusquement sortir du bureau de Himmler.

– Que fais-tu là, Bergheim ? On ferme boutique.

Georg se retourna.

– Et toi, Lohse ?

– J'ai du boulot par-dessus la tête. Le *Reichsmarschall* Göring arrive dans deux jours, et ce rat de Hofer fourre déjà son nez dans tout ce que je fais ; il se dit conseiller du maréchal, et il n'y connaît que couic en art. Bref, je me tire. Et tu devrais faire pareil. On pourrait aller dîner à La Croisette et fêter la nouvelle journée qui commence demain ? Et puis… je vais peut-être te faire une proposition que tu ne pourras pas refuser.

« Pourquoi pas ? », pensa Georg. Enfermé dans sa chambre d'hôtel, il ne ferait que se gargariser de sa haine de Paris et se demander où elle pouvait bien être.

*

Sarah se laissa tomber sur le lit, et les ressorts émirent leur habituelle plainte métallique. La journée avait été dure. Un groupe de soldats allemands était entré dans la librairie en cherchant la bagarre : ils avaient manipulé et tripoté les livres sous prétexte de les examiner avant de les acheter, s'étaient livrés à des commentaires obscènes sur sa personne et, avant de partir, ils avaient menacé M. Matheus quand celui-ci leur avait reproché leur comportement. Sarah était révulsée par la peur à chaque fois qu'elle se trouvait en présence des soldats allemands ; ses papiers n'étaient pas en règle parce que, suivant le conseil de Jacob, elle ne s'était pas déclarée comme juive ni comme résidente à Paris, et elle craignait d'être arrêtée à tout moment pour cela. M. Matheus, qui avait lui aussi été assez affecté par l'incident, avait finalement décidé de fermer la librairie un peu plus tôt. Sarah avait donc pu rentrer rapidement chez elle.

À son retour d'Illkirch, Jacob lui avait trouvé un logement pas cher dans une pension du centre où elle partageait une chambre avec une autre jeune fille, alsacienne elle aussi. Elle s'appelait Marion et le père de Sarah l'aurait qualifiée de « terriblement vulgaire », ce qui avait éveillé sa méfiance lorsqu'elle avait fait sa connaissance : elle ne se voyait pas cohabiter avec ce genre de fille. Marion était grossière, insolente et excessive. Elle n'avait pas un joli visage, mais son corps était vraiment exubérant, rendu plus voluptueux – si c'était encore possible – par les vêtements qu'elle portait et qui mettaient bien en évidence ses appas. Quand elle sortait dans la rue et passait devant un groupe de soldats, elle bombait la poitrine et se tortillait, elle aimait provoquer des sifflets et des exclamations osées parmi la troupe. Elle s'approchait même pour leur soutirer des cigarettes et du chocolat. Ce comportement scandalisait Sarah, et elle avait essayé de ne pas devenir trop amie avec sa colocataire.

Mais avec le temps, Sarah avait découvert que Marion était une boule de coton enveloppée dans du papier émeri. C'était l'une des personnes les plus généreuses que Sarah ait connues ; charitable, aimable et toujours disposée à aider. Tout lui était prétexte à compassion : les personnes âgées, les enfants, les mendiants, les animaux… Si elle voyait un petit vieux seul sur un banc, elle s'asseyait à côté de lui pour lui parler pendant quelques minutes ; si elle croisait un enfant qui pleurait dans un jardin, elle s'approchait pour le consoler ; si elle tombait sur un mendiant, elle lui donnait sa ration de pain. Aussi Marion ne tarda-t-elle pas à s'apitoyer sur Sarah, la timide jeune fille de bonne famille qu'elle entendait pleurer tout bas la nuit quand elles éteignaient la lumière. En fait, elle avait accepté de partager sa chambre non parce qu'elle avait besoin d'argent, mais parce que, en plus du fait qu'elle était une amie de Jacob, quand elle avait rencontré Sarah, si mince, avec une si mauvaise mine, le regard fuyant et la voix faible, la jeune fille lui avait inspiré une terrible peine, qui avait débouché sur un instinct maternel le jour où elle avait appris par Jacob que les nazis avaient tué son père et emmené toute sa famille.

Les deux femmes, si différentes, ne tardèrent pas à devenir de bonnes amies. Et Sarah, qui n'était pas quelqu'un d'indépendant ni de décidé, s'était construit une famille avec Jacob, Marion et les Matheus.

L'après-midi où Sarah était rentrée plus tôt de la librairie, Marion n'était pas encore arrivée à la pension, même si cela n'avait rien d'étrange, car Marion n'avait pas d'horaires fixes, travaillant à droite à gauche comme serveuse, femme de ménage, guichetière… Sarah arrivait l'estomac déjà tout retourné, et son malaise s'accentua à cause de l'odeur des rutabagas qui cuisaient pour le dîner ; elle en mangeait tous les soirs depuis plusieurs mois et elle ne pouvait plus les supporter. De sorte qu'elle entra dans la chambre et s'allongea sur le lit pour essayer de se reposer. Mais le silence et la solitude ne tardèrent pas à stimuler son esprit, qui avait par hasard posé le regard sur le manteau accroché au perroquet, celui que lui avait donné son père. Cela avait été un bon manteau en d'autres temps, en laine fine, long et avec une très jolie coupe ; maintenant, après avoir tant servi et voyagé, il était vieux et terne, et Sarah avait même dû le recoudre à certains endroits. Parce que, qu'il fasse froid ou chaud, Sarah l'emportait partout, sur elle ou bien plié dans un sac.

En le regardant, elle se rappela la première fois où son père lui avait parlé de *L'Astrologue*. Elle avait dix-huit ans et venait de commencer ses études d'histoire de l'art à l'Université. Son père l'avait appelée dans son bureau et avait gardé un ton solennel et mystérieux pendant toute la durée de l'entretien. La première chose qui l'avait surprise avait été qu'il le sorte du coffre-fort, qu'il ne l'ait pas exposé avec les autres. Il n'était pas très grand, environ 60 x 70 cm. C'était une belle toile, un lin de qualité, qui provenait très probablement des voiles de bateaux que les peintres vénitiens utilisaient souvent. Elle semblait comporter plusieurs couches d'impression car elle était devenue épaisse et assez rigide. Il était évident que l'artiste éprouvait un grand intérêt pour ce tableau.

Sarah observa qu'il n'était pas signé mais son père lui dit qu'il avait été peint par Giorgio Da Castelfranco, Giorgione, dans sa jeunesse. Elle n'en savait pas encore assez en matière d'art pour le déduire d'elle-même, mais en apprenant que le tableau appartenait à Giorgio, elle commença à remarquer quelques détails. Ce qui attira tout d'abord son attention fut la composition : des figures parfaitement intégrées dans un paysage qui n'était pas un simple décor, mais une partie essentielle de l'œuvre. Puis elle vit le fini mat de la peinture à l'huile, typique de ce qu'on appelait la méthode vénitienne, qui consistait à préparer la peinture avec moins de plomb et plus de cire. Une fois qu'on le lui eut confirmé, Sarah put constater qu'il s'agissait effectivement d'un Giorgione.

Le tableau était d'une grande beauté : un jeune homme pourvu d'un sextant et d'un cahier semblait observer le ciel d'un regard scientifique ; il s'agissait de l'astrologue qui donnait son nom à la composition. Il était assis aux pieds d'une femme vêtue à la grecque, un livre à la main et une chouette sur l'épaule. De ces figures du premier plan surgissait un chemin qui conduisait au second plan à un paysage de vallées et de collines, avec, au bout du sentier, une femme nue qui tenait un enfant par la main.

Au-delà de la qualité de l'exécution et de la beauté de la composition, ce qui stupéfia vraiment Sarah fut l'histoire que son père lui raconta à son sujet, sur la façon dont sa famille veillait depuis des générations sur lui et sur le grand secret qu'il dissimulait.

Elle serait désormais chargée de veiller sur le tableau et sur le secret ; parmi toutes les personnes qui peuplaient le monde, cette responsabilité avait précisément dû lui échoir. Sarah avait envie de vomir rien que d'y penser. Elle s'inquiétait depuis le début des conditions de conservation du tableau. Pour le faire sortir de la maison, son père l'avait caché dans la doublure du manteau. Sarah n'avait tout d'abord pas osé le sortir de là, elle en avait presque peur, comme si elle allait par là ouvrir la boîte de Pandore. Mais elle ne cessait de penser que la toile devait se détériorer hors de son châssis, transportée de part et d'autre bien qu'elle essayât de faire attention et de le tenir à l'écart de l'humidité et de la chaleur. Que devait-elle faire ? Le sortir de là et l'exposer au danger du public… ? Si elle l'avait fait, il serait maintenant aux mains des Allemands qui avaient pillé la maison de son oncle et de sa tante.

Cependant, en rentrant d'Illkirch, elle éprouva le besoin de faire face à cette responsabilité. Une nuit où elle se trouvait seule, elle s'occupa de découdre soigneusement la doublure du manteau et en sortit la toile, avec autant de précautions et de dissimulation que quelqu'un qui manipule des marchandises de contrebande, et autant d'admiration et d'attentes que quelqu'un qui découvre un trésor… Ce fut horrible de constater que la peinture commençait à se craqueler et à s'assombrir. Le tableau ne pouvait rester caché à l'intérieur du manteau. Elle n'avait pas fermé l'œil de la nuit, se demandant ce qu'elle allait faire. Et si elle retournait voir la comtesse ? Ses cheveux se dressaient sur sa tête en revoyant cette femme terrible, sa maison terrifiante et son épouvantable domestique. La comtesse avait l'air d'une mauvaise personne, quoi qu'elle fasse, cela ne pouvait être bon pour le tableau.

Le lendemain de cette nuit de veille, Sarah était allée se promener dans le IIe arrondissement, dans les passages qui se mêlaient aux ruelles situées derrière le Louvre. Elle avait couru les librairies jusqu'à ce qu'elle trouve finalement une boutique spécialisée dans la cartographie, où elle avait acheté une reproduction d'une carte ancienne représentant Paris au XVIIe siècle. La provenance lui était indifférente, l'important était qu'on pouvait la démonter facilement du cadre et qu'elle avait des dimensions semblables à celles de *L'Astrologue*. Elle emporta la carte sous son bras jusqu'à la pension, monta dans sa chambre et donna deux tours de clé. Après avoir ôté la carte de son cadre, elle la déroula sur *L'Astrologue*, habilement étalé sur le lit, et les plaça tous les deux dans ce vulgaire cadre en contreplaqué qui n'attirerait jamais l'attention… Sauf celle de Marion : « Quelle chose triste et insipide tu as accrochée là, ma chérie », lui fit-elle remarquer dès qu'elle arriva dans la chambre. Le lendemain, Marion arriva avec une affiche de Maurice Chevalier faisant de la publicité pour une liqueur à la cerise. « Ça, c'est beau ! », se délecta-t-elle en le fixant au mur.

Allongée sur le lit, Sarah regarda la carte. En réalité, elle regardait à travers… Et si c'était *L'Astrologue* que cherchait Bergheim ? Et s'il le cherchait toujours… ?

*

Georg travaillait sans relâche depuis quarante-huit heures. Et tout cela par la faute de ce charlatan de foire de Lohse qui s'était ingénié à l'emberlificoter. Il lui avait demandé de l'aider à préparer l'exposition pour le maréchal Göring ; en échange, il lui avait promis « un dîner de luxe et les plus belles putes de Paris ». C'était manifestement ainsi que se terminaient toujours les « après-midi d'acquisitions » de Göring dans la capitale française.

Les visites du maréchal provoquaient une authentique révolution au sein de l'Arbeitstgruppe Louvre. Lohse, en dehors du fait qu'il passait des mois à chercher des œuvres sur tous les marchés d'art d'Europe de l'Ouest, examinait systématiquement toutes les collections qui entraient à l'ERR, à la recherche de matériel qui aurait pu intéresser Göring. Ensuite, il fallait cataloguer, parfois restaurer chaque œuvre pour préparer une exposition dans les règles au Jeu de Paume. Lohse sélectionnait particulièrement les œuvres qui pouvaient être du goût du maréchal – Cranach, Makart, Rubens et Vermeer, entre autres –, mais il en ajoutait également d'autres qu'il considérait comme intéressantes ou qui diversifiaient la collection de Göring. Puis Walter Andreas Hofer, son conseiller, arrivait, et il faisait et défaisait les choses à sa guise, crispant les nerfs de Lohse. Georg avait ainsi passé les deux derniers jours à sélectionner et à cataloguer à marche forcée, mais aussi à calmer les esprits et à apaiser les tensions.

Finalement, tout fut prêt à temps, et le maréchal se promena dans le Jeu de Paume en se délectant de tout ce qu'il emporterait dans ses wagons spéciaux à destination de Carinhall, où il se faisait construire un musée personnel. Mais ce qui sembla le plus pathétique à Georg fut l'aréopage de courtisans qui entourait Göring, en commençant par Hofer (et en terminant par Behr) qui, bien sûr, arrivait le premier pour accompagner le maréchal, vêtu de l'un de ces uniformes grotesques qu'il dessinait lui-même pour donner du lustre et du crédit à la décoration de pacotille de colonel de la Croix Rouge avec laquelle il se pavanait dans les cercles les plus sélects de Paris. D'où également la présence du baron Kurt von Behr, qui voulait mener la belle vie et flatter les puissants, puisque sa compétence professionnelle était très discutable. Quant à Lohse, on pouvait en dire beaucoup de choses, mais ce n'était pas un courtisan. En fait, il n'hésitait pas à conseiller le maréchal, même contre ses goûts, et celui-ci semblait le respecter pour cela plus que les autres. Même Georg avait remarqué qu'il traitait son jeune conseiller avec un certain paternalisme.

Après la visite au Jeu de Paume, il y eut un dîner de luxe chez Maxim's, comme Lohse le lui avait promis. Dans ce célèbre restaurant, la meilleure table était réservée pour le *Reichsmarschall* Göring, qui avait amené de Berlin Horcher, son cuisinier préféré. On leur servit des huîtres, du caviar, de la langouste, du foie gras et des côtelettes de bœuf, le tout arrosé des meilleurs vins et champagnes. À la fin du dîner, tandis qu'ils dégustaient la *crème brûlée*, Lohse avait glissé à l'oreille à Georg que le maréchal était très content des acquisitions, car il n'accompagnait pas toujours le dîner de Château Pétrus 1922.

Le point d'orgue de la journée était donné par « les plus belles putes de Paris ». Les officiers allemands fréquentaient plusieurs bordels dans la capitale française. Le Chabanais et le Sphinx étaient parmi les plus opulents, mais le préféré de Göring était sans doute le One Two Two, et Fabianne Jamet, la Madame, le savait : une fois que le maréchal arrivait au One Two Two, deux policiers militaires postés devant la porte, le bordel devenait une fête au service des désirs sexuels de Göring et de sa clique. Georg fut impressionné par le déploiement somptueux du 122, rue de Provence. La décoration était un étalage de fantaisie et de fétichisme, de luxe baroque, exagéré et dégénéré ; comme ce couloir imitant une grotte dans la forêt, totalement recouvert du sol au plafond de plantes et de fleurs naturelles, où des femmes à demi vêtues comme des déesses grecques montraient leurs appas, chacune juchée sur un piédestal. D'après Lohse, les chambres des étages supérieurs étaient encore plus hallucinantes : l'africaine, la cabine, l'indienne…, chacune évoquant parfaitement un thème. Et puis, au dernier étage, il y avait des salles contenant d'authentiques instruments de torture pour les pratiques sadomasochistes.

Quand ils entrèrent au One Two Two, on les conduisit dans un salon qui ressemblait à un jardin d'hiver simulé par des trompe-l'œil sur les murs et avec une fontaine illuminée dans les tons mauves qui crachait sans cesse de l'eau. Pour égayer la soirée, un quartet de musiciens interprétait du Mozart. Là, le Dom Pérignon et le Krug coulèrent sans modération, de même que l'opium et les femmes, toutes plus belles et affectueuses les unes que les autres. Après avoir bu sans trêve et aspiré les vapeurs d'opium pendant une heure, Georg se laissa tomber sur un canapé. Il se sentait terriblement mal et presque incapable de comprendre les paroles que lui murmurait à l'oreille une jeune fille brune aux yeux bleus, avec des seins énormes et doux.

Georg était ivre et déprimé. Tout ce luxe et cette frénésie, au lieu de l'encourager, avaient provoqué en lui une tristesse épouvantable ; il voyait là une pantomime et une immoralité s'il pensait aux femmes et aux enfants de son Allemagne qui périssaient chaque jour sous les bombes britanniques, aux civils qui souffraient de la faim et des restrictions, ou à ses compagnons d'armes qui jouaient leur vie au front, pour la gloire d'hommes tels que Göring, qui se trouvait à ce même instant dans les chambres du haut en train de baiser avec une asiatique vraiment spectaculaire. Georg regarda autour de lui et constata que Lohse et Hofer étaient montés eux aussi. Il ne restait que Behr et lui dans le salon ; le baron était tellement ivre qu'il gisait inconscient, bien que la prostituée soit en train de pratiquer sur lui une pipe qui aurait réveillé un mort.

Son estomac ne bougea pas car il était déjà complètement retourné. Et entre deux nausées, il trouva la lucidité de songer une fois de plus à quel point il détestait tout cela et aurait vraiment aimé ne pas devoir se trouver là.

– *Mon amour…* lui murmurait la brune qui s'occupait de lui en lui caressant le menton et en frottant sa poitrine contre son torse.

Elle le suça et lui mordilla le menton avec une sensualité qui aurait été irrésistible si Georg ne s'était pas senti trop mal et si abattu pour s'exciter.

– Monte avec moi, mon beau général, Bernadette va te faire des choses incroyables…

Le murmure de la brune ne pouvait être plus suggestif, mais Georg pensa avec ironie que Bernadette était un nom de religieuse et non de prostituée. Elles s'appelaient toutes Mimi, Loulou, Fifi, Néné… mais la sienne devait s'appeler Bernadette, ce qui ne contribuait pas du tout à l'encourager. Même pour cela, il n'avait pas de chance.

– Bois un verre à ma santé, Bernadette. Cette nuit, je ne suis pas d'humeur, balbutia-t-il de la voix pâteuse des ivrognes.

Et il quitta le One Two Two en zigzaguant.

Septembre 1942

« La flamme de la Résistance française ne doit pas s'éteindre et ne s'éteindra pas. » La Résistance française fut composée à ses débuts d'une multiplicité de groupes désorganisés qui menaient à bien des actions armées, de sabotage, propagande, presse clandestine, réseaux d'évasion, grèves et manifestations. Seulement trois pour cent de la population s'engagea dans la résistance active, mais l'organisation compta sur une grande complicité populaire sans laquelle elle n'aurait jamais pu survivre.

Marion éteignit la lumière, ouvrit la fenêtre, se mit au lit et lui souhaita bonne nuit. Au bruit des draps et des ressorts, Sarah sut qu'elle s'installait pour dormir. Elle tenta de l'imiter. Cinq minutes s'écoulèrent. Dix. Quinze… Une demi-heure plus tard, elle était toujours éveillée, les yeux grands ouverts, errant sur les formes noires de la pièce. Il n'entrait pas de clarté par la fenêtre parce que Paris, la Ville lumière, était une ville sombre depuis bien longtemps.

– Marion, tu dors ?

– Non.

– Moi non plus, je n'y arrive pas… Je suis inquiète.

Silence et ombres.

Sarah se redressa pour regarder la masse de son amie sur le lit. Elle restait immobile et de dos, ne semblant pas très disposée à parler. Mais cela n'importait guère à Sarah, elle n'avait pas besoin qu'on lui parle, juste d'être écoutée.

– C'est à cause de Jacob.

– Jacob n'est pas le genre de type pour lequel tu dois t'inquiéter, se prononça enfin Marion. Dors, ma petite.

– C'est que, Marion… il a une arme ! s'exclama Sarah tout en murmurant. Je l'ai vue aujourd'hui, au cinéma. Il avait laissé sa veste sur l'accoudoir et j'ai senti à l'intérieur de sa poche quelque chose de grand et de dur…

– Et tu es sûre que c'était une arme ? Tu touchais peut-être une autre sorte d'arme…

Marion n'avait pu éviter la plaisanterie salace qui lui avait été servie sur un plateau.

– Marion ! C'est sérieux ! protesta Sarah.

Le commentaire l'avait plus dérangée par sa frivolité que par son indécence.

– J'ai passé la main dans sa poche à son insu : c'était un pistolet !

Marion finit par accorder l'importance qu'elle méritait à la question.

– Demande-lui pourquoi il en porte une.

– Je l'ai fait. Et il est devenu fou. Il m'a crié dessus, il m'a dit de m'occuper de ce qui me regardait, et il est parti sans me raccompagner… Je crains qu'il ne se soit fourré dans une mauvaise affaire. Le connaissant…

Sarah attendit que Marion fasse un commentaire, mais celle-ci ne disait mot et, le silence devenant embarrassant, elle choisit de continuer :

– Je ne sais pas pourquoi il est comme ça avec moi. Même mon père ne m'a jamais crié dessus de cette façon. Après tout, je m'inquiète juste pour lui.

– Et il veut juste te protéger, chérie. Il a exagéré ? Eh bien oui. Je le lui ai dit mille fois, mais… Elle haussa les épaules et se retourna, pensant avoir habilement clos la discussion. Il est tard. Dormons.

Mais pour Sarah, la discussion n'était absolument pas close. Elle saisit le câble de la lampe de chevet et appuya sur l'interrupteur ; la lumière chatouilla ses paupières contractées.

– Bon sang ! Éteins ça ! Tu veux que toute la police de Paris nous tombe dessus pour avoir allumé la lumière ? protesta Marion en enfouissant la tête sous son oreiller.

– Dis-moi la vérité, Marion : tu sais ce que fait Jacob.

– Et alors ?… Je ne te dirai rien. Jacob me tuerait.

– Et si tu ne le fais pas, c'est moi qui te tuerai, s'enhardit Sarah.

Marion sortit la tête, échevelée, de sous l'oreiller, et éclata de rire.

– Toi ? Mais tu ne ferais pas de mal à une mouche, chérie !

– Bon… d'accord. Mais vous n'avez pas le droit de me traiter comme une gamine ! Je veux savoir ce qui se passe !

Marion réfléchit pendant quelques secondes. Elle était vraiment convaincue que Jacob surprotégeait Sarah ; à ce train, elle ne se dégourdirait jamais.

– Jacob est dans la Résistance, avoua Marion, étreignant son oreiller. Et maintenant, éteins cette lumière, je t'en prie !

La Résistance ? Sarah ne savait pas très bien ce que cela signifiait. Bien sûr, elle en avait entendu parler, mais qui ils étaient et ce qu'ils faisaient… elle ne savait pas vraiment. Parfois, à la sortie du métro, des jeunes gens lui avaient distribué des tracts comportant des consignes pour affronter l'occupant nazi, jusqu'à l'arrivée de la police qui les dispersait sous une pluie de coups de matraque et de papiers subversifs. Un jour, en se rendant au travail, elle avait vu un groupe de personnes rassemblé autour de quelque chose. « Que s'est-il passé ? », avait demandé un monsieur à un badaud. « Ils ont tué un soldat allemand », avait poursuivi le badaud tandis qu'une dame, française, se signait et affirmait avec mépris : « Ce sont ces terroristes. Ceux de la Résistance. » Mais Sarah n'avait même pas pu voir le cadavre ; quand la *Feldgendarmerie* était arrivée, elle avait dispersé la foule.

– Mais… c'est un terroriste ? demanda Sarah, tentant de mettre de l'ordre dans son esprit confus.

– Pas du tout, ma chérie ! s'exclama Marion avec véhémence. Jacob est un héros ! Comme tous ceux qui pensent qu'il faut faire face à ces salauds de nazis ! Il faut les jeter hors de France. Le meilleur nazi est un nazi mort, c'est moi qui te le dis.

– Mais Jacob… Jacob les tue lui aussi ? s'enquit Sarah, souhaitant que la réponse fût que son ami se contentait de distribuer des tracts.

– De ses propres mains, affirma Marion, bouffie d'orgueil. L'arme qu'il porte, il l'a prise la semaine dernière à un soldat allemand sur le Pont Neuf. Il faisait nuit, il l'a attaqué dans le dos et l'a étranglé. Puis il s'est échappé par les berges. Tu aurais dû le voir, chérie.

Sarah en eut la chair de poule. Elle n'aurait vraiment pas voulu voir ça.

– Et si on vous avait arrêtés, Marion ? C'est très dangereux !

– Ils arrêtent déjà qui ils veulent sans raison. Si on se fait coincer un jour, on aura au moins descendu quelques-uns de ces porcs avant.

Sarah ne ferma pas l'œil de la nuit. Elle ne savait que penser. Depuis l'enfance, on lui avait appris que tuer était un horrible péché. « Tu ne tueras point » était le principal commandement de la Loi divine. Mais il était vrai également que les nazis tuaient impunément… Le rabbin Ben lui avait dit que les nazis avaient tué son père. Sarah avait parfois du mal à le croire… Ses rares contacts avec les soldats allemands les lui avaient montrés comme des gens aimables et bien élevés, à de rares exceptions, comme celle de ces soldats venus chercher querelle dans la librairie. Mais il y avait aussi des soldats français querelleurs et assassins…

Sarah commença à faire des rapprochements, à comprendre beaucoup de choses. Jacob n'avait jamais caché sa haine des Allemands, il parlait toujours d'eux avec mépris. Et puis son ami avait une nature rude et agressive. Et Marion… Eh bien, Marion se montrait affectueuse envers les occupants, mais elle avait elle aussi une nature rude et agressive. Et Sarah comprit pourquoi elle collait tous les soirs l'oreille à une radio qu'elle cachait en haut de l'armoire pour écouter les émissions françaises émises par la BBC depuis Londres : *Honneur et Patrie* et *Les Français parlent aux Français*, retransmises par Maurice Schumann, un collaborateur de De Gaulle. Elles étaient interdites par les Allemands car elles incitaient le peuple français à résister à l'envahisseur, tout en vantant les succès militaires des Alliés sur le front.

Sarah se sentait dériver en pleine mer, entourée de courants qui passaient près d'elle et la frôlaient, qui la poussaient parfois dans une direction, parfois dans l'autre, dont elle ne comprenait pas très bien d'où ils venaient ni où ils allaient. Mais malgré ce va-et-vient étourdissant, elle se rendit compte qu'elle devait prendre parti, que le moment était venu de cesser de se laisser ballotter et de commencer à ramer dans la direction qu'elle choisirait elle-même. Mais Sarah avait peur.

Depuis que les Allemands occupaient la France, son père était mort, sa famille avait disparu, elle s'était vue contrainte de quitter le foyer, le lieu où elle se sentait en sécurité, et de fuir ; elle vivait dans une pension de troisième ordre, mangeait mal et portait de vieux vêtements, son estomac se soulevait de peur à chaque fois qu'elle croisait un soldat allemand, ses papiers n'étaient pas en règle et elle se savait parfois si seule qu'elle ne pouvait retenir son envie de se mettre à pleurer… Depuis que les Allemands occupaient la France, sa vie était un enfer. Mais Sarah avait peur.

À l'aube, elle ne comprenait pas toujours très bien cette histoire de Résistance et elle avait toujours peur, mais elle avait pris parti.

M. Matheus ferma la librairie et prit congé de Sarah jusqu'au lendemain. Juste au moment où la jeune fille s'engageait sur son chemin habituel pour rentrer chez elle, de l'autre côté du trottoir, elle aperçut Jacob. Il était appuyé contre une boîte à lettres ; sa casquette lui tombait sur les yeux et sous la visière dépassait une cigarette molle, car Jacob ne les allumait pas, il les mâchait pour qu'elles durent plus longtemps. C'était peut-être de l'autosuggestion, mais Sarah pensa que Jacob ressemblait de plus en plus à un voyou.

Évitant des bicyclettes et la charrette d'un ferrailleur, elle traversa la rue pour le rejoindre.

– Bonjour Jacob.

Le jeune homme lui répondit d'un mouvement de tête.

– Tu es venu me chercher, ou tu passais juste par là ?

Il sourit et montra la cigarette prisonnière entre ses dents. D'un doigt, il souleva la visière et découvrit ses grands yeux noirs de bon Juif.

– En fait, je suis venu t'apporter ça…

Aussi agile qu'un prestidigitateur, le jeune homme sortit une tablette de chocolat de sa poche.

– Oh, Jacob ! Tu as recommencé à dépenser ton salaire en chocolat ?

– C'est pour me faire pardonner la façon dont je t'ai traitée hier.

Sarah regarda Jacob et le chocolat ; si elle attendait plus d'éloquence, elle se trompait.

– Quoi ? Tu n'en veux pas ?

Avec une paresse mal dissimulée, elle tendit le bras pour saisir la tablette puis elle lui planta un baiser fugace sur la joue.

– J'accepte ton chocolat et tes excuses, Jacob.

Il sourit, essayant de cacher son trouble, tout en remarquant que sa joue brûlait juste à l'endroit où Sarah avait posé les lèvres.

En partageant la tablette, ils se dirigèrent vers la pension. En silence la plupart du temps, car Jacob n'était pas très bavard et elle était prise dans ses débats internes.

Peu avant d'arriver à la pension, Sarah s'arrêta à l'écart, loin des oreilles et des regards.

– Qu'est-ce que tu as ? Pourquoi est-ce que tu t'arrêtes ? lui demanda Jacob.

Serrant ses poings rendus moites par la nervosité, la jeune fille l'affronta :

– Je sais pourquoi tu as une arme…

– Tu recommences ? Je croyais t'avoir dit que…

– Non, Jacob, cette fois tu ne vas pas me crier dessus, tu vas m'écouter.

Elle n'eut pas besoin de hausser la voix ; son ton et son air étaient si sévères que Jacob en perdit la parole. Il ne l'avait jamais vue comme ça.

– Je sais pourquoi tu as besoin d'une arme et je sais même comment tu y es arrivé. Tout ce que je regrette, c'est de ne pas l'avoir appris par toi. Et je me demande encore pourquoi tu ne me fais pas assez confiance pour m'en parler, pourquoi tu n'es pas sincère avec moi… Non, je t'en prie, laisse-moi finir. Ça n'a plus d'importance. Maintenant, je veux juste que tu saches que je veux participer moi aussi.

Sarah avait anticipé la réaction de Jacob, elle l'avait visualisée mentalement à plusieurs reprises : il allait froncer les sourcils, serrer les mâchoires, rougir et finir par ouvrir la bouche pour crier. Comme elle s'y était préparée, elle sut faire avorter le cri de son ami.

– Tais-toi, Jacob ! Tu dois accepter que je ne sois plus une petite fille et que tu n'es pas ma nounou. Il est temps pour moi de faire autre chose que fuir dans cette guerre, et tu ne pourras pas m'en empêcher. Alors choisis : avec ton aide ou sans ; ou avec toi, ou sans toi, Jacob.

Jacob dut accepter l'ultimatum de Sarah ; à contrecœur, car sinon ce n'aurait plus été lui, mais il dut accepter. Ce fut ainsi que la jeune fille devint membre du Groupe Armé Alsacien, une petite cellule de résistants à l'occupation allemande, des hommes qui avaient fui l'Alsace après l'annexion de la région au Troisième Reich, particulièrement depuis le décret qui instaurait l'incorporation forcée des Alsaciens aussi bien au *Reichsarbeitsdienst*, ou travail social en Allemagne, qu'à la Wehrmarcht, l'armée.

L'unité n'était pas très importante, une dizaine de personnes : Jacob était le second en chef, après un communiste surnommé Trotski. Le reste se composait d'un ingénieur spécialisé en explosifs, le responsable de la propagande, de Marion et cinq autres très jeunes gens, tous Juifs, que l'on entraînait aux techniques de sabotage et de guérilla urbaine. Cependant, malgré sa petite taille, le GAA se montrait très actif.

Trotski était un homme violent et agressif, militant de la faction la plus révolutionnaire du communisme, partisan de la lutte ouvrière et de la lutte des classes, qui professait une haine acharnée de toute forme de fascisme et donc des nazis, pas tant parce que c'étaient des occupants que des fascistes. Effectivement, Trotski avait commencé ses activités de résistance lors de l'invasion de l'Union soviétique par l'Allemagne. Avec Jacob, Trotski avait trouvé chaussure à son pied. Ils s'étaient connus en travaillant à la gare de l'Est, et ce fut à partir de ce moment qu'ils avaient décidé de créer le Groupe Armé Alsacien, appuyés par des groupes de résistants de la zone nord avec qui Trotski était en contact. Étant donné leur énergie guerrière, les activités du groupe s'étaient concentrées depuis le début sur le sabotage et les actions armées contre des militaires allemands. Trotski préférait mener à bien des actions d'éclat qui fassent du bruit chez l'ennemi : il organisait des attentats contre des officiers SS et tenait un décompte macabre de ses victimes en pratiquant pour chacune une encoche dans une plaque de métal qu'il portait autour du cou. L'homme qu'ils appelaient Trotski avait bien mérité son surnom. Il avait même l'air d'un authentique bolchevik : les yeux très bleus, le teint très blanc, les cheveux très noirs et le menton assombri par un bouc pointu. Sarah fut surprise que la Gestapo ne l'ait pas encore arrêté car il ne lui manquait plus que le mot « communiste » écrit sur le front.

Elle fut choquée que tous portent un surnom : en plus de Trotski, Jacob était « Gauloises » parce qu'il mâchait toujours une cigarette, Marion était « Cigale ». Le spécialiste des explosifs et celui de la propagande se faisaient appeler respectivement « Dynamo » et « Gutenberg ». Dynamo était mécanicien chez Renault et membre du syndicat de l'usine ; une concentration de muscles et de poils dans un mètre soixante, parfaitement en accord avec la rudesse du groupe. Seul Gutenberg détonait dans cette ambiance guerrière. Pour commencer, il avait plutôt l'air d'un séminariste avec ses petites lunettes ovales et sa calvitie ronde au milieu du crâne en guise de tonsure. Lorsque Sarah arriva pour la première fois dans la pièce où ils se réunissaient, cachée dans un garage en banlieue parisienne, Gutenberg l'observa fixement avant d'annoncer :

– Émeraude est la couleur de tes yeux, et nous t'appellerons Émeraude.

Gutenberg, qui jouait les intellectuels, avait parfois des élans lyriques.

Trotski n'avait guère apprécié que Jacob amène la jeune fille. Après tout, ce n'était qu'une sale bourgeoise qui ne semblait pas avoir beaucoup de sang dans les veines. Il doutait fort qu'elle leur soit d'une quelconque utilité, il pensait qu'elle serait plutôt une gêne. Jacob parvint toutefois à le convaincre qu'ils avaient besoin de quelqu'un comme elle pour certaines tâches dont personne ne s'occupait précisément dans le groupe et qui étaient mal gérées : imprimer les tracts, porter des messages, préparer les réunions, organiser la trésorerie. Bien sûr, son ami avait énuméré des travaux qui écartaient Sarah du terrain, donc du danger.

– D'accord, camarade, si tu en pinces pour la gamine, c'est ton problème. Mais tu t'en charges, je ne veux pas d'embrouilles.

Gutenberg avait laissé entendre à Sarah que le groupe projetait un gros coup. Les chefs passaient leur temps réunis à huis clos. Trotski avait insisté pour durcir l'entraînement des combattants : il affirmait que les garçons n'étaient pas prêts pour la mission qui les attendait.

Un jour, il arriva au garage avec un soldat allemand. Il l'avait enlevé en le menaçant d'un couteau à la sortie d'un *soldatenkino*, un cinéma réservé aux soldats allemands. Il l'avait emmené dans une ruelle et l'avait sévèrement rossé. L'état lamentable dans lequel l'homme était arrivé au garage était éloquent.

Trotski l'introduisit d'une poussée. Le silence se fit, chacun interrompit ses tâches et forma un cercle autour de son leader pendant que celui-ci ligotait l'Allemand sur une chaise.

– Tu es fou, camarade ! On ne peut pas garder un soldat ennemi ! marmonnait Jacob à l'oreille de Trotski pendant que celui-ci assurait consciencieusement les cordes autour des poignets du soldat. Que comptes-tu faire de lui ?

– Tu vas voir.

Trotski appela l'un de ses combattants, un garçon de dix-huit ans à peine, et lui tendit une arme.

– Tue-le, ordonna-t-il, lapidaire.

Le jeune homme pâlit. Il semblait se demander si c'était sérieux, en tenant l'arme d'une main faible et tremblante, comme si elle l'avait brûlé.

Il régnait un silence presque absolu et saisissant qui se refermait comme des fers sur la scène que formaient le soldat et son bourreau terrorisé. Personne n'osa prononcer un seul mot et encore moins contredire Trotski, tant son autorité était grande. On n'entendait que les gémissements étouffés du soldat qui, les lèvres tuméfiées et fendues, n'arrivait pratiquement pas à prononcer des syllabes intelligibles, comme des râles émanant d'un corps de chiffon.

Jacob s'approcha de Sarah, qui restait immobile derrière la table sur laquelle elle classait des papiers.

– Sortons, lui proposa-t-il en la prenant par le coude.

– Non, fut tout ce qu'elle put lui opposer.

Au centre du garage, le drame suivait son cours.

Trotski pressa le jeune homme indécis :

– Allez, on n'a pas toute la journée !

– Mais…

– Vise-le une bonne fois pour toutes avec ce foutu pistolet et tire, putain !

Le cri démesuré de Trotski sembla secouer le jeune homme d'une onde expansive ; l'écho de sa colère raisonna pendant quelques secondes entre les murs de cette tombe qu'était devenu le garage. Comme si l'arme avait pesé des tonnes, le jeune homme la souleva, mais il était évident que le tremblement de sa main l'empêchait de viser. Son teint pâle brillait de sueur et il commença à se couvrir de plaques rouges, reflétant la peur et l'angoisse. Il serrait les lèvres, battait des paupières, tremblait…

La tension prenait une forme tangible qui frappait à l'oreille de Sarah, saturant l'air comme un gaz lourd et qui semblait devoir exploser.

Et il explosa. Il explosa à l'intérieur du garçon qui tenait l'arme, sous forme de crise de nerfs : il lâcha l'arme, tomba à terre roulé en boule et se mit à sangloter, en proie à des convulsions.

En deux foulées tranquilles, Trotski s'approcha. Comme s'il avait effectué un travail routinier, avec la même aisance et la même nonchalance, il se baissa, ramassa l'arme, visa le soldat allemand à la tête et tira.

Le coup fit sursauter Sarah, qui contempla avec horreur le corps du jeune soldat se tordre dans une secousse pour se replier ensuite sur lui-même comme une poupée vidée de son rembourrage. On n'entendit rien et rien ne bougea jusqu'à ce qu'un jet de sang se mette à couler de la tête du soldat et à glisser sur le sol. Sarah ne pouvait détourner la vue de ces gouttes rouges qui formaient une flaque sur le ciment. Elle était restée paralysée par la terreur.

– Tu vois ce dont je veux parler, quand je dis qu'ils ne sont pas encore prêts ? demanda Trotski à Jacob sans se démonter.

Une affaire trouble

– Il s'agit d'une farce, de toute évidence, *meine Süße*. Georg von Bergheim est mort et ne peut avoir envoyé aucun message téléphonique, raisonna Konrad, toujours aussi posé.

Moi, en revanche, je me sentais assez affectée. Je me serrai à nouveau contre sa poitrine.

– C'est là le problème. Si Georg von Bergheim est mort, qui a écrit un message aussi macabre ? répliquai-je.

– Quelqu'un qui veut te faire peur. Mais reconnais, *meine Süße*, que c'est tellement théâtral que ça en devient comique, tu ne crois pas ?

– Non, je dois dire. Moi, ça ne m'amuse pas du tout. Je n'aime pas qu'on essaie de me faire peur.

– J'adore quand tu te comportes comme une petite fille… assura-t-il avant de m'embrasser sur les lèvres.

– Tu m'aimes ?

Il me regarda en souriant mais le sourcil froncé.

– Ne sois pas sotte, bien sûr que je t'aime.

– Et tu continuerais même si j'arrêtais mes recherches ?

Konrad éclata de rire.

– Je t'aimerai toujours… Mais tu ne vas pas arrêter. Pas pour cette sottise. Il fit taire mes protestations en posant un doigt sur mes lèvres. Je vais te servir un verre et quand tu seras ivre, on en reparlera.

Complaisante, je le libérai de mon étreinte et, pendant qu'il se dirigeait vers le meuble bar, je m'assis sur un de ses canapés design, face à une grande baie qui occupait pratiquement tout le mur et qui offrait une vue spectaculaire sur Madrid la nuit, comme une falaise sur une mer d'asphalte et de petites lumières.

Son canapé était joli, mais il n'incitait pas à s'y installer. Je ne résistai cependant pas à me pelotonner dans un coin et à cacher mes pieds sous mes fesses.

Konrad revint avec les verres.

– Tu as les pieds sur le canapé.

– Comme les enfants… Ça devrait te plaire.

Je posai les pieds par terre car je lus sur son visage que ça ne lui plaisait pas du tout. Je bus une gorgée de l'Apple Martini qu'il venait de me préparer, et tentai de relancer un sujet de conversation qu'il évitait toujours.

– Ce qui me surprend, c'est que, jaloux comme tu l'es de ta découverte, tu ne sois même pas un peu inquiet.

– Je ne suis pas inquiet, juste sur mes gardes et… d'accord, je l'admets, inquiet aussi, mais pour toi, à cause de la façon dont tu prends les choses : je ne veux pas que ça t'affecte, *meine Süße*, concéda-t-il en me caressant le menton. Dès demain, je vérifierai si on peut tracer le message. Comme ça, on saura qui tient tant à ce que tu arrêtes tes recherches.

– Mais comment est-ce qu'ils ont pu trouver mon numéro ?

– Il y a différentes possibilités. Ce n'est pas facile et il faut en avoir les moyens, mais c'est envisageable.

Konrad posa son verre sur la table et commença à jouer avec mes cheveux.

– Tu te rends compte, *meine Süße* ? On est sur une grosse affaire.

Il y avait de la satisfaction et de la joie dans le regard qu'il posait sur moi.

– Trop grosse pour moi, regrettai-je. Tu dois chercher quelqu'un d'autre pour faire ce travail…

– Oh, allez, Ana ! Ne recommence pas. C'est toujours la même histoire, et pourtant tu as tellement avancé que quelqu'un estime que tu arrives trop près.

– Mais je ne veux pas me retrouver mêlée à une affaire… trouble !

– Une affaire trouble ? Ne sois pas théâtrale… fit Konrad en riant.

D'accord, le terme « trouble » pouvait sembler sortir d'une série télévisée, mais je ne trouvais rien de plus approprié.

– Désolée de paraître vulgaire, mais c'est la première fois que je me sens menacée. Je n'ai pas besoin d'en passer par là.

Je trempai la tranche de pomme qui décorait mon verre dans la liqueur et la portai à mes lèvres. Konrad s'approcha, la mordilla également et murmura :

– Je n'avais pas l'intention de te faire passer un mauvais moment. Au contraire, je pensais que ce travail te plairait. Tu es une chercheuse née…

– Mais ce n'est pas mon domaine. En ce moment, je ne me sens pas juste menacée, mais aussi perdue.

– Tu as la lettre d'Hitler et la mention du dossier Delmédigo. C'est une grande découverte !

– Oh oui, une découverte impressionnante, ironisai-je. Et maintenant ? Les archives de l'Allemagne nazie sont très dispersées. Les documents du Troisième Reich ont en quelque sorte servi de butin aux pays vainqueurs de la guerre ; États-Unis, Grande-Bretagne, Russie, Ukraine, France, Hollande, Suisse… Pour trouver une référence au dossier Delmédigo, je pourrais passer des années plongée dans une forêt d'organisations, institutions, fondations, bibliothèques, associations et toute sorte d'organismes publics et privés qui conservent des documents datant de la Seconde Guerre mondiale.

– Eh bien jusqu'à présent, tu ne t'es pas si mal débrouillée.

– Jusqu'à présent, j'ai eu de la chance. Et pratiquement tout ce que j'ai trouvé provient du Dr Arnoux…

– Oh, non… m'interrompit-il. On en a déjà parlé, Ana. Je ne veux personne d'étranger à l'enquête. Et encore moins ce Dr Arnoux. Tu as convenu toi-même que ce n'est pas un type fiable.

– Eh bien… Je ne sais pas s'il est fiable ou non. J'admets que son intérêt pour mon travail est étrange…

– Étrange ? De deux choses l'une : ou il veut coucher avec toi, ou il veut nous piquer le tableau. Et je ne suis disposé à consentir ni à l'un ni à l'autre, je dois dire.

Cette remarque lui valut un sourire et un baiser au goût de liqueur de banane. D'une certaine façon, cela me plaisait qu'il soit jaloux.

Soudain, Konrad parut avoir une révélation :

– Et si c'était lui qui t'avait envoyé le message ? Il a ton numéro…

L'espace d'un instant, je crus à cette hypothèse, mais je ne tardai pas à y trouver des failles.

– Cela n'a guère de sens… Pourquoi m'aider à avancer s'il veut que j'abandonne pour lui laisser le champ libre ?

– Tu as peut-être fait le sale boulot pour lui, et maintenant que tu as trouvé la première piste solide, il veut te mettre hors-jeu.

Les arguments de Konrad n'arrivaient pas à me convaincre, surtout en ce qui concernait le rôle de mafieux qu'il assignait au Dr Arnoux ; cela ne cadrait pas avec l'homme aimable que je connaissais. Malgré tout, je lui proposai un plan.

– Ne crois-tu pas qu'il vaudrait mieux le surveiller de près ? Je veux dire qu'il vaut mieux qu'il travaille avec nous que dans notre dos…

– Tu serais disposée à dormir avec ton ennemi ? demanda mon fiancé sur un ton moqueur.

– Si tu me quittes…

Konrad se redressa, prit son verre et le fixa du regard comme si les glaçons allaient lui dire quelque chose d'intéressant. Il finit son whisky et soupira.

– D'accord... Interroge le Dr Arnoux sur le dossier Delmédigo. Mais... ne lui dis pas ce que tu cherches. Pas un mot sur *L'Astrologue*, *meine Süße*. Et bien sûr, pour ce qui est de dormir, je parlais au sens figuré...

Avant de retourner à Paris, je décidai d'appeler le Dr Arnoux de Madrid, mais je tombais toujours sur son répondeur. Je lui laissai quelques messages, mais en voyant qu'il ne répondait pas, j'arrêtai ; j'en vins même à détester cette élocution de voix en boîte qui m'ordonnait de laisser un message après le signal, biiiip. Je lui envoyai deux courriers, qui se perdirent sans réponse dans les limbes de gmail. J'essayai de l'appeler à l'université ; là au moins, une standardiste humaine et aimable me répondait, mais je n'eus pas de chance non plus. À L'European Foundation for Looted Art, ce ne fut pas différent, et la standardiste n'était même pas aimable. En dernier recours, j'appelai chez lui... sans résultat. Tous mes efforts pour le joindre furent vains.

C'était comme si Alain Arnoux s'était volatilisé. Et, même si je refusais de l'admettre, cette disparition soudaine encourageait mes pressentiments les plus négatifs.

Lassée d'avoir tant appelé, je me présentai un jour à l'université, décidée à le voir ou à obtenir des informations sur l'endroit où il se trouvait. Il n'était pas à son bureau et, d'après ce que me dit sans grande conviction un étudiant qui se trouvait dans le département, on ne l'avait pas vu depuis plusieurs jours. Une jeune fille, plus vive, avait par hasard entendu notre conversation : « Le Dr Arnoux a pris quelques jours de vacances ; mais il est à Paris. Ce matin, il est passé prendre quelques affaires. Il a dit qu'ensuite il rentrait chez lui. »

Bon, c'était déjà ça. Au moins, il n'avait pas été enlevé par les extraterrestres et il ne se trouvait pas dans une prison de la CIA, deux options que je commençais à envisager devant un tel manque d'informations.

Comme j'étais disposée à aller jusqu'au bout et qu'il m'avait lui-même donné son adresse à toutes fins utiles, supposai-je, je surmontai l'idée d'être probablement en train d'envahir l'intimité d'une personne que je connaissais à peine et partis tout droit à son domicile avec mon dossier de recherches. Après tout, il s'était présenté chez moi sans prévenir et m'avait pincée en jogging et pas coiffée.

Le mauvais quart d'heure que je passai

Si Alain Arnoux n'avait pas été enlevé par les extraterrestres et n'était pas prisonnier de la CIA, alors il n'avait pas répondu à mes appels et à mes messages tout simplement parce qu'il n'en avait pas envie. Si j'avais réfléchi avant de me lancer de façon impulsive à l'assaut de son domicile, j'aurais évité le mauvais quart d'heure que je passai cette nuit-là.

Il habitait rue Montorgueil, dans le IIe arrondissement, en plein centre. Cette rue est l'un de ces trésors qui survivent dans un Paris envahi de touristes, ressemblant parfois davantage à un décor de carton-pâte qu'à une ville pourvue d'âme et de vie. Elle conserve l'atmosphère d'un quartier populaire. C'est une artère piétonne dans laquelle il y a encore plus de *boulangeries*, *boucheries* et *poissonneries* que de boutiques de souvenirs et de fast-foods, où l'on peut voir les Parisiens portant des cabas ou se promenant tranquillement avec des poussettes. Le dimanche, elle se remplit des couleurs du marché en plein air, là où se forment de longues files d'attente devant la boulangerie pour acheter les *croissants* du petit déjeuner et un gâteau pour le dessert. Un miracle de quotidien à deux pas du Louvre.

Son appartement était situé au deuxième étage d'un immeuble ancien, sans grands ornements, sur la façade lisse duquel tout ce qui ressortait était les jardinières de fleurs rouges des balcons du premier étage. La porte d'entrée peinte en bleu ciel, encastrée entre une pharmacie et un magasin de fruits tenu par des Vietnamiens qui, bien qu'il fût plus de dix-neuf heures, restait ouvert.

Profitant de l'arrivée de la voisine, j'entrai sans avoir à passer par l'interphone. À l'intérieur, il y avait une grande cour avec quelques pots de fleur et des vélos appuyés dans un coin. Par les fenêtres qui donnaient dessus s'échappaient des odeurs d'omelette et des bruits de vaisselle, ce qui me rappela que, même si pour moi il était presque l'heure de goûter ou de prendre une bière, pour les Français il était presque l'heure de dîner. Le moment était peut-être mal choisi pour une visite, l'idée me traversa l'esprit, mais maintenant que j'étais là, je l'écartai sur-le-champ.

Je traversai la cour pavée et montai au deuxième par l'escalier, car il n'y avait pas d'ascenseur. Je sonnai sous la lettre A et attendis le temps nécessaire pour m'apercevoir que j'étais un peu inquiète : j'étais toujours nerveuse quand je sonnais chez un étranger.

Au bout de quelques secondes, la porte s'ouvrit lentement.

– Qui est-ce ? demanda sur un ton maussade quelqu'un qui montrait à peine son nez.

– Alain ?

Bien que mon intonation ait tourné ma réponse en question, et malgré ma voix faible et tremblante, ce fut comme si j'avais prononcé le mot de passe : la porte s'ouvrit en grand, découvrant un panorama peu flatteur.

Au milieu des ombres d'un appartement plongé dans une obscurité à peine éclairée dans le fond par le reflet blanchâtre et intermittent d'un téléviseur, apparut un homme barbu, hirsute, dans un T-shirt fripé et ce que j'espérais être un short plutôt qu'un caleçon.

– Alain ? répétai-je avec plus d'étonnement que d'intérêt.

– Ana… Non… Je ne…

Je crois que ce fut à cet instant que je regrettai pour la première fois d'être venue. Même si, pendant le reste de la soirée, j'allais avoir de multiples autres occasions.

– Excuse-moi. Je ne voulais pas te déranger… Tu dormais… On parlera à un autre moment… ou pas. Enfin, on… verra.

Mon discours fut incohérent. Comment aurait-il pu en être autrement dans une situation aussi embarrassante ? En fait, tout ce que je voulais, c'était me volatiliser, disparaître de ce palier sans donner trop d'explications.

– Non, je ne dormais pas. Entre.

Alain s'écarta pour me laisser entrer, mais c'était la dernière chose que je voulais faire. Je commençai à penser que j'avais fait une erreur de jugement et qu'Alain pouvait être plus dangereux que je ne l'avais cru, un ennemi réel.

– Non, non, merci. Vraiment, je ne…

– Allez, entre.

Je devinai que j'avais le choix d'entrer ou de fuir. Et je ne trouvais pas comment fuir dignement.

Quand Alain eut refermé la porte derrière moi, ma nervosité s'accentua. À l'intérieur de l'appartement, il n'y avait pratiquement pas de lumière et l'atmosphère était très chargée, comme si les fenêtres n'avaient pas été ouvertes depuis des semaines et qu'un nuage de vapeur poisseuse avait flotté dans l'air. Je me dis que j'étais inconsciente de m'être présentée chez lui, chez un étranger. Que savais-je de lui ? Son comportement avait été bizarre depuis le début ; aimable et charmant, en fait, étonnamment aimable et charmant, comme un psychopathe raffiné. Et, comme une idiote, je m'étais de moi-même mise entre ses mains. S'il voulait, il pourrait me dépecer et stocker mes morceaux sur place… L'odeur semblait vraiment indiquer que c'était le traitement qu'il réservait à ses visiteurs.

Alain alluma la lumière et je me sentis un peu mieux. Le petit vestibule faisait partie d'un salon tout aussi minuscule. Il me précéda.

– C'est un capharnaüm. Je ne suis pas sorti de la maison depuis plusieurs jours, m'expliqua-t-il en rangeant maladroitement de-ci de-là.

Cela ressemblait à une excuse. Le désordre était le produit des dernières heures : une valise ouverte qui semblait avoir vomi des vêtements de tous côtés, des morceaux de pizza desséchée dans leur boîte en carton, des chips écrasées par terre, un tas trop important pour une seule personne de cannettes de bière vides renversées sur la table et une bouteille de vin à moitié vide. Avec tout cela, le Dr Arnoux aurait tout aussi bien pu faire une fête, quoique, soit je me trompais lourdement, soit la fête s'était tenue sans invités.

– Je ferais mieux de m'en aller. Le moment est mal choisi.

Alain éteignit le téléviseur et le débit monotone qui interférait avec nos paroles cessa enfin.

– Puisque tu es là… dit-il en haussant les épaules. Tu veux boire quelque chose ? Je crains qu'il ne reste pas de bière… Du vin ?

Planté au milieu du salon, il m'offrit la bouteille ouverte. Alors, à la lumière des ampoules, je finis par m'apercevoir de son aspect déplorable : sale comme s'il ne s'était pas lavé depuis des jours et amaigri comme s'il n'avait pas dormi depuis des jours non plus, avec une barbe épaisse et broussailleuse qui lui dévorait le visage, il ressemblait à un de ces mendiants qui déambulent dans les rues en poussant un caddie débordant d'objets.

– Non, merci, dis-je en refusant sa proposition, sans pouvoir dissimuler un geste de répulsion.

Il haussa à nouveau les épaules et but une bonne lampée de la bouteille. Comme il ne pouvait en être autrement, il essuya sa barbe tachée de vin avec le revers de sa main.

– Si tu n'es pas venue boire avec moi, pourquoi es-tu venue, alors ? Tu ne dois pas vouloir parler de ton affaire maintenant…

– Plus maintenant. On pourrait peut-être se voir demain à ton bureau, quand tu seras… – j'allais dire « sobre », mais je me tus.

Alain se laissa tomber sur le bras du canapé.

– Demain, je n'irai pas à l'université. Je suis en vacances. Mais je croyais t'avoir fait comprendre que je ne voulais rien savoir sur les Bauer.

– Il ne s'agit pas d'eux, répliquai-je naïvement, comme si je parlais à une personne qui avait la capacité de raisonner.

– Bien sûr que non… De quoi s'agit-il, docteur ? C'est peut-être le bon moment pour que tu arrêtes de me mentir et que tu me dises sur quoi portent vraiment tes recherches. Tu crois que je suis assez idiot pour avoir avalé l'histoire de la biographie ?

– Je ferais mieux de partir.

– Ah, excusez-moi, Votre Majesté, si je vous ai offensée par ma sincérité. Je comprends que tu n'en aies pas l'habitude. Il paraît que seuls les enfants et les ivrognes disent la vérité.

– Je suis désolée de t'avoir dérangé. Je m'en vais…

Je me retournai pour me diriger vers la porte et quitter cet endroit épouvantable.

– Eh, ma jolie ! Attends un peu. Tu crois que tu peux venir me tanner avec tes histoires et te tirer juste comme ça ? Tu crois que je vais te laisser continuer à me prendre pour un imbécile ? Tu vas me dire ce que tu mijotes, ou quoi ?

Son haleine avinée sur mon visage me sembla aussi répugnante que sa façon de me traiter. Je ne savais plus si j'étais furieuse ou effrayée ; quelle que soit la raison de ma nervosité, elle provoqua chez moi une véritable logorrhée.

– Et toi, qu'est-ce que tu mijotes ? Ça t'amuse, de te faire passer pour Georg von Bergheim ? Qu'est-ce que tu croyais ? Que tu allais réussir à me faire peur ? Je ne t'ai pas demandé de m'aider, tu comprends ?

Alain m'adressa un regard vide d'ivrogne. Il semblait complètement déconcerté. Son image était si pathétique que la crainte que m'inspirait la situation se volatilisa soudain : cet homme tenait à peine debout et pouvait encore moins me faire du mal. Je me dégageai d'une secousse.

– Lâche-moi et va cuver, lui ordonnai-je avec mépris avant d'ouvrir la porte et de m'enfuir dans l'escalier.

Sur le seuil, Alain continua à proférer des incohérences de sa voix pâteuse :

– C'est ça, va-t-en ! Tire-toi d'ici et laisse-moi tranquille ! Fous le camp avec ton histoire ! Va profiter d'un autre imbécile !.... Et puis je te l'ai dit ! Tu le savais ! Je ne veux rien avoir à faire avec ces maudits Bauer ! Tu le savais, bon sang !

Ses cris m'accompagnèrent jusqu'à la porte et traversèrent avec moi la cour sur laquelle commençaient à se pencher des voisins alertés par le bruit.

En arrivant dans la rue, je tremblais de tout mon corps et j'avais envie de pleurer. Pourtant, je ne versai pas une seule larme ; je brûlai toute l'adrénaline en rentrant à pied à l'appartement tout en dédiant mentalement au Dr Arnoux toute sorte d'insultes et d'injures parmi les plus grossières, sales et ordinaires.

Novembre 1942

Hitler ordonne à l'armée allemande d'occuper la France, la zone libre se retrouve également sous le contrôle de la Wehrmacht. Le gouvernement du maréchal Pétain est maintenu quoique sur un plan purement bureaucratique et sans autorité ni contenu politique.

L'activité des dernières semaines avait pris une tournure endiablée. Ils s'étaient approvisionnés en armes et en explosifs, car l'entraînement des résistants avait consisté à les faire sortir dans la rue pour incendier, saboter et assassiner. L'action politique s'était accrue avec des harangues dans les usines, la distribution de tracts dans toute la ville et des graffitis contre l'envahisseur. Trotski répétait que tout cela n'était que le prélude à quelque chose de beaucoup plus important.

Gutenberg s'était procuré des plans du centre de la ville, sur lesquels Trotski et Jacob se penchaient pendant des heures à huis clos. Pendant ce temps, Dynamo préparait une bombe puissante pourvue d'un détonateur activé par un mécanisme d'horlogerie dont la précision et la fiabilité requéraient toute son adresse. Cet après-midi-là, Trotski avait même convoqué Marion à la réunion. Comme toujours, ils tenaient Sarah à l'écart.

– Tu sais ce qu'ils trament ? demanda-t-elle à Gutenberg en l'aidant à nettoyer la petite presse qu'ils avaient montée dans le garage. L'odeur âcre de l'encre lui piquait la gorge.

Elle avait compris depuis longtemps qu'il était inutile de tenter de vérifier quoi que ce soit auprès de Jacob. Ses réponses étaient généralement évasives ou agressives. Il avait été forcé d'accepter de laisser entrer Sarah dans l'organisation, mais il veillait de très près à ce que sa participation restât symbolique. Marion répétait à la jeune fille qu'il voulait juste la protéger.

La question de Sarah permit à Gutenberg de faire une pause. Il nettoya ses mains noires de graisse avec un chiffon, essuya la sueur de son front et ajusta ses lunettes avant de répondre.

– La dernière grande folie du camarade Trotski. Qui nous coûtera la vie à tous ou lui vaudra la gloire à lui seul… Peut-être les deux à la fois. Une attaque du quartier général de la Gestapo… conclut-il après une pause théâtrale. Tu veux bien me donner un peu d'eau ?

– Le quartier général de la Gestapo ? voulut s'en assurer la jeune fille en le servant. Mais ce doit être le lieu le plus surveillé de tout Paris !

Gutenberg but avidement.

– De tout un Paris déjà très surveillé… corrobora-t-il après s'être passé la main sur le menton pour y essuyer quelques gouttes que son impatience de boire avait laissé échapper. Mais il dit avoir tout planifié à la perfection… Je n'en sais rien…

Gutenberg agita la tête et récupéra le chiffon pour reprendre le travail.

– La parole est ma seule arme.

Effectivement, le plan que Trotski avait mis des semaines à concevoir avec l'aide de Jacob semblait infaillible. Il comprenait jusqu'au moindre détail, envisageait la moindre possibilité. Même Marion affirmait qu'en écoutant Trotski expliquer son plan, cela semblait simple.

Le quartier général de la Gestapo française se trouvait au 72, avenue Foch. En réalité, l'avenue, du numéro 13 au 84, était occupée presque tout entière par la *Sicherheitspolizei* ou SIPO, la police allemande, et la *Sicherheitsdienst* ou SD, le service d'intelligence des SS. En fait, l'artère était soumise à une surveillance pratiquement impénétrable. Cependant, elle offrait un avantage dont Trotski était décidé à profiter : la fuite pouvait s'avérer relativement simple, car il s'agissait d'une large avenue qui s'achevait au bois de Boulogne, où il serait facile de disparaître après l'attaque. Et, afin de distraire l'attention des gardes qui patrouillaient dans la zone, Trotski avait décidé, avec une autre organisation de la Résistance, d'organiser une manifestation dans la rue Pergolèse toute proche le même jour et à la même heure que l'attaque prévue.

Or, l'authentique pièce sur laquelle pivotait tout son plan n'était autre que Marion. Celle-ci serait une sorte de cheval de Troie dépourvu de soldats à l'intérieur. Dans cette nouvelle version, le danger que représentait la jeune femme résidait dans ses appas et dans une mallette. La stratégie, quoique non exempte de risques, surtout pour elle, était relativement simple : elle se ferait passer pour une travailleuse allemande qui venait d'arriver à Paris, perdue dans le chaos de la ville. Se servant de ses attraits évidents, Marion distrairait les policiers qui gardaient l'entrée de l'immeuble. Il y en avait trois : l'un patrouillait dans la rue, l'autre contrôlait les laissez-passer dans une guérite et un dernier policier se tenait de l'autre côté de la grille, devant la porte d'entrée du bâtiment. Mais le nombre n'était pas le plus important, car Marion n'aurait pas à les affronter dans une lutte au corps à corps : elle devait simplement faire un clin d'œil à l'homme de la patrouille et présenter un faux laissez-passer à celui de la guérite tout en montrant la partie arrière de ses jambes bien tournées à celui qui était posté devant la porte. Puis, comme dans une négligence de fille étourdie par la grande ville et l'évidente séduction des policiers, elle laisserait la mallette près de la guérite, à demi cachée par une grande jardinière remplie de plantes touffues qui semblait avoir été placée là pour faciliter le plan de Trotski. Avant que les gardes ne s'aperçoivent de son oubli, la bombe aurait explosé, actionnée par le mécanisme d'horlogerie que Dynamo avait conçu. Une bombe suffisamment puissante pour faire voler en l'air la jardinière, la guérite, la barrière, les trois policiers allemands et une grande partie de la façade de l'hôtel particulier d'où les dirigeants de la Gestapo commandaient l'oppression, la torture et l'assassinat d'une bonne partie du peuple français.

Pendant ce temps, Trotski attendrait au bout de l'avenue Foch pour emmener Marion sur une motocyclette volée qui les aiderait à se perdre rapidement dans le bois en profitant de la confusion. Jacob et les résistants seraient dans le secteur et, si les choses tournaient mal, il faudrait compenser la frustration en descendant un salopard de nazi.

Trotski avait toutefois la certitude que rien ne pouvait mal tourner. Hormis les dégâts physiques et matériels que pourrait causer la bombe, ce qui le réjouissait le plus était la certitude de l'impact psychologique d'une attaque au cœur de leur redoutable police secrète sur les forces d'invasion.

Bien sûr, personne ne se soucia d'en informer Sarah. Elle ne l'apprit que plus tard, lorsqu'un imprévu de dernière heure les y obligea.

*

La lettre du *Reichsführer* Himmler était catégorique : il fallait absolument retrouver la fille des Bauer dans les plus brefs délais ; la localisation de *L'Astrologue* n'admettait aucun retard.

Georg ne fut surpris ni du contenu ni des termes de la missive. Et même, s'il fallait s'étonner d'une chose, c'était de ce que la patience d'Himmler n'ait pas été épuisée depuis longtemps, et qu'il ne l'ait pas remplacé par un autre historien d'art plus efficace, en l'envoyant mourir sur le front russe… Georg aurait peut-être préféré tomber avec honneur sur le front que de façon lente et indigne dans cette maudite ville qu'était Paris. Il se demanda pourquoi Himmler se montrait si patient et magnanime envers lui…

Ne trouvant pas la réponse, il roula la lettre en boule et, en visant bien, marqua un panier dans la corbeille. Il suffisait d'attendre.

Il s'était à peine écoulé quelques semaines lorsque *Fräulein* Volks déposa sur son bureau un nouveau courrier de Berlin. En apercevant sur l'enveloppe l'en-tête du *Reichsführer-SS*, il la déchira, plein d'espoir.

En quelques secondes, il lut la courte lettre, le temps de voir ses espérances s'évanouir et sa colère se matérialiser.

« … comme vous avez échoué à retrouver Sarah Bauer, je me vois dans l'obligation d'assigner à l'Opération Émeraude un membre de la section IVB4 des Affaires juives de la Gestapo, qui vous sera certainement d'une grande aide dans le processus de recherche, d'arrestation et d'interrogatoire de la femme juive… »

Georg donna un grand coup de poing sur la table et tout ce qu'il y avait dessus se mit à tanguer.

Malédiction ! Pourquoi Himmler ne mettait-il pas une bonne fois pour toutes un terme à son agonie et ne le traduisait-il pas devant un conseil de guerre pour manquement au devoir ?

Georg pressa le bouton de l'interphone :

– Volks ! Passez-moi immédiatement le quartier général de la SS à Berlin !

« *Sturmbannführer* von Bergheim, vous avez exactement deux semaines, pas un jour de plus, pour arrêter Sarah Bauer. Ensuite, l'affaire passera aux mains de la Gestapo. »

Georg avait failli présenter sa démission au *Reichsführer* Himmler et en assumer les conséquences. Mais… que serait devenue Sarah ?

Au moins s'était-il vu accorder un délai supplémentaire. Il serait difficile d'obtenir en deux semaines ce qu'il n'avait pas obtenu pendant des mois… Cette fille pouvait se trouver n'importe où en France, ou vivre dans la clandestinité. Il devait se rendre à l'évidence : il n'y aurait qu'une possibilité s'il avait recours à la Gestapo…

À contrecœur, il informa le *Reichsführer* qu'il réclamerait lui-même la collaboration de la Gestapo. Himmler se montra satisfait et disposé à assouplir le délai intenable qu'il avait fixé, car il était convaincu qu'une fois que sa toute-puissante police interviendrait, l'affaire de la jeune fille juive se résoudrait rapidement.

Georg raccrocha avec la sensation d'avoir à demi gagné une bataille. Il irait à la Gestapo, oui, mais il choisirait qui il voudrait et non quelqu'un que lui imposerait Himmler. Pour le moment, il éviterait les bureaux de Paris, rue des Saussaies, où il avait eu ce désagréable entretien avec le *Kriminalkommissar* Hauser ; il préférait se tenir éloigné de ce type. Et puis, il n'était plus aussi sûr de la présence de Sarah dans la capitale, car la dernière fois qu'elle avait été vue, c'était à Strasbourg et, la famille Metz qui l'accueillait dans la capitale ayant disparu, elle pouvait se trouver n'importe où en France. De sorte que Georg décida de se rendre au quartier général de la Gestapo française, au numéro 72 de l'avenue Foch.

Décembre 1942

Hors de France, la guerre semble pencher en faveur des Alliés : l'armée britannique a acculé Rommel à Tunis ; l'armée allemande est cernée par les troupes soviétiques à Stalingrad et, dans le Pacifique, les Japonais sont sur le point d'abandonner Guadalcanal sous la pression de l'armée américaine.

– Où est Marion ?

Comme elle entrait dans le garage, tous les regards se tournèrent vers elle et Jacob, l'air désemparé, fut le premier à l'aborder.

Surprise par la question, Sarah était tendue comme devant un tribunal.

– Je ne sais pas. Je croyais la trouver là. Elle n'a pas dormi à la pension.

– Merde ! jura Jacob avant de se mettre à faire les cent pas.

– Qu'y a-t-il ? demanda Sarah à Gutenberg.

– Trotski et Cigale devraient être arrivés depuis plus d'une demi-heure et… tu vois : aucun des deux ne s'est montré.

L'inquiétude était manifeste surtout chez Jacob, même si tout le monde était soucieux. Le jour de l'attaque du quartier général de la Gestapo était venu. Chaque minute comptait, en particulier parce qu'il fallait faire coïncider la manœuvre de Marion au 72, avenue Foch avec la manifestation de la rue Pergolèse. Que ni Trotski ni elle, les principaux agents de l'opération, ne soient au garage à l'heure convenue ne présageait rien de bon.

Sarah savait que Marion et Trotski avaient une aventure ; dernièrement, Marion passait ses nuits hors de la pension, il n'était pas difficile d'imaginer avec qui. Et on pouvait raisonnablement penser qu'ils avaient aussi passé la nuit précédente ensemble, mais il était inquiétant que ni l'un ni l'autre ne soit arrivé au point de rencontre.

Sarah avait fait des recoupements, plantée à l'endroit exact où l'avait arrêtée la question de Jacob, sans avoir ôté manteau, écharpe ni chapeau, entièrement immobile. Pendant ce temps, les autres surmontaient la tension comme ils pouvaient : les garçons fumaient et buvaient de la chicorée, Gutenberg lisait, et Dynamo faisait semblant de procéder aux derniers réglages sur une bombe déjà parfaitement réglée.

Soudain, Jacob s'arrêta, prit sa veste sur une chaise et annonça :

– Je vais chercher Trotski.

Personne ne parla. Que dire ? Ils le suivirent tous du regard jusqu'à la porte. Ils purent donc voir Marion entrer au moment où le jeune homme s'apprêtait à sortir.

– Bon dieu, Cigale ? Où étais-tu passée ?

– Ferme ton bec, Gauloises.

La voix de Marion grinça comme si on l'étranglait.

Ce fut alors que Sarah s'aperçut de l'état pitoyable de son amie. Pâle, les yeux cernés, le nez rouge et les yeux irrités, ses lèvres desséchées et blêmes restaient entrouvertes, car elle ne pouvait respirer que par la bouche, et malgré le froid, son front brillait de sueur. La jeune fille se laissa tomber sur le premier siège qu'elle trouva.

– J'ai un rhume de cheval. Je ne suis pas bien du tout, annonça-t-elle après avoir respiré très fort, montrant bien sa gêne.

– Marion, tu as les mains glacées ! remarqua Sarah, qui s'était approchée dès qu'elle avait compris la situation. Je vais te préparer quelque chose de chaud.

– Merci, ma chérie.

Les autres semblaient comprendre que les conséquences du rhume de Marion n'affectaient pas que sa personne.

– Merde…

Jacob ne trouva pas d'autres mots pour exprimer la situation. En fait, il était si absorbé par elle qu'il avait oublié l'autre problème qu'ils devaient affronter.

– Tu sais où est Trotski ? demanda Dynamo à Marion.

Celle-ci répondit par l'affirmative et commença à boire.

– Au lit avec quarante de fièvre.

Cette déclaration fit l'effet d'un tremblement de terre : elle finit d'engloutir le peu de choses qui était resté debout dans ces lieux.

– Et vous savez ce qui arrive au camarade quand il a de la fièvre : il a ses crises. – Marion voulait parler des convulsions dont Trotski était victime quand il avait de la température. – Il n'a même pas pu se lever pour m'accompagner.

Un silence répondit une fois de plus à la jeune fille.

– Qu'est-ce qu'on fait, maintenant ?

– Qu'est-ce que tu veux que je te dise, bon sang ? Il va falloir annuler l'opération. Sans eux, on ne peut pas procéder à l'attaque.

– Mais on y travaille depuis des semaines ! Il y a d'autres organisations impliquées ! On a déjà appelé à la manifestation ! s'exclama Dynamo, qui commençait à perdre son sang-froid. On ne peut pas l'annuler comme ça, d'un coup !

– Tu as une meilleure idée ? l'affronta Jacob. Je pourrais remplacer Trotski et conduire la motocyclette, mais Marion ? Tu crois qu'elle est en état d'éblouir un *boche* avec cette tête et cette voix de casserole ? On a tous des couilles pour faire ce qu'il faut, mais l'ami, pour l'occasion, ce dont on a besoin, c'est d'une paire de seins. Et ici, personne n'en a, bon Dieu !

Devant la force de ses arguments, Dynamo lui-même se découragea. Le silence qui recouvre le désarroi, le découragement et les frustrations envahit à nouveau l'ambiance, ce silence qui laisse chacun espérer que ce soit l'autre qui fasse avancer la machine, qui ne peut que briser le miracle d'une bonne solution ou la reconnaissance de l'échec. Mais il persistait : personne n'était en possession du miracle ni ne voulait être le porte-parole de l'échec.

Pendant ce temps, Marion buvait, éternuait et exsudait son rhume comme elle pouvait. Et les nerfs de Jacob, le second en chef du Groupe Armé Alsacien, étaient de plus en plus crispés à chaque silence, gorgée ou éternuement, et même à chaque tic-tac de sa montre qui emportait une minute supplémentaire de leur plan si attendu.

– Moi, je peux.

Comme elle était inattendue, mais aussi parce qu'elle avait été prononcée avec un filet de voix, beaucoup crurent ne pas avoir bien entendu cette déclaration. Toujours est-il que Sarah se vit interroger par les regards stupéfaits de tout le groupe.

– Comment ? parvint tout juste à articuler Jacob.

– Je vais le faire. Je suis la seule à avoir la paire de… seins qu'il faut.

Elle ne put s'empêcher de rougir en prononçant le terme « seins » devant tous ces hommes.

Marion éclata d'un rire strident, que sa voix rauque transforma en braiment.

– Ne sois pas ridicule.

Le dédain de Jacob enhardit Sarah et renforça sa détermination.

– Pourquoi pas ? fit Marion, venant à sa défense. La petite a raison, elle seule peut me remplacer parfaitement.

– C'est vrai, Gauloises, pourquoi pas ? intervint Dynamo.

– Avez-vous tous perdu la tête ? Elle n'est pas prête ! Si on lâche cette petite chatte aux chiens, ils vont la dévorer, et nous avec.

La patience, la douceur et la candeur de Sarah s'évaporèrent comme une goutte d'eau au soleil. Elle n'était pas disposée à supporter plus longtemps le mépris de son ami. Elle ne pouvait plus consentir à ce qu'il continue à la traiter comme une quantité négligeable devant tout le monde. Elle ne permettrait plus de manque de considération ni de respect. Quitte à ne plus être Sarah.

– Prête à quoi, Gauloises ? fit-elle en prononçant sur un ton moqueur le nom de guerre de Jacob. À donner la trique à un type ? Toutes les femmes naissent prêtes à ça.

On entendit des rires.

– Bien dit, ma chérie ! l'encouragea Marion de sa voix de camionneur.

Sarah avait commencé et ne pouvait plus s'arrêter. Elle se dirigea au centre du cercle qui entourait Jacob et, comme s'il s'agissait d'une scène, elle commença à jouer.

– Dis, si je déboutonne mon chemisier et que je détache mes cheveux, ça ne te donne pas la trique ?

À mesure qu'elle s'approchait, très décolletée et les cheveux lâchés, Jacob perdait contenance. Il n'en croyait pas ses yeux. Pendant ce temps, l'auditoire se répandait en sifflets et en remarques, et son ami sentit monter sa température. Ne s'arrêtant pas là, Sarah remonta sa jupe jusqu'à la cuisse.

– Tu veux peut-être que je m'approche encore un peu et que je mette la main dans la poche de ton pantalon… Tu pourrais supporter que je te frôle ?

Elle observa Jacob fixement, ses yeux verts s'assombrissant au contact des yeux noirs du jeune homme…

– Je crois que ce ne sera pas nécessaire, conclut-elle.

Ensuite, elle interrompit brutalement sa mise en scène : elle boutonna sa blouse, baissa sa jupe et rattacha ses cheveux. Elle fit demi-tour, laissant Jacob en sueur et étourdi au milieu de la scène. Le public applaudit à tout rompre.

Sarah s'assit à côté de Marion en sentant ses jambes trembler. Elle ne pouvait croire à ce qu'elle venait de faire. Il fallait être très sûre de soi pour agir comme elle l'avait fait ; et elle n'était jamais sûre de rien…

– Sous les acclamations populaires, je crois que la décision est prise, Gauloises, annonça Marion, forçant sa voix brisée pour se faire entendre parmi les applaudissements.

Jacob ne put que se taire pour y consentir, car l'air ne l'oxygénait pas encore.

– D'accord. On n'a plus beaucoup de temps, intervint Dynamo. Il faut mettre les mains à la pâte. Dehors les nazis ! cria-t-il. Et tous l'approuvèrent.

– Un instant, interrompit Gutenberg. On n'a pas de papiers pour elle.

Les cris cessèrent presque sur-le-champ.

– Qu'est-ce que tu veux dire ?

Dynamo redoutait déjà qu'on lui gâche sa joie.

– J'ai préparé de faux papiers pour Cigale au cas où les nazis les lui demanderaient. Mais il n'y en a pas pour Émeraude.

– Qu'elle prenne ceux de Cigale, insista Dynamo.

– Ce n'est pas possible. Certains pourraient être valables, mais la *Kennkarte* inclut une photo. Je ne pourrais pas non plus en improviser une à temps : rien que prendre la photo et la développer me prendrait toute la matinée.

Le découragement culmina à nouveau dans le groupe sous forme de silence. Seul Jacob semblait s'en réjouir.

– Vous voyez ? Ce n'est pas aussi simple que ça en a l'air. On ne peut pas refaire en une demi-heure une opération qui a demandé des mois de préparation.

– Quel bordel ! lâcha Dynamo devant une telle adversité.

– J'irai sans papiers.

Tous les regards convergèrent à nouveau vers Sarah.

– Je ne crois pas qu'on me les demandera.

– Tu es inconsciente… C'est du suicide ! brama Jacob, restant sur sa position.

– Je suis d'accord avec elle.

Dynamo était comme une mite, il volait là où il apercevait un point de lumière.

– Quelles possibilités y a-t-il pour qu'un ahuri de nazi examine ses papiers ? Si elle fait bien son travail (vu l'état dans lequel elle t'a mis, elle le fera), personne ne sera suspicieux pour une fichue carte.

Tous acquiescèrent. Seul Jacob montra une fois de plus son opposition :

– Faites comme vous voudrez. Mais je ne suis pas responsable de cette folie.

Marion s'adressa à Sarah :

– Tu es sûre de vouloir le faire, ma chérie ?

Elle leva ses immenses yeux verts pour regarder Jacob à l'autre bout de la pièce : elle allait parler pour lui seul.

– C'est toi qui conduiras la motocyclette pour me sortir de là ?

Sa voix caressa les sens de Jacob et, comme par enchantement, toutes ses convictions s'effondrèrent. La douce voix de Sarah… Mon Dieu ! Il serait descendu la chercher en enfer si elle le lui avait demandé !

– Oui… déclara-t-il avec la même intensité que s'il lui avait juré un amour éternel.

– Alors je le ferai.

La joie revint dans le garage sous forme de vivats.

– Laisse-moi faire, ma chérie. Je vais te transformer à tel point que ta propre mère ne te reconnaîtra pas, assura Marion à Sarah au milieu du tumulte.

*

Avant d'ouvrir la mallette qui contenait la bombe, Dynamo souffla une bouffée d'air chaud entre ses mains ; malgré les mitaines, il avait les doigts gelés et malhabiles. Son haleine se condensa immédiatement en laissant une trace de fumée blanche.

Il restait encore quelques jours avant le début de l'hiver, mais le matin était glacé. C'était un de ces matins dégagés où le vent du nord semble tout congeler, jusqu'à la lumière du soleil, morbide et blafarde. Un de ces matins où l'air sent le froid.

– Rappelle-toi. Avant de laisser la mallette dans la guérite, tu dois actionner la minuterie. Il te suffit de faire tourner la fermeture. À partir de là, tu auras cinq minutes avant que ça fasse… boum ! expliqua Dynamo à Sarah.

Elle s'emmitoufla dans son manteau en grosse laine allemande de qualité et refusa de s'interroger sur l'origine de son tremblement.

– Tiens, prends-la.

Sarah saisit la poignée ; en fait, il s'agissait d'un étui de machine à écrire Olympia, la marque qu'utilisaient les Allemands. La jeune fille constata qu'elle pesait plus lourd qu'elle ne l'aurait cru. En fait, elle ne s'était jamais demandé combien pouvaient peser des bâtons de dynamite ; elle n'avait jamais imaginé qu'elle devrait porter une chose semblable. Sarah ignorait qu'elle portait exactement dix kilos d'explosifs.

Dynamo l'observa pendant quelques secondes avec un orgueil quasi paternel.

– Tu es très jolie, Émeraude. Aucun *Boche* ne te résistera.

Sarah eut un sourire reconnaissant.

– Bonne chance, camarade, conclut Dynamo en guise d'au revoir.

Ce « camarade » lui sembla réconfortant et vivifiant. Elle ne faisait plus les commissions ; maintenant, elle comptait parmi les camarades.

– Merci, Dynamo.

– Allez, on n'a pas le temps ! intervint Jacob sur un ton abrupt.

Si Sarah avait attendu plus de chaleur de sa part, elle se trompait. Les adieux de Jacob semblaient avoir été congelés eux aussi par le vent du nord. Il se contenta d'un :

– Je serai là à l'heure prévue.

– Moi aussi, répondit-elle, et elle fit demi-tour pour se perdre dans les allées arborées du bois de Boulogne.

– Tu crois qu'elle y arrivera ? murmura Dynamo à Jacob par-dessus l'épaule.

– Ferme ton sale bec, camarade !

Jacob écarta Dynamo d'une poussée et se cacha derrière un arbre pour mâcher une cigarette avec anxiété.

À chaque extrémité des rues qui débouchaient sur l'avenue Foch, il y avait un poste de contrôle. Toute personne qui s'y rendait devait auparavant montrer ses papiers aux soldats, c'était la routine. Sous l'administration nazie, le nombre de papiers d'identité que l'on pouvait porter sur soi était tel que même les soldats allemands ne les connaissaient pas tous et, dans la majeure partie des cas, ils étaient incapables de distinguer les vrais des faux. Ils se contentaient presque toujours d'y jeter un coup d'œil et, s'ils voyaient beaucoup de tampons officiels et quelques signatures, ils les considéraient comme valables. C'était du moins ce que Gutenberg avait expliqué à Sarah. Elle ignorait dans quelle mesure il ne l'avait pas dit pour la rassurer.

Mais la jeune fille ne pouvait oublier que sa *Kennkarte* portait la photo de Marion. Certes, son amie y figurait en civil, avec des lunettes et les cheveux lâches, tandis que Sarah était en uniforme, ne portait pas de lunettes et avait les cheveux attachés ; on ne pouvait donc s'attendre à une ressemblance totale. De surcroît, de grandes ombres qui estompaient ses traits tombaient intentionnellement sur le visage de Marion. Les deux jeunes filles ne se ressemblaient pas précisément, mais elles avaient la même forme de visage et la même couleur de cheveux. Sarah espérait que Gutenberg disait vrai et que le soldat allemand ne procéderait pas à un examen minutieux de la photo.

Sarah arriva à la queue du contrôle et attendit son tour. Elle sortit la *Kennkarte* de la poche de sa veste, et ce fut alors, en voyant ses mains trembler, qu'elle comprit à quel point elle était nerveuse. Son cœur battait à un rythme accéléré et, malgré le froid, elle sentait une sueur poisseuse sous l'épais uniforme réglementaire de *SS-Stabshelferin*, le corps administratif auxiliaire des SS, que Jacob et Trotski avaient volé dans les bagages d'une secrétaire allemande à la gare de l'Est.

Sarah posa sa mallette par terre ; elle pesait de plus en plus lourd et la jeune fille avait les doigts engourdis à force de la porter. L'espace d'un instant, elle jeta un coup d'œil derrière elle… puis elle se retourna : la queue avançait et le poste de contrôle se rapprochait. L'ambiance était à la fois tranquille et tendue, comme un calme trompeur ; personne ne parlait dans la queue et on entendait à peine le murmure des soldats qui réclamaient les papiers entre le piétinement des chaussures et le bruit métallique des mitraillettes. Sarah respira profondément en essayant de faire revenir l'air dans ses poumons pour calmer d'une caresse son cœur emballé.

« Tu es vraiment jolie, ma petite », lui avait assuré Marion avec une émotion contenue après avoir fini de la préparer. Sarah s'était regardée dans le miroir et avait été surprise, il lui semblait contempler quelqu'un d'autre. Ce n'était pas l'image d'une fillette effrayée et timide, mais plutôt celle d'une femme forte et belle. C'était peut-être l'uniforme. Marion déplorait que, à cause de l'hiver, l'épais manteau ne fasse guère de concessions à la séduction féminine, mais elle avait réussi à lui donner une touche spéciale : elle avait bien serré la ceinture, qui lui faisait des hanches arrondies et une taille fine bien marquée que son amie s'était efforcée de souligner en mettant un peu de rembourrage sous le soutien-gorge. Ces derniers mois, Sarah avait considérablement minci, et non seulement sa silhouette s'était affinée, mais aussi son visage, qui avait perdu sa forme ronde et son air sain de petite fille pour devenir celui, élégant et anguleux, d'une femme. Marion l'avait maquillée discrètement, comme l'exigeaient les règlements militaires, mais elle l'avait fait avec une telle habileté que la peau semblait briller d'une lumière propre, comme les portraits des artistes de cinéma. Elle avait aussi recueilli sa belle chevelure dorée en un chignon bas pour lui permettre de mettre le béret, qu'elle portait un peu incliné et avec beaucoup de grâce. « J'ai peur, Marion. » « Je sais, ma chérie. Je sais. »

« Tu es très jolie, Émeraude. Pas un *boche* ne pourra te résister… » Sarah jeta à nouveau un coup d'œil derrière elle, soupira encore, puis regarda devant. Il ne restait plus que deux personnes. Une fois qu'elle aurait franchi le contrôle, elle ne pourrait plus reculer. Elle ravala sa salive et serra sa ceinture d'un cran. Elle se cramponna à la mallette. Et si on lui demandait de l'ouvrir pour l'inspecter ? Presque cent bâtons de dynamite et un détonateur. Elle n'aurait peut-être jamais dû se proposer.

– *Ausweiss, bitte.*

Sarah ne put empêcher sa main de trembler en montrant ses papiers au soldat.

– Mon Dieu, il fait si froid, dans cette ville ! C'est toujours comme ça ? Sa voix était naturelle. Elle seule remarquait le mal qu'elle avait à parler avec ses cordes vocales tendues.

Le soldat allemand leva la tête sans regarder les papiers ou presque. Dès qu'il la vit, il sourit. Il passait ses jours, ses heures, à regarder des papiers. C'était un travail morne et ennuyeux. Voir une femme comme elle sortait de l'ordinaire. Mais qu'une femme comme elle lui ait adressé la parole lui sembla être un don de Dieu, comme si un ange était descendu du ciel pour lui faire la conversation.

– Juste en hiver. Vous venez d'arriver à Paris ?

– Oui. Et, franchement, je m'attendais à autre chose.

– Donnez un peu de temps à cet endroit. Au printemps, il vous surprendra, augura le soldat en lui rendant ses papiers.

Sarah en convint. Elle s'attendait à ce que le soldat la laisse passer. Mais on ne laisse pas partir ainsi une femme comme elle, qui représentait ce qui lui était arrivé de mieux depuis des mois.

– Des nouvelles intéressantes de Berlin ?

– En fait, j'arrive de Francfort.

– Ah ! Mon beau-frère est de là-bas. Ma sœur est partie y vivre quand elle l'a épousé, mais je n'ai pas eu l'occasion d'aller la voir depuis le début de la guerre. Je crois que les bombardements ont détruit la ville…

Le soldat semblait disposé à entamer une conversation longue et détendue. Il s'appuyait sur une jambe et avait mis la mitraillette à l'épaule, tenant la bride comme s'il s'était agi d'un sac. Mais Sarah n'avait ni le temps ni la tête à ça.

– Quelle ville n'a pas été détruite par les maudites bombes britanniques, soldat ? répondit-elle, essayant de gagner sa sympathie grâce à une de ces phrases qu'elle entendait à la BBC. Vous serez là demain ?

Il haussa les épaules.

– J'espère… Ah, la valise… Le cœur de Sarah bondit. Elle semble très lourde. Vous devez la porter tous les jours ?

Sarah s'y accrocha ; elle la sentait glisser le long de sa main moite.

– Non, non. Juste aujourd'hui… C'est mon premier jour… Je dois apporter ma machine à écrire… Vous savez…

Sa nervosité grandissait à mesure qu'elle s'apercevait de ses hésitations ; elle décida d'arrêter de donner des explications.

– Eh bien, bonne journée, *Fräulein*. Et bienvenue à Paris, conclut le garde attentionné en portant la main à son casque dans un salut respectueux.

– Merci, soldat.

Sarah lui adressa son plus beau sourire et franchit le poste de contrôle en roulant du postérieur et des hanches, comme Marion le lui avait appris. Elle avait éclairé la journée du soldat.

Dès qu'elle fut passée, elle se sentit défaillir. La tension accumulée, celle-là même qui l'avait maintenue sereine et agile, s'échappait par chacune de ses terminaisons nerveuses ; son rythme cardiaque ralentit, au point qu'elle pensa que son cœur s'était arrêté. Elle aurait souhaité lâcher cette maudite mallette, se laisser tomber par terre et fermer les yeux… « Bonne chance, camarade… » Et elle en avait eu ! Le contrôle était derrière elle ! Elle était avenue Foch !

Sarah sentit l'impression de malaise disparaître progressivement, et elle sourit. Mais elle eut la précaution de baisser la tête ; à l'époque, il était inhabituel de voir quelqu'un sourire dans la rue et elle ne voulait pas attirer l'attention. Était-ce l'euphorie qui lui faisait bomber la poitrine et donnait de la vigueur à son pas ? Comment cela avait-il pu être aussi simple ? Elle n'avait eu qu'à se montrer douce et aimable ; elle l'était généralement.

Ayant repris courage, elle s'engagea sur le large boulevard qui partageait l'avenue en deux. Il n'y avait guère de circulation de véhicules ou de personnes. Sur cette avenue, les signes les plus évidents du Paris occupé étaient le silence et la tristesse. C'était du reste toujours l'une des plus belles artères de la ville, avec ses hôtels particuliers intacts, tels des masques qui cachent un visage difforme et une âme dégénérée. Aucun des organismes de l'avenue Foch n'était excessivement somptueux de l'extérieur ; après tout, il s'agissait de la police secrète. Seul le numéro 72, le siège du quartier général, faisait flotter des drapeaux portant le svastika que le palais semblait pleurer depuis ses balcons.

Sarah s'arrêta à quelques mètres de son objectif. Elle entendit au loin les sifflets et les consignes de la manifestation ; le reste de ses camarades faisait son travail, elle devait faire le sien. Comme prévu, il y avait un garde dans la rue, un autre de l'autre côté de la grille, à l'intérieur d'une guérite, et une dernière sentinelle flanquant la porte d'entrée du bâtiment. Quelques voitures officielles étaient garées sur le trottoir. Un homme en civil montra son laissez-passer et accéda au bâtiment. À distance, Sarah choisit le meilleur endroit pour y poser la mallette : collé à la guérite, entre celle-ci et un pot de fleurs, hors de la vue des gardes.

Elle lissa son manteau et en ajusta le col : elle reprit conscience de l'uniforme de *Stabshelferin* qu'elle portait et de la personnalité qu'il lui conférait. Sarah Bauer resta sur le boulevard et Greta Mesner traversa la rue en direction du quartier général de la Gestapo, son lieu de travail. Si seulement elle avait pu laisser également le cœur emballé de Sarah Bauer au même endroit.

Calme, naturel et routine, se répétait-elle mentalement tout en s'approchant du premier garde.

– *Büroangestellte* Greta Mesner, dit-elle en l'abordant avec sa charge, son nom et sa *Kennkarte* à la main.

Le garde se redressa légèrement et regarda le document à contrecœur. Il semblait suivre lui aussi la routine.

– Passez par le contrôle, lui indiqua-t-il en désignant la guérite du regard.

Un de moins, pensa-t-elle, soulagée, en franchissant la grille.

Elle s'approcha du guichet de la guérite. Un jeune soldat SS la reçut. Quand elle constata que le soldat souriait en la regardant, elle lui rendit son sourire.

– *Büroangestellte* Greta Mesner, répéta-t-elle. Cette fois, elle veilla à ce que son pouce recouvre en partie la photo de la *Kennkarte*.

– Je peux voir votre *Hausausweis*, s'il vous plaît ?

Le soldat lui demandait son laissez-passer autorisant l'entrée du personnel employé dans le bâtiment. Mais elle ne le savait pas, personne ne le lui avait dit, et l'unique document qu'elle portait sur elle était la *Kennkarte*. Elle veilla à ne pas laisser la peur envahir son visage.

– *Hausausweis ?* répéta-t-elle pour se donner le temps et parce qu'elle ne savait pas très bien que dire. Je viens d'arriver de Francfort, c'est mon premier jour. C'était la seule leçon qu'elle avait bien apprise.

Sans le savoir, elle était tombée juste.

– Ah, excusez-moi, sourit à nouveau le SS.

Elle ne pouvait pas avoir de laissez-passer pour son premier jour de travail. On devait lui donner le *Hausausweis* sur place.

Ses genoux fléchissaient, mais elle essaya de les garder fermes. Elle ne comprenait pas très bien ce qui s'était passé, mais tout semblait marcher à la perfection. Le garde examinait une liste sur laquelle il ne la trouverait pas, elle le savait.

– Greta Mesner, vous m'avez dit ?

– Oui.

– Je suis désolé, *Fräulein* Mesner, mais votre nom ne figure pas sur le registre.

Le garde semblait plus consterné que soupçonneux.

Elle laissa tomber les épaules et se mordit la commissure des lèvres en signe d'abattement.

– Mais… comment est-ce possible ? J'ai ordre de me présenter le 18 décembre aux bureaux du quartier général de la Gestapo à Paris.

– Vous avez l'ordre avec vous ? lui demanda-t-il pour aider cette femme aux yeux verts, probablement les plus beaux qu'il eût jamais vus.

– Aïe, non… Je crains de l'avoir laissé à l'hôtel, répondit-elle en soufflant le dernier mot dans un soupir de découragement. Cette fichue ville… Il fait un froid terrible, tous les Français vous regardent mal, et maintenant, ça…

– Ne vous inquiétez pas, *Fräulein*. Écoutez, je ne peux pas vous l'assurer sans avoir vu l'ordre, mais il est possible que vous deviez vous présenter au quartier général de la Gestapo de Paris. Ici, c'est le quartier général de la Gestapo de France.

Elle ouvrit de grands yeux et son visage s'éclaira.

– Oh la la, quelle confusion ! Je me sens tellement stupide… Je suis arrivée ce matin, j'ai tout juste eu le temps de changer d'uniforme… Je n'ai pas bien regardé l'adresse et on m'a dit que c'était avenue Foch.

– Ne vous excusez pas. La confusion est facile. De toute façon, dorénavant, essayez de prendre l'ordre avec vous, cela vous évitera des problèmes. Allez au 11, rue des Saussaies. Vous y trouverez la Gestapo de Paris.

Pendant que le soldat parlait, Sarah posa la mallette à côté de la guérite sans se départir de son sourire reconnaissant et admiratif.

– Merci beaucoup, je vous suis vraiment très reconnaissante de votre amabilité.

– Il n'y a pas de quoi, *Fräulein*. Bonne journée.

– À vous aussi.

Sarah s'éloigna et regagna la rue sans jeter un regard en arrière. Elle aurait voulu courir, mais elle s'obligea à marcher lentement et de façon naturelle. Il était peu probable que son cœur explose dans sa poitrine avant la bombe… Cependant, au lieu d'exploser, son cœur s'arrêta net.

« Mon Dieu ! Je n'ai pas mis le détonateur en marche ! »

Elle pressa involontairement le pas. Elle devait continuer. Elle ne pouvait pas arrêter de marcher, mais elle ne pouvait pas non plus s'en aller en laissant une bombe inutile. Et elle ne pouvait pas regagner le garage après avoir fait capoter l'opération. « Rappelle-toi. Avant de poser la mallette dans la guérite, tu dois actionner le mécanisme. » Sarah était sur le point de se mettre à pleurer.

Avec une précipitation suicidaire, elle fit demi-tour en espérant savoir que dire quand elle se retrouverait dans l'entrée du numéro 72.

Cette fois, le premier garde lui sourit. Elle n'eut presque pas la force de lui rendre son sourire et encore moins de lui adresser un mot. Cette seconde incursion fut beaucoup moins compliquée. Heureusement, le garde ne lui demanda aucune explication et ne l'empêcha pas de passer.

En la voyant revenir, le jeune SS eut l'air agréablement surpris.

– Excusez-moi encore. Je regrette d'abuser ainsi de votre amabilité, dit Sarah, faisant de gros efforts pour ne pas parler trop vite. Pendant ce temps, elle ouvrit son sac et en sortit du papier et un crayon. Pourriez-vous me noter l'adresse ? Je ne me débrouille pas très bien en français.

– Bien sûr, *Fräulein*.

Sarah laissa tomber le crayon.

– Oh, je suis désolée. Je suis… je suis un peu nerveuse, avec tout ce mouvement.

Elle se baissa et, presque en même temps, elle ramassa le crayon et actionna la fermeture de la mallette. Les cinq minutes commencèrent à défiler.

Sarah se redressa et donna le crayon au garde. Celui-ci nota complaisamment l'adresse sur le papier.

– Voici : 11, rue des Saussaies. C'est près de la *Kommandantur*, rue de Rivoli.

– Oh, merci beaucoup, dit Sarah, se répandant en sourires. Comment vous appelez-vous, soldat ?

– Johannes Friedl, *Fräulein.*

– Merci, Johannes Friedl. Je pourrai revenir vous voir si je me perds à nouveau dans Paris ?

Le soldat se redressa comme un coq. Cette conquête lui vaudrait l'admiration de ses camarades cette nuit au baraquement.

– Bien sûr, *Fräulein.* À votre service.

– À bientôt, alors.

– À bientôt, *Fräulein* Mesner.

La guérite était pratiquement collée à la grille et pourtant, avant de la franchir, Sarah entendit une voix derrière elle :

– *Fräulein* Mesner, attendez ! Vous oubliez ça.

Ce n'était pas possible. Pas maintenant qu'elle était sur le point de réussir.

En un instant, Sarah sut qu'elle n'avait que deux possibilités : rester ou partir en courant. Et elle se vit sauter elle-même avec la bombe ou être abattue par un garde allemand. Il ne lui venait pas d'autre scénario à l'esprit. Ses nerfs l'avaient lâchée et elle ne pouvait rien envisager d'autre.

– Votre crayon, *Fräulein.* Il vous servira.

Elle ferma les yeux. Elle eut la sensation que le soulagement pouvait parfois être douloureux. Elle fit demi-tour et récupéra son stylo.

– Merci.

Johannes Friedl lui avait vraisemblablement dit quelque chose, mais elle ne l'écoutait plus. Tous ses sens semblaient paralysés. Elle marchait, essoufflée et à l'aveuglette. On aurait dit une locomotive, elle rejetait une fumée blanche par la bouche et avançait sur une voie à sens unique, pour sortir de là, pour gagner en moins de cinq minutes le poste de contrôle au bout de l'avenue. Les quelques minutes qui restaient à vivre à Johannes Friedl.

– *Es tut mir Leid.*

Sarah le regarda d'un air distrait et d'un mouvement de tête instinctif, elle accepta les excuses de quelqu'un qu'elle venait de heurter dans sa précipitation. Elle repartit immédiatement. Mais au bout de quelques secondes, elle reprit conscience de ce qui l'entourait avec la même efficacité que si on lui avait jeté un seau d'eau froide sur la tête. Elle s'arrêta net.

Georg von Bergheim. L'homme qu'elle venait de heurter était Georg von Bergheim. Elle aurait pu le jurer.

Sarah se retourna. Le dos d'un militaire allemand s'éloignant sur le trottoir n'aurait pas été d'une grande aide pour s'en assurer, mais ce militaire allemand boitait…

Le compte à rebours touchait à sa fin et le poste de contrôle se trouvait encore à quelques mètres. Elle aurait dû maintenir son allure de locomotive, mais elle n'y arrivait pas. Son esprit était paralysé par une image et une phrase : « *Es reicht !* »

Le militaire allemand s'arrêta devant le quartier général de la Gestapo et échangea quelques mots avec le garde en faction devant la porte. Il se retourna et sortit quelque chose de la poche de sa vareuse.

Il s'agissait de Georg von Bergheim. Sarah en était presque entièrement sûre, même si elle n'avait pas encore bien vu son visage. Elle n'y parvint que lorsque l'homme, après avoir pris une cigarette et l'avoir allumée en la protégeant entre ses mains, leva la tête afin de rejeter la fumée vers le ciel. C'était bien lui, Georg von Bergheim.

Le *Sturmbannführer* von Bergheim fumait devant le 72, avenue Foch. Sarah Bauer le contemplait, absorbée, quelques mètres plus loin ; elle crut qu'elle ne le reverrait jamais. En le croisant, elle avait tout oublié, même l'heure…

Alors Bergheim avança tranquillement de quelques pas, s'arrêta à nouveau et consulta sa montre.

« Mon Dieu ! La bombe ! »

Sarah remonta précipitamment la manche de son manteau, à la recherche de sa propre montre… Mais elle ne la trouva pas. Un bruit assourdissant lui ferma les yeux et lui boucha les oreilles. Instantanément, l'air se transforma en un bélier qui la projeta violemment à terre.

Les cinq minutes étaient écoulées.

*

« *Je produirai des signes dans le ciel et sur la terre, sang, feu, colonnes de fumée ! Le soleil se changera en ténèbres, la lune en sang.* » Livre de Joël, 3, 3-4.

Sarah cligna des yeux avec difficulté, comme si elle avait eu du sable dans les yeux. En tentant de bouger, elle s'aperçut qu'elle avait mal partout. Le visage lui cuisait, ses oreilles sifflaient et elle ne pouvait penser clairement. Elle était encore étourdie par l'explosion et le coup.

Elle se redressa lentement. Le panorama était désolant. La même fumée noire et dense qui la piquait à la gorge enveloppait tout, assombrissant les rues comme si la nuit était soudain tombée sur la ville. Au loin, dans un silence saisissant, on entendait quelque chose qui ressemblait au ressac : ce n'était pas la mer, mais le feu ; l'entrée du 72 était la proie des flammes et la chaleur cinglait les joues de Sarah.

Elle leva la tête en tentant d'apercevoir le ciel, mais le nuage de fumée noire l'en empêchait. Les gens commençaient à se pencher avec crainte aux fenêtres des immeubles voisins. On ne tarda pas à entendre la première sirène au loin et son hurlement la dégourdit peu à peu. Elle savait qu'elle devait se lever et partir, mais pourquoi lui en coûtait-il tant ? Ce n'était pas la douleur, c'était un engourdissement étrange, une torpeur plus mentale que physique. Comme si elle n'avait pu réagir à aucune stimulation. Elle ne voulait pas bouger, ni crier, ni courir. Elle ne voulait pas décider, ni crier, ni courir. Elle ne voulait pas décider.

La sirène continua à hurler, de plus en plus proche, de plus en plus fort.

Sarah porta la main à son front, tentant de réfléchir. Elle sentit sous ses doigts un contact visqueux, et en le regardant, elle sut que c'était du sang. « Une blessure au front », en conclut-elle sans s'inquiéter. Rien ne pouvait l'affecter. Rien ne semblait réveiller ses sens, sauf peut-être ce maudit bruit de sirène qui transperçait sa tête endolorie, et le reflet aveuglant de l'incendie, lui brûlant les pupilles. Elle se leva comme une automate. Il lui manquait une chaussure et elle avait des difficultés à marcher, de sorte qu'elle se débarrassa de l'autre.

La fumée s'était dissipée, s'élevant lourdement vers le ciel, et elle avait ouvert des espaces au ras du sol. En se levant comme un voile, elle avait laissé la destruction à découvert : briques et morceaux de ciment de tous côtés, fer tordu, verre brisé, arbres renversés ; le revêtement s'était fissuré, et certains véhicules étaient retournés et endommagés. Bientôt, tout serait la proie des flammes. Sur le trottoir gisaient déjà des corps démembrés, des morceaux de chair nus que Sarah ne parvint pas à identifier. Il y avait un homme allongé à côté d'une automobile. Un filet d'essence coulait du moteur et ne tarderait pas à prendre feu, à atteindre le réservoir et à faire exploser le véhicule. L'homme était peut-être déjà mort.

Soudain, au milieu de tout ce chaos, il lui revint nettement à l'esprit la dernière image qu'elle avait contemplée avant l'explosion : le commandant Georg von Bergheim consultant sa montre à quelques pas du numéro 72, devant une automobile. Cette image secoua ses sens et Sarah se réveilla.

Elle avait l'obligation de s'échapper, elle le savait. Elle se retrouva cependant à se diriger vers l'épicentre du chaos. L'homme qu'elle avait vu à terre était Georg von Bergheim et elle devait vérifier s'il était bien mort.

Près du bâtiment, la fumée était plus dense et la chaleur de l'incendie, insupportable. Les flammes hurlaient avec fureur, une fureur menaçante. Sarah aurait cru marcher en enfer. Elle arriva à côté du corps du *Boche* et le regarda sans oser le toucher : il s'agissait effectivement de Bergheim et il était mort.

Elle était venue pour tuer des Allemands. Maintenant, elle pouvait partir. Elle fit demi-tour pour s'éloigner.

Mais elle n'avait pas fait un pas quand, entre les hurlements du feu, il lui sembla distinguer un gémissement. Elle se retourna instantanément.

– Mon Dieu, il bouge…

Sarah récupéra soudain toutes ses constantes vitales : elle ne tarda pas à sentir ses nerfs à fleur de peau, et la peur. Elle eut envie de pleurer tandis qu'elle se penchait sur le commandant. Elle l'entendit gémir et respirer avec difficulté. « Il est vivant. »

Mais elle était venue pour tuer des Allemands.

Une langue de feu menaçante se rapprochait par la traînée d'essence conduisant au moteur du véhicule. Les gémissements de l'Allemand étaient continus. Sans y réfléchir à deux fois, Sarah l'empoigna sous les aisselles et tenta de le traîner. Elle devait le sortir de là avant que l'automobile ne vole en éclats. Mais elle avait beau tirer, elle arrivait tout juste à le faire bouger, il était trop lourd. Elle ôta son manteau pour être plus à l'aise et réessaya de toutes ses forces. Ses mains moites laissaient glisser les bras du commandant et le goudron fendillé et les éclats de verre s'incrustaient dans ses pieds nus, mais Sarah tint bon. Elle tira encore et encore, entre la fumée noire et le feu brûlant, le bruit des sirènes et le fracas des flammes, le chaos et la destruction, centimètre par centimètre, pas à pas. Elle l'entraîna vers un recoin du mur.

À ce moment, l'automobile explosa et tout retentit à nouveau sous la secousse. Le dos de Sarah aussi. Elle s'était jetée sur Georg von Bergheim pour lui faire un rempart de son corps : elle avait agi instinctivement en entendant l'explosion.

– Je ne peux pas respirer…

Georg parlait laborieusement, avec un filet de voix, mais Sarah était si près de lui qu'elle avait pu l'entendre. Elle déboutonna sa vareuse et ouvrit son col de chemise. Puis elle le redressa un peu et lui plaça la tête sur ses genoux. Georg luttait maladroitement pour aspirer de l'air, mais ses poumons ne répondaient pas. Sarah le voyait ouvrir la bouche, angoissée, pensant que cet homme allait mourir appuyé contre elle.

Dans la rue commençaient à apparaître les premières personnes qui venaient secourir les blessés, si tant est qu'il y avait des survivants à cette hécatombe. C'étaient des employés des bâtiments voisins, car les ambulances n'étaient pas encore arrivées.

Sarah cria :

– S'il vous plaît ! Aidez-moi, s'il vous plaît ! Quelqu'un peut-il m'aider ?

Ce cri lui sembla être un murmure au milieu de toute cette confusion. Les gens passaient leur chemin comme s'ils ne l'avaient pas vue.

– Au secours ! Je vous en prie !

Enfin, un homme jeune s'approcha.

– Vous allez bien, *Fräulein* ?

– Oui, oui. Mais cet homme est grièvement blessé.

La respiration de Georg semblait de plus en plus faible et malaisée. Il fit cependant un effort pour se redresser. Sarah tenta de l'arrêter et ils se retrouvèrent alors face à face.

– Sa… ? Sarah ? murmura-t-il. Il pouvait à peine parler. Il n'en croyait pas ses yeux, soudain grands ouverts, comme s'ils s'étaient emparés de tout ce qu'il restait de vie dans son corps.

Sarah prit peur, plus encore quand elle vit Bergheim tenter de se relever et de s'accrocher à elle. Georg craignait d'être victime d'une hallucination, et malgré tout, il s'efforçait de la toucher, de la retenir près de lui.

Sarah parvint à se libérer et se leva.

– Que dit-il ? demanda l'homme qui était venu à son aide.

– Je ne… Je ne sais pas. S'il vous plaît, vous devez l'aider, l'implora-t-elle en faisant mine de s'en aller.

Georg s'agitait sur le sol et répétait son nom dans un murmure rauque et inintelligible.

– Mais, et vous ?

L'homme semblait déconcerté par l'attitude de cette femme.

– Je vais bien, ne vous inquiétez pas. Aidez-le, lui, s'il vous plaît.

Maintenant, oui. C'était le moment de fuir, elle ne pouvait plus tarder.

– Mais, dites… ! cria le jeune homme tandis qu'elle s'échappait.

Il y avait de plus en plus de monde dans la rue et l'on assistait aux premières scènes de panique : des gens couraient sans but, criaient et sanglotaient, hystériques. Sarah tenta de s'orienter dans la fumée, au milieu de la confusion. Elle devait quitter l'avenue Foch et se diriger vers le bois de Boulogne. Elle en profita pour rejoindre le tumulte de gens qui s'enfuyaient vers le bas de la rue. Les sifflets et les sirènes étaient de plus en plus nombreux : la *Feldgendarmerie* n'allait pas tarder à boucler la zone, pensa-t-elle avec angoisse.

Soudain, dans la foule, elle aperçut une motocyclette qui traversait rapidement la rue. Ce ne pouvait être que… Jacob ! Son cœur fit un bond en le voyant. Elle fendit la masse et se dirigea vers lui. Son ami devait l'avoir vue lui aussi car il approchait.

– Par tous les diables, Sarah ! Où étais-tu passée ? J'ai dû zigouiller les deux gardes du contrôle pour venir te chercher ! lui cria-t-il hors de lui quand il fut près d'elle.

Sarah le regarda sans lui répondre. Elle était épuisée.

– Allez, petite, monte ! La police militaire va boucler le secteur, on va se faire prendre dans la souricière.

Sarah obéit. Elle monta sur la motocyclette, s'accrocha à lui et ferma les yeux.

Jacob accéléra et se dirigea à toute vitesse vers le bois de Boulogne. Pendant ce temps, Sarah, s'agrippant très fort à lui, laissa les larmes glisser sans retenue le long de ses joues, sans pouvoir ouvrir les yeux, sans pouvoir regarder à nouveau alentour.

Janvier 1943

En représailles des actions de la Résistance, les Allemands exécutaient des otages français. De nombreuses exécutions eurent lieu sur le Mont Valérien, une forteresse située à l'ouest de Paris qui servit de prison sous l'occupation nazie. 863 prisonniers furent fusillés dans les bois proches du Mont Valérien, entre 1940 et 1944.

Le *Kriminalkommissar* ne daigna pas se lever quand Georg entra dans son bureau. Cela n'étonna pas Bergheim : on ne pouvait en attendre moins d'un type aussi stupide et suffisant.

– *Heil Hitler !* s'exclama Hauser, le bras droit en l'air.

Georg répondit par le salut militaire traditionnel, convaincu que ce geste déplaisait à Hauser, un nazi fanatique. Il n'avait rien contre les nazis, il en était d'ailleurs un, mais il ne supportait pas les fanatiques.

– Asseyez-vous, je vous en prie, *Sturmbannführer*. Je suis ravi de vous voir totalement remis du sauvage attentat dont vous avez réchappé. Dommage que toutes les victimes n'aient pas eu la même chance…

Contusion pulmonaire, une côte cassée, quelques coupures et brûlures. Juste quelques jours d'hôpital. Et pourtant, Georg ne s'était jamais senti aussi près de la mort. En fait, il aurait pu mourir, sans cette femme, sans Sarah Bauer… Sarah… Était-ce un mirage, un délire de son esprit traumatisé ? Georg se répétait que non, il voulait croire que non, qu'elle était à Paris et l'avait tiré des flammes, comme un ange salvateur au milieu de l'Apocalypse…

– Vous serez heureux d'apprendre qu'hier, cent vingt otages ont été exécutés sur le Mont Valérien en représailles d'une action aussi brutale, poursuivit Hauser. Vingt Français indésirables pour chaque Allemand assassiné, se délecta-t-il.

– Je croyais qu'il avait été décidé de cesser les exécutions d'otages depuis l'année dernière… répliqua-t-il.

C'était exact, les autorités allemandes étaient parvenues à la conclusion que les exécutions provoquaient davantage de rejet que de terreur parmi la population ; cela ne constituait pas une bonne propagande pour le Reich.

Hauser agita la main avec dédain.

– Oui, bon, c'est un cas exceptionnel. Un attentat contre le cœur même de la Gestapo ne doit pas rester impuni. Nous ne pouvons pas tolérer que le peuple français s'enhardisse grâce aux actions de quelques rebelles écœurants, juifs et marxistes pour la plupart, qui sont la lèpre de la France. Il faut montrer à ces *Froschfresser* que l'Allemagne est toujours la plus forte : *Deutschland siegt an Allen Fronter !…* dit Hauser, récitant pompeusement le slogan le plus rebattu de la propagande nazie : « L'Allemagne toujours victorieuse ». Puis il regarda Georg, les yeux mi-clos. Vous n'êtes pas de cet avis, *Sturmbannführer* von Bergheim ?

– Comment pourrait-il en être autrement, *Hauptsturmführer* ? J'ai versé mon sang, répondit Georg avec la suffisance que lui autorisait une vareuse couverte de décorations. L'une des choses qu'il détestait le plus chez des personnes telles qu'Hauser était qu'elles faisaient ressortir son pire aspect, en ce cas, l'arrogance.

– Oui. Bien sûr.

Pendant quelques secondes, le regard d'Hauser fut une mosaïque de passions viles, jusqu'à ce que son visage finisse par se détendre.

– Mais je vous ai fait perdre assez de temps avec des digressions. Qu'est-ce qui vous ramène dans mon bureau ?

Georg se dit que c'était la malchance. En fait, il s'était d'abord rendu à la Gestapo de l'avenue Foch, mais on lui avait dit que si la femme qu'il cherchait se trouvait à Paris, l'affaire relevait de la compétence de la rue des Saussaies. C'était ce qu'il craignait.

– Je cherche une femme.

– Juive, bien entendu, compléta l'autre pour lui rappeler qu'il ne s'occupait que des Juifs.

Georg ne voulut toutefois pas lui donner satisfaction.

– En fait, je ne sais pas. Cela dépend de sa présence ou non sur vos registres.

– Eh bien, malheureusement, ce n'est pas aussi simple. Tous les Juifs n'ont pas la bonne habitude de s'y inscrire.

Ce que Georg ne parvenait pas à comprendre, c'était comment un seul d'entre eux pouvait l'envisager, mais il n'allait pas faire part de ses doutes à son interlocuteur.

– Comment s'appelle-t-elle ?

– Sarah Bauer.

Le nom était sorti de sa bouche avec la même résistance qu'un bouchon à s'extirper d'une bouteille. Il détestait l'idée de le communiquer à Hauser.

Le *Kriminalkommissar* sourit.

– Mon cher *Sturmbannführer*, à ce stade, vous devriez savoir que toutes les femmes appelées Sarah sont juives !

– C'est possible. Mais dans mon travail, je préfère me baser sur des faits et non des statistiques. De toute façon, j'ai besoin de votre aide pour la retrouver. Si elle figure sur vos registres, ce sera plus facile pour tous, sinon... Je suis convaincu que la Gestapo sait que faire en ce cas.

Georg allait devenir fou si Hauser n'effaçait pas de son visage ce maudit sourire, cynique et impertinent.

Hauser feignait d'être un employé aimable et soumis alors qu'il était en réalité une belette tapie dans son terrier, prête à en sortir pour mordre à tout moment.

– Eh bien, si vous demandez l'aide de la Gestapo, celle-ci doit savoir pour quelle raison vous cherchez cette femme et envisager le bien-fondé d'employer des moyens qui, comme vous le savez, sont malheureusement limités dans les pays occupés.

Avec un calme qui lui permettait de jouir du moment, Georg posa sur la table le *Sonderauftrag* Himmler, les laissez-passer qui lui donnaient carte blanche pour agir sous les auspices du *Reichsführer*. Il souhaitait le faire depuis qu'il avait eu la malchance de connaître Hauser.

– Je suis désolé, *Hauptstumführer*, mais je ne peux vous en dire davantage. Secret défense.

Hauser dut ravaler son ignorance, pour la plus grande joie de Georg. Mais une bête nuisible devient plus dangereuse quand elle se voit menacée.

– Si nous retrouvons la dénommée… Sarah Bauer, nous allons devoir l'arrêter et l'interroger, dit-il en consultant ses notes.

– L'arrêter, oui. Pas l'interroger. Ça, c'est mon affaire.

– C'est bien clair. Mais vous devez savoir que la Gestapo dispose d'experts dans l'art de tirer le meilleur parti des interrogatoires.

Bien sûr qu'il le savait. Il avait lu le rapport de l'interrogatoire d'Alfred Bauer. C'était pour cela qu'il était résolument décidé à empêcher la Gestapo de faire la même chose avec la jeune fille.

– J'en suis persuadé. Je préfère toutefois m'en charger personnellement, puisque c'est moi qui en réponds devant le *Reichsführer* Himmler.

– Je comprends… Cependant, vous ne pouvez prétendre que, une fois que nous l'aurons retrouvée, et si nous considérons que la femme en question peut présenter un intérêt pour la Gestapo, nous nous abstenions de lui poser quelques questions.

La patience de Georg s'épuisa soudain. En ce qui le concernait, les atermoiements et la politesse forcée étaient terminés. En se levant, il se pencha sur le bureau de Hauser.

– En fait, non seulement je le prétends, *Hauptstumführer*, mais je l'exige. Qui plus est, je vous préviens que si un seul de vos agents pose la main sur ma prisonnière, il devra en répondre personnellement devant le *Reichsführer* pour avoir freiné une enquête qui dépend directement de lui. Contentez-vous d'arrêter Sarah Bauer et de me prévenir à ce moment, dans les plus brefs délais j'espère.

Georg bouillait de rage en constatant que la dureté de ses paroles n'était pas parvenue à intimider Hauser ni à effacer son petit sourire.

Cette fois, ce fut Georg qui fit le *Hitlergruß* en prenant congé, car le salut spectaculaire lui permettrait de soulager sa colère contre le sol et le ciel.

– *Heil Hitler !*

*

L'attaque du quartier général de la Gestapo s'était soldée par un franc succès pour les résistants. Ce jour-là, il y eut une fête qui dura toute la journée au garage du Groupe Armé Alsacien. Sarah fut reçue sous les vivats et les honneurs. Soudain, la factotum était devenue une héroïne que tous acclamaient et respectaient. Sarah Bauer avait gagné le titre de « camarade Émeraude ».

Même Trotski, remis de sa grippe et au courant de l'exploit, s'était montré fier d'elle et avait discuté un bon moment avec la jeune fille de tous les détails de l'opération. Sarah avait non seulement préservé le prestige de Trotski vis-à-vis d'autres groupes résistants, mais elle l'avait accru, de sorte que le jeune communiste reçut les félicitations et des marques de reconnaissance de nombreux autres chefs de la Résistance. L'exploit du petit groupe de Paris fit le tour du pays. Et Trotski reçut sa plus grande récompense lorsque Joseph Epstein, *le chef des Francs-Tireurs et Partisans*, le bras armé du Parti communiste français, le félicita personnellement.

Jacob paraissait lui aussi impressionné, quoique à sa façon.

– Félicitations, Sarah. Tu as fait du bon travail. Je reconnais que je m'étais trompé sur toi, avoua-t-il quand ils arrivèrent au garage, avant même de descendre de moto.

Son ami était aussi admiratif qu'effrayé de ce que Sarah était capable de faire. Jacob l'avait toujours admirée : depuis l'enfance où il l'observait en cachette quand elle jouait avec son frère et sa sœur dans le jardin, ou quand il guidait le cheval sur lequel elle apprenait à monter ; quand il la voyait revenir de l'école avec son tablier blanc et ses tresses bien coiffées, chargée de livres et entourée de toute une cour. Et il l'admirait tous les sabbats à la sortie de la synagogue lorsqu'elle portait ses plus beaux vêtements, toujours entourée d'une cour. Et surtout, il l'admirait quand ils se promenaient dans les rues de Paris et qu'il se sentait son paladin. Maintenant, il craignait qu'elle n'eût trop grandi, n'eût plus besoin de lui et ne le laissât plus l'admirer.

De son côté, après les célébrations, les félicitations, les flatteries et le triomphalisme, Sarah s'était retirée dans un coin pour y soigner seule ses blessures, les moins visibles. Les invisibles, elle ne parvenait pas à les cautériser. Elle se sentait plus forte, plus sûre d'elle, plus fière et plus capable. Mais elle rêvait tous les soirs du jeune soldat Johannes Friedl et elle se réveillait au matin comme si elle avait vieilli d'un an.

Elle ne parla à personne de sa rencontre avec Georg von Bergheim, encore moins à Jacob. Si son ami avait appris qu'elle s'était mise en retard pour sauver la vie d'un *Boche*, il se serait mis en colère. Elle se demandait elle-même pourquoi elle l'avait fait, et, ne trouvant pas de réponse satisfaisante, elle finit par se convaincre qu'elle avait besoin qu'il reste en vie, car c'était la seule personne qui pouvait lui dire où se trouvait sa famille. Sarah préféra écarter de son esprit le *Sturmbannführer* von Bergheim ; son souvenir ne parvint qu'à l'inquiéter.

Quelques jours après l'attaque, Trotski et Jacob eurent une violente discussion au garage. Ils criaient si fort que tout le monde put suivre la dispute. Les Allemands avaient fusillé des otages en représailles à l'attentat de la Gestapo. Jacob était convaincu qu'il fallait reconsidérer tout type d'actes armés qui pouvaient entraîner des réactions si brutales qu'il vaudrait mieux se centrer sur le sabotage et la propagande. En revanche, Trotski, fier de sa récente popularité, affirmait que l'assassinat des otages ne devait entraver ni leurs objectifs ni leurs activités, que le sacrifice de quelques-uns était parfois nécessaire et qu'ils étaient eux-mêmes en permanence exposés et disposés à donner leur vie pour la liberté et les idéaux.

Comme cela arrive souvent dans la plupart des discussions, il n'y eut pas un vainqueur net, et dès lors, l'atmosphère se raréfia au garage ; sans qu'ils l'aient voulu, il s'était créé deux camps et chacun avait ses partisans.

Seule, je n'y serais pas arrivée

Konrad perdait rarement contenance, il était trop élégant pour ça. Et puis, son arme la plus redoutable était sa froideur, une froideur qui frôlait la congélation et avec laquelle il pouvait paralyser ses victimes. Aussi ne se mit-il pas en colère quand je lui racontai ce qui m'était arrivé chez Alain. Simplement, il ferma à demi ses yeux de glace et projeta un souffle tout aussi glacé : « Il vaut mieux qu'il ne s'approche plus de toi. »

– Reste avec moi à Paris. Aide-moi à chercher. Tu es un homme brillant et à nous deux, on y arrivera. Ne me laisse pas seule… le priai-je.

Konrad me rendit un regard chargé à parts égales d'amour et de condescendance.

– Tu sais que je ne peux pas, *meine Süße*. Mais je suis sûr que, malgré toutes ces contrariétés, tu ne me décevras pas.

Je n'en avais pas l'intention. Vraiment pas. Particulièrement au moment où j'avais réussi à me rapprocher un peu plus de *L'Astrologue*. Mais je me trouvais devant un mur impénétrable, celui de ma propre incurie.

Je me lassai d'envoyer des mails et de téléphoner à des dizaines de responsables des archives dans la moitié de l'Europe et des États-Unis. Je ne parvenais pas à trouver le dossier Delmédigo.

J'avais certainement raté quelque chose, mais j'ignorais quoi. Probablement parce que je m'étais lancée à l'aveuglette pour chercher une aiguille dans une botte de foin, un document dont j'ignorais l'auteur, la provenance et le contenu dans un océan d'archives dispersées sur la planète, de Washington à Moscou.

Je croyais que j'essayais de me prouver à moi-même, et au reste du monde, que je n'avais besoin de personne pour résoudre le mystère et je m'étais prise pour un de ces standards automatiques qui émettent des appels sans rime ni raison en attendant que quelqu'un réponde. J'avais manqué d'analyse, de méthode et de sens commun, les piliers fondamentaux de toute recherche. Je ne serais jamais arrivée à bon port, j'aurais pu mourir en envoyant des mails sans arrêt.

Un psychanalyste aurait dit que, bien au contraire, ce que je voulais, c'était me prouver à moi-même et au reste du monde que je ne pouvais y parvenir seule. Et il aurait eu raison.

Je prenais le petit déjeuner, le déjeuner et le dîner seule. Je me couchais et me levais seule. Je parlais même seule, excepté les rares fois où j'appelais Konrad et les douzaines de fois où j'appelais Teo. À Paris, je me sentais seule, plus seule que jamais. Et cela m'effrayait plus que des milliers de SMS menaçants.

Je mis deux semaines à m'en apercevoir. À souhaiter désespérément partir. Madrid, mon appartement, mon travail au musée, les attentions de Teo, la cuisine de Toni et les dîners du vendredi avec Konrad à l'Arome me manquaient ; et même me disputer avec ma mère tous les dimanches. Ma vie me manquait et je voulais la retrouver.

Aussi, le premier jour où le réveil sonna et que la seule idée de sortir de mon lit pour affronter une nouvelle journée de solitude à Paris me parut insupportable, bien que je ne sois pas fatiguée, je passai cette même journée à somnoler sous les draps jusqu'au soir, et je décidai que le moment était venu d'en finir avec tout cela avant de sombrer dans la dépression, si je n'y étais pas déjà plongée jusqu'au cou.

– Konrad, j'ai besoin de rentrer à Madrid. Je ne peux pas rester une minute de plus. Je ne le supporte pas... lui avouai-je au téléphone, tentant de ravaler mes larmes parce que je savais qu'il ne les tolérait pas, et retenant ma respiration devant la crainte qu'il ne me reproche ma faiblesse et ne décide de me quitter pour cette raison.

– D'accord, *meine Süße*. Mais je te demande juste d'attendre quelques jours. Vendredi, je te retrouverai à Paris, on est en train d'organiser une fête pour présenter la nouvelle ligne de mobiles et je veux que tu m'y accompagnes.

– Si tu veux...

– Va faire du shopping. Accorde-toi une bonne séance dans un institut de beauté. Je vais dire à ma secrétaire de te prendre rendez-vous au Dior Institut du Plaza Athénée. Je veux que tu sois resplendissante. Je te promets que dimanche, on rentrera ensemble à Madrid, si tu le souhaites.

Je raccrochai, découragée. Parfois, Konrad n'écoutait que mes paroles, pas moi. Mais je ne lui en tins pas rigueur car il s'était montré très bienveillant devant ma désertion.

Si je m'embarque, je ne m'embarque qu'avec toi

Konrad était un animal social : il aimait les gens, ceux qu'il avait choisis, bien entendu. Pour s'entourer des siens, il organisait des veillées, des fêtes, des expositions, auditions… toutes sortes d'actes ludiques imaginables. Konrad conjuguait parfaitement la capacité d'organisation des Allemands et le penchant pour la fête des Espagnols.

Selon son habitude, il s'était investi personnellement dans l'organisation de cette fête : une présentation spectaculaire d'une ligne de téléphones mobiles conçue par les artistes les plus reconnus et médiatiques du moment. Architectes, peintres, sculpteurs, et même un concepteur de prototypes de Formule 1, s'étaient amusés à créer les terminaux dont s'occupait une de ses entreprises. Au cas où cela n'aurait pas suffi, un opérateur de téléphonie, qui lui appartenait également, les offrirait en exclusivité à ses clients VIP. La boucle était bouclée.

Vers vingt heures, quand les musées dorment et que leurs galeries sont obscures et silencieuses, Konrad, comme un de ces esprits qui se cachent dans les entrailles des immeubles en espérant que la nuit vienne pour voler, avait investi la galerie sud du musée des Beaux-Arts de Paris, l'avait éclairée de violet et remplie de fleurs, de musique et de gens.

Le musée des Beaux-Arts se trouve au Petit Palais, un bâtiment impressionnant datant de 1900, situé entre les Champs-Élysées et la Seine. Le cadre était extraordinaire. Konrad parrainait une exposition temporaire de photographie intitulée « Les Muses du Cinéma » et, dans la même salle, à côté des merveilleuses photos en noir et blanc de l'âge d'or d'Hollywood, il exposait ses joyaux de la téléphonie. La mise en scène laissa tous les invités bouche bée : la façon dont le jeu de lumières soulignait autant les photos que les téléphones – qui possédaient, soit dit en passant, un design hallucinant et constituaient de véritables œuvres d'art –, les immenses baies vitrées de la galerie ouvertes sur le jardin extérieur faiblement éclairé, le groupe de musique *lounge* placé dans le pavillon au bout de la galerie et sa flamboyante chanteuse noire à la voix incroyablement suggestive… Même le buffet était un spectacle pour le palais, mais aussi pour la vue, avec son cœur de table décoré d'orchidées noires disposées sur des nappes argentées. On avait la sensation d'être transporté dans un film des années 1940, dans son atmosphère fumée et sépia.

En fin de compte, je ne regrettai pas de m'être rendue sous la contrainte à cette fête si originale.

Au moment où je quittais le vestiaire, quelqu'un m'enlaça par derrière et se mit à danser sur une chanson de Frank Sinatra qu'il chantait lui-même. Il me fut facile de deviner de qui il s'agissait, de sourire, d'appuyer la tête contre sa poitrine et de me laisser porter.

Lovely... Never, ever change.
Keep that breathless charm.
Won't you please arrange it ?
'Cause I love you... Just the way you look tonight.

Teo cessa de chanter et s'écarta un peu de moi pour mieux me voir.

– Par toutes les icônes hétérosexuelles, chérie, tu es divine ! Absolument spectaculaire !

– C'est la robe, dis-je en souriant avec une humilité aussi feinte que séductrice.

Konrad avait effectivement choisi pour moi une robe merveilleuse : du crêpe de soie noire qui glissait comme un gant sur mon corps, avec une coupe de sirène et un décolleté vertigineux dans le dos, parfaitement en accord avec la scénographie hollywoodienne de tout le spectacle. Mais le plus impressionnant était le ras du cou en brillants qui reposaient comme des étoiles sur la nuit noire de ma robe. Rien de plus simple et de plus complexe à la fois.

– Tu parles, ma chérie ! Armani est un maître, mais pas un dieu, pas encore. Il peut faire des œuvres d'art, mais pas des miracles. Si tu étais un fœtus malais, cette robe serait un chiffon, crois-moi. D'accord, ces cailloux aident…

Sans plus de préambules ni de flatteries, je passai le bras autour du torse de mon ami, sculpté par des heures de gymnase.

– Tu sais, tu es très beau, toi aussi.

– Je sais.

Bien sûr, qu'il savait. Le smoking de Teo lui allait à merveille, on aurait dit un jeune premier des publicités. Une fois de plus, je songeai à la terrible perte que son homosexualité supposait pour les femmes.

– Je n'avais aucune idée que tu viendrais, lui avouai-je, la joue encore appuyée contre sa poitrine.

– Bien sûr, ma chérie. Je suis l'un des photographes de la campagne. Je ne manquerais la fiesta pour rien au monde !

– Tu m'as manqué… Dis-moi, comment va ma maison ? Vous me l'avez bien soignée ?

– Mieux que bien. Toni arrose tous les jours les plantes sur la terrasse, contrairement à toi, à propos. Il a même réussi à faire fleurir ces orchidées chétives que tu as dans un coin.

– Toni a la main verte.

– Oui, et pas que pour les plantes, paracheva-t-il avec autant d'orgueil que de malice. Mais toi, tu es fanée comme les orchidées. Je te trouve morne et triste.

Il me fit doucement relâcher mon étreinte.

– Regarde-toi : tu portes une robe Armani et une tonne de carats autour du cou ! Aucune femme saine d'esprit ne serait triste !

Pour lui prouver que j'avais cessé d'être une femme saine d'esprit, je lui souris avec tristesse, fuyant son regard réprobateur.

– C'est fini, Teo. Demain, je rentre à Madrid.

– Eh bien, c'est ce que tu voulais, non ?

Je haussai les épaules.

– Peut-être… Peut-être pas…

– Bon sang, quelle indécision ridicule !

Comme si son corps avait été une porte de frigo et moi un aimant chinois, je me collai à nouveau à lui. En l'étreignant, je n'avais pas besoin de le regarder, et cela facilitait mes aveux.

– Je ne veux pas arrêter, Teo. Mais je ne peux pas travailler seule non plus. Tu sais, je crois qu'en fait, je me sens trahie par le Dr Arnoux ; je ne m'attendais pas à ce qu'il soit le méchant du film. Cette scène, chez lui, a été si… horrible, me rappelai-je en secouant la tête pour en chasser les mauvais esprits. Et puis, d'un coup, je me suis retrouvée sans alliés. Je dois l'admettre : sans lui, je ne peux pas continuer.

Cela ressemblait à une révélation qui m'était plus destinée qu'à Teo. À ma surprise, j'étais parvenue à synthétiser en quelques phrases le flot de sentiments qui m'avaient égarée jusqu'à présent. Tout ce dont j'avais besoin pour retrouver la raison était peut-être que quelqu'un me prenne dans ses bras après une si longue solitude.

– *Meine Süße*, mon amour… Ce n'est pas bien, de prendre d'autres hommes dans tes bras devant mes invités.

Konrad s'approcha de nous avec la nette intention de séparer l'aimant du frigo.

– Ouh, Konrad, comme tu es amusant ! Tu sais bien que je ne suis pas un homme…

– Moi, je le sais, mais pas les autres. C'est une question d'image. Tu la monopolises injustement, Teo. Je suis désolé, mais je dois l'emmener.

Konrad me prit par la taille.

– Je veux te présenter quelqu'un, *meine Süße*.

– D'accord, laissez-moi seul, ne vous inquiétez pas, dramatisa Teo. J'ai l'impression d'avoir vu Jean-Paul Gaultier. Je vais aller lui présenter mes respects.

Et il disparut d'un air guilleret dans la foule.

– Je n'ai pas invité Gaultier, m'assura Konrad après son départ.

Il nous fallut un bon moment pour traverser la galerie, Konrad étant abordé à chaque pas, ce qui se traduisait par dix minutes de conversation ennuyeuse. Finalement, nous arrivâmes devant une fresque comportant au premier plan une hanche de Gilda sur laquelle reposait sa main élégante tenant une cigarette ; le sillage blanc et sinueux de la fumée de cigarette se découpant sur le fond noir retenait l'attention.

Konrad s'approcha d'un homme qui nous tournait le dos, absorbé par la photo. Quand il se retourna, il me fallut quelques secondes pour le reconnaître. Ensuite, je refusai de croire que c'était bien lui.

– Ana, je te présente le Dr Arnoux, de l'université de la Sorbonne.

Je ne m'étais pas trompée. C'était bien lui. Même s'il avait l'air d'une autre personne depuis le soir où je l'avais vu dans cet état lamentable. Il s'était rasé et coupé un peu les cheveux, et il était impeccablement vêtu d'un smoking sans nœud papillon mais avec une touche très personnelle : du col de sa chemise dépassait le cordon noir du scarabée égyptien porte-bonheur qu'il n'ôtait jamais.

La situation était si absurde, si fictive et gênante, que je ne sus comment réagir. Je commençai par ignorer délibérément la présence d'Alain.

– Konrad, tu sais parfaitement qu'on se connaît déjà, dis-je avec un sourire forcé.

– Allons, *meine Süße*, ce n'est qu'une petite plaisanterie. Nous voulions te faire une surprise.

Son attitude était en revanche joyeuse et détendue.

– Bonjour, Ana, intervint enfin Alain sur un ton solennel.

– Bonjour, Alain, répondis-je sèchement.

– J'ai parlé au Dr Arnoux, nous sommes d'accord sur le fait que tu es allée trop loin dans tes recherches pour abandonner maintenant. Il a décidé de collaborer avec nous.

Je préférai me taire dignement. Et puis je ne savais que dire. Cela semblait également être le cas d'Alain.

Konrad arrêta l'un des serveurs qui déambulaient dans la salle avec un plateau de boissons et y prit trois flûtes de champagne.

– Cela mérite un toast, annonça-t-il en les distribuant. Konrad leva sa coupe. Aux futurs succès ! … *Santé !* dit-il en levant la sienne.

Ce fut l'un des toasts les plus tendus de ma vie, uniquement comparable au jour où mon père avait trinqué avec Konrad pour mon anniversaire pendant que ma mère demandait « à quand la noce ».

Au moment précis où nous portions les verres à nos lèvres, il s'approcha de l'un de ses assistants et lui murmura quelque chose à l'oreille.

– Vous allez devoir m'excuser, c'est l'heure de mon speech, nous expliqua-t-il.

Konrad donna une tape dans le dos d'Alain et m'embrassa sur la joue.

– Je reviens tout de suite, promit-il avant de nous laisser pour se diriger vers l'estrade.

Je le suivis du regard pendant qu'il s'éloignait : il marchait à grandes enjambées en arrangeant son nœud papillon et en passant la main dans ses cheveux. En fait, je ne voulais pas regarder Alain.

La musique cessa et le silence se fit. Un projecteur éclaira Konrad. Il se trouvait derrière un pupitre portant le logo de sa compagnie de télécommunications. Il ressemblait à un présentateur de la cérémonie des Oscars.

Il commença à s'exprimer pour tout le monde dans un anglais parfait. J'éprouvai soudain le besoin de sortir. Konrad transmettait confiance, sécurité, enthousiasme, mais pour une raison quelconque, cela me rendait très nerveuse de le voir parler en public. Et le fait d'avoir Alain près de moi, comme une escorte muette, tout en voyant Konrad sur l'estrade, m'inquiéta.

– Si tu veux bien m'excuser… lui dis-je poliment. Je vais faire un tour dans le jardin.

Je me retournai avant qu'il ait pu répliquer, mais je pus quand même entendre ce qu'il disait derrière moi :

– Je t'accompagne.

Je continuai à me frayer un chemin à travers la foule comme si je ne l'avais pas entendu. Je ne voulais pas qu'il m'accompagne, mais je ne pouvais pas non plus l'en empêcher.

Le Petit Palais possède un joli jardin intérieur de forme semi-circulaire entouré d'un péristyle d'épaisses colonnes de granit. Je m'appuyai contre l'une d'entre elles pour contempler le jardin, stratégiquement éclairé dans ses plus beaux recoins. De l'intérieur parvenait la rumeur du discours de Konrad.

Après être restée immobile et silencieuse pendant quelques secondes, je décidai d'ignorer Alain qui s'était placé à côté de moi.

– Que fais-tu là ? lui demandai-je sans le regarder.

– Je prends l'air avec toi. M. Köller est venu me voir il y a quelques jours, et il m'a demandé de collaborer aux recherches.

J'émis un petit rire sarcastique.

– Il a dû te faire miroiter une forte somme pour que tu acceptes ce que tu m'as refusé de si vilaine façon.

– En fait, nous n'avons pas parlé d'argent avec M. Köller…

– Alors maintenant, je ne comprends vraiment pas ce que tu fais là… Et je t'en prie, cesse de l'appeler M. Köller ! Tu sais que c'est mon… ami, ou peu importe le nom qu'on donne au fait de sortir avec un mec quand on a dépassé trente ans.

Le silence se fit. Avec ma phrase méprisante, je donnais l'impression de lui reprocher que Konrad fût mon fiancé. Je me sentis ridicule.

– Que t'a-t-il raconté ?

– Il m'a dit ce que vous cherchiez vraiment. Il m'a parlé de *L'Astrologue*.

Je soufflai comme un animal en cage.

– Écoute, Ana, tu as parfaitement le droit d'être fâchée…

– Je ne suis pas fâchée.

Alain me regarda. Mon mensonge était si inconsistant qu'il n'eut pas besoin de prononcer un mot pour me faire avouer.

– Si, je le suis. Mais je ne sais pas encore très bien si c'est contre Konrad ou contre toi. Je n'ai jamais voulu te mentir. Si je l'ai fait, c'est parce qu'il me l'a demandé. Et maintenant, le… traître… Et toi… tu disparais, tu ne réponds pas à mes appels et puis… ça…

Je ne voulais même pas parler de l'appartement.

– Allons. Marchons un peu, me proposa Alain.

Des sentiers recouverts de gravier s'engageaient entre des parterres de palmiers, bananiers et yuccas. Il y avait aussi des rangées de pots de fleurs et, à côté de l'entrée royale de la galerie nord, un fontaine couverte de mosaïques bouillonnait en permanence. On n'entendait que le son rafraîchissant de l'eau, la rumeur des paroles de Konrad dans la galerie et nos pas faisant crisser le gravier. Nous nous taisions, mal à l'aise… moi du moins. Je n'aime pas marcher en silence à côté de quelqu'un en qui je n'ai pas assez confiance. Pour moi, le silence est le privilège de l'intimité. Et puis j'avais mal aux pieds, les chaussures à talons me tuaient. Je devais être une sorte d'hérétique du glamour, car mes Manolo Blahnik, si convoités, portés et usés, me massacraient les pieds.

Par chance, le jardin du Petit Palais était petit et compact, et pouvait être parcouru en quelques pas. Il ne nous fallut guère de temps pour le traverser et arriver près de la fontaine chantante. Sans demander l'approbation d'Alain, je m'écartai de l'allée et me dirigeai vers le péristyle : à nouveau, deux colonnes me servirent de siège improvisé.

– Je ne supporterai pas ces chaussures une seule minute de plus, lui avouai-je tout en les ôtant sous son regard attentif.

– Et puis tu as froid… Tu veux rentrer ?

– Non, je n'ai pas froid.

Mon mensonge n'aurait pas été plus éhonté si j'avais dit que je ne mangeais pas tout en ayant la bouche pleine. Mon décolleté était un véritable défi à une nuit fraîche d'octobre, que l'humidité du jardin et la fontaine rendaient encore plus fraîche. Je ne pouvais pas me permettre de tricher en ayant la chair de poule sur toute la peau du dos, des épaules et des bras, ça ne cadrait pas.

– En fait, ce que je ne veux pas, c'est devoir remettre ces saletés de chaussures avant au moins dix minutes, ni marcher pieds nus sur le gravier, ça pique. Alors je reste ici.

Alain sourit. Il ôta sa veste et la posa sur mes épaules.

– Mets ça, au moins…

Au moment où j'allais protester, il libéra mes cheveux, pris entre mon dos et sa veste.

– Pour ne pas écraser tes boucles…

– Merci.

Le mot, succinct, retenu et un peu sec, flotta dans un nouvel espace de silence. Alain s'était appuyé contre la colonne jumelle de la mienne et nous faisions tous les deux semblant de jouir du ciel : une embrasure noire et absurde sans étoiles, car Paris les avait éteintes de sa lumière.

Tant de mutisme commençait à m'indigner et à me vriller les nerfs. S'il n'avait rien à dire, qu'il s'en aille et me laisse tranquille.

Dans le silence, je m'aperçus que Konrad avait achevé son discours, car la douce voix de la chanteuse de musique *lounge* interprétant *Blue Velvet* avec un léger accent français parvenait jusqu'à l'autre bout du jardin.

Alain donna des signes de vie par un soupir. Et il parla enfin.

– Je voulais t'appeler, je t'assure. Depuis deux semaines… Mais je n'en ai pas eu le courage. J'ai trop honte de ce qui s'est passé.

– Ce n'est pas pour ça que je suis fâchée… Tu n'as aucune dette envers moi. Ce qui me dérange, c'est que Konrad t'amène en disant que tu vas participer aux recherches, parce que c'est fini, Alain. Je pars demain à Madrid… même s'il ne veut pas l'assumer. C'est ça, ou il m'a cherché un remplaçant.

Alain remua la tête.

– Quand j'en ai parlé à Konrad Köller, je n'avais aucune idée que tu allais arrêter. Je ne suis pas là pour te remplacer, Ana, ni pour te convaincre de ne pas abandonner. Mais si je m'embarque, je ne m'embarque qu'avec toi. Sinon, ce sera vraiment fini. Tu regagnes Madrid et moi mon bureau à l'université.

C'était un sale, maudit et vil chantage. Un autre mauvais tour de Konrad, qu'il savait si bien utiliser dans ses affaires et que, de temps en temps, il n'avait pas de scrupules à reproduire dans sa vie privée. C'était pour cela qu'il s'était montré si compréhensif avec moi…

– Vraiment, Alain, tout ce que je veux, c'est rentrer à la maison et reprendre ma vie, admis-je, désespérée. Je veux oublier toute cette affaire une bonne fois pour toutes.

– Si c'est ce que tu veux, ce n'est pas moi qui t'en empêcherai. Je t'ai dit que je n'étais pas venu pour ça. Je suis venu te dire ce que j'aurais dû t'expliquer depuis des jours.

– Ce n'est pas de ça que je veux parler.

C'était vrai. L'épisode de l'appartement avait été honteux pour tous les deux, il ne convenait pas de le remuer.

– J'ai commis une erreur en me présentant chez toi sans prévenir. Tu as droit à ton intimité et j'aurais dû la respecter, c'est tout.

Alain se laissa tomber en avant, les bras appuyés sur les genoux. C'était une façon de tenir son visage hors de ma vue. Je crois que ce qu'il avait à me dire était difficile.

– Quelques jours après ton départ en Allemagne, ma sœur m'a appelé…

Cette façon de commencer ce que je prenais pour une excuse, mais qui ressemblait plutôt à un récit, me déconcerta.

– … Elle m'a dit que mon grand-père venait de mourir.

– Je suis désolée…

Ces mots sonnèrent si creux que j'aurais mieux fait de me taire. Mais c'était sorti de façon machinale, comme pour dire merci à un serveur.

– Il avait quatre-vingt-dix ans. Cela devait arriver… C'est tout à fait normal, mais je ne voulais pas le voir depuis des mois… Précisément à cause de l'affaire Bauer.

Sa déclaration tomba comme la foudre et la seule mention de l'affaire Bauer me fit me sentir coupable : soudain, quelque chose qui me semblait étranger pointait dans ma direction.

– Mon grand-père était un homme particulier… Il n'était pas spécialement affectueux, ce n'était pas non plus un type joyeux ou rigolo. Il était sérieux et réservé… Mais il m'a appris à pêcher et à chasser des saumons, à chercher la Grande Ourse dans le ciel. C'est avec lui que je suis allé au Louvre pour la première fois, et nous y sommes retournés des dizaines de fois ; et à celui d'Orsay, au musée Rodin, au Centre Georges-Pompidou, et ici, au Petit Palais, aussi… Jusqu'au jour où je lui ai dit que je voulais savoir tout ce qu'il savait en matière d'art. Je voulais pouvoir comprendre et ressentir les tableaux comme lui. Alors il m'a offert l'*Histoire de l'art* de Gombrich… À sa façon, il m'a guidé et appuyé pendant toute ma carrière et toute ma vie. Je crois qu'il l'a fait du mieux qu'il l'a pu avec deux jeunes enfants…

Je pressentais que la chose allait prendre une tournure dramatique. Non qu'Alain ait dramatisé, mais parce qu'il se montrait de plus en plus nerveux : la posture tendue, les mains agitées, sur le point de croiser les doigts.

– À la mort de mes parents, il s'est chargé de ma sœur et de moi.

– Je… Je ne savais pas.

Je me souviens d'avoir bégayé parce que je ne trouvais pas les mots justes.

– Tu n'avais pas à le savoir. Je n'ai pas pour habitude de me servir de la triste histoire du pauvre orphelin pour inspirer de la compassion, argua-t-il. Mes parents sont morts dans un accident de la circulation, j'avais à peine plus de deux ans. Ça peut sembler horrible, mais je ne me rappelle rien, je n'ai aucun souvenir d'eux. Ma famille a toujours été ma sœur et mon grand-père, et avec eux, j'ai eu une vie absolument normale.

– Ça n'a pas l'air horrible, mais raisonnable.

– La nuit où tu es venue, j'arrivais de Provence, où vivait mon grand-père. Nous l'avions enterré le matin même. En rentrant chez moi, je me sentais triste, vide, mais, surtout, je me sentais mal vis-à-vis de moi-même, j'étais terriblement en colère parce que mon grand-père était parti et que je ne l'avais pas vu, je ne lui avais pas adressé la parole depuis des mois. Tout cela à cause de tableaux idiots. De son foutu orgueil et du mien. À cause de toutes ces conneries, je n'avais même pas pu le remercier ou lui dire que, à ma façon, je l'aimais moi aussi… Je me suis mis à boire. Une bière, puis une autre, celles qu'il fallut pour sombrer dans un coma éthylique, un coma thérapeutique et apaisant. Alors… tu es arrivée.

Je me mis à transpirer rien qu'en pensant à cet instant funeste. Pour me tirer d'embarras, j'essayai de plaisanter.

– Et adieu le coma éthylique.

– Pas exactement. Disons que ça a tourné à l'évanouissement éthylique. Quand tu es partie, je m'en suis pris au salon jusqu'à ce que l'épuisement ait raison de ma colère. Alors je me suis proposé de terminer ce qui restait de vin. Tout ce dont je me souviens ensuite est de m'être réveillé le lendemain à moitié affalé au milieu du salon. Heureusement, mes réserves de vin n'étaient pas très importantes. Malgré tout, je n'ai pas pu sortir du lit de toute la journée. Je n'ai jamais connu pareille cuite.

– Quelle folie, Alain, conclus-je d'un hochement de tête qui en disait long.

Il haussa les épaules.

– La stupidité est humaine elle aussi.

– Oui… Je sais.

À un instant de notre silence, j'entendis les premiers accords et les premières phrases de *Love is the End* de Keane. Ce n'est pas une chanson très connue, bien que ce soit une de mes préférées. Je pensai que c'était Konrad qui avait eu l'idée de demander au groupe de musique *lounge* de l'interpréter dans son style particulier.

Nothing can touch us and nothing can harm us
No, nothing goes wrong anymore

J'avais commencé à la fredonner tout bas à mon insu.

– Ah, je vois que les musiciens ont accédé à ma demande, ce qui n'est pas toujours le cas.

Alain semblait agréablement surpris. Pas autant que moi, toutefois.

– Tu aimes cette chanson ?

Alain eut un sourire énigmatique.

– Je sais que toi, tu l'aimes. Tu la chantais aux archives, l'autre jour…

Je me réjouis d'être protégée par les ombres de la nuit ; j'étais rouge comme une tomate.

– Je suis désolé, Ana. Je n'avais jamais été aussi désagréable avec personne, je te l'assure. J'ai vraiment honte. J'espère que tu ne m'en voudras pas de ce que j'ai pu dire ou faire.

I took off my clothes and I ran to the ocean
Looking for somewhere to start anew
And when I was drowning in that holy water
All I could think of was you

Avec cette musique qui me caressait les sens, j'aurais pardonné jusqu'à la plus grave des offenses. Mon ressentiment s'apaisa et mes paroles furent raisonnables et douces.

– Je ne t'en veux pas, ce ne serait pas juste. Et je n'aurais pas dû me présenter chez toi sans prévenir… C'est un ensemble d'absurdités qu'on ferait mieux d'oublier.

– Je prenais mon téléphone plusieurs fois par jour, je cherchais ton nom dans le répertoire et, quand tu apparaissais sur l'écran, je n'osais pas appuyer sur la touche appel. Ne te méprends pas, mais je pense à toi toutes les heures depuis deux semaines.

C'était dommage, parce que cette phrase, sortie de son contexte, était l'une des plus jolies qu'on m'ait jamais dites. Alain ne tarda pas, bien sûr, à remettre les choses en place et les phrases dans leur contexte.

– Je veux dire que je n'ai pas arrêté de réfléchir à ton commandant nazi et aux Bauer. Je ne peux pas m'empêcher de me demander ce qui les relie…

– Pourquoi as-tu cessé tes recherches sur la collection Bauer ?

– Parce que mon grand-père me l'a demandé.

Cette raison aussi indiscutable qu'illogique me laissa perplexe.

– Un jour, en bavardant, je lui ai dit que j'avais découvert une collection par hasard. Il m'écoutait de son air distrait habituel jusqu'à ce que je prononce le nom de Bauer. Alors son expression changea. Il prit un air sérieux comme je ne lui en avais jamais vu et me dit : « Laisse tomber. Oublie cette collection. ».

– Mais… pourquoi ?

– C'est la question que je lui ai posée : pourquoi ? Je ne crois pas qu'il ait eu envie de me répondre. Il commença par dire que personne ne l'avait réclamée cette collection, que je n'avais pas le droit d'entrer là-dedans, que ça ne me regardait pas… Mais c'était absurde ! Si l'on appliquait cette règle de trois, on n'interviendrait pas dans beaucoup de collections. Nous n'en sommes pas les propriétaires, aucune d'entre elles ne nous regarde donc strictement, mais ce n'est pas la question. La question, c'est qu'elles ont été en leur temps soustraites illégitimement et que notre devoir est de les retrouver, et avec elles leurs propriétaires ou leurs héritiers. Quand j'ai essayé de faire valoir cet argument, il a perdu tout contrôle, il est devenu fou furieux. Je ne me rappelais pas lui avoir jamais dit ou fait une chose qui provoque une telle réaction de sa part. Il s'est mis à crier, à proférer des imprécations, des malédictions… Il n'y avait pas moyen de le raisonner, alors j'ai pris la porte et je suis parti.

– Mais tu as fini par accepter ce qu'il te demandait : tu as abandonné.

– Pas dans un premier temps. Je ne comprenais pas ses motivations, cela n'avait ni queue ni tête, c'était ridicule. De retour à Paris, j'ai donc poursuivi mes recherches. J'ai découvert quelques tableaux flamands à Francfort, au musée Staedel, et même un Marcoussis au MoMA. Je ne sais pas pourquoi, j'étais obnubilé par cette collection, je devais en savoir de plus en plus à son sujet. Un jour, ma sœur m'a appelé. Elle habite en Provence, chez mon grand-père. Elle m'a dit que le vieux était obsédé par les Bauer, qu'il n'arrêtait pas de répéter que je devais laisser tomber. Elle m'a demandé d'abandonner ; si je ne le faisais pas pour lui, que ce soit pour elle…

– Et tu l'as fait. Tu as abandonné.

Il acquiesça, l'air chagriné.

– Oui. Mais ça m'a mis tellement en colère contre tout, mon grand-père, ma sœur, moi-même, que j'ai commencé une guerre froide contre eux : je ne suis pas retourné les voir et je ne les ai plus appelés. Je n'ai pas pris ce foutu téléphone pour dire au vieux qu'il avait gagné, mais que j'avais droit à une explication. Je n'ai rien fait… Le pire, c'est qu'un soir, il m'a appelé, j'ai vu son nom sur l'écran et j'ai laissé le téléphone sonner sans répondre. Il n'a pas rappelé. Maintenant… eh bien, on ne peut pas revenir en arrière.

La rumeur de l'eau et les feuilles des palmiers agitées par la brise, la nuit fraîche d'automne et un sensuel *Love is the End* s'échappant par les fenêtres de la galerie… L'instant aurait pu être parfait ; mais mêlée à chacune des notes de la chanson, accrochée à chaque souffle de la brise, j'entendais toujours une petite voix ténébreuse qui s'obstinait à douter des motivations d'Alain : je ne comprenais pas l'entêtement personnel qu'il semblait avoir pour mes recherches.

– Tu n'as pas besoin de faire ça, Alain… Je ne sais pas ce que Konrad a pu te dire (je sais qu'il peut être très persuasif), mais tu n'as aucune obligation, ni envers lui, ni envers moi. Cette recherche n'a aucun sens, c'est un de ses caprices qu'on ne sait comment aborder, quelque chose qui n'aurait jamais dû commencer.

– Tu sais, Ana, je ne pourrais pas refuser de participer, mais cela n'a rien à voir avec Konrad Köller. Je suis devant l'une des… plus jolies choses que j'ai vues de ma vie.

Alain fit une pause. Il attendait peut-être une réaction de ma part, mais je ne savais pas encore que dire. Il profita du fait que je me taisais pour me regarder, comme s'il y cherchait une façon de me comprendre, voire de me cataloguer.

Il finit par se prononcer :

– Tu as peut-être raison, c'est peut-être un caprice, ou une folie… Mais vois où tu en es arrivée seule et imagine ce qu'on pourrait obtenir ensemble… Pourtant, je te l'ai dit : si je m'embarque, je ne m'embarque qu'avec toi. C'est la seule chose claire pour moi aujourd'hui.

Certaines déclarations d'amour ne sont vraiment pas aussi belles, me dis-je après le plaidoyer d'Alain.

Dormir avec mon ennemi

– Alors « il vaut mieux qu'il ne s'approche plus de toi... ». Je te rappelle que ce sont tes propres paroles, lui assené-je pour lui rafraîchir la mémoire une fois que nous nous retrouvâmes dans l'intimité de la chambre. Et pourtant, c'est toi qui l'as poussé vers moi. Où sont passées tes réticences et tes craintes ? Pourquoi le Dr Arnoux mérite-t-il ta confiance ?

Konrad sentait l'alcool. Sans être ivre, il avait un peu trop bu ; il était câlin et on voyait qu'il n'avait pas envie d'en parler.

– Il ne la mérite toujours pas... assura-t-il dans un murmure sur ma nuque tout en faisant glisser la fermeture Éclair de ma robe autour de ma taille.

Ses mains rampèrent sous la soie, cherchant mon nombril, et je frémis.

– Je lui ai fait signer un document : il s'engage à agir à titre personnel en laissant la fondation de côté, et il renonce à tout droit sur *L'Astrologue*.

Ces paroles si formelles constituaient un étrange accompagnement à ses caresses sur mon corps.

J'appuyai la tête sur sa poitrine, tentant de surmonter les frissons de plaisir que me procuraient ses doigts jouant avec mes mamelons, et de retrouver la parole.

– Tu sais que cet accord n'a pas de valeur légale... et lui aussi... gémis-je.

– Mais c'est une déclaration d'intention, souffla Konrad. Nous allons devoir le surveiller de très près…

Il me mordilla le lobe de l'oreille. Je fermai les yeux…

– En fin de compte…, je vais devoir dormir avec mon ennemi…

– Non, *meine Süße*, tu ne dors qu'avec moi…

Février 1943

Le SOE, ou Special Operations Executive, était une organisation militaire secrète créée à la requête de Winston Churchill en juillet 1940 pour procéder à des opérations d'espionnage, de guérilla et de sabotage de l'autre côté des lignes ennemies. Régulièrement, des agents du SOE étaient largués en parachute sur le territoire français ; il s'agissait d'opérateurs radio, d'instructeurs ou d'officiers de liaison qui collaboraient avec la Résistance française en établissant des lignes de communication, entraînant des résistants et des saboteurs, ou qui permettaient à des pilotes alliés tombés en territoire ennemi de s'échapper. De surcroît, le SOE ne parachutait pas seulement des agents, mais aussi des chargements d'armes, de ravitaillement et, parfois, de l'argent pour financer la cause. En France, le SOE envoya 470 agents britanniques, parmi lesquels 200 trouvèrent la mort, et fournit des armes à un demi-million de Français.

Suite à l'attaque de la Gestapo, Trotski avait noué des liens avec d'autres groupes de résistants mieux équipés et mieux organisés que le Groupe Armé Alsacien. Des groupes qui travaillaient souvent directement sous les ordres du général de Gaulle et en étroite collaboration avec le gouvernement britannique par l'intermédiaire du SOE.

Début février, le Groupe Armé Alsacien fut sélectionné pour aller prendre livraison d'un chargement envoyé par la Grande-Bretagne et pour le convoyer à Paris. Il s'agissait d'armes et de munitions qui serait parachutées sur une aire de réception à proximité de Valençay, à environ deux cents kilomètres au sud de la capitale. Quand Sarah l'apprit, elle chercha le moment opportun pour en parler au chef.

Trotski était généralement au garage le dimanche matin, moment où il ne travaillait pas à la gare ; il lisait la presse clandestine, élaborait ses propres proclamations, concevait de nouvelles actions… Il faisait partie de ces esprits inquiets qui, lorsqu'ils n'agissent pas, pensent, ne s'arrêtent jamais, vivent par et pour la cause. Le dimanche où Sarah se rendit au garage, elle le trouva en compagnie de Dynamo. Ils s'efforçaient de réparer une radio lancée par les Anglais et qui avait été sérieusement endommagée. Trotski l'avait obtenue grâce à ses nombreux contacts avec la Résistance, et même si les autres l'avaient dédaignée, il était bien décidé à la remettre en état, convaincu que s'il voulait voir son groupe se développer, ils avaient besoin d'une radio.

– Je peux te parler, camarade ? l'aborda Sarah. Seule à seul.

– Maintenant ? demanda Trotski, étonné devant tant d'urgence.

– Oui.

– D'accord.

Dynamo sortit fumer. Sarah l'en remercia d'un sourire quand il passa à côté d'elle.

– Alors ?

– Je veux aller chercher le chargement de Valençay.

Trotski la regarda, intrigué, par-dessus la cigarette qu'il était en train d'allumer. Il prit son temps pour éteindre l'allumette et tirer la première bouffée.

– Je comptais envoyer l'un des garçons. Ce n'est pas précisément une partie de campagne.

Elle ne s'attendait pas à ce que Trotski acceptât d'emblée. Un mois plus tôt, Sarah n'était encore qu'une entité qui déambulait dans son garage et maintenant, elle lui demandait de mener à bien une mission importante.

– Je sais. Mais je m'y suis préparée. Je me suis fait passer pour une auxiliaire des SS, il me sera plus facile de feindre d'être une paysanne française… avec un Luger sous la jupe. Les garçons m'ont appris à m'en servir.

Trotski restait songeur. Il ne doutait pas qu'elle en soit capable, voire qu'elle soit plus qualifiée que les gamins qu'il avait pour combattants ; certains se faisaient dessus dès qu'ils avaient un Allemand à proximité. Mais Trotski restait intrigué.

– Si je peux te poser une question, camarade, d'où provient un si grand intérêt ? La mission est dangereuse : les Allemands sont au courant des parachutages et ils contrôlent les routes, les chemins et les clairières. Et puis, ils ont des mouchards de tous les côtés, n'importe lequel de ces ploucs qui plantent des patates pourrait te dénoncer à la Gestapo s'il se doute de quelque chose.

– Je suis consciente des dangers…

Dès lors, l'attitude de Sarah passa de la fermeté à la supplication. Elle n'aurait jamais pensé se confier à Trotski, le type le moins empathique à la surface de la Terre, mais, soudain, elle en éprouvait le besoin.

– J'ai besoin de faire quelque chose, camarade. Cette inactivité me tue. Je ne peux pas passer mes journées de la librairie à la pension, de la pension à la librairie, avec pour seul stimulant le fait d'imprimer des tracts le week-end…

Sarah alla chercher une chaise et se laissa tomber dessus.

– Hier, je les ai vus emmener une femme et son fils en pleine rue, en plein jour. Tout cela parce qu'elle n'avait pas cousu l'étoile de David sur le manteau de l'enfant… Elle l'avait juste fixée avec une aiguille. Un enfant qui n'avait pas huit ans… J'ai besoin de sortir d'ici, camarade. J'ai besoin de quitter cette maudite ville ne serait-ce que pendant quelques jours, conclut-elle, abattue.

Elle n'avait pas voulu se montrer ainsi devant son supérieur, elle savait qu'elle n'obtiendrait aucune sorte de consolation de sa part et, de toute façon, le froid révolutionnaire interpréterait son découragement comme une faiblesse. Mais Sarah n'était pas assez forte pour s'empêcher de sombrer à certains moments.

Effectivement, pas une seule parole d'encouragement ne sortit de la bouche de Trotski. Il ne pensait absolument pas à l'abattement de la jeune fille, encore moins à la soulager ; il pensait à quel point cette femme pouvait le surprendre et comme cela pouvait l'exciter d'imaginer un Luger sous sa jupe, surtout si le canon de ce Luger finissait par viser la nuque d'un Allemand.

Trotski écrasa son mégot sur la semelle d'une de ses chaussures.

– D'accord, camarade Émeraude. La mission est pour toi. Avant que Sarah ait pu l'en remercier, Trotski poursuivit :

– Mais emmène Gauloises avec toi… Toutes les armes que les Anglais nous envoient ne tiendront pas sous ta jupe.

*

Fabrice et Pauline Renard. Sarah aurait préféré que Jacob et elle se fassent passer pour frère et sœur, mais il fallait reconnaître qu'ils ne se ressemblaient absolument pas. Gutenberg insista sur le fait que pour donner de la crédibilité à leur couverture, ils devraient feindre d'être un couple, et il prépara les faux papiers en fonction.

Le voyage en train jusqu'à Valençay se déroula tranquillement et normalement. Ils franchirent avec succès quelques contrôles routiniers. La police avait l'habitude de vérifier les papiers d'identité dans les gares et à l'intérieur des wagons, ceux des gens qui ne descendaient pas. Mais ils le savaient et ils s'y étaient préparés. La clé pour ne pas éveiller de soupçons était d'agir avec calme et naturel.

Curieusement, le plus gênant pour Sarah pendant le voyage n'avait pas été les contrôles, la police ou les Allemands, mais Jacob. Il n'était pas particulièrement loquace, il ne l'avait jamais été. Mais cette fois, il resta muet. Sa conversation se limita à des monosyllabes bourrus, parfois grognés plutôt que prononcés. Jacob ne perdait pas une occasion de manifester son malaise.

Depuis que Trotski avait ordonné à Jacob de l'accompagner, Sarah redoutait quelque chose de ce genre. Elle ne tarda pas à s'apercevoir que Trotski l'utilisait dans le bras de fer qu'il livrait avec son second.

– J'ai demandé à Trotski si je pouvais t'accompagner pour aller prendre livraison du chargement de Valençay…

Sarah tenta d'être aussi diplomate qu'elle put, devinant que Jacob n'admettrait pas que Trotski lui confie le commandement plutôt qu'à lui. Mais cela ne servit à rien.

Le chef veilla bien à mettre en évidence à tout moment que c'était Sarah qui était en charge de l'opération et que Jacob était sous ses ordres, car il en avait décidé ainsi. Il discutait des détails uniquement avec elle : les horaires, le voyage, le contact, le plan… Et elle devait passer un mauvais quart d'heure en les transmettant à Jacob, qui recevait l'information à contrecœur. Jacob faillit envoyer promener la mission, Trotski et le Groupe Armé Alsacien. Mais il ne le fit pas… Dès qu'il pensait qu'il pourrait arriver quelque chose à Sarah parce qu'il l'avait laissé tomber, il ravalait son orgueil et sa bile. Il se traitait d'idiot et de pantin tout en se disant qu'il ne pourrait jamais l'abandonner ; il devait la protéger.

Ces nobles sentiments n'empêchèrent toutefois pas Jacob de transpirer pendant le voyage tout le quinquina qu'il avait absorbé ces derniers jours, se montrant paradoxalement grossier envers la femme qui était la cause de ses insomnies.

Marcel Berry avait presque soixante ans, il était veuf, son fils unique était mort au front, avant l'armistice, et il tenait un bar à Saint-Denis, une petite banlieue aux environs de Valençay. Il travaillait aussi pour la Résistance. Il était agent de liaison et guide sur le terrain pour les agents du SOE qui sautaient en parachute dans la zone centre, ainsi que pour les membres de la Résistance qui venaient prendre livraison de chargements. Marcel Berry était le contact de Sarah.

Jacob et elle entrèrent dans le bar comme un couple ordinaire de voyageurs. Ils s'assirent et demandèrent deux verres de vin. Le patron déplaçait avec une agilité surprenante le volume de son grand corps derrière le comptoir. Il fit semblant de s'essuyer les mains sur un chiffon sale avant de les servir.

– Excusez-moi, monsieur, quel est le meilleur chemin pour aller à Saint-Benoît ?

Cette phrase était le mot de passe destiné à Marcel. Quand les jeunes gens auraient bu leurs verres et seraient partis, Marcel fermerait le café et les retrouverait dans une remise située à l'arrière du bâtiment.

Sarah et Jacob l'attendaient, cachés au coin de la rue. Ils le virent arriver en compagnie d'un jeune homme qui ne devait pas avoir plus de dix-huit ans, mais grand et fort comme un géant. Son nom de code était Sanson. Celui de Marcel, Grand-père. Sarah pensa que Marcel avait effectivement l'air attendrissant d'un grand-père, avec son ventre rond, ses cheveux épais entièrement blancs et sa voix de conteur qui, plutôt que décrire une opération clandestine, semblait raconter une jolie histoire.

Mais quand il vit Sarah, sa réaction ne fut pas aussi poétique : « Une femme ! Ces crétins de Paris ont envoyé une femme ! Qu'est-ce qu'ils croient, que c'est une partie de campagne ? »

Sous la remise, Marcel cachait une petite radio à l'intérieur d'une mallette afin de communiquer avec Londres. Elle lui permettait de réclamer de l'approvisionnement à la demande des cellules résistantes et de régler les détails de l'opération. Chacune possédait un nom de code et un « jour J » où elles serait menée à bien. Celle de cette nuit était l'opération *Snow White*, Blanche-Neige. Et on fixait la D/Z, ou zone de lancement, parmi celles qui avaient été établies au préalable. Pour l'opération Blanche-Neige, on avait choisi le terrain Cher, un vaste champ dépourvu d'arbres et d'obstacles, à proximité de la rivière du même nom.

Marcel possédait également deux récepteurs. L'un, le « biscuit tin radio », ainsi appelé parce qu'il tenait dans une boîte à gâteaux, lui servait à capter les émissions de la BBC. Avec une phrase banale de la station britannique, par exemple, *le sucrier est entre deux tasses*, on mettait en marche toute l'opération à la date, à l'heure et selon les coordonnées préétablies.

Il devrait emporter avec lui l'autre récepteur caché dans un petit filet couleur kaki. Il s'en servirait pour écouter le signal qu'émettrait l'avion avant de procéder au parachutage et quand il approcherait de la D/Z. De la sorte, ce qu'on appelait « le comité de réception », les membres de la Résistance qui l'attendaient, pourrait allumer les lanternes qui signalaient la zone. Celles-ci devaient former un L : trois lumières rouges en ligne dans la direction du vent et une lumière blanche à une vingtaine de mètres à droite de la première lumière rouge. La lanterne blanche émettait en morse une lettre qui permettait aux pilotes britanniques d'identifier la cellule qui attendait la livraison, car un seul avion fournissait habituellement plusieurs cellules dans différentes zones. Comme Marcel était le seul à connaître la lettre correspondant à cette opération, c'était lui qui actionnerait la lumière blanche. Sur le terrain Cher, on attendait cette nuit six containers et un sac ; six autres groupes de la Résistance s'étaient donc répartis pour recueillir chacun un container.

Malgré tous ces préparatifs et ces précautions, Marcel les prévint de l'aspect risqué de la mission. Il en avait déjà effectué plusieurs de ce type et il en avait vu échouer certaines. Parfois, la présence de patrouilles de la Gestapo dans le secteur empêchait d'allumer les lanternes et l'avion repartait sans avoir effectué le moindre largage. D'autres fois, c'était le mauvais temps qui faisait capoter l'opération. Marcel avait également vu s'écraser plus d'un avion ; ils volaient très bas pour éviter que la charge ne se disperse au largage et ils finissaient parfois accrochés à un lampadaire ou s'écrasaient contre une colline. Certains étaient abattus par les défenses antiaériennes allemandes. Par chance, Marcel n'y avait pas assisté, mais il avait entendu parler d'une opération où la Gestapo avait braqué des armes contre tous les membres du comité de réception pour leur faire allumer les signaux lumineux. Une fois que l'avion avait effectué le largage, ils leur avaient tiré une balle dans la nuque et avaient gardé la cargaison.

En racontant cela, Marcel fixait Sarah. Mon Dieu, ce n'était qu'une gamine ! Jolie, aux gestes doux et élégants, qui n'aurait pas dû être mêlée à ce grabuge. Il ne se sentait vraiment pas à l'aise d'emmener la petite dans cette expédition. Bon Dieu ! C'était très dangereux ! Normalement, il fallait attendre l'arrivée de l'avion tapis dans les buissons qui entouraient la D/Z, exposés aux intempéries. Les Allemands, conscients que c'était une zone d'opérations de la Résistance, patrouillaient en permanence et surveillaient les clairières. Au moindre mouvement, ils tiraient à vue. Que ce soit un agent ennemi ou une cargaison, tout ce que parachutaient les avions britanniques se transformait en une proie très convoitée. Se retrouver exposé dans un de ces espaces dégagés revenait à se trouver devant le peloton d'exécution. Non, non, ce n'était pas un travail pour une femme.

– Eh, mon garçon, tu pourrais dire à ta copine de rester ici pendant qu'on s'occupe de la commission ? suggéra-t-il à Jacob à un moment où Sarah ne pouvait pas l'entendre. Non seulement c'est dangereux, mais la nuit promet d'être très froide, avec le gel. Je ne crois pas que la fille puisse le supporter.

Les containers pesaient environ deux cents kilos et il fallait quatre personnes pour les transporter. Marcel maudit à nouveau ceux de Paris. Ils allaient devoir se débrouiller pour déplacer la charge à trois, mais il y était disposé à condition qu'il n'y ait pas de femme pour tout compliquer.

Jacob leva la tête pour le regarder. Il agita la cigarette qu'il mâchait d'une commissure à l'autre et cracha par terre avant de répondre sèchement :

– C'est ma copine qui dirige l'opération.

Marcel possédait une vieille charrette qu'il avait équipée pour transporter le matériel. Il utilisait aussi parfois le véhicule du Dr Lapierre, le médecin du village, une Citroën au gazogène qui était la seule à marcher dans le secteur. Il préférait varier les moyens de transport pour ne pas attirer l'attention des Allemands. Sous le plancher, il y avait des compartiments secrets que Marcel dissimulait en les recouvrant de paille, de couvertures, de caisses de vin, de sacs de pommes de terre et de paniers plein de fromages français puants. Plus ils sentaient mauvais, mieux c'était, les Allemands détestaient l'odeur du bon fromage français.

Il faisait encore jour quand ils quittèrent Saint-Denis à l'arrière de la charrette que conduisait Marcel avec Sanson à ses côtés. Il ne faisait pas encore très froid, mais le terrain était recouvert d'une croûte de neige glacée après plusieurs nuits avec une température inférieure à zéro. Sarah s'emmitoufla dans une couverture, découragée par l'idée de devoir attendre allongée sur la neige l'arrivée de cette fichue cargaison.

Elle n'aurait pu préciser quand ils avaient quitté Saint-Denis ni quelle direction ils avaient prise parce qu'elle s'endormit très vite, bercée par les cahots. Elle ne se réveilla qu'en sentant un arrêt. La nuit était tombée et ils se trouvaient au milieu d'une épaisse forêt. Marcel cacha le véhicule hors de portée de vue et le groupe continua à pied. En dépit de l'épaisseur et de l'obscurité, Grand-Père semblait se guider à l'aveuglette avec l'habileté d'une chauve-souris ; il donnait l'impression de savoir exactement par où il passait et où il allait. Après une demi-heure de marche pénible entre les grosses pierres et des arbustes épineux, ils parvinrent à la lisière d'une clairière.

C'était une belle nuit de pleine lune et un pinceau couvrait les silhouettes de lumière. Sarah imagina que le Cher vu du ciel devait ressembler à un ruban d'argent. Elle leva la tête et se demanda comment ce serait de voler… Les opérations d'approvisionnement n'avaient lieu que les nuits de pleine lune pour que les pilotes, qui ne disposaient que de vieilles cartes Michelin pour se guider, aient le maximum de visibilité. Voler devait être terrifiant, en conclut Sarah pour elle-même.

Marcel chercha un lieu derrière quelques arbustes. Il mit ses mains autour de sa bouche et hulula comme un hibou. Des chants similaires jaillirent de l'autre côté de la clairière.

– Les autres arrivent, confirma-t-il.

Une fois les vérifications faites, il étendit sur le sol la bâche qu'ils avaient apportée pour éviter de se mouiller au bout de quelques minutes dans la neige. Puis il ouvrit une gibecière et en sortit du fromage, un peu de pain, une bouteille de vin et quelques pommes.

– L'attente sera plus agréable l'estomac plein, déclara-t-il tout bas.

Sarah et Jacob regardèrent le fromage avec avidité. Ils n'en avaient pas mangé depuis si longtemps ! À Paris, il n'y avait pratiquement plus rien ; seuls ceux qui vivaient à la campagne, près des fermes, et qui avaient accès aux produits de la terre, pouvaient se permettre ce luxe.

– Quand l'avion arrivera-t-il ? demanda Jacob une fois qu'il en eut mangé un bon morceau.

Marcel haussa les épaules.

– On sait quand il part, mais pas quand il arrive, s'il arrive. De toute façon, pas avant une ou deux heures du matin. Tout dépend des autres largages.

Sarah consulta sa montre : un peu plus de minuit. Elle était fatiguée et nerveuse, tous les bruits lui semblaient menaçants. Elle avait déjà les pieds et les mains glacés et ses vêtements usés ne tarderaient pas à céder aux assauts du froid. La nuit promettait d'être longue…

Les autres, quant à eux, semblaient résignés. Sanson dodelinait de la tête près d'une grosse pierre. Marcel avait mis les écouteurs du récepteur et attendait le signal de l'aéroplane entre deux gorgées de vin. Jacob avait sorti une cigarette et la mâchouillait tranquillement. Grand-Père les avait prévenus qu'ils ne pouvaient pas fumer car même le petit point lumineux d'une cigarette pouvait alerter la Gestapo. Sarah trouvait cela un peu exagéré, mais elle se garda bien de contrarier Marcel. L'interdiction ne semblait pas déranger Jacob, il avait l'habitude de mâcher les cigarettes.

Il ne lui avait plus adressé la parole et il était probable qu'il ne le ferait pas avant la fin de la mission. Sarah commençait à le connaître et elle savait qu'il se mettait souvent en rogne. Qui plus est, il se tenait à distance, comme s'ils avaient été deux inconnus. C'était bien lui, ça.

Étant donné les perspectives, Sarah se recroquevilla comme elle put sur la bâche, enfouit ses mains et son visage sous ses vêtements pour conserver aussi longtemps qu'elle le pourrait sa propre chaleur corporelle et tenta de dormir un peu pour écourter l'attente. Elle ne voulait pas penser au froid, ni aux patrouilles de la Gestapo, ni aux avions qui s'écrasaient. Le seul fait de sentir qu'elle n'était pas seule la soulageait. Si elle parvenait à s'endormir, peut-être ferait-elle un beau rêve…

– Ils sont là ! Ils sont déjà là ! Je les entends dans mon récepteur !

Les exclamations de Marcel tirèrent Sarah de sa somnolence. Elle n'était pas sûre d'avoir dormi, juste de ne pas avoir fait de beau rêve. En se réveillant, elle s'aperçut que quelqu'un avait disposé une couverture sur elle, mais son corps était quand même engourdi par le froid et la posture, et elle tremblait. Elle ne tarda pas à entendre un rugissement qui venait du ciel.

– C'est un Halifax ! annonça Marcel, reconnaissant le bombardier de la RAF. Restez ici et attendez que je vous fasse signe. Le spectacle commence !

Grand-Père hulula à nouveau et trois hommes surgirent des buissons. Juste après, il sortit lui aussi dans la clairière, sa lanterne à la main. Sarah les vit se placer à la lumière de la lune : trois en ligne et Marcel à vingt mètres à droite du premier. Soudain, ils allumèrent les lumières et un L rouge et blanc se dessina sur la terre. La lumière blanche clignotante émettait le code en morse.

Le rugissement des moteurs se rapprochait de plus en plus, jusqu'à ce qu'il arrive au-dessus d'eux. Ce fut incroyable de voir cette masse passer en frôlant presque le sol, survoler leurs têtes à un peu plus de deux cents mètres de hauteur, le fuselage brillant à la lumière de la lune et les moteurs émettant un bruit ensorcelant. Sarah ressentit une émotion inexplicable devant l'ampleur et la signification de tout cela : les hommes qui étaient à l'intérieur de cet avion risquaient leur vie pour laisser sur leur passage un message de liberté et d'espérance. Plus que jamais, elle crut que ce cauchemar finirait un jour, qu'elle pourrait alors retrouver sa famille et que tout serait alors presque comme avant.

Quand elle vit les parachutes s'ouvrir dans le ciel comme des pétales de fleurs au vent, les larmes commencèrent à glisser le long de ses joues glacées et les pleurs les réconfortèrent de leur chaleur.

Progressivement, l'Halifax reprit de la hauteur et disparut à l'horizon avec le même hymne de notes graves qu'à son arrivée.

– Allons-y ! C'est le signal ! remarqua Sanson, ramenant Sarah à la réalité après la rêverie.

Ils partirent tous trois rapidement vers la clairière, où ils rejoignirent Marcel. Les autres comités de réception étaient sur place et en peu de temps, la D/Z s'était mise à fourmiller de gens qui s'empressaient de faire leur travail le plus vite possible. Il s'agissait bien sûr de la partie la plus dangereuse de la mission, du moment où ils étaient le plus exposés à être découverts par la Gestapo après le bruyant passage du bombardier.

Sur l'aire de la D/Z, l'avion avait dispersé six containers cylindriques de la largeur d'une personne. Malheureusement, le sac qu'ils attendaient avait été lancé trop tôt et était resté prisonnier dans les branchages. Chaque comité se concentra pour retirer rapidement son container.

Pendant que Marcel vérifiait les papiers collés sur les containers, indiquant le type de marchandise qu'ils contenaient, Jacob et Sanson tranchèrent le harnais du parachute. Il était très important de s'en débarrasser, ce qui demandait l'aide d'une pelle et d'une pioche fixées sur le container lui-même. Sarah constata qu'il y avait un processus préétabli très précis et que tous les groupes le suivaient à la lettre. L'activité était frénétique sur le terrain Cher, mais ordonnée comme une bonne chorégraphie. Et le silence… le silence était simplement saisissant.

– D'accord, les garçons, on va le sortir d'ici. Émeraude, prends l'anse de la partie arrière avec moi, Sanson et Gauloises, à l'avant, ordonna Marcel, désignant les quatre anses qui flanquaient les containers afin de faciliter leur transport. À trois. Un, deux, allez !

Sarah fut stupéfaite par le poids. Ses genoux flanchaient et les anses glissaient entre ses mains engourdies par le froid ; sous l'effort, ses doigts devinrent douloureux comme s'ils allaient se casser. Chaque pas lui coûtait davantage, ses pieds s'enfonçaient dans la boue gelée, ses chaussures à la semelle de bois – car il ne restait plus de semelles de cuir en France – n'étaient pas adaptées à la marche dans la neige avec un poids de deux cents kilos. Cependant, la jeune fille ne montra pas le moindre signe de fatigue, n'émit pas une plainte : elle n'allait pas faire ce plaisir à ces hommes costauds dont les bras tremblaient comme les siens. La distance qu'ils parcoururent pour aller se cacher dans la forêt fut un enfer, mais Sarah était décidée à ne se laisser arrêter par rien, sauf si elle s'évanouissait.

Ils purent enfin déposer leur charge dans la cachette du bois. Ce ne fut qu'en voyant les autres souffler et essuyer la sueur de leur front que Sarah se permit de s'appuyer, épuisée, sur le cylindre, pour vérifier si elle avait encore tous ses doigts.

– Demain, Mademoiselle Perrault, l'institutrice, viendra avec les enfants de l'école pour une sortie à la campagne. Ils se chargeront d'effacer les traces du largage, leur expliqua Marcel.

Les cylindres étaient constitués de plusieurs modules fixés entre eux par des serrures semblables à celles d'une malle. Chaque module était pourvu de courroies afin de pouvoir être transporté facilement, comme un sac à dos. Marcel avait prévu une brouette afin de les transporter plus facilement jusqu'à la charrette. Sarah et lui séparèrent les modules tandis que les garçons enterraient le parachute.

Il leur fallut encore un bon moment pour charger tous les modules dans la charrette et bien les dissimuler. Le travail leur permit toutefois de se réchauffer ; c'était dur, mais sans doute mieux que d'être allongé dans la neige à attendre l'avion.

Vers trois heures du matin, le chargement fut prêt pour entreprendre le chemin de retour à Saint-Denis. Une fois installée à l'arrière, Sarah ôta ses chaussures mouillées et couvertes de boue et s'essuya les pieds. Elle se sentit immédiatement soulagée et, bien qu'elle n'eût pas prié depuis longtemps, elle envoya au ciel une prière de remerciement : « *Modá aní lefaneja mélej jai vekayam shehejezarta bi nishmatí bejimlá, rabá emunateja.* Je te rends grâce… Tout s'est bien passé. »

Si Marcel l'avait entendue, il lui aurait dit de ne pas chanter victoire aussi vite. Les choses peuvent se compliquer au moment le plus inattendu.

*

Les Allemands avaient barré la route à Saint-Aignan pour faire passer un convoi de blindés. Le contrôle était placé juste à la sortie d'un virage, à l'intersection avec la route de Saint-Denis. Ils ne pouvaient pas le prévoir. Quand ils furent devant, il était trop tard pour fuir sans éveiller les soupçons.

Un soldat allemand leur faisait signe d'un geste circulaire de s'arrêter. Il y avait un peu de brume et les lumières des automobiles allemandes créaient une atmosphère spectrale de noir et blanc, d'ombres parmi la fumée.

Marcel tira doucement sur les rênes pour freiner la mule. Sans se retourner, il murmura :

– Restez tranquilles. C'est moi qui parlerai.

Marcel priait pour que ce ne soit pas un contrôle de la Gestapo, mais de la *Feldgendarmerie.*

– *Halt !* leur ordonna le soldat en les éclairant de sa lanterne tout en s'approchant du chariot. Derrière, un autre soldat l'escortait, les tenant en joue avec sa mitraillette.

Quand la charrette s'arrêta, le silence devint embarrassant, comme s'il pouvait en quelque sorte les trahir. La rumeur de la forêt environnante, les semelles des bottes militaires sur l'asphalte, le murmure d'une conversation en allemand et jusqu'à la brume qui semblait lui siffler à l'oreille… Sarah eut envie de crier pour se libérer de sa tension.

– Que faites-vous sur la route après le couvre-feu ?

Marcel ôta son béret et inclina respectueusement la tête. Dans un allemand maladroit, intercalé dans un flot de paroles en français, il se mit à donner des explications.

– Je suis désolé, commandant.

Il avait délibérément promu celui qui était manifestement un simple soldat de la *Feldgendarmerie*.

– À la sortie de Prunières, une roue s'est brisée, et la nuit nous est tombée dessus avant qu'on ait pu la réparer.

– Vos papiers. Tous les deux, ajouta-t-il en braquant sa torche sur Sanson.

– Ce garçon est mon neveu, précisa Marcel tout en les lui remettant.

Le soldat les examina consciencieusement.

– Votre neveu, hein ? Marcel acquiesça. Que transportez-vous à l'arrière ?

– De la nourriture, mon commandant. Pour mon café à Saint-Denis. Nous venons de nous approvisionner dans les fermes environnantes.

Le faisceau de lumière de la lampe balaya avec insolence la partie arrière du chariot. Les deux soldats s'approchèrent.

– Et ces deux-là ? Ce sont aussi vos neveux ? demanda celui qui semblait être le chef, avec une certaine goguenardise.

– Non monsieur, ce sont deux voyageurs que nous avons pris en chemin. Ils vont dans la même direction et nous leur avons proposé de les emmener. Je crois que c'est pour ça que la roue s'est brisée. En fin de compte, c'était trop lourd pour un aussi vieux chariot.

Marcel n'arrêtait pas de parler tentant de distraire les soldats pour qu'ils ne se rendent pas compte qu'Émeraude et Gauloises n'avaient pas de bagages.

– Vos papiers !

Sans ouvrir la bouche, Sarah et Jacob les sortirent et les tendirent au soldat.

En les regardant, il sourit. Il dirigea sa lanterne sur les yeux de Sarah, qui battit des paupières, aveuglée par la lumière. Puis il éclaira sa poitrine et ses jambes, comme si le faisceau de lumière avait été une baguette avec laquelle il aurait pu soulever sa robe.

– Ces salauds ont de la chance, dit-il à son compagnon. Il faut voir comme ces foutues Françaises sont jolies.

– Eh, sergent, on pourrait l'arrêter et la baiser cette nuit dans le baraquement ?

Jacob se crispa. Sarah comprit qu'il était prêt à leur sauter à la gorge. Elle le saisit par le bras et serra fort, afin d'éviter qu'il ne se lance dans une action suicidaire.

– Ne soit pas idiot, Ernest. Le lieutenant nous mettrait au cachot jusqu'à ce que tu en oublies ton nom. Cesse de dire des sottises et fouille cette maudite charrette. Je vais voir ce que transportent ces *Froschfresser*.

Le sergent jeta un coup d'œil au chargement de vivres, puis il se concentra sur Sarah.

– Tu es très jolie, petite. Tu as l'air bonne. N'est-ce pas, Pauline ? Hein ?

Il se moquait d'elle en croyant qu'elle ne comprenait pas. Elle joua le jeu. Priant le Ciel pour que Jacob ne commette pas de folie tandis qu'elle baratinait les Allemands, elle esquissa un sourire stupide et acquiesça machinalement.

– *Oui, oui, monsieur le commandant. Vous voulez un peu de fromage ?*

Elle planta un morceau de fromage sous le nez de l'Allemand.

– Ôte ce fromage puant d'ici, bon sang ! Française du diable… fulmina le sergent en tapant dans le fromage. Finis de fouiller ce foutu véhicule une bonne fois pour toutes, Ernst !

Marcel, sur les nerfs, observa le soldat qui inspectait les parties basses de la charrette. Il avait essayé de bien cacher les compartiments secrets, mais il ressortaient un peu par en dessous. Grenades à main, pistolets, explosifs, détonateurs, mitraillettes… Pour peu qu'Ernst ait des soupçons sur quelque chose qui dépassait, ils étaient foutus.

Il n'était pas rassuré non plus d'assister à la scène qui avait lieu à l'arrière, avec Gauloises rouge de colère de voir que le sergent voulait poser la main sur Émeraude. Celles de Marcel tremblaient tandis qu'il tenait les rênes. L'espace d'un instant, il envisagea de les agiter et de partir en courant. Cela aurait été de la folie. Ils ne seraient pas arrivés au croisement qu'ils auraient déjà été criblés de balles.

– Descends du chariot, Pauline, dit le sergent en accompagnant ses paroles d'un geste afin de s'assurer que la jeune fille le comprenait. Le sergent Stüber doit te fouiller, ajouta-t-il. À la lumière de la lampe, son sourire lascif lui sembla démoniaque.

Immédiatement, Sarah toucha sa cuisse pour sentir le Luger qu'elle cachait sous sa robe. Si les Allemands devaient l'arrêter, elle en descendrait quelques-uns auparavant.

– Que se passe-t-il, sergent ? Pourquoi cette charrette est-elle encore là ?

La voix puissante surgit de l'obscurité juste avant que le soldat n'oblige Sarah à bouger, déclenchant ainsi la tragédie.

Le sergent se mit au garde-à-vous. Il agit davantage par instinct que par respect ; il avait la sensation d'avoir été surpris en train de faire quelque chose d'interdit.

– Nous sommes en train de la fouiller, *Herr* Leutnant. J'allais fouiller ses occupants et les arrêter pour avoir circulé pendant le couvre-feu.

– Eh bien, ne perdez pas votre temps avec ça. S'ils étaient armés, ils vous auraient déjà logé une balle dans le corps. Ce ne sont que des paysans. Qu'ils fassent demi-tour et qu'ils repartent par où ils sont venus. Ils ne peuvent pas rester là.

– Oui, *Herr Leutnant*.

Ernst cessa l'inspection et le sergent, avec toute la diligence militaire dont il avait manqué jusqu'à présent, cria, plus pour le lieutenant que pour les Français :

– Vous avez entendu ! Retirez-vous immédiatement !

Marcel put enfin agiter les rênes et, ce faisant, il s'aperçut que ses doigts étaient douloureux tant il les avait serrés fort. Dans un bruit de sabots et un grincement de roues oxydées, la charrette fit demi-tour et s'engagea dans la nuit d'où elle était sortie.

*

Ils durent faire un long détour pour arriver à Saint-Denis. Il était plus de quatre heures du matin quand Marcel détacha la mule et remisa le chariot. Ils ne le déchargeraient pas avant le matin, à la fin du couvre-feu ; trop d'agitation nocturne pourrait éveiller les soupçons des voisins.

Ils passeraient tous la nuit chez Marcel, dans un appartement situé au-dessus du café, aux murs blanchis à la chaux et aux planchers en bois non vernis. Il n'y avait que deux chambres. Marcel en assigna une aux Parisiens, escomptant qu'ils se débrouilleraient ; il ignorait ce qu'il y avait entre eux et il ne voulait pas le savoir : si le garçon devait dormir sur le canapé, c'était à elle de le lui dire.

Dans la cuisine, Marcel alluma un poêle à bois et posa une marmite sur le feu.

– Je crois qu'on mérite un bon repas chaud après une si longue nuit.

Sarah s'approcha du poêle ; elle sentait que le froid avait pénétré jusque dans ses os. Jacob, à l'autre bout de la cuisine, préféra commencer à se réchauffer avec un bon verre de vin.

Une délicieuse odeur de nourriture chaude, de légumes cuits, inonda la pièce, un arôme de matin d'hiver et de réunions familiales. Le remue-ménage de la cuisine, de couverts et d'assiettes qui s'entrechoquent et de pommes qui tombent dans le saladier, de vin versé dans les verres et la discussion entre Sanson et Grand-Père… Tout cela réuni ressemblait à la chaude étreinte du foyer, une chose quasi oubliée. Sarah s'emmitoufla dans sa veste, sourit et décida d'aider à mettre la table.

En s'asseyant, la jeune fille crut que c'était ce qu'elle avait vu de plus beau depuis longtemps. Il y avait assez à manger : *cassoulet* aux haricots et à la viande de porc, pain à la farine de blé, fromage, pommes, miel, noix et du beurre ! Beaucoup, beaucoup de beurre. La chaleur de cette cuisine, la douce lumière des bougies et même la sensation d'appétit dans l'estomac lui semblèrent réconfortantes. Sarah se sentit très heureuse de pouvoir jouir de cet instant, de ce rêve au milieu du cauchemar.

Après le dîner, comme personne ne semblait avoir envie d'aller se coucher, Marcel posa sur le gramophone un disque de Marie Dubas et sortit ses cigarettes et sa meilleure eau-de-vie de cerise.

C'était la première fois que Sarah buvait de l'eau-de-vie. La première gorgée lui parut corrosive, la deuxième brûlante, la troisième râpeuse. En finissant le premier verre, elle était déjà capable d'apprécier le goût des cerises et, après le second, elle eut envie d'un troisième.

Elle se sentait heureuse. Légèrement ivre et, peut-être pour cette raison, heureuse. Parce qu'il y avait longtemps qu'elle n'avait pas aussi bien mangé et écouté de musique, parce qu'elle riait aux éclats des plaisanteries de Sanson et parce que Marcel, la pipe à la bouche et un sourire bonasse, ressemblait plus que jamais à un *grand-père*.

À chaque verre, Sarah se sentait de plus en plus contente. Elle avait tout oublié, elle était juste heureuse. Et elle avait envie de danser.

– Danse avec moi, Jacob, le pria-t-elle, tirant par le bras le jeune homme récalcitrant.

– Je ne sais pas comment on fait.

– Alors ce sera Sanson.

Le jeune homme bondit pour danser *Le Tango stupéfiant* avec cette jolie jeune fille. Ils s'enlacèrent dans un tango maladroit et grotesque sur les dalles de la cuisine. Mais ce fut amusant. Marcel fredonnait et elle riait volontiers à chaque fois qu'elle se laissait tomber à la renverse dans les bras vigoureux de Sanson.

Lorsque l'aiguille du gramophone sauta sur le sillon suivant et qu'on entendit *Quand je danse avec lui*, Sarah se pendit au cou de son compagnon. Comme une plume, Sanson semblait la soulever du sol pour l'emmener au rythme lent de la chanson. Et elle appuyait, assoupie, la tête contre sa poitrine.

C'était plus que Jacob n'en pouvait supporter. Indigné, il écrasa dans un cendrier la cigarette qu'il fumait, la première qu'il allumait depuis des mois, et, rejetant la fumée comme un dragon furieux, il s'approcha du couple.

– Va te coucher, Sarah.

Elle le regarda, les yeux mi-clos. Elle abandonna le cou de Sanson pour se pendre au sien.

– Danse avec moi, Jacob, répéta-t-elle. Je t'en prie…

Jacob remarqua que tous ses muscles se tendaient au contact de la peau de la jeune fille. Elle l'attira dans la chambre avec un doux va-et-vient au rythme de la musique. Timidement, Jacob passa les bras autour de sa taille et ce fut alors sur sa poitrine que Sarah laissa retomber la tête.

Il n'avait jamais été aussi près d'elle. Il sentait son corps mince et la chaleur qu'il dégageait ; il pouvait même laisser tomber le menton sur sa tête et ses cheveux lui chatouiller doucement le nez.

La chanson s'acheva sur deux autres refrains et Jacob souhaita ne pas avoir à la lâcher. Comme pour répondre à ses désirs muets, elle resta entre ses bras, dansant encore au rythme d'une musique que l'on n'entendait plus.

Puis ce fut le tour de *Mon légionnaire*. Sarah ne dansait pas, elle se déplaçait simplement sur le sol, enlacée à lui. Marcel fredonna à nouveau sur un ton presque funèbre la chanson mélancolique. Écouter *Mon légionnaire* en ces jours sombres était solennel et émouvant, donnait la chair de poule.

Jacob entendait Sarah sangloter.

– Pourquoi est-ce que tu pleures, Sarah ?

– Je ne sais pas… Je crois que je suis ivre.

Il prit alors son visage entre ses mains et l'obligea à le regarder. Elle avait les joues rouges et sillonnées de larmes. Avec les pouces, il commença à les essuyer tandis qu'elle se laissait faire sans broncher.

– Allons, je vais t'accompagner dans la chambre, lui murmura-t-il tendrement tandis qu'il la tenait pas les épaules pour guider ses pas chancelants.

Sur le seuil, Sarah prit à nouveau Jacob dans ses bras. Ses jambes la soutenaient à peine.

– C'est toi qui as posé sur moi une couverture quand je me suis endormie dans le champ ?

Il répondit par l'affirmative.

– Oh, Jacob… Tu veilles toujours sur moi. Tu n'es plus fâché, n'est-ce pas ? Je n'aime pas quand tu es fâché contre moi.

– Non, Sarah. Je ne le suis plus.

Sarah soupira, satisfaite, et se blottit contre sa poitrine, comme une petite fille.

– Où vas-tu dormir, Jacob ?

– Sur le canapé.

Sarah se redressa pour le regarder dans les yeux.

– Non, Jacob, tu es trop bon envers moi pour dormir sur le canapé. Si tu m'as déjà pardonné, pourquoi est-ce que tu ferais ça ?

Jacob allait parler, mais les lèvres de Sarah fermèrent bientôt les siennes.

Il en fut paralysé. Il était sûr que ce baiser ne serait qu'un frôlement fugitif. Il était sûr que Sarah n'était pas maîtresse de ses actes.

Le baiser se prolongea toutefois, il devint humide et doux, chaud. Jacob crut exploser de désir.

– Ne va pas sur le canapé. Ne me laisse pas seule, Jacob, le pria-t-elle sans s'écarter de sa bouche.

Chacun de ses mots caressait les lèvres du jeune homme.

Il n'aurait pas voulu que cela se passe comme ça. Ce n'était pas la façon dont il s'était imaginé si souvent aimer Sarah. Mais quand il passa les mains sous sa chemise et lui caressa la poitrine, il sut qu'il ne pouvait pas revenir en arrière. Jacob entra dans la pièce et ferma la porte derrière lui.

*

Sarah fut réveillée par le chant du coq. Cette maudite bestiole n'aurait pas chanté ainsi si elle avait su à quel point la jeune fille avait mal à la tête.

La nuit avait été aussi courte qu'épouvantable. En réalité, et même si elle avait la sensation que ses paupières s'étaient collées à sa cornée, elle se réjouissait que le jour se soit levé et que le soleil ait enfin mis un terme à ce supplice entre des draps.

Mon Dieu, elle ne se rappelait pas une telle migraine de sa vie. Elle aurait aimé l'enterrer sous l'oreiller… si Jacob n'avait pas été endormi, profondément endormi, dessus.

Aussi titanesque que soit l'effort, elle devait quitter ce lit et cette chambre avant qu'il ne soit réveillé et que la situation ne devienne terriblement gênante.

Sarah se retrouva dans le couloir d'une maison totalement silencieuse ; tout le monde dormait encore. Discrètement, avançant comme les chats sur le sol froid, elle chercha la salle de bains. Elle avait tellement besoin de se laver, de se débarrasser de ces restes sanguinolents qui s'étaient collés à ses cuisses ; c'était dégoûtant. Bien que l'eau du robinet fût glacée, aussi réfrigérée que tout le reste, Sarah se lava consciencieusement.

Une fois habillée et couverte, elle sortit. Le soleil brillait d'une intensité supérieure à la normale, ou du moins ce fut ce qu'il lui sembla lorsqu'elle reçut son impact douloureux dans les pupilles. Elle avait une gueule de bois monumentale, besoin de faire un tour, de respirer un peu d'air frais.

Comme le café se trouvait à l'entrée du village, loin du centre, il n'y avait heureusement guère de mouvement. Le moindre bruit lui aurait été insupportable.

Elle mit son foulard sur sa tête, le noua sous son menton et commença la route solitaire en direction d'un champ de céréales alors inculte et parsemé de corbeaux qui picoraient laborieusement la terre gelée à la recherche de quelque chose pour le petit déjeuner. S'engageant sur le sentier, elle commença sa promenade sous la protection que lui offraient les arbres.

Le silence agissait comme un sédatif, de même que l'air du matin qui véhiculait des parfums de bois et de rosée. Mais Sarah était trop fatiguée et assez inquiète pour que rien ne calme ses sens pendant longtemps. Elle ne tarda pas à avoir mal aux jambes et sa conscience se mit à virevolter dans sa tête, à vrombir à ses oreilles comme les mouches en été.

Elle finit par s'asseoir sur une pierre pour faire taire les plaintes de ses jambes lasses et elle admit qu'il était impossible de continuer à ignorer ce qui s'était passé la nuit précédente.

Elle n'avait pas de regrets, mais elle n'était pas satisfaite non plus. L'expérience n'en avait pas valu la peine, surtout si elle pensait que les femmes juives convenables devaient arriver vierges au mariage. Elle n'en avait pas profité et elle ne s'était pas sentie bien.

Elle ne connaissait pas grand-chose au sexe. C'était bien sûr un sujet dont on ne parlait jamais à la maison. Elle savait juste ce qu'elle avait lu en cachette dans certains livres de la bibliothèque de ses parents et elle s'en était en quelque sorte fait une idée très romantique. Mais si elle s'était attendue à des chœurs célestes et à des feux d'artifices, elle s'était entièrement trompée. Rien de plus loin de la réalité. Elle ne se rappelait pas les détails, mais l'expérience avait été douloureuse. Elle était très excitée en embrassant Jacob, mais cette sensation n'avait pas tardé à disparaître et à céder le pas à l'apathie, au malaise et, finalement, à la douleur. Si c'était le prix que les femmes devaient payer pour perdre leur virginité, Dieu n'était définitivement pas de leur côté.

Mais le pire était que cela n'était pas bien. En marge des codes moraux d'autrui et s'en tenant simplement aux siens, elle n'aurait pas voulu avoir de rapports sexuels avec un homme qu'elle n'aimait pas. Et elle n'aimait pas Jacob. Elle éprouvait de l'affection pour lui, mais elle ne l'aimait pas. Cette nuit, elle avait pu le constater et c'était peut-être la raison pour laquelle elle n'avait pas vu de feux d'artifices.

Sarah aurait aimé ne pas devoir retourner au café. L'idée de revoir Jacob lui semblait gênante, presque honteuse. Et puis elle avait faim et il lui fallait un café très fort ou toute autre boisson du même genre.

Les automobiles noires garées devant l'établissement furent le premier signe qui l'alerta. Au lieu de traverser la route, elle se cacha dans un fossé, derrière les buissons. Elle ne savait pas exactement ce que pouvaient signifier ces véhicules, mais elle préféra agir avec prudence : une funeste intuition lui indiquait que ce qu'elle voyait n'augurait rien de bon. À l'époque, les Allemands se déplaçaient en automobile.

Tentant d'être optimiste, elle pensa qu'il ne s'agissait peut-être que de clients. Probablement allemands, bien sûr, mais qui ne s'étaient arrêtés que pour prendre un café. Quoi qu'il en soit, elle attendrait là, cachée, observant le moindre mouvement.

Elle n'eut pas à attendre longtemps. En moins de dix minutes, la porte du café s'ouvrit et ses pressentiments les plus pessimistes se confirmèrent. Retenant sa respiration et les nerfs en vrille, se répétant ingénument que cela ne pouvait pas arriver, Sarah vit de sa cachette quatre hommes en civil faire sortir, sous la menace d'une arme, Jacob, Sanson et Marcel, et les emmener en les poussant à l'arrière des véhicules. Ils étaient menottés et ne portaient qu'une chemise et un pantalon. Et même si Sarah ne put le voir, leurs visages portaient les stigmates d'une arrestation violente.

Les portières se fermèrent avec fracas, les moteurs démarrèrent, les roues crissèrent sur le gravier… Quelques secondes de vacarme, un rideau de poussière, et tout redevint comme avant à Saint-Denis : le soleil, le silence et l'air du matin sentant le feu de bois et la rosée. Saint-Denis et son bar ressemblaient à une photo fixe, la scène d'un drame qui s'était déroulé en dehors de l'affiche. Un drame pour un seul spectateur.

Je ne veux pas mourir dans des archives poussiéreuses

« Je crois que c'est Sarah Bauer qui a *L'Astrologue*. » J'allai directement au fait dès le début de ma première réunion de travail avec Alain, avant même d'allumer l'ordinateur ou d'ouvrir le dossier.

Il fronça les sourcils et répliqua avec précaution :

– Tu as une base concrète, ou ce n'est qu'une intuition féminine ? Je n'ai rien contre, s'empressa-t-il de préciser avec les mêmes précautions, mais comme méthode scientifique d'investigations, c'est… discutable.

– Un peu tout ça, reconnus-je. C'est ce qui ressort après avoir mélangé dans une éprouvette Georg von Bergheim, les Bauer et *L'Astrologue*, avoir ajouté une pincée d'intuition féminine puis agité.

– Cela relève plus de la sorcellerie que de la science, mais l'hypothèse me semble intéressante.

Je le remerciai de cette concession d'un sourire et m'apprêtai à lui fournir une explication plus détaillée.

– Au moins, cela a du sens. Nous savons que Georg von Bergheim cherchait *L'Astrologue* ; nous savons que, contrairement au processus habituel de spoliation, il s'est rendu à Strasbourg pour confisquer la collection Bauer…

– Nous savons que le tableau ne se trouve pas dans la collection Bauer, m'interrompit-il.

– Pas exactement. Nous savons qu'il n'a pas été inclus dans l'inventaire, mais cela ne signifie pas qu'il ne faisait pas partie de la collection.

– *Touché*, admit-il en inclinant légèrement la tête.

– D'après tes recherches, les Allemands ont arrêté toute la famille sauf Sarah Bauer… Pourquoi ? Pourquoi n'y a-t-il pas de trace de *L'Astrologue* ni de Sarah Bauer ? Pourquoi ont-ils disparu tous les deux, comme par hasard ?

– Je n'ai pas dit qu'il n'y avait pas de trace d'elle, j'ai juste dit que je n'en avais pas trouvé…

– Eh bien il faut en trouver. Mon intuition féminine me dit que la trace de Sarah Bauer mène à celle de *L'Astrologue*.

– Oui, mais mon scepticisme masculin me dit qu'il y a beaucoup d'autres hypothèses. La première, que c'est une autre raison qui a mené Bergheim à la collection Bauer. La deuxième, que c'est *L'Astrologue* qui a mené Bergheim à la collection Bauer, mais il s'est trompé en le cherchant dans cette collection car le tableau ne s'y est jamais trouvé. La troisième, que Bergheim a trouvé *L'Astrologue* dans la collection Bauer, qu'il l'a apporté à Himmler et a accompli sa mission.

– Alors, pourquoi est-il rentré à Paris ?

– Des centaines de raisons me viennent à l'esprit…

J'ignorai la déclaration d'Alain et restai sur mes positions :

– Il est rentré à Paris sur les traces de Sarah Bauer car il croyait que c'était elle qui l'avait.

– Pourquoi ? Pourquoi pas… ? On n'a pas de preuves.

– Dans ce cas, il faudrait les chercher. S'il faut écarter des hypothèses, je commencerais par localiser Sarah Bauer. Nous devons prouver qu'elle était à Paris en même temps que Bergheim ; nous devons juste les réunir pour savoir où se trouvait *L'Astrologue*.

Alain haussa les épaules.

– D'accord… Tu vas devoir consulter les registres des vingt *mairies* de Paris à la recherche d'un signe attestant que Sarah Bauer s'y trouvait : certificat de recensement, de mariage, de décès… Tu vas aussi devoir regarder dans toutes les bases de données sur les disparus de l'holocauste ; il y en a plusieurs. Les archives de la Croix-Rouge, car ce furent les premières à prendre en charge les camps de transit et de concentration après la Libération. Et aussi celles de la Gestapo à Paris, et même à Strasbourg, puisque, par le biais de la police locale, la Gestapo exerçait un contrôle sur les Juifs résidant dans chaque ville… Tu peux mettre une annonce dans la presse ; peut-être qu'une personne liée à Sarah Bauer, voire elle-même, si elle vit toujours, y répondra… Elle ne sera pas facile à retrouver, mais au moins ce sera plus facile que de retrouver le dossier Delmédigo, déclara Alain, me laissant le moral à plat.

– Tu dis ça pour m'encourager ?

– Bien sûr ! Je t'ai juste dit que ce ne serait pas facile. Si je croyais que c'était impossible, je ne serais pas là à sortir de ce dossier la très précieuse lettre de Hitler que tu as trouvée.

En l'observant absorbé dans la lecture de la lettre, je pensai qu'il possédait un curieux optimisme, mais c'était quand même de l'optimisme, qui devait être bon pour la recherche.

Au *Reichsführer*-SS et chef de la Police, Heinrich Himmler

Cher camarade :

Compte-tenu du rapport daté du 15 octobre 1941, j'autorise l'officier SS numéro 634.976 à être affecté à l'Opération Émeraude.

À cet effet, j'ai donné les ordres pertinents aux bureaux centraux de l'Eisantzstab Reichsleiter Rosenberg de Berlin pour que le dossier Delmédigo lui soit remis dans les plus brefs délais.

Führerhautpquartiere
17 octobre 1941

DER FÜHRER,
ADOLF HITLER

– Alors le dossier Delmédigo était à l'ERR de Berlin… Ce n'est pas une bonne nouvelle…

L'impression d'Alain n'était pas très optimiste, en fait.

– Oui… Quoique Hitler devait en avoir une copie. Et je suppose que Himmler et Bergheim eux aussi… non ? précisai-je avec une certaine timidité.

– Certainement, mais chercher des documents qui se trouvaient aux mains de particuliers est plus difficile que de localiser des archives de grandes institutions. Le problème est qu'une partie des documents de l'ERR à Berlin a brûlé pendant un bombardement en 1943…

– Et tu dis que ce n'est pas impossible ? l'interrompis-je, découragée.

– Une partie seulement, pas tout, répliqua-t-il à nouveau, poussant son optimisme à l'extrême. Les documents qui en ont réchappé ont été transférés à Ratibor, en Pologne. Quand les Allemands ont compris que l'avancée de l'Armée rouge était imparable, ils ont commencé à les rapatrier dans différents points d'Allemagne, principalement Berlin, et en Bavière. Pour simplifier, on peut dire qu'il y a deux types d'archives de l'ERR : celles qui étaient à l'est à la fin de la guerre et celles qui étaient à l'ouest, et cela détermine l'endroit où elles sont aujourd'hui. Même si, en réalité, les archives de l'ERR sont disséminées entre vingt-neuf institutions de neuf pays différents…

– Dis-moi que tu m'encourages toujours…

Alain m'adressa un sourire moqueur en guise de réponse.

– Revenons à nos archives de l'ERR de Berlin, qui nous intéressent.

Dans un élan pédagogique lié à son métier, Alain prit du papier et un crayon et se mit à griffonner un schéma pour moi.

– En 1945, quand les Russes sont entrés à Ratibor, ils ont saisi les documents de l'ERR que les Allemands n'avaient pas eu le temps d'évacuer. Ils les ont considérées comme un butin de guerre et ont organisé leur transfert à Moscou, quoique pour des raisons inconnues la majeure partie soit restée en Ukraine, à Kiev, où elles sont toujours ; car, même si après le démembrement de l'Union soviétique, l'Ukraine est devenue un pays indépendant, les Russes ne les ont jamais réclamées.

– Que sont devenus les documents évacués par les Allemands ?

– À la fin de la guerre, les Américains ont mis la main dessus (enfin, sur une bonne partie d'entre eux) et les ont transférés à Washington, au NARA, m'indiqua-t-il, se référant à la National Archives and Records Administration ou Archives nationales des États-Unis.

Je me voyais déjà écartelée entre Kiev et Washington lorsqu'Alain ajouta :

– En 1960, le gouvernement américain a restitué ces documents à leur propriétaire légitime, qui était à l'époque la RFA. De sorte qu'il ne reste au NARA que les copies sur microfilm, les originaux sont au Bundesarchiv de Berlin-Lichterfelde.

Je me voyais toujours écartelée, quoique Berlin et Kiev soient moins éloignées.

– En résumé, si le dossier Delmédigo a survécu à l'incendie de 1943, en supposant qu'en vertu de la loi de Murphy il ne soit pas aux Pays-Bas, en Grande-Bretagne, en Belgique, en Russie, ou dans n'importe quel pays ayant conservé des archives de l'ERR, en supposant qu'il n'ait pas disparu dans le trou noir du temps et de l'espace, il se trouve fort probablement à Berlin ou à Kiev.

À mesure qu'Alain faisait des conjectures sur l'endroit où se trouvait notre document, je me tassais sur ma chaise, et j'étais à cet instant l'image de l'échec et du pessimisme.

– Je ne veux pas mourir seule dans des archives poussiéreuses et en désordre… me lamentai-je.

Alain retrouva le sourire goguenard qu'il avait eu tout l'après-midi.

– Tu ne mourras pas seule, je mourrai avec toi…

Alain et ses phrases sorties de leur contexte… Jolie déclaration qui ne me consola guère. Je lui adressai une grimace qui dut le lui faire comprendre.

– Courage, je ne t'ai pas encore annoncé les bonnes nouvelles.

– Il y en a ?

– Bien sûr. J'ai des amis, murmura-t-il sur un ton mystérieux très théâtral. À Berlin et à Moscou, deux grands archivistes, qui connaissent les archives de l'ERR comme la paume de leur main. Si le dossier Delmédigo existe, s'il est au Bundesarchiv ou au TsDAVO (les archives d'État de l'Ukraine), si à l'époque les autorités l'ont sorti de sa boîte et ont pris la peine de le classer avant de décider de le déclasser pour lui donner un accès public, mes amis le trouveront, conclut-il sur un ton triomphal.

Moi, en revanche, pas du tout enthousiaste, je me contentai de répéter :

– Si… Si… Si… Trop de si…

*

Je travaillais tous les après-midi avec Alain. Le matin, il donnait ses cours à l'université et je me consacrais à la recherche de Sarah Bauer. Comme je ne pouvais pas m'occuper de tout, j'engageai un expert en généalogie pour retrouver d'éventuels parents de Sarah Bauer et consulter les *mairies* à la recherche d'un signal de sa présence à Paris. Pendant ce temps, je fis ce que je pouvais en la cherchant dans les documents que les Allemands avaient laissés après l'Occupation.

Une grande partie de ceux qu'ils n'ont pas détruits avant de quitter Paris traqués par les Alliés, en particulier ceux qui concernent les citoyens juifs, se trouve aux archives du mémorial de la Shoah, au centre de documentation juive contemporaine ou CDJC, où, bien sûr, Alain avait une amie, une jeune archiviste, Édith, petite, avec un visage de souris. Ses grands-parents avaient été arrêtés pendant la rafle du Vél' d'Hiv et étaient morts dans les camps de concentration allemands. Sa mère, qui n'avait que deux ans à l'époque, parvint à échapper à la déportation parce que des voisins l'avaient recueillie en la faisant passer pour leur nièce. Maintenant, elle sentait qu'il était de son devoir d'aider les familles juives qui, comme elle, avaient perdu quelqu'un ou quelque chose sous l'occupation nazie.

Édith me raconta qu'en vertu d'une ordonnance émise par le *Militärbefehlsaber* de France en septembre 1940, tous les Juifs résidant à Paris devaient se faire recenser dans les sous-préfectures de police. Leurs noms et adresses furent enregistrés dans les archives centrales de la police française, connues comme « archives Tulard », qui furent à leur tour remises à la Gestapo afin de pouvoir commencer les déportations. Presque cent cinquante mille Juifs furent recensés.

– Même si tous les Juifs qui vivaient à Paris ne se sont pas fait recenser, m'expliqua Edith, cela peut constituer un bon point de départ pour chercher Sarah Bauer.

Si elle s'était trouvée à Paris, Sarah était du nombre des rebelles. Nous nous en aperçûmes en cherchant son nom sans succès parmi ces cent cinquante mille Juifs.

– Nous allons consulter les fiches des personnes arrêtées par la Gestapo et la préfecture de Paris, proposa alors Édith avec moins d'espoir. Rares sont les Juifs qui résidaient à Paris et qui ne figurent pas d'une façon ou d'une autre dans leurs registres. À moins de vivre dans la clandestinité…

Après avoir examiné des centaines de fiches pendant des jours, je commençai à penser que c'était le cas de Sarah Bauer… Voire que cette femme n'était même pas venue dans la capitale. Il me sembla que c'était une sottise de perdre autant de temps à chercher une personne dont le rapport avec *L'Astrologue* semblait lointain. J'en vins même à écarter l'hypothèse selon laquelle Sarah Bauer se serait enfuie avec le tableau. Et c'est alors…

– On l'a retrouvée ! criai-je à Alain au téléphone, la fiche de police de Sarah Bauer à la main.

Posen Geist

On était samedi et Konrad se trouvait à Paris. Nous avions eu un dîner officiel avec l'ambassadeur d'Allemagne chez des amis, rue de Berri. À la fin de la soirée, j'avais la mâchoire douloureuse de tous ces sourires forcés, et la tête lourde du champagne bu à contrecœur. Je crois n'en avoir aimé Konrad que davantage lorsqu'il me proposa de rentrer à la maison à pied.

Les Champs-Élysées étaient toujours aussi spectaculaires, parsemés de lumières et animés par des groupes de touristes et de Parisiens qui profitaient du samedi soir pour déambuler entre restaurants et lieux à la mode : voitures de luxe, femmes aux longues jambes et en talons aiguille, hommes en costume, arôme des jardins fraîchement arrosés et parfums de fête.

J'adorais me promener au bras de Konrad, pratiquement accrochée à lui, et pouvoir enfin parler tranquillement de nous. La promenade était longue, mais la nuit magnifique, tiède, avec une douce brise qui m'aida à m'éclaircir les idées.

– C'est incroyable… Tu aurais dû voir les listes et les chiffres, lui dis-je en mentionnant vivement certaines de mes découvertes. Je n'en avais aucune idée, mais soixante-seize mille Juifs français ont été déportés pendant l'Occupation allemande. Et avec le consentement, voire la complicité des autorités locales. Nous voyons dans le nazisme un phénomène essentiellement allemand…

– Et ce n'est pas le cas ? m'interrompit-il.

– À l'origine, il est allemand, mais là où il s'installait, il trouvait parfois des partisans et des sympathisants : France, Hollande, Belgique, Norvège, Tchécoslovaquie, Hongrie… Les nazis ont gouverné pendant quatre ans (une législature démocratique, si on y réfléchit) dans la moitié de l'Europe. Et cela n'a été possible que parce qu'ils ont trouvé davantage de collaboration que de résistance. Tu sais que les premiers mois de l'Occupation, la majeure partie des dénonciations de citoyens français à la Gestapo provenait d'autres citoyens français ?

– Alors le national-socialisme est essentiellement humain, poursuivit Konrad, non sans ironie.

– Je crains qu'il ne soit perversement humain.

À ce moment, il interrompit notre promenade et m'enlaça, cherchant mon regard.

– Dis-moi que tu commences à aimer cette recherche, *meine Süße*.

– Elle commence à m'intriguer… admis-je avec un sourire.

Konrad resserra son étreinte et je me laissai envelopper. Au moment où je me sentais le mieux, un téléphone mobile enfoui entre nos deux corps sonna.

– C'est le tien ?

– On dirait… marmonnai-je, contrariée, en prenant mon sac. Qui diable peut appeler un samedi à cette heure ? Heureusement, il était facile à ouvrir, et je vis tout de suite mon téléphone vibrant, sonnant et lumineux.

– Numéro inconnu ? grognai-je, sur le point de refuser l'appel.

– Réponds, pour savoir qui c'est…

– Ils sont capables de vouloir me vendre un abonnement ADSL… Oui ?

Silence à l'autre bout de la ligne. Juste un léger sifflement.

– Allô, insistai-je, sous le regard attentif de Konrad.

Silence et sifflement.

– Raccroche… Il doit s'agir d'une erreur.

Je m'apprêtais à le faire quand une voix rauque et profonde brisa le sifflement avec un seul mot que je compris à peine. Un frisson me parcourut le dos. Le mot fut répété d'une voix caverneuse.

– Qui êtes-vous ? parvins-je à dire.

L'appel prit fin.

Je fus paralysée, sentant un froid hors de saison me traverser le corps.

– Qu'y a-t-il ? Qui était-ce ?

– Je ne sais pas…

– Mais que t'a-t-il dit ? Tu es toute pâle !

– Ce n'est pas tant ce qu'il m'a dit que la façon de le faire. C'était une voix… Une voix horrible, Konrad. Si les morts parlaient, je suis sûre que ce serait avec cette voix…

Il me serra fort.

– D'accord, calme-toi. Que t'a-t-il dit ?

– Je… je n'en suis pas sûre. C'était un mot, le même à deux reprises. La première fois, j'ai cru entendre quelque chose comme « *poltergeist* ». Mais la deuxième, on aurait dit « *posengaist* ».

Je crus sentir Konrad se raidir.

– « *Posen Geist* », répéta-t-il dans un allemand parfait.

Je m'écartai un peu de lui pour le regarder. Il me sembla que son visage était devenu excessivement sérieux, même si cela venait peut-être de la lumière implacable du lampadaire qui l'éclairait frontalement.

– Oui, c'est exactement ça… Comment le sais-tu ?

– Je l'ai juste imaginé…

– Tu sais ce que ça veut dire ?

– Non, nia-t-il catégoriquement.

J'allais lui faire remarquer qu'il donnait l'impression du contraire quand le téléphone se remit à sonner. Je sursautai au moment où Konrad me l'ôta des mains pour prendre l'appel.

– Écoute, mon salaud, je ne sais pas pour qui tu te... s'interrompit-il brusquement. Merde... ! Il a raccroché !

– Qu'y a-t-il ? Qu'est-ce que c'est ?

J'exigeais une explication, comme s'il en avait une. J'étais trop effrayée pour réfléchir sereinement, cette voix sinistre me vibrait encore dans l'oreille.

– Je ne sais pas. Mais ce harcèlement téléphonique est intolérable !

Je ne l'avais pas vu aussi en colère depuis longtemps, une de ses colères tendues et silencieuses qui crispait chaque muscle de son visage et transformait ses yeux en deux lignes scintillantes. Cela éveilla ma méfiance.

– Si, tu le sais, Konrad. Tu sais ce que signifie ce message. C'est pour cela que tu es si affecté, me risquai-je à lui dire.

– Ne sois pas absurde, Ana ! Je suis aussi déconcerté que toi, mais je me sens responsable de toi et je ne les laisserai pas continuer à te harceler de la sorte. *Posen Geist* ne me dit rien. *Geist* signifie esprit en allemand, mais *Posen Geist* n'a aucun sens... Bon sang ! Pourquoi est-ce que tu m'attaques, maintenant ?

– Je ne t'attaque pas...

– Si. Pourquoi est-ce que tu ne regardes pas plutôt du côté de ton ami le Dr Arnoux ? Je t'avais prévenue qu'il fallait le surveiller. Je te rappelle qu'il est le seul à posséder ton numéro de téléphone et qu'il a attendu que tu obtiennes des avancées significatives dans tes recherches pour reprendre son jeu insensé.

Pour moi, il exagérait. Je pouvais admettre que les raisons d'Alain de participer à la recherche soient douteuses, mais de là à me harceler...

– Tu l'as dit : aucun sens. Cela n'a aucun sens qu'il veuille me faire peur... Et puis, s'il te semble aussi dangereux, pourquoi l'as-tu mis de notre côté ? Je te rappelle que ce n'est pas moi qui lui ai proposé de travailler avec nous…

– Moi non plus.

Cette déclaration laconique me prit au dépourvu.

– Comment ?

– Je ne l'ai pas appelé.

– Mais il m'a dit le contraire… C'est du moins ce que j'ai cru comprendre.

– C'est lui qui a pris contact avec moi pour me proposer sa collaboration. Il en avait tellement envie qu'il n'a fait aucune objection pour signer tout ce qu'il faudrait ; je crois qu'il m'aurait vendu sa mère si je le lui avais demandé.

– Il n'a pas de mère à vendre… murmurai-je, le regard perdu en tentant de digérer l'information.

– Quoi ?

– Rien…

Peut-être qu'en réalité Alain ne m'avait pas dit explicitement que Konrad l'avait appelé et que c'était moi qui l'avais interprété ainsi. Ou peut-être que si… À ce stade, je n'étais plus sûre de rien.

Soudain, je me sentis épuisée. Les Champs-Élysées me parurent hostiles et impraticables ; leurs lumières, leur glamour et leur douce brise s'étaient éteints comme les couleurs d'une photographie ancienne, et tout ce qui flottait dans l'air était un mot fantôme : *Posen Geist*.

Je m'assis sur un banc à proximité. Konrad m'imita.

– On va appeler un taxi pour rentrer à la maison, annonça-t-il.

Je ne l'en dissuadai pas.

Février 1943

En 1942, après l'assassinat de Reinhard Heyndrich, leader du RSHA, par les rebelles tchèques, le chef de la Gestapo, Heinrich Müller, donna l'autorisation de soumettre les terroristes à des « interrogatoires poussés », approuvant des méthodes telles que la privation de sommeil et de nourriture, l'exercice physique jusqu'à épuisement, les mauvais traitements continuels et le confinement au secret en cellule. Ce genre d'interrogatoire devait être utilisé dans le but d'obtenir des informations de ceux qui auraient des « intentions hostiles contre l'État », non des aveux. En fait, la torture appliquée par la Gestapo alla au-delà de ces méthodes et de ces limites, mais l'ordre de Müller est le seul témoignage officiel écrit retrouvé par les Alliés après la guerre.

Les quarante-huit dernières heures avaient été angoissantes. Une course contre le temps et la raison. Un long et sombre voyage jusqu'à Paris pour y chercher Jacob. Sarah sortit de la tranchée à la nuit. Elle se déplaçait avec difficulté à cause de la panique et de l'engourdissement. En entrant chez Marcel, son cœur fit un bond : tout était sens dessus dessous, saccagé. Dans la chambre, les vêtements de Jacob étaient éparpillés sur le sol. On l'avait emmené avec ce qu'il avait sur lui. Sarah s'agenouilla pour les ramasser et les ranger soigneusement dans la valise. Elle se sentait très triste, à nouveau mutilée de l'intérieur ; à chaque fois qu'ils emmenaient quelqu'un, ils emmenaient une partie d'elle, ils la blessaient comme des rapaces, lui ouvraient les entrailles. La dernière chose qu'elle plia, comme un linge sacré, fut la veste de Jacob. Elle contempla avec tendresse les coudes usés et la plaça avec égards dans la valise, attacha les courroies et la descendit au premier étage. Avant de sortir le matin à la première heure, Sarah avait pris toutes ses affaires et les avait cachées sous la cage d'escalier. Sans intention particulière, simplement pour gagner du temps, puisqu'ils partiraient quelques heures plus tard. C'était pourtant peut-être ce qui les avait empêchés de partir à sa recherche, parce qu'ils ne s'étaient pas aperçus de sa présence.

Mais ils avaient trouvé les armes. Dans la remise, tout avait été renversé. Il n'y avait aucune trace de la radio ni des plans de Marcel. Les compartiments secrets de la charrette avaient été ouverts et vidés et ils avaient abattu la mule, qui gisait dans une flaque de sang sur la paille de l'étable. La découverte des armes avait été fatale pour Jacob et les autres, elle constituait la preuve dont la Gestapo avait besoin pour les accuser de terrorisme et les condamner à mort. Elle ne pouvait pas perdre une minute avant de rentrer à Paris pour prévenir le reste du Groupe Alsacien.

Violant le couvre-feu, elle prit sa valise et celle de Jacob et se mit à courir droit devant elle. Elle ne se soucia pas de son inconscience, elle devait arriver à la gare de Valençay pour y prendre le premier train du matin ; si elle se trouvait dans l'obligation de tirer sur quiconque se mettrait en travers de son chemin, elle le ferait sans hésiter.

Mais la chance fut de son côté. Vers midi, elle arriva à Paris avec ses deux valises et le chargeur du Luger plein.

– Merde alors ! Gauloises va parler !

Dans leur repère au garage, Trotski reçut la nouvelle avec une explosion de colère. Sarah était trop fatiguée pour se mettre au diapason de ses cris, de son agitation et de ses imprécations. Sans quitter sa chaise, elle lui répliqua calmement :

– Non. Ce n'est pas un traître.

– Ce n'est pas une question de trahison, petite, mais de couilles. Il faut vraiment en avoir pour ne pas donner à la Gestapo le putain de nom de ta mère dans un interrogatoire. Et ton petit copain n'en a pas. On a la corde au cou, tu comprends ?

Sans attendre de réponse, Trotski passa la tête par la porte du réduit et se mit à vociférer comme un énergumène.

– Eh, remballez tout ! Je veux que tout soit dégagé d'ici vingt minutes ! Il faut se tirer !

Comme tous le regardaient stupéfaits, sans bouger le petit doigt, il répéta l'ordre sur un ton colérique :

– Allez, putain !

Une fois qu'il se fut assuré que tout le monde commençait à empaqueter avec plus de confusion que de méthode, il s'occupa de ses tas de papier et de ses affaires.

– À ta place, ma jolie, j'irais me mettre au vert. Il est fort possible que ton nom soit sorti le premier lors de son agréable conversation avec ces foutus *Boches*. Ils doivent déjà être à ta recherche.

Sarah se leva posément, reprit ses valises et quitta la pièce en se dirigeant vers la sortie. Mais elle ne put traverser le garage sans être abordée par les autres, inquiets.

– Que s'est-il passé ? Pourquoi est-ce qu'on doit s'en aller ?

Sans s'arrêter, Sarah répondit avec réticence ; elle ne voulait pas parler, elle ne voulait pas avoir à fournir davantage d'explications.

– La Gestapo a pincé Gauloises.

Le bruit d'une exclamation se propagea comme une traînée de poudre. Mais Sarah fixait la porte, elle marchait simplement dans sa direction, elle voulait juste sortir.

Gutenberg et Dynamo accoururent vers Trotski. Marion la saisit par un bras pour l'arrêter.

– Tu vas bien, chérie ?

Sarah haussa les épaules.

– Où vas-tu ? Ne pars pas seule. Attends-moi une minute, je t'accompagne.

Sarah regarda son amie comme si elle ne comprenait pas très bien ce qu'elle venait de dire.

– Non, Marion. Je vais voir Jacob.

Elle allait poursuivre son chemin quand Marion l'arrêta à nouveau.

– Tu es folle ? Tu vas te faire prendre toi aussi ! Mon Dieu, Sarah, réfléchis un peu !

– Je dois y aller, Marion. Je dois lui apporter des vêtements, il n'a rien à se mettre.

– Mais petite, qu'est-ce que tu crois, qu'il est à l'hôtel ? Réfléchis, Sarah. Tu vas te fourrer dans la gueule du loup !

– Je ne peux pas l'abandonner, Marion. Il ne le ferait pas si j'étais à sa place. Il ne m'a jamais abandonnée.

En soupirant, Marion céda.

– Ce que je peux te dire ne sert à rien, n'est-ce pas ? Tu es décidée à le faire, même si c'est une folie.

Sarah acquiesça. Elle sortit de sa poche un carnet et nota une adresse.

– Écoute-moi, Marion. Si je ne suis pas revenue d'ici une semaine, tu apporteras le tableau à la comtesse ? Dis-lui que tu viens de ma part.

– Cette horrible carte ?

Sarah ne put s'empêcher de sourire.

– Oui.

Marion pensait que son amie avait perdu la tête. Mais il n'y avait rien à faire. Elle se contenta de la serrer dans ses bras, la gorge nouée.

– Fais très attention, d'accord ?

En guise de réponse, Sarah sortit le Luger de sous sa jupe et le posa dans la main de Marion.

On l'avait fait entrer dans une salle d'attente. Une pièce austère avec un drapeau du Troisième Reich, quelques chaises et une table derrière laquelle une secrétaire tapait sans s'arrêter sur une machine à écrire et, de temps en temps, la surveillait par-dessus ses lunettes.

Quand elle présenta ses papiers au contrôle, l'agent posté à l'entrée appela un collègue.

– Elle dit qu'elle vient voir Fabrice Renard. Manifestement, c'est sa femme.

Le second agent passa dans un bureau et en ressortit quelques minutes plus tard.

– Fais-la entrer.

Ils la fouillèrent et inspectèrent sa valise, éparpillant sans aucun égard les vêtements de Jacob qu'elle avait pliés si soigneusement. Puis ils lui ordonnèrent de les ranger et la conduisirent à la salle d'attente.

Sarah était nerveuse. Et plus elle attendait, plus elle devenait nerveuse. Apparemment, tout se passait bien. Elle ne comprenait pas pourquoi elle n'arrivait pas à se calmer. C'était peut-être le bruit continuel de la machine à écrire qui lui vrillait les nerfs, ou ce maudit drapeau.

– Pauline Renard !

Un agent cria son nom depuis la porte. Sarah se leva, comme mue par un ressort. Elle tenait fermement la valise mal refermée.

– Suivez-moi !

Elle parcourut des couloirs interminables, qui se ressemblaient tous, de façon angoissante, et de plus en plus déserts au fur et à mesure qu'elle s'engageait dans les entrailles du bâtiment de la rue des Saussaies. Elle descendit un escalier qui semblait mener au même enfer et franchit des portes de plus en plus épaisses et couvertes de serrures. Au moment où elle commençait à éprouver la sensation qu'il s'agissait d'un labyrinthe qui ne menait nulle part, on la fit entrer dans une pièce. Exiguë, sans fenêtres, pratiquement vide ; une ampoule pendait au plafond sur une chaise unique visée au sol et, dans un coin, une table pourvue d'un téléphone. En fait, il s'agissait d'une cellule. Sarah fut prise de panique.

– Que se passe-t-il ? Où sommes-nous… ? Où est mon mari ? Je veux le voir !

– Taisez-vous et asseyez-vous !

L'agent la poussa dans le dos jusqu'à la faire tomber sur la chaise, puis il se plaça derrière elle pour la surveiller.

À cet instant, un autre homme entra pour composer un numéro sur le téléphone.

– Tout est prêt, dit-il dans le combiné. Il raccrocha et se plaça devant la porte.

À ce moment, Sarah était morte de peur. Son cœur battait à tout rompre et elle s'était mise à transpirer malgré le froid. « Tu vas te fourrer dans la gueule du loup. » Les paroles de Marion tournaient inlassablement dans sa tête.

Soudain, la porte de la cellule s'ouvrit. Rivée à sa chaise par la terreur et n'y voyant pas très clair, Sarah distingua deux hommes qui poussaient un corps recroquevillé et menotté qu'ils suspendirent à un crochet fixé au mur. Ce ne fut que lorsque le prisonnier leva la tête pour la regarder qu'elle le reconnut.

Elle faillit crier son nom, mais heureusement, elle se ravisa.

– Mon Dieu ! Que t'ont-ils fait ?

Elle voulut se jeter sur lui pour le prendre dans ses bras, mais les gardes l'en empêchèrent.

– Pourquoi cette femme n'est-elle pas menottée ?, demanda un autre homme en uniforme d'officier SS, qui arrivait à ce moment. Procédez immédiatement !

– Oui, *Kommissar*.

Jacob agita son crochet et ne put émettre qu'un grognement ressemblant à un « non ».

Sarah résista à peine tandis qu'on la menottait sur la chaise ; elle n'entendit pratiquement pas le clic de fermeture et ne sentit pas le froid de l'acier autour de ses poignets. Elle ne pouvait s'empêcher de regarder Jacob, son visage bouffi, déformé et couvert de sang, son corps blessé et tuméfié. Les larmes commencèrent à couler sur ses joues.

Elle lui demanda un signe de vie au milieu des sanglots :

– Dis-moi quelque chose… Parle-moi, s'il te plaît…

Jacob parvint à émettre des mots d'un filet de voix entrecoupé :

– Tu ne dois pas rester ici… Tu dois partir…

La voix de l'officier allemand, qui résonnait avec une vigueur douloureuse en comparaison avec celle de Jacob, produisait un écho entre ces quatre murs :

– Bien, bien, bien. Madame Renard, voici votre mari. Ou… peut-être pas, ajouta-t-il en se penchant pour fixer Sarah droit dans les yeux. Son regard était sombre et pénétrant, destiné à l'intimider.

Comme elle se taisait en soutenant son regard, il eut un sourire diabolique et se redressa pour commencer une déambulation théâtrale dans l'étroite cellule ; sa déclamation ne le fut pas moins.

– Vous faites bien de ne pas me contredire. M. et Mme Renard n'existent pas. Ou du moins, il ne s'agit pas de vous. Vos papiers sont faux et nous le savons. Cet homme a raison, affirma-t-il en désignant Jacob. Vous n'auriez pas dû venir ici… avec de faux papiers. Ce n'est pas bien de mentir à la police. Malgré tout, vous nous avez demandé de voir votre époux et nous avons accédé à votre demande. Maintenant, vous allez devoir nous donner votre vrai nom.

Le *Krimminalkommissar* se retourna vers Sarah.

– Dites-moi, quel est votre nom ?

Sarah serra les lèvres et ravala ses larmes. Elle soutint le regard de l'Allemand en entendant son ami se débattre dans ses chaînes, tout en croyant comprendre, à travers ses mots déformés, qu'il lui disait de ne pas parler.

– Faites taire cet homme !

Ses assistants s'empressèrent d'exécuter ses ordres et bâillonnèrent Jacob. Ses murmures inintelligibles se transformèrent en une rumeur rauque.

– Je vous le demande pour la dernière fois : quel est votre vrai nom ?

Le regard plein de colère, Sarah répondit :

– Pauline Renard.

Le *Kommissar* se redressa pour la contempler durement de toute sa hauteur.

– Il est dommage que vous ne vouliez pas collaborer avec nous, *Fräulein*. Dommage, belle comme vous l'êtes.

Sans plus d'explications, il se retourna.

– Vous pouvez commencer, Huber, ordonna-t-il au *Kriminalassistent* chargé de l'interrogatoire. Prévenez-moi quand vous aurez fini.

Le *Kommissar* quitta la cellule. Il n'avait aucune envie d'assister à l'interrogatoire. En fait, ces situations le remuaient. Les séances de torture finissaient toujours par lui donner la nausée. Et puis, cette femme était vraiment belle. L'épisode serait assez désagréable.

Le *Kriminalassistent* Huber prit le contrôle des opérations.

– Ôtez son bâillon au prisonnier.

Quand les agents eurent obéi, il s'adressa aux rebelles dans un français presque parfait :

– Écoutez-moi bien parce que je ne le répéterai pas. Cela peut être rapide et simple. Tout dépend de vous. Comme j'ai pu constater que vous n'étiez pas disposés à collaborer, je vais employer une autre méthode.

Huber se tourna vers Sarah :

– Je vais commencer par vous. Vous me donnerez votre nom quand je vous le demanderai. Regardez bien votre époux… ou qui que ce soit. Si vous ne répondez pas à mes questions, l'agent Schwarz versera de l'acide sur ses blessures, et l'agent Backe le frappera avec une baguette là où cela pourra être le plus douloureux…

– Non ! Ne dis rien ! Ne me regarde pas ! lui dit Jacob, éclatant en exclamations qui voulaient être des cris, mais ses forces ne le lui permettaient pas.

– Silence, ou nous vous remettons le bâillon !

– Ne me regarde pas ! Ne le fais pas ! Ne… !

Les policiers le firent taire avec le bâillon.

Huber observa Sarah.

– Comment vous appelez-vous ?

En guise de réponse, Sarah ferma les yeux très fort et tourna la tête. Mais le policier qui la surveillait la prit entre ses mains et la lui redressa.

Le *Kriminalassistent* sortit un briquet, l'alluma et l'approcha de ses yeux clos.

– Si vous n'ouvrez pas les yeux, je me verrai dans l'obligation de vous brûler les paupières, menaça-t-il avec un calme sadique.

Sarah les ouvrit et la flamme toute proche l'aveugla instantanément, jusqu'à ce qu'Huber écarte son briquet. Elle retrouva devant elle l'image désolante de Jacob.

– Comment vous appelez-vous ?

Sarah tremblait et transpirait, se mordait les lèvres avec violence. Jacob agitait la tête. Il lui avait demandé de ne pas parler.

Huber fit un geste. Un policier approcha l'ampoule de Jacob jusqu'à ce que la lumière dessine chacune de ses blessures. L'estomac de Sarah se noua. Elle vit ensuite une baguette de métal le frapper à l'entrejambe. Le coup résonna dans la chambre. Jacob sembla ne plus respirer, mais il n'émit pas le moindre son. L'agent Schwarz versa quelques gouttes d'acide sur les blessures de son visage. Le sang parut bouillir au contact du liquide, et le crissement de l'ébullition fut tout ce qu'on entendit, car Jacob resta muet.

Sarah leur cria d'arrêter jusqu'au moment où elle perdit la voix. Elle secoua ses menottes jusqu'à se les enfoncer dans les poignets, et elle se débattit sur la chaise à laquelle elle était retenue jusqu'à se faire mal au genoux. Quand il n'y eut plus rien à faire, elle retomba, abattue entre des larmes de rage et de désespoir. Son gardien lui releva à nouveau la tête en la tirant par les cheveux.

– Peut-être avez-vous réfléchi et voudrez-vous me dire une fois pour toutes votre véritable nom.

Sarah regarda Jacob : d'un mouvement de tête continu, il lui faisait signe de ne rien dire. Puis elle dirigea le regard vers Huber. Elle l'observa fixement pendant quelques secondes, puis elle lui cracha dessus.

Huber n'était pas suffisamment près pour que la salive l'atteigne. Mais l'audace inconsciente de la jeune fille aiguillonna son sadisme.

– Backe ! L'essence !

Sarah fut prise de panique.

– Non ! Non ! Qu'allez-vous faire ?

Huber ne la regardait même pas, il envisageait encore moins de lui répondre. Il se délectait de contempler Backe arroser d'essence le torse de Jacob. L'odeur de combustible satura les lieux. Lorsque Sarah vit Backe approcher une flamme du corps du jeune homme, elle se mit à hurler comme une possédée.

Les cris déchirants de Sarah, le fracas des flammes brûlant son propre corps et la douleur insupportable : il n'y avait rien de plus semblable à l'enfer. Tout ce que désirait Jacob, c'était mourir, ou du moins s'évanouir. Il avait cru pouvoir le supporter, être capable de résister à la douleur en silence pour aider Sarah, mais quand les flammes commencèrent à lui brûler le cou, un cri surgit du tréfonds de ses entrailles, un hurlement qui sembla fendiller les murs de cette niche.

La jeune fille ne put se contenir plus longtemps et, après le cri de Jacob, elle cria elle aussi :

– Sarah ! Sarah Bauer !

Huber eut un sourire satisfait. Il prit un tuyau sur le sol et envoya un jet d'eau sur le corps en feu du détenu. Il ne pouvait le laisser mourir, mais tout en étouffant les flammes, il en profita pour soulever la peau ramollie de ce Français répugnant : ce salopard était un dur à cuire.

Quand le son de l'eau cessa, il laissa place aux gémissements de douleur de Jacob et aux pleurs de Sarah, et il ne resta que la rumeur des gouttes dégoulinant du corps du jeune homme sur le sol de béton comme le tambourinement de la pluie sur le trottoir.

– Je suis satisfait de constater que nous pouvons avancer, se félicita Huber tout en ôtant à nouveau le bâillon du prisonnier.

Sarah contempla Jacob, désolée. Ses vêtements étaient presque entièrement carbonisés et sa peau, à vif, encore fumante. Son ami releva la tête à grand-peine pour la regarder. Libéré du bâillon, il aurait voulu lui parler, mais la poitrine lui brûlait et la fumée semblait lui avoir obstrué les poumons. L'air y parvenait à peine. Le simple effort de tousser le secoua comme sous l'effet d'un coup de fouet. Jacob s'efforçait d'articuler des mots, mais seuls des râles s'échappaient de sa gorge.

Voyant qu'il ne pouvait parler, Huber ordonna de le décrocher du mur et de le faire asseoir sur une chaise. Comme il glissait, on l'attacha au dossier. Les cordes lui firent l'effet de couteaux sur sa peau brûlée. On lui donna un peu d'eau, mais il la vomit.

– Je vous en prie, sanglotait Sarah, laissez-moi aller près de lui. Il faut l'allonger et soigner ses blessures, sinon il va mourir. Je vous en prie… Je vous en prie…

Huber se retourna et la gifla du revers de la main, la laissant toute étourdie. Elle sentit à peine le filet de sang qui coulait à la commissure de ses lèvres ; la bague d'Huber l'avait coupée, mais c'était le coup qui lui faisait mal. L'espace d'un instant, elle crut qu'il lui avait écrasé le visage.

– Tais-toi, traînée ! Regarde ce que tu as fait ! Maintenant, ce salopard ne nous sert plus à rien !

Huber avait conscience d'être allé trop loin. Le prisonnier se trouvait dans un tel état qu'il était impossible de poursuivre l'interrogatoire. Même s'ils torturaient la fille, il ne pouvait pas parler, et s'ils continuaient à le torturer, il mourrait probablement.

– Préviens le *Kriminalkommissar* ! cria-t-il à l'un des policiers.

L'officier SS ne tarda pas à regagner la cellule. Une épouvantable odeur de cheveux et de chair brûlée l'incommoda dès qu'il entra. Il regarda le prisonnier du coin de l'œil et ne put éviter d'afficher un air mécontent. Il constata toutefois avec plaisir que la jeune fille était pratiquement indemne : il n'avait pas envie de découvrir d'autres visions nauséabondes, cette puanteur lui remuait déjà assez les tripes. Souhaitant en finir le plus tôt possible, il s'adressa à Huber :

– Qu'avez-vous obtenu ?

– Pas grand-chose, *Kommissar*. La fille est une dure, il a presque fallu tuer l'homme pour qu'elle nous dise simplement son nom.

– Et c'est pour ça que vous me faites venir ? fit le *Kommissar*, commençant à s'impatienter. Comment s'appelle-t-elle, Huber, bon sang ? Je n'ai pas toute la journée…

– Sarah Bauer, *Kommissar*.

L'expression du *Kommissar* changea soudain. Elle évolua de la lassitude à l'intérêt.

– En réalité, *Kommissar*, j'ai besoin que vous me donniez des instructions pour savoir si je dois poursuivre ou non l'interrogatoire, poursuivit Huber. Cet homme ne peut pas parler…

Mais le *Kommissar*, ignorant son subordonné, s'approcha de la jeune fille et chercha de nouveau ses yeux félins.

– Sarah Bauer, hein ? Tu es vraiment Sarah Bauer ?

Elle releva lentement la tête et lui renvoya un visage couvert de larmes mais féroce.

– Vous ne m'extorquerez pas un mot de plus. Vous pouvez me torturer à mort comme vous l'avez fait avec lui, mais je mourrai sans dire un mot de plus. Je vous le jure sur Dieu, blasphéma Sarah, en proie à la haine et à la panique.

Le *Kommissar* se sentit excité par la colère que cette femme distillait entre ses dents. Si cela n'avait tenu qu'à lui, il ne l'aurait pas torturée, il l'aurait baisée, tout simplement.

Faisant un grand effort sur lui-même, il donna son énième ordre de la journée :

– Prévenez le *Kriminalkommissar* Hauser. Je crois qu'il sera content de savoir qui nous avons trouvé.

– Que fait-on de lui, *Kommissar* ? voulut savoir Huber à propos de Jacob.

– Emmenez-le et ramenez-le dans sa cellule. Si vous ne l'avez pas tué, vous allez devoir le laisser récupérer avant de poursuivre l'interrogatoire.

– Tais-toi, chienne de Juive ! Ce trou est déjà assez pénible pour ne pas devoir en plus écouter tes glapissements de hyène ! brama son gardien de l'autre côté de la porte.

Mais Sarah continua à crier. Elle n'avait pas cessé depuis qu'ils avaient emmené Jacob ; elle hurlait comme si elle avait été privée de raison. Ce ne fut que lorsque l'épuisement la domina qu'elle s'arrêta et tomba dans une sorte de léthargie.

Dans l'obscurité absolue et le silence de la cellule, elle perdit la notion du temps. Il avait pu s'écouler des heures ou des jours avant que ces hommes ne viennent la chercher, elle l'ignorait. Et elle n'aurait pas pu reconnaître le chemin qu'on l'obligea à suivre en la bousculant à travers le labyrinthe d'escaliers et de couloirs de ce bâtiment. La lumière l'aveuglait, les sons l'égaraient ; elle se sentait étourdie et hors d'elle.

On l'introduisit dans ce qui ressemblait à un bureau. Il était plus fonctionnel qu'élégant, mais bien meublé, avec des tables et des chaises en bois noble. Il y avait des pots de fleurs, des étagères couvertes de livres, une photographie de Hitler et un canapé sous la fenêtre. Sarah remarqua qu'il faisait jour et qu'il pleuvait abondamment. Ils la firent à nouveau asseoir sur la chaise, menottée, mais elle n'était pas en fer comme celle de la cellule, elle était large et commode, avec un haut dossier, une assise moelleuse en cuir et un accoudoir. Elle se sentit soudain mieux. La pièce était de plus sèche et chauffée, et la chaleur caressa ses membres engourdis. Elle aurait pu s'endormir, se reposer pendant plusieurs heures et peut-être ne plus jamais se réveiller…

Le bruit de la porte dans son dos la fit sursauter. Elle tourna la tête pour jeter un coup d'œil par-dessus ses épaules.

– Bonjour, Sarah.

Elle fut stupéfaite. Elle pensa qu'elle avait fini par s'endormir et qu'elle rêvait. Mais l'image du commandant von Bergheim traversant le bureau avec sa claudication caractéristique semblait trop réelle.

Georg fut lui aussi impressionné de la voir dans cet état : émaciée, famélique et avec une blessure qui saignait encore à la bouche. Cette femme n'avait rien à voir avec la jeune fille joyeuse et insouciante qu'il avait connue à Strasbourg.

– Mais qu'est-ce qu'on t'a fait, petite ? demanda-t-il doucement, essayant de masquer la colère qu'il éprouvait à la voir ainsi. Il allait devoir parler très sérieusement à ce crétin de Hauser.

Sarah resta silencieuse. Elle le regardait comme un animal en cage, avec un mélange de crainte et de fureur dans les yeux. Georg porta la main au menton de la jeune fille pour lui relever la tête et mieux voir la blessure à sa bouche. Mais elle détourna le visage d'un mouvement brusque. Elle sentit en même temps sa tête partir, tout tourner autour d'elle.

– Depuis combien de temps n'as-tu rien mangé ?

Sarah ferma les yeux. Elle resta muette. Sans regarder, elle crut sentir Georg se diriger vers la porte et l'ouvrir. Elle avait toujours les yeux fermés en l'entendant parler à quelqu'un à l'extérieur.

– Apportez-moi une armoire à pharmacie et à manger.

– De la nourriture, *Sturmbannführer* ?

– Oui, à manger et à boire. Apportez-lui de la soupe et de la viande… Quelque chose de chaud… Et du pain… Je ne sais pas, débrouillez-vous, je ne vous demande pas de prendre les îles Anglo-Normandes. Je veux un plateau avec la même chose que ce que vous allez manger aujourd'hui. Et vite !

– Oui, *Sturmbannführer*.

Avant que Georg n'ait refermé la porte, un autre agent arriva avec ce qui semblait être la demande la plus simple à satisfaire : l'armoire à pharmacie.

De nouveau seul avec elle, Georg entama une conversation unilatérale avec la jeune fille.

– Tu dois me laisser soigner cette blessure, Sarah. Si tu tournes à nouveau la tête, tu vas t'évanouir, tu comprends ? Aie confiance, je ne te ferai pas de mal.

Il lui parla comme à Astrid, sa petite fille, quand elle se rebellait et qu'il voulait l'amadouer. Pendant ce temps, il trempa un morceau de coton dans de l'eau puis de l'alcool.

– Ça va piquer un peu. Ne bouge pas.

Sarah crispa légèrement les lèvres pendant que Georg nettoyait doucement la blessure. Comme la coupure semblait peu profonde, il y appliqua juste un peu d'iode. Puis il reboutonna les premiers boutons de son chemisier et de sa veste.

– C'est fini, Sarah. Maintenant, écoute-moi bien : je vais t'enlever les menottes, mais tu dois me promettre de ne pas faire de bêtises.

Elle le regardait toujours en ouvrant de grands yeux. Elle avait encore l'air d'un animal, maintenant plus effrayé que sauvage, plus méfiant que menaçant.

– Voilà ce qu'on va faire : je vais poser mon arme sur la table, dit-il en ouvrant l'étui accroché à sa ceinture.

L'acier du Sauer 35 heurta doucement le bois.

– Si tu me fais confiance, je te fais confiance, assura-t-il en déverrouillant les menottes.

En se voyant libre, Sarah remarqua qu'elle avait du mal à remuer les poignets. Elle aurait voulu les masser, mais ils étaient à vif. Georg les lui soigna également et les banda. Il finissait de fixer la dernière bande avec du sparadrap quand on frappa à la porte : c'était le repas.

Elle était décidée à ne toucher à rien, mais quand le commandant von Bergheim posa le plateau devant elle, le simple arôme des plats chauds la fit défaillir et commencer à saliver. Il y avait de la soupe de poulet au vermicelle, du veau en sauce avec de la purée de pomme de terre et de la compote de poire. Son estomac fit un bond et se manifesta bruyamment. Si elle ne mangeait pas, elle allait sans aucun doute s'évanouir devant toute cette nourriture.

– Tu ne manges pas ? Tu ne peux pas tenir la fourchette ?

Sarah manifesta qu'elle était un être humain en confirmant. Elle prit lentement les couverts et se mit à dévorer. Elle tenta de manger lentement, comme sa mère le lui avait appris, mais elle n'y parvint pas : à chaque bouchée, son corps semblait lui réclamer la suivante sans attendre, sans lui laisser le temps de mâcher ou de savourer. Son corps ne comprenait à cet instant rien à l'éducation ou à la jouissance, il n'avait besoin que de s'alimenter. Elle ignora le regard attentif du commandant von Bergheim et engloutit les plats en quelques minutes comme un paon affamé. Quand elle eut terminé, le commandant retira le plateau.

Appuyé contre la table, presque assis au bord, toujours un peu au-dessus d'elle, Georg lui adressa un regard assez paternaliste.

– Tu veux me parler, maintenant, Sarah Bauer ?

Elle baissa les paupières pour fuir son regard. Georg n'avait jamais pensé que ce serait facile, il pouvait comprendre l'attitude de la jeune fille.

– Que s'est-il passé, Sarah ? Pourquoi t'ont-ils fait ça ?

Elle leva lentement la tête et sourit, sourit autant que le lui permirent les blessures de sa bouche et de son âme. Il y avait tant de mépris et d'amertume dans son sourire que Georg s'en inquiéta : avec l'ombre de cette grimace obscure, son visage semblait s'être transformé en celui d'une autre personne.

– Pourquoi ? répéta-t-elle. En même temps, sa voix était rauque et usée à force d'avoir hurlé si longtemps dans cette cellule. Vous me demandez pourquoi, commandant von Bergheim ? Existe-t-il une raison à toute cette folie ? Pourquoi les vôtres m'ont-ils torturée ? Pour quelle raison avez-vous détruit ma vie ? En réalité, je crois que ce serait à moi de vous le demander, commandant : pourquoi m'avez-vous fait tout ça ?

Georg savait que ce ne serait pas facile, mais il n'aurait jamais pensé que cette rencontre allait raviver ses blessures encore ouvertes. Les paroles de Sarah y pénétrèrent comme un acide, mais il tenta de garder sa contenance.

– Je veux juste t'aider, Sarah. Tu dois me croire.

– Alors, rendez-moi mon père et ma mère, ma sœur et mon frère. Rendez-moi ma vie, celle que j'avais avant que vous n'entriez chez nous.

– Je ne veux pas te faire de mal. Je n'ai jamais voulu t'en faire, ni à toi, ni à ta famille. Une chose qui aurait dû être très simple s'est compliquée de façon inexplicable. Maintenant, je ne sais moi-même que faire pour revenir en arrière… Certaines choses ne peuvent plus être changées.

Georg soupira. Que faisait-il ? Était-il en train de se justifier… ? Il voulait mener cette affaire avec plus de raison que de cœur. Il voulait être un bon Allemand, qui servirait sa patrie et son Führer jusqu'à la mort, comme le stipulait son serment de *Leibstandarten. Meine Ehre heißt Treue*, « La loyauté est mon honneur ». Il voulait laisser de côté ses angoisses personnelles et son sentiment de culpabilité, il voulait être fidèle à son engagement. Un officier SS ne se justifiait jamais devant l'ennemi… Mais cette jeune fille était-elle son ennemi ? De quelle sorte d'ennemi s'agissait-il ?

Sarah était déconcertée. Cet homme la déconcertait. On aurait dit un nazi, un salaud de nazi comme tous les autres : il était habillé comme eux, il utilisait les mêmes symboles et les mêmes gestes. Cependant, il y avait en lui une chose différente, qu'on ne voyait pas, mais qui apparaissait de temps en temps comme le soleil entre les nuages : dans la compréhension qu'on lisait dans ses yeux, dans la façon qu'il avait de se comporter ou de soigner ses blessures ; dans le « *Es reicht !* » avec lequel elle se réveillait chaque nuit de son cauchemar. Il y avait beaucoup de choses que Sarah ne comprenait pas chez le commandant von Bergheim.

Elle soupira aussi comme si elle se donnait pour vaincue. Elle était fatiguée, trop fatiguée.

– Que voulez-vous de moi, commandant ?

Elle se montra si triste et abattue, si décomposée, que Georg aurait aimé lui caresser les joues pour la réconforter et lui assurer que tout irait bien. Mais il jugea mesquin de lui mentir, et la caresser… audacieux. La vérité et la distance lui étaient imposées, aussi désagréables puissent-elles lui sembler.

– Je veux savoir où est *L'Astrologue*. Dis-le moi, et je cesserai de t'ennuyer.

Sarah agita la tête, peinée.

– J'ai du mal à croire ce que vous me demandez, et ce qui arrive. Être français, juif ou un maudit tableau sont des motifs suffisants pour détruire la vie des gens. Quelle est cette folie ?

N'attendant pas de réponse, elle poursuivit :

– Je n'ai pas ce tableau, et j'ignore où il se trouve. Et j'ignore où se trouvent tous les objets et les gens que j'avais près de moi avant de vous connaître…

Elle fut interrompue par des coups frappés à la porte, qui les firent sursauter tous les deux.

– Entrez ! cria Georg de façon hargneuse.

Le *Kriminalkommissar* Hauser ouvrit la porte et resta sur le seuil.

– *Sturmbannführer* von Bergheim, je souhaiterais vous parler en privé.

Georg se leva avec nonchalance, prit son arme sur la table et la rangea dans son étui.

– Je reviens, je n'en ai que pour quelques minutes, dit-il à Sarah.

Quand il eut franchi la porte, Hauser ordonna à deux gardes de rester dans le bureau tout en se demandant si le commandant était insensé au point d'avoir eu l'intention de laisser la prisonnière seule et non menottée.

Une fois dans le couloir, Georg s'approcha de la fenêtre et sortit son étui à cigarettes.

– Je suis désolé, *Sturmbannführer*, on ne peut pas fumer, le prévint Hauser avant d'ajouter avec un sourire forcé : cette interdiction concerne toutes les installations du RSHA…

Georg n'appartenait pas au *Reichssicherheitshauptamt,* le Bureau central de la sécurité d'État. Il se dit que si ça lui chantait de fumer, il le ferait, et que Hauser n'avait pas à l'en empêcher. Mais il se mordit la langue et rangea son étui sans daigner répliquer.

– Que voulez-vous, Hauser ?

– On dirait que nous avons retrouvé la femme, n'est-ce pas ?

Georg savait qu'Hauser ne prenait jamais le chemin le plus court : il avait l'esprit retors et sibyllin. Il voulait une médaille et faire reconnaître ses mérites par Georg.

– Vous, à la Gestapo, vous faites toujours votre travail, c'est clair, fut tout ce que Georg lui accorda. Même quand on vous demande expressément de vous en abstenir. Je croyais avoir bien précisé de ne pas toucher à la fille.

Hauser haussa les épaules en souriant. Il jouissait de la situation.

– Elle s'est manifestement présentée avec de faux papiers, et elle refusait de donner son vrai nom. De toute façon, vous allez devoir déposer une réclamation auprès de la D1, ce sont eux qui l'ont arrêtée, dit-il en faisant allusion au département de la Gestapo chargé des opposants au régime dans les territoires occupés.

Avant de poursuivre, Hauser ôta ses lunettes et les nettoya soigneusement.

– C'est précisément de cela que je voulais vous parler. Vous savez, *Sturmbannführer*, je suis dans une situation délicate vis-à-vis de la D1. Ils l'accusent de collaborer avec des terroristes. Il semble qu'elle soit la femme de l'un d'entre eux..

Georg ne put cacher sa surprise.

– Sa femme ?

– C'est ce qu'elle dit. Même si, avec cette racaille, on ne sait jamais : ils mentent plus qu'ils ne parlent. Ils n'ont pas apprécié du tout de devoir céder un détenu. Ils veulent savoir ce que vous comptez faire d'elle et reprendre le plus tôt possible le… processus.

– C'est très simple, *Haupststurmführer* : je vais finir de lui parler et je la remettrai en liberté.

Hauser haussa exagérément les sourcils, montrant son étonnement de façon théâtrale.

– Vous ne parlez pas sérieusement, *Sturmbannführer* ! Il y a des dizaines de raisons pour la garder en prison : terrorisme, opposition au Reich, falsification de documents… Sans compter le fait qu'elle est juive. Le *Kommissar* agita la main en signe de désapprobation absolue. Permettez-moi de douter de votre façon d'agir, *Sturmbannführer* von Bergheim. J'ignore ce que vous attendez de cette femme, mais vous ne l'obtiendrez pas en l'invitant à manger, je vous l'assure. Avec ces gens-là, il faut être dur.

– Franchement, *Haupststurmführer*, je n'ai aucune intention de discuter de mes méthodes avec vous. La Gestapo a fait son travail, le sort de la prisonnière n'est plus son affaire, ni même la mienne, c'est celle du *Reichsführer* Himmler, et celui-ci a exprimé le désir et l'ordre de libérer Sarah Bauer.

Hauser ferma à demi les yeux jusqu'à les faire presque disparaître derrière le reflet de ses lunettes. Ce n'était pas le genre d'homme à se laisser amadouer. Avec un calme qui semblait aiguiser chaque syllabe, il regarda fixement Georg et déclara :

– En ce cas, il me faut un ordre direct et explicite du *Reichsführer*, sans quoi cette femme ne sortira pas d'ici.

Une bonne et une mauvaise nouvelle

– Irina m'a appelé. Si tu veux, je passe te chercher à moto dans une heure et je te raconte ce qu'elle m'a dit pendant qu'on fait un tour, fut le prétexte d'Alain pour me téléphoner un dimanche à onze heures du matin.

Pendant que je prenais ma douche et me préparais, je me demandais quel genre de nouvelle ne pouvant attendre lundi il pouvait avoir à m'annoncer. Konrad était reparti tôt à Madrid et j'étais à nouveau seule, avec le goût amer du mot *Posen Geist* dans la bouche et mes doutes sur Alain pesant comme une épée au-dessus de ma tête. Je n'avais pas envie d'être obligée de le voir et encore moins de me promener avec lui, mais je souhaitais savoir ce qu'Irina lui avait dit.

Irina Egorova était technicienne au Rossiiskii Gosudarstvennyi Voennyi Arkhiv, le RGVA, d'après le sigle, ou les archives militaires russes pour être plus clair. Deux ans plus tôt, elle avait aidé Alain à retrouver divers volumes de grande valeur dérobés par les nazis dans la bibliothèque des Rothschild. D'après lui, elle connaissait toutes les archives de l'ancienne Union soviétique de Moscou à Tiflis sur le bout des doigts et elle avait des amis partout. Si le dossier Delmédigo se trouvait au TsDAVO de Kiev, elle le retrouverait.

En quelques minutes, nous fuîmes la circulation et arrivâmes à Belleville, dans le XXe arrondissement. Le parc, situé au sommet d'une colline, offre quelques-unes des plus belles vues de Paris. Moderne et différent des autres, il descend en ligne droite le long de la pente, entre haies et parterres bien découpés et fontaines et chutes d'eau aux formes polygonales. Bien sûr, comme à Paris rien ne peut être ordinaire, il conserve des vignes de pinot et de chardonnay en souvenir du passé viticulteur du quartier, au XIVe et au XVe siècles, quand Belleville était un faubourg insalubre truffé de bars et de *guinguettes*. Il présente du reste l'avantage de se trouver hors des circuits touristiques, ce qui, quand on passe ses journées entre le Louvre, le Quai d'Orsay et le Quartier latin, entouré de groupes d'horribles touristes avides, est très appréciable. Belleville est un parc ordinaire où se promener le dimanche, comme si Paris était une ville ordinaire.

Nous nous garâmes dans la rue du même nom. Ce n'est pas la plus jolie de Paris, mais elle a la particularité d'accueillir la communauté chinoise la plus nombreuse de la ville, comme un petit Chinatown à la française. Soudain, les enseignes en français sont remplacées ; par celles en caractères *hanzi* les restaurants asiatiques et les bazars orientaux qui vendent de la porcelaine peinte à la main, des chats porte-bonheur, des lampions en papier, des bouddhas de jade, du thé et des *fortune cookies* commencent à se succéder. Nous achetâmes du riz frit, du vermicelle aux crevettes et du canard pékinois à emporter dans un restaurant japonais et improvisâmes un pique-nique sur la pelouse d'un parc, sous un soleil fuyant qui se montrait de temps en temps entre les nuages qui nous envoyaient parfois une douche et pulvérisaient dans l'air des parfums de terre mouillée, l'odeur de l'automne.

Je me décidai à l'interroger quand nous en étions au milieu du déjeuner, car il n'avait pas l'air décidé à aborder la question.

– Et que t'a dit Irina ?

Comme si ce n'était pas la véritable raison de notre présence, Alain continua à manger, en se battant avec les baguettes et des vermicelles glissants.

– Ah, oui, fit-il après avoir attrapé une crevette. Eh bien, il y a une bonne et une mauvaise nouvelle…

Je fronçai les sourcils. Cela me déplaisait par principe : normalement, les mauvaises nouvelles éclipsent les bonnes.

– La bonne nouvelle, c'est qu'elle a trouvé le dossier Delmédigo.

J'ouvris grands les yeux, la bouche aussi.

– Elle l'a trouvé ? fis-je en lui donnant une bourrade qui le renversa sur la pelouse. Comment peux-tu être aussi… ! Comment as-tu pu te taire jusqu'à présent ! Arrête de manger, pour l'amour de Dieu, et raconte-moi tout ! exigeai-je, lui ôtant le pot de vermicelle des mains.

Alain déjoua mon geste et plongea à nouveau les baguettes dans l'emballage de carton.

– *Streng Geheim*, répondit-il laconiquement avant de porter une crevette à sa bouche. Elle l'a retrouvé parce que les Allemands le considéraient comme top secret. Grâce à quoi les Soviétiques l'ont ensuite classé parmi des milliers de documents saisis. Le problème des archives de l'ERR de Kiev est qu'elles n'ont pas encore été correctement organisées, une grande partie est dans l'état où elles étaient il y a soixante-dix ans. Consulter ce fonds assez désordonné est un cauchemar. Maintenant, s'il y avait une classification préférentielle, elle concernait tout dossier ou document portant le sceau de *Streng Geheim*… dit-il après l'avoir mastiquée et avalée.

– Top secret, répétai-je, enthousiasmée, en tirant les premières conclusions. C'est curieux… Étrange, qu'un simple tableau fasse tant de bruit, assez pour être classé top secret. L'expression est utilisée à la légère, mais si l'on réfléchit bien, que signifie-t-elle exactement ?

– Elle est appliquée à tout document dont la révélation peut porter lourdement atteinte à la sécurité nationale.

– Eh bien, comment un tableau peut-il porter atteinte à la sûreté nationale de quelque pays que ce soit... ? Que représente vraiment *L'Astrologue* de Giorgione ?

– Je n'en suis pas sûr, mais si on assemble les pièces, Ahnenerbe plus top secret plus tableau inconnu de Giorgione, ça me fait penser à un objet magique, aux reliques sur lesquelles Hitler comptait pour dominer le monde. Pour une raison quelconque, le Führer croyait que *L'Astrologue* avait quelque chose de surnaturel. Je ne crois pas que ce soit un hasard si l'on considère Giorgione comme l'un des peintres énigmatiques par excellence : l'interprétation de certains de ses tableaux est controversée, et l'on dit qu'il a fait des incursions dans le domaine de l'hermétique et de l'alchimie... Tu le sais mieux que moi.

Je ne pus éviter de fermer les yeux d'un air las.

– Je t'assure qu'il n'y a rien de mystérieux chez Giorgione, hormis le peu de choses que l'on connaît de sa vie et le fait qu'il avait la mauvaise habitude de ne pas signer ses œuvres, ce qui entraîne de nombreuses erreurs d'authentification et donne des maux de tête aux historiens d'art. Pour ce qui est du reste, toutes ces histoires sur la face supposée obscure de Giorgione ne sont que des « blogueries ».

Alain sourit.

– Des blogueries ? Qu'est-ce que c'est que ça ?

– La quantité de sottises que les gens écrivent dans leurs blogs pour les tenir à jour, lui répondis-je pour définir le mot que j'avais inventé.

– Je ne le nie pas. Mais le problème est que Hitler croyait aveuglément à ces supercheries, c'était un fanatique des arcanes. En l'occurrence, tout indique l'une des obsessions du Führer. Et quand je te dirai la mauvaise nouvelle, tu me donneras raison.

– Ah, zut… J'avais oublié qu'il y avait une mauvaise nouvelle… Laisse-moi deviner : le document n'a pas été déclassé et on ne peut pas le consulter.

Alain hocha la tête d'un signe négatif.

– C'est un peu plus… mystérieux.

– Quoi ? insistai-je, prête à une nouvelle surprise dans cette affaire complexe.

– Le dossier Delmédigo a disparu.

Cela me surprit et je me tus, en tirant des conclusions qui me mirent mal à l'aise.

– Mon Dieu…

– Les responsables des archives de Kiev assurent que lors du dernier inventaire, il y a deux mois, le document s'y trouvait… ajouta Alain.

Tous les jours, des documents disparaissent des archives. C'est une honte, mais c'est comme ça. Certains chercheurs sans scrupule, voire le personnel lui-même, s'en emparent. Mais les documents ne sont pas volés au hasard.

– Il est évident que quelqu'un ne veut pas qu'on arrive au bout… conclus-je, le regard perdu. C'était sorti comme ça, mais il est vrai que je profitai de cette phrase pour mettre Alain à l'épreuve et observer sa réaction.

– Ton ami le fantôme de Georg Von Bergheim ?

– Ne plaisante pas avec ça, Alain. Rien que d'y penser, j'en ai la chair de poule.

– D'accord, les fantômes ne volent pas des documents dans les archives. Mais tu as raison quand tu dis qu'il y a quelqu'un qui ne veut pas qu'on aille jusqu'au bout. Excitant, non ?

– Ça dépend du point de vue… soupirai-je avant de lui révéler en guise d'aveu : Hier, j'ai reçu un appel…

J'eus beau l'observer attentivement après avoir lancé cet hameçon, je ne vis aucune réaction anormale sur son visage. Il se contenta de hausser les sourcils sans que le rythme de déglutition de la nourriture chinoise en soit altéré.

– Un appel ?

Je lui donnai toute sorte de détails sur l'incident : l'heure, l'interlocuteur inconnu, sa voix inquiétante et l'unique mot qu'il avait prononcé.

– *Posen Geist* ? répéta Alain. On aurait vraiment dit que c'était la première fois qu'il l'entendait, et il hésita en le prononçant. Qu'est-ce que c'est ?

– Je ne sais pas. *Geist* signifie « esprit » en allemand. Mais, d'après Konrad, *Posen Geist* n'a aucun sens. *Posen* n'est rien…

Alors, pour la première fois, il sembla oublier les pots de vermicelle et de riz et il devint songeur.

– *Posen* pourrait être le nom allemand de la ville polonaise de Poznan. Pendant la guerre, elle fut annexée au Troisième Reich, et elle est tristement célèbre à cause de ce qu'on a appelé les Discours de Posen, finit-il par conclure.

À son ton, je devinai que cela laissait présager quelque chose d'intéressant.

– Les Discours de Posen ?

– Oui, il s'agit d'une série de conférences qu'Heinrich Himmler a données à la mairie de cette ville devant un public de hauts dignitaires du gouvernement allemand en octobre 1943. La particularité de ces discours est qu'ils exposent publiquement et sans masques l'extermination des Juifs par le gouvernement d'Hitler comme une chose préméditée, planifiée et qui commençait déjà à être appliquée dans les camps de concentration.

– *Posen Geist* : l'Esprit de Posen… Il pourrait s'agir d'une organisation : les partisans de l'esprit de ces discours… murmurai-je, ruminant l'information.

– Cela pourrait être… Cela pourrait aussi être un tableau ; c'est un joli nom pour un tableau : *L'Esprit de*

Posen. Et même le nom d'un cheval : Esprit de Posen, gagnant 10 contre 1, il part favori.

J'ignorai les sarcasmes d'Alain et sortis mon iPod. Profitant de la WIFI dans le parc, je me connectai à Internet, ce que j'aurais dû faire bien avant.

– Qu'est-ce que tu cherches ?

Alain regardait par-dessus mon épaule.

– J'ai tapé *Posen Geist* sur Google…

Le moteur de recherche mit moins d'une seconde à ne trouver que vingt-cinq résultats, tous en allemand, et dont aucun ne m'intéressait.

– Il n'y a rien…

– Cela veut dire que ce n'est ni un tableau ni un cheval… S'il s'agit d'une organisation d'admirateurs de Himmler, je ne crois pas qu'elle figure dans Google, fit Alain.

L'hypothèse prenait forme, mais ce n'était qu'une supposition.

– Et si *Posen Geist* avait un rapport avec la disparition du dossier Delmédigo ? L'appel constituait peut-être une sorte d'avertissement…

– Eh bien s'ils voulaient t'avertir de quelque chose, ils auraient pu être un peu plus explicites.

La légèreté d'Alain commençait à excéder ma patience, qui n'en avait pas besoin sur ce sujet. Je ne pus éviter de bondir.

– C'est amusant de prendre les choses à la plaisanterie quand ce n'est pas toi qui es traqué ! Je t'assure que je ne vois absolument pas ce qu'il y a de drôle !

Mais mon accès de colère ne sembla pas l'impressionner.

– Ça ne me fait pas rire, je crois simplement que cela ne sert à rien de dramatiser. Que je m'arrache les cheveux, que je hurle et que mon visage se contracte pour t'assurer que tu es en danger ne me semble pas très conseillé.

– Je te demande juste un peu de compréhension. Est-il si difficile de comprendre que cela m'inquiète et me rend nerveuse ? La seule sonnerie du téléphone me révulse… avouai-je, un rictus de répugnance sur les lèvres.

Alain finit par abandonner son ton goguenard.

– Je suis désolé… Je croyais t'aider davantage en dédramatisant la situation… Je comprends bien sûr que tu aies peur, mais… je dois dire que je ne sais pas ce que je peux faire ou dire. Crois-moi, je préférerais que ce soit moi qui reçoive ces appels. Je saurais me défendre, mais toi, je ne sais pas comment te protéger… Et cela me met hors de moi.

Son discours fut maladroit et embarrassé, radicalement différent de la pose ironique et décontractée qu'il affectait quelques secondes plus tôt encore. Et le mieux était qu'il avait l'air sincère… Et puis, il avait utilisé les mots avec cette extraordinaire sensibilité qui m'avait déjà surprise à d'autres reprises.

Je soupirai, m'allongeai sur l'herbe, avant de capituler.

– Merci, lui dis-je d'un sourire qu'il me rendit.

Après avoir signé la paix, je voulus reprendre la conversation :

– Et que pense ton amie Irina de la disparition d'un document de ce genre ?

Alain m'adressa un regard solennel avant de répondre, comme s'il avait attendu pendant tout ce temps que je lui pose la question.

– Elle pense qu'elle a peut-être quelque chose d'intéressant pour nous, mais elle croit que nous devons aller la voir à Moscou. Enfin, à Saint-Pétersbourg, en fait.

Février 1943

Les Allemands capitulent à Stalingrad, première lourde défaite de l'armée allemande. Stalingrad supposa un lourd revers pour l'avancée allemande sur le front russe, et contribua à miner notablement le moral des troupes nazies. Dès lors, afin de renforcer l'autorité du Reich dans le reste de l'Europe, la répression s'intensifie sur les territoires occupés.

Heinrich Himmler n'était pas homme à se laisser duper aisément. Ses propres incertitudes l'obligeaient à rester toujours aux aguets. Il perdait rarement son calme, il n'était pas enclin aux explosions de colère. Mais si quelque chose lui déplaisait, il manifestait son désaccord avec une froideur inhumaine ; ses menaces étaient aussi sereines qu'impitoyables, et en les prononçant, un frisson parcourait l'échine de celui qui les recevait. Heinrich Himmler ne ressemblait pas à un homme, mais à une machine, un ensemble d'engrenages qui tournaient inlassablement, alimentés par un idéal et un objectif, manipulés par la seule personne en laquelle il avait une confiance aveugle : Adolf Hitler.

Georg le respectait car il lui devait obéissance et fidélité : en tant que membre des SS, il avait prêté serment, et Georg était un homme d'honneur et de parole parfaitement convaincu que seules les valeurs traditionnelles de loyauté, de décence, d'honnêteté et de courage permettraient à l'Allemagne de gagner la guerre et de retrouver sa dignité piétinée pendant tant d'années. Et c'étaient les valeurs auxquelles adhéraient les SS, leur *Reichsführer* en tête.

Cependant, contrairement à beaucoup d'autres, Georg ne le craignait pas. Il avait regardé le visage de la mort et la souffrance, rien en ce monde ne pourrait plus lui inspirer de terreur, pas même Heinrich Himmler.

Aussi fut-il surpris que sa main tremble, cette fois, quand il prit le combiné pour demander au *Reichsführer* l'ordre de libérer Sarah. Il sut qu'il serait faible dans la négociation, non parce qu'il n'avait pas quelque chose à perdre, mais parce que celle qui avait à y perdre, c'était Sarah.

– Votre appel est totalement décevant, *Sturmbannführer* – les paroles d'Himmler semblaient congeler les lignes téléphoniques. Vous ne devriez oser vous adresser à moi que pour m'annoncer que le tableau est en votre possession. Et au contraire, vous commettez une impertinence en venant avec… ça.

Himmler prononça le dernier mot avec mépris, comme si « ça » était un euphémisme pour quelque chose qu'il lui répugnait de formuler. Le *Reichsführer* semblait à bout de patience. Il attendait de ses subordonnés l'efficacité qu'il déployait dans tous les domaines et n'admettait pas de retards, d'excuses ni d'exceptions ; il ne se les permettait pas à lui-même. Il croyait que seuls comptaient les résultats obtenus en temps voulu ; les méthodes étaient accessoires. Que Georg s'excuse justement sur la méthode lui semblait être un signe de faiblesse, et la faiblesse le mettait hors de ses gonds, la faiblesse était le monstre qui le bâillonnait au plus profond de lui-même.

Mais Georg n'était pas précisément un homme faible et n'allait pas accepter que le *Reichsführer* le rabaissât à cette catégorie.

– Je suis d'accord sur le fait que cette situation est aussi lamentable qu'ennuyeuse. Si la Gestapo n'était pas intervenue, le tableau serait déjà en notre pouvoir.

– Expliquez-vous, *Sturmbannführer*. Je n'ai pas toute la journée, l'interrompit Himmler sur un ton acerbe.

– C'est très simple, *Reichsführer* : sans la fille, il n'y a pas de tableau. Tant qu'elle sera en prison, elle ne pourra pas me conduire au Giorgione. Elle mourra sous la torture ou se suicidera avant de nous dire où il est et elle emportera son secret dans la tombe. Mais ceux de la D1 s'entêtent à la retenir sous de vagues prétextes. Je crains, *Reichsführer*, que vous seul puissiez les faire changer d'avis. C'est la seule option : j'ai besoin de cet ordre pour la libérer.

*

Ils n'avaient plus touché à un seul de ses cheveux. Ils lui avaient remis les menottes et l'avaient ramenée en cellule. Mais ils ne l'avaient plus touchée. En fait, ils n'étaient pas revenus. Ils l'avaient laissée dans une cellule sombre, oubliée.

« Ne t'inquiète pas, Sarah. Je reviendrai très vite te chercher », lui avait dit Bergheim.

« Très vite… » La mesure du temps dans ce trou infini était marquée par les repas : trois fois par jour, on lui apportait un plateau. Au début, elle s'en approchait comme un animal qui s'approche impatiemment de la nourriture. Un breuvage sombre qui n'était même pas de la chicorée et du pain dur au goût de sciure au petit déjeuner ; un brouet très clair à déjeuner et à dîner… Peu à peu, elle cessa de s'approcher et perdit la notion du temps.

« Très vite… », lui avait dit Bergheim. Sarah s'était allongée sur la paillasse posée dans un coin pour attendre, attendre Bergheim, attendre la mort, attendre. Un seul des deux arriverait le premier. Il lui arrivait de prier Dieu que ce soit la mort.

« Très vite… » Parfois, penser à Bergheim lui procurait du soulagement, un encouragement qui se transformait en remords et en inquiétude, comme un visage angélique devient démoniaque dans un cauchemar. Comment Bergheim pouvait-il être à la fois son messie et son persécuteur ?

« Très vite… » Au fur et à mesure que le temps passait, les sens de Sarah s'étaient émoussés : elle n'avait plus de sensation de faim, de froid ou de douleur ; le rêve et la veille avaient disparu, la peur aussi. Dans son esprit insensible défilaient des pensées décousues ; souvenirs, images et personnes circulaient en elle pour ne pas y rester, comme l'eau parcourt le lit d'une rivière et en caresse à peine les berges. Et Bergheim circulait. En cachette, comme un bandit, le commandant s'infiltrait dans ses pensées, serpentait entre ses souvenirs, apparaissait et disparaissait de ses images.

« Ne t'inquiète pas, Sarah. Je reviendrai très vite te chercher », lui disait-il tandis qu'ils se promenaient dans le jardin d'Illkirch et qu'elle n'était qu'une enfant…

« Très vite… »

– Bauer ! Sarah Bauer !

Les cris du gardien firent écho aux murs de la cellule. Après l'écho, il y eut le silence, le vide d'une cellule noire que tout semblait absorber.

– Sarah Bauer !

Il répéta plus fort, mais il n'y eut pas de réponse non plus.

Comme la cire d'une bougie, la vie de Sarah se consumait lentement, gouttant doucement sur les bords du chandelier, jusqu'à ce qu'une flamme vacillante finisse par brûler sur les derniers restes de cire liquide.

On la transporta en ambulance à l'hôpital de la Pitié-Salpêtrière, où on la conduisit dans une salle réservée aux détenus des centres pénitentiaires. À demi inconsciente, Sarah entendit les termes « hypotension », « déshydratation » et « arythmie » dans la bouche des médecins ; tout ce qu'elle savait, c'était qu'elle se sentait extrêmement fatiguée, à tel point qu'elle ne tenait pas debout et ne pouvait pas élever la voix pour demander qu'on la laissât tranquille, parce qu'elle voulait juste se reposer.

– Elle présente de graves signes de malnutrition, indiqua un médecin capitaine à Georg.

– Graves à quel point ?

– Dans deux jours tout au plus, elle serait morte de déshydratation. Je ne sais pas si on va pouvoir la récupérer.

Georg observa l'image que donnait Sarah à travers la fenêtre de la salle. Ce n'était qu'un pauvre cadavre, un corps pâle et squelettique enfoui sous les draps de l'hôpital ; blanc sur blanc.

Son sang bouillit et il explosa en arrivant rue des Saussaies, au bureau du *Kriminalkommissar* Hauser. On put entendre les cris de colère du commandant von Bergheim dans tout l'étage.

Il sortit des bureaux de la Gestapo encore en proie au désarroi et à la colère, et il se réfugia dans un club de Pigalle. Il se perdit dans la fumée de tabac et l'odeur des prostituées, et but sans mesure jusqu'à perdre connaissance sur le comptoir du bar.

Je posai le tube de Rimmel sur la tablette du lavabo et courus ouvrir la porte de la chambre après avoir entendu frapper de petits coups à la porte.

– Bonjour, fit Alain sur un ton chantant.

– Cinq minutes. Donne-moi cinq minutes et je suis prête.

Je repartis à la salle de bains pour continuer à appliquer le Rimmel sur mes cils collés par une nuit de sommeil.

Alain entra dans la chambre derrière moi et ferma la porte. Il émit presque immédiatement un sifflement théâtral.

– Quel beau bouquet de roses. Dans ma chambre, je n'y ai pas eu droit.

– Il vient de Konrad, lui expliquai-je de la salle de bains.

– Il t'envoie des fleurs à Saint-Pétersbourg ? Eh bien…

– C'est sûrement une de ses secrétaires qui les a choisies et envoyées. Je ne crois pas qu'il sache si ce sont des roses ou des chrysanthèmes.

Je ne le dis pas avec aigreur (en fait, je lui étais reconnaissante, avec les milliers de choses qu'il avait en tête, de penser à me faire envoyer des fleurs dans la chambre par sa secrétaire). Je constatais simplement une chose que je donnais pour certaine. Ce fut peut-être la raison pour laquelle je parlai plus froidement que je ne l'aurais voulu.

– Si j'étais Konrad, je n'aimerais pas t'entendre parler ainsi.

Je passai la tête par l'embrasure de la porte, le tube de Rimmel à la main. Alain contemplait toujours les roses, grenat et grosses comme des poings.

– Oui. Mais tu n'es pas Konrad.

C'était aussi une de ses secrétaires qui nous avait réservé les chambres à l'hôtel Astoria, en plein centre de Saint-Pétersbourg et à un quart d'heure à pied seulement de la Rossiiskaia Natsional'naia Biblioteka, la Bibliothèque nationale de Russie, où nous avions rendez-vous avec Irina Egorova. Je fus ravie que le rendez-vous ait été fixé à l'après-midi : au moins, j'aurais le temps de faire une visite éclair à l'Ermitage.

Quand nous sortîmes de l'hôtel, le ciel était presque dégagé, d'un bleu brillant, un bleu porcelaine, et quelques nuages le tachaient comme de la suie sur de la feutrine. Cependant, quelques minuscules flocons de neige volaient dans l'air, comme sortis du néant. La neige était sèche et fine, elle s'arrêtait sur nos cheveux et nos vêtements. On aurait cru avancer entre des confetti ou de minuscules étoiles de plastique qui ressemblaient à des cristaux de gel. Cette promenade avait quelque chose du réalisme magique, avec les bâtiments harmonieux de Saint-Pétersbourg, ses églises, ses parcs et ses ponts sur la Neva scintillant sous le soleil et enveloppés dans une poussière blanche et brillante.

Alain connaissait bien la ville, il y était venu plusieurs fois, la première sac au dos, et la dernière, invité par l'université pour y donner une conférence. Il semblait pourtant la découvrir. Chaque rue et chaque façade, chaque perspective semblaient nouvelles à ses yeux et il en jouissait avec le même enthousiasme. « C'est la lumière. Je n'avais jamais vu Saint-Pétersbourg sous cette lumière. Ce n'est pas la ville grise dont je me souvenais », reconnut-il tout en croquant tout ce qu'il voyait dans son cahier Moleskine.

On ne peut pas voir l'Ermitage en deux heures. Mais je savais très bien ce que je voulais voir.

– N'est-ce pas incroyable ? murmurai-je, émue devant la *Judith* de Giorgione. Le tableau représente une scène brutale et pourtant, il reflète un calme et une douceur inexplicables. Les traits de Judith sont doux, son expression sereine, le paysage bucolique… mais elle piétine sans pitié la tête d'Holopherne qu'elle a tranchée elle-même après l'avoir séduit. Dans l'histoire de la peinture, des centaines d'artistes ont exprimé ce mythe dans leurs tableaux, reflétant toujours la cruauté et la violence des faits. Giorgione, en revanche, a peint une œuvre d'une grande délicatesse : une Judith élégante, un Holopherne qui est à peine une tache brunâtre au bas du tableau, une atmosphère romantique et une polychromie de pastels relaxante. Giorgione était un peintre à la sensibilité très particulière…

Alain était resté silencieux, à quelques centimètres derrière moi, comme s'il avait voulu se tenir en marge d'un moment intime, d'un face-à-face entre la peinture et moi pendant que Giorgione me parlait au cœur.

Ce ne fut qu'au bout de quelques minutes qu'il décida de s'approcher pour partager mes passions.

– Je comprends pourquoi tu as choisi de faire ta thèse sur Giorgione.

– Il y a beaucoup d'autres artistes plus célèbres, et beaucoup d'autres œuvres plus réputées. Ne me demande pas pourquoi, mais seuls les tableaux de Giorgione me donnent la chair de poule. Ils ne sont pas particulièrement spectaculaires, mais ils réussissent à m'émouvoir : les visages, les scènes, la lumière, les couleurs… Seule une personnalité exceptionnelle pouvait peindre avec une telle sensibilité. C'est pour cela que Giorgione m'intrigue, l'homme derrière l'œuvre m'intrigue. Il n'est pas juste que celui qui nous a laissé ces merveilles soit un personnage sombre et malintentionné.

Parler de passions est difficile et dangereux. Mais parfois, l'art a cet effet : il stimule les sentiments et éveille les passions, avec la force d'une gifle ou la subtilité d'une caresse, selon le moment.

À l'Ermitage, nous commençâmes à parler de Giorgione. À l'heure du déjeuner, nous parlions de Konrad.

– Comment l'as-tu connu ?

La question arriva à la fin du repas, avec le thé et les *prianiki* à l'abricot.

– Par mon père. On s'est rencontrés à une exposition où je l'avais accompagné. C'était l'été et l'air conditionné était tombé en panne, il faisait une chaleur terrible. Konrad et moi avons fini la soirée sur un banc, dans la rue, assis sur le dossier à parler de Jackson Pollock et de l'expressionnisme abstrait, jusqu'à ce qu'un mendiant veuille se coucher sur son banc préféré et finisse par nous virer. Dit comme ça, ce n'est pas très romantique… reconnus-je avec un sourire. Mais le lendemain, il m'a invitée au Thyssen ; c'était une visite privée, seulement pour nous deux, en dehors des heures d'ouverture au public. Des fleurs tous les jours, des bijoux tous les quatre matins, un dîner à Monaco, un après-midi de shopping à Milan, un spectacle à Londres… Les trucs de Konrad pour conquérir les femmes ne sont pas très conventionnels, et il est presque impossible d'y résister.

Pourquoi cela avait-il l'air d'une justification ? Pourquoi avais-je l'air de me justifier d'être tombée amoureuse de Konrad ?

Alain semblait avoir lu dans mes pensées :

– D'après ce que tu racontes, il serait difficile de ne pas tomber amoureuse de Konrad Köller.

– Oui, ce serait difficile, confirmai-je avant de redevenir songeuse.

Je venais de découvrir quelque chose.
– Konrad ressemble assez à Bergheim : il est facile de tomber amoureux de son portrait. Pourtant, parfois, j'ai la sensation de ne rien savoir de lui. C'est comme si je faisais partie d'une scène sur laquelle il joue devant son public et que je n'avais pas encore gagné les coulisses, là où se tient le véritable Konrad…
Je fis cette réflexion sans tenir compte du lieu ni des circonstances. Je ne pensais qu'à dialoguer avec moi-même et les mots coulaient parce que j'étais parvenue en quelques phrases à mettre en ordre des années d'inquiétudes. Quand je me rendis compte qu'Alain était resté muet, je sus que cela n'avait pas été une bonne idée de l'impliquer, sans le vouloir, dans cette découverte personnelle. Et je me sentis stupide : j'aimais Konrad, et ma façon de l'aimer – où simplement la perception que j'en avais – était exclusivement mon affaire.
– Excuse-moi… Je t'ennuie avec mes histoires.
– C'est moi qui t'ai posé la question.
Je fermai ma veste comme si j'avais froid et baissai la tête sur ma tasse de thé vide : après ce striptease sentimental, je me sentais mal à l'aise sous le regard d'Alain, comme si je m'étais vraiment déshabillée devant lui. J'avais l'impression d'être jugée par un homme dont le verdict se cachait derrière un regard énigmatique, après un silence chargé de ce qu'il n'osait pas dire, comme les nuages se chargent d'électricité statique en attendant l'étincelle qui déclenchera l'éclair.
Alain soupira, comme s'il entendait par-là alléger la tension.
– Je vais demander la note, ou en arrivera en retard au rendez-vous avec Irina, trancha-t-il finalement, laissant l'air chargé d'électricité statique.

J'ai toujours pensé que les bibliothèques anciennes étaient des lieux magiques et qu'elles avaient quelque chose de surnaturel. Cela doit être le cas, car toute la sagesse, la connaissance, la tradition et l'expérience de vies passées qu'elles ont accumulées entre leurs murs sont vraiment surnaturelles.

Je crois que les livres possèdent une aura, comme toute œuvre d'art. Un livre n'est pas un ensemble de papiers, comme un tableau n'est pas une toile ; ils sont tous les deux de la création à l'état pur, de l'énergie créative, ce qui leur donne une aura.

Je suis sûre que si je me retrouvais un jour dans une bibliothèque ancienne après la fermeture, seule et dans le noir, je pourrais voir briller les étagères comme le feu de Saint-Elme sur les mâts d'un voilier, apprécier l'aura des livres. J'entendrais également leur voix : un bruissement de pages et un murmure d'encre. Je suis sûre que les livres parlent et respirent, et plus ils sont vieux et plus ils ont reposé dans l'amour du temps, plus on en perçoit facilement leurs constantes vitales.

Je ne pus m'empêcher de ressentir cette magie quand j'entrai dans le palais de Saint-Pétersbourg où se trouvait la Bibliothèque nationale de Russie. Le silence, un silence brisé par les frôlements et les murmures ; l'odeur, une odeur de poussière et de papier, de bois ciré, d'ancien ; la vision de rangées de livres serrés les uns contre les autres sur des étagères qui se perdent au lointain, de lumières enfermées dans les lampes de lecture, de plafonds voûtés et polychromes et de grandes baies vitrées qui regardent la ville. La magie pourrait être savourée d'un simple mouvement de langue dans une bouche fermée.

– C'est saisissant. J'en ai la chair de poule, avouai-je presque à l'oreille d'Alain. Pourquoi me regardes-tu comme ça ?

– Je suis ému… C'est très émouvant, que tout te donne la chair de poule, répondit-il avec un sourire moqueur.

Irina Egorova nous attendait dans la salle des manuscrits, qui était déserte, car l'accès en était réservé. La lumière tombait faiblement, amortie par la patine sombre du bois et les vieux livres. Nos pas déclenchaient un écho sous les voûtes, un écho fantasmagorique, et dès qu'on entrait, on sentait l'étreinte rude et énigmatique du temps. Dans la salle des manuscrits reposaient les joyaux de la bibliothèque, les livres de plus grande valeur et les plus anciens, enfermés dans des vitrines puisque le simple frôlement de l'air aurait pu les décomposer, comme une statue de sable se désintègre sous le frôlement des doigts. Dans cette salle, on pouvait éprouver la sensation d'avoir été transporté dans une autre époque et un autre monde, proche de celui de la fantaisie : l'aura de ces livres était presque palpable, donnant aux lieux un air irréel.

– Mademoiselle Egorova ! la salua Alain avec effusion.

Irina Egorova mit les mains sur ses hanches et projeta en avant son buste généreux.

– Comment ça, Mademoiselle Egorova ? Alain Arnoux, pas de protocole entre nous ! dit-elle en riant très fort avant de se jeter sur lui et de lui plaquer des baisers non moins sonores sur les joues.

Je fus surprise de la voir. Pour une raison étrange, depuis le premier moment où Alain m'avait parlé d'elle, j'avais été convaincue qu'Irina était plus qu'une simple collègue pour lui ; j'étais sûre qu'il avait baissé la tête en mentionnant son nom et qu'il avait été très bref en parlant d'elle, signes sans équivoque d'une liaison, heureuse ou malheureuse. Je suppose que nous les femmes, nous ne pouvons pas rester tranquilles avant d'avoir trouvé une partenaire aux hommes que nous côtoyons, et Irina était à portée de main. Je ne tardai pas à imaginer une jeune slave, jolie et spirituelle, aux cheveux longs, blonds, presque blancs, longs et lisses, avec de grands yeux bleus. Un air candide et angélique. Le corps, petit mais bien proportionné, comme une porcelaine délicate. Ce serait la fille parfaite pour Alain. J'en vins même à penser que ce voyage intempestif à Saint-Pétersbourg n'avait été qu'une manœuvre orchestrée entre eux afin de se voir, que ne peut-on résoudre aujourd'hui par téléphone ou par e-mail ? Je m'étais fait toute seule un film sur un simple nom, Irina Egorova.

Eh bien, la dénommée Irina n'était absolument pas telle que je l'avais imaginée. Pour commencer, il s'agissait d'une femme aussi large que haute. Ses cheveux n'étaient pas blonds et lisses mais bruns et frisés, crépus, et ils n'étaient pas longs, ils lui arrivaient à peine à l'oreille. Ses yeux étaient bleus mais petits, et derrière des lunettes à monture fine et dorée. Elle n'avait pas l'air candide et angélique, bien au contraire, c'était la personnification du cuirassé Potemkine, énorme et éblouissant. Et elle devait friser la soixantaine… même si l'on a vu des choses plus étranges, de la même façon que j'avais écrit l'histoire d'amour entre Alain et Irina, je l'écartai au premier regard.

– Je suis si content de te revoir, Irina Egorova ! Tu es toujours aussi jolie… Non, plus, dit Alain dans les bras d'Irina, qui ressortaient comme des salamis des manches de sa robe de flanelle à fleurs.

– Tu es un sacré menteur, Alain Arnoux, fit Irina en riant. Mais j'aime te l'entendre dire même si ce n'est pas vrai. Plus personne ne dit de jolies choses à une vieille femme comme moi. Toi, tu es beau, mon garçon, bien plus sans cette horrible barbe marxiste, remarqua-t-elle en donnant quelques tapes sur ses joues bien rasées et douces.

Je ne pus qu'être d'accord avec elle.

Alain accepta le compliment avec une grimace pudique et en profita pour détourner l'attention en sortant une boîte en carton blanc de son sac à dos.

– Tiens, je t'ai apporté des sablés aux amandes pour le thé.

Elle souleva le couvercle et, devant les rangées de gâteau recouverts de sucre glace, ses joues rondes et colorées se contractèrent en un sourire avide.

– Ah, bandit, tu me connais bien. Tu connais mon penchant pour les pâtisseries. Un jour, mon sang va se transformer en confiture, dit-elle en riant de sa plaisanterie. Merci beaucoup.

Après les saluts et les cadeaux, ce fut mon tour. Alain posa la main sur mon dos pour me rapprocher de la scène.

– Irina, je te présente le Dr Ana García-Brest. Comme je te l'ai dit, c'est la personne avec qui je travaille.

– Ah, oui, oui, oui…

Je lui tendis une main qu'elle saisit pour m'attirer à elle et me gratifier des mêmes baisers sonores que mon compagnon.

– C'est un plaisir, ma chère.

– Pour moi aussi, Mademoiselle Egorova.

– Non pas, ma chère : Irina, Irina, souligna-t-elle comme si elle m'apprenait à parler. Les amis d'Alain sont mes amis.

– Irina, alors, en convins-je, encouragée par son accueil chaleureux.

Qui a dit que les Russes étaient froids ? Plus tard, j'appris que cette femme était née dans le même village que Nikita Khroutchtchov, Kalinovka, au sud de la Russie, près de la frontière avec l'Ukraine ; les Russes du Sud semblent se caractériser par leur caractère exubérant.

– Bon, bon, je suis ravie de vous trouver en si bonne forme et si beaux. Vous avez fait bon voyage ? C'est la première fois que tu viens à Saint-Pétersbourg, Ana ? Comment trouves-tu la ville ?

Irina n'eut aucun mal à nous prendre dans ses bras et à faire de nous un ensemble très uni, qui semblait prêt à entonner des chants régionaux.

– Oui, oui, c'est la première fois. Il me semble que c'est une ville merveilleuse. Je n'ai malheureusement pas eu beaucoup de temps pour visiter. Je vais devoir revenir plus tranquillement.

– Tu as bien fait de nous donner rendez-vous à Saint-Pétersbourg, Irina. Impossible de ne pas mordre à l'hameçon, plaisanta-t-il.

– Tu n'aurais pas parcouru la moitié de l'Europe juste pour venir me voir, Alain Arnoux. Maintenant, pour montrer une jolie ville à une jolie femme... C'est autre chose, hein ? dit-elle en lui donnant la réplique, qu'elle conclut par un coup de coude dans les côtes d'Alain et un éclat de rire. Assez plaisanté, Irina, se refréna-t-elle. Je vous ai fait venir ici parce que votre demande a ouvert la boîte de Pandore, murmura-t-elle sur un ton théâtral mystérieux. Vous avez éveillé la curiosité d'Irina Egorova, et cela peut-être terrible !

Elle n'était pas capable de rester longtemps sérieuse.

– Mais ne devançons pas les événements. Pas maintenant. Je vous ai fait venir parce que je voudrais entre autres vous présenter mon frère, Anton Egorov, sous-directeur du Département des manuscrits de la bibliothèque. Il nous attend dans son bureau. Suivez-moi.

Anton Egorov était une version masculine de sa sœur. Il était aussi grand, les yeux tout aussi bleus et les cheveux tout aussi crépus et noirs, quoique poivre et sel car il ne les teignait pas. Il était aussi affable, et distribuait les mêmes baisers sonores à droite et à gauche.

Une fois dans son bureau, nous nous réunîmes autour d'une table en noyer à incrustations de laque de l'époque des Romanov, devant un catalogue du TsDAVO, les archives d'État de l'Ukraine.

– Malheureusement, ce n'est pas la première fois que je suis le témoin d'un vol de documents. Peu importent les circuits internes de surveillance, les portiques détecteurs de métaux, les contrôles afin d'obtenir le carnet de chercheur... On n'a jamais les moyens suffisants d'éviter les vols.

– Et ce sera le cas tant qu'il y aura un marché noir de documents historiques pour attirer les trafiquants, releva Alain.

Elle acquiesça avec tristesse avant de revenir au sujet qui nous intéressait.

– Mais cette affaire est différente… déclara-t-elle sur un ton énigmatique.

Une pause dramatique lui permit d'ouvrir le catalogue à la page où se trouvait la référence au dossier Delmédigo.

Anton, Alain et moi restâmes dans l'expectative, penchés sur la table, tous embrassés comme une confrérie par la lumière qui parvenait du plafond et qui nous tombait dessus, nous enfermant dans un cercle lumineux en dehors duquel tout se révélait sombre, comme si nous avions été suspendus dans le vide.

– Plutôt que dérober ces documents, on dirait qu'ils ont voulu en faire disparaître la trace de la surface de la Terre, fit Irina.

Alain fut le premier à articuler des mots, ceux que j'aurais prononcés :

– Que veux-tu dire ?

– Vous consultez des archives, et vous savez que nous, les archivistes, nous disposons de divers instruments pour le contrôle et la description des fonds documentaires. Certains sont à usage interne exclusif, d'autres à usage public, afin de faciliter le travail des chercheurs. Parmi ces derniers, les fiches des catalogues s'avèrent être l'instrument le plus complet quant à la description du contenu du document. Eh bien, les fiches remises avec les documents pour consultation ont disparu (je devine que c'est la même personne qui les a volées). Mais cela ne s'arrête pas là : quelqu'un est parvenu à accéder au système informatique du TsDAVO afin d'effacer le registre de la fiche-catalogue du dossier Delmédigo. Il ne reste pratiquement rien de ce qu'il était et de ce qu'il contenait. Rien, hormis une brève description dans le livre du registre et dans le catalogue, conclut-elle, posant la main sur la copie qu'elle avait apportée.

– Peut-on voir le catalogue ? demanda Alain.

– Je n'y vois pas d'inconvénient, mais il est écrit en ukrainien. Je vous ai préparé une traduction en français, ajouta Irina en y joignant une feuille. Vous constaterez que le niveau d'information est très basique. Le dossier a été classé peu après la fin de la guerre, quand il y avait d'énormes quantités de documents à archiver et qu'on agissait avec plus de hâte que de méthode.

Alain plaça la feuille et le catalogue de façon à ce que nous puissions tous le voir. Les caractères cyrilliques me dissuadèrent sur le champ de toute consultation, et mon regard se porta directement sur la traduction.

774(935)—23 R15
DOSSIER DELMÉDIGO

16 décembre 1941, Einsatzstab Reichsleiter Rosenberg,
Berlin.

Observations : classé secret défense par la source.
Contenu :

1. Lettre du comte Pic de la Mirandole à Eliyah Delmédigo. Florence, 15 mai 1492.
Provenance : archives privées de Thessalonique, Grèce.
Original en latin. Copie traduite de l'allemand.
2. Rapport d'un entretien avec le baron Heinrich Thyssen-Bornemisza de Kaszon. Lugano, 3 novembre 1941.
Original en allemand.

3. Étude généalogique de la famille de Franz Bauer.
Paris,
1er décembre 1941.
Original en français. Copie traduite de l'allemand.

Alain se gratta la nuque.

– Bon, c'est toujours ça, dit-il, se montrant optimiste.

Moi, en revanche, il me semblait qu'on m'avait laissé goûter une petite cuillère du dessert avant de me retirer l'assiette.

– C'est désespérant, soupirai-je. Que dit la police, Irina ? Y a-t-il une possibilité de récupérer les documents ?

Irina souffla bruyamment, découragée.

– La police ? La police, ma chère, a pour habitude de ne rien dire. Et j'ajouterai par expérience qu'ils ne pinceront jamais le type qui les a dérobés. Ils ne le pourraient que s'il recommençait, s'il s'agissait d'un voleur méthodique faisant partie d'un réseau qui approvisionne le marché noir en matériel. Mais il ne s'agit pas d'un vol normal… Non… répéta-t-elle comme si elle avait été en train de réfléchir.

– Qu'est-ce qui te fait penser ça ? s'enquit Alain qui, comme Irina elle-même, avait davantage confiance en l'œil clinique de l'archiviste qu'en la police.

– D'abord, comme je vous l'ai dit, le fait qu'ils aient aussi emporté les fiches. C'est la première fois dans toutes mes années d'archiviste que je vois ce genre de chose. Mais qu'ils aient de plus *hacké* les systèmes…

Je trouvai comique qu'Irina utilise le terme « *hacker* » ; ce fut comme si une douce grand-mère avait lâché un gros mot : choquant.

– Ensuite, à cause du registre de contrôle des prêts. Le dossier a été demandé par courrier il y a trois semaines environ, seulement deux semaines avant votre appel. C'est curieux, parce que depuis qu'il a été déclassé au début des années 1990, c'est-à-dire il y a presque vingt ans, personne ne l'avait consulté. Je vous ai apporté une copie de la fiche de prêt. Elle est aussi rédigée en ukrainien, même s'il n'y a rien de spécial dans les coordonnées de l'emprunteur, un journaliste d'investigation allemand ; bien entendu, tout était faux, aussi bien la carte de chercheur que le passeport qui lui a permis d'accéder aux archives, au nom d'un certain Georg von Bergheim.

Je ne pouvais pas me voir, mais j'avais la certitude d'avoir pâli parce que je m'apercevais que mon sang n'irriguait presque plus mon cerveau. Je crois qu'Alain m'adressa immédiatement un regard. Sans certitude, car j'avais les yeux rivés sur ce nom.

– Que se passe-t-il ? demanda Irina, perspicace.

– Georg von Bergheim est le commandant SS qui était à la tête de l'Opération Émeraude. Il est mort en 1946.

– Ce message m'est destiné, murmurai-je avec un filet de voix, sentant la peau de mon dos se hérisser comme si quelqu'un avait ouvert une fenêtre au fond de la pièce.

Alain me frôla une épaule d'une caresse tiède dont le but était de me réconforter.

– Ana a déjà reçu une menace signée Georg von Bergheim, précisa-t-il.

Les yeux d'Irina s'ouvrirent comme un obturateur d'appareil photo.

– Une menace ?

– Pour qu'elle arrête l'enquête, précisa Alain.

– Je comprends.

Et de la même façon qu'ils s'étaient ouverts, ses yeux se refermèrent pour redevenir petits et astucieux.

– Il va finir par obtenir ce qu'il veut : me faire abandonner. Les menaces ne m'impressionnent pas – bien sûr que si, c'était juste une façade. Mais si à chaque fois qu'on croit ouvrir une porte on nous la ferme au nez, on ne pourra jamais avancer.

Alors Anton Egorov, qui s'était jusqu'à présent tenu en dehors de notre cercle de lumière, se pencha lourdement sur la table et, d'une voix grave, dans un français marqué par un fort accent russe, il déclara :

– Tu ne dois pas te décourager, ma chère amie.

Sa main chaude tapotait la mienne, toute froide.

– Tu ne dois pas te laisser dicter ta conduite par celui qui mutile l'Histoire. Personne n'a le droit de bâillonner ce que le passé a à nous dire.

Autant Irina était prosaïque et directe, autant Anton était allégorique et fleuri.

– On t'a peut-être fermé une porte… mais nous voulons t'ouvrir une fenêtre, et elle conclut sa phrase par un sourire chaleureux et énigmatique.

Anton repoussa sa chaise en arrière, se leva avec la lenteur de quelqu'un qui soulève plusieurs kilos à bout de bras et se dirigea vers son bureau. Dans le silence du lieu, ses mouvements se traduisirent par une succession de frôlements et d'ébrouements. Il alluma la lampe d'un clic et prit un paquet posé sur la table, sur laquelle régnait un ordre scrupuleux pour un bureau. Une nouvelle succession de frôlements et d'ébrouements le ramena près de nous.

Avec précaution, de façon presque solennelle, Anton posa le paquet devant nous : de petite taille, il était enveloppé dans ce qui ressemblait à de la toile de charbon actif, utilisée pour protéger des objets de grande valeur d'agents contaminants extérieurs.

– Voici votre fenêtre ouverte, annonça-t-il.

Anton dut voir notre air perplexe, car il ne tarda pas à presser sa sœur de nous éclairer.

– Raconte-leur ce qu'on a pour eux, Irina.

Le frère et la sœur échangèrent un sourire complice.

– Le terrible outrage commis envers ce dossier m'a m'indignée plus que jamais, commença Irina. Toi, Alain, tu étais venu à mon aide et je ne pouvais rien te donner !

Mon travail consiste à veiller sur l'intégrité des documents, ce genre d'acte me remplit de colère, et encore plus si je dois en répondre devant un ami…

Alain fit mine de relativiser les faits, mais Irina ne se laissa pas interrompre : elle savait très bien où elle voulait en venir.

– J'ai commencé à chercher une issue, comme un animal en cage. J'ai relu à plusieurs reprises les annotations portées sur le registre ; j'avais une sorte de ronronnement dans la tête, un ressort attendant d'être remonté. La clé se trouvait à Thessalonique. Je me suis rappelé ce que tu m'avais dit, Alain : il pouvait provenir du fond documentaire et bibliographique que l'ERR avait évacué de Berlin à Ratibor et que l'Armée rouge avait transféré en Union soviétique à la fin de la guerre. J'ai examiné le reste des archives du fonds, particulièrement celles qui provenaient de Thessalonique, au cas où s'y trouverait une autre référence à Eliyah Delmédigo ou à Pic de la Mirandole. Je n'ai rien trouvé. À ce moment, je me suis rendue compte que le fond documentaire de l'ERR avait été transporté à Kiev, mais que le fond bibliographique était à Saint-Pétersbourg, dans cette bibliothèque ; j'allais peut-être y trouver quelque chose. C'est là que j'ai demandé de l'aide à Anton…

Irina adressa un regard à son frère pour lui donner la parole.

– C'est exact. Le problème, c'est que nous, les bibliothécaires, nous n'avons pas été assez rigoureux ni assez rapides pour cataloguer les fonds provenant de Ratibor. Des tas de caisses débordant de livres et de manuscrits ont passé des décennies dans les sous-sols d'une église abandonnée à Uzkoe, près de Moscou, couverts de poussière et de crottes de pigeon. Après, on nous les a apportées et elles ont à nouveau traîné dans nos sous-sols. De temps en temps, on en ouvrait une pour en faire l'inventaire, sans plus. Et même, après 2001 et le décret qui obligea à inventorier tout le matériel de la Seconde Guerre mondiale, le processus a été lent. Quand Irina m'a appelé au sujet des fonds de Thessalonique, tout ce que j'ai pu lui confirmer est qu'il y avait quelques caisses contenant des livres qui provenaient des bibliothèques des Juifs de Thessalonique spoliées par les nazis. Des caisses qui n'avaient même pas été ouvertes depuis 1945… Mais, ah, mes amis, ma chère Irina est une archiviste inquiète et efficace ! Elle s'est plantée ici, à Saint-Pétersbourg, et en quelques jours, elle a inventorié davantage de caisses que cela n'avait été fait pendant des années. Anton rit bruyamment, pendant qu'Irina rougissait, non sans un certain orgueil.

– C'est vrai, reconnut-elle. J'ai pris Anton par la peau du cou et nous nous sommes enfermés dans le sous-sol. Une palette, une caisse, un livre après l'autre… Que ça ne sorte pas d'ici (je déteste donner du grain à moudre à la presse à sensation), mais il y a de véritables joyaux qui pourrissent en bas : des manuscrits grecs et hébreux, incunables…

L'amoureuse du papier et de l'Histoire qui reposait en Irina se crispait rien que d'y penser.

– Revenons à nos moutons : après quatre jours de travail intense, nous avons trouvé ça… Montre-lui, Anton.

Nos regards se reportèrent sur la masse endeuillée qui se dressait au-dessus la table sous la surveillance quasi paternelle d'Anton.

Ce moment et ce qui suivit furent enveloppés de la tension d'une consécration : le prêtre se dirige vers le tabernacle, en sort respectueusement les objets sacrés, les dépose sur l'autel et lève les mains au ciel pour en obtenir la bénédiction.

Comme le prêtre, Anton ajusta ses gants blancs en coton et retira soigneusement le tissu de charbon actif. Quand il déballa le mystérieux objet, l'air sembla se remplir d'une odeur particulière, celle du vieux papier.

Peu à peu apparut, ressortant sur le tissu noir, une liasse de feuilles jaunies, presque grises, cousues avec un lien en cuir.

– Mon Dieu… Quelle beauté… ne pus-je m'empêcher de murmurer.

– C'est incroyable, n'est-ce pas ? estima Anton, encouragé par mon intérêt. Un manuscrit de la fin du XVIe siècle, merveilleux… La couverture est en cuir repoussé et le papier, en fibres de coton. Il est rédigé avec de l'encre ferrogalique, certainement de la noix de galles, d'où la couleur marron due à l'oxydation provoquée par le temps… Oh, excusez-moi, je me laisse emporter…

– Tu n'as pas besoin de t'excuser, Anton. C'est un joyau que l'on n'a pas souvent l'occasion de contempler, dis-je pour appuyer son élan d'enthousiasme.

– Oui, c'est vrai. Mais nous ne l'avons pas apporté pour ça… Ce joyau a vu le jour grâce à Irina, à sa curiosité et à sa ténacité.

Les paroles d'Anton arrachèrent un demi-sourire à sa sœur. Ensuite, l'expert en manuscrits respira pour annoncer une véritable prosopopée :

– Regardez bien, mes amis. Vous êtes devant le journal du philosophe hébreu Eliyah Delmédigo.

Nos visages s'éclairèrent à l'unisson. Nous étions gagnés par le climat créé par les Egorov : la pénombre du bureau, le rituel de la révélation, l'attente et le mystère. Mais en fait, nous n'étions pas capables de mesurer la portée de cette découverte ; nous n'avions pas la certitude que le manuscrit de Delmédigo soit utile à notre enquête.

Comme si Irina l'avait prévu, elle reprit la parole pour nous fournir d'autres informations sur la trouvaille.

– Quand Anton et moi l'avons découvert, à peine visible au fond d'une caisse, enfoui entre des tomes beaucoup plus volumineux, je ne savais pas très bien si c'était ce que je cherchais. Eliyah Delmédigo parlait-il de *L'Astrologue* dans les pages où il avait consigné ses réflexions les plus intimes ? J'en vins à penser que non, parce que je n'en trouvai aucune mention… Jusqu'à la fin ou presque. Peu avant sa mort, survenue en 1493, je trouvai une annotation.

Irina s'arrêta et, comme si tout cela faisait partie d'une pièce bien rôdée, Anton, sans dire un mot, ouvrit le manuscrit. Un neurochirurgien n'aurait pas mis plus de soin dans la manipulation de cette relique. Il tenait à peine les pages entre ses doigts gantés, et il les tournait au ralenti, comme s'il avait pu les déchirer rien qu'en les frôlant. En fait, le papier crissait de façon menaçante, nous donnant la chair de poule pendant que nous observions la délicate opération.

Aux dernières pages du manuscrit, Anton s'arrêta. Nous pûmes constater que le papier était assez détérioré. Le passage du temps, l'humidité et l'encre ferrogalique avaient commencé à le corrompre, et il était devenu si fin qu'on distinguait à peine les mots écrits en ocre. On pouvait cependant apprécier une belle calligraphie en hébreu, ferme et soignée.

– Voici l'annotation : *20 Tevet de 5253*. C'est une date du calendrier hébreu qui équivaut au 18 janvier 1493 du calendrier grégorien. Je vais vous lire la traduction.

Irina prit un cahier, chaussa ses lunettes et attaqua la lecture de la traduction avec le consentement et la présence imposante de l'original.

« Je devine que la mort me guette, qu'elle rôde comme un loup affamé sur le seuil de ma maison. C'est peut-être pour cela que je suis constamment assailli de pensées concernant des affaires en cours.

Je n'ai pas eu de nouvelles des négociations de mon bon ami le comte Pic de la Mirandole concernant *L'Astrologue*. Un tel silence m'inquiète. Tout comme l'idée que le secret de la Table d'Émeraude puisse être révélé. L'humanité n'est pas préparée pour ce que YHVH a voulu laisser hors de notre portée et de notre entendement. La Table d'Émeraude est un instrument du Diable qui ébranlera les ciments de notre foi et de notre ordre, de notre monde, jusqu'à les renverser et nous mener à l'autodestruction.

Laurent de Médicis était un homme sage, désigné par l'Éternel, qui aurait imposé la raison et la préservation d'un tel secret et des menaces qu'il renfermait. Malheureusement, je n'ai pas la même confiance en son héritier. Je prie le ciel pour que le comte Pic de la Mirandole trouve l'inspiration nécessaire et parvienne à convaincre le *pater* Ficin et le maître Giorgio de la nécessité de détruire *L'Astrologue* et d'effacer pour toujours la trace de la Table d'Émeraude. »

Pendant quelques secondes, l'écho des paroles d'Irina flotta en l'air. Un air lourd, chargé de trop de choses précieuses, de secrets infinis ; de toute l'énergie qu'émettent la logique, l'intuition et l'anxiété ; de toutes les histoires que murmurent les objets du passé dans une langue que nous ne pouvons pas toujours comprendre ; de la magie de la recherche.

– Étonnant.

La voix d'Alain sonna, rauque, écrasée par toute cette charge.

– C'était la Table d'Émeraude que cherchait Hitler…

J'acquiesçai, le regard perdu dans l'infini, avant de nuancer :

– La Table d'Émeraude est le secret que renferme *L'Astrologue*.

Ne vous fiez pas à moi

– Arrêtez-vous ici, s'il vous plaît, indiqua Alain au chauffeur de taxi quand nous passâmes devant la porte de mon appartement.

Pendant que le jeune Pakistanais sortait mes bagages du coffre, nous en profitâmes pour nous dire au revoir.

– Le voyage a été génial. Et très fructueux, affirmai-je, songeant avec satisfaction aux copies sur microfilm du journal d'Eliyah Delmédigo que j'avais dans mon porte-documents.

– Oui… Je t'avoue que ça me fait de la peine qu'il soit fini. Tes mines devant la glace quand tu te mettais du Rimmel vont me manquer…

Heureusement, je savais maintenant repérer le ton persifleur d'Alain.

– Ne t'inquiète pas, je te les refais quand tu veux.

Je l'embrassai sur les deux joues avant de partir.

– On se voit demain ?

– À la bibliothèque de l'université, à quinze heures.

– Bonne nuit.

– Bonne nuit, Ana.

L'appartement de Paris me sembla froid et solitaire, même si, avec le temps, il m'était devenu familier. Je devais reconnaître que, après ces jours passés à Saint-Pétersbourg, cela me faisait bizarre de ne pas avoir Alain dans la pièce voisine. Le voyage en Russie avait supposé un avant et un après dans nos relations. Nous avions passé de nombreuses heures ensemble, partagé des conversations et quelques moments d'intimité, comme celui du Rimmel. Nous nous connaissions un peu mieux et j'avais laissé de côté doutes, méfiance et soupçons, car ils ne cadraient pas avec l'Alain que je découvrais. Il cessait progressivement d'être l'intrus dont il fallait se méfier et devenait mon collègue.

J'allumai toutes les lumières et la télévision pour que son ronronnement me tienne compagnie. Je pensais appeler Konrad pour lui dire que j'étais arrivée à Paris, mais je me rappelai qu'il était à Tokyo, et que là-bas, ce devait être les aurores.

J'ôtai mon manteau et ouvris ma valise pour en sortir mon nécessaire de toilette. Les aéroports et les avions finissent toujours par m'épuiser, et nous avions dû attendre deux heures dans l'avion parce que le mauvais temps nous avait empêchés de décoller. J'allai prendre une douche puis dîner en regardant un film romantique où les larmes coulaient à flots.

La douche fut longue et agréable, de celles qui laissent le miroir embué et la vapeur en suspens dans la salle de bains. En sortant, je mis *Love is the End* dans mon iPod pendant que je m'habillais, mais la chanson ne fit qu'accentuer mon sentiment de solitude.

Avant d'appeler Telechino, j'allumai mon portable pour voir mon courrier et les nouvelles. Je parcourus les gros titres du jour, jusqu'à ce que mon regard s'arrête soudain sur l'un d'eux.

VOL À MAIN ARMÉE D'UN PRÉCIEUX MANUSCRIT DE LA BIBLIOTHÈQUE NATIONALE DE RUSSIE

J'appuyai automatiquement sur la touche pour lire l'article. Je sentis mon pouls s'accélérer et mon épiderme se hérisser à mesure que je lisais.

« D'après les sources de la Rossiiskaia Natsional'naia Biblioteka, la Bibliothèque nationale de Russie, hier soir en fin d'après-midi, un manuscrit du XVe siècle attribué au philosophe juif Eliyah Delmédigo a été dérobé.

Après la fermeture au public, les voleurs sont entrés dans le bâtiment en se faisant passer pour des employés de la compagnie d'électricité et ont pénétré dans le bureau du sous-directeur du Département des manuscrits, Anton Egorov. Après l'avoir mis en joue, ils l'ont obligé à ouvrir le coffre-fort dans lequel se trouvait le document. Les cambrioleurs ont quitté les dépendances de la bibliothèque avec le manuscrit caché dans une caisse à outils.

La précieuse pièce avait été découverte récemment et se trouvait en cours d'étude, de restauration et de préparation pour être ensuite exposée au public.

La police a ouvert une enquête sur l'affaire, et aucun détail n'a filtré jusqu'à présent. »

J'interrompis ma lecture et cherchai le porte-documents avec le regard anxieux d'un animal. Je l'avais laissé sur la table de la salle à manger. Assaillie par un étrange pressentiment, j'éprouvai le besoin absurde de vérifier que les copies microfilmées y étaient toujours. Je me levai d'un bond et traversai précipitamment le salon. Je me jetai avec la même précipitation sur le porte-documents et me battis avec sa serrure… Alors je m'en rendis compte : ce n'était pas le mien… mais celui d'Alain. En le prenant en mains, je revis la sortie du taxi : pendant que nous nous disions au revoir, Alain me l'avait donné en pensant que c'était le mien… ou peut-être pas ! Il était peut-être parfaitement conscient d'emporter mon porte-documents contenant les microfilms… Tout n'était peut-être qu'une manœuvre savamment orchestrée avec le vol du manuscrit original à Saint-Pétersbourg.

J'avais la tête qui tournait. Tout le sang semblait avoir quitté mon cœur pour y affluer. Je me laissai choir sur une chaise, le porte-documents sur les genoux. Je le regardai. Je posai la main sur la fermeture. Le porte-documents d'Alain. Je songeai à l'ouvrir… Et comme si un claquement de doigts m'avait tirée d'une hypnose, je retrouvai le sens commun. C'était ridicule, il s'agissait d'une simple confusion. Alain avait échangé les serviettes par erreur. Je n'avais qu'à l'appeler pour le mettre au courant et tirer la situation au clair.

Je pris mon portable et une voix enregistrée m'informa que le téléphone que j'appelais était éteint ou sans couverture. Je fis quelques nouvelles tentatives ; sans lâcher le porte-documents ni quitter du regard l'écran de l'ordinateur mentionnant le vol. À chaque fois que le téléphone me faisait entendre cette voix impersonnelle et que je lisais la nouvelle du vol, mon estomac se nouait et le doute me reprenait.

Le BlackBerry sonna soudain dans ma main et je sursautai. Je regardai l'appareil avec appréhension et me crispai encore plus en voyant un autre maudit message. « Je ne veux pas l'ouvrir, je ne veux pas le voir, je ne veux rien… », pensais-je en appuyant sur les touches.

Vertrauen Sie niemanden ! Das ist ein gefährliches Spiel. Geb's Auf ! Georg von Bergheim

Je lâchai l'appareil sur la table comme s'il m'avait brûlée.

– Merde, merde, merde… murmurai-je pour me défouler, pour alléger la peur et la tension. Mais le message résonnait dans ma tête. « Ne vous fiez à personne ! C'est un jeu dangereux. Laissez tomber ! »

J'essayai de penser, de réagir, de faire quelque chose… mais je ne pouvais même pas bouger. Je plongeai mon visage dans mes mains et restai immobile, avec le bruit de fond du présentateur de CNN parlant du pronostic du temps dans la région des Grands Lacs… Je maudis Georg von Bergheim. Je maudis celui qui me faisait ça.

Le son strident de mon téléphone m'arracha un cri désespéré :

– Hé, ho, ça va !

Je le regardai avec mépris et sans même avoir envie de le toucher : le nom d'Alain brilla sur l'écran à la lumière bleue. Il continua à sonner pendant que je le regardais, angoissée, au bord des larmes, sur le point d'exploser de tension. Il cessa de sonner. Juste pendant quelques secondes. À nouveau la sonnerie me vrilla les nerfs. Je le saisis et l'observai sur la paume de ma main tremblante. Alain, Alain, Alain… « Ne vous fiez à personne… »

J'appuyai sur le bouton rouge pour raccrocher. L'horrible sonnerie cessa. Puis j'éteignis l'appareil.

J'étais bouleversée en le reposant avec méfiance sur la table. Perturbée par la peur et l'angoisse, à chaque message, chaque appel, chaque vol, chaque nouvelle dans l'ordinateur ; confondue par le cercle qui se refermait sur moi et menaçait de m'étrangler. J'étais consciente que même si je pouvais encore éteindre mon téléphone et l'ordinateur et m'enfermer à triple tour, c'était inutile : le fantôme qui me guettait s'introduirait par le moindre interstice car il semblait me surveiller, flottant au-dessus de ma tête avec son corps éthéré.

Mes yeux tombèrent sur le porte-documents d'Alain… Ce n'était peut-être pas un fantôme qui me surveillait… Je le soulevai lentement et l'ouvris. Je commençai à en vider le contenu : un dépliant sur l'Ermitage, le ticket d'entrée au musée, des bonbons, un paquet de mouchoirs en papier, un dossier en plastique, une liasse de papiers retenus par un clip, un stylo de l'hôtel, d'autres papiers. Tout fut éparpillé sur la table. Les doigts tremblants, je tournai les feuilles : photocopies de documents, notes, informations trouvées sur Internet… Concernant tous nos recherches. J'examinai le contenu du dossier en plastique : une enveloppe jaunâtre et abîmée sur les bords, sans aucune inscription permettant de l'identifier. Je l'ouvris, et le papier crissa de vieillesse. J'en sortis soigneusement un document portant des sceaux officiels. Tout était aussi ancien que l'enveloppe, décoloré et passé.

Je contemplai attentivement l'une des photos. C'était celle d'un jeune homme devant ce qui ressemblait à des écuries. Brun et vigoureux, il fixait l'appareil photo sans embarras et sa bouche s'ouvrait dans un large sourire ; ses joues se creusaient en deux fossettes et ses yeux se fermaient à demi, aveuglés par le soleil. Avec sa casquette sur le côté, ses bottes usées et ses vêtements de travail, on aurait dit un garnement de quartier. Au revers de la photo, quelqu'un avait griffonné d'une écriture ancienne : « Chez les Bauer, Illkirch, août 1932 ».

L'autre photographie était celle d'une jeune fille qui tenait les rênes d'un cheval près d'une clôture. Elle était habillée en amazone. Contrairement au jeune homme, elle semblait fuir l'appareil et son visage était presque dissimulé par la bombe. Au revers, tracés avec la même calligraphie, figuraient ces simples mots non datés : « Ma chère Sarah ».

Je plaçai d'un côté les photos et me concentrai sur le dernier papier que contenait l'enveloppe. Je le dépliai et ma première lecture me révéla qu'il s'agissait d'un document officiel, un certificat de naissance d'un enfant appelé Jacob, signé à Illkirch, le 16 mai 1917. Le fait que l'espace réservé au nom du père tout comme celui de la mère soient vierges et que l'on ait par la suite assigné à l'enfant un nom courant attira mon attention. Il s'agissait d'un orphelin de filiation inconnue.

Je considérai ces trois documents, déconcertée. Ils étaient reliés d'une façon ou d'une autre aux Bauer et à Illkirch. Et cependant, Alain me les avait cachés… Ils n'avaient rien de particulier, mais il me les avait cachés. Et s'il m'avait caché ça… Je finis de vider le dossier. La mauvaise surprise vint avec la liasse suivante : les papiers étaient neufs, imprimés, avec des photocopies et des photos en couleurs. Ma gorge se noua quand je vis des coupures concernant Konrad, des photocopies de clichés de nous parus dans la presse du cœur, un rapport sur les affaires et les activités de mon conjoint et un autre retraçant ma trajectoire professionnelle. Ma respiration s'accéléra et les larmes me brouillèrent la vue, coulèrent lentement sur mes joues tandis que je gardais la tête inclinée sur ces papiers infâmes qui témoignaient de la duplicité d'Alain et trahissaient le loup déguisé en agneau.

Quelques coups énergiques et impertinents frappés à la porte poussèrent mon cœur à la limite de ses pulsations. Je levai la tête, terrorisée comme un animal qui veut flairer l'air, écouter un prédateur aux aguets… mais le présentateur de CNN m'empêchait d'entendre ; je me jetai sur la télécommande pour éteindre la télévision. Le silence fut terrifiant. Mais pas autant que les coups qui retentirent à nouveau. Je me repliai sur moi-même.

– Ana ?… Ana, c'est Alain…

Cela ne me rassura pas. Morte de peur, j'allai à la porte et constatai que j'avais oublié de la fermer de l'intérieur. Je pensai à composer le numéro des urgences, à me cacher sous le lit…

– Ana, je sais que tu es là. J'ai vu de la lumière à ta fenêtre… Ouvre-moi.

Je ne me serais pas sentie aussi vulnérable si la porte avait été en papier. Je me retirai tout au fond de ma chambre, lumière éteinte. Les larmes étaient devenues incontrôlables, et même si je m'efforçais d'étouffer mes sanglots, voire ma respiration, tout semblait me trahir.

La voix d'Alain arrivait amortie à mes oreilles :

– Ana… Allez, Ana… Je veux juste savoir si tu vas bien…

Un autre coup à la porte, encore plus violent.

– Ana. Ana… ! Tu m'entends… ? Laisse-moi entrer ! Ana… Je sais que tu es là !

Nouveaux coups.

– Anaaaaa… !

Silence. Bruit dans la serrure. Le cœur au bord des lèvres.

– Merde !

Un coup. Un nouveau silence. Et enfin, la porte de l'ascenseur.

Non, je n'étais pas courageuse

Le soleil se leva sans que j'aie pratiquement fermé l'œil de la nuit. J'avais les paupières gonflées et la tête bouffie d'avoir tant pleuré, même en dormant. Je me levai paresseusement, incapable d'affronter la journée, et pris un café fort et une aspirine. Après avoir somnolé un moment sur la table de la cuisine, la tasse entre les mains, je réunis la lucidité et le courage suffisants pour rallumer mon téléphone. Les appels perdus d'Alain sautèrent sur l'écran l'un après l'autre et me donnèrent envie d'éteindre à nouveau ce foutu engin. Il y avait même un message :

« Ana, c'est Alain. Excuse-moi, j'ai oublié d'allumer mon téléphone en sortant de l'avion, et je viens de voir tes appels. Appelle-moi quand tu voudras. »

« Ana, c'est encore moi. Je n'arrive pas à te joindre. Appelle-moi, s'il te plaît, pour me confirmer que tout va bien. »

« Ana, je vais passer chez toi. Je suis inquiet. »

Maudit cynique. Menteur, enjôleur… Maudit salopard ! Les larmes coulaient à nouveau quand le téléphone sonna. Si je n'avais pas vu à temps le nom de Konrad sur l'écran, je l'aurais peut-être jeté contre le mur.

– Bonjour, Konrad, murmurai-je en décrochant, essayant de ravaler mes larmes.

– Bonjour, *meine Süße*… Je te réveille ?

– Non, non… Je suis levée depuis un moment.

– Tu vas bien ? Je te trouve… bizarre.

Ces marques d'empathie faillirent déclencher en moi des pleurs hystériques, mais je me retins au prix de gros efforts. Konrad était à des milliers de kilomètres à l'autre bout du monde, c'était injuste de lui faire une scène au téléphone.

– Oui, je vais bien… Enfin, il s'est passé beaucoup de choses.

Je me mordais les lèvres si fort que j'aurais facilement pu les faire saigner.

– C'est à cause de l'enquête ?

– Oui… Le manuscrit a été dérobé…

– Oui, je l'ai vu au journal télévisé… Mais vous en avez emporté une copie, non ?

– Oui… Mais c'est Alain qui l'a…

– Bon, ça n'a pas d'importance…

– Si, ça en a, Konrad ! bondis-je. Il nous trompe, depuis le début. Je ne sais pas exactement ce qu'il cherche, mais je crois qu'il nous utilise… Et puis, j'ai reçu un autre SMS avec des menaces. Juste au moment où Alain n'était pas là… Je vais devenir folle…

– D'accord, *meine Süße*, calme-toi et raconte-moi tout depuis le début.

Obéissante, je lui racontai les événements funestes de la nuit précédente, en insistant particulièrement sur l'avertissement du SMS de ne faire confiance à personne et sur le rapport si complet qu'Alain possédait sur nous. Quand j'eus fini, Konrad se tut.

– Quel salopard, marmonna-t-il enfin.

Je ne sus que répondre.

– Mais je le voyais venir, tous ces gens de l'EFLA sont des charognards. Tu as très bien fait de ne pas répondre au téléphone et de ne pas lui ouvrir la porte, nous ne savons pas exactement jusqu'où il est prêt à aller. C'est peut-être un type dangereux, *meine Süße*. On vient précisément de m'envoyer par e-mail le rapport sur le traçage de l'appel et du SMS…

– Et ?

– Ils ont été effectués depuis un téléphone mobile prépayé acheté dans une boutique Orange du boulevard Sébastopol, le jour où tu es partie à Fribourg. L'acheteur a présenté une fausse pièce d'identité au nom de Georg von Bergheim. Le SMS a été envoyé d'un entrepôt industriel abandonné situé à vingt kilomètres de Paris. L'appel a également été passé depuis ce téléphone, du cimetière du Père-Lachaise… Tout cela est tellement théâtral…

– C'est terrifiant, affirmai-je avec un nœud dans la gorge.

– Je suis désolé, *meine Süße*, mais je ne vais pas pouvoir te retrouver avant vendredi. D'ici là, ne sors pas, dans la mesure du possible, et essaie d'éviter le Dr Arnoux.

– J'ai peur, Konrad, dis-je d'une petite voix, craignant sa réaction. Je voudrais rentrer à Madrid…

– Je sais, *meine Süße*. Tu as des raisons d'être effrayée, mais tu sauras dépasser ça, tu es une femme courageuse, c'est pour cela que je t'aime…

« Tu es une femme courageuse, c'est pour cela que je t'aime… » Non, je n'étais pas courageuse. Il n'était pas possible que Konrad m'aime pour cela. Quoique, à bien y réfléchir, pourquoi m'aimait-il… ? Je faillis m'embrouiller avec cette question, c'était peut-être une évasion, une façon d'éluder le terrible panorama. Il était clair que j'étais déprimée. J'avais besoin de parler à Teo.

– Je t'en prie, ma chérie, ne pleure pas comme ça, tu me fais peur…

– Je suis désolée…

Ces mots humides et tremblants constituèrent un remède pire que la maladie.

– Arrête, Ana. Arrête ça. Écoute ce Georg von Bergheim, qui semble être la seule personne sensée de toute cette histoire. Abandonne, parce que c'est un jeu dangereux. Et ne fais pas tes valises, rentre à la maison, maintenant.

– Je ne peux pas, Teo. Si je le fais, Konrad cessera de m'aimer. Et s'il cesse de m'aimer, j'en mourrai.

Si vous voulez faire une grande découverte

Je me recouchai. J'étais épuisée, physiquement et moralement. Je sombrai dans un sommeil léger, j'ignore pendant combien de temps, jusqu'à ce qu'on sonne à la porte. Trop fatiguée pour sursauter, les nerfs engourdis après toute cette tension, je me retournai et laissai mon rêve aspirer la sonnette et la laisser continuer à tambouriner comme si cela n'était pas en train d'arriver.

Mais si.

– Mademoiselle… C'est Philippe, le concierge. On a apporté un paquet pour vous… Mademoiselle García ?

Je décidai d'ouvrir. En chancelant, et les paupières collées, je passai prudemment la tête par la porte entrouverte. Je fus soulagée de constater que c'était bien le concierge qui me souriait de son visage aimable sillonné de rides.

– Excusez-moi, Mademoiselle. On a déposé cela pour vous. On m'a dit que c'était urgent, c'est pourquoi j'ai décidé de vous déranger.

Je baissai la tête vers le paquet qui ressemblait à une offrande dans les mains du dévoué Philippe : c'était une boîte rectangulaire mesurant approximativement cinquante sur soixante centimètres ; elle était enveloppée dans du papier et attachée avec une corde ; elle ne portait mention ni de l'expéditeur ni du destinataire, ni lettre, ni numéro, ni timbre…

– Qui l'a apportée ?

– Un homme à moto, mademoiselle. Il n'a rien dit, juste que c'était pour vous.

Je finis par me décider à prendre le paquet, non sans réserves.

– Merci, Philippe.

Le concierge inclina la tête et partit en fermant la porte derrière lui et en me laissant seule avec ma boîte. Je me laissai glisser à terre, comme si le poids du paquet avait été trop lourd pour mes genoux, et après l'avoir observé pendant quelques secondes, je commençai à dénouer la ficelle. Si j'avais été mieux réveillée, je n'aurais pas ouvert le paquet sans l'avoir passé aux rayons X ; j'aurais peut-être entendu un avertissement paternel me frôler l'oreille : « Il pourrait s'agir d'une bombe ou d'un chargement d'anthrax… » Mais j'étais encore endormie, et dans mon monde de personne normale, on ouvre les paquets sans réfléchir.

Le processus fut cependant lent et méticuleux. J'ôtai la ficelle et le sonore papier kraft et découvris une boîte en carton ordinaire et insignifiante, aussi anonyme que tout le reste. Peut-être par instinct, je retins ma respiration en soulevant le couvercle. Rien n'ayant explosé ni volé en l'air pour le contaminer, je soupirai. J'écartai d'un air plus décidé un papier de soie blanc et, à ma surprise, un tailleur, parfaitement plié, apparut. Je le dépliai. Il était noir et très simple : veste à col mao et jupe crayon courte ; pas un seul ornement, aucune concession à la joie. Sous le costume, il y avait une enveloppe, un sac en tissu, un étui à bijoux et une petite boîte, mais ce qui retint mon attention fut que ce qui ressemblait de prime abord à un foulard rouge plié s'avéra être un bracelet portant une rune *sig* noire. L'unique contenu de l'enveloppe était une carte en plastique pourvue d'une bande magnétique comme les cartes de crédit, blanche et sans autre distinction qu'un numéro imprimé et une puce. Le sac contenait des escarpins noirs et un collant de la même couleur. Dans l'étui, un pin's argenté avec une autre rune *sig*. Et dans la boîte, une clé USB.

Devant tout le matériel étalé sur le sol, je ne pus m'empêcher de m'interroger sur cette plaisanterie que je ne trouvais absolument pas drôle.

Je pris la clé en laissant tout le reste, et j'allai tout droit la connecter à l'ordinateur. Elle contenait un dossier Powerpoint qui passa sans problème les filtres de l'antivirus. La présentation commençait par une simple diapositive : un fond bleu et un message écrit en allemand en lettres blanches de police Arial.

« Si vous voulez faire une grande découverte, suivez les instructions.

Mettez le tailleur et les chaussures que vous avez reçus, à l'exception du bracelet et de l'insigne. Coiffez-vous avec un chignon simple et maquillez-vous discrètement. Vous devrez être prête ce soir à 20 h 30. Sortez de chez vous avec la carte, le bracelet et l'insigne bien cachés.

Rue de Lille, devant la Galerie parisienne, vous trouverez une Range Rover noire immatriculée à Paris, BZ-189-PT. Le véhicule sera ouvert ; vous trouverez les clés dans la boîte à gants. Montez et démarrez avec le bouton d'allumage. Votre itinéraire figure dans le navigateur. Votre lieu de destination se trouve à 77 km de Paris. Vous devez arriver à 22 h 30 au plus tard.

Une fois à destination, montrez votre identification pour accéder à l'enceinte. Avant de vous garer sur le parking, mettez le bracelet à votre poignet droit et l'insigne sur le côté gauche de votre veste.

IMPORTANT

– Venez seule.

– Ne prenez pas d'arme.

– Vous pouvez apportez votre téléphone mobile, mais vous devrez le laisser éteint à l'intérieur de votre véhicule.

– Ne prenez aucune pièce d'identité ou tout autre document qui permettrait de vous identifier.

– Suivez ces instructions au pied de la lettre, votre sécurité en dépend.

GEORG VON BERGHEIM »

Je n'en croyais pas mes yeux, ni même à l'ensemble des choses dispersées sur le sol du salon. J'en vins à penser que je devais continuer à dormir et que tout cela n'était qu'un cauchemar…

« Si vous souhaitez faire une grande découverte… » Je n'en étais pas sûre. Je devinais que le prix de cette découverte pourrait être trop élevé. Et j'étais la seule à le payer… Alain avait décidé d'être un traître et Konrad me donnait des instructions depuis l'autre côté du globe… J'étais définitivement seule. Seule pour prendre mes propres décisions, pour en assumer les conséquences. Seule pour être moi-même et non l'instrument des autres. Seule pour faire cette grande découverte.

– Tu me dis de ne faire confiance à personne, Georg von Bergheim. Pourquoi devrais-je te faire confiance ?

« Écoute ce Georg von Bergheim, on dirait que c'est la seule personne sensée dans toute cette histoire. »

Je ramassai mon tailleur par terre et le passai par-dessus ma chemise de nuit. Je chaussai les escarpins.

Georg von Bergheim avait deviné ma taille avec une précision inquiétante.

Avril 1943

La Grande-Bretagne et les États-Unis se réunissent à la conférence des Bermudes afin de traiter la situation des Juifs en Europe, sans toutefois parvenir à s'entendre, ni à prendre des mesures concrètes. Pendant ce temps, les nazis continuent à travailler à l'*Endlösung der Judenfrage*, la Solution Finale, pour exterminer l'ethnie juive en Europe, et les premières exécutions massives dans les chambres à gaz ont lieu.

La pluie était si forte qu'on envisageait facilement qu'elle puisse trouer les rues de Paris. Elle tombait avec violence, mais surtout avec fracas ; on n'entendait qu'elle.

Une infirmière avait eu pitié et lui avait donné un vieux parapluie et, bien qu'elle ait constaté en l'ouvrant que la toile était trouée, elle s'engagea sous l'averse grâce à ce parapet en mauvais état.

Georg remonta le col de son manteau et voulut allumer une nouvelle cigarette. Bien qu'il soit protégé par une corniche, ses mains étaient humides, et le briquet glissait entre ses doigts. Comme la goutte qui fait déborder le vase, cela contribua à crisper des nerfs qui l'étaient déjà. Georg proféra un juron, remit le briquet dans sa poche, enferma la cigarette dans un poing et l'écrasa, en colère.

Dès qu'il la vit franchir la porte de l'hôpital, il se dit qu'elle n'était pas très protégée, que ce parapluie n'allait pas lui servir à grand-chose et qu'elle se mouillerait les pieds. Elle pouvait tomber malade, elle était encore faible…

Il envisagea de traverser le trottoir et de la protéger de son caban. Mais il ne le pouvait pas, les officiers SS ne préservent pas de la pluie des femmes qui portent l'étoile cousue sur leurs vêtements. De mauvaise humeur, Georg jeta les restes pulvérisés de la cigarette sur le sol. Il se contenterait d'accomplir son devoir.

Sarah arriva trempée à la pension. À mi-chemin, une rafale de vent avait retourné le vieux parapluie et elle avait fini par l'abandonner dans une corbeille.

La logeuse feignit de ne pas être surprise de la voir après tout ce temps sans être revenue ni avoir payé la chambre. Elle se borna à regarder avec une grimace de mécontentement la flaque d'eau que Sarah laissait sur le sol du vestibule et lui rappela d'un air maussade :

– Le dîner à sept heures, comme toujours. Je ne sais pas comment on va faire maintenant qu'ils ont encore réduit la ration de viande. On va finir par manger des pierres…

La femme continua à marmonner pour elle-même tandis que la jeune fille montait l'escalier. Ce que Sarah ignorait, c'était que Marion avait payé le loyer pour toutes les deux. Elle avait commencé à travailler comme guide pour des agents féminins du SOE, et elle les logeait de temps en temps dans le lit laissé libre par Sarah.

Quand Sarah entra dans la pièce, la première chose qu'elle vit fut l'emplacement où aurait dû se trouver le tableau… Il était vide. Elle ôta ses vêtements mouillés et chercha quelque chose de sec à se mettre, mais son armoire et ses tiroirs étaient vides eux aussi. Il ne restait rien d'elle dans toute la pièce, mais Sarah ne se formalisait pratiquement plus de rien. Elle emprunta simplement une chemise de nuit à Marion et se mit au lit : peut-être les draps parviendraient-ils à la débarrasser du froid et de l'humidité.

Elle ne dormit pas de la nuit. Elle n'avait pas sommeil et beaucoup à penser. Ces derniers temps, elle réfléchissait très souvent, mais toujours à la même chose. Elle retournait régulièrement dans sa tête les mêmes questions, mais elle n'arrivait jamais nulle part, à aucune conclusion. Elle pensait à Jacob, à Marion et à la Résistance ; elle pensait à Bergheim et au tableau, à sa famille… Lors des journées interminables et incertaines à l'hôpital, ce ne furent que des pensées. Mais elle savait que le moment de passer à l'action était venu. D'une façon ou d'une autre, elle devinait qu'elle affrontait un nouveau chapitre de sa vie, au moment où cela semblait être le dernier.

Marion n'arriva qu'à l'aube. Sarah l'entendit arriver dans le couloir, chantonnant en allemand. Elle était un peu éméchée. Elle ouvrit la porte et alluma la lampe. Sarah se trouvait près de la fenêtre, ôtant la toile de calfeutrage pour laisser entrer la lumière du jour. Dès qu'elle l'aperçut, Marion bondit et poussa un cri.

– Par tous les saints… ! Sarah !

Elle s'était figée, les yeux écarquillés et le visage entre les mains. Elle semblait avoir vu un fantôme.

– Marion…

Elles coururent s'embrasser. Marion embrassa Sarah avec force et Sarah, sentant la chaleur d'une étreinte, ne put s'empêcher de se mettre à pleurer. Il y avait très longtemps que personne ne l'avait prise dans ses bras, ne lui avait témoigné la moindre marque d'affection. Qu'elle avait cessé de se sentir humaine.

Marion pleurait elle aussi très fort, comme une pleureuse à des funérailles. Elle reniflait, séchait ses larmes et répétait : « Je t'ai crue morte, je t'ai crue morte. »

Cette tempête d'émotions se prolongea pendant un temps indéterminé pour toutes les deux jusqu'à ce qu'elles se retrouvent finalement assises sur le lit, l'une en face de l'autre, se tenant par la main, tout ce qu'elles avaient à se raconter retenu par un sourire qui n'en finissait pas.

Marion semblait avoir récupéré les kilos que Sarah avait perdus. Elle avait les pommettes plus rondes et rosées et son visage irradiait la santé. Elle sentait la cigarette et le parfum coûteux. Elle avait les cheveux légèrement décoiffés et son rouge à lèvres avait coulé aux commissures. À l'époque, seules les femmes de mauvaise vie avaient cette apparence à Paris.

Sarah lui caressa les joues et lui arrangea un peu les cheveux.

– D'où viens-tu, ma chère Marion ?

Son amie ne montra pas une ombre de gêne. Elle cligna d'un œil cerné de khôl et sourit avec malice.

– Tu me connais, ma chérie. Je n'aime pas passer la nuit à la maison. Paris est plein d'Allemands qui ont des cigarettes, de l'alcool et un tas de secrets à raconter après quelques verres.

Sarah la caressa de nouveau. Elle éprouvait de la pitié pour elle. Marion faisait de la Résistance à sa façon, celle qu'elle connaissait le mieux.

– On m'a dit que tu étais morte. Ces salauds de la Gestapo m'ont dit que tu étais morte.

– Ils ne t'ont peut-être pas menti… Je suis peut-être un peu morte…

Le visage de Sarah était constitué d'angles et d'ombres, de souffrance et de peur. Débordant de tendresse et de compassion, Marion la pressa à nouveau contre son abondante poitrine et la berça dans ses bras comme une petite fille.

– Tu es là. C'est ce qui compte.

– Oui… Mais maintenant, je ne sais pas par où recommencer…

Marion lui raconta qu'après leur arrestation, le Groupe Armé Alsacien s'était dissous. Terrifié, Trotski avait fui

Paris, craignant d'être dénoncé. Aux dernières nouvelles, il avait rejoint le maquis de Normandie. Dynamo, Gutenberg et elle-même travaillaient pour un autre groupe à Paris, un réseau qui recevait et donnait une couverture à des agents du SOE envoyés derrière les lignes ennemies par les Britanniques. Et puis Marion faisait ses petits travaux de nuit, en sortant avec des officiers allemands, ceux qui portaient des épaulettes cousues sur leur uniforme, qu'elle faisait parler pour transmettre ensuite les informations à ceux du SOE.

– J'ai dû ramasser toutes tes affaires, ma chérie. J'amène parfois ici des filles du SOE. J'ai tout apporté chez les Matheus… Ah, ma chérie ! Combien de temps s'est-il passé ? Des semaines, des mois… Cette saloperie de vie me fait oublier jusqu'à la date.

Marion sortit de sa poche un paquet de cigarettes allemandes Sondermischung et en alluma une. Sarah toussa un peu quand la fumée lui piqua la gorge.

– Un jour, je suis allée rue des Saussaies, poursuivit Marion, modulant la fumée avec ses paroles. Je te mentirais si je disais que je venais vous chercher… Telle que tu me vois, je suis une foutue lâche. Mais j'y suis allée. J'étais venue voir un de mes petits copains allemands, et je me suis dit : pourquoi pas, pourquoi ne pas demander de leurs nouvelles ? « Jacob et Sarah ? Nous n'avons personne de ce nom ici », m'a assuré le garde. Alors, un autre qui passait par là s'est approché, a planté sa sale gueule devant moi et m'a dit : « Ce matin, on a sorti une certaine Sarah d'une cellule… Elle était morte. Elle sentait la chienne juive morte. » Ce fils de pute m'a ri au nez et a projeté sur moi son haleine puante. Mon Dieu, Sarah ! Tu aurais dû entendre avec quel sadisme il m'a parlé…

Sarah n'en avait pas besoin. Elle avait vécu le sadisme dans sa chair, elle l'avait vu de ses propres yeux. Mais elle n'en parlerait jamais tant qu'elle vivrait.

Elle devait demander à Marion où se trouvait le tableau, mais elle le redoutait ; elle ne voulait pas connaître une réponse qu'elle pouvait anticiper. Marion l'avait pensée morte… il n'était pas difficile de deviner ce qu'elle avait pu faire du tableau.

– Marion, qu'as-tu fait de la carte ? lui demanda-t-elle en prononçant son nom avec douceur car elle ne voulait pas se fâcher avec elle.

Le visage de son amie s'assombrit. Elle baissa la tête sur ses mains, avec lesquelles elle jouait nerveusement, remuant la cigarette entre ses doigts couronnés de vernis rouge.

– Je l'ai apportée à la comtesse… admit-elle dans un murmure.

Sarah ne dit rien. C'était inutile. Un soupir et un geste de découragement suffirent à Marion pour commencer à s'excuser avec énergie.

– Je n'ai fait que ce que tu m'as demandé ! Ils m'ont raconté que tu étais morte, je te l'ai dit ! Jusqu'à quand crois-tu que j'aurais dû attendre ?

Sarah éprouva soudain le besoin de se dégourdir les jambes. Elle se leva et se dirigea vers la fenêtre. La vitre était glacée et le froid transperça la toile fine de la chemise de nuit. Elle frissonna.

– Je ne suis pas fâchée contre toi, Marion. Je suis fâchée contre moi. Je me suis trompée en te chargeant de la remettre à cette femme…

– Et tu ne peux pas aller la lui réclamer ?

Sarah dessinait avec le doigt sur la buée. Elle traçait un point d'interrogation.

– Je peux… Mais elle ne me la rendra pas.

Elle ne voulait même pas envisager de revoir cette sorcière. Et encore moins maintenant que Jacob n'était plus là pour l'accompagner.

D'un coup désespéré de la main, elle effaça ses dessins sur la fenêtre. Les vitres tremblèrent comme si elles allaient se briser.

– Ah, Sarah, ne sois pas comme ça… Ce n'est qu'un tableau !

– Non, ce n'est pas qu'un tableau. C'est le prix de la vie de Jacob.

Marion fronça les sourcils.

– La vie de Jacob ? Soyons réalistes, ma chérie. La vie de Jacob ne vaut peut-être plus rien…

Les fantômes de Sarah déambulèrent dans son esprit, l'envahissant de l'écho de cris déchirants ou d'un silence encore pire, avec les terribles images de Jacob rossé, couvert de sang et moribond dans la cellule… mais vivant.

– Peut-être, répondit-elle. Mais je ne m'arrêterai pas tant que je ne saurai pas si Jacob est toujours en vie.

Aux portes de l'enfer

À vingt heures trente précises, je traversai le hall du bâtiment L'École entièrement vêtue de noir, coiffée d'un chignon simple, avec un maquillage discret et un petit sac contenant un bracelet, un insigne, une carte en plastique et mon BlackBerry éteint. Je dis bonsoir à Philippe et m'engageai en direction de la rue de Lille, à deux cents mètres seulement de l'appartement.

Ma démarche était vacillante, les talons semblaient en caoutchouc. S'armer de courage ne signifie pas être courageux. Et j'étais morte de peur.

Comme prévu, devant la Galerie parisienne était garée une Range Rover noir, dont la carrosserie impeccable brillait à la lumière d'un lampadaire. La portière du conducteur s'ouvrit sans problème et je m'assis au volant. Le cuir froid couleur sable du siège ne constitua pas le meilleur accueil. Cependant, juchée sur cet imposant tout-terrain, j'éprouvai une curieuse sensation de sécurité et éprouvai le désir de le fermer et d'y rester toute la vie. Une sensation aussi absurde que passagère, qui se volatilisa dès que je démarrai et que l'écran du navigateur égrena l'itinéraire : autoroute A6A direction Bordeaux-Nantes. J'avais les mains glacées en les plaçant sur le volant pour partir.

Le navigateur me conduisit à Fontainebleau, où je pris une déviation menant à Champagne-sur-Seine. Après une route sinueuse regorgeant de tournants, qui entrait soudain dans une épaisse forêt, les indications du navigateur s'arrêtèrent devant l'énorme porte en fer forgé d'une enceinte close. Des caméras de sécurité enregistraient mon arrivée pendant qu'un gardien à l'allure de garde du corps de VIP s'approchait de la voiture. Révisant les instructions de Bergheim, je baissai la vitre et lui montrai la carte. Sans un mot, il nota mon numéro d'identification et celui de la plaque d'immatriculation. La grille s'ouvrit lentement, et le gardien me laissa passer d'un geste de la main. Ma gorge se noua quand je vis dans le rétroviseur la grille se fermer derrière moi : je ne pouvais pas reculer. Par intuition, je suivis le chemin. Je traversai une zone boisée qui débouchait sur un jardin immense et l'on apercevait la silhouette noire d'un *château* Renaissance éclairé avec élégance. Au fur et à mesure que j'approchais, je m'émerveillais de la beauté et de la taille du palais très droit, qui montrait majestueusement les éléments classiques de la Renaissance française : les tours cylindriques angulaires couronnées par des toits pointus en ardoise, les cheminées bigarrées et les escaliers doubles.

Sur la grande esplanade d'accès au palais étaient garées des dizaines de voitures, dont la valeur n'était pas inférieure à soixante mille euros. Je conduisis la Range Rover jusqu'à l'entrée principale et je la garai au bas de l'escalier, où un voiturier, avec le même air de garde du corps que le gardien posté à l'entrée, m'ouvrit la porte et m'aida à descendre. Je restai pendant quelques secondes droite face à l'escalier, comme si j'étais arrivée aux portes de l'enfer, menacée par un silence et une solitude qui ne présageaient rien de bon.

Le voiturier me tira de mes réflexions.

– Madame… Vous devez monter, s'il vous plaît.

M'efforçant de contrôler le tremblement de mes doigt, je mis le bracelet et l'insigne. Je revis soudain l'image de Tom Cruise dans *Eyes Wide Shut* arrivant à la cérémonie de la secte : tout cela y ressemblait de façon inquiétante. Je poussai un profond soupir pour alléger une oppression gênante de la poitrine, mais je ne parvins qu'à expulser de l'air. Je finis par gravir l'escalier.

En haut, un homme m'ouvrit une lourde porte de bois et j'accédai à un hall immense et sombre, aux murs de granit et aux lourds rideaux incarnat. La sensation de cercle dangereux augmenta avec cette sinistre mise en scène. Un autre homme me passa un détecteur de métaux sur tout le corps et me demanda la carte. Juste au moment où il allait la passer sur un lecteur, un troisième arriva.

– On te cherche au contrôle, lui murmura-t-il. Je m'en charge…

L'interpellé toucha son oreillette.

– Je n'ai pas été prévenu…

L'autre haussa les épaules, mais son collègue finit par s'en aller.

Le nouveau venu me rendit la carte sans la soumettre au lecteur. Alors, avec un mouvement rapide, il me glissa quelque chose dans la poche.

– C'est un téléphone mobile, murmura-t-il sans me regarder, feignant de noter quelque chose dans le registre. Les communications sont sur écoute, vous ne pourrez pas l'utiliser pour passer des appels, mais vous en recevrez un ; soyez attentive.

Je restai impassible, scrutant cet homme du regard pour trouver en lui une trace familière. Le même costume noir, les mêmes lunettes noires et la même allure de garde du corps que les autres. Il n'avait rien de différent, il ne me rappelait absolument rien.

– Mais qui… ?

Il continua sans relever la tête :

– Suivez ce couloir jusqu'à la cour d'armes. Asseyez-vous au dernier rang… Et contrôlez cette nervosité. Il est vital de ne pas attirer l'attention. Vous ne devriez pas être ici.

– Alors je vais partir.

Je fis mine de me retourner. C'était bien plus qu'il n'en fallait pour briser ma faible détermination.

– Entrez. Maintenant.

Bien sûr, cette conversation me rassura, mais je tentai d'avancer dans le couloir d'un pas ferme et en gardant contenance. Un couloir sans fin et claustrophobique, sans entrées ni sorties, juste une embrasure au fond, par laquelle s'infiltraient des reflets de lumière orangée et tremblante et les échos d'un discours enflammé.

Je fus saisie par le spectacle qui m'attendait au bout : un déploiement d'imagerie néonazie transformait cette cour d'armes en une scène du Berlin d'avant-guerre. Drapeaux, étendards et tentures qui habillaient la pierre de rouge, blanc et noir. Le seul éclairage provenait de quelques torches réparties sur les colonnes qui entouraient la cour. Des hommes en uniforme disposés en formation militaire. Et, sous une photo géante d'Himmler, une estrade occupée par douze hommes couverts de tuniques rouges. Je fus particulièrement intriguée par le fait que, au lieu du svastika, l'emblème omniprésent soit la rune *sig*, celle des SS.

Je n'osai pas m'engager sur cette scène et me confondre avec un public qui portait les mêmes vêtements que moi, dans sa version aussi bien masculine que féminine. Je me cachai derrière une colonne, quoique j'aurais souhaité que le sol s'ouvre et que la terre m'engloutisse avant de disparaître immédiatement. Stupéfaite, j'observai l'orateur qui, d'une estrade, haranguait une assistance d'au moins cent personnes. La rapidité et la fougue de son discours prononcé en allemand, uni à mon écroulement mental, m'empêchaient de bien en comprendre le sens, mais de temps en temps, je captais des termes tels que guerre, pouvoir, diable, menace, islamisme, judaïsme, christianisme. Puis la diatribe s'acheva avec le même élan. L'assistance se leva et applaudit avec enthousiasme tandis que commençaient à résonner les accords d'une musique martiale à vent et à percussion. Les applaudissements cessèrent et, la main sur la poitrine, ils se mirent tous à chanter de vive voix un hymne qui aurait pu faire frémir les ciments de ce palais.

SS marschiert in Feindesland
Und singt ein Teufelslied
...

Au moment le plus bruyant, je sentis le portable vibrer dans ma poche. Je l'en sortis, appuyai sur le bouton de réception et l'approchai de mon oreille sans oser prononcer un mot.

– Ce que vous êtes en train d'entendre est un hymne SS, commença à m'expliquer une voix profonde. Un chant consacré à la lutte impitoyable, jusqu'à la mort. Une déclaration qui encourage à honorer la mémoire de Heinrich Himmler et à mettre sa doctrine en pratique.

J'éprouvais des difficultés à comprendre ce qu'il me disait dans ce vacarme. Son ton grave et ses paroles confuses me donnaient la nausée. Je sentis mon cœur tambouriner à mes tempes comme un marteau. Tout se mit à tourner...

Wo wir sind da geht's immer vorwärts
Und der Teufel, der lacht nur dazu
Ha, ha, ha, ha, ha !
Wir kämpfen für Deutschland
Wir kämpfen für Himmler

– Il s'agit de *Posen Geist*. Un nouvel ordre, un nouveau monde. Ne devenez pas complice de cette atrocité. Laissez *L'Astrologue* rester une légende.

– Qui êtes-vous ? balbutia-je.

– Partez avant d'être découverte.

– Allô… Allô !

L'appel avait pris fin.

J'observai le téléphone, absorbée, encore étourdie par tout ce qui arrivait, incapable d'en assumer l'ampleur ni les implications, incapable même de réagir pour faire demi-tour et m'échapper.

Alors on me saisit par le bras.

– Suivez-moi.

Je me retournai, terrorisée. L'un des hommes chargés de la sécurité m'entraînait vers la sortie.

– Non… Ma voix résonna faiblement, elle sortait à peine de ma gorge. Non… Je dois partir, je suis désolée…

– Ce n'est pas une suggestion, répliqua l'homme avec un sérieux terrifiant.

Instinctivement, je baissai la tête : une arme visait mon estomac.

– Allons !

Si cet homme ne m'avait pas obligée à avancer, je me serais probablement évanouie.

Je ne pouvais pas m'empêcher de parler, j'exigeais et je donnais des explications de façon simultanée et incohérente : c'était une façon de chasser la peur pendant qu'on me conduisait fermement à travers des couloirs sombres et tortueux. Finalement, sous une poussée qui me fit perdre l'équilibre, je tombai à plat ventre sur le sol d'une pièce aussi sombre que tout le reste. Le coup contre la pierre fut la seule chose qui me fit perdre l'usage de la parole. À terre, j'observai avec angoisse les fenêtres fermées à double tour, et les rares meubles anciens et décolorés ; je remarquai l'odeur pestilentielle de renfermé et d'humidité, et un froid glacial me transperça. Je me mis à trembler.

Le garde me souleva en l'air et me mit debout pour me fouiller en passant ses grosses mains sur tout mon corps. Il me prit mon mobile et la carte avec laquelle j'étais arrivée au palais, tout ce que j'avais sur moi. Ensuite, il me jeta sur une chaise

– Ce passe est faux ! Comment l'avez-vous obtenu ? Il ne criait pas très fort, mais son ton était intimidant.

– Je… On me l'a envoyé…

– Qui ?

– Je… Je ne sais pas… bégayai-je au bord des larmes. Écoutez, je crois… Je crois que c'était un piège… Je suis tombée dans un piège… Je ne savais pas dans quoi je m'engageais…

– Peu importe ce que vous savez ou non. Je veux juste que vous ne sortiez pas d'ici pour le raconter.

– Non ! Je vous en prie ! Je ne sais rien, je vous le jure… !

– Silence !

Avant que ce cri n'ait pu me faire sursauter, je reçus une gifle qui me laissa étourdie. Je sentis très vite couler les larmes sur des joues qui me cuisaient comme si elles étaient à vif.

– Ne sois pas stupide, Paul. Si tu continues à la frapper comme ça, tu vas la faire tomber dans les pommes avant qu'elle ait pu nous dire quoi que ce soit. Je t'ai déjà dit mille fois qu'il y avait des méthodes beaucoup plus efficaces.

Entre mes larmes, je vis l'image floue d'un autre homme du corps de sécurité qui venait d'entrer dans la chambre. Je ne trouvai pas de forces pour protester ni pour implorer leur clémence. La peur avait anéanti ma capacité de réaction.

Le deuxième homme s'approcha d'une table, ouvrit une mallette et commença à fouiller dedans. Comme il se trouvait de dos, je ne pouvais pas voir ce qu'il faisait tandis qu'il parlait à son collègue.

– Et puis, cela nous garantit que ce qu'elle dira est vrai. Sinon, il est très difficile d'éviter qu'ils mentent… Tiens-la…

Tout en prononçant cet ordre, il se retourna, une seringue à la main.

– Non… Non… Lâchez-moi… Non-on-on !

Je donnai des coups de pied comme une possédée, et mon hystérie augmenta dès que je me sentis entravée par cet animal pendant que je voyais l'autre s'approcher de moi en montrant la seringue. Je criai jusqu'à m'égosiller car c'était tout ce que je pouvais faire. Et quand je fus sur le point de me déchirer la gorge…

– Que se passe-t-il ici ? s'exclama-t-on au fond de la pièce par-dessus mes cris.

La scène se figea pendant quelques millièmes de seconde. Mes cris cessèrent. Les gardes se tournèrent vers la porte. Deux coups de feu résonnèrent. Les gardes tombèrent foudroyés. Moi aussi, je restai par terre, me blottissant instinctivement devant la peur d'un troisième coup de feu.

Quelqu'un me tira alors par le bras pour me soulever.

– Allons !

Je le regardai, bouleversée ; il portait le même uniforme que les autres : le costume, les lunettes, l'oreillette. Pourtant…

– Je vais vous aider à sortir d'ici. Nous devons nous dépêcher avant l'arrivée des renforts. On a dû entendre les cris dans tout le château.

Me prenant par la main, il me conduisit à travers les couloirs dans une course folle que j'avais du mal à suivre. Nous tournâmes à plusieurs reprises jusqu'au moment où nous franchîmes une petite porte cachée derrière une cloison. Nous descendîmes l'escalier en dévalant les marches et parvînmes à un tunnel protégé par une grille épaisse. Le mystérieux personnage l'ouvrit dans un fracas de verrous et un grincement de gonds. Il se pencha en avant, éclaira le passage et ordonna :

– Suivez-moi.

Nous dûmes nous y engager en nous penchant, car la hauteur du boyau ne dépassait pas un mètre cinquante. Il s'agissait d'un tunnel creusé dans le sous-sol, humide, sombre et étroit, qui sentait les racines et la terre mouillée. Nous y serpentâmes plus longtemps que je ne l'aurais souhaité, accompagnés par le seul son de nos pas sur la terre et notre respiration agitée. Je pouvais à peine voir devant moi autre chose que le dos de mon guide ; aussi lui rentrai-je dedans quand il s'arrêta devant un mur de terre sans sortie apparente.

– Et maintenant ? demandai-je en haletant, à deux doigts de succomber à une attaque de claustrophobie.

Il ne répondit pas, se hissa sur la pointe des pieds et poussa une trappe dans le plafond. Une bouffée d'air frais généra un léger courant d'air dans le tunnel et je me sentis un peu mieux. À travers ce trou, on distinguait les branches des arbres sur un ciel bleu sombre sans étoiles.

– À partir de là, vous allez devoir continuer seule.

Seule ? D'habitude, ce mot me terrorisait déjà, mais étant donné les circonstances, il fut dévastateur.

– Mais…

– Quand vous sortirez, vous vous retrouverez dans la forêt qui entoure le château, mais qui fait encore partie de la propriété. Suivez le sentier, mais ne l'empruntez pas, vous seriez une proie facile. À cinq cents mètres, vous tomberez sur un ruisseau. Traversez-le. Avancez en ligne droite sur deux cents mètres encore jusqu'à la dernière clôture. Vous devez sauter par-dessus. Heureusement, vous ne serez pas très loin d'une zone à moitié détruite, cherchez-la et sautez par-dessus.

– Attendez, attendez… Sauter ? Non… Je ne peux pas… Il fait très sombre, je ne pourrai pas m'orienter. Alors sauter ? Non, non, non. Je ne peux pas…

J'étais trop effrayée et nerveuse pour affronter tout cela ; je fus même prise d'une sorte de rire inconsistant.

– Écoutez-moi : nous n'avons pas le temps. D'ici quelques minutes, la propriété sera pleine de gardes et de chiens. Si vous ne sortez pas tout de suite de ce trou, vous allez tomber dans leurs griffes comme un lapin. Faites ce que je vous dis. Derrière la clôture, en traversant la route, vous trouverez la Range Rover cachée dans la forêt. Arrêtez de créer des obstacles si vous voulez revenir en vie à Paris.

Du rire, je passai aux larmes.

– Mais… vous ne pouvez pas venir avec moi ?

– Non.

L'homme s'accroupit.

– Montez sur mes cuisses, je vais vous aidez à sortir.

Je levai la tête vers le trou : en haut, tout était sombre.

– Laissez-moi au moins la lampe… Je ne pourrai rien voir… balbutiai-je.

– Le faisceau de lumière trahirait votre position. Vous allez devoir vous débrouiller sans. Allez !

Je commençai à me dire que je n'avais pas le choix : je devais le faire. Tremblante, je posai les pieds sur ses jambes. Il m'aida à garder l'équilibre. Ensuite, il me tint par les hanches pour me pousser vers le haut. Avant, je le regardai.

– Qui êtes-vous ?

Il mit quelques secondes à répondre et, quand il le fit, l'obscurité m'empêcha de distinguer son expression. J'aurais adoré voir son visage quand il dit :

– Georg von Bergheim.

Tout de suite après, je sentis qu'il me poussait fort pour me porter au bord du trou. En tentant de l'escalader, je m'aperçus qu'il avait les bras endoloris à force de s'être battu avec les gorilles. J'eus beaucoup de mal à gagner la surface et, presque hors d'haleine, je me penchai sur la trappe pour jeter un dernier coup d'œil à mon sauveur. Mais il était déjà parti.

Je restai paralysée un moment, allongée par terre, immobile dans le silence et l'obscurité. Un silence et une obscurité qui se diluèrent quelques secondes plus tard. Les contours commencèrent à se dessiner à la faible lumière de la lune : les arbres, les buissons, les buttes, les pierres… Et l'air se remplit de sons étranges : craquements, rumeurs, trilles, cris…

Je sentis un fourmillement sur ma main et quand je regardai, je vis une araignée à longues pattes grimper sur mes doigts. Je m'agitai comme prise d'une crampe violente pour me débarrasser de la bestiole et me levai d'un bond, dégoûtée. Je me sentais très mal. Tout était menaçant et me dépassait. Il me restait toutefois assez de sens commun pour savoir que rester là sans bouger était la pire chose à faire.

La nuit était suffisamment claire pour guider mes pas maladroits à travers cet enchevêtrement d'ombres ; je cherchai donc le sentier. Je ne tardai pas à le trouver et le suivis en parallèle, cachée dans les buissons. Je me déplaçais lentement parmi des arbustes touffus qui m'arrivaient à la taille et me griffaient sur tout le corps. J'essayais de ne pas penser aux centaines d'espèces d'insectes et de bestioles qui pouvaient se trouver cachées là et de me concentrer pour calculer les mètres que je gagnais.

Je n'avais guère avancé quand j'entendis le premier aboiement. Je m'arrêtai net pour m'en assurer, et la confirmation me parvint sous forme d'un autre aboiement, puis d'un autre, et d'un autre, avant de recommencer à intervalles de plus en plus réduits. Je tournai la tête, mais ne vis rien. Cependant, la sensation d'encerclement devint si palpable qu'elle m'étranglait presque. Je tentai de courir : c'était difficile et douloureux dans cette forêt épaisse, et mes chaussures à talons ne m'étaient pas d'un grand secours. Je les ôtai et pressai le pas autant que je pus, ignorant les épines et les pierres qui s'enfonçaient dans la plante de mes pieds. Les aboiements me semblèrent plus proches, et en tournant à nouveau la tête, je vis s'élever dans le ciel les faisceaux de lumière de puissantes lampes torches. Folle de terreur, je fuis en écrasant les broussailles de mon corps. Je trébuchai à plusieurs reprises, je tombai et faillis m'éborgner tout aussi souvent avec une branche. Je devais avoir le visage tout griffé parce que les larmes me brûlaient en roulant sur ma peau.

J'avais beau courir, le ruisseau n'apparaissait nulle part. Je commençai à penser que je m'étais égarée dans ma fuite, et avais perdu la bonne direction. Je ne pouvais continuer ainsi. J'étais épuisée, hors d'haleine, et une douleur aiguë me transperçait l'abdomen et m'empêchait de marcher. J'étais sûre que les vigiles allaient me tomber dessus. J'avançai encore de quelques mètres, comme un jouet dont la pile s'éteint, tout en songeant à me donner pour vaincue et prisonnière, incapable de fuir plus longtemps.

Ce fut alors qu'il apparut, si vite que je faillis mettre le pied dedans sans y songer. Le ruisseau était là, coulant tranquillement, étranger à mon drame individuel. Je n'eus pas le temps de m'en réjouir et m'engageai dans ses eaux glacées sans y réfléchir. Par chance, il n'était ni très large ni très profond, il n'arrivait qu'au bas de ma jupe, et il me fallut à peine une minute pour le traverser. Arriver de l'autre côté me donna un peu d'espoir, et je me crus de nouveau capable d'échapper à ce cauchemar.

Mouillée, épuisée et pliée en deux pour atténuer la douleur du point de côté, je parcourus les derniers mètres jusqu'à la clôture. Je pleurai à nouveau en la voyant. Elle était plus élevée que je ne le pensais mais, arrivée à ce point, une clôture ne constituait pas un obstacle susceptible de m'arrêter. Je pensai même que je préférais mourir en sautant par-dessus que dans les mains de sauvages fanatiques.

Je trouvai la partie à demi démolie. Certaines pierres étaient tombées à l'intérieur et m'aidèrent à me hisser au bord. Il restait encore malgré tout plus de trois mètres. Je regardai en bas pendant quelques secondes. Je n'avais jamais sauté d'aussi haut. Quoique je commençais à avoir fait beaucoup de choses que je n'avais jamais été obligée de faire auparavant… J'hésitai. Pendant quelques instants seulement. Les aboiements des chiens m'aidèrent à ne pas réfléchir trop longtemps avant de fermer les yeux et de sauter.

Je ne me reçus pas très bien et me tordis un poignet, mais cela n'avait pas d'importance. J'avais presque réussi.

Je dois faire confiance à quelqu'un

Je ne me rappelle pas bien le voyage de retour. Il ne m'en reste que des images délavées et des sensations désagréables. Je ne m'explique pas encore où je puisai les forces et la détermination pour rentrer chez moi. Je suppose que ce fut la volonté désespérée de sortir de ce lieu terrible qui me fit dépasser la peur, les nerfs et la douleur, même si je me souviens d'avoir conduit de la main gauche seulement, car je ne pouvais plus bouger la droite depuis ma chute.

En arrivant à Paris, le relâchement de la tension fut dévastateur. Comme si toutes les connexions nerveuses de mon corps avaient été éteintes après une surcharge, j'agissais de façon automatique, comme si je m'étais trouvée sous l'effet d'un puissant tranquillisant.

Enfin réfugiée entre les murs de mon appartement, j'ôtai mes vêtements mouillés et entrai dans la douche. Nue, je pus examiner les traces de mon aventure, les griffures, blessures et hématomes qui parsemaient mon corps ; même ma lèvre supérieur était gonflée à cause de la gifle donnée par ce salaud. Dans ces conditions, l'eau mousseuse agissait comme de l'acide sur ma peau, et la douche fut courte. Je sortis de la salle de bains enveloppée dans le peignoir et m'allongeai sur le lit défait. Je m'endormis avant même d'avoir pu songer à m'habiller et à me sécher les cheveux. Je me réveillai en entendant mon nom, avec le sentiment que je venais de fermer les paupières. Portant, il faisait déjà jour, et la lumière s'engouffrait à flots à travers la fenêtre ouverte. J'entendis de nouveau mon nom… En se redressant, tout mon corps parut se redistribuer en un élancement douloureux, et il me fut tout aussi difficile de quitter le lit et de sortir de la chambre.

Je passai la tête par l'embrasure de la porte du salon, et la première chose que je vis fut Philippe, le concierge, mal à l'aise, qui se répandait en explications pour justifier son intromission.

– Excusez-moi d'avoir utilisé la clé pour entrer, mademoiselle… Vous ne répondiez pas… ni à l'interphone, ni au téléphone, et le Dr Arnoux s'inquiétait. Je vous ai moi-même téléphoné avant d'ouvrir… On entend tellement de choses, de nos jours. De jeunes femmes comme vous…

Le Dr Arnoux ? Dans ma somnolence, je n'étais pas sûre d'avoir bien compris… Je tournai alors le regard vers le séjour. Il était là, près de la table, me regardant de la tête aux pieds, l'air inquiet ; il tenait dans les mains certains papiers de son porte-documents, que j'avais moi-même laissés sur la table la veille et qui étaient restés là.

Je fermai bien mon peignoir et tentai de redresser le dos en signe de dignité, mais mon corps protesta à nouveau et je dus m'appuyer contre le chambranle de la porte.

Philippe poursuivait son plaidoyer :

– Comprenez-moi, mademoiselle…

– D'accord, Philippe, il n'y a pas de problème. M. Köller appréciera certainement votre sollicitude. Mais tout va bien, vous voyez. Vous pouvez partir.

Le concierge hésita. Je suppose qu'une scène croustillante à laquelle il aurait aimé assister s'annonçait.

– Vous en êtes sûre, mademoiselle ? Vous savez que si vous en avez besoin…

– Oui, merci, Philippe. Mais c'est inutile.

Il partit à contrecœur. Alors ce fut comme si le claquement de la porte avait activé le fonctionnement d'Alain.

– Tu peux m'expliquer ce que tout cela signifie ? Ça fait vingt-quatre heures que tu ne réponds ni à mes appels ni à mes messages, que tu n'ouvres pas la porte, que… !

– Prends tes affaires et va-t'en, lui ordonnai-je calmement. J'étais trop fatiguée pour discuter. Je voulais juste qu'il disparaisse de ma vue.

– Bon sang, Ana, j'étais sûr de retrouver ton cadavre au milieu du salon ! Tu ne te rends pas compte ? explosa-t-il.

Immunisée contre sa colère, j'avançai lentement vers la table de la salle à manger. Quoique le simple fait de fouler le sol avec la plante des pieds me fît frémir, je tentai de garder contenance et commençai à ramasser ce qu'il aurait dû ramasser, lui.

– Je t'ai dit de t'en aller.

Alain se montrait nerveux, confondu par mon attitude et mon hostilité. Il voulut m'arrêter en me tenant par le poignet. Je hurlai de douleur.

– Qu'est-ce… Qu'est-ce qui t'arrive ? Je… je suis désolé, je t'ai à peine frôlée.

Mais il ignorait les conséquences de ce simple frôlement.

Je me laissai tomber sur une chaise, ma tête tournait. Je me sentais incapable de continuer à feindre une force que je n'avais pas, comme si la douleur lancinante au poignet avait affaibli tout le reste, y compris ma fermeté. En protégeant la main endolorie avec l'autre, je le regardai en retenant mes larmes. Il n'y avait pas que mon poignet qui était blessé.

Ce fut alors qu'Alain s'aperçut de mon état pitoyable. Il s'agenouilla près de moi tout en gardant ses distances.

– Mon Dieu… Que t'est-il arrivé ?

– S'il te plaît… Va-t'en…

– Cette main a très vilaine allure… dit-il en ignorant mes paroles.

C'était vrai, elle était gonflée et violacée. Heureusement, Alain ne pouvait voir le reste de mon corps meurtri, en particulier les hématomes que je m'étais faits en me débattant contre les gardes, qui avaient laissé des traces violacées.

Sans un mot, il ôta le foulard qu'il portait autour du cou et le plia en triangle. Il me l'attacha sur la nuque et, en faisant très attention, il plaça mon poignet dans l'écharpe qu'il venait de confectionner. Je me laissai faire, je n'avais pas envie de répliquer.

– Tu as des glaçons au congélateur ? Je vais t'en appliquer un peu… Dès que tu seras habillée, on ira voir le médecin…

Je secouai la tête, sans le regarder.

– Non… Non… Je ne vais nulle part avec toi. Je veux que tu t'en ailles.

Alain soupira. Loin de m'écouter, il s'assit sur une autre chaise du séjour.

– C'est à cause de ça, n'est-ce pas ? demanda-t-il en désignant d'un geste de la tête les papiers du porte-documents.

Je ne répondis pas.

– Je peux t'expliquer.

– Vraiment… ? Ça m'intéresserait d'entendre pourquoi tu possèdes tout un dossier de photos nous concernant. Ou pourquoi tu m'as caché du matériel relatif à l'enquête. Et j'adorerais savoir pourquoi tu m'as menti en m'assurant que Konrad t'avait appelé pour participer aux recherches alors que c'est le contraire. Pourquoi ces mensonges, ces intrigues, ces manipulations… ? Pourquoi ai-je l'impression que tu n'es pas ce que tu sembles être, Dr Arnoux ?

– J'ai été stupide…

– Je ne crois pas… Je crois que tu t'es mal comporté…

Je ne réfléchis pas avant de lâcher mon venin. Mais après, je me mordis la langue et sentis le goût sulfureux de l'aversion m'éclater dans la bouche. Je voulus penser que l'angoisse avait parlé pour moi, que je n'aurais jamais dit ça dans mon état normal. Mais je ne reculai pas, j'avais trop mal.

– Tu ne t'embarrasses pas de subtilités, hein ?

– Je ne peux pas me permettre d'être subtile après tout ce qui s'est passé.

Alain se montra si abattu que je m'efforçai d'adoucir le ton.

– Ah, Alain… Pourquoi fallait-il que ce soit toi ? Je t'ai fait confiance, je croyais pouvoir m'appuyer sur toi. Mais tu m'as trahie, tu m'as menti, tu m'as utilisée… Et qui sait ce que tu as pu faire de pire.

– Attends, bondit-il. La seule chose vraie de toutes tes accusations est que je t'ai menti… Même pas, je t'ai juste caché certains points. Et si je l'ai fait, c'est parce que je craignais que Konrad ne me laisse pas collaborer avec vous.

– Pourquoi tant d'intérêt à collaborer avec nous, Alain, au point de mentir… ? Tout le monde semble avoir perdu la tête avec ce foutu tableau… Toi aussi, non ? Peut-être que la Fondation… Ou quelqu'un d'autre derrière tout ça ? osai-je insinuer en craignant encore la réponse.

– Ce n'est pas le tableau, Ana… C'est… personnel… Quelque chose qui ne concerne que moi…

La tête basse, Alain se montrait mal à l'aise et fuyant.

– C'est assez grave pour que tu envisages de ne pas me le dire ? insinuai-je, intriguée.

– Ce n'est pas grave… C'est… intime. Et c'est… difficile… Honteux, même. Tu ne vas peut-être pas comprendre. Et Konrad encore moins. Vous avez des vies brillantes, emplies de réussites…

Je faillis protester : tout ce qui brille n'est pas or. Et par ailleurs, Alain me semblait être un homme brillant, c'était du moins l'impression que laissait sa trajectoire professionnelle. Cependant, je me tus, je ne voulais pas l'interrompre maintenant qu'il avait largué les amarres.

– Vous savez d'où vous venez et qui vous êtes… Moi, en revanche… ma famille est comme un énorme trou qui engloutit tout, c'est une maison remplie de portes fermées et de pièces sombres ; un album de photos vide…

Quand il les mentionna, je me rappelai celles du porte-documents. Je les cherchai parmi les papiers posés sur la table et les pris : des photos anciennes, des photos de famille, des photos des Bauer… Alain les regardait avec moi.

– Chez moi, il n'y a pas de photos, avoua-t-il par-dessus mon épaule. Il n'y en a jamais eu. Ni de mes parents, ni de mes grands-parents… Ni de ma sœur ni de moi. Mon grand-père les gardait toutes au fond d'un tiroir. Il ne les sortait jamais, les plaçait encore moins dans un cadre au-dessus de la cheminée. Il donnait l'impression d'avoir quelque chose à cacher, une chose honteuse… Ma famille est pleine d'absences et d'absents, mais il n'y a pas un seul souvenir, un seul témoignage du passé… Rien ne semble être un motif d'honneur ou d'orgueil. Une fois les cendres des morts dispersées, leur trace disparaît à jamais…

Je tournai la tête vers lui : je voulais continuer à me montrer ferme et offensée ; mais une étrange compassion mâtinée de tendresse commençait à m'envahir.

– Quel est le rapport avec moi, Alain ?

Il fixa son regard sur moi.

– Un jour, tu as dit : « Je crois que c'est Sarah Bauer qui a *L'Astrologue.* » Moi aussi je le crois, Ana. Mais ce n'est pas *L'Astrologue* qui m'intéresse… Ce sont les Bauer…

Je retournai une photo, celle du jeune homme : « Chez les Bauer, Illkirch, août 1932 ».

– Ces photos font partie de celles que conservait mon grand-père. Quand je me suis disputé avec lui à cause de l'affaire Bauer, je me sentais si déconcerté par son attitude que j'ai fouillé en cachette dans son bureau. Je ne savais pas exactement ce que je voulais trouver, je voulais juste l'explication qu'il ne me donnait pas. J'ai forcé un tiroir du secrétaire et j'y ai trouvé ça.

– L'extrait de naissance aussi ?

Alain approuva.

– C'est ton grand-père ?

– Je ne crois pas… Il s'appelait André. André Lefranc. Je n'ai aucune idée de qui est Jacob, ni de ce que faisait son extrait de naissance dans le secrétaire de mon grand-père.

– Et la jeune fille ? demandai-je, regardant la jeune fille vêtue en amazone. « Ma chère Sarah »… Sarah Bauer ?

Alain haussa les épaules.

– Tu te rends compte, Ana… ? Je ne sais rien… Juste que les photographies qui se trouvent chez moi ont quatre-vingts ans et qu'il est écrit « Bauer » au dos. Et je veux savoir pourquoi. Tu es arrivée avec ton enquête au moment opportun, avec Konrad et son chèque en blanc… Je devais profiter de l'occasion…

– Alors ce n'est pas toi qui as envoyé les SMS, ni qui m'as appelée d'une voix caverneuse, ni qui as volé le dossier Delmédigo, ni le journal… ? vérifiai-je sur un ton mi-badin, mi-sérieux, plus soulagée que soupçonneuse.

Alain sourit pour la première fois au cours de cette conversation.

– Non, Ana. Je n'ai rien fait de tout ça… Je t'assure que je ne suis pas une mauvaise personne, juste un peu bête.

Je sentis la chaleur envahir mon visage.

– Je suis désolée… Ce n'est pas ce que je voulais dire. J'étais juste en colère… Tu me pardonnes ?

– Bien sûr… En fait, je le mérite…

– Eh bien oui, tu as été un peu bête. Konrad ne s'intéresse qu'au tableau, ça lui aurait été égal que tu veuilles te renseigner sur les Bauer. Mais maintenant c'est foutu, il ne te fera plus confiance.

Alain s'empara des rapports sur Konrad.

– Je reconnais que cela ne plaide guère en ma faveur… Mais il n'y a aucune mauvaise intention là-dedans. La Fondation a pour habitude d'enquêter sur ses partenaires. Dans ce monde, les opportunistes pullulent, des gens impliqués dans des affaires étranges, et frayer avec eux peut ternir notre nom et entacher notre réputation. On doit prendre des précautions…

– C'est logique… Enfin, je pense.

– Ça me suffit. Ça me suffit que tu me fasses à nouveau confiance, dit Alain en me regardant avec anxiété, comme s'il avait attendu une réponse de ma part.

Je soupirai. Mon poignet me faisait un mal de chien et j'étais très, très fatiguée. Tout cela m'avait fait baisser la garde. Je me sentais sensible et vulnérable ; j'avais envie de faire confiance.

– Tu sais, la nuit où nous sommes rentrés de Saint-Pétersbourg – cela me semblait remonter à une éternité –, j'ai reçu un autre SMS : « *Vertrauen Sie niemanden !* ». Ne faites confiance à personne… Mais je ne peux pas. Je dois faire confiance à quelqu'un, ou je vais devenir folle… Ne me refais pas ça, Alain. Je ne veux plus de mensonges, le prévins-je.

– Je te le jure. Moi non plus, je ne les aime pas. Je me réjouis que tu aies emporté mon porte-documents par erreur et que tout cela ait été découvert. Maintenant que j'ai craché le morceau, je me sens beaucoup mieux.

Et moi donc.

Alain s'entêta à me conduire à l'hôpital. Je suppose que cela lui servit de pénitence. Aujourd'hui, tout homme qui arrive dans un centre médical avec une femme couverte de bleus est immédiatement soupçonné de violence domestique. Et Alain dut supporter plus d'un regard soupçonneux.

La doctoresse qui m'examina n'hésita pas à m'interroger tout en m'injectant un calmant et en me passant une bande élastique autour du poignet :

– Comment vous êtes-vous fait ça ?

– Hier soir, on a essayé de me voler mon sac. Je ne l'ai pas lâché et on m'a tapé dessus, improvisai-je en évitant les détails.

– L'homme qui vous accompagne est-il votre partenaire ?

– Non… C'est un collègue.

En sortant de l'hôpital, j'avais tellement faim que je défaillais. Les parfums de cuisine qui serpentaient à tous les coins de rue me chatouillèrent l'estomac.

Nous entrâmes dans un petit restaurant de quartier fréquenté par des employés : tables aux nappes en papier et cuisine simple et rapide basée sur ce que les Français appellent une *formule*, entrée et plat ou plat plus dessert, le tout pour douze euros.

– Tu vas me raconter ce qui t'est arrivé ? se décida enfin à me demander Alain pendant que je me battais avec la croûte de fromage fondu d'une soupe à l'oignon.

Je lui adressai un demi-sourire triste par-dessus la cuillère, dans la mesure des possibilités de mes lèvres enflées.

– J'ai rencontré Georg von Bergheim, répondis-je pour gagner du temps ; je ne savais par où commencer, je ne savais pas si je voulais commencer.

Alain haussa les sourcils en guise de réaction. Puis il sembla capter le message…

– Tu n'es pas obligée de m'en parler. Seulement si tu le veux… Je pensais que tu pourrais en avoir envie…

Son expression me fit penser à un refuge de montagne en pleine tempête de neige, avec sa cheminée fumante et ses fenêtres peintes d'une lumière dorée. Alain avait un de ces visages chaleureux et incroyablement affables qui incitent à s'épancher et à se confesser jusqu'aux âmes les plus hermétiques. Et je ne suis pas précisément une âme très hermétique.

Je commençai à parler en hésitant, comme un moteur froid qui a du mal à démarrer, avec plus de réticence que d'enthousiasme. Mais le moteur se réchauffa progressivement : je lui parlai du SMS, du mystérieux paquet, de l'uniforme, des runes *sig*, de la Range Rover noire, du *château* et de tous les événements horribles auxquels j'avais assisté et dont j'avais souffert. J'hésitai à nouveau en parlant des gardiens, des mauvais traitements, de la seringue et de la fuite pénible : le formuler rendait le cauchemar réel, et les mots ne coulaient pas aussi facilement… J'avais faim en entrant au restaurant, et pourtant, la soupe à l'oignon avait refroidi dans le bol en grès.

Alain m'écouta en silence, attentivement, presque sans ciller. Il me laissa parler sans m'interrompre et se tut même quand je considérai mon récit comme terminé. Incapable de soutenir son regard, je baissai la tête sur la soupe oubliée.

– Et maintenant, tu vas me dire que je suis folle, que j'ai été insensée et que j'ai commis une sottise ?

– Non… J'allais te dire que je suis impressionné. Il faut en avoir, pour y être allée toute seule, si tu vois ce que je veux dire.

– Merci, mais je ne crois pas que ce soit du courage, je crois que j'essayais de me prouver quelque chose, même si je ne sais pas très bien quoi…

– Tu es restée seule sur le champ de bataille et, au lieu de te rendre, tu as décidé de continuer et de combattre.

– Un suicide…

Alain sourit.

– Peut-être. Mais maintenant, tu peux te sentir très fière de toi.

– Merci, lui répondis-je, sincèrement reconnaissante.

J'étais très sensible, et les petites tapes sur l'épaule étaient très réconfortantes.

Le serveur retira la soupe froide et nous apporta le plat de résistance : du bœuf *bourguignon*. De ma main indemne, je piquai les morceaux de viande nageant dans une sauce au vin rouge.

– Que pense Konrad de tout ça ? Que comptez-vous faire ? s'enquit Alain entre deux bouchées.

– Il ne sait pas encore ce qui s'est passé, il est dans l'avion de retour du Japon. Je n'ai aucune idée de ce qu'il en pensera quand il l'apprendra. Quoiqu'il ne soit pas homme à se laisser intimider facilement…

– Et toi, que veux-tu faire ? Après tout, c'est toi qui es en première ligne…

– Je ne sais pas… J'ai encore trop mal pour réfléchir clairement… Je serais contrariée d'arrêter les recherches. De quel droit quelqu'un peut-il m'en écarter ? Mais d'un autre côté… Et si ce qu'ils m'ont dit était vrai ? Et s'il valait mieux laisser dormir les secrets… ?

– Tu dis ça à cause de la Table d'Émeraude ?

J'acquiesçai et mon visage devint encore plus grave.

– Qu'est-ce que ça signifie, Alain ? Pourquoi quelqu'un ne veut-il pas que je voie la lumière ?

Alain but et s'essuya la bouche avec sa serviette avant de répondre.

– Pendant que tu jouais les Lara Croft, j'ai fait le rat de bibliothèque, plaisanta-t-il. J'ai cherché des informations sur la Table d'Émeraude… De l'ésotérisme à l'état pur, Ana. Magie, alchimie, hermétisme… De la fiction.

– Mais qu'est-ce que c'est exactement ?

– Je vais te passer mes notes… Mais nous ne devrions pas tenir compte des légendes. Nous ne sommes pas des historiens, des scientifiques, ce n'est pas notre domaine. Tu cherches un tableau, une toile recouverte de peinture, une chose réelle et tangible qui présente un intérêt de par sa valeur artistique et historique. Le reste n'est que des bobards.

Je me surpris à me soucier des conséquences du surnaturel. J'étais une femme plutôt réaliste et pragmatique, qui n'aime pas beaucoup l'impalpable. Je suppose que j'étais très affectée par tout ce à quoi j'avais assisté. Cependant, les raisonnements d'Alain me remirent les idées en place, et cela ne me coûta rien d'invoquer d'autres arguments plus tangibles :

– D'accord : la Table d'Émeraude est une légende. Mais quelqu'un croit aveuglément en ses pouvoirs surnaturels et il est prêt à aller jusqu'où il faudra à cause de ce que nous considérons comme des bobards. Je t'assure, Alain, ces types ne sont pas des boy-scouts. Et derrière ces organisations, il y a beaucoup de psychopathes… Rappelle-toi ce taré de Norvège, Breivik : un nationaliste convaincu de sa tâche messianique. Ou, en Allemagne, la bande des meurtriers des kebabs, les assassins néonazis. Je ne sais pas… Je ne sais pas si je veux jouer ma vie pour un tableau… Et cependant, je ne veux pas non plus me rendre devant les menaces de quiconque… Ah, Alain, je ne sais pas quoi faire… fis-je sur un ton plaintif.

– Je comprends… Mais je ne peux pas t'aider à prendre une décision. Je ne veux pas te cacher que je vais continuer à enquêter sur les Bauer. Je ne sais pas si cela m'éloignera ou me rapprochera de *L'Astrologue*, je ne sais pas si cela va faire de moi le point de mire. Ça m'est égal, je ne vais pas me retirer, car je suis le seul responsable de ma propre sécurité, et j'en assume les conséquences. Quant à toi… Je ne nierai pas que j'aime travailler avec toi, je préfère ça au travail en solitaire. Je crois qu'on forme une bonne équipe et que, même si nos emplois du temps sont différents, ils convergent en un point. Je suis sûr que la recherche avancerait plus vite si on travaillait ensemble plutôt que séparément. Mais je ne vais pas t'encourager à poursuivre. Pas à partir du moment où je ne peux pas garantir ta sécurité. S'il t'arrivait quelque chose, je me sentirais responsable et coupable.

Je le regardai fixement, avec mon demi-sourire qui le remerciait de sa compréhension, tout en me disant que j'avais vraiment été idiote de me méfier de lui.

Soudain, sans très bien savoir pourquoi, et avec une conscience plus accrue des dangers que j'affrontais, j'eus moins peur.

Mais Alain et moi n'étions pas les seuls à faire partie de l'équipe.

– Il faudra attendre de voir ce qu'en dit Konrad. C'est lui qui a le dernier mot.

Qu'est-ce qu'on va faire maintenant, Konrad ?

– Tu es insensée, inconsciente ! Comment as-tu pu jouer le jeu d'un pauvre taré ? Tu te rends compte de ce que tu as fait ? Tu as couru un risque absurde ! S'il t'était arrivé quelque chose, dans quelle position me serais-je retrouvé ? Je suis responsable de ça, de toi !

La réaction explosive de Konrad me cloua sur place. J'aurais pu la prévoir, car tandis que je lui racontais tout ce qui m'était arrivé, j'avais vu son expression changer : ses paupières se fermaient, ses lèvres se serraient, ses veines étaient apparentes sur les tempes, et son visage tout congestionné s'assombrissait. Jusqu'au moment où il finit par éclater en reproches. Je l'avais déjà vu contrarié, voire fâché, de cette manière sourde et contenue qui le caractérisait. Mais je ne l'avais jamais vu exploser ainsi.

Konrad vida d'un trait le contenu d'un verre de whisky. Il était arrivé à la maison après minuit, fatigué par le long vol de retour du Japon. Le moment était mal choisi pour affronter ce panorama.

Collée au comptoir qui séparait la cuisine du séjour, je l'observais en silence. Il posa d'un coup son verre sur le buffet et me lança un regard hostile de l'autre bout de la pièce.

– Tu ne comptes pas répondre ?

Je nouai le gilet en tricot que je portais sur ma chemise de nuit et haussai les épaules. Konrad profita de mon silence pour se servir un autre verre. Alors je tentai de prendre de l'assurance devant lui.

– Je ne suis pas une gamine, me risquai-je. Je ne suis pas sous ta responsabilité. À chaque fois que je fais quelque chose, je ne veux pas me demander si ça t'inquiète ou non, si tu vas te mettre en colère ou non. J'ai le droit de prendre mes propres décisions.

Konrad se retourna, disposé à attaquer.

– Comment peux-tu être aussi ingrate ?

Son regard me retourna l'estomac. J'avais oublié à quel point il pouvait se montrer cruel à certaines occasions. Et sa cruauté me faisait peur.

– Tu… Tu as dit que j'étais courageuse. Et tu as dit que c'était pour ça que tu m'aimais. Je devais te prouver que je le suis…

– Il y a une différence entre le courage et la folie…

– Alain pense que j'ai eu beaucoup de courage.

Konrad écarta le verre de ses lèvres avant même d'y avoir bu.

– Alain. Le Dr Arnoux ? Mais enfin, qu'est-ce qu'il a à voir dans tout cela ? N'avait-on pas décidé de le tenir à l'écart, que c'était un traître ? Je vais coller le plus vicieux de mes avocats sur le dos de ce salaud !

– Non, Konrad… ! C'était un malentendu. Il avait juste peur que tu ne le laisses pas collaborer.

Konrad me regarda sans comprendre. Il se laissa tomber sur le canapé ; il semblait las de tout. Je poursuivis malgré tout mes explications.

– Ce n'est pas le tableau qui l'intéresse… Il veut faire des recherches sur sa famille, ses origines…

– Ça suffit, Ana. Je ne veux pas parler de ce type maintenant, qu'il aille se faire foutre ! Pour ce soir, j'ai mon compte… Rien que de penser à ce qui t'est arrivé…

– Mais il ne m'est rien arrivé ! Et maintenant, on sait des choses qu'on ne savait pas avant. On sait qui on affronte… Tu ne peux pas t'en réjouir ? Me dire que j'ai fait quelque chose de bien ?

Le regard de Konrad devint astucieux.

– Et qui est-ce qu'on affronte, Ana ? *Posen Geist* ? Georg von Bergheim ?

– Georg von Bergheim est mort… Qui que ce soit, cet homme essayait juste de me prévenir.

– C'est ce que tu crois ? Je dirais plutôt qu'il s'agit d'un fantôme de chair et d'os qui t'a fait te jeter dans la gueule du loup, te mettre en danger sans aucun scrupule et risquer ta vie comme si pour lui, elle ne valait rien. Dis-moi, Ana, tu sais vraiment qui on affronte ? Tu penses vraiment qu'un bon Samaritain, au nom de Georg von Bergheim, qui est un nazi convaincu, un membre des SS, voudrait te prévenir du danger… ? De quoi dois-je me réjouir, que tu te sois exposée ?

Konrad but son verre et se frotta les yeux avec les doigts. Quand il leva la tête, le regard perdu et les paupières rougies, il semblait absent. La colère avait cédé la place à l'épuisement sur son visage, et cela m'attendrit.

– Je regrette, murmurai-je. Je ne pensais pas que tu te mettrais tellement en colère…

– Je m'inquiète juste pour toi, affirma-t-il, encore absent, d'une voix neutre, le visage impassible.

Je m'approchai et m'assis à côté de lui. Je posai la tête sur son épaule. Je lui pris la main. Il s'écoula encore plusieurs secondes avant qu'il ne me serre les doigts, ne passe son bras autour de mes épaules et ne m'attire vers lui.

Il finit son deuxième verre, le posa de côté et tint ma main bandée dans la sienne, l'observant attentivement.

– Tu dois te rappeler que ce n'est qu'une partie infime de ce qui aurait pu t'arriver. Ne recommence pas à jouer avec le feu.

– Attention, j'ai encore mal…

Konrad ne semblait pas s'apercevoir qu'il serrait de plus en plus fort ma main dans la sienne, grande et forte.

– Excuse-moi, dit-il en la lâchant.

Le silence qui s'ensuivit me rendit nerveuse. Konrad aussi. Serrée contre lui, je sentais ses muscles tendus.

– Je vais me servir un autre verre, annonça-t-il en se redressant.

Avant, il m'embrassa. Son baiser avait un goût d'alcool et me plut, il était doux et onctueux ; mais il irrita très vite ma lèvre blessée et je m'écartai.

– Prends quelque chose pour m'accompagner. Je ne veux pas me saouler seul, dit-il d'une voix rauque.

– Non… Je ne peux pas boire d'alcool avec les calmants.

Il en convint et partit chercher les boissons. Sans glaçons. Sans eau. Il se servit un demi-verre de whisky pur.

– Qu'est-ce qu'on va faire maintenant, Konrad ?

Je n'avais guère envie d'en parler, mais je ne pouvais pas attendre pour savoir à quoi m'en tenir.

– Continuer, répondit-il sans la moindre hésitation, comme si c'était évident, comme s'il n'y avait pas matière à discussion.

Je ne discutai pas. Je ne pouvais pas lui jeter à la figure que j'avais prouvé avoir du courage pour lui exposer ensuite mes craintes. Et puis cela n'aurait servi à rien.

– Ces gens croient que la Table d'Émeraude possède un pouvoir surnaturel. Hitler le croyait aussi, me bornai-je à constater.

Entre deux gorgées de whisky, j'aperçus une expression énigmatique sur son visage.

– Vraiment… ? Alors cela augmente la valeur de *L'Astrologue*. Raison de plus pour que tu le retrouves.

Je tentai de me faire l'avocat du diable.

– Pourtant, Alain dit que cela relève du mythe.

La seule mention d'Alain l'exaspéra à nouveau. Il s'assit à côté de moi, me saisit le visage d'une main et me fixa du regard. Il me regarda d'un air étrange qui me mit mal à l'aise.

– Je crois que cet homme te dit trop de choses, *meine Süße*.

Son haleine sentant le whisky me frappa le visage.

– Je veux le voir demain dans mon bureau, ordonna-t-il en glissant les mains sous ma chemise de nuit.

L'objet de leur affrontement

Le bureau de Konrad à Paris se trouvait en plein milieu de la rue de la Paix, au dernier étage d'un immeuble néo-classique. Des balcons, on apercevait l'entrée du Ritz et l'obélisque de la place Vendôme. Il était vaste, et sa décoration dans les tons crème et ses meubles en palissandre étaient couronnés par d'impressionnantes œuvres d'art expressionnistes, par un nu de Modigliani et par un cheval de bronze de Giacometti.

Nous y donnâmes rendez-vous à Alain à seize heures. Comme on était samedi, la secrétaire n'était pas là ; j'allai donc préparer les cafés tandis que Konrad et Alain parlaient du Modigliani dans une vaine tentative de briser la glace. Je pensais qu'à mon retour, la tension se serait adoucie grâce à l'art, mais bien au contraire, je les retrouvai en plein défi à la table des réunions.

Alain se leva pour m'aider à disposer les tasses pendant que Konrad improvisait un discours agressif.

– Il s'agit d'une intrusion injustifiable, Dr Arnoux. J'ai besoin d'une bonne raison pour renoncer à mon droit de vous dénoncer… Laissez-moi terminer, s'il vous plaît. J'ai l'habitude d'être l'objet de toute sorte d'espionnage et de pratiques mafieuses ; je dispose de nombreux moyens pour y faire face. Mais il me semble honteux et indigne qu'Ana ait été victime de vos manigances.

Profitant du fait que j'avais posé la dernière tasse sur la table, Konrad me prit la main et, après y avoir déposé un baiser, me fit asseoir sur la table puis m'embrassa à nouveau sur la joue. Cet exhibitionnisme me sembla inutile.

– Je croyais vous l'avoir expliqué.

Alain ne parut pas découragé par le ton de son interlocuteur.

– Pour commencer, je n'ai rien fait d'illégal. L'information contenue dans le dossier sur le Dr García-Brest et vous est publique, ce n'est qu'une compilation. En outre, la Fondation est une entité à but non lucratif qui subsiste grâce aux subventions et aux sponsors. Son renom est la clé de sa durée. Nous devons nous assurer que les intentions de toute personne avec qui nous sommes en relation sont honorables. Nous devons savoir avec qui nous travaillons.

– Je vois. Mais l'une des conditions de votre collaboration a été de tenir la Fondation à l'écart. Elle ne travaille pas avec moi et réciproquement. De sorte que cette enquête n'est pas seulement intrusive, mais aussi abusive.

– Pas à partir du moment où je suis moi-même un membre éminent de le direction de la Fondation et où tout ce que peux faire, même à titre personnel, affecte son image, surtout en ce qui touche au monde de l'art. Vous devez comprendre que si je mets les pieds dans la boue, la Fondation en est éclaboussée.

– Écoutez, Dr Arnoux, j'ignore ce qui se cache derrière vos belles paroles et vos sombres intentions. Je vous ai déjà dit en temps voulu que la Fondation ne méritait aucun respect de ma part, mais que je vous ferais confiance. Vous, en revanche, vous avez trahi cette confiance, vous m'avez trahi, ainsi que le Dr García-Brest. Vous avez profité de ma bonne foi, de mes ressources et de mon financement. Vous avez obtenu beaucoup, sans rien risquer en échange…

– Prendre des décisions dans le confort d'un bureau est simple, M. Köller. Quant au risque financier… Pour être franc, j'oserais assurer que toute opération à laquelle vous participez chaque jour en comporte bien plus. Ana est la seule qui ait vraiment pris des risques dans cette enquête. Elle a mis sa propre vie en danger…

– Exact ! Et où étiez-vous ? Où étiez-vous quand elle avait besoin de vous ?

– Juste de l'autre côté de sa porte ! Et vous ?

– Ne me posez pas ce genre de questions, Dr Arnoux ! Notre relation ne vous regarde pas ! Et elle non plus !

Sans oser intervenir, j'étais témoin de l'escalade de la tension entre Konrad et Alain. Je les avais vus se pencher sur la table, élever le ton, l'air aigri, se comporter comme des voyous à qui il n'aurait manqué que de remonter leurs manches, de serrer les poings et de se défier d'aller se battre dans la rue. Mais ce qui m'avait stupéfaite, cela avait été de constater comment, à mon insu et sans raison, j'étais devenue l'objet de leur dispute, et cette discussion avait dérivé de façon absurde, était entrée dans une spirale d'affrontement insensée.

– Un instant, un instant, les interrompis-je. Envahie par la honte que j'avais d'eux et de moi-même, je décidai qu'il fallait mettre un terme à ce non-sens.

Ils me regardèrent tous les deux comme s'ils venaient de s'apercevoir de ma présence. Essayant de dominer le tremblement de ma voix et de mes mains, je voulus arbitrer le combat :

– Essayons de nous calmer, si vous le voulez bien. Pour commencer, j'aimerais bien que vous cessiez de parler de moi comme si je n'étais pas là. Et pour continuer, j'aimerais que vous cessiez simplement de parler de moi.

Alain baissa la tête. Konrad le fixa en semblant davantage étouffer la vapeur qui lui sortait des oreilles qu'écouter ce que je pouvais avoir à dire.

– Nous sommes ici pour parler exclusivement de l'enquête, pour décider comment on va continuer. Tout le reste est une perte de temps et un gâchis absurde. Le passé est le passé, la question est qu'allons-nous faire à partir de maintenant.

Je me tus, agitée et en sueur. À côté de moi, les antagonistes se reprenaient en silence après m'avoir prêté attention. Moi aussi.

Alain se racla la gorge.

– Tu as raison, convint-il. On ferait mieux de se concentrer.

Konrad finit son café, rejeta sa tasse de côté, posa les coudes sur la table et joignit les extrémités de ses doigts devant son visage. D'un geste résolu très caractéristique, il conclut :

– Je comprends, Dr Arnoux, que vous avez l'intention de continuer à collaborer avec nous. Mais pourquoi devrais-je vous redonner ma confiance ?

– Vous n'y êtes pas obligé, à vous de décider. À ce stade, rien de ce que je pourrais vous dire ne vous convaincra, et je n'y compte pas non plus. En fait, je vais continuer mes recherches, avec ou sans vous ; vous ne pouvez pas m'en empêcher. En agissant séparément, nous entrerions dans une concurrence directe qui ne bénéficierait à aucun de nous. Cela dit, vous verrez ce qui vous convient le mieux.

La réunion s'acheva sur un accord de collaboration précaire. Konrad avait accepté Alain comme un moindre mal, un allié de hasard.

Quand il ferma la porte et que nous nous retrouvâmes seuls, je l'affrontai.

– On peut savoir ce que cela signifie ? Qu'est-ce que tu cherchais ? Mieux vaut qu'il ne se rende pas compte qu'on a plus besoin de lui que l'inverse…

Sans un mot, d'un mouvement rapide, Konrad me saisit au-dessous de la mâchoire et me plaqua contre le mur. Il me cogna la tête. Ses yeux jetaient des étincelles, et les mots s'infiltrèrent à travers ses dents serrées :

– Jamais. Tu m'entends ? Ne me remets jamais en question devant quelqu'un. Ne me dis plus jamais ce que je dois faire.

Après avoir craché cette phrase, il me scella la bouche d'un baiser violent, appuyant si fort sur mes lèvres qu'il fendit la croûte qui commençait à se former sur la blessure récente.

– Jamais, *meine Süße*.

Il me lâcha enfin, ouvrit la porte et sortit, me laissant collée au mur, avec le goût oxydé du sang sur la langue. Je m'assis par terre, privée de souffle, tellement bouleversée que je ne pus même pas parler.

Je n'eus pas de nouvelles de Konrad avant le lundi, quand il arriva à l'appartement avec un énorme bouquet de fleurs et un bijou de chez Cartier.

Tandis que je contemplais le bracelet en brillants avec une étrange sensation d'oppression à l'estomac, mon portable sonna. C'était Alain.

– Le hasard est de notre côté, annonça-t-il mystérieusement.

– C'est-à-dire ?

– Je viens d'assister à la présentation d'un ouvrage sponsorisé par la Fondation, dont le titre est *Nadine de Vandermonde, la comtesse nazie*. Nadine de Vandermonde appartenait à la plus ancienne aristocratie française. Sa vie fut très intéressante par bien des aspects, entre autres pour son antisémitisme et pour avoir été un fervent soutien du régime nazi pendant l'Occupation. Mais le plus intéressant pour nous est qu'elle était l'épouse de Rolf Bauer.

– Rolf Bauer ? Bauer, ça me plaît, mais Rolf, c'est nouveau.

– Rolf et Nadine Bauer étaient les parents d'Alfred Bauer. La comtesse nazie était donc la grand-mère de Sarah Bauer. Et elle vivait à Paris sous l'Occupation.

Avril 1943

Collaboration ou Résistance. Après la débâcle et l'Occupation, les Français se voient contraints d'opter pour une attitude ou l'autre, active ou passive. Les formes de collaboration furent très variées, depuis la collaboration d'État orchestrée à travers le gouvernement fantoche de Vichy et qui fut aussi politique qu'économique et militaire, à la collaboration populaire, qui répondit aussi bien à des causes idéologiques d'identification avec le fascisme – dans les classes moyennes et dans certains milieux culturels et intellectuels – qu'à des raisons pratiques de simple survie – plus fréquente parmi les classes populaires et ouvrières. Au fil de la guerre qui tourna au désavantage de l'Allemagne, la Résistance se développa au sein de la population française.

Elle seule avait changé. Ce n'était plus une petite fille effrayée, perdue et perpétuellement en fuite. C'était maintenant une femme qui avait pris en main les rênes de son existence et mettait sa monture face à son destin… Elle se réjouit pourtant qu'il lui restât encore un peu d'innocence quand elle découvrit qu'elle était nerveuse, et elle souhaita que Jacob fût là pour l'accompagner, comme la première fois.

Sarah lissa sa jupe et ajusta son chapeau, tout en observant son reflet dans une vitre. Puis elle sonna à la porte. Elle fut reçue par le maître d'hôtel de la comtesse de Vandermonde. Sa présence ne contribua pas à la rassurer : hautain comme une statue, impeccablement vêtu et étrange, très étrange.

– Bonjour. Je souhaiterais voir la comtesse, annonça-t-elle sur un ton qui se voulait à la hauteur de son imposant interlocuteur.

Muet et imperturbable, le domestique la précéda et la guida dans le couloir sombre jusqu'au salon tout aussi inquiétant que la dernière fois. Comme ce jour-là, tout était calfeutré. Par les fenêtres, masquées par des rideaux de velours, il n'entrait pas un rai de lumière et la pénombre dessinait à grand-peine un décor démodé et lourd, étouffant par sa profusion de meubles précieux et de couleurs sombres, de tableaux poussiéreux. L'air était raréfié, il sentait le patchouli et l'humidité. Et compte tenu du silence, on aurait cru la maison inhabitée. Rien n'avait changé depuis sa dernière visite.

Sarah sut qu'elle devait attendre. Le domestique de la comtesse n'avait pas besoin de prononcer un mot ni de gesticuler. Il était hiératique et inexpressif, et un simple regard de ses yeux fendus et enflammés lui suffisait pour se faire comprendre ; un regard fixe, intimidant, qui semblait scanner la silhouette de son interlocuteur.

Sarah ne put s'empêcher de l'observer tandis qu'il sortait de la pièce. Elle le trouvait curieusement répugnant et séduisant à la fois, et cela provoquait en elle une sensation gênante, presque morbide. Ce personnage était comme la maison, tous deux la saisissaient d'effroi.

– Curieux homme, n'est-ce pas ?

Sarah sursauta. La comtesse était entrée dans la pièce par une autre porte. Elle s'était glissée entre les tentures comme une ombre obscure et silencieuse. Avec son caftan pourpre, son turban de soie et son bâton d'ébène et de marbre, elle avait l'air d'une apparition d'un autre temps.

– Je vous demande pardon ? fit Sarah, abasourdie.

La comtesse ne sourit pas.

– Ahn Trang. Mon domestique. Au début, il est difficile de ne pas le regarder, ça arrive à tout le monde. Il est albinos, un Vietnamien albinos. D'où son nom d'Anh Trang, qui signifie « clair de lune » en vietnamien. Son père a poignardé sa mère dès qu'il l'a vu, à sa naissance ; il a pensé que c'était le bâtard d'un homme blanc. On lui a pris le bébé des mains au moment où il s'apprêtait à lui arracher les yeux ; il lui avait déjà coupé la langue, croyant ainsi chasser les mauvais esprits. C'est pour cela qu'Anh Trang ne prononce pas un mot, il ne peut pas. Il peut juste gémir…

La comtesse traversa péniblement la pièce en traînant un pied après l'autre. Elle s'appuya des deux mains sur sa canne et s'assit dans un fauteuil avec toute l'élégance que lui permit son arthrite.

– Je l'ai recueilli dans un orphelinat de Saïgon, où l'avaient amené des missionnaires. La première fois que je l'ai vu, il était roulé en boule dans un coin pendant que les autres enfants lui jetaient des pierres et le traitaient de monstre… C'est curieux, moi, je l'ai toujours trouvé très séduisant… Un garçon vraiment séduisant. Dommage qu'il puisse à peine sortir dans la rue pour que tous contemplent sa beauté… Mais la lumière du soleil le tuerait.

Sarah en convint, déconcertée. Anh Trang aurait peut-être été un homme aux traits harmonieux, un bel homme, sans ces yeux rouges et ce blanc spectral… Un frisson lui parcourut l'échine. Cette vieille sinistre et son histoire terrifiante l'avaient désorientée. Elle avait bien réfléchi à ce qu'elle dirait dès qu'elle pénétrerait dans cette maison. Ce à quoi elle ne s'attendait pas était que la comtesse lui raconte cette histoire qui ne rimait à rien.

En silence, elle tentait de remonter sa stratégie, mais la vieille dame la devança.

– On m'avait dit que tu étais morte, dit-elle froidement.

– Ils ont manifestement commis une erreur, rétorqua Sarah dans un sarcasme.

– Mesure tes paroles, jeune insolente ! bondit la comtesse en donnant un coup de canne. Puisque tu as eu le courage de revenir après la façon si grossière dont tu es partie, comporte-toi au moins de façon bien élevée et respectueuse.

Sarah ne se laissa pas intimider et adopta une attitude de défi face à cette femme désagréable.

– Il ne s'agit pas d'une visite de courtoisie. Tout ce que je veux, c'est récupérer mon tableau.

– Ton tableau ? répliqua la comtesse avec un petit rire méprisant. Tu es aussi mal lunée et impulsive que ton père…

– Écoutez-moi, je ne suis pas revenue pour supporter encore des insultes envers ma famille et envers moi, l'interrompit Sarah. Pour qui vous prenez-vous pour me traiter de la sorte ?

– Pour qui je me prends… ? Si ce garçon sauvage avec lequel tu es venue la dernière fois m'avait laissée parler, tu ne me poserais pas cette question.

La vieille dame ébaucha un sourire qui parut énigmatique et diabolique à Sarah.

– Moi, mademoiselle je-sais-tout, je suis ta grand-mère.

Sarah en resta bouche bée, étourdie et effrayée, comme si des dizaines de trompettes avaient hurlé en même temps à ses oreilles.

– Tu ne t'y attendais pas, n'est-ce pas ?

La comtesse sembla se délecter tout en s'étirant péniblement pour tirer sur un cordon suspendu au mur.

– Je savais que ton père ne t'avait pas parlé de moi, mais j'aurais cru au moins que, au dernier moment, il t'aurait dit chez qui il t'envoyait. Je vois qu'il m'avait complètement éliminée de sa vie…

La jeune fille ne pouvait toujours pas réagir. Elle se bornait à observer cette femme extravagante tandis qu'elle parlait.

– Assieds-toi.

Devant ce nouvel ordre dépourvu d'amabilité et de considération, Sarah n'obéit pas. Elle continua à l'observer avec méfiance.

La comtesse ferma les yeux en montrant son maquillage de paon royal. Comme si elle avait compté jusqu'à dix, elle soupira et les rouvrit lentement.

– Allons… Assieds-toi, répéta-t-elle sur le ton que l'on emploie avec les chiens d'appartement.

À cet instant, la porte s'ouvrit sur Anh Trang, qui arrivait à l'appel de la dame. Sarah sentit de nouveau qu'il l'observait attentivement de ses yeux de fantôme. Alors elle s'assit, sans s'en rendre compte.

– S'il vous plaît, Anh Trang, servez-nous du xérès.

Le domestique inclina la tête en signe d'assentiment et se dirigea vers le meuble bar où il prépara solennellement les boissons. Quand il s'approcha de Sarah pour lui apporter son verre, la jeune fille fit de gros efforts pour ne pas reculer, intimidée par sa présence proche, mais elle ne put éviter de fuir son regard.

– Tu ne dois pas avoir peur si Anh Trang te regarde fixement, lui conseilla la comtesse quand le domestique se fut retiré. Il ne voit pas bien et il est curieux de te connaître, de voir ton visage. Parfois, il utilise les mains pour toucher ce qu'il voit, mais avec toi il n'ose pas.

Nerveuse, elle reposa son verre sur la table. Elle n'avait pas envie de boire, elle se sentait suffisamment mal. Elle aurait voulu dire quelque chose, mais elle ne savait quoi. Elle se demandait encore comment cette femme pouvait être sa grand-mère. N'était-ce pas un délire sénile de la vieille dame ?

La comtesse, en revanche, but une bonne gorgée de xérès, vidant à moitié son verre. Comme si l'alcool lui avait donné des forces, elle se leva de son fauteuil. Sur un buffet, elle prit un petit cadre qui passait inaperçu parmi les multiples bibelots hétéroclites qui s'accumulaient dans le salon, un cadre à photo, objet insignifiant dans une pièce qui ressemblait à un bazar.

Elle le lui montra, la tentant avec l'objet qu'elle tenait entre des mains osseuses aux ongles longs comme ceux de la sorcière qui tentait Blanche-Neige avec la pomme. Sarah le prit avec une certaine méfiance.

Dans la pénombre, on ne distinguait pas nettement la photographie. Sarah l'approcha de la petite lampe de table qui éclairait toute la pièce. Elle était ancienne et un peu abîmée, avec divers plis marqués et des taches blanches comme des brûlures. Devant un trompe-l'œil représentant une forêt, qui servait de scène, se tenait une famille : le père, une fillette à ses côtés, et la mère, un enfant dans les bras. Leurs vêtements témoignaient que la photo était ancienne : le père portait un costume sur une chemise à col amidonné et un *canotier* ; la mère portait avec élégance une robe longue de style victorien et un chignon élaboré ; la fillette portait des dentelles et un énorme ruban lui couronnait la tête, et le petit garçon était habillé en marin. Ils regardaient très sérieusement la caméra, comme si être pris en photo avait été un moment qui demandait une grande solennité.

– C'était ma famille. Elle a été prise à Baden-Baden, l'été 1887… Avant que tout ne s'effondre peu à peu…

La voix de la comtesse, brisée par l'âge, se brisa encore.

– Depuis la mort de ma petite Katerina, plus rien n'a été pareil…

La vieille dame se laissa retomber sur le fauteuil, plus vaincue par les souvenirs que par l'âge. Pour la première fois, Sarah la regarda avec compassion.

– Oui, jeune insolente… soupira-t-elle. Il y a beaucoup de choses que tu ne sais pas, beaucoup de choses que ton père ne t'a pas racontées.

– Ce garçon… osa suggérer Sarah.

La comtesse approuva.

– Est ton père, oui. Il devait avoir deux ans. Il a toujours été beau, si blond et si potelé, avec des yeux immenses qui regardaient tout attentivement.

Sarah glissa doucement un doigt sur la photo, juste à l'endroit où se trouvait le petit garçon, et elle sentit l'émotion lui serrer la gorge.

– C'était peut-être de ma faute… continua à se rappeler la comtesse. J'étais très jeune et je n'étais pas préparée à être mère. Quand la diphtérie a emporté Katerina, je ne supportais plus de rester à la maison, je devenais folle enfermée entre ces quatre murs qui sentaient la mort. J'ai commencé à sortir, à voyager, à rencontrer des gens… J'ai cessé d'être une bonne mère et une bonne épouse. Jusqu'au jour où Rolf s'est lassé et m'a demandé le divorce. Bien sûr, je le lui ai accordé… Je le souhaitais moi aussi, c'était mon passeport pour la liberté. Alors, quand ton père a eu dix ans, je l'ai laissé à Göttingen, où les Bauer vivaient depuis des générations, et je suis rentrée à Paris. Même si en réalité je n'ai pas cessé de bouger : j'ai toujours été instable, sourit-elle avec amertume. Quand Alfred a eu son diplôme, j'étais à New York ; quand il a donné son premier concert de piano, en Turquie ; et quand Rolf est mort, onze ans après notre divorce, j'étais à Singapour, buvant un Singapore Sling avec Rudyard Kipling dans la galerie de l'hôtel Raffles. C'est surprenant, la quantité de détails absurdes dont on se souvient après tant d'années.

La comtesse interrompit son récit, sourit en aparté et regarda Sarah.

– Tu vois que je n'ai pas été ce qu'on appelle une mère conventionnelle… Je n'ai même pas été une mère pour Alfred, qui passait l'hiver dans un internat et l'été avec son père, excepté celui où je l'ai emmené en Égypte et où il a failli mourir de dysenterie. Quand la Grande Guerre a éclaté, ton père s'est enrôlé du côté allemand, et, quand elle a été terminée, il est venu me voir ici chez moi, pour m'annoncer qu'il allait se marier et qu'il partait vivre à Strasbourg… Tout aurait été normal si la fille n'avait pas été juive et s'il n'avait pas décidé de se convertir au judaïsme pour l'épouser.

Les traits de la comtesse se tendirent et ses mains se mirent à trembler sur les bras du fauteuil.

– Je me suis fâchée très fort avec lui. Je lui ai crié qu'il ne pouvait pas faire ça, qu'il trahissait le renom des Bauer et la responsabilité de veiller qu'il avait acceptée lui-même. Celui-ci ne pouvait tomber entre des mains juives ; c'était quelque chose pour laquelle les Bauer s'étaient toujours battus, et les Médicis avant eux. Les Juifs sont une maudite ombre noire. Tout ce qu'ils touchent est condamné au malheur. Je regrette que tu doives entendre ça. Après tout, tu es maintenant la fille juive d'un père juif… Mais ce furent exactement les paroles que j'adressai à ton père, les paroles qui nous séparèrent pour toujours… Alfred partit. Peu de temps après, je lui écrivis une lettre dans laquelle je lui présentais des excuses pour ce que je lui avais dit et où je me montrais disposée à accepter le mariage à condition qu'il ne se convertisse pas au judaïsme. Il ne m'a jamais répondu. Je n'ai plus entendu parler de lui avant que tu ne franchisses ma porte…

La comtesse tendit le bras pour prendre la photographie des mains de Sarah. Avec une étrange expression sur son visage ridé, elle laissa son regard s'y perdre pendant quelques secondes.

– Dieu s'est trompé en me donnant une famille aussi belle… conclut-elle en se levant à nouveau pour aller reposer soigneusement, comme si elle avait été sacrée, la photo sur le buffet.

– Mon père est mort… annonça Sarah avec difficulté.

– Je sais, répondit la comtesse au bout d'un moment. Je n'avais rien à ajouter.

Dans un silence embarrassant, la vieille dame traîna le pas à travers la pièce vers un coin sombre, où elle actionna l'interrupteur.

– Voilà ton tableau, Sarah Bauer, annonça-t-elle. Tu peux l'emporter quand tu voudras.

Sarah frémit. Il y avait longtemps qu'elle n'avait pas contemplé *L'Astrologue* dans toute sa splendeur : altier dans son cadre, délicat sur le mur, focalisant la douce lumière. C'était une vision extraordinaire et Sarah connut une fugace libération spirituelle, un éphémère moment de paix, comme si le temps s'était arrêté et qu'il n'était resté au monde que ce tableau et elle, cette maudite merveille qui avait bouleversé sa vie et en avait fait un enfer.

Elle eut envie de se lever et de s'en aller tranquillement, dans le calme et avec le sourire. Mais elle ne le fit pas. Elle pensa à Jacob et ne le fit pas.

Pendant que Sarah contemplait le tableau, la comtesse contemplait la jeune fille. Elle était vraiment jolie remarqua-t-elle, un visage d'ange avec une sorte de force diabolique, qui provenait directement de ses yeux, verts comme des amandes encore accrochées sur l'arbre, intenses comme le reflet des braises dans le feu.

– Tu peux l'emporter… lui concéda lentement la comtesse, et le cacher à nouveau derrière un autre tableau bon marché, le laisser à la merci du froid et de l'humidité, de la poussière et des heurts… Des Allemands.

Le regard profond et théâtral de la vieille dame sous le masque du maquillage tomba directement sur Sarah avec un air accusateur. Elle se sentit nue. Que savait cette femme qui disait être sa grand-mère ? Que savait-elle que la jeune fille ne savait pas ?

Madame de Vandermonde se déplaça à nouveau dans le salon en ne levant presque pas les pieds du sol. Elle vida son verre de xérès en buvant une nouvelle gorgée et s'assit face à sa petite-fille.

– Je te soupçonne de ne pas avoir conscience de la grande responsabilité qu'implique la garde de ce tableau. Et même que ton père ne t'ait pas dit ce que tu devais savoir à son sujet.

– J'en sais assez. Assez pour être sûre qu'aucun tableau au monde n'est plus précieux que la vie d'une personne.

– Il ne s'agit pas du tableau, Sarah, mais de son secret. Un secret qui, depuis des temps immémoriaux, a coûté la vie à plus d'un de ses gardiens. Mais c'est sans doute aujourd'hui que le terrible secret que renferme ce tableau se voit plus menacé que jamais. Je ne peux pas imaginer ce qui arriverait si *L'Astrologue* tombait aux mains d'Hitler. Je suis une sympathisante des nazis, je ne le nie pas, mais il y a des armes que certaines personnes ne doivent jamais posséder. Et toi, en tant que juive, membre d'une communauté déjà menacée et attaquée, tu devrais avoir encore plus conscience des dangers. Ton père le savait et a donc préféré se livrer de lui-même à la Gestapo plutôt que de livrer le tableau. Y as-tu réfléchi à tête reposée ?

La comtesse avait mis le doigt sur la plaie. Sarah la regarda, angoissée. Non, elle n'y avait pas réfléchi, ni à ça ni à rien. Cela s'était passé une nuit, en descendant hâtivement dans un trou, entre des phrases entrecoupées et sans explication.

– Je ne crois pas que cela plaise à ton père d'entendre que ce tableau est moins précieux que la vie d'une personne. Non, pas après avoir fait passer ce tableau avant sa propre vie.

Sarah sentit un élancement douloureux à cet endroit indéterminé où se trouve l'âme. Elle se recroquevilla sur elle-même et enfouit le visage entre ses mains : elle se sentait totalement dépassée par la situation. Personne ne l'avait préparée à ça, personne ne l'avait prévenue qu'elle devrait sacrifier sa famille et Jacob. Personne ne lui avait demandé si elle était disposée à le faire. En proie à la rage et à l'impuissance, elle maudit son père de l'avoir entraînée sur cette voie, de l'obliger à choisir entre un tableau et ce qu'elle aimait le plus au monde.

La comtesse s'approcha. Ce n'était pas une femme encline aux démonstrations d'affection, mais elle posa doucement une main sur la tête de sa petite-fille dans une tentative de tendresse.

– D'accord, Sarah Bauer. Maintenant nous savons pourquoi ton père t'a envoyée à moi.

Voici les clés de Delmédigo

« Je devine que la mort me guette, qu'elle rôde comme un loup affamé sur le seuil de ma maison. C'est peut-être pour cela que je suis constamment assailli de pensées concernant des affaires en cours.

Je n'ai pas eu de nouvelles des négociations de mon bon ami le comte Pic de la Mirandole concernant *L'Astrologue*. Un tel silence m'inquiète. Tout comme l'idée que le secret de la Table d'Émeraude puisse être révélé. L'humanité n'est pas préparée pour ce que YHVH a voulu laisser hors de notre portée et de notre entendement. La Table d'Émeraude est un instrument du Diable qui ébranlera les ciments de notre foi et de notre ordre, de notre monde, jusqu'à les renverser et nous mener à l'autodestruction.

Laurent de Médicis était un homme sage, désigné par l'Éternel, qui aurait imposé la raison et la préservation d'un tel secret et des menaces qu'il renfermait. Malheureusement, je n'ai pas la même confiance en son héritier. Je prie le ciel pour que le comte Pic de la Mirandole trouve l'inspiration nécessaire et parvienne à convaincre le *pater* Ficin et le maître Giorgio de la nécessité de détruire *L'Astrologue* et d'effacer pour toujours la trace de la Table d'Émeraude. »

À la bibliothèque de la Sorbonne, nous avions fait une copie de l'information contenue dans les microfilms, sur laquelle nous nous mîmes à travailler dans le bureau d'Alain. Nous réexaminâmes le journal de Delmédigo et nous constatâmes que le passage que nous avait lu Irina était réellement le seul concernant notre enquête.

Avec un marqueur fluorescent, je couvris de jaune quelques mots du texte : *L'Astrologue*, Table d'Émeraude, Laurent de Médicis, comte Pic de la Mirandole, *pater* Ficin et maître Giorgio.

– Ce sont les clés de Delmédigo, assurai-je à Alain. Elles doivent nous permettre de répondre aux trois questions auxquelles se résume notre enquête.

– *L'Astrologue* existe-t-il ou non ? Pourquoi Hitler voulait-il le posséder, et où se trouve-t-il ? formula Alain, lisant dans mes pensées.

J'acquiesçai solennellement tout en me tapotant doucement les lèvres avec le marqueur.

– Eh bien, à première vue, je dirais que le texte répond au moins à deux d'entre elles, précisa-t-il.

– Exact. Il le confirme pour la première fois… Mon Dieu, son auteur ne l'aurait jamais admis… ajoutai-je, sans pouvoir masquer ma surprise. Il confirme pour la première fois l'existence d'un tableau de Giorgione appelé *L'Astrologue*. Et si l'on en croit Delmédigo, ce tableau renferme le secret de la Table d'Émeraude, le secret convoité par Hitler… et bien entendu par beaucoup d'autres.

– On dirait… approuva Alain d'un air complice.

– Mais qu'est-ce précisément que la Table d'Émeraude ? Je sais qu'il s'agit d'un texte, juste quelques lignes regorgeant de symboles, dont on suppose que l'interprétation est à la base de l'alchimie. Et ce texte est connu depuis le Moyen Âge. Ce n'est pas un secret, et cela ne peut pas être ce que désirait tant Hitler.

– En fait, non. La Table d'Émeraude est aussi un objet, ou du moins l'était-elle à l'origine. En fin de compte, je n'ai pas eu le temps de te passer mes notes, mais dans les grandes lignes, tout cela présente un rapport avec l'hermétisme…

– L'ésotérisme, non ?

– Oh oui, avec des milliers d'années d'existence. En fait, c'est assez complexe. Si tu tapes le mot « hermétisme » sur Google, tu trouves des centaines d'occurrences. Tu as de la chance que je m'en sois chargé et que je puisse te donner une vision globale, de poche, genre Wikipedia.

– Que ferais-je sans toi ?

– N'y pense même pas, dit-il, me renvoyant la balle. Bien. L'hermétisme. On peut dire qu'il s'agit d'une science ésotérique basée sur des textes attribués à Hermès Trismégiste, une sorte de divinité gréco-égyptienne qui incarnerait la réunion de Thot et du dieu Hermès. Il aurait vécu en l'an 3000 av. J.-C., dans l'ancienne Égypte, mais en fait, il n'y a pas de preuves de l'existence historique de ce personnage. Il s'agit plutôt d'une figure qui s'est construite sur des traditions, des pensées et des rites depuis le IIe siècle de notre ère, mais surtout depuis le Moyen Âge où il est devenu la référence par excellence des alchimistes. Et même, à la lumière de la pensée judéo-chrétienne des alchimistes, à l'union de Thot et Hermès dans la figure du Trismégiste s'est ajoutée celle d'Abraham, car on affirma que le patriarche hébreu avait transmis deux enseignements : l'un public, contenu dans l'Ancien Testament, et l'autre occulte, réservé aux initiés et compilé dans le *Corpus Hermeticum*. En résumé, les croyances hermétiques supposent une tentative de systématisation de toute la connaissance religieuse, philosophique et mystique de l'époque. Mais elles contiennent aussi la tradition des sciences occultes pratiquées depuis des temps lointains, et tout cela dans un seul but : atteindre l'union avec Dieu moyennant l'invocation de pouvoirs extraterrestres. Voilà.

– Eh bien… conclus-je de façon laconique. Alors, la Table d'Émeraude…

– Est aussi incroyable que tout le reste. D'après la légende, Alexandre le Grand entra à Rakotis, où il fonderait plus tard la cité d'Alexandrie. Il y découvrit la tombe d'Hermès Trismégiste. Dans la chambre mortuaire, il vit que la momie avait été enterrée avec une grosse émeraude entre les mains et que cette pierre était gravée… On dit que l'émeraude d'Hermès était tombée du front même de Lucifer quand l'ange noir fut vaincu dans sa lutte contre Dieu, et qu'elle est dotée de pouvoirs infinis et obscurs, les pouvoirs du Diable. Alexandre est censé avoir été témoin du pouvoir de l'émeraude, qui l'émut et le terrorisa en même temps. Le héros grec décida alors de soustraire la Table d'Émeraude à la convoitise et à l'irrationnalité humaines. Il copia le texte de l'inscription, conscient du savoir qu'elle contenait, mais dissimula la Table d'Émeraude dans un lieu secret, lointain et inaccessible.

– Pas si secret, manifestement…

– Attends, laisse-moi finir. Alexandre indiqua où se trouvait la Table dans un texte qu'il scinda en deux parties, les mélangeant sous forme de code, de sorte qu'on ne peut lire l'une sans l'autre. Les deux textes furent gravés sur quelques cylindres de pierre. Il en remit un à un savant de l'époque, appelé Kybalion, le gardien du secret d'Hermès. Ce savant devait protéger le cylindre, de sa vie si nécessaire, et, le moment de sa mort venu, le léguer à un autre homme qui avait sa confiance. Et ainsi, jusqu'à la fin des temps. Le deuxième cylindre, fut conservé par Alexandre lui-même ; il le portait toujours sur lui à la manière d'une amulette, et on dit qu'il le portait encore autour du cou le jour de son enterrement.

Tandis que je digérais ces informations, Alain exposa son premier doute :

– Pourtant, même en supposant que la légende soit vraie, je ne m'explique pas comment Giorgione put réunir les deux cylindres et accéder au secret de l'endroit où se trouvait la Table d'Émeraude.

La veille, j'avais moi aussi fait mes devoirs et tenté de chercher le rapport entre les Médicis et Giorgione et entre eux et toute cette affaire en faisant appel à mes connaissances sur la Renaissance.

– Giorgione, je ne sais pas… admis-je. Mais peut-être Laurent de Médicis. Son grand-père, Côme, était un amateur de reliques et d'antiquités. Il envoyait des émissaires dans le monde entier à la recherche de raretés qu'il aimait thésauriser et collectionner. Et ce fut l'un de ces émissaires qui lui apporta le premier manuscrit connu du *Corpus Hermeticum*, un original écrit en grec que Côme fit traduire en latin. Et qui se chargea de la traduction ? Eh bien, rien moins que Marsile Ficin, le *pater* Ficin, au sein de l'académie néoplatonicienne de Florence. Cela dit, il est logique de penser que les cylindres aient pu passer par les mains de Côme et arriver dans celles de Laurent.

Alain ébaucha une moue. Il n'était pas du tout convaincu par ma théorie.

– Il est possible que les aléas de l'Histoire aient mis dans les mains de Côme de Médicis le cylindre légué par Alexandre le Grand à Kybalion. Mais que devint celui qu'il emporta dans la tombe ? Parce que la tombe d'Alexandre n'a pas encore été découverte…

– Non, mais le cylindre pourrait ne jamais avoir été enterré avec lui. Le corps du roi fut inhumé presque deux ans après sa mort, il a été l'objet de luttes de pouvoirs et de débats d'État : l'enterrer en Macédoine, en Égypte, construire la tombe à Memphis, à Alexandrie… N'importe lequel de ses ambitieux généraux a pu s'emparer facilement de l'amulette que le chef portait toujours sur lui : ne pas s'emparer de la relique d'un homme que l'on vénérait comme un dieu devait être une tentation à laquelle il était difficile de résister. Sans compter le nombre de fois où la momie d'Alexandre fut visitée, découverte et tripotée par les empereurs romains. On dit que César Auguste, en allant présenter ses respects à la momie du roi macédonien, le fit avec tant d'effusions qu'il cassa le nez du masque funéraire. Pilleurs de tombes, voleurs d'antiquités… Je ne sais pas, il y a des milliers d'hypothèses qui pourraient nous laisser penser que le cylindre a fini par rouler dans le monde et s'est retrouvé aux mains des Médicis.

– Trop de légendes…

– Oui, mais aujourd'hui, les légendes qui ont séduit Hitler et séduisent encore ses acolytes perdurent. Elles ont traversé des milliers d'années d'Histoire. Et elles nous font chercher un tableau. C'est ce qui compte : la course pour le retrouver. Vérifier s'il s'agit d'un objet magique ou, comme tu l'as dit, d'un morceau de toile recouvert de peinture, n'est pas une chose que nous devions faire maintenant. Cela viendra plus tard… si cela doit venir.

Alain secoua la tête.

– Tu as raison. Il y a tant d'histoires croisées dans cette affaire qu'il est facile de perdre le fil. D'abord *L'Astrologue*, ensuite la Table d'Émeraude, résuma Alain. Revenons donc à *L'Astrologue* : Laurent de Médicis parvient à découvrir où se trouve la Table d'Émeraude et décide de garder le secret dans un tableau, probablement moyennant des symboles que lui seul peut décrypter…

– Lui et, au moins, Marsile Ficin et Pic de la Mirandole, qu'il surnomme tous les deux Delmédigo, ajoutai-je. Ces noms renvoient directement à l'académie néoplatonicienne de Florence.

– Et Elijah Delmédigo, qu'est-ce qu'il vient faire là-dedans ? Il appartenait lui aussi à l'académie ?

– Non. Mais il fut le maître et l'ami de Pic de la Mirandole et l'abondante correspondance qu'ils échangèrent prouve que Delmédigo était très au fait de ce qui se tramait à l'académie. Pourtant, curieusement, il se montra sceptique sur les doctrines hermétiques et s'opposa à leur influence sur la pensée judaïque à travers la kabbale : il fut l'un des premiers penseurs hébreux à attaquer directement le mysticisme juif et son texte le plus important, le Zohar.

– « … l'idée que le secret de la Table d'Émeraude puisse être révélé m'inquiète. L'humanité n'est pas préparée pour ce que YHVH a voulu laisser hors de notre portée et de notre entendement. La Table d'Émeraude est un instrument du Diable qui ébranlera les ciments de notre foi et de notre ordre, de notre monde, jusqu'à les renverser et nous mener à l'autodestruction », relut Alain. Plus que sceptique, il semble craintif… Franchement, tout cet hermétisme m'a toujours semblé relever du mythe. Mais il est vrai que c'est le genre de contes qu'Hitler adorait : les secrets millénaires, les pouvoirs de l'obscurité, la magie noire…

Alain posa le papier sur la table et se pencha sur son siège.

– Nous avons revu tous les mots que tu as soulignés. Il nous en reste juste un : maître Giorgio. Je suppose que ce fut l'un de ces artistes qui passa par l'académie…

Je fis une pause pour étirer mes muscles tuméfiés et aborder la partie la plus confuse du manuscrit, la pièce qui s'emboîtait le moins bien dans ce puzzle et, pourtant, la plus importante.

– Non.

Alain se montra aussi surpris que je m'y attendais.

– Il n'y a pas de preuves historiques montrant que Giorgione serait passé par l'académie. Et c'est là le plus étrange. Laurent aurait pu commander le tableau à l'un des peintres de sa cour, qui étaient nombreux et très doués. Giorgione n'était pas florentin mais vénitien, et tout juste contemporain de Laurent ; à la mort de ce dernier, il devait avoir à peine quinze ans et était probablement un apprenti sans aucune réputation. Le rôle de Giorgione ne présente aucune logique dans cette histoire.

– Mais, si l'on en croit Delmédigo, il est évident qu'il l'a commandé à un jeune vénitien sans réputation. Giorgione en savait peut-être davantage que nous ne le pensons… Je sais que tu n'es pas d'accord, mais on a toujours dit que Giorgione était un peintre énigmatique.

– J'admets que certains auteurs affirment que nombre de ses œuvres contiennent des symboles de l'hermétisme. Son tableau le plus célèbre, *La Tempête*, a fait couler des flots d'encre sur la question. *Les Trois Philosophes* et bien d'autres aussi. Mais le rapport entre Giorgione et la tradition hermétique n'a jamais pu être démontré… Maintenant, je ne sais plus que penser…

Alain se frotta les yeux et me renvoya un regard éteint et rougi. Pour la première fois de l'après-midi, je remarquai qu'il était fatigué. Nous avions manifestement commencé à travailler après la fin de son autre journée de travail.

– Tu vas bien ?

– Oui. J'ai juste besoin d'une pause et d'un café. La journée a été longue, soupira-t-il. Ce matin, j'ai passé la moitié du cours à me prendre la tête avec un élève qui me cassait les pieds sur l'expressionnisme de Beckmann, point sur lequel ni les critiques ni Beckmann lui-même ne se sont jamais mis d'accord. Ensuite, la foutue correction des examens…

– Des examens en octobre ?

– J'en avais bricolé un sur les premiers sujets du programme, et eux, ils voulaient faire une correction détaillée comme pour un vrai devoir. La majeure partie des étudiants d'aujourd'hui devrait rester à l'école maternelle…

Je consultai ma montre : un peu plus de dix-neuf heures. La fenêtre déversait une lumière orangée provenant de l'éclairage public, il faisait nuit depuis longtemps. Dans les couloirs, le silence avait remplacé la rumeur des pas, des conversations, des téléphones et des photocopieuses.

– On va arrêter pour aujourd'hui, annonçai-je en commençant à ranger les papiers.

– Non, vraiment. Je vais bien, dit Alain en forçant le ton pour avoir l'air convaincant. Dès que j'aurai l'esprit plus clair, on pourra continuer.

– Oui, demain. Ça suffit pour aujourd'hui.

Alain posa la main sur le dossier que j'essayais de fermer.

– Mais nous n'avons pas répondu à la dernière question : où est *L'Astrologue* ?

Je le regardai avec un sourire. Il n'y avait pas de réplique sensée à un argument déraisonnable. Je me contentai de confirmer que c'était l'heure d'arrêter.

– J'ai une proposition à te faire, lui dis-je. Tu fournis la maison et moi le dîner. J'ai un remède fantastique contre l'épuisement provoqué par des élèves casse-pieds, des étudiants dignes de la maternelle et des manuscrits du XVe siècle : des œufs frits avec des pommes de terre, un verre (ou deux) de vin rouge et, bien sûr, une bonne compagnie.

Alain commença à ramasser ses affaires.

– On fera les courses sur le chemin de la maison.

En appeler à l'estomac d'un homme est la meilleure stratégie pour vaincre ses réticences.

Pourquoi Bergheim cherchait-il le tableau dans la collection Bauer ?

Alain fournit finalement aussi bien la maison que le dîner. Il fallait s'y attendre. Je ne m'approchais généralement de la cuisine que pour y mettre la cire à épiler au micro-ondes. En revanche, Alain s'avéra être un cuisinier dévoué qui aimait agiter ses casseroles par pur plaisir. Le sens commun remplaça l'œuf frit que je proposais, et que j'aurais probablement détruit en le faisant frire, par des courgettes sautées avec du fromage de chèvre, suivi d'un poisson en *papillote* avec du gingembre et du citron vert, et des fruits rouges avec du chocolat pour le dessert.

Je me contentai de dresser le couvert, ce que font le mieux les gens qui, comme moi, sont allergiques à la cuisine. En mettant la nappe, j'en profitai pour regarder autour de moi. À première vue, ou pour mieux dire, à première sensation, je trouvai qu'Alain avait une maison agréable d'une façon indéfinissable, pour une raison indéfinissable.

Ce n'était pas une chambre d'adolescent transformée en appartement de célibataire ; la majeure partie d'entre eux le sont, ce qui se traduit par une étrange cohabitation entre les posters de Queen et le canapé en cuir Divatto, des piles de linge sale systématiquement entassées sur les chaises Philippe Starck, la présence inévitable de la lampe en lave qui exerce une séduction étrange sur les hommes et l'importance indiscutable de la télévision :

écran plasma et, bien sûr, grand, très grand, pas moins de cinquante pouces (en fait, je suis convaincue que les hommes décident de s'acheter une maison dans le seul but d'y loger une télévision). Bien sûr, l'écran plasma de cinquante pouces ne manquait pas dans l'appartement d'Alain – il n'aurait pas été un homme sans cela –, mais je fus surprise que tout soit propre et rangé, ce qui en dit long sur un appartement de célibataire, que ce soit celui d'un homme, ou même d'une femme…

– On voit que Belinda est passée : l'air sent le Monsieur Propre… et elle a encore caché la râpe, marmonna Alain de la cuisine, comme s'il avait lu dans mes pensées.

Soit, le mérite de la propreté et de l'ordre revenait peut-être à la femme de ménage angolaise qui venait faire le ménage deux fois par semaine. Pourtant, il y avait quelque chose dans l'appartement qui le rendait chaleureux et accueillant. La décoration n'était pas particulièrement soignée et raffinée, il n'y avait pas de bougies, de fleurs, de coussins assortis, ni aucune de ces choses dont les femmes aiment parsemer les intérieurs. C'étaient peut-être les livres, qui débordaient des étagères et qui s'entassaient dans les coins, dans un équilibre impossible. Ou les revues d'art ouvertes sur la table. Ou même les photos noir et blanc de certains endroits de Paris, disséminées sur des meubles Ikea qui semblaient bien s'entendre avec les antiquités des brocantes provençales.

Mais ce qui me fit définitivement oublier de mettre la table, ce furent les dessins. Il y en avait des dizaines, dans les coins, par terre, accrochés au mur, avec ou sans cadre, roulés ou étalés. Dessins au fusain et sanguines, jolies esquisses du corps humain, d'une façade néoclassique, d'une scène dans le parc ; esquisses fugitives en ombre et lumière. Et, en bas, dans les coins du gros papier vergé, quatre lignes qui constituaient deux lettres : AA.

– C'est presque prêt. Et la table ?

La voix d'Alain se confondait avec le crépitement des légumes dans la poêle et un arôme délicieux avait déjà précédé son annonce.

– C'est mal parti, avouai-je. Je fouine. Je ne savais pas que tu dessinais… autant.

Il se pencha par-dessus le comptoir de la cuisine américaine. En s'essuyant les mains sur un torchon, il m'observait en train de fouiller dans ses dessins.

– Ils te plaisent ?

Je m'arrêtai sur l'un d'eux. Je le pris soigneusement par les bords, évitant de frôler le fusain et de salir le papier. C'était une esquisse inachevée de la sculpture d'Antonio Cánova, *Cupidon et Psyché* : un détail de la caresse de Cupidon sur la joue de Psyché.

– Oui… murmurai-je. Beaucoup.

Alain sourit et retourna à ses fourneaux.

– Il pleut encore…

Alain, qui se trouvait dans la cuisine, n'aurait pas pu m'entendre avec le rugissement caverneux de la Nespresso.

Je fermai ma veste et croisai les bras. Il faisait froid près du balcon d'où je regardais tomber les gouttes à la lumière des lampadaires. La rue Montorgueil était déserte, seul le néon vert du primeur vietnamien, qui était toujours ouvert, brillait sur le pavé mouillé.

– Il pleut ? demanda-t-il en arrivant et en me voyant penchée à la fenêtre.

Je hochai la tête.

Alain posa le plateau avec les cafés sur la table, éteignit le plafonnier et alluma de petites lampes. L'ambiance devint chaleureuse et intime comme l'arôme du café. Je me blottis dans le coin du canapé pendant qu'Alain mettait un disque sur un vieux tourne-disques. J'entendis l'aiguille parcourir les sillons du vinyle avant que la voix de Tony Bennett ne me fasse remonter dans le temps, ne me réchauffe et ne me caresse l'esprit avec un gant de velours.

Jamais, dans cet état d'apesanteur et de délice dans lequel je me trouvais, il ne me serait venu à l'idée de parler de l'enquête… si Alain n'avait pas soudain amené la conversation sur ce sujet, tout en me tendant une tasse de café.

– Et s'ils avaient détruit le tableau ?

Il me fallut un peu de temps pour redescendre dans le monde des mortels.

– Comment ?

– Oui. D'après le journal de Delmédigo, Pic de la Mirandole devait convaincre Ficin et Giorgione qu'il fallait détruire *L'Astrologue*. Et s'il y était parvenu ? Bergheim aurait perdu son temps, et nous aussi.

– Je ne crois pas. Pense qu'on se base sur ce petit fragment d'un journal, mais les nazis possédaient une lettre, la lettre échangée entre le comte Pic de la Mirandole et Delmédigo qui a disparu, peut-être avec davantage d'informations… J'approchai les lèvres du bord de la tasse et je restai songeuse une seconde avant de boire.

– Prête-moi ton iPad, tu veux ? lui demandai-je, finissant par oublier le café.

Alain entra dans sa chambre et revint avec son iPad. Je l'allumai, cherchai Google et tapai : Pic de la Mirandole et Angelo Ambrogini.

– Qui est Angelo Ambrogini ? s'enquit Alain, qui observait toute l'opération avec intérêt.

Tout en jetant un coup d'œil sur les résultats de la recherche, je satisfis sa curiosité.

– Un membre de l'académie néoplatonicienne. Tu le connais peut-être mieux sous le nom de Poliziano, qui était le surnom qu'on lui donnait pour être né à Montepulciano.

Alain fit un signe de dénégation.

– C'était le tuteur des enfants de Laurent de Médicis et son secrétaire personnel. Il faisait partie de son cercle le plus proche. Il était très probablement homosexuel et l'amant du comte Pic de la Mirandole… Voilà, dis-je en reconnaissant l'article que je cherchais.

Je le lus rapidement. Cela me disait quelque chose, mais je n'en étais pas sûre. En 2007, un groupe de chercheurs italiens avait exhumé leurs cadavres. Les historiens avaient toujours eu des doutes sur les circonstances de leur décès : ils étaient morts tous les deux à deux mois d'écart et subitement.

– Là, fis-je en désignant un article de la BBC, on dit que l'étude des corps a prouvé qu'ils avaient été empoisonnés à l'arsenic, et tout désigne… Pierre de Médicis, le fils de Laurent, conclus-je en haussant les sourcils.

– À cause du tableau ?

– Eh bien, ils n'en parlent pas, bien sûr. Personne ne connaît son existence. Mais nous si, et cela pourrait constituer un motif parfait. Suppose que Pierre ait appris que le comte Pic de la Mirandole conspirait pour détruire le tableau et, surtout, pulvériser un grand secret qui appartenait légitimement aux Médicis et particulièrement à lui en tant qu'héritier direct de Laurent. Vu les habitudes de l'époque, il n'aurait pas hésité à se débarrasser aussi bien de lui que de Poliziano qui, étant son amant, était probablement au courant de la conspiration.

– Cela a du sens… Mais une chose est claire : *L'Astrologue* ne se trouve pas dans la collection Bauer, du moins pas dans celle qu'ont inventoriée les nazis.

C'était la rengaine préférée d'Alain.

J'éteignis l'iPad et le posai sur la table, ainsi que la tasse contenant un fond de café qui avait déjà refroidi.

– Pourquoi Bergheim aurait-il cherché le tableau dans la collection Bauer ? se demanda Alain. Parce que s'il s'est trompé, nous aussi on va dans la mauvaise direction.

– Je ne sais pas… Il est fort probable que cette information se soit trouvée dans le dossier de l'ERR, celui qu'ils ont volé au TsDAVO.

– Tu sais quoi ? Le ton d'Alain changea subitement. Bergheim ne se trompait pas.

Je le regardai, si surprise qu'il se montre soudain aussi convaincu, qu'il fut obligé de préciser :

– Si on était sur la mauvaise voie, personne ne se serait donné autant de mal pour faire disparaître les indices.

– Comme j'aimerais avoir ce foutu dossier complet ! Tu te rappelles qu'il comprenait un entretien avec le baron Thyssen ? Le baron a peut-être dit quelque chose qui a mis Bergheim sur la piste des Bauer… Mais quoi ?

Alain finissait son café. Comme si la boisson était empoisonnée, ses yeux devinrent vides, perdus quelque part sur le sol de couleur vert foncé, comme s'ils avaient observé une forêt ténébreuse.

– Je crois que je connais quelqu'un qui peut nous aider, prononça-t-il lentement comme si, davantage qu'une bonne nouvelle, il s'agissait une tragédie.

Avril 1943

En août 1941, un ensemble de bâtiments en construction près de Drancy, aux environs de Paris, est déclaré camp d'internement pour les Juifs. Jusqu'en 1943, il dépendit de la préfecture de Paris et, à compter de cette date, de la Gestapo. Drancy fut le camp de transit le plus important de France ; de là, plus de soixante-deux mille personnes réparties en soixante et un convois furent déportées dans des conditions inhumaines dans les camps de concentration d'Auschwitz ou de Sobibor entre 1942 et 1944.

Dernièrement, Sarah arrivait tard à la pension. Après avoir terminé son travail à la librairie, elle se rendait chez la comtesse de Vandermonde pour y passer la soirée avec la vieille dame. Non qu'elle lui ait inspiré une grande sympathie, et Sarah n'éprouvait bien sûr pas d'émotions particulières envers une grand-mère qui lui était soudain tombée du ciel, dure et détachée. Mais la comtesse racontait à Sarah des histoires sur les Bauer et sur *L'Astrologue*, sur l'enfance de son père, et la jeune fille se sentait bien, elle se sentait près des siens et d'elle-même. Bien sûr, les goûters que lui offrait sa grand-mère étaient aussi un stimulant : chocolat, brioche, beurre et sucre, toutes choses qu'on ne trouvait plus à Paris à moins d'être suffisamment riche pour pouvoir se rendre au marché noir. Les deux dernières semaines, Sarah avait plus grossi que pendant les mois qu'elle venait de passer dans la capitale.

La comtesse ne mangeait guère. Elle s'asseyait à côté de Sarah avec une tasse de thé et, tout en regardant sa petite-fille tremper la brioche dans le chocolat, elle parlait sans arrêt. Parmi les histoires les plus variées, elle lui avait raconté comment *L'Astrologue* était arrivé entre les mains des Bauer.

Depuis que Laurent de Médicis avait chargé Giorgione de son exécution, il avait toujours appartenu à la puissante famille florentine. Catherine, la petite-fille de Laurent, fut la dernière Médicis à l'avoir en son pouvoir. En pleine guerre de religion entre catholiques et protestants en France, Catherine, qui devint reine de France de par son mariage avec Henri Ier, éprouva des craintes pour le sort du tableau après sa mort. Elle était la dernière Médicis de la branche noble, la seule descendante directe de Laurent le Magnifique. Même si la reine eut dix enfants, elle survécut à huit d'entre eux et elle ne faisait pas confiance aux deux derniers pour leur léguer le grand secret des Médicis : ni Henri ni Marguerite ne méritaient d'être le prochain Kybalion aux yeux de Catherine ; ils étaient pour elle plus Valois que Médicis, il n'y avait en eux rien de l'esprit de la Renaissance, humaniste, qui avait inspiré ses ancêtres. Catherine était de plus une femme très superstitieuse, qui consultait astrologues, voyants et nécromanciens. Un jour, elle eut une vision pendant un rêve : un ange du Seigneur lui apparut et lui assura qu'elle devait confier *L'Astrologue* à Aegidius de Göttingen, un moine alchimiste de l'abbaye de Saint Mahé, qui était son confesseur et son conseiller spirituel. Ainsi, en janvier 1589, Aegidius de Göttingen devient le nouveau Kybalion. Cependant, vers 1600, il se trouva pris dans un complot destiné à assassiner le roi Henri IV, fut accusé de pratiquer la sorcellerie et la magie noire et se vit contraint de fuir en France et de se réfugier dans sa ville natale, Göttingen. Là, il entra au service d'un commerçant influent comme précepteur de latin et de grec de ses enfants. Le nom de la famille était Bauer. Le plus jeune des Bauer, Maximilian, ne tarda pas à montrer un intérêt particulier pour les mystères de l'astrologie, de l'alchimie et autres savoirs de la connaissance ancestrale qu'Aegidius transmettait régulièrement aux jeunes pupilles. Le moine, alors octogénaire, considérait Maximilian Bauer comme son disciple aimé et préféré et, l'heure de sa mort venue, il lui légua *L'Astrologue*, le transformant ainsi en le premier Kybalion d'une nouvelle sorte de gardiens au sein de la famille Bauer, lignée qui allait jusqu'au père de Sarah.

La comtesse de Vandermonde lui avait appris que peu de temps auparavant, les Bauer avaient failli perdre *L'Astrologue* à cause du manque de bon sens du grand-oncle de Sarah. Mais c'était une autre histoire. Une histoire dont Sarah était disposée à tirer profit.

*

Ce soir-là, Sarah rentra directement à la pension en sortant de la librairie : elle avait quelque chose d'important à dire à Marion avant que son amie ne commence son habituelle ronde de nuit dans les night-clubs.

Quand elle entra dans la chambre, elle la trouva près de la fenêtre, se vernissant les ongles à la lumière mourante du soir. Dès que la nuit tomberait, elles devraient recouvrir les vitres d'une épaisse toile de coton bleu marine ; ce serait l'heure du *couvre-feu*, et il faudrait éteindre Paris pour que les bombardiers anglais qui volaient vers l'Italie, les « Express de Milan », comme les appelaient les Français d'un ton goguenard quand ils entendaient leurs moteurs déchirer la toile du ciel, ne puissent pas repérer la ville.

– Bonjour, chérie. Tu rentres tôt, la salua Marion sans quitter du regard le pinceau avec lequel elle s'appliquait le vernis rouge. Sarah sentit l'odeur pénétrante de la laque et de l'acétone.

– Aujourd'hui, je ne suis pas allée voir la comtesse.

Marion tendit les doigts devant son visage et se mit à souffler sur ses ongles tout en soufflant dessus.

– Alors tu ne m'as pas rapporté ma part de brioche ?

– Non…

Sarah ôta son manteau et l'accrocha sur la patère. Puis elle resta immobile au milieu de la pièce sans très bien savoir que faire.

Marion la regarda avec curiosité.

– Tu vas rester là toute la soirée, à me regarder me vernir les ongles ?

Sans préambule, Sarah annonça :

– Je vais déménager, Marion.

– Déménager ? La stupeur de son amie ne tarda pas à se traduire par son ton et ses yeux écarquillés. Mais pourquoi ? Tu ne te plais plus ici ? J'ai fait quelque chose de mal ? Je ne me suis pas bien comportée avec toi… ?

Sarah sourit, émue par la tendresse que Marion éveillait parfois en elle. Elle s'approcha et, tout en rebouchant son flacon de vernis, lui demanda de se calmer.

– Chut… Ne dis pas de bêtises… Regarde par la fenêtre. Sans te montrer…

Marion était stupéfaite. Elle ne comprenait pas. Pourtant, elle obéit. Elle s'approcha prudemment du bord de la fenêtre et regarda à travers la vitre. Il pleuvait assez fort. Pour ce qui était du reste, rien ne semblait avoir changé dans cette rue étroite et crasseuse : les mêmes immeubles noirs et décrépits, la même épicerie aux étagères vides, les mêmes pavés recouverts d'excréments de mule, les mêmes affiches de propagande déchirées et barbouillées de peinture…

– D'accord, on n'a pas les plus jolies vues de Paris, mais…

– Tais-toi… Tu vois cet homme qui se protège de la pluie sous la tenture de l'épicerie ?

– Celui qui porte un chapeau noir et une gabardine ?

Sarah acquiesça et une lueur s'alluma dans les yeux de Marion.

– Mon Dieu, chérie ! C'est la Gestapo ! Ils te cherchent encore !

– Non, ce n'est pas la Gestapo. C'est le *Sturmbannführer* von Bergheim, des SS.

– SS, Gestapo, préfecture ! Qu'est-ce que ça peut faire ? Je ne crois pas que cet homme te surveille précisément pour t'emmener danser.

– Non. Mais il ne veut pas me faire de mal non plus.

Sarah assura à Marion une chose dont elle n'était absolument pas sûre. En fait, elle n'avait aucune idée des véritables intentions de Bergheim, mais elle voulait la rassurer.

– Ça ne compte pas pour l'instant, Marion. Ce qui compte, c'est qu'avec ce type qui me suit comme mon ombre, je te mets en danger. En surveillant mes mouvements, il surveille en quelque sorte les tiens. Tôt ou tard, il commencera à soupçonner tes allées et venues, et ils finiront par découvrir tes activités. Et si un jour tu le croisais lors d'une de tes virées avec les hauts gradés allemands ? Il pourrait te reconnaître…

Marion était restée muette. Elle essayait de traiter toute cette information à la fois, essayant d'en tirer ses propres conclusions.

– Et puis, si je m'en vais, tu auras un lit disponible quand tu auras besoin de cacher des filles du SOE.

Marion ne tarda pas à se laisser séduire par les arguments de Sarah. Mais il y avait encore quelque chose qui n'était pas clair.

– Et où vas-tu aller ? Chez ta grand-mère ?

– Mon dieu non ! Je mentirais en disant qu'elle ne me l'a pas déjà proposé, mais son attitude lui est plus dictée par l'intérêt que par l'affection. Elle me traite bien parce que je représente une sorte d'instrument de rédemption de sa mauvaise conscience, pas par affection. En fait, je ne crois pas que *Madame* puisse éprouver de l'affection pour qui que ce soit. Non, non, je ne pourrais vraiment pas vivre chez elle. Et puis je suis sûre qu'elle déteste les Juifs autant, voire plus que les nazis. Elle me tolère simplement parce que je suis sa petite-fille.

– Alors ?

– Les Matheus ont un petit appartement juste au-dessus de la librairie. Jusqu'à présent, ils le louaient à un étudiant de Lyon, mais il a reçu une lettre du STO ; les Allemands l'ont réquisitionné pour le travail obligatoire de l'autre côté du Rhin.

Marion se mordit la lèvre inférieure en montrant sa compassion pour le jeune homme : il était répugnant que les Allemands obligent les jeunes Français à faire le travail qu'ils ne faisaient pas eux-mêmes car ils devaient chausser les bottes militaires qui piétinaient l'Europe toute entière. Le Service du Travail Obligatoire était répugnant.

– Pauvre gars…

– Il part demain. Les Matheus sont terrifiés. Si les nazis apprennent que l'appartement est vide, ils les obligeront fort probablement à prendre un locataire qui sera sûrement l'un des leurs ou un collaborateur. Cela ne les dérangera peut-être pas que je reste là tant qu'ils n'auront rien trouvé de mieux…

– Mais Sarah, c'est génial ! Un appartement pour toi toute seule !

– Eh bien, ils n'ont pas encore accepté… Il est tout petit, à peine quarante mètres carrés, mais c'est largement suffisant… Oh, Marion, j'aimerais tellement que tu puisses venir avec moi !

Marion la prit dans ses bras.

– Oui, ce serait génial de pouvoir échapper à la logeuse. Cette sorcière fouineuse… Et nous, on s'entend bien, n'est-ce pas, ma chérie ? C'est génial d'habiter ensemble… Mais tu as raison, si les *Boches* te surveillent, tôt ou tard, ils finiront par me tomber dessus.

– Tu viendras me voir. Tous les jours, hein ? Et on prendra le thé avec la brioche de la comtesse, plaisanta Sarah.

Mais Marion ne répondit pas, elle était absorbée. Elle s'écarta un peu de Sarah pour l'observer et lui demanda :

– Au fait, chérie, si ces types te surveillent jour et nuit, comment vas-tu faire pour les empêcher de découvrir ton nouveau domicile ?

Marion avait raison. Même si, en réalité, Sarah changeait plus d'appartement pour protéger Marion que pour assurer sa propre sécurité, c'était aussi une bonne occasion pour pouvoir se débarrasser de Bergheim. Mais comment faire ?

Sarah s'approcha de la fenêtre. Cette fois, elle ne prit pas de précautions, et agit presque avec insolence. Le commandant était toujours là, indifférent à la pluie et au froid, devant la porte de l'épicerie.

Soudain, Sarah se retourna et alla prendre son manteau en quelques enjambées.

– Qu'est-ce que tu fais ? Où vas-tu ? s'enquit Marion, qui ne comprenait pas l'attitude de son amie.

– Faire quelque chose que j'aurais dû faire depuis longtemps, marmonna-t-elle en ouvrant la porte et en disparaissant dans l'escalier.

– Mais chérie, tu es devenue folle ? C'est bientôt le couvre-feu… ! Prends au moins ton parapluie, il tombe des cordes !

Ses recommandations tombèrent dans le vide. Elle n'obtint pour toute réponse qu'un bruit de talons dévalant l'escalier.

– Cette fille, bon sang !

Georg consulta sa montre. Il devait partir. Le couvre-feu n'allait pas tarder et il serait inutile, voire dangereux, de rester planté là, sous sa fenêtre. En fait, tout cela était assez inutile. La vie de Sarah était routinière, sans mystère : de la pension à la librairie, de la librairie à la pension et, de temps en temps, une visite à la vieille dame de la place des Vosges. Il avait même fouillé sa chambre en profitant d'un moment d'inattention de la logeuse : aucune trace de *L'Astrologue*, et pratiquement pas de Sarah. Quelques livres, des robes, des chemisiers et une photo des Bauer. Comme le parfum de musc qui imprégnait la chambre, le parfum douceâtre et pénétrant des boîtes de nuit, la présence de sa compagne envahissait tout et il n'y avait presque pas de place pour Sarah. Georg avait quitté les lieux, déçu.

Il consulta à nouveau sa montre. Il devait partir. Il leva la tête vers la fenêtre ; une faible lumière brillait derrière le rideau de pluie, là où se tenait Sarah. Georg éprouva une sensation étrange à l'estomac ; c'était de l'anxiété. Il aurait pu passer sa vie à observer les étoiles, à les graver au centre de ses pupilles… il ne les toucherait jamais, ne fût-ce que du bout des doigts. Même si elles étaient toujours visibles, les étoiles étaient hors de sa portée.

Il devait vraiment s'en aller. Et il reviendrait le lendemain. Il la suivrait à nouveau dans les rues de Paris, flairant la piste de son existence comme un chien abandonné. Peu importaient les honneurs militaires qu'il avait pu payer de son sang, dans cette guerre, son ennemi n'était qu'une femme juive.

– Vous perdez votre temps en me suivant partout, commandant.

Georg sursauta. Comme si on venait de le tirer d'un profond sommeil, il eut du mal à reconnaître Sarah debout devant lui. La pluie lui trempait les cheveux et lui glissait sur les joues, couvrant presque le son de sa voix.

– Je n'ai pas *L'Astrologue*.

Georg était étourdi. La pluie et Sarah l'étourdissaient.

– Mais je sais où vous pouvez le trouver…

Il lui jeta un regard méfiant. Sous l'eau, la vision de Sarah devenait floue, et ses paroles, confuses. Sous l'eau, le terrain était glissant et l'ennemi, fuyant. L'expérience lui avait appris à avancer avec prudence.

Le temps s'était arrêté sur Sarah, sur son visage et sur son regard de défi. Sur ses lèvres humides comme un fruit qui vient d'être lavé et sur ses immenses yeux verts, qui attendaient le mouvement suivant sans ciller. Georg aurait pu la contempler pendant une éternité, contempler les étoiles de plus près que jamais, même en sachant qu'il aurait beau tendre le bras, il ne parviendrait même pas à les frôler. Georg aurait aimé frôler ces lèvres.

– Que veux-tu en échange, Sarah ?

– La vie de mon mari.

– Tu as déjà la tienne… Je ne peux rien faire pour celle de ton mari.

– Alors l'affaire ne se fera pas.

Elle fit demi-tour.

– Attends !

Georg le savait. Il savait que le temps qu'il pourrait rester là, à la contempler sous la pluie, dépendait du temps qu'il mettrait à parler. Et il savait que la possibilité de la revoir dépendait de ce qu'il dirait. Aussi pensa-t-il chaque mot qu'il prononça sans cesser de regarder Sarah dans les yeux.

– Viens au Louvre… D'ici deux jours… Je vais voir si je peux t'aider.

Il crut que Sarah allait ouvrir la bouche pour dire quelque chose. Mais ses lèvres mouillées se refermèrent sans moduler un seul mot. La dernière chose que lui laissa la jeune fille avant de traverser la rue en courant fut un regard félin. La pluie sembla l'engloutir.

*

À Illkirch, elle avait une garde-robe digne d'une princesse. En été, elle portait des robes de taffetas et d'organza, de gaze et de mousseline ; en hiver, des robes de tweed, des chemisiers en soie et des vestes de cachemire. Elle possédait des dizaines de chaussures à talons avec les sacs assortis, des manteaux en cuir, des chapeaux en feutre tournés à la main et des capelines en toile des Philippines décorées de rubans en velours et de fleurs.

Elle avait perdu pratiquement tout ce qu'elle avait emporté de là-bas. Elle avait commencé à l'échanger contre du maquillage, du savon ou du dentifrice, puis contre de la nourriture. Elle avait conservé l'indispensable : une robe légère en coton et une autre en lin pour l'été, et deux jupes et deux vestes pour l'hiver ; un manteau, un sac et des chaussures. Et aussi un chapeau qu'elle portait aussi bien pour se protéger du froid que du soleil. Et un foulard en soie que son père lui avait offert pour ses seize ans.

Quelques semaines plus tôt, sa grand-mère lui avait donné une robe. Certes, elle n'était pas neuve, la comtesse l'avait portée dans sa jeunesse. Elle sentait le camphre et était passée de mode, mais le tissu, un joli crêpe de laine bleu marine, était en bon état. Mais ce que Sarah préférait, c'était la ceinture en soie couleur crème car elle pensait qu'elle lui donnait un air très chic. Avec l'aide de Madame Matheus, qui possédait une machine à coudre, elle l'ajusta à sa taille et toutes deux la raccourcirent de quelques centimètres pour lui donner un air plus moderne.

Sarah décida de l'étrenner le jour où elle alla voir le commandant von Bergheim. Elle se sentit si élégante en la passant qu'elle ronchonna tout haut d'être obligée de la recouvrir avec son vieux manteau, sur le revers duquel était cousue l'étoile jaune. Mais en avril, il faisait encore froid à Paris. Dès qu'elle entra dans l'aile du *palais* du Louvre où les Allemands avaient installé leurs bureaux, elle l'ôta et le plia soigneusement sur son bras, laissant la doublure en vue et l'étoile honteuse cachée.

Quand *Fräulein* Volks ouvrit la porte pour laisser entrer Sarah, Georg fut stupéfait. Debout derrière son bureau, immobile, il eut besoin de quelques secondes pour réagir, venir à sa rencontre pour l'accompagner là où elle allait devoir s'asseoir.

Elle était jolie. Elle s'était remplumée et sa peau était redevenue brillante, lisse et rosée. Ses yeux n'étaient plus enfoncés dans des orbites sombres, ils se détachaient, grands et lumineux, sur son visage ; ils transmettaient vie et énergie. Mais le commandant pensa de surcroît qu'il y avait quelque chose de spécial chez Sarah, sur son visage et dans son regard, y compris dans sa façon de bouger ; une chose indescriptible, belle.

Georg lui proposa une chaise puis s'assit à côté d'elle. Il ne voulait pas d'obstacles entre eux, il ne voulait pas qu'elle soit loin de lui maintenant qu'elle était si proche.

– Merci d'être venue, Sarah. Je suis très content que tu aies décidé de collaborer avec moi.

– Tout a un prix, commandant. Et je n'ai pas encore reçu la proposition adéquate…

Quand la jeune fille s'exprima, ce fut comme si la glace craquait à chaque mot. Georg passa de l'enchantement à la tristesse en quelques secondes. Il s'aperçut que tout n'avait été qu'illusion, une façade neuve pour un bâtiment en ruines. Il découvrit en Sarah des blessures qui, même si elles n'étaient pas visibles, étaient toujours ouvertes et saignaient de l'intérieur.

– Ne vous méprenez pas, poursuivit-elle en gelant la pièce. Je vous remercie de ce que vous avez fait pour moi. Mais ce que vous avez payé pour ce tableau n'est pas le prix que j'en demande. Parfois, la vie des autres est plus précieuse que la sienne propre.

– Et la vie de cet homme a pour toi plus de valeur que la tienne ?

– Cet homme, commandant, est la seule personne que vous, les nazis, ne m'ayez pas prise… pas encore.

Georg se sentit attaqué. Il avait beau se montrer aimable et patient envers elle, il finissait toujours le cœur transpercé de flèches. Cette femme n'était pas disposée à lui pardonner, à comprendre les efforts qu'il faisait pour elle, le nombre de fois où il avait risqué sa vie pour elle. En d'autres occasions, il avait arraché les flèches de sa poitrine et léché ses blessures, s'imposant une pénitence méritée. Maintenant, en revanche, il ressentait ces élancements comme des provocations destinées à mesurer sa bravoure.

Il ressentit soudain de l'indignation quand il se leva pour regagner l'estrade du haut de laquelle il s'apprêtait à jouer les juges, si c'était là ce qu'elle voulait.

– Qu'est-ce qui te fait penser que cet homme est encore vivant ?

Georg ne voulut pas regarder Sarah, qui ne lui renvoyait que le silence. Il chercha un dossier parmi tous les papiers qui se trouvaient sur sa table de travail. C'était une façon de montrer de l'indifférence, de mettre chacun à sa place. D'infliger de la souffrance, d'exercer pouvoir et contrôle sur la situation. Car cette gamine se trompait fort si elle pensait que c'était elle qui tenait les rênes de cette affaire, si elle croyait qu'en cravachant Georg elle allait dompter l'animal.

– Monsieur… peu importe son nom, conclut-il sur un ton méprisant quand l'aveuglement l'empêcha de trouver le nom de Jacob dans ses notes, est un terroriste. Il a été accusé de trafic, de détention d'armes et d'opposition violente au gouvernement du Troisième Reich, de crimes qui sont punis de la peine de mort. Il est peut-être parfaitement impossible de payer le prix que tu demandes pour le tableau. Je ne peux pas ressusciter les morts.

Il leva enfin la tête vers Sarah. Il avait l'intention de l'intimider d'un regard qui refléterait tout son ressentiment. Ce ne fut pas nécessaire. La jeune fille était déjà abattue, touchée directement à la ligne de flottaison. Pâle, en sueur, les mains posées sur les genoux et le regard perdu sur le sol.

La cruauté est une arme mesquine qui déshonore celui qui l'utilise. Elle représente le pire abus de pouvoir. Mais c'est une arme facile, un poison qui contamine le corps tout entier, une drogue euphorisante. Il était trop tard quand Georg sentit au fond de sa gorge le goût amer de la cruauté.

Avec la carafe que *Fräulein* Volks déposait tous les matins sur sa table, Georg versa un peu d'eau dans un verre.

– Tiens, bois.

Sarah obéit comme un automate, semblant avoir perdu toute maîtrise de sa volonté. Georg revint s'asseoir à côté d'elle.

– Dis-moi, Sarah, cet homme est-il vraiment ton mari ?

La jeune fille, qui n'avait même pas levé la tête pour boire, la garda baissée pour répondre.

– Oui…

Georg cherchait désespérément son regard. Il ne considérerait aucune réponse comme valable sans avoir vu ses yeux.

– Il est… Il est mort ? parvint-elle à articuler.

Ces quelques secondes de silence auraient pu lui faire renverser son verre, ou même faire arrêter son cœur, qui ne serait plus jamais reparti.

– Non. Il n'est pas mort.

– Mon Dieu…

Il crut que Sarah allait se mettre à pleurer quand il la vit porter la main à son visage. Il pria en silence qu'elle n'en fasse rien, il n'y était pas préparé.

– Le mois dernier, il a été transféré au camp de prisonniers de Drancy pour être déporté ensuite en Allemagne. Mais il y a une semaine, il a dû être hospitalisé. Il a la tuberculose.

Sarah le regarda enfin. Ses yeux brillaient, mais il n'y avait aucune trace de larmes. Ni même de joie. La seule émotion qu'elle montrait était l'anxiété.

– De quel hôpital s'agit-il ?

Georg ne voulait pas le lui dire.

– Sarah… Tu ne peux rien faire pour lui sans mettre ta vie en danger.

– Ne vous inquiétez pas, commandant. Je ne partirai pas d'ici sans vous donner l'information que je vous ai promise. Une fois que j'aurai terminé, ma vie ne vaudra pas plus cher que celle de n'importe quel autre Juif, n'est-ce pas ?

Cette femme était implacable. Impassible, elle ne perdait pas la moindre occasion de le renvoyer dans les cordes.

– Tu es très injuste avec moi, Sarah, allégua-t-il, blessé. Tu m'as condamné sans me donner la moindre chance d'exposer ma défense.

– Ce n'est pas moi qui ai apporté ce genre de justice en France.

Georg était fatigué, très fatigué que la guerre soit arrivée dans son bureau. Sur le champ de bataille, il n'avait jamais donné de visage à l'ennemi, et voilà que l'ennemi avait le visage de Sarah. Non, non, non et non ! Ce n'était pas la guerre qu'il voulait livrer.

– Œil pour œil, dent pour dent. La loi du talion. C'est la loi juive, n'est-ce pas ? Eh bien, Sarah, si c'est ce que tu veux, il en sera ainsi. Donne-moi ce que tu m'as promis et va-t'en. Finissons-en une bonne fois pour toutes.

Il la vit hésiter un instant. Était-ce du repentir qu'il y avait dans ses yeux tristes… ? Il ne tarda pas à constater que non.

– Nous n'avons jamais possédé le tableau. Il n'est plus dans la famille depuis vingt ans. Mon grand-oncle l'a vendu pour payer des dettes de jeu. Il l'a vendu au baron Heinrich Thyssen après la Grande Guerre.

Georg soupira. Il ne s'attendait pas à ça. Ou peut-être que si, peut-être quelque chose de semblable. Après tout, elle était la digne fille de son père. Alfred Bauer avait supporté les interrogatoires jusqu'à ce qu'une crise cardiaque mette un terme à sa vie ; Alfred Bauer était mort sans dire une seule vérité sur *L'Astrologue*.

Il paria que Sarah ne soutiendrait pas longtemps son regard, et ce fut le cas. Il voulut croire qu'il restait en elle un peu de vergogne et d'honnêteté, qu'elle jouait à ce jeu sale parce qu'elle y avait été contrainte.

– Va-t'en, Sarah, lui demanda-t-il, abattu.

Elle lui obéit. En silence, elle prit son manteau et son sac et se dirigea vers la porte, tête basse. Pourtant, dès qu'elle l'eut ouverte, elle se retourna.

– Je regrette vraiment que les choses aient dû se passer ainsi. J'aimais quand nous parlions d'art pendant des heures, assis sous le vieux saule… Je vous aimais, commandant, avant tout ça.

Sans même un sourire, Sarah s'apprêta à partir, mais Georg l'arrêta.

– Sarah !

Elle l'observa depuis l'encadrement de la porte. Georg soupira.

– Hôpital Rothschild.

Et Sarah sourit enfin.

*

L'hôpital Rothschild était réservé aux Juifs. À l'origine, il avait été conçu par le baron Edmund Rothschild comme une institution destinée à l'assistance sanitaire des Juifs dépourvus de ressources. Comme tout à Paris, l'Occupation en avait altéré la nature. Depuis le début 1942, l'hôpital Rothschild était une annexe du camp d'internement de Drancy ; dans la pratique, c'était une prison sanitaire, comme en témoignaient les barbelés sur les murs, les barreaux aux fenêtres et la surveillance policière des salles, des allées et venues. On y soignait les malades de Drancy et les femmes juives y accouchaient aussi avant d'être déportées hors de France avec leurs bébés.

Quand Sarah apprit le tranfert de Jacob à Rothschild, son premier réflexe fut d'aller le voir avant que la maladie n'ait raison de lui ou qu'il ne soit ramené à Drancy pour sa déportation.

Après de nombreux efforts, Marion parvint à la convaincre que c'était une folie rien que de s'approcher de l'hôpital, surtout elle, qui était fichée par la Gestapo. Elle n'aurait pas passé le premier contrôle que les policiers de la préfecture, qui la surveillaient de connivence avec la Gestapo, l'auraient arrêtée.

Sarah se consumait d'angoisse. Jacob était vivant et à Paris, mais pour combien de temps ? Elle se sentait coupable, coupable de n'avoir eu ni l'à-propros ni le courage de demander au commandant von Bergheim de le libérer. Mais cette rencontre avait été un désastre. La seule vision de son uniforme, de sa Croix de fer autour du cou, du svastika sur la table et de la photo d'Hitler sur le mur avait secoué la colère et le ressentiment de Sarah, qui avaient explosé au visage de Bergheim comme les bulles d'une bouteille que l'on agite. Poussée par la haine, elle l'avait attaqué avec des mots et elle l'aurait fait avec les ongles si elle avait pu. Elle devait pourtant reconnaître que Bergheim était le seul à l'avoir aidée. Avec un peu plus de diplomatie, il l'aurait même aidée davantage. Avec un peu plus de diplomatie, se répétait-elle, Jacob serait peut-être maintenant dans la rue. Quand elle s'était rendu compte de sa maladresse, il était trop tard pour faire marche arrière.

Elle passa deux jours entiers sans dormir, pensant à ce qu'elle pourrait faire pour son ami. Deux jours entiers pendant lesquels l'impuissance, la crainte et l'inquiétude l'empêchaient presque de respirer. Deux jours entiers avant que Marion ne lui présente Carole Hirsch.

Cette dernière était assistante sociale à Rothschild ; c'était l'une des rares employées non Juives de l'hôpital, de même que la direction, contrôlée par le gouvernement d'Occupation. Carole Hirsch travaillait également pour la Résistance.

Elle se rencontrèrent un matin très tôt dans l'arrière-boutique de la librairie. Mlle Hirsch était une femme d'âge moyen, nette, de petite taille et à l'allure revêche d'une institutrice inflexible et disciplinée, mais son regard et sa voix étaient aimables et apaisants, presque analgésiques. Ce fut du moins ce que pensa Sarah quand elle lui posa la main sur l'épaule et lui parla de Jacob.

– Ne vous inquiétez pas, Mademoiselle Bauer. Votre ami n'a pas la tuberculose. Quand il était à Drancy, une infirmière a falsifié ses radios des poumons en les échangeant avec celles d'un malade. C'était la seule façon de pouvoir le faire transférer à Rothschild afin de soigner une grave infection qu'il a à l'œil, provenant des lésions provoquées par la torture. Les fonctionnaires de Drancy n'autorisaient pas le transfert pour une lésion, aussi grave fût-elle. Mais la tuberculose, c'est différent… c'est très contagieux, conclut Mademoiselle Hirsch avec un clin d'œil complice.

Dès cet instant, Sarah apprit de la bouche de Carole Hirsch que l'hôpital était devenu un véritable foyer de la Résistance. Depuis qu'il était devenu une annexe de Drancy, les médecins n'avaient pas tardé à s'apercevoir qu'il y avait une possibilité pour les patients qui y transitaient, un espoir d'éviter Drancy et d'échapper à la déportation. Il se créa bientôt un réseau d'évasion qui impliquait tout le personnel, des médecins aux infirmières, en passant par les auxiliaires, les concierges et les femmes de ménage : chacun d'eux, soit activement, soit en fermant les yeux, soit en gardant le silence, collaborait pour faire sortir du centre et mettre à l'abri le plus grand nombre de patients, non seulement de l'hôpital, mais aussi de l'orphelinat et de l'asile de vieillards. Ils inventaient des maladies ou en retardaient artificiellement la guérison afin d'avoir le temps de concevoir des plans d'évasion : radios, analyses et fausses courbes de température étaient à l'ordre du jour, de même que les soins, les bandages, les plâtres, voire les appendicectomies sur des patients sains. Ils faisaient de faux papiers, organisaient des contacts avec l'extérieur, procuraient de l'argent aux fugitifs… Tout pour éviter le retour à Drancy.

Sarah était émerveillée, admirative du gros travail que menaient à bien même au péril de leur vie les hommes et les femmes du Rothschild. Tout ce qu'elle avait fait auparavant lui semblait maintenant insignifiant en comparaison, voire une félonie : elle avait juste détruit des vies, peu importait de quel camp ; ces personnes, en revanche, en sauvaient.

– Chacun résiste à l'occupant comme il peut, dans les circonstances qu'il peut affronter et avec les moyens qu'il a à sa portée. Et chaque grain de sable édifie une montagne. Il ne faut minimiser le travail de personne, avait dit Mlle Hirsch, réconfortant sa conscience inquiète.

Soudain, un monde de possibilités sur ce qu'elle allait faire de sa vie s'ouvrit à Sarah. Elle ne pouvait pas se permettre de continuer à vivre terrorisée, ancrée dans des prouesses qui l'avaient presque menée à la mort. La guerre se poursuivait et elle ne pouvait pas baisser les bras. Elle n'était pas différente des centaines de milliers de Juifs qui se promenaient dans Paris, prenant chaque jour des risques du simple fait d'exister. Ou elle l'était… Elle l'était… parce qu'elle avait la possibilité de recommencer à faire quelque chose, de contribuer à changer le terrible panorama. Elle devait juste oublier les cachots de la Gestapo, surmonter le traumatisme du passé et ne plus avoir peur.

Mais auparavant, elle devait s'occuper de Jacob.

– Dites-moi, Mademoiselle Hirsch, y a-t-il une possibilité de tirer Jacob de là ?, demanda-t-elle avec un mince espoir qui commençait à prendre corps.

La femme soupira, mais elle ne perdit pas le sourire.

– C'est de plus en plus difficile. Au fur et à mesure de la progression du nombre des fuites, le contrôle et la surveillance de la police se sont accrus. Dernièrement, pour chaque fuite, la police exige que nous laissions sortir un nombre déterminé de patients afin de les transférer à Drancy. Le danger est de plus en plus grand, non seulement pour nous, mais aussi pour les patients eux-mêmes.

Sarah baissa les yeux et pencha la tête. Elle aurait pu se mettre à pleurer, si elle n'avait pas cessé depuis longtemps de le faire quand elle avait découvert que même les pleurs ne la soulageaient pas.

– Je comprends…

Mais, aux yeux d'une personne perspicace, il est inutile de pleurer pour montrer ce qu'on éprouve. Carole Hirsch serra la main qu'elle avait posée sur la table et concéda de sa voix réconfortante :

– Laissez-moi quelques jours. Nous allons voir ce que nous pouvons faire.

Elle revint à la librairie à la fin de la semaine, accompagnée d'un jeune interne du service de chirurgie, le docteur Simon Vartan. Celui-ci avait soigné Jacob aussi bien de sa réelle infection à l'œil que de sa prétendue tuberculose : c'était lui qui falsifiait régulièrement les radios pour montrer une fausse évolution de la maladie et s'assurer que Jacob ne sorte pas.

– J'ai parlé à Wozniak, dit-il à propos d'un pharmacien de l'hôpital en adressant un regard à Mlle Hirsch. Il n'y aurait pas de problème pour falsifier les documents avec les nouveaux tampons que vous lui avez passés. Le problème est de le faire sortir.

Il se tourna vers Sarah.

– Avant, on se contentait de changer la chemise du patient pour une blouse blanche ou de le faire glisser par les toboggans de linge sale. Il n'était pas très difficile de déjouer la surveillance et de le mettre rapidement hors de danger. Mais maintenant… Les gardiens font plus attention, ils surveillent chacun de nos mouvements. Et le pire est que, après chaque évasion, ils prennent leur revanche. La semaine dernière, ils sont arrivés de la préfecture avec une liste de dix personnes, dont trois étaient des enfants de moins de deux ans : ils les ont emmenés à Drancy dans un fourgon.

Sarah l'écoutait attentivement, presque avec impatience, tout en le regardant sans comprendre : « Alors, Dr Vartan, pourquoi êtes-vous ici ? »

Le docteur sembla entendre sa question muette. Il ajusta ses lunettes, appuya la tête sur sa main et s'accouda à la table pour s'approcher de Sarah et murmurer :

– Il existe malgré tout une possibilité, Mademoiselle Bauer. Mais il faudra examiner très attentivement les risques, puisque la seule option viable est que cela n'ait pas l'air d'une fuite. Et cela peut coûter la vie à Jacob…

Venons-en au fait, Camille

Camille de Brianson-Lanzac. À brûle-pourpoint, ce nom ne me disait rien, il n'avait pas à me le donner. Ce ne fut que lorsqu'Alain me révéla le nom de sa grand-mère que les pièces du puzzle commencèrent à s'emboîter : si Camille avait été espagnole, son deuxième patronyme aurait été von Thyssen.

Ce qui ne cadrait pourtant pas du tout, c'était l'humeur de chien dont témoignait Alain à chaque fois que le nom de cette femme arrivait dans la conversation.

Il se montra farouche, sommaire, voire hostile quand je lui demandai de m'expliquer qui était Camille de Brianson-Lanzac von Thyssen.

– C'est une Thyssen de second plan. Elle descend d'un cousin du célèbre August Thyssen, celui des ascenseurs, plaisanta-t-il sans enthousiasme. Peu importe. Ce qui nous intéresse, c'est qu'elle se sent très attachée au nom Thyssen, à tel point qu'elle travaille depuis toujours à un livre sur la famille, comme s'il s'agissait de son autobiographie.

– Et comment la connais-tu ?

– Par l'université. On a fait nos études ensemble.

Point final. Alain changea immédiatement de sujet.

*

Camille côtoyait les grands de la haute couture. Pas uniquement parce qu'elle s'achetait souvent un sac Dior ou un tailleur Chanel, mais parce qu'elle les côtoyait physiquement. Elle possédait une galerie avenue Montaigne, en plein triangle d'or de la ville, ce qui faisait d'elle la voisine des maisons les plus prestigieuses et renommées du monde.

Nous allâmes la voir un matin à la galerie. Nous garâmes la moto devant la boutique Dior et il nous suffit de traverser la rue pour nous planter devant la façade noire et blanche, décorée d'une enseigne de Brianson Art qui ressemblait à une signature : sobre, élégante, en harmonie avec l'ambiance de la rue, super chic, assortie à Camille elle-même, comme je ne tardai pas à le constater.

Nous entrâmes. Sur les murs blancs étaient accrochés les tableaux hyperréalistes d'une jeune peintre japonaise. Une fille de très haute taille et au physique impressionnant vint à notre rencontre.

Pendant qu'Alain lui expliquait que nous avions rendez-vous avec Mlle de Brianson-Lanzac, je remarquai, peut-être à cause du fort contraste qu'il présentait avec cet environnement élégant et glamour, que mon collègue avait retrouvé et amplifié sa négligence esthétique : la barbe lui noircissait de nouveau le menton et il semblait avoir choisi les vêtements les plus vieux et les plus froissés de son placard, probablement dans le noir, compte tenu de la combinaison impossible des couleurs. J'eus de plus la sensation que la grande et remarquable demoiselle de Brianson Art, qui sortait de chez le coiffeur, avec ses vêtements de marque, ses lèvres siliconées et sa manucure parfaite, se méfiait, affichant à chaque instant un sourire forcé et une distance prudente.

Elle nous emmena pourtant à l'arrière-boutique dans un bureau aussi élégant que tout le reste, rempli d'orchidées posées sur des meubles modernes aux lignes épurées. Il y avait un iMac sur le bureau et un de ces tapis persans si raffinés qu'on pourrait s'en faire une robe recouvrait presque tout le sol ; quelques œuvres d'art fort bien choisies ornaient la pièce, parmi lesquelles il me sembla reconnaître des fleurs du peintre chinois Qi Baishi, dont la valeur, s'il ne s'agissait pas de reproductions, avoisinait le million de dollars.

Camille de Brianson-Lansac et, plus important encore, von Thyssen, se leva pour nous accueillir avec un large sourire et vint faire deux bises à Alain puis à moi quand nous fûmes présentées.

Camille était jeune, trentenaire comme nous. Ce n'était pas une jolie femme à proprement parler, mais elle avait la ligne, portait avec beaucoup d'allure des vêtements et des accessoires onéreux et savait parfaitement tirer parti de ses avantages avec un maquillage et une coiffure très soignés, de sorte qu'elle était assez séduisante.

– J'ai appris pour ton grand-père, dit-elle à Alain. Ma mère a l'habitude morbide de lire les avis d'obsèques, et le pire est que je crois qu'elle est très déçue quand elle ne connaît personne. *C'est top !* rapporta Camille avec son accent parisien bourgeois et affecté.

– Je vois…

– Tu peux me croire si je te dis que je voulais t'appeler depuis des semaines, mais je n'arrête pas, je te jure. Hier, quand j'ai vu ton nom sur mon HTC, j'ai pensé : Oh mon Dieu, c'est vraiment de la télépathie !

– Sûrement…

Le moment me sembla mal choisi. Il était évident qu'Alain et Camille avaient une relation qui dépassait le cadre habituel ou professionnel, et pourtant, on aurait dit qu'ils évoluaient dans des univers parallèles, celui de la jeune femme en couleurs, comme la terre d'Oz, celui d'Alain en noir et blanc, comme l'Arkansas.

– Mais asseyez-vous, je vous en prie. Vous voulez boire quelque chose ? Un café ? Quelque chose de frais ?

– Non, rien merci, l'interrompit Alain, et moi par la même occasion, car je n'avais rien contre un café.

Mais je me tus : l'atmosphère s'était rafraîchie. Nous ne restons pas.

Camille, qui était très bien élevée, encaissa l'affront avec un haussement d'épaules et un sourire. Sans insister, elle s'assit avec nous dans un coin composé d'un canapé, de deux fauteuils et d'une table. Elle croisa les jambes et les mains dans une posture aussi affectée qu'elle-même.

Alain entra dans le vif du sujet :

– Comme je te l'ai annoncé au téléphone, Ana et moi faisons des recherches sur la disparition d'un tableau qui a pu faire partie de la collection du premier baron Heinrich von Thyssen, dont tu as peut-être entendu parler.

Camille se leva et se dirigea vers son bureau, où elle prit un carnet et quelques papiers. Puis elle nous rejoignit. À chaque fois qu'elle se déplaçait, je sentais son parfum flotter dans la pièce.

– Oui, *L'Astrologue* de Giorgione, je l'ai noté là. *A priori*, ça ne me disait absolument rien, mais j'ai relu mes notes et en particulier un entretien que j'avais eu avec le baron (le fils, bien sûr) peu avant sa mort. Hier soir j'ai écouté l'enregistrement. Je suis impressionnée de voir tout ce que j'oublie !! C'est de pire en pire, je te jure ! Avec toute cette technologie et toutes ces machines, je ne suis même plus capable de me rappeler où je vis sans regarder au préalable sur mon HTC. Quelle catastrophe, mon Dieu ! Ça ne vous arrive pas à vous aussi ?

Alain ne daigna pas la suivre.

– Alors, Camille, tu as quelque chose d'intéressant à nous raconter, … ou on continue à perdre notre temps ? demanda-t-il silencieusement.

– Oui, bien sûr, quelle idiote. Je suppose que mes problèmes de mémoire n'intéressent personne, fit-elle en souriant, comme s'il ne s'agissait que d'une plaisanterie. En fait, elle se voulait sarcastique.

Je ne me serais pas sentie aussi tendue si j'avais été assise sur une bombe. Pour une raison qui m'échappait,

Alain se comportait en parfait idiot mal élevé. Avant qu'il ait tout fait capoter, je décidai d'intervenir.

– Eh bien moi, je suis comme toi, Camille : si je perds mon téléphone, je perds une partie de mon identité.

Elle me regarda comme si elle s'était soudain rappelé ma présence. Par chance, elle me fit alors un signe de complicité. Je décidai de poursuivre sur la voie de la diplomatie, tout en priant intérieurement Alain de se taire.

– C'est génial que tu aies pris la peine de réécouter l'entretien. Je t'assure que ce tableau nous désespère : on n'a pas de pistes et bon, le fait que tu aies pu rencontrer le baron von Thyssen, que tu puisses peut-être nous fournir des informations de première main… est un vrai privilège. Tu nous rends un immense service.

Mon discours tomba comme du miel sur Camille, qui se pourlécha immédiatement comme une petite chatte vaniteuse. Elle se réinstalla sur son siège, les genoux croisés pointés vers moi : elle me considérait désormais comme son unique interlocutrice.

– Oui, *chérie*, Heini, le baron von Thyssen, était un homme charmant. Quand je l'ai connu, il était déjà en très mauvaise santé, mais il conservait un *charme* et une élégance inégalables. Il m'a accordé une après-midi entière dans sa magnifique résidence de Gérone, et nous avons pu parler de tout : de sa vie, de sa famille, d'art aussi, bien sûr… Je lui consacre une partie très importante de mon livre, il le mérite.

– Tu as beaucoup de chance d'avoir eu cette opportunité. Mais il est logique que le baron se soit comporté ainsi avec toi ; après tout, tu fais partie de la famille.

Camille sourit, flattée.

– Oui, c'est vrai.

– Quand tu auras fini ton livre, je serai ravie de le lire. Il sera certainement magnifique, sensible comme toi.

Alain soupira. Camille l'ignora, séduite qu'elle était par mes mensonges. Et je me détestai pour ce que j'étais en train de faire. Mais je ne savais pas comment amener la conversation sur Georg, car elle ne semblait pas le vouloir non plus.

En revanche, Alain trouva la formule.

– Venons-en au fait, Camille : t'a-t-il parlé de *L'Astrologue* ?

Elle l'ignora et continua de parler pour moi.

– Nous n'avons bien sûr pas évoqué toutes les œuvres de sa collection. Plus qu'une interview, ce fut une conversation fluide et agréable. Mais à un moment donné, la question des faux a été évoquée. Je lui ai demandé si on avait essayé de lui en vendre un. Il m'assura que oui, souvent. Il pensait à un tableau en particulier.

Camille s'interrompit, me regarda, se mordit la lèvre et, me donnant une petite tape sur le bras, ajouta :

– Attends. J'ai apporté mon magnétophone. Je vais te passer cette partie de l'enregistrement. Je l'ai préparé. Je n'ai plus qu'à le faire démarrer.

Avec ses ongles de porcelaine, elle appuya sur le minuscule bouton et posa l'appareil sur la table. Pardessus le bruit de fond, on entendit la voix cassée d'un vieil homme qui parlait un français parfait :

« Ce devait être en 48 ou 49… Mon père était mort depuis peu. L'un des marchands avec lesquels il avait l'habitude de travailler m'informa qu'il possédait quelque chose de très spécial : un tableau retrouvé dans les ruines du château de Wewelsburg en Westphalie. Il m'a dit que c'était une œuvre magnifique de l'école vénitienne de la fin du quattrocento ou du début du cinquecento, peut-être un Titien ou un Giorgione, voire un Bellini. Cela m'a semblé intéressant. D'abord à cause de l'aspect morbide (rires) : un tableau de Wewelsburg ! Le temple de l'ordre sombre de Himmler ! Il avait une valeur historique en soi. Mais s'il venait de surcroît d'un grand maître… Ce serait fantastique ! Je souhaitais particulièrement qu'il s'agît d'un Giorgione. Mon père faisait une fixation sur cet artiste. Il racontait toujours qu'un certain Bauer – il en parlait si souvent que son nom est resté gravé dans ma mémoire – lui avait proposé deux tableaux du maître vénitien, mais qu'au dernier moment, la famille l'avait empêché d'en vendre un, celui que mon père considérait comme le plus précieux. Il se fâcha, même s'il acheta l'autre, qui était une très belle pièce. Pourtant, il douta soudain de son authenticité et le vendit ; à Duncan Phillips, je crois qu'il est encore exposé dans son musée à Washington… En définitive, je me rendis en Allemagne pour voir le tableau. Au premier coup d'œil, cela aurait pu être un Giorgione. La composition se structurait dans le caractéristique double plan du maître ; un paysage élaboré à l'arrière-plan et une figure se détachant en première ligne, un jeune homme qui manipulait divers instruments d'astrologie comme ceux que Giorgione avait peints sur la fresque de la maison Pellizzari. J'ai demandé sur-le-champ une étude de l'œuvre pour en vérifier l'authenticité. Quelle fut ma surprise quand on constata qu'elle était fausse ! Un faux fabuleux, très soigneux, conçu pour passer pour authentique, sans doute : les pigments, la toile, y compris le cadre… Tout était d'époque. Sans l'analyse chimique, il aurait été impossible de découvrir la supercherie. Mais en réalité, le tableau n'avait pas plus de dix ans… »

Camille arrêta l'appareil.

– Bon, vous voyez qu'il ne parle pas explicitement de *L'Astrologue*, c'est-à-dire que ce n'est pas un tableau avec un nom et une signature, mais… Cela pourrait être celui que vous cherchez, non ? Bien sûr qu'un faux… Il m'a dit que la nouvelle était sortie dans tous les journaux, mais les gros titres visaient surtout à ridiculiser Himmler pour avoir acquis un faux, plus qu'à traiter de la falsification en soi.

– Oui, il pourrait s'agir de *L'Astrologue*, opinai-je, essayant de contenir mon enthousiasme. Dans le récit du baron von Thyssen, il y avait bien plus d'informations que je n'aurais jamais osé l'espérer. Merci beaucoup, Camille.

– Je suis une mine de surprises, *chérie*, répliqua-t-elle, démontrant qu'elle s'aimait un peu plus encore.

Alain déplia ses longues jambes pour se lever, dans l'intention de partir.

– Merci, Camille.

Son ton révélait qu'il était de meilleure humeur.

– De rien. Si je peux vous aider, vous savez où me trouver…

Quelques coups discrets à la porte l'interrompirent. La tête de son assistante passa par l'embrasure.

– Camille, excuse-moi, un coursier est venu déposer un cadeau pour toi. Je lui dis de le laisser ici ou de l'apporter chez toi ?

– Ouh… Quelle manie, d'envoyer les cadeaux ici ! C'est épuisant… Oui, qu'il l'apporte chez moi, s'il te plaît. Merci, *chérie*.

– Tu as de la chance, Camille, les gens te font des cadeaux même quand ce n'est pas ton anniversaire, fit Alain.

Il me sembla qu'il employait à nouveau le sarcasme ; j'étais peut-être obsédée. Je dois dire que c'était la première fois – et la seule fois de cette brève rencontre avec Camille – que je la vis perdre son aplomb. En fait, elle se montra même troublée, comme les petites princesses des contes.

– Euh… Oui… Bon… Eh bien… Ce ne sont pas des cadeaux d'anniversaire… Ce sont… Euh… Des cadeaux de mariage. Jean-Luc et moi… on se marie… samedi…

Alain fut désarçonné lui aussi. L'ambiance se colora d'un trouble total et absolu.

– Ah… Eh bien, ce… c'est… génial, n'est-ce pas… ? fit Alain, se raclant la gorge comme si un mot s'était coincé dans son gosier. Mes félicitations… À tous les deux… parvint-il à cracher non sans difficulté.

Alain garda contenance le temps de prendre congé courtoisement de Camille et de quitter la galerie avec une certaine dignité. Cependant, dès qu'il eut mis un pied dans la rue, son regard s'assombrit, sa mâchoire se crispa et, s'il avait été un animal, il se serait ébroué et aurait rejeté de l'écume par la bouche.

Il traversa la rue dans un esprit suicidaire : trois voitures durent freiner brusquement et le tancèrent par de sonores coups de klaxon ; je me fis houspiller moi aussi, qui le suivais comme une idiote. Il arriva près de la moto, mit son casque, l'enfourcha et bredouilla d'une voix caverneuse derrière le masque :

– Allons à l'hémérothèque pour y chercher des articles sur le faux Giorgione. Viens, monte.

– Non, résistai-je. Je n'ai pas l'intention de bouger d'ici avant que tu n'aies répondu à deux questions.

Alain me regarda sous son casque, dans l'attente.

– Qu'est-ce qu'un HTC et… qui est vraiment cette femme ?

Il mit quelques secondes à réagir. Il releva sa visière comme s'il étouffait dessous, soupira, regarda droit devant lui, serra fort le guidon… Puis il me regarda à nouveau.

– Le HTC est une sorte de BlackBerry, mais en mieux… cette femme est une sorte de traînée, mais en mieux. C'est mon ex-femme.

Il mit le contact et le moteur de 500 chevaux rugit : il n'y avait pas moyen de poursuivre la conversation. Je dois dire que je n'aurais pas pu continuer non plus. Je devais cependant dire quelque chose, j'étais incapable de me taire comme si de rien n'était. J'élevai la voix par-dessus le moteur et déclarai très sérieusement :

– Ce n'est pas possible. Il n'y a rien de mieux que le BlackBerry.

Mai 1943

« Le haut commandement ne tolèrera aucun acte hostile contre les forces d'Occupation. Tout sabotage et toute agression seront punis de la peine de mort. Le couvre-feu est décrété à partir de 20 heures. » Tel fut le premier message que les autorités allemandes adressèrent aux Parisiens sous l'Occupation, le 14 juin 1940. Ensuite, l'heure du *couvre-feu* subirait des modifications, mais il durerait jusqu'en 1944. En général, il allait de 22 heures à 5 heures, excepté pour les juifs, de 20 heures à 6 heures. Pendant ces horaires, toute personne se trouvant dans la rue sans un permis spécial était arrêtée sur-le-champ.

Au fil des années, Paris devenait une ville de plus en plus hostile et dangereuse. À la tombée du jour, elle devenait sombre, déserte et silencieuse, résignée à ce que le *couvre-feu* finisse de bâillonner son esprit moribond. Parce que le soir dissipait non seulement la lumière, mais aussi les esprits déjà fanés, et les rues de Paris se remplissaient de visages sombres et défaitistes, de courses sans enthousiasme pour prendre le dernier train. Il ne restait que les patrouilles militaires qui martelaient d'un pas martial le sol de Paris et les Parisiens se taisaient en baissant la tête.

Sarah courait, cherchant l'abri de la pénombre comme un rat, furtive comme un criminel, anxieuse comme un fugitif. La nuit ne devait pas la surprendre dans les rues de Paris, mais la nuit la poursuivait, implacable, allongeant l'ombre de la jeune fille, de plus en plus diffuse sur le pavé.

Il était trop tard. Elle s'était attardée avec le Dr Vartan et Mlle Hirsch pour mettre la dernière main aux détails du sauvetage de Jacob. Puis elle avait dû se rendre chez la comtesse pour y chercher du café, le docteur lui ayant dit que si le jeune homme en buvait, il pourrait lui injecter moins de drogue. À Paris, le café manquait, mais sa grand-mère s'en procurait au marché noir.

– *Halt !*

Sarah s'arrêta instinctivement. Un groupe de quatre soldats SS lui barrait le chemin. Comment avait-elle pu ne pas les voir ? Elle marchait sans regarder ou regardait sans voir ; elle pensait au lendemain, à Jacob, à atteindre la maison…

– *Ausweiss !*

Elle posa la main sur son sac, mais ils le lui arrachèrent d'un coup sec. Il ne contenait pratiquement que ses papiers, son carnet de rationnement, quelques pièces de monnaie et les clés de la maison. Elle avait pris la précaution de mettre le café dans la poche de sa veste ; si les Allemands le trouvaient, ils le lui prendraient.

L'un des soldats prit ses papiers et jeta le sac par terre. Les autres ne quittaient pas Sarah du regard, les mains appuyées sur la mitraillette. On aurait dit qu'ils souriaient et leur grimace inspirait de la terreur.

À la lumière d'une petite lampe, ils examinèrent les papiers et ne tardèrent pas à murmurer et à rire entre leurs dents.

– C'est une traînée juive, sergent.

– Je sais, idiot. Tu n'as pas vu son étoile ?

– Quelle salope…

– Ce serait bien de lui écarter les jambes à coups de pied et de se l'envoyer.

– Quelle horreur ! S'envoyer une Juive, c'est dégoûtant !

– Un con est un con, que veux-tu que je te dise. Et cette Juive est très bien balancée.

– Tu es un porc, Wulff.

Le sergent dirigea la lampe sur son visage. Sarah battit des paupières.

– Alors, pute juive ? Tu ne sais pas que tu n'as pas le droit de rester dans la rue ?

Elle fit comme si elle ne comprenait pas.

– Réponds-moi, chienne ! Et regarde-moi quand je te parle ! lui ordonna-t-il en la poussant contre le mur.

Sarah faillit tomber à terre, mais elle garda finalement l'équilibre. Elle refusa puis accepta. Elle tremblait. S'ils devaient l'arrêter, qu'ils le fassent. Elle n'aimait pas du tout la tournure que prenaient les choses.

– Ouvrez-lui son manteau, sergent, qu'on voie bien ses seins !

Elle envisagea de donner un coup de pied à l'un d'eux, de lui arracher sa mitraillette et de tirer. De mourir l'arme au poing. Mais elle n'en eut pas le courage, elle ne trouva même pas la force suffisante pour bouger un doigt. La panique l'avait paralysée.

Avec le canon de son arme, le sergent ouvrit sa veste.

– Allez, ma jolie, montre tes seins aux garçons !

Ils approuvèrent tous par des éclats de rire. Le sergent tendit la main pour tirer sur son chemisier.

Instinctivement, Sarah la repoussa.

– Qu'est-ce que tu fais, idiote ? lui cria-t-il au visage, la poussant à nouveau contre le mur et braquant la mitraillette contre sa poitrine.

Il posa la main sur son cou et serra fort, lui mettant les doigts sous le menton. Sarah commença à manquer d'air. Elle souhaita s'évanouir dès l'instant où elle sentit sur son visage l'haleine et les mots crachés par le soldat.

– Écoute-moi, Juive de merde ! Tu me dégoûtes ! Alors n'essaie pas de me toucher à nouveau, tu as compris ? Si je te dis de te jeter par terre pour qu'on te baise, tu le fais… !

– Qu'est-ce qui se passe, ici ?

Sarah l'avait vu. Elle avait vu une automobile s'arrêter et elle l'avait vu en descendre. Elle crut délirer, que ce qu'elle voyait n'était que le produit de son esprit terrorisé. Elle crut qu'elle s'était évanouie et que Georg von Bergheim s'était à nouveau introduit sans permission dans sa tête.

Mais tout semblait si réel…

Le soldat se retourna avec l'impétuosité d'un animal sauvage perturbé. En voyant le *SS-Sturmbannführer*, il fut paralysé.

– *Still gestanden !* cria le commandant.

Quand l'animal la lâcha pour se mettre au garde-à-vous, les genoux de Sarah s'affaissèrent et elle glissa lentement le long du mur, jusqu'à se retrouver assise sur le trottoir comme un mendiant.

– J'ai demandé ce qui se passait ici ! *Scharführer ?*

Les quatre SS, au garde-à-vous devant leur commandant, ressemblaient à des figurines d'acier. Tout ce qui bougea chez eux furent les lèvres du sergent.

– Cette femme est juive, *Sturmbannführer*, et elle ne respecte pas le couvre-feu. Nous procédions à son arrestation.

– Cela ne relève pas de votre compétence, *Scharführer*, mais de la préfecture ou de la police militaire.

– Avec votre respect, *Sturmbannführer*…

– Silence ! Je devrais relever votre numéro d'identification et vous dénoncer à vos supérieurs pour non-respect de l'ordonnance numéro 137 du 7 janvier 1941, qui interdit expressément de s'immiscer dans les compétences déléguées aux organismes locaux dans les territoires occupés, inventa Georg en cours de route. Vous m'avez compris ?

– Oui, *Sturmbannführer* ! répondirent-ils à l'unisson.

Georg fit une pause théâtrale en passant devant eux et en les transperçant du regard.

– Pour cette fois, je vais laisser passer, dit-il sur un ton plus calme. J'espère que de telles actions ne se répèteront pas à l'avenir. Notre travail est de ne pas provoquer de frictions avec les institutions locales. C'est clair ?

– Oui, *Sturmbannführer* !

– Vous pouvez vous retirer. *Heil Hitler !*

– *Heil, Hitler !*

Le groupe de Schutzstaffel remonta la rue et disparut quelques secondes plus tard sur le boulevard Saint-Germain.

– Tu vas bien ? demanda Georg à Sarah en l'aidant à se relever.

Elle fit signe que oui, secoua ses vêtements, referma sa veste et voulut se baisser pour ramasser son sac, mais Bergheim s'en chargea pour elle.

– Merci, murmura-t-elle d'une petite voix tremblante.

Tout en elle tremblait, pas seulement la voix. De la main qu'elle tendit pour prendre son sac, jusqu'aux jambes, qui lui firent craindre de s'effondrer à nouveau.

Georg lui prit le bras.

– Viens avec moi. Nous prendrons quelque chose dans ce café. Tu pourras t'y asseoir un moment pour te remettre de tes émotions.

Sarah ne l'avait pas remarqué avant, mais au coin du boulevard il y avait un café pourvu de grandes fenêtres donnant sur la rue sous une tenture à rayures. Il n'était pas facile à voir parce que les vitres étaient déjà recouvertes du tissu bleu marine obligatoire et la lumière ne passait pas.

– Je… Je ne peux pas y entrer. Je suis juive. Je porte l'étoile.

Elle avait accumulé des mois, des années de vexations, mais ce fut la première fois qu'elle se sentit vraiment humiliée, assez pour ne pas lever la tête en parlant, comme dans un murmure honteux.

Cela poussa Georg au comble de la colère. Il saisit l'étoile sur le revers de la veste de Sarah, l'arracha d'un coup et la lança à terre.

– Plus maintenant.

De la même façon qu'elle s'était laissé arracher l'étoile, le jeune fille se laissa emmener au café. Malgré la foule, la fumée et le bruit, Sarah sentit une chaleur réconfortante en entrant. Il restait encore une heure avant le couvre-feu pour le reste des habitants de Paris, ceux qui n'étaient pas juifs, et Parisiens et Allemands finissaient leur verre et mettaient un terme à leurs conversations avant d'être obligés de regagner leur domicile.

En jouant des coudes, ils se frayèrent un chemin jusqu'au fond de la salle et s'installèrent à une table encastrée dans un coin. Un serveur arriva sans tarder et Georg commanda un brandy pour lui et un café pour Sarah, même s'ils savaient qu'on ne leur servirait ni l'un ni l'autre. On leur apporterait des *Ersätze*, des succédanés. Peut-être de l'eau-de-vie de pomme de terre et une infusion marron contenant allez savoir quoi.

Ils ne se parlèrent pas. Trop de bruit et de méfiance.

Le commandant von Bergheim pouvait certes être aimable, mais Sarah allait absorber le plus vite possible la boisson chaude et elle partirait d'ici. Elle l'aurait fait, si la première gorgée ne lui avait pas brûlé les lèvres ; ce breuvage était trop chaud.

Georg lui proposa son verre.

– Tu devrais boire un peu de… ça. C'est très mauvais, mais l'alcool te fera plus de bien que cette eau chaude sale.

– Non merci. C'est bien comme ça.

La chaleur et le repos commençaient à produire leurs effets ; le sang coulait de nouveau dans les veines de Sarah. Tout en retrouvant peu à peu la maîtrise d'elle-même, elle sentait croître son désir de quitter ce lieu et le commandant. Le bruit lui était de plus en plus insupportable, l'air, de plus en plus irrespirable, et l'ambiance, claustrophobique. Elle ne pouvait attendre que sa boisson refroidisse, elle devait partir sur-le-champ.

Elle se leva soudain. Ce fut alors qu'elle les vit dans la foule. Deux policiers en civil qui contrôlaient les papiers.

Avant d'avoir eu le temps de lui demander pourquoi, Georg vit la jeune fille se rasseoir, ou plutôt se laisser tomber sur la chaise.

– Qu'est-ce que tu as ?

– La police. Ils contrôlent tout le monde.

Georg ne tarda pas à constater qu'il s'agissait d'agents de la Gestapo. La Gestapo française.

– Je n'aurais pas dû entrer, se mit-elle à balbutier, prise de panique. Je n'ai pas le droit d'être ici. Avec ou sans étoile, je suis toujours juive.

– D'accord, Sarah. Calme-toi.

Georg essayait de réfléchir vite. Seules quelques minutes les séparaient de l'arrivée des agents.

Sarah pensait au paquet de café qu'elle avait pour Jacob. Elle pensait aussi à Jacob. Si on l'arrêtait, qu'allait-il se passer ? Que deviendrait-il ?

Alors elle vit le commandant échanger leurs boissons dans un rapide mouvement de prestidigitateur. Puis il trempa les doigts dans l'alcool et lui en humecta le cou. Sarah ne sut comment réagir.

– Bois un peu. Au moins une gorgée, lui murmura-t-il.

– Comment ?

– Fais ce que je te dis. Vite !

Sarah ne comprenait pas très bien ce qu'il voulait, mais elle obéit.

Dès qu'elle eut bu, Georg l'attira contre sa poitrine et lui enfouit le visage dans sa veste. Enfin, il lui ébouriffa les cheveux.

Sarah ne pouvait rien voir, elle respirait avec difficulté et l'un des insignes du commandant s'incrustait dans son visage. Mais elle avait commencé à comprendre.

– Excusez-moi, monsieur. Puis-je voir vos papiers, s'il vous plaît ?

– Bien sûr.

Georg mit la main dans la poche de sa veste, en sortit son *Soldbuch* et le tendit au policier.

– Ceux de la demoiselle aussi, ajouta le policier en essayant de voir le visage de la jeune fille.

– Il me semble que mademoiselle n'est pas en condition de vous montrer quoi que ce soit, monsieur l'agent. Elle ne supporte pas bien la boisson et ce dernier verre ne lui a pas réussi, dit Georg en essayant de montrer un air complice. Je crains que si je la remue trop, elle ne vomisse sur mon uniforme.

Sarah essaya de ne pas s'affoler en sentant la tension dans la poitrine de Bergheim et en entendant sa voix lui résonner dans les côtes.

– Je suis désolé, commandant, mais j'ai ordre de vérifier tous les papiers.

– Je comprends, monsieur l'agent. Mais mademoiselle est avec moi, cela devrait être une garantie plus que suffisante que ses papiers sont en règle.

– J'insiste, commandant, j'ai des ordres. Elle doit me montrer ses papiers.

Sarah sentit le rythme cardiaque de Bergheim s'accélérer et sa cage thoracique ressembler à une caisse de résonance.

Georg fit signe au policier de s'approcher. Quand celui-ci se pencha sur la table, il le saisit par le col de sa chemise de son unique main libre, et il l'affronta, face à face. Le commandant avait conscience de la peur qu'il pouvait inspirer quand il était en colère.

– Je vous ai dit que mademoiselle était avec moi, brama-t-il entre ses dents. Vous n'avez rien d'autre à vérifier ici, monsieur l'agent. Et il se débarrassa de lui d'une poussée.

Les voix se turent dans l'établissement. Sarah retint sa respiration et pria pour ne plus entendre la voix du policier. Quelques secondes de silence angoissé que mesuraient seulement les battements de cœur de Bergheim s'écoulèrent.

Quand elle sentit enfin la main du commandant se poser sur sa tête, elle sut que tout était fini. Comme elle, les conversations reprirent des forces. Elle crut alors qu'elle pourrait rester ainsi, appuyée contre la poitrine de Georg von Bergheim, peut-être toute la nuit. Mais elle chassa vite de son esprit cette pensée absurde.

– Ils sont partis, lui murmura-t-il à l'oreille au bout d'un moment qui parut trop bref à Sarah.

Alors elle leva la tête pour le regarder. Ils soutinrent ce regard, et aucun des deux ne relâcha l'étreinte.

– Sortons d'ici, dit enfin Georg. J'ai besoin de respirer un peu d'air frais.

Franchir la porte du café signifiait entrer dans une autre dimension, celle du silence et de l'obscurité, celle de la guerre. Mais Sarah se sentit étrangement soulagée de laisser derrière elle l'atmosphère extrêmement chargée du café.

– Allons, je te ramène chez toi, lui proposa le commandant von Bergheim.

Georg se dirigea vers son automobile, garée à l'angle de la rue. Sarah ne bougea pas.

– Non merci… J'irai seule.

Il se retourna et lui jeta un regard impatient.

– Ne sois pas obstinée, Sarah. Combien de fois veux-tu encore tenter le sort, ce soir ?

Elle jeta un regard sur le boulevard Saint-Germain dont on ne voyait pas le bout. Paris était un labyrinthe de rues sombres comme des tunnels. Bien que la perspective de partir avec Bergheim ne fût pas très enthousiasmante, l'idée de s'y engager seule lui noua l'estomac.

Georg alluma une cigarette, en tira une bouffée et rejeta la fumée dans un soupir.

– Allez, on y va, la pressa-t-il, la prenant par un coude.

Ils traversèrent la rue, leurs pas résonnaient dans la ville silencieuse. Le commandant ouvrit la portière côté passager, puis il s'assit au volant, tira sur sa cigarette et mit les clés dans le contact. Pourtant, il ne démarra pas.

– Pourquoi m'as-tu menti, Sarah ?

En entendant cela, Sarah eut envie d'ouvrir la porte et de se mettre à courir. Elle aurait pu le faire, Bergheim ne la regardait pas, il avait le regard perdu sur un point à travers le pare-brise.

– Ton oncle Franz n'a pas vendu le tableau à Thyssen. Ton grand-père, Franz, n'a pas vendu le tableau à Thyssen. Ton père l'en a empêché.

Il l'avait appris plus vite que Sarah ne l'aurait pensé. Elle n'avait même pas eu le temps de faire sortir Jacob de l'hôpital. Tout était fichu maintenant. « Ouvre la portière et cours, Sarah. Fuis maintenant qu'il en est encore temps », se disait-elle en se tordant les doigts sur les genoux. « Cours. Cours… Jusqu'à ce que tu arrives au coin et qu'il t'abatte. »

– Il y a un tableau dans la collection Phillips, à Washington. Il s'appelle *Le Sablier*, même si on le connaît sous le nom de *L'Astrologue*. D'après certains, il pourrait s'agir d'un Giorgione, même si c'est peu probable. Le baron von Thyssen l'a vendu à Philips en 1939. Ce fut le lot de consolation que lui laissa ton oncle paternel quand l'opération échoua : en fait, Thyssen voulait le véritable *Astrologue*. Tu n'as pas eu de chance en voulant me tromper avec la même supercherie qui m'a mené à ta famille. Même si, après tout, j'ai peut-être reçu ma part du marché : maintenant, je suis sûr que c'est toi qui as le tableau, sinon tu ne te donnerais pas autant de mal pour le protéger.

Sarah parvint toutefois à répliquer :

– Je n'ai pas ce tableau.

Bergheim agita la tête en signe de désespoir.

– Je ne comprends pas… Je ne comprends pas ton entêtement et celui de ta famille. Ce n'est qu'un maudit tableau et une maudite légende ! Cela ne vaut pas la peine de mourir pour lui !

– J'ignore s'il s'agit d'une légende. Tout ce que je sais, c'est que si votre Führer et vous devez gagner la guerre, qu'il en soit ainsi. Et si vous devez la perdre, aussi. Mais il y a des choses qu'il vaut mieux ne pas remuer, commandant. Vous avez l'air d'un homme sensé, vous devriez comprendre.

– Ce n'est pas moi qui dois comprendre, Sarah. Je peux le faire, cesser de te poursuivre et quitter Paris dès maintenant. Je peux même assurer à mes supérieurs que je me trompais et que les Bauer n'ont jamais possédé le tableau. Demain, tu aurais la Gestapo à ta porte.

Il se tourna vers elle. Son visage était sévère, presque sombre.

– Tu dois me donner le tableau, sans quoi ils vont t'arrêter, je ne peux pas les en empêcher plus longtemps.

– Je ne l'ai pas, répéta Sarah, obstinée.

– Ça n'a pas d'importance, bon sang ! Ils t'arrêteront de la même façon !

En croisant son regard, Georg sut qu'elle ne le croyait pas.

La situation était désespérée. Le matin, il avait reçu des ordres explicites du *Reichsführer* : il devait mettre Sarah à la disposition de la Gestapo une fois qu'elle leur aurait remis le tableau… dans le cas contraire aussi. S'il refusait d'exécuter les ordres, il serait relevé et un autre s'en chargerait à sa place. Georg se trouvait à une croisée des chemins fatale ; quelle que soit la voie qu'il prendrait, le destin s'obstinait : il finirait devant un tribunal militaire pour trahison et Sarah, dans un camp de concentration parce qu'elle était juive.

Georg avait besoin que Sarah lui remette le tableau. C'était la seule excuse qu'il pouvait invoquer devant Himmler, la seule qui lui ferait gagner un peu de temps pour elle. Mais la jeune fille, têtue, n'était pas disposée à collaborer. Elle ignorait manifestement la gravité de la situation.

Georg enclencha le contact. La vibration du moteur en marche secoua l'automobile.

– Si je te mets mes ordres sous le nez, tu comprendras peut-être que je ne plaisante pas.

Sarah s'inquiéta.

– Où allons-nous ?

– À mon hôtel.

– Il n'en est pas question ! Arrêtez-vous, s'il vous plaît. Je veux descendre.

L'automobile poursuivit sa course dans les rues vides.

– Je vous ai dit de vous arrêter ! insista-t-elle en voyant Bergheim l'ignorer et fixer l'asphalte. Arrêtez cette maudite voiture, ou je vous jure que j'ouvre la portière et que je me jette en marche !

Georg freina brusquement. L'automobile s'arrêta dans un grincement de freins, si brusquement que Sarah fut projetée en avant et faillit donner de la tête contre le pare-brise.

– Inutile de te jeter en marche. Tu peux descendre quand tu veux.

Sarah serra la poignée…

– Mais il est incroyable que tu sois courageuse et adulte pour certaines choses et puérile pour d'autres. Je ne sais comment te faire comprendre que je suis de ton côté.

… la tourna…

– Sinon, pourquoi t'aurais-je dit où est ton mari, tout en sachant que tu me mentais ?

… mais elle n'ouvrit pas la portière.

– Je me fiche du tableau. Tout ce que je veux, c'est ne pas commettre les mêmes erreurs qu'avec ta famille, à Strasbourg. Je ne veux pas t'avoir toute ma vie sur la conscience, Sarah. Georg soupira. Mais ça ne fait rien, tu ne veux pas comprendre. Alors descends. Je ne peux plus rien faire pour toi.

Le silence referma son discours désespéré. Le silence de Paris et celui de Sarah. Et avec le même silence, elle aurait pu ouvrir la portière et s'en aller. Elle se tut plus profondément, tentant d'assimiler tout ce qu'il lui avait dit… en silence.

Dès qu'elle entra dans le hall de l'hôtel Commodore, Sarah souhaita faire demi-tour et s'en aller. Elle se sentait comme un soldat perdu de l'autre côté des lignes ennemies. Chaque uniforme, visage, regard et mot lui semblaient hostiles. Elle avait la sensation qu'à un moment donné, quelqu'un allait dire : « C'est Sarah Bauer ! Arrêtez-la ! »

Georg s'approcha de la réception et demanda la clé.

– Je vais monter dans ma chambre pour y chercher les papiers que je veux te montrer.

Elle ouvrit la bouche pour lui demander de ne pas la laisser seule, mais sa demande resta suspendue en l'air quand un homme les aborda.

– Salut, Bergheim.

– Salut, Lohse.

Sarah se plaça derrière le commandant, mue par l'instinct naïf de se cacher.

– Je me réjouis de voir un visage aimable. Fischer et Aufranc ont recommencé à se disputer et les choses sont un peu tendues au bar. J'allais te proposer de prendre un verre et de faire une partie de billard, mais je vois que tu es en bonne compagnie, remarqua Lohse, adressant un sourire égrillard à la jeune fille.

Avant que Georg ait pu répliquer, Lohse poursuivit.

– Au fait, ce Hauser de la Gestapo est ici. Il a demandé si tu étais là.

Sarah remarqua que le commandant était tendu.

– Regarde, justement, il arrive…

– Merde ! Lohse, retiens-le une minute, tu veux ?

– Mais…

– Je n'ai pas le temps de t'expliquer. Fais ce que je te dis, je t'en prie, le pressa-t-il en le poussant en avant.

Lohse haussa les épaules. Il ne comprenait rien, mais Bergheim semblait très pressé. Il se dirigea vers Hauser et l'intercepta à la sortie du bar.

Georg se tourna vers Sarah. Elle ne lui avait jamais vu le visage aussi altéré et elle prit peur.

– Prends la clé, Sarah. Monte dans ma chambre et attends-moi. C'est la 212. Deuxième étage, lui murmura-t-il à toute vitesse comme si les mots étaient des balles de mitraillette étouffées.

Elle le regardait les yeux grands ouverts, pâle et recroquevillée comme un moineau terrorisé.

– Ne t'inquiète pas. Tout va bien. C'est juste que cet homme ne doit pas nous voir ensemble, tu comprends ?

Sarah fit signe que oui et prit la clé.

– Allez, vas-y. Vite.

Le commandant attendit que la jeune fille ait disparu dans l'escalier. Juste à temps, parce que Hauser semblait l'avoir repéré et approchait sans que Lohse ait pu le retenir plus longtemps.

– Bonsoir, *Sturmbannführer*. Je vous cherchais…

– Eh bien me voilà. J'allais me retirer dans ma chambre, la journée a été longue. Mais je peux prendre un dernier verre avec vous.

Georg voulait juste emmener le policier hors du hall pour éviter à Sarah de commettre une sottise, comme profiter de l'occasion pour s'en aller.

– Je crains qu'il ne s'agisse pas d'une visite de courtoisie, *Sturmbannführer*.

Le commandant n'en fut pas surpris. Rien chez Hauser ne relevait de la courtoisie.

– Je serai bref et j'en viendrai directement à la question : je viens d'apprendre que vous aviez demandé des informations sur le terroriste qui se trouvait avec Sarah Bauer.

– Effectivement, admit-il comme s'il n'y voyait pas de mal. Cet homme est son mari et il peut m'être utile dans mon enquête.

Hauser eut un sourire reptilien.

– À ce stade, votre ingénuité me surprend encore, Bergheim. J'ai l'impression que vous ne voulez pas comprendre que ces gens mentent comme ils respirent. Cet homme n'est pas son mari.

Georg avait l'impression d'avoir avalé une cuillérée de ciguë. Il ignorait ce qui le dérangeait le plus, avoir surpris un nouveau mensonge de Sarah ou avoir l'air d'un imbécile devant Hauser. Ne trouvant pas de réponse adéquate, il se borna à hausser les épaules avec indifférence.

– C'est tout, Hauser ?

Non. L'autre cherchait querelle et ne partirait pas avant d'avoir obtenu satisfaction. Il se mit alors à siffler comme une vipère.

– Écoutez-moi bien, *Sturmbannführer*, je suis las de votre arrogance. Vous croyez pouvoir vous immiscer dans les affaires des autres et mépriser leur travail. Mais je vous conseille d'être plus prudent à l'avenir. Tant de compassion envers les ennemis du Reich peut faire douter l'Allemagne et le Führer de votre loyauté.

Georg aurait voulu lui écraser la tête pour qu'il cesse de lui agiter sa langue bifide sous le nez. Il n'avait toutefois pas l'intention de mordre à l'hameçon de ses provocations.

– Merci pour vos conseils. Mais je sais ce que j'ai à faire. Si vous ne voulez pas prendre ce verre, je vais me coucher.

Le baromètre de Hauser avait atteint la limite ; Georg le vit à son visage congestionné, comme s'il avait été sur le point de rejeter de la vapeur par les oreilles. Par chance, il décida de ne pas exploser sur place.

– *Heil Hitler !* fit Hauser en claquant des talons.

Georg lui répondit avec un salut militaire :

– *Heil.*

Et il observa Hauser quitter le Commodore, la queue entre les jambes.

– Dans quel pétrin t'es-tu fourré, *Sturmbannführer* ? lui demanda Lohse, qui l'avait rejoint.

– Aucun. C'est juste ce connard de Hauser qui se prend pour le Führer.

– Méfie-toi, l'ami. Ces types de la Gestapo sont dangereux. Il peuvent te chercher des problèmes même si tu n'en as pas.

Georg l'observa. Ce n'était peut-être pas l'intégrité en personne, mais dans le fond, c'était un chic type. Son inquiétude semblait sincère.

– Ne t'inquiète pas, je ferai attention.

– Allez, vas-y. Ne fais pas attendre ta dame.

Georg décida qu'il était préférable de ne pas tirer Lohse de son erreur, aussi ne lui parla-t-il pas de la véritable nature de la relation avec la dame. Il lui souhaita bonne nuit et se dirigea vers l'escalier.

Il était très en colère. Pas contre Hauser, contre Sarah. Ses mensonges, son obstination et son stupide orgueil de bourgeoise puritaine le lassaient. Il gravit l'escalier comme une locomotive, comptant lui expliquer deux ou trois choses. Il ouvrit la porte de la chambre si fort qu'il aurait pu se retrouver avec la poignée dans la main. Mais au moment où il allait pousser le premier cri, il se dégonfla comme un pneu crevé.

Sarah lui jeta un regard terrifié, décomposée, blême. Elle s'était dressée comme un ressort en le voyant entrer et, comme un ressort, elle s'était rassise sur le lit, défaillante.

Le commandant von Bergheim ferma la porte. Sarah ne le voulait pas. Et il s'approcha en boitant. Sarah ne le voulait pas.

– Tu vas bien ? Tu as mauvaise mine…

– Oui. Il fait un peu chaud…

Sarah ne lui dit pas qu'elle avait entendu l'homme de la Gestapo parler de Jacob. Elle était si nerveuse qu'elle avait du mal à respirer. Elle avait monté l'escalier à toute vitesse, était entrée dans la pièce en courant et avait foncé dans la salle de bains du commandant pour y vomir. Elle s'était également servie de son dentifrice pour effacer le mauvais goût qu'elle avait dans la bouche. Mais elle n'en dit rien au commandant.

– Je vais ouvrir la fenêtre.

Georg éteignit la lumière et ouvrit les vitres en grand.

– Assieds-toi ici pour avoir de l'air, suggéra-t-il, approchant un fauteuil près de la fenêtre. Elle obéit. Une brise fraîche sécha son visage couvert de sueur et elle se sentit un peu mieux.

Bergheim se pencha à la fenêtre. Il sortit son étui à cigarettes et en alluma une. Sa silhouette noire se découpait sur le fond bleu de l'extérieur et la cigarette était un point orange et fumant. Si Sarah avait eu un pinceau à la main, elle aurait peint sur la toile placée devant la fenêtre. D'abord des touches sauvages qui auraient recouvert les couleurs jusqu'à les rendre plus sombres, autant que son âme… Même si elle finirait par caresser les contours et estomper les silhouettes avec un doux frôlement de pinceau. Sarah voulait crier comme Munch ou pleurer comme Picasso, mais aussi flotter dans un ciel étoilé comme Matisse. Sur cette toile noire, orange et bleue, elle aurait peint son propre tableau expressionniste, pour crier, pleurer et, enfin, flotter.

Dans la rue, on entendit des coups de feu, mais aucun des deux ne sursauta. La nuit, on entendait souvent des tirs, puis un coup de sifflet et le hurlement des sirènes. Paris agonisait à sa façon.

Sarah se leva et se pencha à la fenêtre à côté de Georg. C'était une nuit sans lune. Un seul lampadaire éclairait de son ampoule bleue toute la rue, par laquelle passa une seule voiture aux phares éteints et au moteur tournant lentement, comme si elle avait avancé sur la pointe des pieds. Pour ce qui était du reste, rien ne semblait avoir de vie à Paris à part eux sur le seuil d'un fenêtre ouverte.

Quand Sarah s'approcha de lui, elle ne sentit plus l'odeur de gazogène et de pourriture de la ville ; près du commandant, elle respirait l'odeur d'eau de Cologne 4711 et le tabac.

Georg tira une dernière bouffée de sa cigarette et jeta le mégot dans le vide.

– Nous devons partir, Sarah. Il ne reste guère de temps avant que je ne puisse moi-même plus sortir dans la rue.

– Je sais…

Georg baissa la tête pour l'observer et elle lui rendit son regard. Un halo de lumière entourait le visage de Sarah et sa peau semblait de velours.

– Le seul point positif dans une ville éteinte, c'est qu'on peut voir les étoiles… murmura-t-elle.

Georg ne pouvait qu'être d'accord : il se trouvait devant des milliers d'étoiles de velours bleu. Il pouvait même les toucher… Il tendit le bras et caressa le menton de Sarah du revers de la main. Et elle se laissa faire, cherchant les caresses comme un chat câlin tandis que Georg dessinait l'ovale de son visage.

Elle ferma les yeux et il lui caressa les paupières. Sarah entrouvrit la bouche et Georg lui frôla les lèvres de ses doigts. Sarah gémit… Georg se pencha sur elle et l'embrassa dans le cou… Sarah gémit… Georg l'embrassa encore… au bord de la mâchoire… sur le menton… sur les commissures des lèvres… sur les commissures des lèvres… des lèvres entrouvertes… Sarah gémit… et le bout de sa langue apparut. Elle frôla la bouche de Georg… le contour de ses lèvres, le bord de ses dents… Georg gémit… Il prit Sarah dans ses bras et l'embrassa encore.

Si Sarah avait bu, elle ne se serait pas sentie plus ivre. Le baiser du commandant était doux et son souffle chaud lui caressa les lèvres comme la vapeur d'une tasse de thé avant une gorgée. Entre ses bras, elle se sut en sécurité, car même si ses jambes chancelaient toujours, ses bras ne la laissaient pas tomber. Elle ouvrit la bouche et y laissa pénétrer le baiser du commandant. Enfin, en fermant les yeux, elle se sentit flotter entre les étoiles de Matisse, mais elle ne flottait plus seule.

Georg commença à éprouver des difficultés à respirer. Il ignorait si c'était à cause du désir ou de l'impatience, ou peut-être de sa conscience. Quelque chose de tout cela allait lui exploser dans la poitrine. Il s'écarta de la jeune fille pour prendre de l'air.

– Non… murmura-t-elle. Ne me lâchez pas.

Sarah le serra fort, comme si elle avait froid, comme si elle avait peur. C'était plus que Georg ne pouvait en supporter. Sentir la chaleur de son corps, sa poitrine, ses hanches, ses mains dans son dos… Georg allait exploser.

– Laisse-moi te déshabiller, Sarah… lui demanda-t-il d'une voix rauque.

Elle le caressa de ses beaux yeux mi-clos ; il y avait quelque chose d'animal dans ce regard. Elle se déchaussa et accompagna les mains de Georg jusqu'au premier bouton de son chemisier… Il le déboutonna… puis le second… le troisième… et le soutien-gorge… Ses seins apparurent, dénudés. Il les embrassa, puis les caressa du bout de la langue avant de les mordiller en trouvant les mamelons. Sarah gémit à nouveau, se débarrassa du chemisier et du soutien-gorge et sa peau se hérissa au contact de l'air froid de la nuit qui entrait par la fenêtre. Il l'étreignit à nouveau, la parcourut tout entière de ses mains, la frotta, se serra contre elle. Et il revint à sa bouche : à ses lèvres, à ses dents, à sa langue, à chaque recoin de sa personne tandis qu'il déboutonnait sa jupe et introduisait la main dans sa culotte.

Sarah cessa de l'embrasser, elle ne pouvait gémir et l'embrasser en même temps. Elle ne pouvait supporter la pression dans la poitrine et le fourmillement au pubis, la sensation de vertige dans l'estomac et le manque d'irrigation sanguine dans la tête. Elle s'écarta de Georg, alla vers le lit et s'y étendit.

Georg ôta sa veste et déboutonna sa chemise. Il resta quelques instants à contempler le corps nu de le jeune femme sur les draps : on aurait dit une esquisse sur une toile, elle possédait la beauté émouvante d'une œuvre d'art. Il s'étendit à côté d'elle et la protégea de ses bras.

Une nuit de *couvre-feu*. Toute une nuit pour Sarah.

*

Elle posa la tête sur la poitrine du commandant et s'amusa à jouer avec son *Erkennungsmarke* entre les doigts. Le tintement de la plaque d'identification et de la chaîne empêcha peut-être le hululement de sa conscience.

Sarah se sentait bien, aussi bien que lorsqu'elle attendait tous les après-midi la visite du commandant à Illkirch, que lorsqu'ils se promenaient ensemble pendant qu'il effeuillait les tournesols de Van Gogh ou nouait les chaussons d'une danseuse de Degas. À l'époque, Sarah l'admirait ; elle pensait qu'il avait le port d'un dieu nordique et les yeux bleus d'un prince teuton, que sa voix était celle d'un maître érudit et son sourire, celui d'un compagnon loyal. Qu'en dépit de son uniforme, c'était l'homme le plus séduisant qu'elle eût jamais connu.

Sarah se sentait aussi bien qu'à Illkirch. Et même si elle avait tenté de chercher un peu de culpabilité dans ses entrailles, elle n'y avait trouvé que la paix. Si la guerre avait fait d'elle une meurtrière, peu importait qu'elle en ait également fait une putain. Demain peut-être, à la lumière du jour, elle découvrirait les taches sur sa conscience et entendrait un murmure chatouilleux, mais pas cette nuit… pas encore.

Elle caressa le bras de Georg.

– Qu'et-ce que c'est ? murmura-t-elle, passant le doigt sur une marque située près de l'épaule.

– Mon groupe sanguin. Tous les membres de la *Schutzstaffel* le portent tatoué.

Sarah l'embrassa. Elle avait embrassé chacune de ses cicatrices, et ce tatouage était une cicatrice supplémentaire.

Georg tendit le bras vers son étui à cigarettes.

– Tu en veux une ? lui proposa-t-il.

– Non…

Bien sûr, Sarah ne fumait pas et il le savait. Mais il avait l'habitude de fumer une cigarette avec Elsie après avoir fait l'amour. Aussi les cheveux de sa femme sentaient-ils le tabac et ceux de Sarah… Georg les respira : ceux de Sarah sentaient le savon. Elle l'embrassa et le caressa. Il reposa l'étui sur la table de nuit. Il ne fumerait pas, il préférait occuper ses lèvres avec celles de Sarah et refaire l'amour avec elle.

*

Jacob ne put trouver le sommeil. Il fermait son œil valide et tentait de vider son esprit, mais c'est impossible quand la tête fourmille de pensées. Il était impossible de penser à quoi que ce soit alors que cette nuit était peut-être la dernière à l'hôpital.

Il n'était pas très sûr de savoir ce qui l'attendait. Le Dr Vartan avait tenté de le lui expliquer. Il l'avait emmené au bloc chirurgical pour le soigner ; c'était le seul lieu sûr. Au début, les gardiens y entraient, mais à la vue du sang et à l'odeur de la blessure infectée, certains se trouvaient mal ; aussi avaient-ils opté ces derniers temps pour rester postés devant la porte.

Une fois seuls, le Dr Vartan lui avait mis une cigarette allumée dans la bouche et, pendant qu'il déroulait le bandage, il lui avait parlé de choses étranges que Jacob ne parvenait pas à comprendre : c'était peut-être lié à l'anesthésiant qu'il lui appliquait toujours avant les soins.

– Ne vous embêtez pas, docteur. Je n'y comprends rien. Mais ce n'est pas grave. Vous me répéterez demain.

– Mais tu sais que tu pourrais mourir… avait insisté le chirurgien.

Mourir ? Mon Dieu, il se souciait bien de mourir ! Combien de fois avait-il souhaité la mort ! Et cela ne pouvait être pire que de retourner à Drancy, où ils finiraient par le faire monter à coups de crosse dans un wagon à bestiaux en partance pour l'Allemagne ; là aussi, c'était la mort qui l'attendait, l'agonie en travaillant comme un esclave pour ces salauds de *Boches*. S'il devait mourir, il était préférable que ce soit en s'échappant.

– D'accord, Jacob. Je vois que tu n'as peur de rien.

C'était ce qu'ils croyaient tous, et y compris Jacob lui-même : qu'il n'avait peur de rien. Mais ce n'était pas vrai. Depuis que Mlle Hirsch lui avait confirmé que Sarah était vivante, Jacob avait retrouvé la peur. Il avait peur de ne pas la revoir.

– Je veux juste être sûr que tu connais les risques. Toi et toi seul dois décider si on continue.

Connaître les risques ? Il n'y avait pas de risques si Sarah l'attendait de l'autre côté des barreaux. S'il devait mourir et ne pas la revoir, il préférait tomber en sachant qu'il allait vers elle.

– Oui, docteur, on continue.

L'histoire d'Alain

Alain ne pouvait pas me dire « cette traînée est mon ex-femme » et aller, comme si de rien n'était, à l'hémérothèque. En vertu d'une sorte d'accord tacite, nous nous retrouvâmes dans un bistrot, à boire un verre de vin accompagné de fromage pour déjeuner ; Alain préféra le vin au fromage.

– Je ne t'ai pas menti en te disant que nous avions fait nos études ensemble. C'est vrai. Nous avons suivi plusieurs cours ensemble en fin de cursus. Mais les coïncidences s'arrêtent là. Camille était, et elle l'est toujours, une fille de bonne famille, BCBG. Tu l'as vu. Son père est sénateur de la Nièvre, en Bourgogne, où sa famille possède un vignoble et un *château* spectaculaires. Il fait partie de ces gens qui ont une lignée impressionnante, beaucoup de fric et une grande sottise. Et c'est l'un des plus grands collectionneurs d'art de France ; devine à qui Camille doit sa galerie. C'est sa seule fille ; elle a cinq frères. Elle est le bras droit de son père. À l'université, elle avait sa bande de gens bien et moi, mon groupe de gens ordinaires. On ne s'est jamais adressé la parole. Des années plus tard, quand je finissais mon doctorat, on s'est recroisé. Son père sponsorisait un cycle de conférences à l'université et elle assistait à la séance inaugurale. Sous le prétexte idiot de « appelle-moi et on prend un verre », on a fini par sortir ensemble. Je dois reconnaître que Camille est une fille séduisante et assez amusante, impossible de s'ennuyer avec elle, elle a toujours quelque chose à faire et à dire. Et puis, entrer dans son monde te donne accès à un tas de choses, je ne le nie pas : une loge à l'opéra, un laissez-passer pour les stands de ravitaillement au Grand Prix de Monaco, un chalet à la montagne à Kitzbühl, une maison de vacances pour l'été à Antibes… J'ai l'esprit bohème, mais un peu de confort ne fait de mal à personne.

Alain fit une pause pour servir le vin. J'attendis patiemment qu'il ait rempli mon verre, puis j'en bus une longue gorgée ; j'éprouvai une sensation étrange à l'estomac, comme si Alain avait lu le brouillon de mon histoire. Mais il s'agissait de la sienne et il en connaissait déjà la fin.

Il but lui aussi une longue gorgée, vida son verre et le remplit de nouveau.

– On sortait ensemble depuis deux ans quand je lui ai dit que je trouvais stupide de devoir la raccompagner chaque soir chez elle comme si on était des adolescents pour finir en plus par y dormir, que j'en avais assez d'avoir la moitié de mes vêtements chez moi et l'autre chez elle et de devoir me laver les dents avec une de ces brosses qu'on vous offre dans les hôtels et qu'elle me prêtait. Je lui ai proposé de vivre ensemble en oubliant les conventions. Elle a refusé. Elle a prétexté que ses parents étaient très conservateurs et qu'ils allaient en mourir de contrariété. « Bon sang, qu'est-ce que tes parents croient qu'on fait chez toi toutes les nuits, qu'on discute ? », pensai-je. Mais bien sûr, je comprends que ces messieurs les ducs ne pouvaient pas avouer à leurs relations qu'une Briançon-Lanzac vivait en concubinage comme une vulgaire bourgeoise et, pour couronner le tout, avec un type comme moi. Alors, Camille, sémillante comme tu as pu voir, m'a demandé : « Dis, et si on se mariait ?… ».

Alain fit une pause, termina son verre, baissa la tête et s'absorba dans la contemplation de la nappe, comme s'il cherchait quelque chose de caché dans les carreaux de coton.

– Je n'avais jamais pensé au mariage. Avec Camille, on vit à toute vitesse… Mais en y réfléchissant, je me suis rendu compte que je l'aimais. Que si j'avais la moitié de mes vêtements chez moi et l'autre chez elle et que je me lavais tous les jours les dents avec la brosse qu'elle me prêtait, c'était parce que je ne pouvais pas passer les nuits sans elle, parce que j'aimais être à ses côtés au dîner et faire du café pour deux le matin. Aussi acceptai-je. Et je crois que je déplus encore plus à ses parents. Pour leur famille, j'étais comme un chardon dans un jardin de tulipes. Son père ne me trouvait pas assez bien pour sa fille, et sa mère estimait que j'avais des goûts vestimentaires désastreux. Quant à ses frères… eh bien, ils me traitaient cordialement : ils avaient un beau-frère plébéien au lieu d'une mascotte exotique, c'était très amusant… Bon sang… conclut-il avec un sourire narquois, se moquant de lui-même. Bref, contre l'avis général, nous nous sommes mariés. Neuf mois de préparatifs, six cents invités et un reportage de deux pages dans *Paris Match*… Et à force de grossir, la bulle a éclaté. Notre mariage a duré à peine plus de six mois.

Je suppose qu'après avoir prononcé ces mots, c'est parce qu'il lui était resté un goût si amer dans la bouche qu'il chercha la bouteille de vin. Mais elle était vide. Il en commanda une autre.

– Sa famille s'est mise entre vous… ? spéculai-je.

– Non. Pas exactement sa famille…

Le serveur apporta la bouteille, nous servit, et Alain vida encore un verre.

– Tu bois trop, lui fis-je remarquer. Mange un peu.

Je lui tendis un petit morceau de saint-marcellin sur une tranche de pain. Comme un automate, il ouvrit la bouche et le mangea dans ma main, l'engloutissant presque sans mâcher.

– Au début, tout allait bien, poursuivit-il après l'avoir avalé. Son père nous donna même un appartement au dernier étage de l'avenue Bosquet. J'avais commencé à enseigner à l'université et elle avait son travail à la galerie. Le soir, on se racontait notre journée devant un bon repas et on baisait plusieurs fois par semaine. Bref, je n'aurais pas dit que ça allait mal, en fait. Je me sentais heureux et Camille semblait l'être. Il est même possible qu'elle l'ait été, on ne sait jamais, elle est très spéciale.

Nouvelle pause, nouvelle gorgée de vin. Il devait choisir ses mots.

– Un jour, elle s'est levée en disant qu'elle n'irait pas travailler parce qu'elle ne se sentait pas bien, qu'elle avait mal à la tête, au dos et je ne sais où. Je l'ai laissée au lit après lui avoir donné du paracétamol et je suis parti à la fac, mais j'ai réussi à reporter des cours pour rentrer plus tôt et ne pas la laisser seule trop longtemps. Quand je suis arrivé… Elle était toujours au lit, oui… mais avec un autre type. Ma mâchoire inférieure s'est peut-être décrochée involontairement. Je ne me rappelle pas très bien comment j'ai réagi. J'ai essayé de rester naturel, mais j'ignorais comment on fait dans ce cas. Au moins, elle ne m'a pas dit : « Ce n'est pas ce que tu crois. » Bien sûr que c'était exactement ce que je croyais… Mais elle ne s'est pas excusée non plus et n'a pas cherché d'excuse ni de justification. Son amant semblait bien plus honteux quand il a passé la porte en rajustant son pantalon. Camille n'a en fait accordé aucune importance à ce qui venait de se passer.

– Alors qu'a-t-elle fait ? Elle t'a donné une explication ?

– Pas du tout. Elle a pris une douche, a mis son jogging et elle est partie au gymnase. J'ai essayé de l'arrêter : « Camille, il faut qu'on parle. » Mais elle m'a coupé la parole : « Pas maintenant, *chéri*. Je ne suis pas d'humeur. »

Alain haussa les épaules et finit son énième verre.

– Je crois que j'aurais été disposé à accepter un faux pas ; tout le monde peut avoir un moment de faiblesse… je crois. Peut-être… Bon sang, je l'aimais… ! Mais je n'ai pas tardé à m'apercevoir qu'il ne s'agissait pas d'un faux pas. Le type se la tapait, ou l'inverse, déjà avant notre mariage. Il appartenait à son cercle, tu sais. Ceux qui fréquentent la maison de papa-maman, jouent au golf avec ses frères, font une brillante carrière chez UBS et possèdent eux aussi un *château* familial. Et je me suis aperçu que si je n'avais pas demandé le divorce, elle s'en serait chargée.

– Ne le prends pas mal, mais dans ces conditions, pourquoi t'a-t-elle épousé ?

– C'est ce que je me demande. Je ne sais pas, elle voulait prouver à ses parents qu'elle pouvait faire quelque chose contre leur volonté ; ou peut-être parce que Camille est comme ça, elle a besoin de vivre à la limite à tout moment, dans son mariage aussi… Au fait, le type s'appelait Jean-Luc. C'est lui qu'elle va épouser samedi.

– Je comprends… J'essayais de me montrer impartiale, même si je pensais en mon for intérieur : « Dur pour lui ! ».

– C'est mieux comme ça. Je ne te dis pas que ça a été agréable, mais cela m'a permis de découvrir que je n'aurais pas pu être heureux avec une femme dont la conception d'un samedi parfait est de passer le matin à la gym, l'après-midi au spa et la soirée avec ses copines, ou qui préfère ne pas avoir d'enfants parce que les grossesses déforment le corps et qu'être mère, c'est trop contraignant. Certes, c'était pitoyable de tomber des nues de la sorte, mais…

– On dit qu'à toute chose malheur est bon.

– C'est ce qu'on dit… Le pire, c'est le temps qu'on met à retrouver l'estime de soi. Il devrait y avoir des cliniques de réhabilitation pour cocus, crois-moi. Tu te trouves pathétique et tu as l'impression que tout le monde le pense.

– Je ne te trouve pas pathétique… si ça peut te consoler.

J'eus l'impression horrible que ma phrase sonnait creux. Il y a des fois où les mots ressemblent à de simples suites de lettres dépourvues de sens, comme un moule vide, en dépit de la sincérité qu'on veut y mettre. Alain me sourit pourtant ; son regard se mit à briller sous l'effet de l'alcool.

– Je n'en avais jamais parlé à personne. Tu es la première… Et je dois dire que j'ai le sentiment de m'être libéré d'un poids.

Il n'était pas ivre, mais il avait bu plus que de coutume. Quand nous sortîmes du bistrot, nous délaissâmes la moto pour aller à pied jusqu'à la rue Montorgueil ; l'air était frais et l'aiderait à reprendre ses esprits. Je le laissai chez lui et rentrai chez moi ; son moral et sa tête avaient besoin de repos. Demain serait un autre jour.

Mai 1943

En 1943, deux mille sept cent soixante-quinze caisses chargées d'œuvres d'art avaient déjà gagné l'Allemagne depuis Paris, où il en restait encore quatre cents. À la fin de l'Occupation, les Allemands avaient volé plus de vingt mille œuvres d'art aux Juifs de France.

Georg se réveilla en criant et Sarah prit peur.

Quand il s'aperçut qu'il se trouvait dans sa chambre et non enterré sur le champ de bataille, il se calma. Assise au bord du lit, Sarah lui adressait un regard méfiant.

– Je suis désolé… Je t'ai fait peur. Ce n'était qu'un cauchemar. Le même toutes les nuits.

Mais maintenant, elle était là. Il voulut tendre le bras pour la caresser, mais il renonça. Sarah semblait tendue et distante : elle fuit son regard et reboutonna son chemisier.

– Que fais-tu ?

– Le couvre-feu est fini. Je m'en vais.

Georg observa la clarté acérée du matin qui s'infiltrait par les interstices de la fenêtre. Maudite aube… Il rampa sur le lit et arriva près d'elle, jusqu'à l'avoir à portée de ses bras et pouvoir enlacer sa taille.

– Ne t'en va pas déjà. On va prendre le petit déjeuner et je te raccompagnerai chez toi.

Sarah laissa retomber les mains sur ses genoux et baissa la tête presque jusqu'à toucher sa poitrine de son menton. Elle soupira.

– Ce n'est pas bien… avoua-t-elle.

« Ce n'est pas bien ? » Il était pris depuis trois ans entre la mort, la douleur, la souffrance et la merde. Parmi tout ce que cette foutue guerre l'avait obligé à faire, par tous les diables, c'était la seule bonne chose.

– Qu'est-ce qui n'est pas bien, Sarah ?

Elle l'observa. Elle n'avait pas envie de se désavouer en lui expliquant une évidence.

– On ne doit pas se revoir. Tu dois arrêter de me suivre. Tu dois m'oublier.

Georg se redressa et l'embrassa derrière une oreille.

– On ne doit pas se revoir. Tu dois arrêter de me suivre, répéta-t-elle.

– Je ne peux pas… lui murmura-t-il. Je ne peux pas t'oublier…

Non, non, non… protestait sa conscience tandis qu'elle ne trouvait pas de forces pour lui obéir. Elle se retourna doucement vers Georg et lui prit le visage entre ses mains.

– S'il te plaît… lui demanda-t-elle pendant qu'il lui caressait les joues. Ne me fais pas ça. Laisse-moi partir.

Georg lui embrassa les mains avant de se lever. Il se couvrit d'un peignoir et alla chercher son porte-documents. Sans un mot, il lui mit un papier sous les yeux.

La première chose qui attira l'œil de Sarah fut l'aigle sur le svastika et, au-dessous, la signature de Himmler. Le reste se composait seulement de quatre lignes sous l'en-tête du bureau du RSHA à Berlin ; elle les lut.

– Tu me crois, maintenant ? Je n'ai que deux semaines pour apporter le tableau à Himmler et te livrer à la Gestapo.

Sarah lui rendit la feuille de papier en faisant de gros efforts pour empêcher son poignet de trembler.

– Ne le fais pas, fut tout ce qu'elle trouva à dire.

– Je ne le ferai pas. Mais ils me retireront l'affaire ; ils enverront quelqu'un d'autre chercher le tableau, et la Gestapo sur tes traces. Tu dois fuir.

La première pensée de Sarah fut pour Jacob. Elle ne pouvait pas partir maintenant qu'ils allaient le libérer : il avait besoin d'elle. Mais après… après, elle cessa de penser à Jacob.

– Et toi, que va-t-il t'arriver ?

– Je l'ignore. Mais pour l'instant, ça ne compte pas. Écoute-moi bien, Sarah, tu dois quitter Paris.

Elle s'en faisait tout un monde. Elle n'arrivait même pas à l'envisager.

– Quitter Paris ? Pour aller où… ?

– N'importe où. En Espagne, peut-être.

Sarah agita la tête d'un côté à l'autre et soupira. Elle se laissa dominer par la désolation, les épaules tombantes et le dos voûté.

– Je ne franchirais pas le premier contrôle. Mon Dieu, vous êtes partout… ! Vous êtes partout.

– Je ne suis que le chasseur qui doit remettre à la reine le cœur de Blanche-Neige dans un coffre…

Sarah ébaucha un sourire. La comparaison lui sembla trop tendre pour une affaire aussi cruelle. Elle se rappelait le jour où elle était allée au cinéma avec son frère et sa sœur pour voir le film américain. Et à ce souvenir, ce fut comme si des rais de lumière commençaient à pénétrer dans une pièce sombre…

– Oui… commença-t-elle avec un reflet perspicace dans le regard, mais le cœur que le chasseur apporte à la reine n'est pas celui de Blanche-Neige…

Georg la regarda sans comprendre.

– Que se passera-t-il si tu présentes le tableau à ton *Reichsführer* ?

– Les ordres sont clairs, tu l'as vu… Georg ne voulait pas être explicite.

Sarah parla pour lui.

– Ils m'arrêteront, de toute façon.

Mais Georg refusait d'admettre que c'était le dernier mot, la dernière issue. Il se gratta le menton, nerveux.

– Je ne sais pas… Le tableau en main, les choses changeraient peut-être. Je pourrais tenter de gagner du temps…

Gagner du temps. Sarah voyait cela d'un bon œil car, une fois qu'elle aurait fait sortir Jacob de l'hôpital, ils pourraient peut-être s'enfuir ensemble. Et Georg… Georg n'aurait pas de problèmes avec les siens.

Il lui adressa un regard exprimant davantage l'incrédulité que l'espoir.

– Mais, Sarah… Tu serais disposée à me remettre le tableau ?

Elle sourit, et il lui sembla qu'elle avait le sourire le plus doux du monde, que son visage prenait des nuances divines, que son sourire avait quelque chose de surnaturel. N'importe quel sacrifice vaudrait la peine s'il lui permettait de mériter son sourire.

– Je ne peux pas faire ça. En fait, le tableau ne m'appartient pas, j'en ai juste la garde. Et je ne peux pas trahir tous ceux qui l'ont gardé avant moi. Je ne peux pas trahir mon père. Si je le donnais, il serait mort pour rien.

Le visage de Sarah s'assombrit.

Georg lui prit le menton pour lui soulever la tête.

– Souris-moi encore.

Et Sarah sourit.

– Tu es un homme bon, *Sturmbannführer* von Bergheim. Je l'ai toujours su. Mais la guerre nous a condamnés à nous trouver dans des camps opposés. Quoi qu'il arrive, mon sort est scellé sur ce papier. En revanche, le tien ne l'est pas encore. Avec le tableau, tu as encore une chance.

– Je ne vois pas où tu veux en venir, avoua Georg devant le langage crypté de la jeune fille.

Et cela lui valut un nouveau sourire.

– J'ai un marché à te proposer. Que tu te comportes en chasseur : rapporte un cœur à ta reine, mais pas celui de Blanche-Neige. Rapporte-lui un faux cœur.

*

En chemin pour l'Arbeitsgruppe Louvre, Georg n'avait qu'une pensée en tête : apporter à Himmler un faux *Astrologue*. Mon Dieu, c'était insensé !

Il était resté paralysé devant la proposition de Sarah. Comme si on avait versé un seau d'eau dans son cerveau et que ses connexions neuronales avaient commencé à faire des étincelles. *Meine Ehre heißt Treu.* L'honneur et la loyauté furent les premiers à se réveiller, et le commandant pensa que c'était une idée échevelée et non viable. Mais ensuite, lentement, comme les enfants paresseux, des sentiments qui étaient restés au fond du tiroir après des années d'endoctrinement se réveillèrent, des sentiments qui donnaient aux valeurs une nouvelle perspective.

Il dut prendre son temps pour envisager l'idée, pour l'isoler et évaluer un à un ses pour et ses contre, ses risques et ses conséquences.

Il allait donner une chance à Sarah, cela ne faisait aucun doute. En lui mettant le tableau sous le nez, il pourrait faire valoir au *Reichsführer* que la collaboration de la femme juive était indispensable pour en percer le secret.

Mais il allait aussi se donner une chance à lui-même. Même s'il avait pu envisager pour lui la destitution, le déshonneur, le discrédit et le châtiment, il ne pouvait s'empêcher de penser aux conséquences pour Elsie et les enfants. S'il tombait en disgrâce, sa famille tomberait avec lui. Les tentacules du Reich, de la Schutzstaffel et du parti étaient très longues, et la bête ne se contenterait pas de dévorer une seule partie de la proie.

Et puis, quelles étaient les probabilités qu'ils découvrent la farce ? Personne n'avait vu le tableau, personne ne savait précisément comment le secret était crypté. Un expert pourrait peut-être découvrir la falsification selon la façon dont elle se présentait, mais il était la seule personne compétente dans cette affaire, et il veillerait à ce que personne ne mette le nez dedans. Quant à Himmler, il ne posait pas de problème. Il pouvait être très dangereux sur d'autres plans, mais en matière d'art, il avait beau jouer les érudits, il était ignorant et lui faisait confiance. C'est pour cela qu'il l'avait fait convoquer dans son bureau. Faire passer un faux *Astrologue* pour authentique serait aussi facile que de berner un enfant.

Apporter à Himmler un faux *Astrologue*... Pourquoi pas ?

La première chose qu'il fit en arrivant à l'Arbeitsgruppe Louvre fut de chercher Bruno Lohse. Celui-ci connaissait mieux que personne les hauts et les bas fonds du marché de l'art en Europe ; c'était le seul à pouvoir l'aider et le seul en qui il pouvait avoir confiance.

Behr avait quitté depuis des mois la direction de l'ERR, et Lohse jouait un rôle plus décisionnaire dans l'organisation, supervisant le travail des professionnels et des experts en art qui travaillaient dans l'Arbeitsgruppe, de sorte qu'il était de plus en plus difficile de le trouver dans son bureau. Sa secrétaire l'informa qu'il se trouvait au Jeu de Paume pour surveiller le catalogage de la collection Weill, la dernière « acquisition » de l'ERR.

Le Jeu de Paume ne se trouvait pas loin, dans le parc des Tuileries, à un angle qui donne sur la place de la Concorde. Georg décida donc de s'y rendre. Le musée stockait toutes les œuvres d'art réquisitionnées par l'ERR et, une fois là, elles étaient photographiées, inventoriées et emballées pour leur transfert en Allemagne. Dans les salles, des dizaines de caisses scellées étaient empilées les unes sur les autres, des centaines de tableaux – de véritables joyaux –, amassés le long des murs, des collections entières de livres, porcelaines, verrerie, tapisseries et sculptures semblaient abandonnées dans l'attente d'un destin incertain. Georg passait souvent des heures au Jeu de Paume à collaborer à une tâche qui dépassait amplement la capacité du personnel de l'ERR : ils avaient besoin de davantage d'historiens, de restaurateurs, de photographes... en définitive, d'un plus grand nombre de professionnels qualifiés.

En arrivant, il trouva Bruno Lohse en compagnie de deux photographes français, leur donnant des instructions sur les œuvres de la collection Weill à photographier.

Il l'aborda :

– Pouvons-nous parler un moment en privé ?

– Oui, bien sûr.

Ils entrèrent dans une petite pièce qui servait de chambre noire. Lohse ne parvenait pas à dissimuler une curiosité pressante.

– Que se passe-t-il ?

Georg alla droit au but.

– J'ai besoin d'un bon faussaire.

– Je vois... Mais n'en parlons pas maintenant... Les murs ont des oreilles, murmura Lohse. Rendez-vous aujourd'hui à seize heures au Florentin.

Le Florentin était un bar situé dans une rue qui débouchait sur la place du Tertre. Il s'agissait d'un local sombre et oppressant fréquenté par la bohême de Montmartre, un réduit nostalgique de l'âge d'or du quartier, quand Montmartre servait d'inspiration aux grands artistes de la fin du siècle précédent, Degas, Matisse, Toulouse-Lautrec ou Pissarro.

Lohse était lui aussi un habitué des lieux, il y traitait souvent ses affaires personnelles à l'abri des regards indiscrets et gênants.

On y servait du *guinguet*, un vin blanc, léger et acide, qui provenait des vignes de Montmartre. Pour Georg, c'était un mauvais vin, bien que ce soit du vin après tout, aussi accepta-t-il d'en partager un pichet avec Lohse.

– Je ne peux pas croire que tu me demandes un faussaire. J'étais persuadé que tu étais la seule personne un peu intègre qu'il restait dans tout Paris… plaisanta Lohse en allumant une cigarette.

Ils étaient assis à une table située dans un coin et veillaient à ne pas parler trop fort pour ne pas attirer l'attention des clients avec leur allemand.

– Tu vas me raconter de quoi il s'agit, ou c'est top secret, comme tout ce qui te concerne ?

Georg lui dévoila une partie de l'histoire. Il lui parla de l'intérêt de Himmler pour *L'Astrologue*, sans toutefois lui en expliquer la raison. Il lui expliqua aussi pourquoi il voulait le falsifier.

Lohse tira une bouffée de cigarette et but une gorgée de *guinguet*. Il se donnait le temps de réfléchir à ce que le *Sturmbannführer* venait de lui dire.

– Tu es vraiment spécial, Bergheim, conclut-il. Tu as une bonne réputation dans le monde de l'art, tu es un héros militaire et tu es bien vu de ceux d'en haut… Je ne comprends pas pourquoi tu mets tout cela en jeu pour quelques Juifs dont tu n'as rien à faire.

– C'est précisément parce que je n'ai rien à faire d'eux que je n'arrive pas à comprendre cette persécution gratuite dont ils sont victimes. Ils ne me plaisent ni ne me déplaisent davantage que n'importe quel autre être humain que je peux croiser, c'est pour ça que je ne peux pas être complice de ce qui est en train de se passer.

– Je n'ai rien contre eux moi non plus… Mais Georg, c'est le système ! Les choses sont ainsi et tu en fais partie. Tu auras beau te rebeller contre tout cela, tu n'y changeras rien. Au contraire, le système peut se retourner contre toi : ils n'admettront pas de traîtres dans leurs rangs.

Georg commençait à s'impatienter. Il ne voulait pas perdre l'après-midi dans cet antre à toujours tourner autour du même sujet.

– Peu importe, Lohse. On en a déjà parlé. Tu as ta position et moi la mienne, et nous ne changerons pas d'avis. Ce n'est pas non plus ce que je cherche, je veux juste savoir si tu es disposé à m'aider ou non.

Sans lâcher sa cigarette, Lohse joua avec son verre de vin sur la table. Il s'était aperçu que quelques clients étaient partis et, le volume des conversations ayant diminué, il essaya de baisser encore le ton.

– Ceux d'en haut sont faciles à duper. Ils jouent les connaisseurs, mais ils ne comprennent absolument rien à l'art, et ils sont si arrogants qu'ils ne daigneraient jamais consulter un expert, pour ne pas dire qu'ils se fient aveuglément à quiconque leur assurerait qu'il en est un… De quelle sorte de falsification s'agit-il ?

– D'une rapide. Je n'ai pas beaucoup de temps. Mais assez bonne pour passer à première vue pour un authentique Giorgione.

– Demain, je vais à Amsterdam. Là-bas, je connais un type qui me doit quelques services. Il est excellent, mais ça ne sera pas bon marché, et encore moins si on le presse…

– Pourrait-on organiser un échange ? suggéra Georg, l'esprit occupé par les milliers de tableaux qui s'entassaient au Jeu de Paume.

– On pourrait… C'est un fanatique du Siècle d'or hollandais.

*

Sarah tentait de se concentrer sur les paroles de Carole Hirsch. Mais elle n'y parvenait pas. Elle se sentait mal, elle avait eu des nausées toute la journée. Et nerveuse, tendue comme la surface d'un lac aux eaux calmes, sur le point de se briser à la moindre vibration, de se défaire en une succession d'ondes concentriques.

Quel que fût le moment où elle y prêtait attention, elle se découvrait l'estomac noué et les mâchoires serrées, la tête sur le point d'exploser.

C'était à cause de Jacob. Penser à lui suscitait en elle une angoisse insupportable. L'angoisse de le revoir, de devoir l'affronter sans savoir que lui dire ni que faire.

C'était aussi à cause d'elle. Elle se sentait coupable, immorale, sale… et pourtant, légère en même temps, flottant sur un nuage blanc et doux qui l'élevait au-dessus de toute cette misère et de cette vie sordide.

Elle tentait de se décharger du poids de sa culpabilité sur le commandant von Bergheim. Elle pensait à lui et souhaitait le détester, l'abhorrer, le mépriser… Mais quand Sarah pensait à Georg, un baume calmait ses blessures et des milliers de papillons embrassaient de leurs ailes les parois de son estomac contracté. Quand elle pensait à lui, son visage crispé se détendait dans un sourire et il n'y avait plus de trace de culpabilité nulle part si elle ne l'invoquait pas au nom de la morale qui lui avait été inculquée.

– … c'est la première fois que nous allons tenter une fuite de ce genre, rapportait l'assistante sociale à une Sarah pâle et absente qui attendait, affaissée dans l'unique fauteuil, vieux et défoncé, de l'appartement que les résistants de Rothschild possédaient à quelques rues de l'hôpital. Nous l'avons fait jusqu'à présent avec des nouveaux-nés : nous avons certifié qu'ils étaient morts pendant l'accouchement et nous les avons emmenés à travers la morgue de l'hôpital. Pauvres petits ! Parfois, il fallait leur donner un calmant ou les bâillonner pour les empêcher de pleurer…

Sarah avala sa salive. Tout était si lugubre et terrible… Comment la vie pouvait-elle se situer de l'autre côté de la morgue ? Comment cette femme pouvait-elle lui dire que Jacob allait quitter l'hôpital comme un cadavre, enfermé dans un cercueil, feignant d'être mort ? Comment pouvaient-ils faire cela avec les bébés ?

Carole Hirsch prit ses mains glacées.

– Ne vous inquiétez pas, Mademoiselle Bauer, tout ira bien, voulut-elle la rassurer d'un geste affable.

Tout irait bien ? Sarah n'en était pas si sûre. Et encore moins maintenant, avec Jacob à ses côtés.

*

Le jeune homme avait prié. Il avait pris un café fort et avait prié à nouveau. Soit il pensait à Dieu, soit il pensait à Sarah, il ne voulait penser à rien d'autre.

Une infirmière plaça devant son lit un paravent qui le dissimula à la vue du reste des malades de la salle. Avant de partir, elle se retourna et lui adressa un sourire complice, presque compatissant.

Les lumières de l'hôpital s'éteignirent avec le couvre-feu. Les sons devinrent patents et angoissés : les cris de douleur des malades, les gémissements des moribonds, les rondes des gardes… Dans l'obscurité, Jacob eut peur. Et il pensa à nouveau à Dieu… et à Sarah.

Il ne put s'empêcher de trembler quand le Dr Vartan arriva près de son lit, accompagné par l'infirmière. Il se sentait très excité, le café et la peur l'empêchaient de contrôler les tremblements de ses mains et de sa mâchoire.

– Tu es prêt, Jacob ?

Il voulut parler, mais ne put émettre qu'un gargouillis. Il ne savait pas ce qui l'attendait. Le Dr Vartan lui injectait de la cocaïne depuis des jours. « On doit te préparer pour ta mort », plaisantait-il, mais cela ne faisait pas rire Jacob. La drogue lui insufflait de l'euphorie, lui donnait de l'énergie, effaçait la douleur, le mettait de bonne humeur. Mais quand les effets s'estompaient, il se sentait très mal, le corps agité et l'esprit très, très déprimé.

Que se passerait-il cette nuit-là, la nuit où la cocaïne lui donnerait l'air d'un mort ? Et pire, que se passerait-il ensuite ? L'overdose le tuerait peut-être vraiment, mais, même si elle ne le faisait pas, comment se sentirait-il à son retour dans le monde des vivants ?

– Tu as bu tout le café ? s'assura le Dr Vartan en préparant l'injection : exactement un milligramme et demi de chlorhydrate de cocaïne par kilo.

Jacob confirma.

– Il était très fort.

Sa voix tremblait dans un bégaiement révélateur.

– Il le faut. Grâce à la caféine, je peux t'injecter une dose moindre.

De nombreux points de ce plan d'évasion inquiétaient le docteur. Jouer avec des drogues ne pouvait être bon. Mais il n'avait rien trouvé d'autre pour provoquer chez Jacob un état cataleptique qui le ferait passer pour mort aux yeux inexpérimentés des gardes. Avant tout, il voulait vérifier que la dose qu'il allait lui administrer n'avait rien de létal : un seul gramme injecté par voie intraveineuse le tuerait. Mais ce qui le préoccupait le plus était ce qu'il ne pouvait contrôler, les effets que la drogue produirait chez Jacob une fois qu'ils auraient réussi à le faire sortir de l'hôpital.

Il plaça la seringue devant la flamme d'une bougie pour la regarder par transparence : une goutte sortit par la fine aiguille.

– On va t'attacher et te bâillonner. Avant la catalepsie, tu connaîtras quelques minutes de grande excitation, et nous devons éviter que tu n'attires l'attention des gardes. Ensuite, tu sentiras que tu ne peux plus bouger, tu auras d'abord très chaud, puis froid, tu ne pourras plus ouvrir ou fermer les paupières. Il est possible que tu restes conscient, je n'en suis pas sûr… Mais tu n'auras pas mal… N'aie pas peur, Jacob, je serai avec toi à chaque instant.

Pendant que le Dr Vartan parlait, l'infirmière introduisit un mouchoir dans sa bouche et lui attacha les mains et les pieds aux barreaux du lit. Le médecin s'assit à côté de lui, lui prit le bras et chercha au revers le chemin bleu d'une veine, la plus marquée à la hauteur du coude.

– Allons-y, Jacob. On se retrouvera de l'autre côté de la grille, dit-il en souriant.

Jacob tourna la tête. Quand il sentit la piqûre, il pensa à Dieu… et à Sarah.

L'excitation débuta au bout de cinq minutes. Il ressentit d'abord une sueur froide et il eut très, très chaud. Ensuite, son cœur se mit à battre si fort qu'il aurait pu sortir de sa poitrine. La respiration était de plus en plus difficile et les premières convulsions s'ensuivirent. Bien qu'il fût attaché au lit, son corps s'agitait à tel point qu'il ébranlait le sommier et la tête du lit à chaque secousse.

Tout s'accéléra : les convulsions s'accentuèrent, les palpitations devinrent insupportables. Ses os semblaient sur le point de se déboîter, ses organes allaient lui sortir par la bouche… Jacob crut qu'il allait exploser. Puis tout cessa subitement. Comme un appareil qui se serait déconnecté d'un coup du courant électrique, Jacob retomba, paralysé. Son corps était raide comme un piquet. Sa conscience s'affaiblit progressivement, comme en préambule d'un sommeil agité dans lequel il entendait des voix confuses alentour, où il croyait rester éveillé sans pouvoir ni bouger, ni parler, ni ressentir…

– Vite, on a moins d'une heure avant une nouvelle phase d'hyperexcitation.

Le Dr Vartan le détacha. L'infirmière retira le mouchoir de sa bouche ; un filet de salive glissa aux commissures des lèvres de Jacob.

– Docteur…

– Ne vous inquiétez pas, l'excès de salive est normal, c'est un effet de la cocaïne. Fermez-lui la bouche et essuyez-le.

– Je lui ferme aussi les paupières ?

– Non. L'œil grand ouvert et la pupille dilatée sont très convaincants… Sa température est trop élevée, nous devons lui appliquer des compresses d'eau froide.

L'infirmière s'apprêta à suivre les instructions du Dr Vartan.

– Non, laissez, je m'en occupe. Allez chercher le brancard. On doit l'emmener le plus vite possible.

Des bruits métalliques de roulettes, de vieux châssis mal vissé. Des murmures dans les salles. Des respirations agitées mais pas la sienne ; sa poitrine ne se soulevait pas quand il respirait.

Tout semblait confus et irréel, comme s'il avait été prisonnier de son propre corps, linceul d'acier où résonnaient les échos extérieurs.

– Où allez-vous avec cet homme ? Vous ne pouvez pas quitter la salle sans autorisation.

– Ce patient est mort. Je viens de constater le décès et nous le transférons à la morgue.

– Retirez le drap !

– Dis, Fournier, c'est le borgne… Et tu dis qu'il a passé l'arme à gauche ? Ce matin, il se promenait tranquillement dans le jardin.

– Putain… Il a bel et bien l'air mort.

– Approche une cigarette, Fournier, pour voir s'il se réveille…

Jacob voulut se retourner sur le brancard, mais son corps ne répondait pas. L'avait-on brûlé avec la cigarette ? L'avait-on fait… ? Il ne sentait rien ? Il n'entendait rien.

– Ça pue la chair roussie ! Et il ne bouge pas, regarde ! C'est de la viande froide…

– Quelle horreur ! Allez, enlève ça !
– Je vous ai bien dit que ce patient était décédé…
– Emmenez-le ! Vite !
Jacob perdit à nouveau conscience.

La voix de Sarah le réveilla. C'était la voix de Sarah. C'était elle. Où se trouvait-il ? Pourquoi ne l'entendait-il plus ? Sarah. Sarah. Sarah…

– Que fait cette femme ici, Mademoiselle Hirsch ?
– J'ai pensé que ce serait une bonne idée …
– Sortez de la chambre, Mademoiselle Bauer… Vous ne devez pas être là. Pas maintenant.

« Sarah. Sarah. Parle-moi, Sarah. Ne t'en vas pas. Ne me laisse pas… »

– Elle n'aurait pas dû venir. Le spectacle ne va pas être agréable quand il se réveillera.
– Je regrette, je croyais que…
– Il faut préparer l'injection de pentothal.
– Comment ça s'est passé ? Il y a eu des problèmes ?
– Non. Deux policiers sadiques dans la salle. Je croyais que seuls les Allemands étaient cruels. Vous voyez cette brûlure près de la bouche ?
– Elle est très récente…
– Une cigarette. Ils voulaient vérifier qu'il était bien mort.
– Les sauvages…
– À la morgue, tout s'est passé rapidement et comme prévu. Le garde ne s'est douté de rien. Dans un moment d'inattention, nous avons transporté le corps dans l'ambulance et l'avons amené ici. Nous sommes tombés sur un contrôle, mais ils ne nous ont pas arrêtés. À un moment, j'ai cru qu'ils allaient le faire ; ces derniers temps, ils ne respectent même pas les ambulances pendant le couvre-feu. Oui, tout s'est bien passé, c'en est inquiétant…
– C'est incroyable… Il a l'air vraiment mort : la couleur de la peau, la pupille dilatée, la rigidité musculaire…

Je ne trouve pas son pouls et j'ai l'impression qu'il ne respire pas...

– Dieu veuille qu'il ne soit pas mort... Approchez la lumière pour que je puisse voir où je le pique.

Il s'était écoulé plus de dix minutes depuis que le Dr Vartan lui avait injecté le pentothal sodique, mais Jacob ne réagissait pas. Il restait inerte, inexpressif, léthargique. Il restait mort.

Le Dr Vartan commença à craindre un problème, que la cocaïne ait tué Jacob. Carole Hirsch le regarda comme si elle lisait dans ses pensées et les partageait : Jacob mettait trop longtemps à se réveiller. Deux minutes. Juste deux minutes encore et il lui pratiquerait un massage cardiaque.

Une forte convulsion secoua alors le corps de Jacob.

Il remarqua soudain que ses membres s'agitaient brusquement, qu'il ne pouvait pas les contrôler. Il sentit à nouveau la sueur lui glisser sur le visage. Il manquait d'air et son cœur allait exploser. Les spasmes gagnèrent le cou et le dos ; il pensa que sa tête allait s'envoler. Il se trouva mal et vomit.

– Vite ! Il faut le placer sur le côté pour lui éviter de s'étouffer ! Tenez-le fort... !

Ils le secouèrent violemment. Ils lui tinrent les pieds et les mains. Ils lui soulevèrent la tête.

– Doucement, Jacob, tu es en sécurité. Tout est fini. Doucement...

Jacob aurait voulu crier, mais il ne pouvait s'arrêter de vomir. C'était angoissant ; il était sûr que son estomac allait lui sortir par la bouche.

Quand les nausées cessèrent un instant, Jacob chercha de l'air au fond de ses poumons et sortit la seule chose qui restait en lui :

– Saraaaaah !

La jeune fille l'entendit crier son nom de l'autre côté de la porte. Elle s'était laissé tomber par terre, recroquevillée, et s'était bouché les oreilles avec les mains. Elle avait malgré tout entendu les spasmes et les halètements, les nausées et la toux… Elle avait perçu chaque son de l'agonie de Jacob et, enfin, son cri d'angoisse.

Mais Sarah ne bougea pas ; elle garda les bras autour de ses genoux, les yeux fermés très fort. Elle avait peur. Peur de le revoir.

Elle l'avait eu devant elle un seul instant misérable qui avait suffi à la terroriser. Elle avait contemplé son visage livide et inexpressif… Son visage mort et le trou noir d'une orbite vide : il était borgne, il avait perdu un œil.

Jacob avait l'air d'un monstre. Et maintenant, il criait comme s'il en était un.

On n'entendait plus aucun son de l'autre côté de la porte, à peine le murmure des voix du Dr Vartan, de Mlle Hirsch et de l'infirmière. Sarah ignorait ce qui était le plus angoissant, les minutes de souffrance de Jacob ou les heures de silence.

La porte s'ouvrit et Sarah leva la tête : Carole Hirsch la regardait avec un sourire sur son visage aimable.

– Suivez-moi, Mademoiselle Bauer. Maintenant, vous pouvez entrer.

Jacob gisait sur le lit. Il avait l'air serein, la respiration posée. Il dormait.

On lui avait à nouveau bandé l'orbite creuse et on avait soigné sa brûlure à la bouche. On l'avait rasé et on lui avait mis des vêtements propres.

« C'est Jacob. Ce n'est pas un cadavre ni un monstre. C'est Jacob. », se dit Sarah.

Elle tendit lentement le bras vers son visage : elle craignait de le toucher et que l'image ne s'évanouisse comme de la fumée. Elle posa enfin la main sur ses joues tièdes et douces.

– Jacob…, murmura-t-elle.

Sous la magie de sa voix, Jacob souleva une paupière. Il sourit dès qu'il la vit.

– Sarah…

Il tenta de se relever pour la toucher, mais il se sentait trop fatigué. Il se contenta de presser sa joue contre la main de Sarah et de contempler son beau visage.

– Sarah… Ne pleure pas… Je suis là… Je veillerai sur toi comme avant, Sarah. Je veillerai toujours sur toi…

Encore un vol

À neuf heures du matin, j'arrivai à la Bibliothèque nationale de France, dans le bâtiment spectaculaire et avant-gardiste du *site François Mitterrand*, avec ses quatre coins tels quatre livres de verre ouverts. Comme Alain donnait un cours à cette heure, je me chargeai de chercher des informations sur le faux Giorgione.

Quand j'eus terminé, je rassemblai le matériel que j'avais compilé pendant les trois heures de travail effectif qu'il m'était restées après avoir franchi les contrôles et demandé l'accès aux salles et aux documents. Nous devions nous retrouver à quatorze heures à la cafétéria de l'université, où nous déjeunerions rapidement.

Pourtant, quand je le rejoignis, tout cela était devenu secondaire. Il s'était passé quelque chose dans la matinée et je ne pouvais pas attendre pour lui en faire part.

Ce que j'ignorais, c'était qu'il avait lui aussi quelque chose d'important à me dire, et il dégaina plus vite que moi. Comme je m'approchais pour le saluer, il m'aborda :

– Je viens de parler à Camille… Bon sang, elle était hystérique. Hier, en sortant de la galerie, elle reprenait sa voiture au parking quand des types lui ont volé son sac en la menaçant d'un couteau.

J'écoutais Alain attentivement, mais je n'étais pas surprise. Je craignais que ce genre de chose puisse arriver.

– La seule chose qu'ils ont gardée, c'est le magnétophone contenant la cassette de l'interview du baron.

Sans dire un mot, j'ouvris mon sac, en sortis mon portable, parcourus la liste des SMS et lui montrai le dernier.

Alain resta perplexe devant mon comportement, qui ne semblait pas avoir de lien avec ce qu'il venait de me raconter. Déconcerté, il prit l'appareil et le regarda. Son expression changea instantanément.

– Georg von Bergheim ? … Quel salaud… Qu'est-ce qu'il dit ?

Je lui traduisis la phrase écrite en allemand :

– « Je vous avais prévenue. Maintenant, je fonce. Eux aussi. »… Quelque chose comme ça.

– Eux ? *Posen Geist* ?

– Qui d'autre ?

Alain soupira, le regard perdu sur l'écran de mon mobile.

– Il est clair qu'ils foncent : toi, Anton, Camille… toute personne qui approche *L'Astrologue*, conclut-il en me rendant le téléphone.

– Tu te doutes que quand je l'ai reçu, j'en ai eu la chair de poule… Alain sourit devant mon clin d'œil. Je veux qu'il me laisse tranquille, affirmai-je tranquillement pendant que nous nous asseyions à une table de la cafétéria. J'avais beau affronter la peur avec une attitude courageuse, je ne pouvais nier que je restais effrayée.

– Je crains que ce ne soit pas possible tant que tu n'auras pas laissé tomber.

Alain resta songeur.

– Ce qu'il doit savoir, c'est que tu n'es pas seule… Fais-moi voir le message, encore, dit-il au bout de quelques secondes.

Je ne comprenais pas très bien où il voulait en venir, mais je ressortis mon mobile et le lui tendis. Près de lui, je le vis répondre et taper en français :

« J'ai une copie du journal et une autre de l'enregistrement. Viens les chercher, salopard. Alain Arnoux. »

Je lui adressai un regard stupéfait.

– Tu n'as pas à le faire. Tu n'as pas à t'exposer pour le provoquer. En fait, je préfère que tu t'abstiennes.

– On doit savoir qui c'est, Ana. L'obliger à se montrer. Qui est ce type qui rôde autour de toi, qui attaque toute personne qui s'approche de toi mais ne te frôle même pas ? De quelle sorte de psychopathe s'agit-il, qui te harcèle, mais qui te respecte et te protège ? Que vient faire *Posen Geist* dans tout ça… ? On n'en sait rien et c'est ce qui devrait nous faire le plus peur.

– On ne sait pas non plus jusqu'où il peut aller. Il faut faire très attention, Alain. Il l'a dit lui-même : c'est un jeu dangereux. Et à mon avis, ce n'est pas un jeu du tout, j'ai eu l'occasion de le vérifier dans ma chair.

– Eh bien, quoi qu'il en soit, moi aussi je participe, et j'en assume toutes les conséquences. Je ne peux pas accepter que tu sois la seule dans sa ligne de mire. On est deux, tu t'en souviens ?

Je finis par lui adresser un sourire, quoique tendu.

– Je crois que tu es fou… Mais merci.

Et Alain envoya le message.

Un fichu écheveau

Nous reprîmes nos recherches dans une ambiance raréfiée et avec deux cappuccinos de Starbucks. Entre les deux gobelets, je déposai les photocopies de deux articles de la presse française généraliste et d'un provenant d'une revue d'art que j'avais trouvés le matin.

– Tous les articles confirment à peu près ce que le baron von Thyssen a dit à Camille, lui expliquai-je. En dernier lieu, je lui montrai l'article de la revue d'art : c'était un numéro spécial sur les grandes falsifications, qui mentionnait le faux Giorgione de Himmler. C'est le plus complet parce qu'il l'aborde d'un point de vue technique.

Alain lui consacra une lecture en diagonale.

– D'après ce qui est dit ici, il s'agissait d'un très bon faux…

– Oui. Le baron a confirmé. Un travail très soigné. L'analyse des pigments a prouvé que ceux qui avaient été utilisés étaient ceux de la Renaissance, fréquents dans les tableaux de Giorgione, comme l'écarlate vénitien, l'azurite, l'acétate de cuivre vert ou l'ocre. Le tout obtenu à partir de substances naturelles. Même l'huile avait était préparée selon les techniques vénitiennes, que Giorgione lui-même avait améliorées : il employait un pourcentage moindre de plomb et plus de cire pour préparer le mélange et obtenir ainsi une peinture qui permettait une plus grande rapidité d'exécution parce qu'elle s'étalait mieux.

– Alors, comment ont-ils découvert que c'était un faux ? La facture, l'exécution, la toile… ?

– Non. La facture est bonne, elle est passée sans problème pour un Giorgione après avoir été examinée par une équipe de conservateurs de la galerie de l'académie de Venise. On envisageait toutefois qu'il puisse s'agir d'un Titien, comme d'habitude. La toile a passé l'épreuve des rayons X : c'était un tissu naturel, un lin comme celui qu'aurait pu employer n'importe quel peintre du XVe siècle.

Alain me regarda par-dessus le bord fumant du gobelet, une question dans ses sourcils arqués.

– L'agglutinant de la peinture, lui répondis-je. Une résine synthétique de phénol-formaldéhyde qui ne pouvait provenir de la Renaissance, car on ne commença à la fabriquer qu'au début du XXe siècle.

Il acquiesça, songeur, le regard perdu sur la copie de l'article :

– Je me demande pourquoi quelqu'un qui s'est donné la peine de tant soigner les détails commet une erreur aussi évidente…

– Moi aussi, je me le suis demandé. Et j'envisage deux réponses possibles : soit il n'avait jamais pensé que l'on procéderait à une analyse des pigments, il n'avait donc veillé qu'aux détails qui influaient directement sur l'apparence de l'œuvre, soit il était pressé, ou il s'était vu dans l'obligation d'achever rapidement le tableau, car les résines synthétiques permettent à la peinture de sécher plus vite que la colle ou les résines naturelles.

– Cela me rappelle le cas de Han Van Meegeren, fit Alain.

– Han Van Meegeren ?

– Un célèbre faussaire hollandais. Sa spécialité était les Vermeer. Il en a mis plusieurs sur le marché en les faisant passer pour authentiques, mais l'un d'eux atterrit malencontreusement dans les mains de Göring. Après la guerre, on l'accusa d'avoir vendu le patrimoine national hollandais aux nazis et, plutôt que d'affronter la condamnation, il préféra avouer que le Vermeer de Göring était faux. Le tribunal demanda un rapport à des experts, qui se chargèrent de démontrer que le tableau était effectivement un faux. Meegeren était un faussaire méticuleux, qui soignait les matériaux et la facture, et il a été trahi par l'agglutinant, par hasard une résine synthétique… comme celle de notre Giorgione.

– Tu veux dire que… ?

Le son de mon téléphone interrompit mon raisonnement.

– C'est Konrad. Excuse-moi une seconde… demandai-je à Alain tandis que je sortais de son bureau pour parler.

– Bonjour, Konrad.

– Bonjour, *meine Süße* ! Tu peux parler ?

– Oui, je t'écoute…

– Tout va bien, n'est-ce pas ?

– Non, en fait…

– Bon, je ne vais pas te retenir longtemps. Je voulais juste te prévenir que finalement, je ne vais pas pouvoir venir ce week-end. Je suis vraiment désolé, *meine Süße*, mais vendredi, un Japonais va venir, un investisseur potentiel dans une affaire que… Bref, je ne vais pas t'ennuyer, j'ai envie de soutirer de l'argent à ce type, et j'aimerais me trouver à Madrid quand il viendra. Tu comprends, n'est-ce pas ?

Konrad m'avait débité son discours sans respirer, sur sa ligne habituelle de génie du marketing personnel : beaucoup de charme, beaucoup d'imprécision, beaucoup de Konrad. Je ne me demandai pas si je comprenais ou non, je ne crois pas non plus que cela ait eu tellement d'importance. Je parvins à terminer ma phrase sans être interrompue par Konrad :

– J'ai reçu une nouvelle menace sur mon portable et on a volé l'enregistrement du baron von Thyssen.

– Foutu Bergheim ! Ce salaud ne se lasse pas…

– Bergheim ou *Posen Geist*… Nous ne le savons pas.

– Non, bien sûr, bien sûr. Bon, heureusement que tu as obtenu l'information. On doit savoir qui veut nous voler la découverte.

– Alain a…

– Je dois raccrocher, *meine Süße*, excuse-moi. J'ai une réunion. On se parle ce soir, d'accord ?

– Oui… bien sûr. Ce soir…

Je mis fin à l'appel et regagnai le bureau. Alain écrivait sur son ordinateur.

– Je me suis replongé dans l'histoire de Han Van Meegeren, m'apprit-il quand il m'entendit entrer. Tu ne vas pas le croire : la résine synthétique était également un dérivé du phénol-formaldehide, l'Albertol, une marque de l'époque. Curieusement, la même que celle utilisée par celui qui a falsifié le Giorgione. C'est là… Albertol…

À un moment donné, je cessai de l'écouter. Je cessai même de voir ce que je regardais moi-même de l'autre côté de la fenêtre. J'avais besoin d'un moment et d'un espace pour ma déception et pour moi, tout le reste avait disparu.

Ce n'était pas la première fois que Konrad annulait un de nos rendez-vous. Au moins avait-il eu la délicatesse de ne pas me laisser à la porte de la maison, maquillée et en chaussures à talons ; cette fois, il avait prévenu suffisamment à l'avance. Mais Konrad était comme ça : sur son échelle de priorités, le travail occupait la première place, et moi, avec un peu de chance, j'arrivais derrière. C'était une partie de lui que j'avais acceptée presque depuis le début sans grands traumatismes ; peut-être la considérais-je comme un défaut compensé par d'autres qualités, comme le fait qu'il me laissait à moi aussi carte blanche pour ne pas toujours figurer en tête de ma liste de priorités. Cependant, cette fois, je le pris mal, très mal. Après tout ce qui était arrivé… Je regardais Konrad à travers un autre prisme, de moins en moins rose et de plus en plus sombre. Et puis, même si je voulais feindre d'être forte, je me sentais vulnérable. Je n'aimais pas rester seule dans mon appartement et il m'avait à peine laissé parler pour lui demander de passer au moins le week-end avec moi. Je me sentis tout d'abord déçue, et pratiquement agressée, puis je me persuadai que Konrad m'avait laissée plantée de façon indélicate…

– Tout va bien ?

Ce ne fut qu'en entendant sa voix que je m'aperçus de la présence d'Alain et que je compris qu'il s'était levé, approché de moi et avait posé la main sur mon épaule.

– Oui… Oui. Je regrette, j'étais distraite.

Il fronça les sourcils et me regarda. Je voulus me mettre tout de suite à l'abri de gros nuages noirs chargés d'une pluie de questions, mais il m'arrêta.

– Tu es sûre que tout va bien ?

Peu importait que son regard fût une lumière dorée par une nuit de tempête. Je ne voulais même pas me demander si son épaule était assez large et confortable pour y pleurer, c'était sûrement le cas. Étant donné les circonstances, si je tentais de mélanger Konrad et Alain, cela donnerait un composé fétide et explosif ; je ne voulais pas m'embarrasser de cette chimie. Et puis, dans cet état d'esprit et ces dispositions envers Konrad, je sentais que parler de lui à Alain reviendrait à mélanger travail et maison, à se promener dans la forêt en chaussures à talons ou à commencer les vacances par un rhume.

Je lui souris.

– Oui… Bien sûr.

Je me repris et m'efforçai de revenir à la réalité.

– Bien, où en étions-nous ?

Sur la table, il y avait toujours les articles de presse et le portable ouvert sur une page Web concernant Han Van Meegren.

– J'étais en Hollande. Toi.. je ne sais pas.

Il se montrait persévérant. Et moi, ferme : nous n'allions pas gâcher un autre après-midi de travail par une séance de psychanalyse mutuelle. J'ignorai donc sa remarque.

– Eh bien, tu vas devoir m'expliquer comment tu es arrivé en Hollande, j'ai raté une étape.

Alain abandonna.

– Derrière un agglutinant synthétique, en pensant que Han Van Meegeren était notre faussaire, il y a quelques coïncidences.

Non, non, non, non, non. Je ne voulais pas me laisser prendre là-dedans : je ne voulais pas tourner autour du faux Giorgione, car à chaque tour je m'éloignais davantage du vrai. En fait, plus nous approchions de *L'Astrologue*, plus nous en étions loin.

Je soupirai. Je me frottai les tempes, me mordis les lèvres. Je ressentis de la chaleur, une chaleur aiguë et gênante.

En me tenant la tête comme si j'allais la perdre, j'affrontai Alain.

– Où sommes-nous ?

Il me regarda sans comprendre. « Je te l'ai dit, en Hollande », semblait-il penser. Mais ce n'était pas la réponse à ma question.

– Je voyage depuis des mois et je ne sais plus où je suis. C'est angoissant, comme se trouver dans un labyrinthe : quel que soit le chemin que je prends, je ne trouve jamais la sortie. Documents, archives, bibliothèques, interviews… À quoi cela a-t-il servi ? On n'a toujours rien. Juste un téléphone plein de menaces…

Peut-être parce que la conversation avec Konrad avait eu l'effet d'un stimulant et m'avait donné un certain recul sur ce que je faisais. Peut-être parce qu'il m'avait mise de mauvaise humeur et que je voyais tout en noir. Peut-être à cause de la conversation avec Konrad, peut-être pas, toujours est-il que je me sentais réellement angoissée, comme si la pièce rétrécissait et, telle Alice au pays des Merveilles, ses murs m'emprisonnaient et son plafond m'écrasait la tête. Et tandis que la pièce rétrécissait, le tableau devenait énorme, trop grand, impossible à atteindre et irréel, il se volatilisait comme un gaz entre mes mains, il glissait comme de la gélatine entre mes doigts, m'échappait ;

peu importaient le temps, les efforts, les chagrins, les insomnies qu'il m'avait valus, il m'échappait.

– Je crois… Je crois que je ne peux pas continuer… je suis complètement bloquée.

Je commençai à ressentir une spirale d'angoisse, un besoin de partir en courant, de crier, même d'hyperventiler.

Alain se leva et se plaça derrière moi. Il me massa le cou et les épaules.

– D'accord… Détends-toi…

Je laissai retomber la tête en arrière et l'appuyai contre son ventre.

– C'est comme chercher une aiguille dans une botte de foin… Non, pire. On ne le retrouvera jamais. C'est un fichu écheveau de plus en plus inextricable, et je ne sais pas sur quel fil tirer…

Alain posa son visage sur le mien : son image inversée était un tableau cubiste qui, additionné à sa voix, eut un effet hypnotique un peu surréaliste.

– Oublie tout, Ana…

Ses doigts me massaient les épaules…

– Oublie les faux, l'hermétisme, l'académie néoplatonicienne, les nazis…

… le cou…

– Ce ne sont que les fils que tu as enroulés sur l'écheveau…

… la nuque…

– Sépare-les tous… lentement… avec précaution…

– … mon menton…

– Et choisis-en un seul… Tire dessus…

Le massage s'arrêta sur mes joues qui furent enserrées entre ses grandes mains.

– Qu'y a-t-il au bout du fil, Ana ?

J'agitai doucement la tête d'un côté à l'autre.

– Les Bauer, répondit-il lui-même. Tu l'as dit dès le début : *L'Astrologue*, c'est toujours les Bauer. Je suis là pour ça.

I'm not in Love

Sur le tourne-disques d'Alain tournait *I'm not in Love* de 10cc, avec un crissement de vinyle. La musique douce et rythmée, la pénombre et l'alcool m'endormaient. J'inclinai la tête sur le bras du canapé.

– Qui étaient les Bauer ? demandais-je à Alain sans cesser de faire tourner mon verre dans mes mains.

Le glaçon fondait entre les feuilles de menthe, il se frayait un chemin entre les ondes huileuses du rhum et du citron vert.

– Alfred Bauer était propriétaire de l'une des plus grandes industries textiles d'Alsace. Il avait hérité de l'affaire de son beau-père, Hans Zimmermann, qui était juif. Alfred n'était pas né juif. C'était un catholique allemand, de Göttingen, mais après la Première Guerre, il avait épousé la fille unique de Zimmermann et s'était converti au judaïsme. Le couple a eu trois enfants, Ruth, Sarah et Peter…

Alain termina son mojito et les glaçons tintèrent dans son verre quand il le posa par terre.

– C'était une des familles les plus riches et les plus influentes de Strasbourg. Quand les Allemands annexèrent l'Alsace, les Bauer, contrairement à la majeure partie de la communauté juive de la ville, décidèrent de ne pas s'enfuir. Je suppose qu'Alfred Bauer pensait que son passé catholique et sa nationalité allemande le protégeraient ; c'était même un vétéran de l'armée allemande qui avait combattu lors de la Grande Guerre. Cela ne lui servit à rien… Le jour où Bergheim réquisitionna la collection, la Gestapo emmena Alfred Bauer ; il mourut en prison… Bien sûr, cela ne figure sur aucun document officiel, mais il n'a probablement pas supporté l'interrogatoire.

Le regard d'Alain s'éteignit, il se laissa mourir quelque part sur le plancher.

J'avais une petite idée de la réponse, mais malgré tout, je l'encourageai à poursuivre :

– Qu'est devenu le reste de la famille ?

Un long regard, un soupir prolongé… Personne n'aime annoncer de mauvaises nouvelles, y compris celles du passé.

– Ils ont été déportés. À Auschwitz. Sa femme et sa fille aînée sont mortes dans la chambre à gaz. Le fils a été emmené à Treblinka où il a contracté le typhus peu avant la libération des camps par les Russes… C'est écœurant… J'en ai marre de fouiller dans les archives des camps de concentration, marre de lire des atrocités, de voir des familles entières exterminées de façon horrible, marre de chercher des héritiers dans les cendres des chambres d'incinération, dans les os des fosses communes… Mais peu importe. À chaque nom, chaque numéro, chaque homme, chaque femme ou enfant… j'ai un nœud dans la gorge, comme si j'allais vomir.

Je me redressai pour lui proposer une gorgée de mon mojito qui lui permettrait de relâcher ce nœud. J'en profitai pour caresser son visage sombre. Il retint mon verre et ma main. Puis il accepta de boire.

– C'est très beau, ce que tu fais, murmurai-je. Chercher des personnes afin de leur restituer leur mémoire, leur patrimoine, leur honneur…

– Vouloir leur rendre aussi la vie, comme si j'étais un dieu, est prétentieux et stupide, sourit-il en masquant ce sourire dans la paume de ma main.

– C'est généreux. Tu consacres ton temps et tes connaissances à une cause noble, et tu n'attends pas grand-chose en échange… Tu dois être très idéaliste.

Il était révélateur d'avoir rencontré une personne telle que lui. Dans le monde de Konrad, dans mon monde, tout avait un prix, même la charité. Alain, lui, se donnait gratuitement.

Je trouvai soudain répugnant que Konrad ait voulu le Giorgione pour lui seul, afin d'accroître son prestige, sa vanité, son patrimoine… son énorme ego. Je me sentis mal à l'aise, comme si une odeur désagréable était entrée par la fenêtre, comme si la musique de 10cc avait sonné faux, comme si quelqu'un avait saupoudré d'égoïsme l'idéalisme d'Alain.

– Pourquoi fronces-tu les sourcils ? fit Alain. Ce n'est pas bien d'accompagner de belles paroles de sourcils froncés… J'apprécie ce que tu as dit… Merci.

Il fit glisser son pouce entre mes sourcils et chassa les mauvais esprits d'une caresse : la pièce sentit à nouveau l'eau de Cologne d'Alain, 10cc entonna à nouveau *I'm not in Love*, et je me laissai à nouveau porter par une somnolence chaude et plaisante.

– Finis ton verre… j'ai sommeil, lui demandai-je en reposant la tête sur le bras du canapé.

La dernière chose que je vis avant de fermer les yeux, ce furent les lèvres d'Alain qui frôlaient les glaçons et la menthe…

– Où Sarah Bauer peut-elle bien se trouver ? furent les derniers mots que j'entendis avant de m'endormir.

La mort d'Ève-Marie Bauer

Le cabinet de généalogie m'a appelée, appris-je à Alain au téléphone. Ils semblent avoir trouvé quelque chose d'intéressant sur Sarah Bauer…

– J'ai un cours dans une heure, mais on peut se voir à treize heures, si tu veux ?

Le généalogiste était un homme d'âge indéfinissable, coiffé et vêtu avec soin, qui portait un pantalon de flanelle grise, un pull en V, et qui n'avait pas dû changer de monture de lunettes depuis les années 1970.

Il nous fit entrer dans un bureau tout aussi soigné et sentant le camphre et nous montra un document après ce préambule :

– C'est arrivé ce matin. On a envoyé une demande aux vingt *mairies* de Paris, qui a enfin donné des résultats. Il s'agit d'un certificat de décès.

De ses doigts osseux qui s'achevaient par des ongles trop longs pour être masculins, il parcourut la feuille de papier.

– Décès d'Ève-Marie Bauer. Le seize juillet mille neuf cent quarante-quatre, à quinze heures, Ève-Marie Bauer, domiciliée à Paris, Île-de-France, née à Paris, Île-de-France, le vingt-cinq octobre mille neuf cent quarante-trois, fille de (espace en blanc. Note dans la marge : père inconnu) et Sarah Bauer. Le trois mars…

Je cessai d'écouter sa voix flûtée. J'en savais assez. Sarah Bauer avait eu une fille, et elle l'avait eue à Paris.

– Oui, mais la petite est morte quelques mois après sa naissance, et nous perdons encore une fois la piste de Sarah, me fit remarquer Alain à la sortie du bureau du généalogiste. Et le plus curieux est que la déclaration du décès, ce n'est pas elle qui la fait – c'est sa mère, après tout –, mais un oncle du bébé.

– Serait-elle morte elle aussi ?

– C'est possible, mais il est curieux d'avoir trouvé le certificat de décès de sa fille avant le sien. Et puis, en sachant comme nous que le frère et la sœur de Sarah étaient morts eux aussi, comment un oncle de la petite a-t-il pu signaler le décès ?

Je haussai les épaules. Ce qui m'avait semblé simple et révélateur ne faisait que soulever de nouvelles inconnues.

– Un frère du père ?

– Du père inconnu ? fit Alain avec une grimace. Ça semble peu probable… Le plus sûr est que le père ait été un Allemand. Beaucoup d'entre eux sont venus en France, ils ont mis enceintes des femmes françaises et sont rentrés chez eux sans avoir reconnu les enfants.

– Encore ! soufflai-je, énervée. À chaque fois qu'on dirait qu'on approche de quelque chose, les pistes se démultiplient. C'est désespérant !

Avant de mettre son casque de moto, Alain insuffla à nouveau de l'optimisme dans nos vies.

– Eh bien, maintenant, on sait que Sarah Bauer était toujours à Paris le 25 octobre 1943. On avance.

Juin 1943

À Alger, le général de Gaulle réunit le Comité national de Libération français, organisme qui allait coordonner les forces visant à libérer la France de l'occupation nazie. Après la Libération, ce Comité constituerait le gouvernement provisoire de la République.

Sarah alla chercher Marion à la sortie de son travail. Elle devait lui parler, mais elle ne pouvait pas lui donner rendez-vous à la maison car Jacob s'y trouvait. La température était très agréable et elles pourraient marcher un peu ou s'asseoir sur un banc dans le parc.

Marion quittait le guichet de la gare à quinze heures. Puis elle mangeait un sandwich, allait aux toilettes, se recoiffait, retouchait son maquillage et, vers quinze heures trente, elle était dehors.

– Sarah, ma chérie ! Qu'est-ce que tu fais là ?

– Je suis venue te chercher.

Sarah s'efforçait d'avoir l'air naturel, de relativiser l'événement. Mais son amie fronça les sourcils. Sarah n'était jamais venue la chercher à la sortie du travail, cela lui semblait donc très étrange.

– Tu vas bien, pas de problème ? Et Jacob ?

Sarah lui prit le bras. Elle pensait marcher, mais elle éprouva soudain le besoin de s'asseoir. À l'ombre d'un arbre, elle repéra un banc.

– Je dois te parler, Marion. Je dois parler à quelqu'un avant de devenir folle.

Marion s'assit à côté d'elle, très inquiète.

– Que se passe-t-il, chérie ? Tu me fais peur…

Sarah préféra regarder ses mains plutôt que son amie. Elle parlerait plus facilement si elle ne voyait pas ses yeux.

– Je suis enceinte.

Sarah aurait tout aussi bien pu parler seule car il n'y eut aucun écho à sa déclaration. Elle leva la tête pour vérifier que Marion était toujours là. C'était le cas. Celle-ci était pétrifiée, absorbée, muette, cherchant désespérément les mots les plus appropriés. Mais Marion n'avait pas la parole facile.

– Mais ma chérie… Comment est-ce possible ?

Sarah haussa les sourcils : voulait-elle vraiment des explications ? Curieusement, la stupéfaction de son amie lui sembla comique et la détendit.

– Disons que… c'est comme ça.

– Mais… tu en es sûre ?

– Je n'ai pas eu mes règles depuis des mois. Au début, j'ai pensé que c'était à cause des privations. À l'hôpital, ils m'ont dit que c'était normal. Mais ça fait déjà quatre mois, quatre mois pendant lesquels j'ai assez mangé pour me remettre et reprendre du poids. Et puis, pendant ce temps, j'ai pris du ventre et mes seins vont exploser. Sans compter les nausées, qui durent parfois des journées entières. Oui, Marion, j'en suis sûre.

Après cette confirmation, son amie, toujours volontaire, s'apprêta à prendre le contrôle de la situation.

– D'accord… Voyons… Ne t'inquiète pas, chérie. On va trouver quelqu'un… Je crois que je sais qui… Cette fille, comment s'appelle-t-elle… ? Elle a toujours des histoires, et elle s'est débrouillée plusieurs fois, si tu vois ce que je veux dire… Oui, elle doit connaître quelqu'un. Quelqu'un qui pourrait… le faire passer, tu comprends…

– Non, Marion, s'empressa de l'interrompre Sarah dès qu'elle eut compris. Je ne veux pas avorter.

– Comment ? Marion était sûre de ne pas avoir bien entendu.

– Je vais avoir cet enfant.

Son amie leva tellement les yeux au ciel qu'ils étaient presque blancs.

– Mon Dieu, chérie ! Tu n'as pas bien réfléchi… Tu te rends compte dans quoi tu vas te fourrer ? Avoir un enfant par les temps qui courent, c'est de la folie ! Il n'y a rien à manger ! Ni lait, ni farine, ni œufs ! Pas d'électricité, de charbon ! Comment vas-tu faire, chérie ? Comment vas-tu l'élever ?

Sarah avait déjà envisagé toute cette liste d'obstacles ainsi que beaucoup d'autres. Mais rien de cela n'était plus important que la vie du petit. Il était absurde de le tuer parce qu'il pouvait mourir. Sarah n'eut besoin d'aucune explication, il lui suffit de soutenir son regard.

– Tu es décidée à continuer, n'est-ce pas ?

La jeune femme en convint.

– Toute seule… C'est insensé ! Marion se souvint alors que la conception était l'affaire de deux personnes.

Oui, bien sûr, qu'elle le savait. Cela ne faisait pas le moindre doute. De même qu'elle savait que Marion allait lui poser la question. Malgré tout, elle se sentit un peu gênée pour répondre.

– Jacob.

L'étonnement courba le dos de la jeune femme et gonfla son buste généreux comme le poitrail d'une poule.

– Nom de… ! J'aurais dû m'en douter, bon sang ! Il y a toujours eu quelque chose entre vous que… Attends un peu, Jacob est prisonnier depuis des mois…

– Et moi, enceinte depuis des mois. Il n'y a pas de doute, Marion, c'est lui le père.

Son amie devait l'admettre : toutes les femmes n'étaient pas comme elle. La plupart savaient comment, quand et avec qui elles couchaient. Elle faisait très attention à ne pas tomber enceinte ; personne n'entrait dans son chaud refuge sans avoir mis le capuchon, mais si un jour, à Dieu ne plaise, un malheur arrivait, elle aurait de sérieuses difficultés pour savoir qui était le père de l'enfant.

Pour la première fois, Marion se détendit et regarda Sarah d'un air affable.

– Ma chérie…

Elle tendit le bras et posa la main sur le ventre de son amie, à peine bombé.

– C'est incroyable, murmura-t-elle, émue. Tu le sens ?

– Un léger chatouillis. Pas en permanence, seulement quand je suis au repos. Il est encore tout petit, répondit-elle en souriant.

– Tu es très courageuse, ma chérie. Jacob doit être très fier de toi.

Le visage de Sarah, resplendissant de bonheur pendant un instant, s'assombrit à nouveau. Comme si le ciel s'était couvert de nuages noirs et que la brise était devenue glaciale, elle frémit.

– Il n'est pas au courant…

Après s'être échappé de l'hôpital, Jacob était venu vivre chez elle. Elle le lui avait proposé spontanément, sans trop réfléchir, sans penser à long terme… À l'époque, il était absurde de faire des projets au-delà du lendemain, personne ne pouvait avoir la certitude d'être encore en vie après. Jacob, sans foyer et obligé de rester dans la clandestinité, avait besoin d'un endroit pour vivre et se cacher. Elle était la seule personne à pouvoir le lui procurer. L'appartement était petit, mais suffisant pour deux : elle lui avait laissé la chambre et elle dormait sur le canapé ; cela ne la dérangeait pas, et même, elle préférait.

« Pourquoi ne dors-tu pas avec moi, Sarah ? Tu as oublié la dernière nuit, avant que tout cela n'arrive ? Pas moi… », lui avait dit Jacob. « Ce ne serait pas bien. Il est suffisant d'avoir offensé la loi de Dieu une fois. » Elle eut recours à un argument facile parce qu'elle ne souhaitait pas se répandre en explications qui ne pourraient que le blesser : elle aimait Jacob, c'était l'une des rares personnes qu'il lui restait au monde, mais elle ne souhaitait pas partager son lit avec lui, cela aurait été aussi étrange que de le faire avec un frère.

Ce fut peut-être le moment qui marqua le début de son enfer, l'enfer de sa vie avec Jacob.

– Mais comment… ? Tu ne le lui as pas dit ! Ma chérie, tu dois le faire !

Sarah se sentit traquée, pas tant par Marion que par sa propre conscience.

– Je sais, je sais… soupira-t-elle. Mais… Comment dire… Jacob n'est plus le même. Il a beaucoup changé, Marion.

– Bah, c'est normal. Après tout ce qu'il a traversé…

– Oui, mais il n'y a pas que ça. Je crois qu'il ne va pas bien.

– Mais il n'a jamais été malade. Et il s'est remis de son opération de l'œil.

– Je ne veux pas dire physiquement… C'est plutôt un problème d'état d'esprit.

Au regard qu'elle lui jeta, Sarah devina qu'elle devait être plus explicite, parler ouvertement de ce qui lui coûtait tant.

– Il est ravagé, Marion. Il a commencé par ne pas fermer l'œil la nuit. Du séjour, je l'entendais déambuler dans la chambre comme un lion en cage. Ensuite il y a eu les cris, il hurlait de douleur, disait qu'il avait mal à la tête, puis qu'il avait mal partout et qu'il lui fallait des médicaments, des analgésiques… Mais nous n'en avons pas parce que le Dr Vartan a dit qu'il n'en aurait pas besoin. Il refuse de manger depuis le début, et il peut passer deux jours entiers sans toucher à rien. C'est ça, ou alors il dévore de façon compulsive le peu qu'on a à la maison et se met à crier comme un fou quand il n'y a plus rien… Parfois, je lui donne ma part et je lui rapporte aussi de la nourriture de chez la comtesse, mais quand il est dans ces périodes, ça ne suffit jamais.

Marion était stupéfaite.

– Tu ne dois pas lui donner tes rations, ma chérie, et encore moins dans ton état…

– Mais il n'y a pas d'autre solution, Marion. Tu sais que je ne peux pas obtenir davantage de nourriture… Et même si j'y parvenais, il pourrait tout aussi bien refuser de manger. Ce n'est pas une vie… Il reste assis toute la journée dans un fauteuil ; quand je pars tôt à la librairie, je le laisse là, et à mon retour, il n'a pas bougé. Il ne se lève que pour aller au lit où il ne dort pas. Le reste du temps, il est dans un fauteuil, le regard perdu, immobile comme un légume, et il n'ouvre la bouche que pour mâcher des cigarettes et se plaindre de se sentir très fatigué, d'être un misérable, inutile et invalide, qui aurait mieux fait de mourir en prison… Quand j'essaie de l'encourager, il devient fou, s'agite avec toute l'énergie qu'il dit ne pas avoir, se met à crier et à blasphémer, et ces derniers temps, il m'insulte…

Sarah ravala sa salive et se mit à se tordre nerveusement les mains.

– L'autre jour… il m'a acculée contre le mur comme s'il voulait me frapper… Il ne l'a pas fait, il est soudain tombé, épuisé, est parti sans un mot dans la chambre où il dort depuis lors. C'était avant-hier… Ce matin, il ne s'était toujours pas réveillé. Je commence à avoir peur, Marion…

– Oh, ma chérie, tu me glaces…

– Comment pourrais-je lui parler du bébé… ? Impossible ! J'ai peur !

Marion était réellement touchée par l'angoisse de son amie. Entièrement dépassée par la situation, elle sentait pourtant qu'elle devait trouver un moyen de l'aider. Elle songea alors à prêcher la sérénité et l'harmonie.

– Difficile de savoir comment on se sent après avoir vécu ce que Jacob a vécu… Tu le sais mieux que personne, tu l'as vu en prison, et ce n'est qu'une partie de ce qu'il a subi. Jacob est un homme bon et il t'aime, c'est évident, il t'a toujours aimée, pour moi, cela compte. Peut-être que tout ce dont il a besoin est d'une illusion, quelque chose qui lui fasse oublier toute l'horreur qu'il a vécue. Il peut retrouver ses esprits en apprenant qu'il va être père.

Sarah avait d'autres raisons, d'autres motifs de crainte pour taire sa grossesse. Elle craignait que si elle lui révélait qu'elle attendait un enfant de lui, il ne veuille l'épouser. Et elle n'avait ni l'intention ni le désir de devenir sa femme.

Devant Marion, elle s'était montrée fermement décidée à ne pas avorter, et elle l'était. Mais le jour où elle avait compris qu'elle était enceinte, elle s'était sentie faible. Et elle avait envisagé l'idée de se débarrasser du bébé. Elle n'y avait pas songé parce qu'elle redoutait de l'élever seule ou de lui donner le jour dans un monde qui s'effondrait, dans une existence sombre de faim, de peur et de souffrance… Non, si elle avait envisagé d'avorter, c'était parce qu'elle ne voulait pas avoir un enfant de Jacob, elle ne voulait pas se trouver liée à un homme qu'elle n'aimait pas suffisamment. Maintenant, le bébé était-il responsable que sa mère n'aimât pas son père, que ce fût une inconsciente qui s'était saoulée un soir et avait couché avec un homme qu'elle n'aimait pas… ? Répondre à ces questions et souhaiter tenir le bébé dans ses bras constituèrent des raisons plus que suffisantes pour la décider à ne pas avorter.

L'étape suivante dans la liste de ses responsabilités était de dire à Jacob qu'elle était enceinte. Marion avait peut-être raison, la joie d'être père lui ferait peut-être retrouver ses esprits… Elle n'en était pas très convaincue, mais cela ne menait à rien de trop y réfléchir. Ses jupes ne fermaient plus depuis des semaines. Son état n'allait pas tarder à se voir et, même si elle le voulait, elle ne pourrait garder le secret plus longtemps.

*

Ce matin, comme tous les autres, quand elle descendit à la librairie, Jacob dormait toujours. À midi, comme d'habitude, elle monta déjeuner ; il dormait encore. Ce ne fut qu'à la fin de sa journée de travail, l'après-midi bien avancé, qu'elle le trouva réveillé.

Elle pensa que le moment était bien choisi pour lui apprendre la nouvelle. Curieusement, elle ne le trouva pas assis dans le fauteuil, l'air chagrin. Il était dans la cuisine, en train de fouiller dans le placard, sortant tous les objets un à un.

– Bonjour, Jacob…

– Où sont les provisions ?

– Tu as du ragoût de pommes de terres dans la marmite et du pain dans la corbeille. Il y a aussi de la viande séchée et de la bouillie au lard. Et un peu de lait que j'ai rapporté de chez la comtesse.

C'était tout ce que Jacob n'avait pas mangé pendant les jours de repos de Sarah et tout ce qu'il y avait pour dîner.

– Je l'ai mangé, mais ce n'est pas suffisant. J'ai encore faim.

Jacob ouvrait et fermait placards et tiroirs, fouillait parmi les ustensiles comme une souris affamée.

– Il n'y a plus rien. C'était tout ce que j'avais.

– Pourquoi n'es-tu pas allée faire des courses ?

– J'ai acheté du pain. Nous n'avions pas besoin d'autre chose. Il y avait ce qu'il fallait. Si j'utilise tous mes coupons maintenant, nous n'aurons plus rien à la fin du mois. De toute façon, tu peux prendre le porte-monnaie et aller dans les magasins.

Jacob se retourna comme un fauve.

– Femme paresseuse et irréfléchie ! Tu ne vois pas que je ne peux pas sortir ! Ils sont partout ! Ils me surveillent ! Si je sors, ils me reprendront !

Sarah resta imperturbable devant son élan de colère. Démoralisée, elle se laissa tomber sur une chaise. Elle avait mal au dos et était fatiguée ; elle n'avait pas le courage d'affronter cette situation une fois encore.

– Calme-toi, Jacob, lui demanda-t-elle avec effort. Ne crie pas, je t'en prie. Je vais te faire un peu de café…

Jacob donna un coup de poing sur la table. Les ustensiles qui y étaient entassés sautèrent à la figure de Sarah dans un grand fracas. Elle sursauta.

– Je ne veux pas de ta saloperie de jus de chaussettes ! Je veux manger, putain ! Tu es assez bête pour ne pas le comprendre ?

Sarah posa sur lui un regard sévère.

– Ne commence pas à m'insulter, Jacob.

– Tais-toi et ne me crie pas dessus ! J'ai mal à la tête !

– Ça ne m'étonne pas. Tu dors depuis plus de deux jours…

Jacob rougit de colère et serra les dents. Il saisit Sarah par le col de sa robe et la souleva en l'air sur sa chaise pour lui crier au visage :

– Je suis malade, tu ne vois pas ? Malade ! répéta-t-il avant de la projeter contre le mur. Mais toi, tu es une maudite égoïste et tu ne penses qu'à toi ! J'ai besoin de manger et tu ne me donnes rien ! J'ai besoin de médicaments et tu ne m'en donnes pas ! Tu ne veux pas comprendre que je suis malade, très malade ! Tu voudrais me voir mort !

– Jacob, s'il te plaît…

Sarah se collait au mur. Elle aurait souhaité se fondre en lui et disparaître. Le jeune homme brisa une assiette contre le mur et brandit un tesson pointu sous ses yeux.

– Moi aussi, je voudrais être mort ! Je déteste cette vie de merde ! Je n'en peux plus de vivre ! Je n'en peux plus ! Je n'en peux plus !

Sarah regarda le tranchant de l'assiette. Puis le regard exorbité de Jacob. Ses doigts crispés aussi, ses yeux enflammés et sa bouche féroce. Et sans y réfléchir à deux fois, elle l'étreignit fort, en lui tenant les bras, le pressant contre elle.

Le tesson tomba à terre tandis qu'il s'effondrait.

– Je ne supporte pas… sanglota-t-il le visage enfoui dans le cou de Sarah. Je n'en peux plus…

Sarah lui caressa le dos comme à un enfant.

– Calme-toi. Calme-toi. Je suis avec toi. Je suis là…

Jacob se laissa couler dans son étreinte. Abattu et dévasté, on aurait dit un chiffon.

– Que m'arrive-t-il, Sarah ? Que m'arrive-t-il ? Je ne veux pas te faire de mal… Je ne veux pas me comporter ainsi… Je suis vraiment désolé. Désolé…

– Je sais, Jacob. Tu as besoin d'aide, nous en avons tous les deux besoin. Mais nous nous en sortirons ensemble, tu verras. Je te le promets. Je te le promets, Jacob.

Il pleura dans ses bras. Rien ne le réconfortait, mais les bras de Sarah étaient le seul bel endroit du monde, du monde tortueux et sombre de Jacob.

*

Sarah parla à Carole Hirsch qui leur obtint un rendez-vous avec le Dr Vartan à son domicile. Il partageait un appartement dans le Marais avec deux internes de

Rothschild, un jeune pharmacien juif qui avait fui la Pologne en 1939 et un pédiatre de Rouen.

Le médecin voulut d'abord s'entretenir avec Jacob. Au bout d'une bonne heure, le Dr Vartan regagna le salon où Sarah l'attendait.

– Où est Jacob ? lui demanda-t-elle, alarmée de le voir revenir seul.

– Ne vous inquiétez pas, Mademoiselle Bauer. Le Dr Wozniak est avec lui, affirma-t-il, faisant allusion au pharmacien polonais.

– Comment va-t-il ?

Le Dr Vartan s'assit à côté d'elle dans le joli coin situé près du balcon par lequel entrait le soleil et l'extrémité d'une branche feuillue du châtaignier qui se dressait depuis la rue. La conversation allait être longue.

Il ôta ses lunettes, essuya les verres et les chaussa de nouveau. Il semblait fatigué.

– La première chose qu'il a faite a été de me réclamer de la cocaïne. C'était ce que je craignais…

Sarah ne sut que répondre, elle ne comprenait pas très bien ce que le médecin voulait dire. Si Jacob n'avait besoin que de cocaïne, la solution au problème semblait simple. Pourquoi avoir peur ?

Le Dr Vartan poursuivit, peut-être davantage pour lui-même que pour Sarah.

– Je pensais que, administrée sur une courte période, elle n'entraînerait pas d'addiction, qu'il n'y aurait pas de séquelles… Mais je me suis trompé. Je crains fort de m'être trompé.

Le Dr Vartan était psychiatre et neurochirurgien. Avant que les lois antisémites n'interdisent aux médecins juifs d'exercer dans les hôpitaux publics, il avait effectué la majeure partie de sa carrière au Centre pour la prévention des maladies mentales de l'hôpital psychiatrique de Sainte-Anne, à mener des recherches en pharmacopsychiatrie et sur le traitement chimique des troubles mentaux. Il avait suivi de près les travaux de Freud, Pavlov, Baruk, Gutiérrez Noriega et autres éminents chercheurs dans le domaine de la thérapie des pathologies liées à la drogue. L'Occupation allemande l'avait toutefois obligé à mettre sa vocation entre parenthèses et à devenir chirurgien, médecin et infirmier à tout faire à l'hôpital. Il devait reconnaître que lorsque le cas de Jacob et de sa fuite s'était présenté, il y avait vu l'occasion stimulante d'une expérimentation. Pour commencer, l'état de catalepsie provoqué par la cocaïne n'avait été testé que sur des animaux, jamais sur des êtres humains. Mais ce qui intéressait le plus le Dr Vartan dans cette expérience était d'étudier les propriétés addictives de la cocaïne et ses effets neurologiques sur l'homme. Jacob avait été un cobaye, oui. Aussi le médecin avait-il toujours voulu s'assurer que son patient connaissait les risques liés à sa fuite. Quoique… comment Jacob l'aurait-il pu alors qu'il ne les connaissait pas lui-même à cent pour cent ? Il était fort possible que, dans son cas, la mort ne soit pas le pire des risques.

Le Dr Vartan contempla Sarah : si jeune, si belle, si traquée par la cruauté et la déraison de cette époque… Dans quelle folie avait-il entraîné ces pauvres gens ?

– Jacob n'a pas de problèmes physiques, tenta-t-il d'expliquer à Sarah. Mais il a développé des troubles mentaux à cause de la cocaïne que je lui ai administrée pour la fuite.

– Des troubles mentaux ?

– L'insomnie, la fatigue, l'apathie, les crises de colère, les conduites autodestructives, la dépression, y compris cette minceur extrême et les migraines, tout a une origine exclusivement psychique. Le corps de Jacob va bien, pas son esprit.

– Mais… c'est logique, non ? Ce sont des traumatismes provoqués par ce qu'il a subi…

Le Dr Vartan hocha la tête d'un air désolé.

– Ils aggravent peut-être la situation, mais la véritable raison de ses troubles est la cocaïne. Avant qu'on ne lui injecte de la drogue, Jacob ne présentait aucun symptôme pathologique, il avait un comportement normal. Son besoin désespéré d'en consommer à nouveau, de prendre des analgésiques ou d'autres médicaments en pensant que cela le soulagerait et lui procurerait la même sensation d'euphorie que la cocaïne prouve son addiction. Ce que j'aimerais savoir, c'est si la drogue a entraîné des séquelles neurologiques et, si c'était le cas, si elles sont réparables, reprit-il comme s'il se trouvait dans un laboratoire.

– Vous voulez dire qu'il y a une solution, que Jacob va guérir…

Devant l'angoisse de Sarah, le Dr Vartan n'osa pas se montrer défaitiste.

– Je veux dire qu'on va essayer. Jacob a besoin d'une attention et d'un traitement adéquats.

– Mais il ne peut pas retourner à l'hôpital ! s'alarma-t-elle. Il se ferait reprendre. Même avec une nouvelle identité et de nouveaux papiers, son œil unique le trahirait.

– Je sais, Mademoiselle Bauer, et il n'est pas dans mes intentions de l'y ramener.

Sarah se sentait désespérément confuse. Le langage crypté et le discours laconique du médecin la déconcertaient, et la rendaient encore plus nerveuse.

Elle demanda une explication :

– Alors que dois-je faire ?

– Vous, rien. Juste avoir confiance en moi et laisser Jacob sous ma garde. Il logera ici, chez moi. Le Dr Wozniak et moi étudierons son cas et nous lui appliquerons le meilleur traitement possible. C'est le seul espoir de le voir récupérer.

Sarah avait peine à croire à tant de générosité en ces jours durs et cruels qui avaient relégué de tels gestes en souvenirs du passé.

– Vous seriez prêt à le faire pour Jacob… ? Pourquoi ?

Par curiosité ? Par intérêt scientifique ? Parce qu'il voulait noter chacun des détails de l'affaire et élaborer toute une thèse autour de lui… ? Parce qu'il se sentait coupable… ? Le Dr Vartan n'en était pas sûr.

Il fuit les explications :

– Parce que c'est la seule solution possible.

Sarah baissa les yeux : s'il n'y avait qu'une solution, que pouvait-elle objecter ?

– Je comprends… Je peux lui parler ?

– Il ne vaut mieux pas. S'il vous voit, il ne voudra certainement pas rester… Il n'est pas venu me voir pour se faire soigner, mais pour obtenir de la drogue.

– Il y a autre chose, docteur…

Le médecin pencha la tête d'un air réceptif mais en redoutant d'entendre ce que Sarah aurait à lui dire.

– Jacob va être père à l'automne, mais il ne le sait pas… Je n'ai jamais trouvé le bon moment pour lui annoncer la nouvelle.

Automatiquement, son attention glissa vers le ventre de Sarah. À bien y regarder…

– Vous êtes enceinte ?

Elle acquiesça.

– Il vaut mieux ne rien lui dire, ajouta le médecin après un bref instant de réflexion. Du moins pas pour l'instant. Je ne sais pas très bien comment il pourrait prendre une telle nouvelle… Nous verrons comment il évolue… Ne vous inquiétez pas, Mademoiselle Bauer, Jacob sera bien ici.

Sarah lui adressa un sourire reconnaissant. Ne pas être obligée de vivre avec Jacob… Ne pas être obligée de lui dire qu'elle attendait un enfant de lui… De supporter sa colère, ses cris ou ses insultes… Sarah ne ressentait pas d'inquiétude, mais du soulagement, et elle était sûre que cela faisait d'elle une mauvaise personne.

La maison d'Illkirch

Au début, les rares nuits où Konrad venait à Paris, nous dînions à l'appartement. C'était généralement d'horribles repas à base de boîtes de conserves, de plats cuisinés, congelés et lyophilisés. Nous finîmes par nous lasser de tant d'innovation aérospatiale dans nos assiettes et décidâmes d'aller au restaurant.

N'importe quel petit établissement aurait été préférable, et pourtant Konrad choisissait des restaurants infiniment meilleurs que tout ce que nous pouvions avoir à la maison.

Ce soir-là, au Guy Savoy, pendant que nous attendions les huîtres, Konrad m'informait de ses derniers investissements immobiliers.

– Je crois que je vais acheter la maison de Corse. J'irai peut-être la voir samedi. Si tu as envie de m'accompagner…

L'escorter dans une promenade immobilière afin de donner mon approbation forcée à quelque chose qu'il avait déjà décidé ? L'idée ne me séduisait guère.

– Je n'en suis pas sûre… J'ai beaucoup de travail. De quelle maison s'agit-il ? Là tout de suite, je ne vois pas…

– Mais si, *meine Süße*, je t'ai montré des photos, tu ne te souviens pas ? Et puis elle t'a beaucoup plu. C'est celle qui est construite à l'aplomb d'une falaise, avec la piscine surplombant la mer. Attends, je vais chercher les photos, proposa-t-il en sortant son iPhone.

– Non, non, non, laisse. Je vois de laquelle il s'agit, mentis-je. Parmi les nombreuses photos de maisons au bord de la mer que Konrad me montrait, je ne me rappelais pas de laquelle il s'agissait, mais cela n'avait pas d'importance.

– C'est un caprice, je sais, mais je suis amoureux de cette maison. Les avocats disent qu'il y a un problème avec les propriétaires, des histoires de limites et ce genre de choses. Ils attendent les documents du cadastre pour vérifier que tout est conforme. J'espère juste que ça ne va pas faire capoter l'opération…

– Bien sûr ! C'est ça ! Comment ai-je pu être aussi sotte ?

Comme c'était logique, il m'adressa un regard déconcerté.

– Que dis-tu ?

– La maison d'Illkirch, Konrad ! Qu'est-elle devenue ? Toutes les maisons possèdent une histoire, et cette histoire est celle de ses propriétaires.

– Tu te fiches complètement de ma maison en Corse, n'est-ce pas ?

– Oh non, chéri, mentis-je à nouveau, lui prenant la main dans un geste de tendresse forcée. C'est juste que tu m'as donné une idée, avec le cadastre.

Heureusement, on apporta les huîtres et Konrad dut différer ses critiques.

– Je dois appeler Alain, annonçai-je, le BlackBerry à la main.

Konrad ne put masquer sa réprobation.

– Et tu dois le faire… maintenant ?

– Oui, mon amour, c'est très important.

Nous finîmes la soirée en prenant un cocktail avec Alain au Mandala Ray, le bar le plus *fashion* de Paris.

Dès le début, Konrad montra son désaccord avec cette rencontre à son avis aussi intempestive qu'inopinée.

Il suffisait de le voir : affalé sur un canapé, l'air de s'ennuyer, enchaînant les cocktails sans alcool et parfaitement étranger à la conversation animée que j'avais avec Alain.

– La maison n'appartient plus aux Bauer, m'apprit ce dernier. Je l'ai découvert en faisant des recherches sur la collection. Il y a au moins trois ans qu'elle a été achetée par la municipalité qui y a installé une bibliothèque.

– Je me doutais bien qu'on n'y trouverait pas Sarah Bauer en train de nous attendre, mais réfléchis, Alain, quelqu'un a dû la vendre ! Quelqu'un qui en avait le droit. Et tout doit figurer dans le registre. Tu ne crois pas que cela pourrait nous renseigner sur le destin des Bauer ?

Alain ne s'embarrassa pas de circonlocutions :

– Tu es brillante, Ana. Demain, on demandera une copie de l'acte de vente.

La conversation ne tarda pas à suivre les chemins les plus variés, enfin, celle que j'avais avec Alain, car Konrad ne semblait guère disposé à participer à quoi que ce fût ce soir-là, et il était presque deux heures du matin quand nous quittâmes le Mandala Ray.

– Je commence à regretter d'avoir accepté que ce type collabore avec nous dans nos recherches, affirma Konrad, bourru, en me ramenant à la maison en voiture. Comme ça, de but en blanc.

Collaborer avec nous ? pensai-je. Ce « nous » l'incluait-il ? J'avais beau réfléchir, j'étais incapable de voir en quoi Konrad collaborait ni combien de fois il avait remonté ses manches. Je me tus. Je n'avais pas envie de discuter. Même si cela avait l'air d'être l'inverse pour lui…

– J'ai l'impression qu'il n'apporte pas grand-chose. Il profite de tes connaissances et de mon appui sous prétexte de vouloir connaître son passé. En fait, je crois qu'il attend que ce maudit tableau lui tombe dans les mains pour acquérir un prestige professionnel, estima-t-il en crachant sa bile.

Je ne pus me taire plus longtemps.

– Pas toi, Konrad ? Tu ne fais pas la même chose ?

– J'espère que tu n'insinues pas que je profite de toi.

Il fronçait les sourcils au-dessus de l'asphalte.

– Tu n'as pas besoin du Dr Arnoux ? lui demandai-je, frôlant l'indignation. D'accord, renvoie-le. Ce n'est pas moi qui l'ai engagé, ni qui ai amorcé cette discussion. La question est réglée.

« Si tu fais ça, j'abandonne à l'instant. », pensai-je.

Konrad m'écouta et se tut. Mais cette nuit-là, nous dormîmes le dos tourné.

Le lendemain, je prenais un café au comptoir de la cuisine quand il arriva dans son costume sombre, fleurant l'Eau d'orange Verte.

– Tu comptes venir en Corse avec moi cet après-midi ? s'enquit-il en introduisant une capsule dans la Nespresso et en appuyant sur le bouton de la cafetière.

– Je t'ai dit que j'avais beaucoup de travail, lui répondis-je aigrement, me cachant derrière ma tasse.

Sans vouloir s'asseoir, Konrad but son café d'un trait.

– De là-bas, j'irai directement à Madrid et tu devrais m'accompagner. Ici, tu ne fais plus rien que tu ne puisses faire depuis la maison.

Cette attitude arrogante m'indigna. Je remontai mes lunettes et le regardai fixement.

– Tu n'as aucune idée de ce que je fais ici, Konrad. Alors laisse-moi décider quand je dois rentrer à Madrid.

Konrad jeta sa tasse de café si fort dans l'évier qu'elle se brisa en miettes.

– Jusqu'à un certain point, tant que tes décisions ne me coûtent pas d'argent, déclara-t-il avant de sortir de la cuisine et d'abandonner la scène de la dispute sans me donner le temps de répliquer.

J'entendis la porte claquer quelques secondes plus tard.

Octobre 1943

À partir de juillet 1942, les autorités de Vichy autorisent la déportation d'enfants juifs âgés de moins de treize ans. Les convois partent de Drancy, où les enfants passent auparavant plusieurs jours entassés dans des baraquements, presque entièrement privés d'eau et de nourriture, sales et malades. Quand ils doivent partir à Auschwitz, on les réveille à cinq heures du matin, certains pleurent et il faut les faire descendre de force dans la cour où a lieu l'appel – certains sont si petits qu'ils ne connaissent même pas leur nom –, et on leur prend le peu qu'il leur reste, gourmettes et boucles d'oreille en or, avant de les pousser dans un wagon destiné au transport du bétail, plongé dans l'obscurité. À la fin de l'Occupation, onze mille quatre cents enfants juifs avaient été déportés depuis la France. Seuls trois cents d'entre eux échappèrent à la mort.

Quand Jacob fut pris en charge par le Dr Vartan, la vie de Sarah entra dans une étrange phase d'espoir. Après avoir navigué pendant des mois au milieu de redoutables tempêtes successives qui lui projetaient des paquets d'eau au visage, ne lui laissant guère le temps de respirer, le vent avait faibli, le ciel s'était ouvert et les eaux s'étaient calmées comme celles d'un lac : sans terre en vue, son bateau flottait sur les eaux, tranquille et solitaire… Trop tranquille et solitaire peut-être, presque abandonné.

Les gens continuaient à disparaître pour ne pas revenir ; les vivres continuaient à manquer, de plus en plus ; les coupures d'eau, d'électricité et de gaz se succédaient de plus en plus fréquemment ; les nuits étaient de plus en plus sombres ; la faim, la maladie et la mort, plus présentes… La dégradation de Paris était de plus en plus évidente, et la souffrance des Parisiens, de plus en plus grande.

Son ventre grossissait, Jacob était toujours malade et tourmenté, la Gestapo restait une menace, Georg von Bergheim ne donnait toujours pas signe de vie… Sarah allait devenir folle si elle restait plongée dans cette routine au calme apparent, se demandant en permanence quand son bateau essuierait une nouvelle tempête.

Par chance, Carole Hirsch était là, sensée et aimable, le genre de personne qui apporte de la sérénité dans toute vie. Elle commença par lui donner des nouvelles de Jacob : comment il allait, comment son état évoluait ; et elle lui apporta les premières lettres qu'il lui écrivait. Puis elle se soucia de sa grossesse : les douleurs au dos, les jambes gonflées et les brûlures d'estomac. La dernière chose qu'elle fit pour elle fut de lui donner une occupation pour égarer ses craintes.

Carole Hirsch vivait entièrement tournée vers les autres : le temps qu'elle ne passait pas à l'hôpital, elle le consacrait à la Résistance. Elle n'avait ni famille ni d'autre vocation que d'aider son prochain.

Elle appartenait à un groupe de personnes comprenant des médecins, des infirmières et d'autres personnes travaillant à Rothschild, religieuses et prêtres chrétiens, ou simplement bons Français qui avaient créé un réseau d'évasion pour des enfants juifs orphelins ou dont les parents avaient été transférés à Drancy comme première étape de la déportation.

Quand les femmes enceintes internées à Drancy arrivaient pour accoucher, les résistants modifiaient fréquemment les registres des naissances, et l'on donnait pour morts pendant l'accouchement des bébés qui ne l'étaient pas. D'autres fois, c'étaient les enfants de Drancy eux-mêmes qui étaient admis à l'hôpital pour des maladies dont ils ne souffraient pas. Puis on falsifiait les actes de baptême pour les faire passer pour chrétiens, on leur fabriquait une nouvelle identité avec de faux papiers et on les plaçait dans une nouvelle famille : à Paris même ou dans des fermes et des villages des environs, et parfois au-delà des frontières de France, de Suisse, d'Espagne et des États-Unis.

Sarah ne tarda pas à s'impliquer dans ce travail. Son appartement était un lieu de transit idéal pour les enfants évadés de Rothschild, le temps de leur trouver une famille ou de les confier à un réseau qui se chargeait de les faire sortir du pays. Avec l'aide de Carole, elle les accueillait, les nourrissait, faisait leur toilette, les habillait et leur lisait des contes pour les endormir avant que d'autres ne les prennent en charge. Même les Matheus avaient fini par les rejoindre, et ils avaient recueilli un petit garçon de deux ans que Carole et les siens avaient fait sortir au dernier moment d'un wagon en partance pour l'est.

Parallèlement, l'état de Jacob semblait s'améliorer et le Dr Vartan se montrait très optimiste quant à son évolution. Le jeune homme avait reçu de très fortes doses de cocaïne, mais l'exposition avait été brève et concentrée, le médecin escomptait donc que les dégâts neurologiques ne seraient pas très graves. Et puis, comme il n'avait plus accès à la drogue ni d'occasions de s'en procurer, cela n'irait pas plus loin. Le Dr Vartan s'était donc concentré sur les troubles du sommeil, de l'appétit et de l'esprit dont souffrait le jeune homme terrassé par son syndrome d'abstinence. La plus grande préoccupation du docteur était le désir d'automutilation et les tendances suicidaires dont Jacob témoigna depuis le début, de même que le fait que la cocaïne avait affecté son cerveau sur le plan biologique, provoquant chez lui une dépression endogène chronique. Aussi avait-il décidé de consacrer tous ses efforts à traiter la dépression du jeune homme. Il aurait aimé avoir à sa disposition les moyens dont il disposait à Sainte-Anne, pouvoir lui faire passer un encéphalogramme ou lui appliquer des électrochocs. Or, il devait se contenter des moyens dont il disposait, principalement la psychothérapie et les traitements à base de vitamine B1 et de carbonate de lithium qu'il subtilisait à l'hôpital avec l'aide du Dr Wozniak.

À chaque fois que le Dr Vartan parlait de tout cela avec un grand enthousiasme à Sarah, cette dernière l'écoutait très attentivement, mais elle n'y comprenait presque rien. Cela n'avait pas d'importance ; ce qui était réellement encourageant était le message final : « Jacob répond bien au traitement et progresse plus vite que prévu, Mademoiselle Bauer. Je suis sûr qu'il va récupérer entièrement. »

Sarah le constatait dans les lettres que Jacob lui envoyait par l'entremise de Carole Hirsch. Elles étaient de plus en plus longues et il s'y montrait de plus en plus animé. Dans la dernière, il lui disait que le Dr Wozniak lui apprenait à fabriquer de faux papiers pour la Résistance : effacer des cachets et les remplacer par d'autres, retirer des photos sans abîmer le papier, imprimer de nouveaux documents, imiter des signatures, modifier des dates… Ce travail l'amusait et lui redonnait le sentiment d'être utile.

Sa lettres se terminait par les mots habituels : « La seule douleur qui dure, Sarah, est de ne pas te voir. Tout ce qui me manque maintenant, c'est toi. »

Mais Sarah, avec l'approbation du Dr Vartan, avait décidé de ne pas le revoir avant d'accoucher.

*

Elle n'avait pas rendu visite à la comtesse depuis des mois. La librairie et les enfants qu'elle cachait occupaient pratiquement tout son temps. Et puis, elle ne voulait pas aller la voir, elle ne voulait pas se trouver dans l'obligation de lui annoncer sa grossesse.

Elle pensait attendre le dernier mois, quand son ventre serait si gros et son état si évident que les paroles seraient inutiles. Ce qu'elle fit.

Elle ne s'attendait pas à voir la comtesse témoigner de la joie, peut-être juste de la surprise, mais pas du mépris.

– Alors c'est pour ça que tu n'es pas venue me voir depuis si longtemps… lui dit-elle en l'accueillant dès qu'elle l'eut devant elle et vit son ventre.

Sarah préféra ne pas répondre.

– C'est honteux… Et insensé, ajouta-t-elle en faisant une grimace. Heureusement que ton père n'est plus là pour voir ton manque de dignité et de sens commun.

La comtesse savait quels mots utiliser pour faire le plus de mal possible. Mais Sarah ne tenait pas sa grand-mère en assez haute estime pour que la vieille dame pût prétendre la blesser à sa guise.

– Mon père était une très bonne personne. Il n'aurait pas applaudi à ma légèreté ni à mon imprudence, mais il aurait su apprécier la valeur de la vie quand tout ce qui nous entoure n'est que mort et destruction.

Ne trouvant rien à répondre, la comtesse prit un air dédaigneux avant de lui demander :

– Sers le thé, veux-tu ? Et dis-moi, si tu le sais, qui est le père de l'enfant.

Sarah ôta son manteau et prit la théière. Elle attendit d'avoir rempli les deux tasses pour satisfaire la curiosité de la vieille dame tout en se demandant pourquoi elle s'était soumise volontairement à ces railleries.

– Jacob, révéla-t-elle presque avec orgueil, sachant à quel point cela allait la contrarier.

Elle ne s'était pas trompée. Sa grand-mère haussa la fine ligne de khôl que constituaient ses sourcils et répéta sur le ton avec lequel elle aurait parlé d'une chose répugnante :

– Jacob... ? Mon Dieu ! Non seulement il est juif, mais c'est un simple valet d'écurie. À quoi pensais-tu donc, ma petite, en te laissant séduire par un homme aussi vulgaire, grossier et désagréable ?

Sarah laissa stoïquement passer l'averse. Elle n'avait pas l'intention de se disputer avec sa grand-mère, de lui donner ce plaisir. Elle se borna à boire son thé à petites gorgées en restant impassible.

– Le père de mon arrière-petit-fils, un domestique ! Je n'arrive pas à y croire...

– Il m'a sauvé la vie, plaida Sarah en faveur de Jacob. Et il a sauvé le joyau de la famille.

– Il est évident que tu as péché par excès de reconnaissance.

– Eh bien... Il est temps que ce fameux tableau cesse de coûter des vies et commence à en donner, vous ne croyez pas ? fit-elle sur un ton ironique en caressant son ventre bombé.

– Tu fais décidément preuve d'une légèreté préoccupante, jeune fille. J'espère que tu n'auras pas à le regretter à l'avenir et que cet homme sans culture, sans formation et sans éducation ne finira pas par te gâcher l'existence.

Sarah haussa les épaules.

– Nous pouvons tous commettre des erreurs. Et certains les paient toute leur vie...

La comtesse approcha ses yeux mi-clos du bord de la tasse. Elle avait saisi l'intention des paroles de Sarah. Cette fille était astucieuse et audacieuse. Un reflet d'elle-même avec un meilleur fond : la vie ne l'avait pas encore assez pervertie.

– Quel dommage, Sarah. Avec ta beauté et ton intelligence, tu pourrais prétendre au meilleur. Ton seul défaut est d'être encore naïve... et juive. Paris est aujourd'hui remplie d'hommes extraordinaires, cultivés, intègres et bien élevés… Comme le commandant von Bergheim…

Sarah sursauta en entendant ce nom franchir les lèvres de la comtesse.

– Le commandant von Bergheim ?

– Exactement. Tu vois de qui je veux parler, n'est-ce pas ?

Sarah acquiesça. Bien sûr, qu'elle voyait… Mon Dieu… ! Il ne se passait pas un jour sans qu'elle pensât à lui.

Qu'était devenu le commandant ? La terre l'avait-elle englouti ? Ou les siens… ? Sarah était parvenue à se convaincre que les choses avaient mal tourné : la ruse du faux tableau n'avait pas marché et Georg en avait subi les conséquences. On avait dû le relever de ses fonctions et il était peut-être soumis à un conseil de guerre. À cette seule pensée, Sarah en avait un nœud à l'estomac et une douleur à la poitrine lui coupait la respiration… « Non… si c'était le cas, la Gestapo aurait déjà frappé à ma porte. », se disait-elle. Alors seulement, elle pouvait chasser les fantômes et commencer à se sentir mieux. Mais Georg, Georg von Bergheim ne disparaissait jamais de sa tête.

Elle savait bien sûr qui il était. La question était de savoir comment la comtesse était au courant. Comment pouvait-elle n'avoir aucune nouvelle de lui depuis des mois et recevoir la première des lèvres de sa grand-mère ?

– Il m'a rendu visite il y a quelques jours, précisa la comtesse. Nous avons pris le thé et bavardé. L'après-midi fut très agréable, il est lui-même très agréable. Un vrai gentleman.

Il était inutile que la comtesse lui vante les louanges de Georg von Bergheim. Elle les connaissait par cœur. Ce qu'elle ne comprenait pas, c'était la raison pour laquelle il était venu la voir.

– Que voulait-il ?

– Tu n'as pas besoin de te montrer aussi dure, jeune fille. Il n'a pas tari d'éloges sur toi. Et tu aurais dû m'en parler avant lui.

Sarah commençait à désespérer. Où sa grand-mère pouvait-elle bien vouloir en venir ? Pourquoi Georg von Bergheim avait-il souhaité la voir ? Elle faisait de gros efforts pour se retenir et se mordre la langue, pour ne pas saisir la comtesse par le revers de sa robe et exiger des explications.

– Je doute qu'il ne soit venu que pour parler de moi, marmonna-t-elle.

– Effectivement, il ne venait pas pour toi. Il venait pour *L'Astrologue.*

Le cœur de Sarah bondit. *L'Astrologue* ? Voulait-elle dire… que tout avait été une ruse du commandant ? Il l'avait amadouée, séduite et embobinée pour obtenir d'elle la seule chose qu'il voulait : des informations sur l'endroit où se trouvait le tableau. Et, comme une imbécile, elle était tombée dans le piège. « Je n'aurais pas pu te le donner, même si je l'avais voulu, Georg. Ce n'est pas moi qui l'ai, mais ma grand-mère : la comtesse de Vandermonde », lui avait-elle avoué comme une idiote tandis qu'il la caressait sous le menton.

– Je ne comprends pas ta surprise, Sarah. Vous n'en aviez pas parlé ? Quelle honte d'avoir dû l'apprendre par le commandant parce que tu n'avais pas daigné m'en informer !

Sarah ne croyait pas à la frivolité de la vieille dame. Cette vieille folle était capable d'avoir remis au commandant le tableau emballé dans du papier cadeau. Simplement parce qu'elle le considérait comme un homme charmant, un vrai gentleman, un Allemand cultivé, intègre et bien élevé, un de ces nazis qu'elle aimait tant voir dans les rues de Paris.

– Vous le lui avez donné ? se risqua à demander Sarah, effrayée par cette insinuation. Vous lui avez donné *L'Astrologue* ?

La comtesse fronça les sourcils.

– Bien sûr que non. Essentiellement parce qu'il ne me l'a pas demandé.

Sarah était désemparée. L'indignation qui avait commencé à brûler en elle s'éteignit subitement, laissant une colonne de fumée qui masquait tout.

– Alors…

– Il m'a parlé de la falsification. Quel amusant stratagème ! C'est tellement ingénieux… ! Osé, mais ingénieux. Je n'ai pas encore compris pourquoi le commandant était disposé à courir ce risque et à abuser les siens mais, en fin de compte, ce ne devrait pas être à moi de l'en dissuader, c'est évident.

Pendant que la comtesse parlait, Sarah livrait sa propre lutte intérieure, dans laquelle Georg von Bergheim s'était transformé en une sorte de cavalier blanc qui traversait le champ de bataille pour changer de camp, pour revenir à ses côtés.

– Il semble que faire passer le faux tableau pour le bon ne soit pas aussi facile qu'il le pensait, poursuivit la comtesse. Les experts de Himmler sont en train de le soumettre à des tests, des études et des analyses. C'était pour cela qu'il voulait me voir, parce qu'il avait besoin que je lui en parle, que je lui donne des détails sur *L'Astrologue* et son histoire pour renforcer ainsi sa crédibilité et son autorité devant les siens.

– Mais… pourquoi n'est-il pas venu me voir ?

Sarah ne posait pas la question à la vieille dame.

– Je l'ignore. Tu devrais pouvoir répondre toi-même à la question…

La comtesse ferma à demi les yeux. Son regard astucieux et malintentionné devint encore plus sagace. En silence, elle semblait ruminer une pensée retorse.

– Écoute, Sarah, je suis vieille, mais pas stupide, dit-elle enfin… C'est peut-être pour cela que je vois ce que d'autres ne veulent pas montrer… L'espace d'un instant, aujourd'hui, quand je t'ai vue arriver avec ce gros ventre, j'ai conçu certains espoirs sur l'identité du père de l'enfant… Mais bien sûr, tu es une jeune fille juive. Et c'est terrible, même pour une personne telle que le commandant von Bergheim.

Sarah pâlit.

« Quand te reverrai-je ? », lui avait demandé Georg après l'avoir embrassée comme si cela avait été la dernière fois… en sachant que c'était la dernière fois. Ils ne se reverraient pas et il le savait… Elle aurait dû le savoir elle aussi : non seulement elle était juive, mais elle portait l'enfant juif d'un autre homme juif… On a beau désirer certaines choses, elles ne se produiront jamais.

Sarah était très mécontente en rentrant chez elle ce soir-là. Contre Georg qui n'avait pas voulu venir la voir, mais surtout, contre elle-même. Car, au cas où sa vie n'aurait pas été suffisamment compliquée, elle avait été assez stupide pour tomber amoureuse de Georg von Bergheim. Parce que la pensée de ne plus le voir lui était douloureuse comme une blessure ouverte. Parce qu'il lui manquait beaucoup et qu'elle aurait souhaité qu'il soit là pour la prendre dans ses bras et lui dire que tout irait bien. Parce que cela ne se produirait jamais, et ne devait jamais se produire.

À la tombée de la nuit, Sarah était toujours contrariée et elle commença à sentir son ventre durcir comme la pierre, se tendre comme si sa peau allait se déchirer. Fatiguée et mécontente, elle alla se coucher.

Les premières douleurs la réveillèrent à l'aube. Au début, elles n'étaient pas très fortes, Sarah se dit qu'elle pouvait les supporter et essaya de se rendormir. Mais peu à peu, elles commencèrent à se succéder à une fréquence plus rapprochée et plus intense, tels des coups de fouet qui lui cinglaient les reins et descendaient sur son ventre, lui coupant la respiration.

Sarah commença à s'inquiéter, elle ne comprenait pas ce qui lui arrivait. Le terme était dans deux semaines, elle ne pouvait pas accoucher maintenant… Ou si ? Comment savoir… ? Elle n'osa pas sortir pour aller chercher de l'aide en plein couvre-feu. Elle décida de rester allongée, escomptant que les douleurs diminueraient avec le repos.

Mais ce ne fut pas le cas. Au contraire, elles redoublèrent, au point de devenir insupportables, jusqu'à lui tirer des larmes et lui donner envie de crier de désespoir, pensant qu'elle allait se briser en deux.

À l'aube, Sarah comprit la situation. Son enfant arrivait. Le dimanche, la librairie était fermée, et ni les Matheus ni personne ne passerait. Elle ne s'estimait pas capable non plus de gagner la rue. Elle avait du mal à se traîner pour atteindre la porte et demander de l'aide dans un immeuble vide. Personne ne viendrait à son aide. Sarah allait devoir affronter cela seule. Et elle eut peur, très peur.

Si elle avait cru un jour que Dieu l'avait répudiée à cause de ses péchés, ce jour-là, elle comprit que Sa miséricorde était infinie et qu'il lui avait pardonné. Juste au moment où Sarah perdait les eaux, Carole frappa à la porte. Elle lui apportait les papiers de quelques enfants que la jeune fille allait accueillir le lendemain. Elle les avait cachés dans des paquets de farine qui nourriraient en même temps les petits. Dès que l'assistante sociale eut franchi le seuil de l'appartement, elle comprit ce qui arrivait. Elle laissa tomber la farine sur le sol et allongea immédiatement Sarah sur le lit, lui écarta les jambes et l'explora. Elle constata avec horreur que le col était presque entièrement dilaté et qu'en introduisant les doigts jusqu'à la deuxième phalange seulement, elle pouvait toucher la tête du bébé.

Elle n'avait pas le temps de l'emmener où que ce fût, ni même de demander de l'aide. Elle allait devoir se débrouiller seule pour l'accouchement. Elle n'était pas sage-femme, mais elle avait souvent prêté main-forte à la maternité de Rothschild. En essayant de se calmer, Carole se dit qu'elle pourrait y arriver.

Elle regarda Sarah, le visage contracté par la douleur et sillonné de larmes et de sueur, qui serrait les dents pour ne pas crier.

– Crie, Sarah, crie. Détends-toi… D'ici peu, tu auras ton enfant dans les bras… Maintenant, ne pousse que quand je te le dirai…

Et Sarah poussa avant de crier.

Tout commença par deux nouvelles

J'étais abattue depuis le début de la semaine. À la scène avec Konrad, qui avait mis sa menace à exécution, partant à Madrid dans un silence administratif qui durait depuis quatre jours déjà, s'ajoutait le fait que l'enquête était entrée dans une phase d'inactivité ennuyeuse et qu'Alain était très pris par des séminaires du soir à l'université, de sorte que nous nous voyions à peine. Comme si la malédiction de Konrad était tombée sur moi, j'avais passé la plus grande partie de la semaine à ne rien faire, ses odieuses prophéties s'accomplissaient ; je le détestais pour cela et je n'allais pas lui donner raison, ne fût-ce qu'en partie, en rentrant à Madrid. Je ne voulais absolument pas y rejoindre Konrad. Du moins pas le Konrad des dernières semaines : irascible, hermétique, agressif, faisant preuve de déséquilibre dans ses réactions.

Je réfléchis mille fois à ce changement. Parfois, je l'excusais : j'imputais son comportement au stress et à l'excès de travail. Mais d'autres fois, je préférais ne pas l'excuser. J'avais changé moi aussi : je me sentais plus forte et plus sûre de moi ; être à la hauteur de ses espérances ne m'ôtait plus le sommeil, mais le souvenir de son expression féroce et de ses gestes violents, si curieusement fréquents ces derniers jours, y parvenait.

Je ne quittai pas de la semaine les vêtements avec lesquels je traînais à la maison ni mes lunettes, et je me consacrai exclusivement à regarder la télévision et à enchaîner compulsivement les paquets de chips tout en me demandant où pouvait bien mener ma relation avec Konrad. Ces symptômes n'étaient guère engageants ; de là au Prozac, il n'y avait qu'un pas.

Quoique, si j'avais imaginé ce qui m'attendait avant la fin de la semaine, j'aurais essayé de profiter davantage de mon survêtement, de mes lunettes, de ma télévision et de mes paquets de chips.

Tout commença par deux nouvelles qui me tirèrent du cercle d'abandon et de mélancolie dans lequel j'étais tombé.

La première arriva le jeudi après-midi, quand je reçus un appel de Teo.

– Ana, ma chérie, prépare ton canapé-lit, je viens ce week-end.

Cela suffit à m'encourager. Ce serait génial de passer le week-end avec lui : faire du shopping, avoir de longues discussions entre copines, dire pis que pendre de Konrad en toute liberté, aller nous saouler dans les bars et regarder les fesses des plus beaux Français de Paris. Savoir que Teo serait avec moi pendant tout le week-end était juste ce qu'il me fallait pour égayer ma journée, je n'avais pas besoin d'autres explications. Bien sûr, il n'aurait pas été lui-même s'il ne me les avait pas données, avec tous les détails.

– Tu sais, Toni part vendredi à Bilbao. Il m'a proposé de l'accompagner, mais je n'ai pas du tout envie de me taper les cinq cents kilomètres de sa foutue mère. Au sens propre du terme : Toni va voir sa mère, sa foutue mère. Et moi, je te dis que je n'irai pas à la maison de l'*ama*[1], à faire semblant et à dormir dans des chambres séparées comme si de rien n'était parce qu'une vieille qui sent la naphtaline refuse d'admettre que je ne suis pas que le colocataire de son fils, alors que je baise avec lui aussi souvent que je peux, ce dont je me sens très fier,

1. Terme basque pour désigner la mère.

au passage. Alors je lui ai dit : « Dis, mon joli, tu vas voir tout seul ta sorcière de mère, c'est pour ça qu'elle t'a fait et que tu dois la supporter. Moi, chéri, je vais voir ma reine et prendre un bain de glamour à Paris. » Résultat, j'ai pris un billet avec mes miles, et demain, je serai à Orly à dix neuf heures trente, s'il n'y a pas de retard. J'espère que tu auras la délicate attention de venir me chercher…

Le second événement survint le vendredi après-midi, quand j'étais en route pour Orly afin d'aller chercher Teo, au milieu d'un embouteillage monstre sur le périphérique. Du coin de l'œil, je vis s'allumer la lumière rouge du BlackBerry : j'avais un e-mail.

Je profitai du fait d'être immobilisée et de m'ennuyer pour le lire : il provenait du Bureau du livre foncier du Bas-Rhin, l'équivalent alsacien du cadastre, où nous avions effectué la recherche concernant la consultation sur la maison des Bauer aux environs de Strasbourg, à Illkirch-Graffenstaden.

Je l'ouvris avec impatience : après avoir interrompu mes recherches pendant presque une semaine, quelle surprise allais-je trouver ?

Il y avait une pièce jointe : *une copie immeuble*, une simple note contenant toute l'information sur la propriété des Bauer qui était consignée dans le Livre Foncier. Malheureusement, je ne pouvais pas l'ouvrir avec le BlackBerry. Impatiente de savoir ce qu'il contenait, j'appelai donc Alain.

Il répondit en murmurant.

– Bonjour… Tu peux parler ?

– Je suis au séminaire. C'est urgent ?

– Non… Enfin, j'ai reçu la réponse du Livre Foncier, mais je suis en voiture et je ne peux pas ouvrir la pièce jointe. C'était au cas où tu aurais pu, mais je vois que non.

– Je t'appelle dès que j'aurai fini, d'accord ?

– Oui… À plus tard.

Déçue, je me laissai tomber sur le volant. Ma curiosité allait devoir attendre.

Par chance, l'avion de Teo n'eut pas de retard et il m'attendait, ponctuel, à la sortie de la zone d'embarquement.

Nous nous enlaçâmes. Il y avait si longtemps que personne ne m'avait prise dans ses bras que l'étreinte musclée et robuste de mon ami me ravit et que je souhaitai la voir se prolonger ne fût-ce qu'une minute de plus. Mais Teo était pressé de profiter du week-end.

– Tu es en retard, ma vieille.

– Va dire ça à tous les Français qui ont la fâcheuse manie de passer le vendredi soir sur le périphérique… Allons-y, j'ai laissé ma voiture au parking.

Il poussa son chariot en me suivant.

– Ouh, tu es venue en voiture et tout. Je vois que tu es parfaitement installée.

– C'est celle d'Alain. Je la lui ai empruntée pour te servir de chauffeur, répliquai-je sur un ton moqueur.

– Une raison plus que suffisante. Tu sais que j'ai une incapacité absolue à me déplacer dans les transports en commun. Je me perds dans le métro de Madrid, où je comprends tout ce qui est écrit, alors imagine ici ! J'aurais passé le week-end sous terre, comme une taupe sans GPS. Nom d'un chien ! s'exclama-t-il sans reprendre sa respiration dès que nous arrivâmes sur le parking. Jure-moi par toutes les liposuccions que je ne me suis pas fait faire et celles que je dois faire qu'il ne s'agit pas de la voiture avec laquelle tu es venue.

Si, c'était elle. Et pour le lui prouver, je pris les clés et ouvris le coffre.

– Et alors ? C'est un véhicule *vintage*, une 2 CV, ni plus ni moins.

– Jaune, ma chérie. Une 2 CV jaune poussin. Ce que j'ai vu de plus vulgaire de ma vie. Et c'est avec ça que tu comptes draguer ? On va nous prendre pour des hippies !

– Eh bien justement, fais l'amour, pas la guerre, dis-je en lui montrant le coffre ouvert pour qu'il y mette sa valise.

Teo m'adressa une grimace moqueuse, mit sa valise dans le coffre et je le refermai, non sans difficulté parce qu'il avait du jeu. Nous nous assîmes dans la voiture, à l'intérieur de laquelle tout craquait et grinçait.

– Maintenant, je sais exactement ce que ressentent les pépins dans un citron. Il y a une odeur bizarre, dit-il en reniflant.

– Elle est vieille.

– Et sale !

– Eh bien, Alain ne s'en sert pratiquement pas…

À cet instant, mon téléphone sonna.

– Tiens, quand on parle du loup… Je vais répondre… Bonjour…

– Bonjour ! Où es-tu ?

– Je sors de l'aéroport avec Teo. Au fait, il est amoureux de ta voiture…

Les traits de Teo se contorsionnèrent en silence.

– Pourquoi est-ce que tu parles en espagnol ?

– J'étais avec Teo.

– Dis, je te rappelle, si tu es au volant.

– Non, non, on est sur le parking. Raconte-moi…

– Je viens de sortir du séminaire. Je voulais aller à mon bureau, mais je suis assez fatigué et j'ai envie de rentrer chez moi. Tu pourrais venir chez moi et on voit ça ensemble ?

– Je ne sais pas. Attends… Alain demande si je peux passer chez lui pour quelque chose qui concerne l'enquête.

– Eh bien tu lui dis non, bien sûr. Que ce week-end, c'est juste pour s'amuser et pour les filles, répliqua-t-il, très digne.

– Ne sois pas grossier, Teo. Il y en a pour une minute. On a attendu ça toute la semaine. Je te promets que le reste du temps te sera entièrement consacré, sans interruption, dis-je en lui adressant un sourire irrésistible. Il finit par céder.

– D'accord, mais après, que ton Français se débrouille ! Si on l'a tout le temps sur le dos, il va nous casser les pieds.

Je lui souris et repris Alain.

– Je viens tout de suite. Juste le temps d'arriver, il y a beaucoup de circulation.

– Oui, un vendredi soir… Je vais certainement en profiter pour prendre une douche avant ton arrivée. Si je n'ai pas fini quand tu arrives, je laisserai la clé sur la porte, posée sur le chambranle. Entre sans sonner.

– D'accord. À plus tard.

– O.K. À tout à l'heure…

Je raccrochai.

– Bon, alors ? Tu te l'es fait, ou pas ?

– Tu es bête, Teo, répliquai-je sans me troubler. Connaissant Teo, il n'y avait pas de raison.

– Mais tu te l'es fait ? Je dis ça, parce que je sens une certaine… électricité dans l'air.

– Non.

Je démarrai, pour voir si j'arrivais à le faire taire.

– Eh bien, ce n'est pas faute d'avoir eu le temps, ma jolie.

Je soupirai, découragée, tout en tentant de sortir du parking sans m'énerver.

– Je n'ai aucune intention de me le faire, comme tu dis, c'est tout. Tu ne comprends peut-être pas, mais je n'ai pas besoin de séduire tous les hommes que je connais.

– Pas tous. Juste les beaux gosses.

– Ça va, Teo, on ne va pas y passer le week-end. Je ne me suis pas fait Alain et je ne me le ferai pas. Changeons de sujet.

Teo fit un geste très caractéristique qui consistait à baisser le menton jusqu'à se toucher le cou et qui comportait un ironique « comme tu voudras, chérie » et, merci mon Dieu, il changea de sujet. Il en évoqua de nombreux autres pendant le trajet car il était capable de parler de n'importe quoi, y compris de ce qu'il ignorait ; il parlait pour parler.

Novembre 1943

L'armée allemande expulsée d'Afrique du Nord et l'Italie hors-jeu, les Alliés étaient prêts à ouvrir un deuxième front à l'ouest. Churchill, Roosevelt et Staline se réunissent à la conférence de Téhéran afin de planifier l'invasion de la France occupée, opération connue sous le nom d'« Opération Overlord » et dont le point culminant fut le débarquement de Normandie le 6 juin 1944.

« Décris-moi le tableau, Sarah… », lui avait-il demandé la dernière fois où ils s'étaient vus. Ils étaient à l'arrière de la librairie, allongés à demi nus entre des piles de vieux livres, dans le bruissement de l'encre et de papier et une lumière faible voilée de poussière. L'atmosphère avait quelque chose de magique, du moins dans ses souvenirs.

Elle lui avait embrassé le torse et avait levé ses immenses yeux verts félins pour le regarder…

Mon Dieu, comme elle lui manquait ! se lamenta-t-il, un tube de Pervitin entre les mains. Il l'ouvrit et en sortit un comprimé. Il n'avait pas pris de méthamphétamines depuis des années. Il avait arrêté en quittant le service actif, et il avait aussi arrêté la morphine et l'Eukodal. Il ne voulait pas de médicaments. Ceux-ci l'avaient détruit, annihilant sa volonté et sa résistance. Il avait commencé à prendre du Pervitin en entrant chez les SS, pendant la campagne de Pologne. Comme pour tout le monde, cela faisait partie du paquetage : des méthamphétamines qui maintenaient la troupe éveillée, euphorique et sur le qui-vive pour affronter la dureté du combat. Personne ne disait qu'elles étaient mauvaises pour la santé, mais il avait l'impression que plus il en prenait, plus il lui en fallait, et cela ne pouvait être bon. Plus tard, quand il fut blessé en France, on lui injecta la première dose de morphine. Ce fut cet abruti de médecin, celui qu'il avait dû menacer à la pointe de son arme pour qu'il ne lui coupe pas la jambe. Puis il y eut d'autres doses de morphine et d'Eukodal pour les douleurs pendant la convalescence et la rééducation… Il était dépendant de cette merde pour se lever de son lit ou simplement pour être de bonne humeur. Un jour, il refusa de continuer. Il refusa de laisser ces foutus médicaments contrôler sa vie et les jeta tous à la poubelle. Les semaines suivantes furent un calvaire fait d'angoisse et de douleur, l'épreuve du feu pour sa volonté. Mais le temps passa… Et depuis lors, il n'avait pris que de l'aspirine et un verre de temps en temps, à chaque fois qu'il avait trop mal au genou.

Pourtant, ce jour-là, il était descendu du train qui le conduisait en Westphalie avec une nouvelle obsession, se rendre au dispensaire pour s'y procurer du Pertivin ou tout autre médicament pour ses nerfs en vrille et son extrême fatigue.

Georg observa le comprimé dans la paume de sa main…

Il se sentait épuisé, physiquement et moralement ; harcelé par les tensions, les responsabilités et les dilemmes moraux. Depuis qu'il avait apporté le faux tableau à Himmler, la pression augmentait. Depuis qu'il avait décidé de ne pas revoir Sarah, il se consumait de tristesse.

– Décris-moi le tableau, Sarah…

– Tu ne préfères pas le voir ?

– Je n'en ai pas besoin…

Quelle importance, de savoir comment il était en réalité ? Personne ne l'avait vu auparavant, il serait facile de le faire passer pour authentique, de les duper…

Il l'avait cru. Or, tout avait été remis en question depuis le moment où Georg était arrivé à Wewelsburg, le faux *Astrologue* sous le bras. Hormis le rapport très exhaustif que Georg avait dû rédiger sur l'origine, la provenance, la nature et l'histoire de *L'Astrologue* et son enquête, les experts de l'Ahnenerbe avaient analysé, étudié et disséqué le tableau sous le regard inquiet et angoissé de Georg qui, à force de retenir sa respiration, crut s'étouffer. Se retrouver cloîtré à Wewelsburg, dans cette ambiance oppressante et sombre, sous l'examen constant de Himmler et de ses hommes, en sachant que le tableau était un faux, revenait à tenir une grenade dégoupillée sans pouvoir la lancer. Il n'avait jamais ressenti auparavant ce harcèlement psychologique, ce trouble paranoïaque qui le mettait hors de lui : il ne pouvait ni dormir, ni manger, ni réfléchir sereinement.

Heureusement, le faussaire que lui avait recommandé Lohse était non seulement bon, mais excellent : c'était un maître. Les deux Rembrandt et le Vermeer que lui avait coûtés le travail avaient été bien employés. Georg lui-même avait été émerveillé par la qualité du faux la première fois qu'il l'avait vu : la patine, l'exécution, les couleurs, le trait… Le tableau aurait pu être peint par Giorgione en personne ; même le cadre et la toile étaient du XVe siècle.

Mais il y avait une grande différence entre une inspection visuelle et les tests de laboratoire auxquels on le soumit : l'analyse des pigments et les rayons X. Ce fut difficile, mais il y parvint : les experts de l'Ahnenerbe le considérèrent comme authentique après des semaines d'analyses.

Les nerfs de Georg en avaient été irrémédiablement atteints…

Il joua avec le comprimé de Pervitin entre les replis de sa main…

– Décris-moi le tableau, Sarah…

– Tu ne préfères pas le voir ?

– Je n'en ai pas besoin… Je veux juste que tu me le décrives…

Quand Sarah parlait d'art, les deux plus belles choses du monde s'unissaient en une seule et Georg connaissait un plaisir presque sexuel, une extase indescriptible, comme celle dont il gardait le souvenir lors des promenades à Illkirch.

Renoncer à Sarah était douloureux, comme un syndrome de manque dans une addiction. Mais Georg devait renoncer à elle. Il le devait, car il l'aimait. Que pouvait-il lui offrir d'autre que souffrance et tristesse ? Il était non seulement un homme marié avec des enfants qui trahissait sa famille en l'aimant, ainsi que sa patrie et son Führer, et il ne s'écoulerait guère de temps avant que Georg, le héros militaire décoré et acclamé, ne tombe en disgrâce et ne finisse devant le peloton d'exécution. Il ne pouvait entraîner Sarah à sa suite… Au contraire, il devait la sauver avant de tomber.

– Avec tous mes respects, mon *Reichsführer*, je ne crois pas nécessaire de la déporter. Ce n'est qu'une jeune Juive insignifiante. Nous avons le tableau, qu'elle nous dise tout ce qu'elle sait, et nous l'oublierons.

La veille, sans aller plus loin, il s'était risqué à contredire Himmler. Le *Reichsführer* voulait arrêter Sarah, l'interroger et la déporter dans un camp de concentration en Pologne une fois qu'elle ne leur serait plus utile.

Georg avait eu la chance qu'il soit d'une bonne humeur inhabituelle. Himmler lui avait adressé un sourire bienveillant avant de lui expliquer calmement :

– Une jeune Juive insignifiante ? C'est possible, *Sturmbannführer*. Les femmes et les enfants peuvent être insignifiants voire inoffensifs aujourd'hui. Mais réfléchissez bien : qui suis-je, quelle est mon autorité morale pour consentir à ce que nos enfants et les enfants de nos enfants subissent demain la vengeance des enfants et des enfants des enfants de ceux que nous nous trouvons aujourd'hui dans l'obligation de supprimer car ils sont une menace pour l'Allemagne ? Il serait inconvenant de ma part de succomber à une faiblesse morale et à des scrupules et de permettre que cela se produise. Il faut exterminer les ennemis de l'Allemagne, tous. C'est dur, je ne vais pas le nier, je suis humain après tout. Il s'agit probablement de la décision la plus difficile que nous ayons eu à prendre, mais quelqu'un doit le faire. Je ne prétends pas que vous me compreniez, *Sturmbannführer*, contentez-vous d'exécuter mes ordres : l'accomplissement du devoir nous endurcit.

À cet instant, Georg eut la certitude de ce qui arrivait, de la réalité la plus cruelle. Ils étaient réellement en train de les tuer, tous ! De façon systématique, organisée et précise, l'objectif était d'éradiquer les Juifs de la surface de la Terre : hommes, femmes et enfants seraient exterminés sans distinction. Et le pire était qu'ils avaient la conviction absolue d'agir au nom d'une cause juste et suprême, tant leurs esprits étaient malades.

Georg devait prévenir Sarah : il devait l'aider à fuir le massacre. Il devait la revoir…

Il contempla une fois de plus le comprimé de Pervitin qu'il avait toujours en main… D'un mouvement rapide, il le mit soudain dans sa bouche. Il entra dans la salle de bains, ouvrit le robinet du lavabo et y but directement pour l'avaler. Puis il vida le reste du tube dans les toilettes et tira sur la chaîne.

Il sut qu'il regretterait tôt ou tard de s'être débarrassé des médicaments, mais il n'imaginait pas à ce moment qu'il se maudirait de l'avoir fait avant la fin de la journée.

Georg monta les marches quatre à quatre. Le Pervitin commençait à faire effet et il se sentait plein d'énergie, capable de faire n'importe quoi.

Il sonna chez Sarah. Personne ne répondit. Il insista. Il avait vu que la librairie était fermée et avait pensé que Sarah serait chez elle. Il appuya à nouveau sur la sonnette : le son qui resta sans réponse lui sembla agressif.

Où pouvait-elle être ? Chez sa grand-mère… ? L'heure du déjeuner était passée, elle allait bientôt devoir revenir ouvrir la librairie… Il frappa à la porte du bout des doigts, vigoureusement ; il agissait avec une énergie extrême, ne pouvant retenir sa force.

– Sarah !

Il frappa à plusieurs reprises, la dernière fois avec le poing.

– Sarah !

Alors il l'entendit : on aurait dit le miaulement d'un chat, le cri d'une mouette ou les pleurs d'un bébé… De quoi pouvait-il bien s'agir ?

– Sarah ! cria-t-il de toutes ses forces. Sarah ! Tu es là ? C'est Georg ! Ouvre-moi !

En fait, c'étaient les pleurs d'un bébé, admit-il, confus. Des pleurs de plus en plus nets et puissants.

Il frappa encore et sonna comme un forcené.

– Par tous les diables, Sarah ! Ouvre la porte !

Ces pleurs allaient le rendre fou. Il fit quelques pas en arrière et rassembla ses forces pour tenter d'enfoncer la porte.

À ce moment, la porte s'ouvrit lentement. Georg fut paralysé.

– Qu'est-ce que c'est ? Où est Sarah ?

Sans attendre de réponse, il poussa la porte ainsi que la femme inconnue qui se trouvait derrière et entra à grandes enjambées.

– Eh ! Que faites-vous, qui êtes-vous… ?

Marion aurait souhaité faire preuve de davantage de courage et de décision, mais elle avait très peur. Il n'était pas bon qu'un homme en uniforme SS cognât à la porte de qui que ce soit. Mais, en le voyant tourner en rond dans le salon, nerveux comme un loup affamé, elle le reconnut ; il avait été trahi par sa claudication. Cet homme était l'officier qui traquait Sarah dans tout Paris, qui passait des heures sous sa fenêtre et surveillait chacun de ses mouvements.

– Où est Sarah Bauer ? demanda-t-il, furibond.

Que devait-elle répondre ? se demanda Marion, angoissée. Que devait-elle faire de ce fou furieux qui s'était introduit dans l'appartement ?

Par l'embrasure de la porte de la chambre apparut Mme Matheus, la petite dans les bras, qui pleurait toujours, inconsolable, et continuerait tant qu'on ne lui donnerait pas à manger.

Les deux femmes se regardèrent et Georg les observa. La stupeur et la confusion régnaient entre eux.

Georg eut envie de sortir son arme et de tirer des coups de feu pour voir si ces femmes stupides réagiraient une bonne fois pour toutes.

– Que se passe-t-il ? Où est Sarah Bauer ? J'exige une explication ! Maintenant !

Mme Matheus, sans un mot, s'écarta, laissant libre l'entrée de la chambre. Georg comprit et, en deux enjambées, il traversa le salon et entra dans la pièce.

Les rideaux étaient entrouverts et il l'aperçut dans la pénombre, couchée dans le lit. Sarah ne bougea pas.

Georg prit peur : elle ne pouvait dormir avec tout ce bruit. Il courut vers le lit et s'y assit, espérant avidement voir un signe de vie sur son corps inerte.

Sarah respirait laborieusement et avait le visage baigné de sueur. Elle était vivante… Mon Dieu, elle était vivante ! L'émotion lui comprimant la poitrine, il murmura son nom et la caressa : elle était brûlante. Georg tenta d'essuyer la sueur de son front avec ses mains et elle entrouvrit les paupières.

– Georg… prononça-t-elle faiblement.

Marion n'en croyait pas ses oreille : Sarah venait d'appeler un officier SS par son prénom !

– Qu'est-ce qui t'arrive, Sarah ! Qu'est-ce que tu as ?

Le ton de Georg était pressant, désespéré.

Mme Matheus, qui observait la scène depuis le seuil, laissa le bébé dans les bras de Marion et s'approcha du lit.

– La petite est née la semaine dernière, commença-t-elle. Ici, à la maison. Un accouchement sans problème. Mais hier, Sarah a commencé à se sentir mal et, ce matin, elle a eu les premières hémorragies ; depuis, elle a de la fièvre, de plus en plus forte, et nous n'arrivons pas à la faire baisser.

Georg tenta de se calmer et de réfléchir avec fluidité, de ne penser qu'à ce qui était important.

– Il pourrait s'agir d'une infection… conclut-il. Il faut qu'un médecin la voie immédiatement…

– Mon mari est parti en chercher un, l'informa Mme Matheus en pensant au Dr Vartan. Mais il est sorti il y a dix minutes. Il va mettre du temps à revenir.

Georg fut catégorique :

– On n'a pas le temps. Ma voiture est là, je vais l'emmener à l'hôpital tout de suite.

Aussitôt dit, aussitôt fait. Georg prit Sarah dans ses bras et la souleva en l'air. Il vit le lit taché de sang et l'urgence sembla encore plus évidente.

– Aidez-moi à l'envelopper dans une couverture. Vite.

Les deux femmes le regardaient, stupéfaites. Mme Matheus hésita, Marion l'affronta directement.

– Eh, vous ne pouvez pas faire ça ! Qui êtes-vous pour l'emmener comme ça ?

– Vous préférez peut-être que je reste ici, au pied de son lit, à la regarder mourir ?

– Mais elle ne veut pas aller à l'hôpital ! Elle dit qu'ils vont l'arrêter !

Georg regarda Sarah, puis il la serra dans ses bras.

– Non. Ils ne le feront pas si je suis avec elle.

Marion resta sans voix.

Quand Mme Matheus eut fini d'envelopper Sarah dans une couverture, Georg se fraya un chemin vers la porte. Marion le suivait avec le bébé, inconsolable, dans les bras. Avant qu'ils ne partent, elle l'arrêta.

– Et la petite ? Que va-t-elle devenir sans sa mère ? Elle doit manger…

– Donnez-lui du lait de vache… dilué dans de l'eau.

– Du lait ? répéta Marion sur un ton goguenard et insolent. Depuis que les Allemands sont en France, les vaches françaises ne donnent plus de lait pour les enfants français.

En se contorsionnant, Georg s'arrangea pour passer la main dans la poche de son pantalon tout en tenant Sarah. Il en sortit deux billets et les posa d'un coup sur la table.

– Une femme à la langue aussi bien pendue n'aura certainement aucun problème à se procurer du lait avec ça.

Georg disparut par la porte, laissant Marion bouche bée devant les marks.

*

– Il faut remplir ce formulaire. Montrez-moi vos papiers, s'il vous plaît.

Georg sortit son *Soldbuch* de sa vareuse et le déposa sur le comptoir. L'infirmière le regarda du coin de l'œil.

– Pas les vôtres, les siens, précisa-t-elle sur un ton aigre.

Ceux de Sarah ? Dans sa hâte et son inquiétude, il n'avait pensé à rien, il s'était juste dirigé vers l'hôpital le plus proche qu'il connaissait sans songer que La Pitié était un hôpital militaire allemand et qu'on n'admettrait pas la jeune femme sans ses papiers. Mais Georg était là et il n'avait pas l'intention de s'en aller.

– Je ne les ai pas. Nous sommes partis précipitamment et je n'y ai pas pensé.

L'infirmière soupira.

– Eh bien je suis désolée, mais nous ne pouvons pas l'admettre sans papiers.

– Occupez-vous des formalités, je vous les apporterai plus tard.

Elle se montra inflexible :

– Je suis désolée, mais ce n'est pas possible.

Georg sentait la chaleur lui remonter le long du cou, mais il essayait de ne pas s'énerver.

– Vous voulez dire que parce que je n'ai pas apporté un maudit papier, vous allez la laisser mourir dans le hall de votre hôpital ?

La femme n'avait pas l'air impressionnée.

– Ce n'est pas moi qui édicte les règles, *Herr Sturmbannführer*. Vous devez comprendre qu'il ne s'agit pas d'un hôpital militaire et qu'on ne peut pas admettre une personne qui franchit le seuil sans identification.

– Mais cette femme n'est pas n'importe qui : c'est mon assistante, et elle est militaire, rétorqua Georg, qui hésita brièvement avant d'ajouter : *SS Helferin* Braun. Sandra Braun.

Sa fureur croissait par instants, lui battait les tempes et lui crispait la mâchoire. Georg pressentait qu'il n'allait pas tarder à éclater si cette femme continuait à se montrer aussi désagréable et intransigeante.

– Je suis un officier des Waffen-SS, je vous ordonne de le faire, j'en prends la responsabilité.

L'infirmière commença à se sentir traquée. Elle jeta un bref regard à sa collègue, qui s'était approchée, alarmée, par le ton de l'officier.

– Vous pouvez l'amener à l'hôpital Saint-Antoine, ou à Cochin, suggéra cette dernière. Ce sont des hôpitaux publics. Ils ne sont pas loin d'ici et ils l'admettront sans conditions.

Georg se calma momentanément. S'il y avait d'autres possibilités, il ne convenait peut-être pas de continuer à forcer les choses et d'entrer dans un bourbier dont il aurait ensuite du mal à sortir.

– Lequel est le plus proche ?

La plus aimable des deux infirmières réfléchit quelques secondes.

– Peut-être Saint-Antoine… Il se trouve de l'autre côté de la Seine ; si vous empruntez le pont d'Austerlitz et que vous continuez tout droit, vous arriverez rue du Faubourg Saint-Antoine, et là, demandez.

Heureusement, à l'hôpital Saint-Antoine, la perspective changea radicalement. Pendant le trajet depuis La Pitié, Sarah avait perdu conscience. Georg crut qu'elle allait mourir dans ses bras et il était disposé à menacer de son arme toute personne qui lui opposerait le moindre obstacle. Ce ne fut pas nécessaire. Dès son arrivée, plusieurs infirmières et des membres du personnel soignant se mobilisèrent pour s'occuper d'elle.

– Que lui arrive-t-il ? lui demandèrent-ils tandis qu'il la déposait sur un brancard.

Georg fournit de gros efforts pour s'exprimer dans son français rudimentaire.

– Elle a de la fièvre et elle perd du sang. Beaucoup, je crois.

– Nom ?

– Sarah Bauer.

– Âge ?

– Je ne… Je ne sais pas. Vingt ans… Plus, peut-être.

Sans perdre davantage de temps, ils poussèrent le brancard à l'intérieur. Georg voulut les suivre.

– Je suis désolé, monsieur, vous ne pouvez pas l'accompagner, l'arrêta l'infirmière sur un ton aimable. Si vous le souhaitez, vous pouvez attendre dans la salle.

Georg vit Sarah disparaître derrière les portes battantes. L'impuissance remplaça la fureur. Il ressentait une agitation extrême, il sentait qu'il devait faire quelque chose, qu'il ne pouvait pas rester tranquillement à regarder Sarah s'éloigner dans cet état, qu'il devait la sauver… Pourtant, l'infirmière le poussait avec délicatesse vers la salle d'attente.

– Ne vous inquiétez pas, monsieur, votre femme est entre de bonnes mains.

La pièce ressemblait à une cellule d'isolement, étroite et étouffante. Les effets du Pertivin étaient à leur plus haut degré et Georg ne pouvait rester tranquille. Il déambulait avec l'allure obsessionnelle d'un maniaque et fumait cigarette sur cigarette au point d'avoir déjà consommé deux paquets. Les heures ne s'écoulaient pas en ce lieu et tout ce que désirait Georg était de taper sur les meubles pour se défouler. S'il restait plus longtemps, il finirait par devenir fou.

Il n'aurait pu dire combien de temps il était resté dans cette satanée pièce, tout ce qu'il savait était qu'il finissait d'allumer sa dernière cigarette quand un homme en blouse blanche se dirigea vers lui.

– Je suis le Dr Bernard. C'est vous qui êtes arrivé avec Sarah Bauer ?

Georg s'approcha de façon presque spasmodique et violente.

– Oui ! Comment va-t-elle ?

Le médecin était un homme âgé, dont l'air affable et calme apaisèrent immédiatement l'esprit perturbé de Georg.

– Vous êtes son mari ?

– Non… Non. Je suis…

Georg hésita. Qu'était-il pour Sarah ?

– Je suis un ami.

Le Dr Bernard regarda Georg, avisa son uniforme SS et son accent allemand marqué : ce *Boche* avait au moins eu la décence de ne pas abandonner la jeune femme.

– Elle va bien ?

On ne pouvait rien déduire de l'air neutre du Dr Bernard.

– Elle a accouché récemment…

Le médecin avait jugé bon de préciser ce point avant tout.

– Oui… Oui, je crois.

– Mlle Bauer souffre d'une infection puerpérale localisée dans l'endomètre.

– L'endomètre ?

– La membrane qui recouvre l'utérus. C'est une complication post-partum.

Georg essayait de se montrer serein, mais il ne pouvait dissimuler son inquiétude.

– C'est grave ?

– L'infection est considérablement avancée et Mlle Bauer très faible, elle a perdu beaucoup de sang. Nous lui avons fait une transfusion et appliqué la première dose d'antibiotiques. Il est fondamental de contrôler l'infection et d'éviter qu'elle ne se propage à des organes proches ou à d'autres par voie lymphatique ou veineuse. Les vingt-quatre heures à venir seront cruciales pour voir comment elle répond au traitement.

Georg avait beaucoup de mal à comprendre ce que lui disait cet homme.

– Mais… Elle va se remettre, n'est-ce pas ?

– Sans traitement, l'infection est mortelle. Vous avez bien fait de l'amener… capitaine ?

– Commandant. Commandant Georg von Bergheim. Je peux la voir ?

– Non, pas pour l'instant. Il vaut mieux la laisser se reposer… Et si vous me permettez un conseil, vous devriez vous reposer vous aussi, commandant.

Le Dr Bernard avait remarqué son agitation contenue et ses pupilles dilatées.

– Rentrez chez vous et dormez. Si tout va bien, vous pourrez voir Mlle Bauer demain.

« Chez moi ? » Georg se sentit désorienté : à aucun moment il n'avait envisagé de partir en laissant Sarah. « Ne me laisse pas, Georg… » « Je suis avec toi, Sarah… »

– Où puis-je acheter des cigarettes, M. le docteur ? demanda-t-il dans son français maladroit.

– À cette heure, nulle part, j'en ai peur…

Pourquoi ce maudit *Boche*, un détestable officier SS, le pire du pire, lui inspirait-il tellement de pitié ? se demanda le médecin français. Le Dr Bernard sortit un paquet de cigarettes de sa poche.

Georg l'accepta sans hésiter. Il sentait qu'il en avait besoin.

– Merci.

– Si vous demandez une couverture à une infirmière, vous pourrez peut-être dormir un peu ici. Je crois vraiment que vous en avez besoin, ajouta le Dr Bernard avant de quitter la salle d'attente.

Le lendemain, Georg tenait à peine debout. La nuit avait été infernale, sans fin, douloureuse et éprouvante. Entre les effets de la méthamphétamine, l'inquiétude et l'inconfort, il n'avait pu trouver le sommeil ne fût-ce qu'une minute. Quand il eut fini les cigarettes du Dr Bernard, il sut qu'il n'allait pas le supporter, ni toutes ces pensées qui émoussaient son jugement : depuis quand Sarah était-elle enceinte ? Et s'il était le père de la petite ? Et si Sarah mourait… ? Et si Sarah mourait ? Qu'allait-il devenir si elle mourait… ?

L'aube se leva enfin. Mais l'effondrement arriva avec elle : Georg se sentait achevé, presque incapable de bouger ; tout ce qu'il désirait était fermer les yeux et dormir.

Une infirmière le réveilla.

– Vous souhaitez voir Sarah Bauer ?

Bien sûr… Mais il n'était pas sûr de pouvoir se lever de sa chaise. Si au moins il avait eu le maudit Pertivin ; maudit soit le moment où il l'avait jeté dans les toilettes.

Au prix d'un grand effort, il se leva et, comme un mort-vivant, il suivit l'infirmière le long de couloirs blancs qui sentaient le désinfectant.

Sarah se trouvait dans une salle de taille moyenne avec cinq autres lits occupés par cinq autres malades, bien que le sien fût isolé par un paravent, que Georg contourna. En la voyant, il sentit un élan de vitalité inattendu. Mais il s'assit sur le lit à côté d'elle au cas où ses jambes l'auraient lâché.

Sarah lui sourit sur l'oreiller.

– Bonjour Georg… Comment vas-tu ?

Il chercha une de ses mains et la serra : elle était encore chaude.

– C'est moi qui devrais te le demander…

– Je vais bien… Mais toi, tu n'as pas bonne mine.

– Je suis juste un peu fatigué. Vraiment, tu vas bien ?

– Je suis juste un peu fatiguée, répéta-t-elle en voulant plaisanter. D'accord, très fatiguée. Mais on m'a dit que ça n'allait pas durer.

– Bien sûr. Tu es forte.

– Où est Marie ?

– Marie ?

Sarah sourit, intimidée.

– Ma fille…

– Marie… Georg savoura le nom comme s'il voulait s'en emparer. Je l'ai laissée avec les femmes qui se trouvaient dans ton appartement : la dame âgée et cette fille qui a si mauvais caractère…

– Marion, précisa Sarah, amusée. Et Mme Matheus.

– Elle est bien entourée, ne t'inquiète pas. Je leur ai donné de quoi se procurer du lait pour elle.

Sarah resplendit de soulagement. Georg l'observa avec tendresse et porta sa main à ses lèvres pour en embrasser le revers. Du bout des doigts, il caressa l'ovale de son beau visage.

– Pourquoi ne m'as-tu pas dit que tu étais enceinte ?

– Parce que je ne le savais pas, dit Sarah en cessant de sourire. Et puis je ne voulais pas t'ennuyer avec mes problèmes… La petite n'est pas ta fille, Georg.

– Cela n'a pas d'importance, répliqua-t-il sans hésiter. Tu es la seule personne qui m'importe : je ne me serais pas séparé de toi si j'avais su dans quel état tu te trouvais… Cela ne serait pas arrivé si j'avais été avec toi…

– Comme toujours, commandant von Bergheim, tu es arrivé à temps. Mais tu ne peux pas passer ta vie à sauver la mienne…

– Je ne voudrais rien faire d'autre que veiller sur toi, Sarah…

S'il était resté assez de sang à Sarah, elle aurait rougi. D'une certaine façon, son cœur battit fort pour tenter d'amener de la couleur à ses joues.

– Tu es un homme bon, Georg von Bergheim… Je te l'ai déjà dit, n'est-ce pas ?

Georg acquiesça. Il aurait voulu avouer à Sarah que ce n'était pas la bonté qui l'inspirait. Mais les choses étaient trop compliquées entre eux pour ce genre d'aveu.

À ce moment, une infirmière arriva derrière le paravent.

– Je crains que cela soit tout pour aujourd'hui, monsieur. Il faut laisser la patiente se reposer.

– Tu reviendras demain ?

– Je reviendrai toujours, assura Georg, embrassant à nouveau sa peau tiède.

Vous allez le tuer

Je me garai à moins de cent mètres de chez Alain, pris mon sac, mes clés et ouvris la portière pour sortir.

– Il vaut mieux que tu m'attendes ici, suggérai-je à Teo.

– Dans cette niche rance et jaune à l'odeur bizarre ? Tu es folle. Je t'accompagne. J'espère que le Dr Jones m'offrira au moins un soda, dit-il en refusant ma proposition sur un ton catégorique. Puis il fit mine de descendre.

– Ne fais pas l'enfant. Dans le coffre, il y a mon ordinateur, les papiers concernant mes recherches – je les avais toujours avec moi – et ta valise pleine de vêtements de marque. Qu'est-ce que tu veux ? Qu'un voyou donne un coup dans la porte et embarque tout ? Allez, sois mignon et reste là. Comme ça, on ne traînera pas. Je monte, je consulte mes e-mails et je reviens tout de suite pour commencer le plus tôt possible notre week-end de folie.

Teo me regarda droit dans les yeux.

– Si tu en profites pour t'envoyer le Dr Jones juste maintenant, je te jure que tu me le paieras.

Je ne pus m'empêcher de sourire. Je lui répondis d'un baiser sur la joue et posai un pied sur le trottoir.

– Je reviens tout de suite. Amuse-toi avec l'iPod.

Je m'engageai dans les rues étroites et animées du quartier d'Alain : les boutiques de vêtements, la librairie, la pharmacie, le salon de coiffure, la pâtisserie (où je m'arrêtai un instant pour contempler les gâteaux dans la vitrine), le magasins de primeurs vietnamien et, enfin, l'immeuble aux balcons fleuris. Je traversai le porche et entrai dans un univers qui m'était devenu familier : la cour, les plantes, les vélos, les vêtements étendus à sécher, les boîtes aux lettres, l'escalier…

J'arrivai devant sa porte, palpai le chambranle et, comme l'avait dit Alain, y trouvai la clé. Je l'engageai dans la serrure et ouvris.

– Alain… ?

Il ne répondit pas, mais il y avait de la lumière au fond de l'appartement. Il devait être sous la douche. Je décidai d'entrer et de m'installer devant l'ordinateur. J'étais en train d'ôter mon trench tout en remontant le petit couloir quand la surprise se matérialisa de façon dramatique au moment où j'arrivai au salon.

– Mon Dieu, que… ?!

Avant que j'aie pu achever ma phrase, on m'immobilisa en me saisissant par derrière et en plaçant un bras autour de mon cou.

– Putain, qui est cette nana ? s'exclama une voix inconnue.

Je voulus regarder autour de moi, mais le bras appuyait sur ma gorge et m'étouffait à chaque fois que j'essayais de bouger. Avant de songer à quoi que ce soit, je me laissai guider par la panique. J'ouvris la bouche pour crier comme un putois, mais il y avait une main dessus et un pistolet pointé sur mon cou. Je restai sans voix. Et sans respiration en découvrant l'épouvantable spectacle.

La pièce était sens dessus dessous, tout avait été jeté à terre. Ligoté sur une chaise et bâillonné, Alain se débattait, essayant vainement de se libérer, gémissant derrière le Scotch d'emballage qui lui recouvrait la bouche. Je constatai avec terreur qu'il avait le visage en sang. Près de lui, il y avait un type de petite taille qui ressemblait à un videur de discothèque cherchant la bagarre. Comme le type qui me tenait en joue, quoique ce dernier fût plus grand, un pilier de gymnase. Je ne connaissais ni l'un ni l'autre.

Le nabot me jetait un regard aussi surpris que déconcerté. Les durs, l'arme, les cordes, le sang sur le visage d'Alain… Même mes dents commencèrent à jouer des castagnettes.

– Qu'est-ce qu'on fait d'elle ? demanda celui qui me tenait en joue.

Je remarquai qu'il parlait français avec un drôle d'accent. L'autre sembla hésiter avant de se planter devant moi.

– Où sont les papiers ? me cria-t-il de si près qu'il me postillonna au nez.

Le gorille ôta sa main de ma bouche pour que je puisse parler. Ma voix sortait à peine :

– Quels… Quels papiers ? J'ignore de quoi vous parlez… Que se passe-t-il ?

– Les papiers, petite ! répliqua-t-il comme une évidence. Ce salopard ne les a pas.

Il saisit soudain Alain par les cheveux et lui tira la tête en arrière jusqu'à faire disparaître sa nuque.

– Dis-le lui, mec, lui ordonna-t-il tout en ôtant l'adhésif qui lui recouvrait la bouche.

Le geste sec sonna comme s'il avait emporté une partie de la peau collée au ruban.

– Aïe-aïe-aïe ! se plaignit Alain.

Je crispai le visage : à moi aussi, cette épilation à sec m'avait fait mal.

– Alain… formulai-je nerveusement.

– Qu'est-ce que c'est que cette histoire de papiers ! cria-t-il, hors de lui. Vous vous êtes contentés de m'attacher et de me cogner dessus, bande de salauds !

– Tais-toi, pauvre type !

Son audace s'acheva en une claque humiliante qui lui secoua la tête.

– Ça suffit ! Arrête de le frapper ! ordonnai-je, naïve.

Je crois que, en réponse à mes réclamations, ce sauvage envoya un grand coup de poing rageur dans le ventre d'Alain.

J'eus envie de pleurer quand je le vis se débattre entre les cordes, tousser désespérément et ouvrir la bouche comme s'il manquait d'air.

J'y réfléchis à deux fois avant de recommencer à protester jusqu'à ce que l'impuissance me tirât des larmes de rage tandis que j'observais Alain se tordre de douleur et les voyous s'en réjouir avec un sourire sadique.

Quand il commença à récupérer, il releva la tête et me regarda. Il était décomposé et avait à peine retrouvé son souffle. Il se remit à tousser.

Les larmes m'empêchèrent de lui répondre. Elles coulaient sans contrôle sur mes joues, je n'osais même pas les essuyer, pas avec un pistolet dans le cou.

– Ça suffit tout ce cirque, vous me rendez nerveux, dit Alain.

Le type s'approcha, me tira par le bras dans le but de me faire du mal et m'obligea d'une bourrade à m'asseoir sur une chaise.

– Laisse-la, putain !

Je souhaitai en silence qu'Alain n'ait pas protesté. Le tueur ne sembla guère troublé, il se contenta de se retourner vers son complice en lui ordonnant :

– Montre à cet abruti qui donne les ordres !

Sans un mot, l'autre acquiesça et donna une gifle à Alain. Le claquement de la peau me fit frissonner, son cri de douleur me glaça et j'eus envie de me volatiliser, de pouvoir me réveiller comme s'il s'était agi d'un cauchemar.

– Arrêtez de le frapper, je vous en prie… le priai-je humblement, ravalant mes larmes pour feindre une certaine dignité, tandis qu'il m'attachait sur la chaise. Vous allez le tuer…

Il me regarda, la bouche étirée dans un désagréable sourire jauni aux dents tachées de nicotine.

– Certainement… Il y a des gens qui aimeraient le voir mort, crois-moi.

– Que cherchez-vous ?

Il ne me répondit pas tout de suite. Il finit de serrer les cordes d'escalade autour de mes chevilles, se leva et me saisit le menton avec force.

– Ça dépend de ce que tu es disposée à offrir… ma jolie.

Son regard lascif se prolongea en me léchant le cou. Je frémis de répugnance. Je lui aurais craché à la figure et je l'aurais insulté avec les mots les plus grossiers. Je me retins pourtant ; je ne voulais pas aggraver la situation.

– Les papiers. Tu veux les papiers… ? Ils sont chez moi, lui mentis-je. Mon seul neurone actif à cet instant me suggérait que le mensonge nous permettrait de gagner du temps.

Il m'arracha mon sac en tirant dessus et commença à fouiller dedans. Il en ressortit immédiatement des clés et me les montra :

– Ce sont celles-là ?

J'acquiesçai.

Il les mit dans sa poche et, sans se départir de son calme, me saisit par le col de mon pull.

– Je sais où tu habites, ce que tu manges et même quand tu as tes règles. Il vaut mieux pour toi que ça ne soit pas une ruse.

– Lâche-la, salaud.

Alain recommença à le provoquer inutilement. Comme un fauve, le tueur se retourna contre lui et s'acharna à le frapper au visage, tandis que l'autre lui tenait la tête.

– Tu es brave, n'est-ce pas, connard… ? Mais tu as toute la force dans la bouche ! Tu te rends compte que je peux te pisser au visage si ça me chante, imbécile ? Ferme-la une bonne fois pour toutes !

– Assez ! Assez… ! Assez, bon sang ! criais-je, hors de moi.

Avec la même fureur, ce maudit animal me fit face :

– Et toi, garce, j'espère que tu n'as pas menti. Sinon, je reviendrai, et je ne serai pas aussi gentil pour te faire dire la vérité, c'est clair ?

Être pieds et poings liés pendant qu'un sadique armé d'un pistolet vous crache ses menaces au visage : voilà la peur. Et la peur me faisait haleter, transpirer, trembler et dire oui à tout. Surtout parce que je savais que je lui mentais, qu'il allait revenir et que je me ferais dessus en lui avouant que ce qu'il cherchait se trouvait dans la voiture.

– Reste ici et attends que je t'appelle, dit-il à l'armoire à glace avant de sortir.

Quand celui qui avait l'air d'être son chef fut parti, il prit une chaise et s'assit en face de nous. Il ne nous quittait pas du regard, mais au moins, il avait baissé son arme. Je regardai Alain et mon estomac se noua : son visage était maculé de rouge, le sang coulait de son menton sur sa poitrine et il avait du mal à garder la tête droite.

Le gorille sortit un paquet de cigarettes, en prit une, l'alluma et se mit à fumer tranquillement. Ce calme tendu, cette étrange sensation d'irréalité ; l'angoisse, l'incertitude et la peur. Cette attente allait me rendre folle.

Le silence et l'inaction rendaient le temps éternel. À chaque seconde, qui ne semblait pas s'écouler, je me sentais plus mal : les nerfs de plus en plus vrillés et, à force de rester assise sans pouvoir bouger un muscle, je commençais à avoir mal partout.

Au bout d'un moment, le téléphone portable du tueur sonna. J'étais si nerveuse que je sursautai.

Il répondit dans une langue de l'Est qui ressemblait au russe. Le ton de la conversation était calme et amical. Il se leva et se mit à arpenter le salon.

Dans un moment d'inattention du gorille, Alain tourna la tête vers moi et me murmura quelque chose. Il avait la bouche si abîmée et s'exprimait avec tant de difficultés que j'eus du mal à comprendre ce qu'il disait.

– Je vais tenter un truc. Joue le jeu.

– Mais Alain, chez moi, il n'y a rien !

Je suivais mon idée.

Et Alain la sienne.

– Joue le jeu.

– Mais que vas-tu… ?

Le gorille se retourna. Il mit un terme à la conversation et raccrocha. Il nous regarda, mais ne dit rien. Il ne semblait pas nous avoir entendus parler. Il regagna sa chaise et continua à fumer.

Soudain, Alain se mit à s'agiter violemment, le corps parcouru de spasmes.

Le gorille se leva et sortit son arme. Il ne comprenait pas très bien ce qui se passait, ce que signifiait cet emportement.

Dans une forte convulsion, Alain repoussa sa chaise en arrière et tomba avec elle sur le sol.

– Il a une crise ! Il est épileptique ! criai-je.

Le gorille me regarda. Puis il reporta le regard sur Alain. Il continua à le tenir en joue tandis qu'Alain continuait de convulser sur le sol. Moi-même, je pris peur.

– Il faut faire quelque chose, mon Dieu !

L'autre me regarda, déconcerté.

– Si on ne le met pas sur le côté, il va s'étouffer !

Alain gémissait, tournait la tête d'un côté à l'autre, se cognait par terre.

– Bon sang, fais quelque chose !

Je n'eus pas besoin de feindre pour le regarder d'un air affolé.

L'homme finit par réagir :

– Fais-le toi-même, putain !

Il était évident que la situation le dépassait.

Il me détacha à toute vitesse. Dès que je fus libre, il me colla le pistolet dans le dos.

– J'espère que ce n'est pas un truc, parce que, à la première connerie, je tire.

Je me penchai sur le corps révulsé d'Alain. Il n'arrêtait pas de se tortiller violemment et de trembler au milieu des spasmes ; il avait les yeux presque blancs. Si je n'avais pas su qu'il faisait semblant, je serais morte d'angoisse. Je repoussai la chaise avec force pour le mettre sur le côté. Qu'étais-je censée faire ensuite ?

– Il faut relâcher les cordes, elles lui serrent la poitrine et il est en train de s'étouffer, eus-je l'idée de dire.

Le gorille se plaça juste derrière moi, nous tenant toujours en joue.

– Tu le sais : à la première connerie, je tire.

Je commençai à détacher Alain. Dès que les liens furent lâches, un de ses mouvements brusques me poussa contre les jambes du gorille, qui perdit l'équilibre. Il ne tomba pas, mais dans l'intervalle, Alain en profita pour s'emparer d'un éléphant de bronze qui avait été projeté par terre et le lancer à la tête du type. Il l'atteignit, mais comme il était faible, il ne le frappa pas assez fort et ne fit que l'étourdir.

Avec une rapidité et une décision qui me surprirent moi-même, je me levai d'un bond, ramassai l'éléphant et en assenai un coup sur la tête du gorille, qui s'effondra.

Je le contemplai, étendu à mes pieds. Je manquais d'air, je ne pouvais pas parler. Avec la tension, je crus que c'était moi qui allais avoir une crise, mais de nerfs, et je commençai à balbutier de façon incohérente.

– Mon Dieu, mon Dieu, mon Dieu…

Je ne fus capable de réagir qu'en voyant Alain finir de se détacher et, comprenant qu'il avait besoin de moi, je m'agenouillai près de lui et le détachai.

– Ça va ? lui demandai-je en l'aidant à se relever.

– Je ne sais pas… Partons…

Il essaya de marcher mais n'y parvint pas.

– Tu vas devoir m'aider… reconnut-il, gêné.

J'allais passer mon épaule sous son bras quand il m'arrêta.

– Attends… Prends mon ordinateur portable et le téléphone de ce salopard.

Je lui obéis : je refermai le portable et le mis précipitamment dans sa housse. Avec appréhension, je pris le téléphone du type dans la poche de sa veste. Il ne bougea pas.

– Il est… mort ?

– Je ne sais pas, je m'en fous répliqua Alain.

J'avais encore les jambes tremblantes, mais je m'efforçai de les garder fermes pour supporter le poids du corps d'Alain, qui marchait maladroitement appuyé sur mon épaule. En fait, j'aurais voulu pouvoir courir et sortir de là en dévalant l'escalier.

Décembre 1943

Des scientifiques américains et britanniques rejoignent le laboratoire national de Los Álamos qui vient d'être construit afin d'y développer le Projet Manhattan, un projet scientifique initié par le gouvernement des États-Unis et sous le contrôle de l'armée américaine, visant à concevoir et à fabriquer la première bombe atomique. Le projet débouchera en août 1945 sur le bombardement tragique des villes japonaises d'Hiroshima et de Nagasaki.

Deux jours plus tard, la fièvre de Sarah commença à céder le pas avant de disparaître, mais comme les hémorragies continuaient et qu'elle souffrait d'anémie, elle fut contrainte de rester à l'hôpital. Georg s'entretint avec le Dr Bernard et obtint son transfert à la maternité.

La salle était spacieuse et bien ventilée ; elle disposait de grandes fenêtres laissant entrer des flots de lumière et d'un poêle à charbon placé au milieu qui maintenait une température toujours confortable. Au pied de chaque lit, il y avait un petit berceau, et généralement un bébé qui vagissait et agitait les draps. À part celui de Sarah, qui était vide… C'était pour cela que, depuis qu'elle était là, la jeune mère allait plus mal. Elle demanda un paravent et un cachet pour dormir : elle se tourna contre le mur et se réfugia dans le sommeil.

– Sarah… Sarah…

On murmurait son nom à son oreille, et les mots lui chatouillaient le cou. Mais elle ne voulait pas se réveiller, elle s'était retirée dans le coin le plus éloigné de ses rêves.

– Sarah… Sarah, réveille-toi…

Une caresse et un baiser, son nom à nouveau. On ne l'avait jamais tirée avec autant de douceur de sa léthargie.

De sorte qu'elle ouvrit les yeux. Elle battit des paupières. La réalité lui apparaissait floue et il lui fallut encore du temps pour la voir avec précision. Georg… Sarah sourit, encore endormie, puis elle referma les yeux.

Le commandant souleva le drap et plaça à l'intérieur du lit un petit paquet tout chaud.

– Ouvre les yeux, Sarah… Regarde…

Elle obéit. Si elle n'avait pas été aussi lasse, son cri de joie aurait été entendu dans tout l'hôpital.

– Marie… ! Marie, ma petite… ! Ma petite… Mon Dieu…

Les pleurs et le sommeil étouffèrent ses paroles. Elle serra Marie contre elle et couvrit sa douce petite tête de baisers et de larmes. Elle ferma les yeux sans cesser de la caresser et respira son odeur unique, l'odeur de bébé, de son bébé.

– Tu es avec maman, maintenant, ma toute petite… Tu es avec maman…

Georg recula de quelques pas et s'éloigna discrètement. Il partit en se frottant le cou, il avait quelque chose de coincé dans la gorge, qu'il avait honte de laisser sortir.

Sarah se sentait heureuse, rassurée dans cet univers blanc qui sentait le désinfectant et la farine lactée. Comme dans une bulle entre ces quatre murs, elle trouvait tout ce qu'il lui fallait, et elle se savait à l'abri du drame incarné par la vie à l'extérieur. Les jours s'écoulaient, paisibles et tranquilles, et elle jouissait avec impatience de chaque minute, comme s'il s'agissait d'une saveur douce et éphémère.

Les matins ensoleillés, elle se promenait dans le jardin avec Marie, et quand il pleuvait, elle tricotait près de la fenêtre pendant que la petite gazouillait dans son berceau. Parfois, il lui suffisait de la regarder pendant des heures, de la bercer jusqu'à ce qu'elle s'endorme ou de la mettre au sein et de sentir sa chaleur et la pression de sa bouche qui tétait. Et si elle pouvait partager ces moments avec Georg, le monde devenait un lieu merveilleux.

Car le commandant passait la voir tous les jours. Dès qu'il arrivait, il ôtait sa vareuse pour ne pas blesser l'enfant avec les insignes et prenait Marie dans ses bras, pour ne plus la lâcher jusqu'à son départ.

– Tu la gâtes trop, lui reprochait Sarah avec un sourire bienveillant.

– Toi aussi, tu la gâtes trop, arguait-il sans quitter le bébé des yeux avant d'ajouter :

– Elle est jolie…

– Oui, acquiesçait-elle, exultant de bonheur.

Si seulement elle avait pu arrêter le temps, figer ce moment où Marie dormait sur la poitrine de Georg pendant qu'ils parlaient de choses sans importance afin d'éluder la réalité… La seule angoisse de Sarah était de savoir que ce n'était qu'une illusion et que, tôt ou tard, la magie s'évanouirait.

Marion et Carole Hirsch venaient la voir elles aussi. Généralement le matin, pour ne pas croiser le SS.

– Dis, Sarah… Qu'est-ce que tu fabriques avec ce *Boche* ? osa un jour lui demander Marion pendant qu'elle donnait le sein à la petite sous le soleil tiède du jardin.

Sarah garda la tête basse, observant Marie téter placidement tandis que ses yeux se fermaient de sommeil. Elle caressa d'un doigt sa joue veloutée.

– Ce n'est pas un *Boche*… C'est un homme, un homme bon, répliqua-t-elle. Sarah souriait, de la bouche et du regard, et son sourire était une douce lumière qui illuminait son visage.

Marion écarquilla les yeux.

– Mon Dieu, Sarah… ! Tu es amoureuse de lui !

Elle garda le sourire, un sourire qui dessinait une aura autour d'elle.

– Sarah, tu ne peux pas tomber amoureuse d'eux ! Séduis-les, emmène-les au lit, soutire-leur des informations, puis tire-leur une balle ! Mais ne tombe pas amoureuse d'eux !

– Il n'est pas comme les autres…

– C'est un nazi, Sarah ! Et ils sont tous pareils ! Ce sont eux qui nous ont fait ça, à nous tous, et à toi. As-tu oublié ce qu'ils ont fait à ta famille ?

Sarah avait pourtant du mal à redescendre de son nuage.

– Pas lui. Il porte juste le mauvais uniforme…

– Mon Dieu, Sarah, ouvre les yeux !

Sarah n'était pas disposée à s'engager dans un duel contradictoire avec Marion. Il était inutile de tenter de se convaincre mutuellement. Elle leva la tête et rendit les armes.

– Je ne peux pas m'en empêcher, Marion… Quand les dieux te choisissent, tu ne peux pas tourner le dos.

Son amie lui jeta un regard très sérieux et, levant le doigt devant son visage, se disposa à lui faire la le leçon :

– Efface ce sourire. Tôt ou tard, il va rentrer en Allemagne. S'il ne se fait pas tuer avant par l'un des nôtres en pleine rue, ou par les siens pour avoir séduit une Juive… Il n'est pas pour toi, tu ne comprends pas ?

Le sourire de Sarah s'évanouit et son aura vira au noir. Le soleil s'assombrit, la terre frémit et le ciel se fendilla. Seule Marie continuait à téter, étrangère à l'angoisse de sa mère qui pencha la tête vers elle et l'embrassa. Une larme glissa sur ses joues.

Le cœur de Marion se brisa. Elle s'approcha de son amie et la prit dans ses bras.

– Oh… Je suis désolée, ma chérie… Je regrette de t'avoir parlé comme ça… Je regrette tellement. Je veux juste que tu sois heureuse, tu as déjà trop souffert…

Mais Sarah ne pleurait pas à cause de Marion.

L'état de Sarah s'améliorait considérablement. Son infection semblait pratiquement guérie et elle pourrait sortir deux ou trois jours plus tard.

Georg reçut cette information comme un seau d'eau froide. Bien sûr, la guérison de Sarah était une excellente nouvelle, mais cela signifiait aussi la fin d'un rêve, comme à la fin d'une permission, quand il faut repartir au front.

Et puis, lorsqu'elle serait autorisée à sortir, Georg aurait un problème : le *Reichsführer* Himmler. Le commandant menait l'affaire auprès de son supérieur comme il pouvait. Il avait réussi à le convaincre qu'après être passé de main en main pendant cinq cents ans, le secret contenu dans *L'Astrologue* avait été enfoui par des couches d'Histoire, d'avatars, de traditions et de légendes, et que les Bauer eux-mêmes ne savaient en déchiffrer le message. Mais Himmler semblait en proie à une seconde obsession : la jeune fille juive. Le *Reichsführer* était sûr qu'elle en savait plus que Georg ne le croyait sur le tableau. En faisant admettre Sarah à l'hôpital, Georg avait l'excuse parfaite : il ne pouvait pas l'amener à Wewelsburg tant qu'elle serait malade. Himmler sembla relativement convaincu et disposé à ce que les experts de l'Ahnenerbe continuent leur travail à partir de la seule base dont ils disposaient, les informations que la comtesse de Vandermonde, la matriarche des Bauer, fournissait de bon gré à Georg. Himmler pouvait s'entêter à arrêter et à déporter Sarah, mais avec la comtesse de Vandermonde, c'était un autre son de cloche : non seulement elle n'était pas juive, mais il s'agissait de plus d'une personnalité influente en France et d'une collaboratrice active du gouvernement allemand d'Occupation.

Georg savait que dès que Sarah quitterait l'hôpital, Himmler réclamerait derechef sa tête pour l'accrocher sur un mur à Wewelsburg. Dans son désespoir, Georg ne trouva qu'une solution pour lutter contre l'obsession du *Reichsführer* : allonger la liste des mensonges. Si le *Reichsführer* était convaincu que Sarah était malade au point de ne quitter l'hôpital que morte, peut-être l'oublierait-il. Mais pour cela, il avait besoin d'aide.

Quand il confia ses projets au Dr Bernard, le médecin le toisa sans prononcer un mot.

– Alors… Vous pouvez m'aider ?

– Excusez-moi, mon commandant, mais je suis très surpris. Quand les vôtres viennent me voir, c'est pour me réclamer la liste des patients juifs de l'hôpital afin de les arrêter plus facilement…

Georg fut stupéfait.

– Et vous la leur donnez ?

– Je crains de ne pas avoir le choix.

Georg ne put se retenir.

– Ne le faites pas, docteur ! Vous envoyez ces gens à la mort ! Vous comprenez ?

Le médecin lui adressa un regard stupéfait et Georg s'expliqua :

– Vous ne pouvez pas cacher les hommes, mais les femmes et les enfants, si… Ne les livrez pas, docteur, cachez-les. Vous pouvez le faire, tenta-t-il d'expliquer.

– J'avoue que quand je vous ai vu dans cet uniforme, je vous ai pris pour l'un d'eux.

– Et je le suis… Ou je l'ai été. Mais le fait de porter cet uniforme, loin d'être un honneur, est maintenant une charge.

Georg aurait aimé expliquer au Dr Bernard qu'il n'était pas facile d'assister à la dégradation progressive de ses idéaux, ni de les sentir s'effondrer lentement comme un édifice en ruines. Il aurait aimé lui raconter qu'il s'était trompé lourdement et avait été aveugle, mais qu'il s'en était rendu compte trop tard, quand cet uniforme était devenu une seconde peau qu'il ne pourrait ôter qu'à sa mort. Il aurait aimé s'épancher car il ne l'avait jusqu'alors fait auprès de personne, et certains aveux pèsent trop lourd pour les supporter seul… Mais la langue était une barrière infranchissable dans son cas.

Le Dr Bernard n'était pas sûr de bien comprendre cet homme, mais il pensait que ses intentions étaient bonnes. Il croisa les mains sur la table et sourit.

– Tuberculose, diphtérie, typhus… Je peux vous préparer un rapport médical certifiant que Mlle Bauer souffre de n'importe laquelle de ces maladies. J'imagine que plus elle sera contagieuse et mortelle, mieux ce sera… Et nous ne signerons pas d'autorisation de sortie, de sorte qu'elle n'aura officiellement pas quitté l'hôpital.

Georg ne put retenir un sourire de soulagement. Il apporterait ce rapport à Berlin afin de continuer à gagner du temps. Quand Himmler recommencerait à s'impatienter, il demanderait au Dr Bernard de produire un faux certificat de décès de Sarah. Cela satisferait l'obsession du *Reichsführer* de ne pas laisser un seul Juif en vie et Sarah, dans la clandestinité, pourrait vivre en paix.

Ce jour-là, il faisait froid et il pleuvait. C'était une matinée faite de gouttes d'eau tambourinant doucement contre la vitre et de pleurs de bébé, de couches et de biberons ; des murmures que Sarah ignorait car ils étaient quotidiens, tout en lisant dans son lit d'hôpital, Marie dans les bras : la petite venait de s'endormir après avoir mangé.

– Bonjour !

Sarah leva les yeux à ce salut joyeux et chantant.

– Marion ! Je croyais que tu ne viendrais pas aujourd'hui !

– C’est que j’ai une surprise pour toi… lui annonça-t-elle d’un air énigmatique.

Sarah n’eut pas le temps de deviner de quoi il s’agissait. Avant d’avoir pu le faire, une silhouette familière se montra timidement derrière le paravent.

Sarah en fut pétrifiée. Un coup de fouet glacé lui tomba sur le dos. Et la vision d’un fantôme ne lui aurait pas causé plus forte impression.

– Bonjour, Sarah…

Elle ne trouva pas sa respiration pour répondre à son salut, elle se contenta, presque par réflexe, de serrer fort Marie contre sa poitrine.

Marion décida de parler à sa place :

– Tu as vu, Jacob ? Elle est si contente qu’elle en est devenue muette !

Avec un respect presque révérencieux, Jacob fit un pas en avant. Il pétrissait sa casquette entre ses mains et ses doigts se tordaient nerveusement. La tension était si palpable que Marion essayait par tous les moyens de l’adoucir avec des paroles.

– Oh, Sarah, ma chérie, n’est-ce pas que tu es contente de voir Jacob ? Tu as vu comme il a bonne mine ? C’est incroyable, à quel point tu as récupéré, Jacob. On dirait une autre personne.

Marion avait raison : Jacob avait l’air d’une autre personne. Il avait repris du poids et son visage avait retrouvé son teint et ses traits habituels. À la place des pansements spectaculaires, un bandeau noir recouvrait son orbite creuse et l’autre œil semblait plus grand et plus expressif que jamais. Ses cheveux avaient repoussé sur son crâne rasé et des mèches de mauvais garçon lui retombaient sur le front. Il était propre et portait une tenue modeste, mais soignée. Il ne ressemblait plus au garçon effronté et bagarreur qui avait quitté Illkirch, ni à l’activiste maquisard et sanguinaire qui avait rejoint la Résistance. Ce n’était plus le drogué psychotique qui habitait avec elle. Jacob avait l'air d'un homme mûr, honnête et respectable. Sarah regretta de ne pas montrer toute la joie que la transformation de Jacob méritait.

– Eh bien, les benêts, assez bavardé. Je m'en vais. J'espère que le silence va devenir si lourd que vous finirez par ouvrir le bec.

Effectivement, le départ de Marion laissa un silence asphyxiant, qu'un balbutiement de Marie allégea au bout d'un moment.

Jacob se racla la gorge.

– Le docteur… Le Dr Vartan m'a tout raconté… Je peux… ? Je peux la voir… ?

– Oui… accepta Sarah, s'écartant un peu de la petite pour la lui montrer.

Jacob s'approcha avec précaution, comme s'il avait craint que la vision ne s'évanouisse en la contemplant.

En voyant le petit visage du bébé, il retint sa respiration. Il n'avait jamais été très habile avec les mots, comment aurait-il pu expliquer ce qu'il ressentait présentement ? Une chose ressemblant à l'air qui entre dans un ballon lui envahissait la poitrine et n'allait pas tarder à le faire flotter. Il sentit également quelque chose voleter comme un papillon dans son estomac et qui n'allait pas tarder à le faire trembler. Sans parler de ce qui envahit sa gorge, qui s'accrochait à ses cordes vocales et qui n'allait pas tarder à le faire pleurer.

– C'est la plus belle chose du monde… murmura-t-il sans pouvoir contenir son émotion ni l'envie de tendre le bras et de poser une main tremblante sur la petite tête de Marie. Sarah, je…

Mais Sarah ne voulait rien entendre, pas un seul mot doux de la bouche de Jacob, pas un seul compliment, pas une seule démonstration d'amour qui la ferait se sentir coupable. Elle s'empressa de l'interrompre en posant la main sur celle du jeune homme.

– Je suis très fière de toi, lui assura-t-elle. Très fière de ce que tu as été capable de faire. Je sais que c'était dur…

– Ça n'a pas d'importance, c'est du passé…

Jacob caressa Sarah du regard, il n'osait pas le faire autrement.

– Si c'est la récompense, cela en valait la peine. Si tu me laisses recommencer, avec toi et… et avec… notre fille…

Jacob s'arrêta : il s'empêtrait dans ses propres paroles, ses propres sentiments. Il ne voulait pas trébucher et tomber. Sarah s'efforça de lui sourire, mais il n'y avait rien à faire et elle le savait. Elle savait qu'elle ne pourrait éviter le moment où elle devrait payer pour son erreur, et ce moment était venu.

Du fond de la salle, cachée derrière la porte, Marion les observait. La scène semblait idyllique et pourtant, elle ne pouvait s'empêcher d'éprouver de la tristesse, pour Sarah et pour Jacob.

Et même si Marion ne s'en était pas rendu compte, elle n'était pas la seule à les observer.

– Qui est cet homme, près de Sarah ?

En entendant Bergheim derrière elle, la jeune femme sursauta et se retourna, irritée : bon sang, qu'elle méprisait ce type !

– C'est le père de sa fille, répondit-elle, ravie de savoir que cette réponse allait lui faire du mal.

Aussi, avant de partir, se réjouit-elle de voir s'assombrir la mine de cet affreux nazi.

Le lendemain, le visage de Sarah s'éclaira en le voyant. Et quand cela arrivait, elle avait l'air encore plus jolie et Georg avait envie de la prendre dans ses bras et de couvrir de baisers son si beau visage. Mais il se retint, bien malgré lui.

– Georg !

Il resta au garde-à-vous, à une distance aussi prudente que protocolaire. Et l'air sérieux, très sérieux. Ces messages montraient que cette visite n'était pas comme les autres, mais Sarah ne voulait pas se résigner au changement.

– Tu ne veux pas prendre la petite ? proposa-t-elle en faisant très attention et lentement parce que Georg avait l'air d'une statue de glace que la moindre vibration de sa voix aurait pu briser. Hier, elle a pleuré tout l'après-midi, il n'y avait pas moyen de la calmer. Tu lui manquais à elle aussi…

Georg avala sa salive.

– Non, je ne veux pas la prendre maintenant.

Il regretta de se montrer aussi désagréable, mais il ne pouvait rien se permettre d'autre. Même si ce qui le désola le plus fut l'expression de Sarah, cela lui fit mal de voir sa tristesse et sa déception.

– Écoute, Sarah… Que se passe-t-il avec le père de Marie ?

Alors elle comprit.

– Je vois… C'est pour ça que tu n'es pas venu nous voir hier, n'est-ce pas ?

Il n'y avait pas la moindre ombre de reproche dans les paroles de Sarah, aussi son ton était-il doux. Elle comprenait parfaitement Georg.

Marie se mit à pleurer, et sa mère la prit dans ses bras pour la bercer. Le commandant aurait voulu participer à la scène, mais il n'y avait pas de place pour lui, il valait mieux commencer à l'accepter le plus tôt possible.

– Sarah… Demain on te donne l'autorisation de sortie… Que vas-tu faire ?

Elle serra Marie avec désespoir, avec la même angoisse que pour répondre à Georg :

– Que puis-je faire ? Que dois-je faire… ? C'est le père de la petite ! Et il a beaucoup fait pour moi…

– Tu l'aimes ?

En s'entendant, Georg se sentit ridicule ; c'était une question embarrassante, digne d'une commère. Mais il devait savoir.

– Pas comme il le souhaiterait… Mais cela ne me donne pas le droit de le laisser derrière la porte.

Georg soupira.

– Si au moins j'avais la certitude qu'il veillera sur toi et la petite, au lieu que ce soit l'inverse… Si au moins je savais ça… je serais plus tranquille.

Sarah haussa les épaules et sourit amèrement.

– Quelle importance ? Ce sont des temps difficiles, l'important est de veiller les uns sur les autres.

Georg soupira encore.

– Nous savions que cela finirait par arriver…

Il était tragique de comprendre que cela avait l'air d'un adieu, comme toute la conversation.

– Mais cela ne rend pas les choses moins douloureuses pour autant, répliqua Sarah, et elle se mordit les lèvres en essayant de ne pas pleurer, mais quand les larmes glissent sur le menton, il est trop tard. Il ne servait pas à grand-chose de regarder Marie pour tenter de les dissimuler.

Georg s'était juré de ne pas la toucher, ni elle, ni la petite. S'il les effleurait, il serait perdu, sa force apparente s'effondrerait et sa détermination flancherait. Mais la voir pleurer ainsi était plus qu'il n'en pouvait supporter : il n'eut pas à y réfléchir à deux fois pour franchir la paroi de verre comme un rideau d'eau et les prendre toutes les deux dans ses bras. Le visage posé sur celui de Sarah, il se laissa emporter.

– Je ne regrette rien, Sarah. Si j'ai échoué sur un point, c'est de ne pas avoir été capable de trouver une solution pour être toujours à tes côtés.

Elle lui caressa les joues.

– Que vas-tu faire ?

– Je dois partir en Allemagne : mon travail n'est pas terminé… Après tout, la guerre n'est pas finie et je porte toujours un uniforme.

– Je te reverrai ?

Georg la regarda droit dans les yeux et essuya ses larmes. En bon militaire, il savait quand une bataille était perdue et que le moment de se retirer était venu avant de sacrifier la vie d'autres soldats. Mais il ne pouvait dire la vérité à Sarah.

– Je ne sais pas… mentit-il. Et il but de nouveau à ses yeux, se nourrit d'elle voracement, tentant vainement de combler des réserves qui ne tiendraient même pas jusqu'au lendemain.

Éteins ton portable

Nous traversâmes les rues entre les regards de terreur et de curiosité que suscitait l'aspect lamentable d'Alain, tandis que mes yeux tournaient en voulant tout embrasser, comme ceux d'une mouche, redoutant à chaque instant de voir ces sauvages apparaître dans notre dos. Quand nous parvînmes à la voiture, j'avais envie de vomir à cause de l'effort et de l'agitation. J'ouvris la portière arrière.

– Tu es déjà là, chérie ? Quelle rapidité ! Je m'amuse bien avec ces gros oiseaux des Angry Birds, ils sont géniaux… Nom d'un chien, qu'est-ce que tu as fait à ce pauvre garçon ?

Teo se décomposa en voyant Alain.

– Ce n'est pas moi, idiot, lui répliquai-je aigrement en aidant Alain à s'installer sur le siège arrière. Puis je m'assis à la place du conducteur, fermai la portière et tirai les rideaux. J'étais trempée de sueur et couverte du sang d'Alain. Je respirai profondément pour tenter de me calmer.

– Mais bon sang, que vous est-il arrivé ?

– C'est une très longue histoire… l'interrompis-je dans l'intention de la lui raconter plus tard. Je me retournai vers Alain. Allons à l'hôpital, tu vas devoir m'indiquer le chemin…

– Non, on va d'abord à la préfecture. Il faut porter plainte contre ces salopards avant qu'ils ne s'échappent.

– Mais Alain ! Tu t'es vu ? Tu es dans un état épouvantable…

– Non. On ira à l'hôpital plus tard.

Alain s'opposa à mes protestations avant même que j'aie pu les formuler :

– On n'a pas le temps, Ana. Allons-nous-en tout de suite. Prends la première à droite.

Je l'observai en silence pendant quelques secondes ; en fait, la dernière chose dont j'avais envie était de discuter : qu'il se débrouille avec ses blessures. Je fouillai dans mon sac, en sortis un paquet de Kleenex et les lui tendis.

– Essuie-toi comme tu pourras. Ta bouche et ton nez n'arrêtent pas de saigner…

Nous ne restâmes que quelques minutes à la préfecture. Quand ils virent l'état dans lequel se trouvait Alain, ils décidèrent de façon avisée de le transporter immédiatement à l'hôpital tandis qu'ils envoyaient des patrouilles chez lui et chez moi, où il ne restait à leur arrivée aucune trace des gorilles.

À l'hôpital, on lui fit passer une tomographie axiale de la tête et une échographie de l'abdomen. Le rapport des lésions était une collection de termes techniques à faire dresser les cheveux sur la tête : contusion malaire, orbitale et maxillaire, ecchymoses cutanées superficielles, blessures lacérantes contuses sur les lèvres et dans la région frontale, fissure simple unilatérale de la cloison nasale, œdème facial, abrasions cutanées localisées à hauteur des articulations radio-carpienne et tibio-péronéo-astragalienne, foulure cervicale au premier degré, traumatisme abdominal fermé non pénétrant… La réalité profane et visible était qu'Alain avait des hématomes sous les pommettes, sous les paupières et à la mâchoire, des coupures qui nécessitèrent plusieurs points de suture aux lèvres et au front, un écoulement à l'œil gauche, une inflammation au nez, des brûlures aux poignets et aux chevilles à cause des cordes, le cou endolori et raide, et une douleur aiguë à l'abdomen. Le bilan optimiste fut qu'il n'y avait pas de lésions internes ; après le brutal passage à tabac, cela aurait pu être bien pire. Je n'avais pas exagéré en pensant que ces sauvages auraient pu le tuer…

Quant à moi, on me soumit à un bref examen dont le résultat fut que seuls mes nerfs avaient souffert, et le traitement se réduisit à l'administration d'un tranquillisant. Tant qu'il y était, Teo en demanda un lui aussi.

Puis nous regagnâmes la préfecture afin de porter plainte. Nous remplîmes de multiples formulaires et racontâmes la même histoire à différentes personnes. « Ces fils de pute sont peut-être déjà à l'autre bout du pays pendant qu'on prend ma déclaration pour la énième fois », avait grommelé Alain. Au fil de la soirée, le contrecoup post-traumatique avait fait son apparition, ce qui se traduisit par une dégradation notable de son humour et de sa patience.

– Folle nuit ! Folle nuit… ! Si j'avais su que c'était ça, le genre de folle nuit qui m'attendait, je serais resté à Madrid, je te le jure. Moi qui avais mis mon jean le plus serré dans ma valise…

Il était huit heures du matin et nous nous étions retrouvés à prendre le petit déjeuner dans une brasserie pour touristes du boulevard Saint-Germain, épuisés et songeurs, du moins Alain et moi. Pendant que nous trempions nos croissants dans le café, plongés dans un silence qui était le produit de la commotion et de l'épuisement, Teo ne résistait pas à faire la chronique du moment.

Je regardai Alain : il avait la bouche si enflée qu'il pouvait à peine boire ou manger sans renverser le café. J'observai également ses hématomes et ses cicatrices…

– Comment est-ce possible ? me demandai-je tout haut.

Alain abaissa sa tasse et me jeta un regard inquisiteur

– Je n'ai aucune égratignure. Ils ne m'ont pas touchée…

– Ah non, ne parlez pas en français, je n'y comprends rien, protesta Teo.

– Je te ferai un résumé… lui répondis-je, absorbée dans mes pensées. Ce n'est pas moi que ces types voulaient, mais toi… pensai-je à nouveau à voix haute en m'adressant à Alain.

– Je sais… Ils étaient venus pour moi, ils ne s'attendaient pas à ce que tu passes. J'ai tout de suite compris qu'ils ne t'avaient demandé les papiers concernant les recherches que par improvisation, pour se raccrocher aux branches. À moi, ils ne me les ont demandés à aucun moment, et ils ne cherchaient rien non plus. Ils sont arrivés, se sont emparés de moi, m'ont ligoté sur la chaise et ont commencé à me taper dessus. C'était ça, le but de leur visite.

– Anton, Camille, et maintenant, toi… En revanche, moi… D'une certaine façon, ils me respectent…

– Pas précisément, objecta Alain en regardant mon poignet encore bandé.

– C'est moi qui me suis fait ça en fuyant, ça et tout le reste ; personne n'a touché à un seul de mes cheveux… Enfin, les gardes de *Posen Geist* l'auraient fait si… Je me rappelai les circonstances de ma fuite. C'est comme si quelqu'un me protégeait, conclus-je lentement, tentant d'assimiler mes propres conclusions. Peut-être Georg von Bergheim…

– Ana, il est mort.

Je secouai la tête pour revenir au présent.

– Je sais, je sais… Mais tout est si bizarre. Cela n'a aucun sens…

Alain me regarda, muet : il n'avait pas la réponse. En l'observant, je fus envahi par un mélange d'angoisse et de tendresse à parts égales.

– Ce type m'a dit qu'il y avait des gens qui aimeraient te voir mort… Pourquoi ?

Alain tenta de sourire mais il ne parvint qu'à ébaucher une grimace amère.

– Tu ne vas pas me rendre responsable de ça aussi, n'est-ce pas ?

– Non, bien sûr que non.

De mon côté, je pus lui offrir un franc sourire.

Teo réclama à nouveau la traduction, et je lui en fis une sommaire. Pendant ce temps, Alain en profita pour poser la tête contre le fauteuil en velours usé du café.

– C'est un peu comme le Fantôme de l'opéra, non ? Le mec est un taré en guerre contre le monde entier sauf la femme qu'il aime. Chérie, quelqu'un est amoureux de toi en mode psychopathe obsessionnel, je te le dis.

Je ne tins guère compte du pittoresque diagnostic que Teo fit de la situation, mais comme il me sembla amusant, je songeai à le traduire à Alain. En revanche, en le voyant, je changeai d'avis.

– On devrait s'en aller pour que tu puisses te reposer. On va te raccompagner…

– Je ne veux pas rentrer chez moi, dit-il sur un ton tranchant. Tu crois que je pourrais dormir tranquille… ? Et puis, je ne veux pas arriver et tout voir sens dessus dessous, je n'en ai pas le courage pour l'instant.

Il soupira puis appela le serveur et commanda un deuxième café.

– Je suppose que tu ne comptes pas rester indéfiniment ici, ironisai-je, déconcertée par sa réaction.

Il m'offrit à nouveau une grimace en guise de réponse.

Le garçon apporta les cafés et Alain prit son temps pour poursuivre ; il ouvrit le sachet de sucre, le versa dans la tasse et tourna lentement sa cuillère. J'attendis patiemment, je ne voulais pas le harceler.

– Je ne te l'ai pas encore dit, dit-il enfin après une première gorgée, mais avant l'arrivée de ces types, j'ai eu le temps d'ouvrir l'e-mail du Livre Foncier…

– Mon Dieu… Avec tout ce cirque, je l'avais oublié.

– D'après la *copie immeuble*, la municipalité d'Illkirch a acheté la propriété des Bauer en 1975…

– Et qui la lui a vendue ? demandai-je avec impatience.

– Un cabinet d'avocats de Barcelone, par procuration.

– De Barcelone ? répétai-je, surprise.

– De Barcelone.

– Qu'est-ce qu'il y a à Barcelone ?
– Tais-toi, Teo… Mais une procuration de qui ?
– D'une société marchande… Je ne me souviens pas de son nom. Mais d'une façon ou d'une autre, derrière cette opération, il doit y avoir un Bauer ou un héritier légitime de la propriété.
– Sarah Bauer ? Pouvait-elle être encore vivante en 1975 ? suggérai-je, émue.
– Ou un de ses descendants.
– Mais sa fille est morte. On l'a vu sur l'acte de décès de la *mairie*.
– Elle a peut-être eu d'autres enfants… Ou non, mais elle a bien dû avoir un héritier parce que, lorsqu'une personne meurt sans avoir fait de testament et sans héritiers légitimes, toutes ses propriétés vont à l'État, et cela ne fut manifestement pas le cas des Bauer. De toute façon, il ne s'agit que d'élucubrations. On doit aller voir un membre de ce cabinet à Barcelone.
Alain ménagea ses effets avant d'annoncer :
– Et quel meilleur moment que maintenant.
– À Barcelone, maintenant ?
Je ne me suis jamais distinguée par mon talent d'improvisation ni par mon esprit d'aventure.
– Tu as mieux à faire ?
Il y a des questions absurdes, mais précises.
– Eh bien… Non. Mais… Regarde-toi ! Tu n'es pas en état d'aller où que ce soit.
– Je vais bien. Je n'ai mal nulle part, vraiment.
– Je ne te crois pas. De toute façon, tu es bourré de calmants. Tu verras quand l'effet se sera dissipé…
– Je me bourrerai encore de calmants, répliqua-t-il, obstiné.
– Et puis, lundi, tu dois retourner à l'hôpital pour te faire examiner et soigner.
– Lundi, mardi… Quelle importance ? Arrête de chercher des excuses… Écoute, on peut y aller en voiture, en

s'arrêtant à Fontvieille, où vit ma sœur, en Provence, c'est à mi-chemin. Aujourd'hui, c'est samedi, on y dormira ce soir, et on peut arriver à Barcelone dimanche soir.

– Tu n'es pas non plus en état de conduire.

– On va se relayer et je me reposerai quand je ne serai pas au volant, je te le promets. Réfléchis bien, Ana : ces abrutis n'auront pas l'idée de nous chercher à Barcelone. Cette nuit, on dormira tranquille.

– Ouh, je ne sais pas… J'ai l'impression qu'ils savent où on est à chaque instant, c'est angoissant.

– Au fait, dit Alain en mettant la main dans sa poche, d'où il sortit son mobile avant de l'éteindre. Éteins ton portable, toi aussi, rappelle-toi ce qu'a dit la police : par les mêmes moyens que cette racaille a utilisés pour trouver ton numéro, ils pourraient nous repérer grâce au signal qu'émet le téléphone.

– Oui, oui… Mais si j'éteins mon téléphone… « … je serai non seulement impossible à localiser pour les méchants, mais aussi pour tout le monde … », pensai-je.

– Quoi ?

– Rien…

– Ana, je ne veux pas rentrer chez moi, m'implora-t-il solennellement, frôlant le désespoir.

Je regardai Alain, jetai un coup d'œil à son téléphone… puis reportai le regard sur Alain. Presque un week-end, en traversant la France dans une 2 CV jaune, avec un séduisant et mal en point professeur d'art divorcé et un gay… Cela pourrait fournir le scénario d'un film indépendant. Une petite aventure. Ma petite aventure… Et Konrad ne pourrait pas me retrouver. Une petite vengeance. Ma petite vengeance…

– Putain, chérie ! Tu vas me dire une bonne fois pour toutes ce qui se passe ?

J'éteignis mon portable, souris et me tournai vers Teo.

– On part à Barcelone… Ah, et éteins ton portable.

Mars 1944

Entre 1944 et 1945, la Royal Air Force, avec l'appui des Forces aériennes américaines, amorce une campagne de bombardements massifs contre plus de soixante villes allemandes. L'objectif de ces bombardements n'était pas uniquement militaire : il consistait à saper le moral de la population en réduisant les villes à des décombres et en les transformant en boules de feu par le lancement de bombes incendiaires, que les Allemands appelèrent *Feuersturm* ou « tempête de feu ». À la fin de la guerre, plus d'un million de tonnes de bombes avaient été lancées sur l'Allemagne et, même si les chiffres officiels des victimes ont toujours été considérés comme secrets, on estime qu'entre quatre cent mille et six cent mille personnes, dans leur majorité des femmes, des enfants et des vieillards, ont trouvé la mort au cours de ces bombardements.

Sarah avait beaucoup pleuré les premiers jours. Cela lui arrivait souvent et sans raison : soudain, les larmes jaillissaient, elle les laissait couler puis elles séchaient toutes seules. Elle pleurait au réveil et avant de s'endormir, en cachette, en préparant les repas ou en faisant la queue à l'épicerie. Elle pleurait en regardant Marie et quand celle-ci pleurait.

Avec le temps, cela avait cessé progressivement. Comme un ruisseau en été, ses larmes s'étaient évaporées et avaient laissé un lit à sec et craquelé. La jeune fille avait fait le gros dos et s'était plongée dans la routine. Elle avait fait de sa vie un tableau composé d'horaires et d'arrêts comme pour les trains : il fallait juste faire l'effort de se lever le matin et arriver en vie au soir ; entre-temps, il ne fallait pas trop réfléchir ou ressentir, juste se laisser porter, se pousser au quotidien. Un quotidien qui s'écoulait, monotone, entre les tâches de la maison, le travail à la librairie et Jacob.

– Épouse-moi, Sarah. Marie a besoin d'un père.

Il avait fallu un mois à Jacob pour réunir le courage suffisant pour proposer le mariage à Sarah. Il avait balbutié, bégayé et tourné le dos à tous les principes du romantisme. Mais Sarah n'avait pas réagi ; elle n'avait même pas levé la tête. Elle avait replongé la cuillère dans la même soupe aux choux répugnante qu'elle préparait tous les soirs à dîner, et elle avait allégué :

– Marie a déjà un père. Ce n'est pas un bon moment pour se marier.

Comme un coup de hache n'aurait pas été plus dévastateur, après avoir prononcé ces mots, elle avait relevé la tête, l'avait regardé et avait souri, car dans le fond Jacob lui faisait de la peine.

Il crut pouvoir la comprendre. Ce n'était pas bien que la femme entretienne son mari. Mais dès que cette maudite guerre serait finie, si elle finissait un jour et que ces salauds de nazis étaient enfin écrasés, Jacob chercherait un bon travail, n'importe lequel, et ce serait lui, et non Sarah, qui ferait marcher le foyer. Alors elle l'épouserait et ils achèteraient peut-être même une maison à la campagne, une petite ferme, et ils auraient d'autres enfants, une grande famille. Quand cette maudite guerre serait terminée, Jacob veillerait sur Sarah, il vieillirait auprès d'elle, toujours près d'elle jusqu'à la mort. Il ne concevait pas de plus grand bonheur.

Ses rêves à l'horizon, Jacob tenait la barre de toutes ses forces, tentant l'impossible pour garder le cap dans la tempête. Aussi continuait-il à prendre les médicaments que lui avait prescrits le Dr Vartan, car il était encore déprimé quand il voyait Sarah triste et parce que, sans médicaments, il aurait été difficile de contrôler l'anxiété qu'il ressentait en dormant à côté d'elle sans presque pouvoir la frôler. « Pas encore, Jacob. Je n'ai pas encore totalement récupéré », objectait-elle, lui tournant le dos à chaque fois qu'il s'approchait de trop près. Alors le jeune homme, qui bouillait de désir, devait prendre un tranquillisant pour se calmer et pouvoir dormir. Mais il savait qu'il allait arrêter, que lorsque le bateau arriverait au paradis de ses rêves, il n'en aurait plus jamais besoin.

*

Sarah repassait et pliait les vêtements. Comme il était de plus en plus difficile de se procurer du charbon, elle profitait du moment où elle allumait la cuisinière pour le dîner pour mettre le fer à chauffer dans les braises. Sarah repassait et ne pensait à rien d'autre, juste à appuyer bien fort pour effacer les plis, ne pas trop faire chauffer le fer pour ne pas brûler les vêtements, ne pas dépareiller les chaussettes de Jacob, les repriser et les rouler soigneusement pour en faire une boule. Pendant ce temps, elle se concentrait sur ce qu'elle était en train de faire, c'était un mécanisme de défense.

Tandis qu'elle repassait, on frappa à la porte. Elle posa le fer dans un endroit sûr, plaça derrière ses oreilles quelques mèches de cheveux qui s'étaient échappées de son chignon. Avant d'aller ouvrir.

– Bonjour, Sarah.

La jeune femme pensa que cela n'était pas possible, que ses yeux la trahissaient, que ce qu'elle voyait était le produit de son esprit obsédé. Ce ne fut que lorsque Georg parla qu'elle sut que c'était réel.

– Tu es seule ?

Sarah le rassura.

– Je peux entrer ?

– Oui… Oui, bien sûr.

Elle s'écarta, laissa entrer Georg et ferma la porte. Comme si le bruit du verrou l'avait réveillée, elle devint nerveuse. Elle se trouva soudain complètement hors du temps et de l'espace et elle ôta son tablier dans une tentative grotesque de se repérer.

– Où est Marie ?

Son ton était pressant, comme s'il avait dû savoir immédiatement où se trouvait la petite.

Sarah le regarda, étonnée. Georg n'avait pas bonne mine : même son uniforme ne lui donnait pas de prestance, il avait les épaules basses et le dos courbé. Mais le plus alarmant était son visage : émacié, les commissures des lèvres tombant entre les joues creuses, le regard semblant vaincu sous le poids des paupières. Il avait des cernes, aussi profonds et marron que deux hématomes, et les yeux rougis et vitreux. Elle s'inquiéta.

– Elle dort, répondit-elle enfin.

– Je peux la voir ?

Il semblait toujours mu par l'urgence.

– Elle est… dans son berceau, hésita Sarah. Dans ma chambre.

Georg fit demi-tour et entra à toute vitesse dans la pièce. Sarah le suivit et le trouva penché sur le berceau de Marie.

– Mon Dieu…

Georg posa son immense main sur le petit corps de Marie et la caressa délicatement.

– Mon Dieu… Mon Dieu…

– Que se passe-t-il, Georg ?

Il se redressa, prit une inspiration et laissa l'air emprisonné dans ses poumons… Il le rejeta comme un sanglot. Sarah s'approcha et lui posa la main dans le dos. Quand Georg se retourna, elle vit qu'il avait les yeux pleins de larmes. Elle le prit dans ses bras. Elle l'étreignit avec force et Georg éclata furieusement en pleurs.

Il avait honte, il voulait s'arrêter de pleurer, mais il ne pouvait pas… Il ne l'avait pas fait auparavant, il n'avait pas versé une seule larme, ni quand on lui avait annoncé la nouvelle, ni pendant le voyage, l'enterrement ou les funérailles, ni ensuite, quand il s'était retrouvé seul. Mais dans les bras de Sarah, il trouva la place pour laisser couler toutes ces larmes qu'il avait retenues pendant des jours. Il pleura désespérément et sans retenue, sans même pouvoir parler pour s'expliquer. En silence, Sarah le serra dans ses bras, le caressa et le laissa pleurer et cacher ses larmes sur son épaule, tandis que son propre cœur se brisait en tout petits morceaux.

Au bout d'un moment, Georg retrouva le souffle pour parler.

– C'est Rudy… sanglota-t-il. Il n'avait que deux ans… Deux ans, mon Dieu… ! Il est mort… Le petit est mort… Sarah, je suis triste… Tellement triste… Rudy était mon fils… Je suis tellement triste…

Et il se brisa à nouveau sous le poids de la douleur. Les larmes jaillirent aussi irrémédiablement des yeux de Sarah.

– Ne pleure pas… Tu ne dois pas. Je ne veux pas… Je suis si triste…

La jeune fille embrassa ses lèvres salées pour l'obliger à se taire. Elle caressa son visage ruisselant et l'embrassa à nouveau avec tendresse.

– Georg…

– Je t'ai menti, Sarah… Je ne t'ai pas dit la vérité, et maintenant, je viens pleurer devant toi parce que mon fils est mort… Je voulais t'en parler… Pardonne-moi, Sarah, je ne savais où aller…

– Viens…

Sarah posa la tête de Georg sur sa poitrine, il s'y appuya et tenta de se calmer.

Le jour où la nouvelle lui était parvenue, il était à Wewelsburg : des avions anglais avaient bombardé le centre de Munich à 21 h 45 ; son jeune fils se trouvait parmi les victimes. En état de choc, il rentra chez lui ; seule la vision du cadavre de l'enfant parvint à le secouer et à le plonger dans la réalité la plus décharnée et la plus douloureuse. Ce ne fut qu'alors qu'il se réveilla du cauchemar. Elsie était une ombre non moins cadavérique qui errait, dévastée, sans capacité de réaction ni de décision. Georg dut ravaler sa douleur et prendre le contrôle de la situation : les formalités, l'enterrement, les funérailles, la cérémonie et les condoléances… Il avait l'impression qu'il avait laissé son âme au lit et que son corps agissait par impulsions électriques comme un automate. Il ne dit presque rien à Elsie, c'était à peine s'il la reconnaissait. Ce ne fut qu'au moment de partir, debout dans le vestibule d'une maison triste et lugubre, son paquetage à la main, qu'il lui dit :

– Elsie, je t'en prie, emmène Astrid en Suisse, sors-la de cet enfer avant qu'il ne soit trop tard.

Elle se retourna lentement et, pour la première fois, Georg découvrit un peu de vie dans son regard, même si c'était la haine qui la lui insufflait. Les yeux sombres et mi-clos, la bouche entrouverte et les dents serrées, elle lui répondit :

– Ne fais pas ça, Georg. N'aie pas le culot de me dire : « Je t'avais prévenue ». N'aie pas l'outrecuidance de venir me reprocher la mort de notre fils… Tu n'as aucune idée de ce que c'est d'être seule ici, à me battre chaque jour pour survivre… Tu n'imagines même pas, parce que tu ne vis plus à la maison depuis cinq ans et qu'une lettre par mois ne remplace ni un père ni un époux. Tu n'étais pas là quand sa première dent a poussé, ni quand il a fait ses premiers pas ; tu n'étais pas là pour entendre ses premiers mots, ni quand il a eu la varicelle ou quand il pleurait parce qu'il n'y avait plus de lait ou que le bruit des sirènes lui faisait peur. Mais surtout, Georg, tu n'étais pas là pour retirer son corps sans vie des décombres. Alors, s'il te reste un peu de décence et de compassion, ne viens pas maintenant me dire ce que je dois faire. Il est trop tard, Georg. Trop tard pour tout.

Elsie se retourna et se perdit dans l'escalier, descendant en traînant sa chemise blanche comme une âme en peine.

Georg baissa la tête, ouvrit la porte et sortit. De toutes les offensives de cette foutue guerre, celle-ci avait été la plus dure et la plus sanglante, celle qui l'avait blessé le plus profondément, lui laissant les séquelles les plus douloureuses. Tout ce qu'il souhaita alors fut que la guerre en finisse avec lui une bonne fois pour toutes, qu'elle le tue comme un soldat : avec honneur sur le champ de bataille. Ce fut la demande qu'il formula auprès du *Reichsführer*.

« Je ne nierai pas, *Sturmbannführer*, que nous avons de plus en plus besoin d'hommes sur le front. Mais votre place est à Paris. Il y a là-bas… des affaires en cours… »

Georg fut stupéfait. Rentrer à Paris n'avait aucun sens ! En l'espace de quelques secondes, il envisagea la désertion, le suicide ou le magnicide. Il se mit pourtant au garde-à-vous et obéit aux ordres.

Georg s'excusait compulsivement d'avoir une femme et des enfants et de le lui avoir caché. Mais Sarah était convaincue qu'elle n'avait rien à lui pardonner.

– Nous ne nous sommes jamais rien promis, Georg. Comment aurions-nous pu ? C'est arrivé, contre tout pronostic et toute raison, mais c'est arrivé. Et depuis le premier moment, on voyait que ce puzzle ne pourrait être terminé, car il est impossible d'emboîter deux pièces provenant de deux puzzles différents.

Georg la regarda, les yeux encore gonflés et rougis, mais grands ouverts, pour tenter de l'embrasser entièrement.

– Mon Dieu, Sarah, si tu savais à quel point je t'aime…

Sarah le prit dans ses bras et l'embrassa dans le cou.

– Moi aussi, je t'aime, mon amour… C'est ce qui rend les choses aussi difficiles. C'est ce qui me tue.

Il devait l'embrasser sur la bouche, il devait la presser contre son cœur. Il devait le faire parce que c'était peut-être la dernière fois… Par-dessus sa tête, il se pencha sur le berceau de Marie : la petite était éveillée mais calme, regardant une de ses petites mains, les yeux dans le vide.

– Sarah, tu dois quitter Paris. J'ai déjà perdu une partie de moi-même, je crois que je ne pourrais pas supporter de vous perdre, toi et la petite. Si les Alliés bombardent toutes les villes allemandes, pourquoi ne bombarderaient-ils pas Paris ? Pars avec Marie et Jacob, vous en avez encore le temps.

Sarah le regarda sans comprendre.

– Mais je ne veux aller nulle part avec Jacob. Je veux seulement être avec toi… Je sais que ce n'est pas possible, mais je ne partirai pas d'ici. Et puis, le bébé n'a que deux mois, il est trop petit pour aller nulle part.

À son expression, Sarah vit qu'il n'était pas convaincu.

– Oh, Georg, peu importe ce que nous faisons pour l'éviter, la mort rôde. Tu peux chercher un raccourci : si elle le veut, elle t'attendra au bout du chemin le plus court. S'il me reste deux jours à vivre, je veux que la mort me trouve auprès de toi, pas en train de fuir avec un homme que je n'aime pas…

– Qu'est… Qu'est-ce que ça veut dire ?

En entendant ces mots, ils tournèrent soudain la tête. Comme si elle était brutalement tombée du septième ciel au cinquième cercle de l'enfer, Sarah faillit s'évanouir : Jacob les observait depuis le seuil, l'air décomposé.

– Que se passe-t-il, Sarah ? Qui est cet homme ?

– Calme-toi, Jacob...

Sarah tenta de s'approcher de lui, mais Georg l'en empêcha subtilement en se plaçant devant elle comme un bouclier.

– Je suis calme, bon Dieu. Je veux juste savoir ce que fait ce salaud de nazi dans ma chambre avec ma femme !

Sarah regarda l'arme de Georg à son ceinturon, dans son étui. Il aurait été si facile pour lui de dégainer et d'abattre ce Juif d'une seule balle. Mais contrairement à ce que pensait Jacob, Georg n'était pas un salaud de nazi.

– Écoute… tenta de le calmer Georg, mais Jacob bondit comme un fauve.

– Dehors !

– Jacob, je t'en prie…

– Tais-toi, salope !

Cela rendit fou Georg, qui avança d'un pas.

– Que vas-tu faire, hein, nazi ? Tu vas me tirer dessus ? Eh bien vas-y ! Un Juif de moins ! Et si tu as le courage de baiser ma femme, mais pas celui de me tuer ensuite, tire-toi une bonne fois pour toutes !

Georg serra les mâchoires et tenta de ne pas penser à l'arme qu'il portait à la ceinture. C'était de sa faute si cet homme était hors de lui, il ne pouvait pas s'en débarrasser d'une balle.

Sarah le prit par les épaules.

– Georg, va-t-en, je t'en prie, le pria-t-elle.

Il ne pouvait pas la laisser seule avec cet énergumène.

– Mais Sarah…

– Tu n'as pas entendu, salaud ?

Quand Jacob eut attiré son attention, il sortit un couteau :

– Tire-toi ! Maintenant !

Quelle était cette menace absurde ? Cet idiot ne se rendait-il pas compte que l'officier aurait pu se débarrasser de lui et de son couteau en quelques secondes ? Georg regarda Sarah.

– S'il te plaît, insista-t-elle. Ne t'inquiète pas, tout ira bien.

Il n'accepta de s'en aller que parce qu'elle le lui demandait. Mais en passant la porte, quand il fut à la hauteur de Jacob, il lui prit le poignet d'un mouvement rapide et le lui tordit jusqu'à lui faire lâcher son arme.

– Écoute-moi bien, jeune insensé. Si tu touches à un seul de ses cheveux, je te jure que j'en finirai avec toi avant que tu n'aies traversé la rue.

Georg lui lâcha la main avec mépris et sortit.

En entendant le bruit de la porte, Sarah se laissa choir sur le lit et enfouit son visage entre ses mains.

– Qu'est-ce que tu as à dire, hein ?

Mais Sarah ne lui répondit que par le silence.

– Bon sang, Sarah, je mérite une explication !

Elle sortit enfin le visage de ses mains et parla :

– Je suis désolée, Jacob. Je suis vraiment désolée…

Jacob soutint son regard. Non, Sarah ne ressentait rien. Rien d'autre que de la pitié envers lui. Le garçon ne supportait pas la compassion, et il eut envie de la gifler pour lui prouver que ce n'était pas lui qui était faible. Il eut envie de la saisir au cou et de la secouer. Et au fur et à mesure, son pouls s'accélérait et il transpirait. Il ne pouvait pas l'avoir là devant lui, il ne pouvait pas la regarder tranquillement… Avant d'exploser définitivement et d'avoir à le regretter, il fit demi-tour et s'en alla.

Immobile dans la chambre, Sarah entendit à nouveau le verrou de la porte d'entrée. Marie pleura. Elle la prit dans ses bras. Elle s'allongea avec elle sur le lit et se joignit à ses pleurs.

Un hôtel vaudrait mieux

Nous nous relayâmes au volant sur les quelque six cents kilomètres qui séparaient Paris de Fontvieille et de la maison de la sœur d'Alain, mais seulement Teo et moi, Alain ayant dû admettre son incapacité à conduire dans son état. En fait, même en nous relayant, entreprendre ce voyage sans avoir dormi de la nuit allait à l'encontre de toutes les recommandations de la sécurité routière, mais nous étions suffisamment fatigués pour ne pas nous en soucier, et puis aucun d'entre nous ne voulait rentrer chez lui ni rester à Paris avec les mafieux qui rôdaient. Et même Teo, que nous proposâmes de conduire à l'aéroport pour rentrer à Madrid, allégua :

– Ouh, ma chérie, pas question ! Si le Dr Jones n'y voit pas d'inconvénient, je m'incruste. Puisque j'ai raté le glamour parisien, je l'échange contre le glamour provençal, comme Caroline de Monaco… Dommage que je doive faire ma grande entrée dans la voiture de Scooby-Doo.

Je ne suis pas très sûre que le Dr Jones ait vu un inconvénient ou non à ce que Teo nous accompagne. Mais il assura très poliment que ça ne serait pas du tout un problème ni pour lui ni pour sa sœur. « Après tout, si le Dr Jones ne t'a pas emmenée au lit en deux mois, je ne crois pas qu'il ait l'intention d'y arriver juste pendant ces deux jours », fut sa façon particulière de justifier sa présence.

Sa sœur habitait dans une très grande maison et il m'assura qu'il y aurait de la place pour tout le monde. C'était une ancienne ferme du XVIIIe siècle, qui avait appartenu à leur grand-père, où ils avaient vécu après la mort de leurs parents. Quand elle se maria, ils décidèrent qu'il valait mieux qu'elle y reste avec son mari, étant donné qu'Alain avait déjà déménagé à Paris et que le grand-père était trop âgé pour y vivre seul. À la mort du vieil homme, l'héritage fut réparti de façon à ce qu'elle ne doive pas quitter la maison, où elle était installée avec son mari et leurs deux filles.

Alain me raconta tout cela pendant mon premier tour de conduite. Il avait juré de se reposer, mais il ne tint pas sa promesse. Il était manifestement trop excité pour dormir. Celui qui dormait à poings fermés, c'était Teo, sur la banquette arrière. Pendant ce temps, en un peu plus de deux heures, Alain put me raconter que son grand-père avait discrètement fait fortune dans le commerce des antiquités. André Lefranc était un homme d'origine modeste qui, à la fin de la guerre, sans foyer et sans famille, avait pratiquement tâté de tous les métiers. Avec ses premières économies, il avait acheté une voiture et un âne avec lequel il démarchait à domicile pour acheter les vieilleries dont les gens ne voulaient plus. Il les réparait, les nettoyait, les restaurait et les vendait ensuite sur les petits marchés de Provence. Son affaire prospéra, il échangea sa voiture contre une camionnette et son éventaire contre une boutique à Saint-Rémy-de-Provence. Au fil des ans, il ouvrit quatre autres magasins dans différentes localités de Provence et devint l'un des antiquaires les plus réputés de la région.

Au premier arrêt dans une station-service pour changer de conducteur, prendre de l'essence et manger quelque chose, je rappelai à Alain :

– Tu devrais appeler ta sœur pour la prévenir de ce qui l'attend, tu ne crois pas ?

– Oui, je comptais le faire. Dès que je trouverai un téléphone public… Et tu pourrais en profiter pour appeler Konrad et lui faire part de nos projets. S'il essaie de te joindre sur ton portable, il va s'inquiéter.

– Oui… Bien sûr… Je vais… voir si je trouve une brosse à dents…

– Ana ?

– Quoi ?

Je me retournai et il se contenta de m'adresser un regard. Au bout d'un moment, il agita la tête, songeur.

– Rien… Je vais acheter un cadeau pour mes nièces.

Il faisait nuit en arrivant à Fontvieille, qui avait l'air d'un petit village fantôme, aux rues désertes et mal éclairées, et aux magasins et aux bars fermés. À la sortie du village, nous tournâmes à droite et nous engageâmes dans une rue étroite et aux pavés disjoints, flanquée d'une succession d'entrées de maisons invisibles, barricadées derrière une végétation frondeuse de cyprès.

Teo s'arrêta devant l'une d'elles, les phares éclairant une haute grille noire aux barreaux en fer forgé, pourvue d'une sonnette et d'une plaque sur laquelle on lisait : L'OLIVETTE. Alain descendit de voiture, sonna, et la porte s'ouvrit automatiquement. Il remonta et nous entrâmes dans la propriété par un chemin de gravier au bout duquel on devinait la silhouette d'un grand bâtiment rectangulaire à trois étages. Nous nous garâmes sur un côté et deux bergers allemands qui gambadaient et aboyaient autour du véhicule surgirent immédiatement.

– Bonnie et Clyde… précisa Alain. C'est mon beau-frère qui a choisi les prénoms, il est inspecteur de police… Attendez-moi un instant…

Il redescendit, caressa les chiens tandis que ceux-ci serpentaient et cabriolaient autour de lui, l'empêchant presque d'avancer, et il monta sous le porche. À ce moment, des lumières s'allumèrent et la façade tout entière s'éclaira : elle était simple, faite de pierres couleur crème emboîtées les unes dans les autres comme par magie et entourées de lierre vert ; trois balcons au ras du sol, trois fenêtres au deuxième étage et trois petites fenêtres rondes au troisième étage, avec leurs contrevents de bois peints en blanc. Le porche donnait sur une grande pelouse entourée d'un champ d'oliviers. Le balcon central, qui servait de porte principale, s'ouvrit sur une jeune femme en jeans, T-shirt et longue veste en maille grise. Elle était grande et mince et portait une queue de cheval en bataille. Elle renvoya les chiens qui étaient venus vers elle. En voyant Alain, elle s'arrêta net et porta les mains à sa bouche. Il s'approcha d'elle pour la prendre dans ses bras.

– C'est sa sœur ? me demanda Teo.

– Je suppose… fis-je en haussant les épaules.

– Et elle sait que ce soir, elle a trois personnes supplémentaires à dîner et qu'elle va les loger pour la nuit ?

– Je crois que oui…

– Eh bien, elle fait une tête qui veut dire : « Qu'est-ce que tu fous là ? »…

– Je dirais plutôt : « Qu'est-ce que tu as foutu ? » Mais bon, c'est peut-être un peu des deux.

Tandis que je commençais à me sentir très mal de débarquer sans prévenir chez une inconnue à la recherche d'un repas et d'un lit, deux fillettes tout aussi blondes que leur mère accoururent à la rencontre d'Alain. Puis elles se mirent à caresser avec curiosité les bandages qu'il portait au visage. Je fus relativement soulagée de constater qu'il n'y avait pas que les chiens qui se réjouissaient de le voir…

Une fois qu'Alain eut embrassé, étreint et chatouillé le ventre de ses nièces, il se dirigea vers la voiture. Dès qu'il ouvrit la portière, je l'abordai :

– Dis-moi que tu as bien appelé ta sœur.

– J'ai oublié, s'excusa-t-il, l'air ingénu. Je parie que toi aussi, tu as oublié d'appeler Konrad.

– Ne change pas de sujet, Alain, me fâchai-je. C'est très gênant. On ne peut pas se présenter comme ça pour rester dormir chez elle ! Toi si, tu es son frère, mais nous, elle ne nous connaît pas…

– Du calme. Je lui en ai parlé, et il n'y a aucun problème. On arrive juste à temps pour le dîner.

Je regardai sa sœur, qui attendait sous le porche, et me mis à sa place.

– C'est super gênant ! Je suis morte de honte. On ferait mieux d'aller à l'hôtel…

Mais Alain passa outre mes protestations. Il sortit les sacs contenant ce qu'il avait acheté à la station-service et m'ouvrit la portière.

– Franchement, Alain, elle n'a pas l'air ravie de te voir… et ça ne m'étonne pas.

Il retrouva fugacement l'air d'un homme mûr.

– Oui, mais c'est pour une autre raison… Crois-moi, Ana, ma sœur a l'habitude des gens qui passent à l'improviste. La maison est grande. Et puis il y a Josette, la dame qui l'aide.

Je n'étais pas convaincue, mais je descendis de voiture. Une fois que Teo eut déplié avec effort ses longues jambes depuis le siège du chauffeur, nous nous dirigeâmes vers le porche.

Alain nous présenta sa sœur. Judith nous serra la main et nous accueillit avec un sourire. C'était une très jolie femme, avec des yeux verts et des traits d'une extrême douceur, frôlant la perfection. On aurait dit une actrice de cinéma des années 1940.

– Ces deux si jolies fillettes sont Claire et Cécile, nous expliqua Alain, regardant ses nièces avec orgueil.

– Je suis une princesse, intervint Cécile, la plus petite, qui devait avoir à peine cinq ans, cachant timidement son visage derrière ses boucles dorées.

– Bien sûr… Une très jolie princesse. Elle dit qu'elle est une princesse, traduisis-je à Teo.

– Mon Dieu qu'elle est belle !

– Teo ne parle pas français, mais je vais lui traduire, expliquai-je à Judith… Je disais à Alain qu'on irait à l'hôtel. Il n'est pas question de vous envahir sans avoir prévenu.

Tout en fournissant des explications à Judith, je coulai un regard réprobateur à Alain. Mais il riait sans gêne et n'avait pas du tout l'air impressionné.

– Non, non, l'hôtel, pas question. À la maison, il y a de la place pour tous. Et puis, vous arrivez juste à temps pour le dîner et Josette prépare toujours à manger pour un régiment. Ça va être génial de ne pas être obligés de remplir le frigo avec les restes.

– C'est sûr ? On ne voudrait pas déranger…

– Je t'avais dit qu'elle était trop bien élevée et qu'elle ne voudrait pas rester, fit Alain, jouant à attraper les petites.

Judith me prit par le bras et sourit.

– Sûr, Ana. Ça ne me gêne pas du tout. Entrons, ici, il fait frais. Mon mari est en train d'allumer la cheminée. C'est la première fois qu'on en a besoin depuis le début de l'automne.

Avril 1944

Bruno Lohse travailla pour l'Einsatzstab Reichleister Rosenberg de Paris entre février 1941 et août 1944. À la fin de la guerre, il fut arrêté en Allemagne et interrogé sur sa participation à la spoliation d'œuvres d'art appartenant aux familles juives de France. Compte tenu de sa bonne volonté à collaborer avec les enquêteurs américains – il témoigna même au procès de Nuremberg –, il fut libéré et mis à la disposition des autorités françaises. En 1950, à l'issue du procès contre les responsables de l'ERR en France, il fut absous par le tribunal militaire de Paris. Dès lors, il travailla comme marchand d'art à Munich et devint un collectionneur d'art réputé du Siècle d'or hollandais et expressionniste. Bruno Lohse mourut en mars 2007, à quatre-vingt-quinze ans.

Bruno Lohse finit d'approuver un inventaire avant d'enchaîner sur la tâche suivante.

Par chance, quand le travail ne lui laissait pas une minute pour respirer, il ne pensait plus à l'ennui qui se dégageait maintenant de tout cela. Les collections d'art continuaient à entrer et à s'entasser dans de mauvaises conditions dans les salles du Jeu de Paume. Les conflits entre les cadres de l'ERR, probablement aussi las et déçus que lui, étaient de plus en plus fréquents et variés : des jalousies et des luttes de pouvoir aux histoires de jupons et, dans une moindre mesure, aux problèmes professionnels. Par ailleurs, la plupart du personnel qualifié avait été réquisitionnée et envoyée sur le front. Pendant ce temps, Berlin réclamait qu'ils accélèrent l'envoi des collections en Allemagne et mettent de l'ordre dans le chaos documentaire et administratif de l'Einsatzstab, et, pour ce faire, Lohse ne disposait que d'une poignée de travailleurs français du musée qui faisaient leur travail avec une mauvaise volonté compréhensible. Il en avait assez. Quand il eut vent de l'intention de Robert Scholz, son supérieur, de le démettre de ses fonctions pour avoir défendu une secrétaire qui s'avéra par la suite être une répugnante traîtresse racontant pis que pendre sur lui, il demanda à être réincorporé au service actif, ce qu'on lui accorda. Mais un malheureux accident de ski survenu quelques semaines plus tôt l'avait obligé à rester à Paris avec une cheville brisée. Lohse jurait que dès qu'il pourrait marcher sans ces foutues béquilles, il fuirait ce lieu pestilentiel.

– Dr Bruno Lohse ?

Il se retourna. Deux types sans uniforme le regardaient d'un air sinistre sous le bord de leurs chapeaux respectifs.

– Ça dépend…

– Gestapo de Paris, se présentèrent-ils. Nous avons quelques questions à vous poser. Si vous voulez bien nous accompagner, *Herr Doktor*.

Georg attendit la nuit pour traverser le Jeu de Paume. Une fois là, il descendit dans les sous-sols. Au fond du couloir, il y avait une petite pièce où l'on stockait des documents. En temps normal, elle était fermée, car les archives qu'elle contenait n'étaient pas souvent consultées. Pourtant, dans l'obscurité du couloir, Georg aperçut un rai de lumière sous la porte. Il appuya sur la poignée, qui céda facilement, et la poussa.

– J'allais partir. Je n'étais pas sûr que tu aies reçu mon message…

Lohse le regardait du fond de la pièce avec son habituel air narquois, qui dédramatisait jusqu'aux situations les plus tendues. Il fumait assis sur des caisses contenant des documents, la jambe plâtrée allongée et les béquilles sur le côté.

– Je suis passé au bureau en fin d'après-midi et j'ai vu ton mot.

– Tu es insaisissable, en ce moment…

– Je navigue. Avec mes affaires, tu sais… En ce moment, je travaille uniquement pour Himmler… Enfin, je crois. On m'a retiré le véhicule officiel, la chambre au Commodore, la secrétaire… et j'ai l'impression que je ne vais pas garder très longtemps ce taudis sans fenêtres qui me sert de bureau.

L'espace d'un instant, Lohse cessa de sourire. Il écrasa son mégot par terre et observa Georg d'un air sombre.

– J'ai appris pour ton fils… Je ne vois pas ce que je pourrais te dire de sensé.

– Je sais, fit Georg en serrant les lèvres dans une grimace qui se voulait un sourire. Merci…

Et il préféra changer de sujet.

– Et toi ? Quel cul as-tu botté cette fois, pour qu'il t'ait laissé des séquelles aussi visibles ?

– Ça ? Un accident de ski. Le reste n'a laissé de séquelles que dans mon dossier. Tu sais que j'essaie de ne pas avoir de sang sur les mains… Enfin, dès qu'on m'enlèvera ce foutu plâtre, je décampe. C'est la fin, l'ami. Le mur se fissure et je ne compte pas être dessous quand il tombera, je peux te l'assurer.

– Un jour, on s'est réfugiés à l'ombre de ce mur… remarqua Georg. Maintenant il est trop tard pour s'échapper.

Lohse prit soudain un air si sérieux que Georg commença à soupçonner la gravité de l'affaire pour laquelle il lui avait donné rendez-vous.

Bruno Lohse saisit une de ses béquilles et désigna une caisse en face de lui.

– Assieds-toi, Bergheim, et fume une cigarette avec moi : nous avons pas mal de choses à nous dire. Aujourd'hui, j'ai eu une conversation agréable avec une de tes vieilles connaissances, le *Kriminalkommissar* Hauser.

Georg apprécia fort peu la mention de ce nom. Il avait l'impression que la tempête, qu'il ne voyait pas, mais qu'il pressentait aux coups de tonnerre qui résonnaient dans le ciel, à l'odeur d'ozone et de terre mouillée, était sur le point d'éclater au-dessus de sa tête. Le commandant s'assit sur le siège improvisé que lui offrait Lohse, sortit son étui à cigarettes, lui en tendit une et garda l'autre pour lui, les alluma et se prépara à écouter Lohse.

– Je n'irai pas par quatre chemins, Georg : enlève cet uniforme dans les plus brefs délais et quitte Paris. Ils sont sur tes traces, l'ami, et ils ne vont pas tarder à te retrouver, déclara-t-il en rejetant la première bouffée de fumée contre l'ampoule dépourvue de charme qui pendait au plafond.

– Hauser a toujours été sur mes traces. Depuis que j'ai tapé du poing sur la table le premier jour, j'ai gagné son aversion loyale et inconditionnelle.

– Oui, mais il a maintenant suffisamment de preuves pour te traîner en justice. Il les réunit depuis des mois comme une petite souris. Tu es allé trop loin en aidant cette fille juive et tu as mis le doigt sur la plaie. Maintenant, ce salopard prépare sa vengeance à froid.

– Qu'est-ce qu'il sait ?

– Il a des témoins qui ont vu la fille : des soldats qui assurent que tu l'as aidée quand ils voulaient l'arrêter, entre autres. Mais il a aussi des chauffeurs, des serveurs, des infirmières de La Pitié Salpêtrière… Il va même plus loin et compte t'accuser de trahison et de coopération avec la Résistance. Il croit que tu aurais pu collaborer à l'évasion de l'hôpital Rothschild d'un prisonnier de Drancy accusé de terrorisme.

Pour l'instant, ce dont Lohse lui faisait part ne le surprenait absolument pas. Il était facile à deviner que tôt ou tard, Hauser se servirait de tout cela contre lui.

– Il n'a pas essayé de t'éclabousser avec tout ça, non ? Je veux parler du faux tableau.

– Non, il n'y a pas fait allusion, et je parie que s'il disposait d'une information, cela ne le dérangerait pas de m'impliquer moi aussi. En fait, il voulait juste me voir au cas où j'aurais pu lui donner des renseignements te concernant : on dirait que ces derniers jours, il a perdu ta trace. Il sait que tu t'es rendu à Munich pour ton fils, mais il n'est pas sûr que tu sois rentré à Paris. Il m'a également posé des questions sur la fille, il voulait savoir si je vous avais vus ensemble, et quand je lui ai répondu que non, ce salaud m'a menacé de toutes sortes de conneries. Je crois qu'il devine que je ne suis pas très disposé à collaborer…

– L'animal devient dangereux…

– Tu n'imagines pas à quel point. C'est là le problème, Bergheim. Il m'a dit que tu ne pourrais plus te cacher dans les jupes du *Reichsführer* parce que Himmler lui-même avait ordonné à la Gestapo de Paris d'ouvrir une enquête.

Tous les muscles de Georg se tendirent immédiatement.

– Himmler ?

Lohse confirma.

– Il te soupçonne d'avoir trafiqué je ne sais quels rapports médicaux…

Alors, Georg comprit. Il comprit qu'il se trouvait au fond d'un trou et qu'il était tombé dans le piège en se dirigeant vers lui comme un imbécile. Himmler l'avait laissé faire jusqu'au moment où il l'avait tenu contre les cordes puis il l'avait envoyé à Paris pour le coincer sur son propre terrain. Il avait ses raisons de ne pas avoir accédé à sa demande de regagner le front… Maintenant, tout s'emboîtait. Il avait été stupide de croire que ses trucs avaient marché et naïf de sous-estimer l'astuce du *Reichsführer*.

– Écoute, je ne sais pas de quoi il s'agit, Georg. S'il est vrai que tu as fait tout ce que dit Hauser, tu es plus fou que je ne le croyais. Et si c'est faux, il a une imagination terrible. Mais dans les deux cas, c'est toi qui en paieras les pots cassés. Ce n'est pas une plaisanterie, Georg, tu dois ficher le camp le plus tôt et le plus loin possible. Ils portent contre toi des accusations curieuses et ils ne se contenteront pas de te faire rougir. S'il y a quelque chose que ces types ne pardonnent pas, c'est la trahison.

Georg écoutait Lohse comme un écho lointain dans la cavité de son cerveau. Oui, oui, il devait partir, mais Sarah ? Sarah était de nouveau exposée…

On entend tout
par le conduit de la cheminée

Je ne saurais assurer si c'était à cause de la fatigue, mais en entrant dans la maison, l'Olivette m'apparut comme le lieu le plus accueillant du monde. Tout y était chaleureux : l'accueil, la température, les couleurs, l'odeur de la cheminée et de la cuisine maison, y compris les bottes en caoutchouc de la famille alignées au fond du vestibule, le cahier de coloriages et les crayons de Claire éparpillés sur le tapis. Je dessinai un sourire stupide sur mon visage, frémis de plaisir et me collai à Teo en quête de chaleur humaine, la seule qui me manquait en ce moment.

La maison était merveilleuse : un fouillis d'objets et de styles hétéroclites qui s'harmonisaient miraculeusement entre eux, donnant à l'ensemble un charme unique. Elle me rappela d'une certaine façon l'appartement d'Alain, mais en grand. Les antiquités avaient parrainé et anobli les meubles Ikea, les tissus étaient de couleurs vives et affichaient des imprimés fleuris luxuriants, mais aussi des motifs d'une géométrie orientale sobre dans des tonalités de terre ; il y avait des livres et des photos partout et des vases contenant des fleurs du jardin ; une accumulation de papiers et de clés sur la table du vestibule, un chapeau en paille sur la rampe d'escalier, une pile d'assiettes anciennes en faïence ébréchée dans la salle à manger à côté d'un impressionnant saladier d'argent ; il y avait des bougies partout, y compris sur les marches d'escalier, et des bâtonnets d'encens dans les salles de bains ; sur le palier du troisième étage, une immense photo en noir et blanc des fillettes courant entre les oliviers et en train de faire des bulles de savon occupait presque tout un pan de mur… Je pourrais passer des journées entières à décrire les milliers de détails qui faisaient de cette maison un lieu unique sans parvenir à en décrire l'essence. L'Olivette était un endroit très particulier.

– Mon beau-frère est très conservateur, et je ne sais pas s'il trouvera amusant que tu dormes dans la même pièce que Teo, m'avertit Alain après m'avoir montré les quatre chambres : la principale, celle des filles, la sienne et celle de son grand-père.

– Tu préfères que je dorme dans la tienne ? plaisantai-je.

– Eh bien, ce ne serait pas mal du tout, enchaîna Alain. Mais je crois qu'en réalité, ce qu'il préfère, c'est que tu dormes dans la chambre de mes nièces.

Quand je descendis au premier étage pour expliquer la répartition à Teo, je le trouvai parfaitement intégré à la dynamique familiale : il était assis sur le tapis du salon pendant que Claire et Cécile lui maquillaient les lèvres, le coiffaient et lui posaient une couronne. Un des bergers allemands avait posé la tête sur ses genoux.

– Tu es magnifique.

Je ne pus m'empêcher de rire pendant que les filles criaient : *« C'est un prince ! C'est un prince ! »*

– Elles ont mis en évidence mon côté le plus féminin, n'est-ce pas ?

– Excuse-moi, mon chéri, mais ton côté le plus féminin est évident en permanence.

Teo ne fit bien entendu aucune objection.

– Je venais te dire qu'on ne peut pas dormir dans la même chambre, question de conventions.

– Ah, zut ! À ce stade, ils auraient dû comprendre que je suis totalement inoffensif pour toi, qui plus est avec les lèvres maquillées.

– Qu'ils aient compris ou non, on doit se répartir entre la chambre du grand-père et celle des filles.

– Je demande celle des filles ! Celle du mort me fait flipper. Et puis, regarde-les : elles m'adorent.

Cécile se pendit à son cou, et la couronne tomba sur le front de Teo.

– Je regrette, mais c'est moi qui dormirai dans la chambre des filles, m'empressai-je de préciser. J'y ai déjà laissé ma brosse à dents et ma culotte à fleurs. Alors tu peux monter tes bagages dans celle du mort, on va dîner.

Josette dressa le couvert dans la salle à manger, sur une nappe gaie avec des citrons jaunes, et Judith m'apprit à préparer un centre de table avec une vieille corbeille à pain, des branches d'olivier et des bougies. Le repas était délicieux : salade niçoise, toasts à la *tapenade*, *daube* de veau avec des légumes et tarte *Tatin* au dessert. Franck et Judith étaient très sympathiques, vraiment attendrissants ; j'eus l'impression de dîner avec des amis. Ce joli tableau de mets savoureux et de joyeuse conversation présentait toutefois un petit défaut qui serait passé inaperçu pour un œil peu observateur, mais à moi qui avais l'habitude des tensions familiales pendant les repas, il n'échappa pas : Judith et Alain ne s'adressèrent pas la parole du repas.

L'émotion du voyage et de l'arrivée m'avaient tenue debout jusqu'alors, mais dès que j'eus achevé le dessert, les presque quarante-huit heures de manque de sommeil pesèrent sur mes paupières. Comme les filles – qui avaient succombé aux attraits de Morphée l'une dans les bras de Teo et l'autre dans ceux d'Alain –, j'aurais laissé tomber ma tête sur la nappe aux citrons si j'avais eu trente ans de moins. Heureusement, l'après-souper ne dura pas plus longtemps que le café. Pendant que les hommes montaient coucher les petites, j'aidai Judith à ranger la cuisine car Josette était rentrée chez elle.

Alain ne tarda pas à se montrer.

– Bon, les petites sont couchées, bordées jusqu'au menton, annonça-t-il. Judith continua à faire la vaisselle face à l'évier, comme si elle ne s'était pas sentie concernée.

Du coin de l'œil, elle vit Alain regarder, attristé, son dos de sœur indolente. Je passai dans la salle à manger et au moment où je revenais avec une pile d'assiettes, Alain m'aborda et m'aida à les tenir.

– Tu dois être épuisée. Tu pourrais monter prendre une douche avant d'aller te coucher ?

Je devinai que cette proposition était une façon subtile de me demander de les laisser. Je lui souris donc.

– D'accord, mais tu ne peux pas porter de choses lourdes. Je vais aller mettre ces assiettes dans l'évier.

Il ne me fallut pas longtemps pour préparer mon *déshabillé* : la brosse à dents, un T-shirt pour dormir que m'avait prêté Teo, tiré de ses bagages complets et enviables, et un slip rouge roulé en forme de fleur, un reste des cadeaux de la Saint-Valentin, tout ce que j'avais trouvé à la station-service pour pouvoir changer de sous-vêtements.

J'étais en train de le déballer sur le palier du troisième étage afin de ne pas réveiller les filles, quand Teo apparut dans l'escalier.

– Chérie, tu ne vas pas le croire ! Tu dois… Nom d'un chien ! Qu'est-ce que c'est que cette chose si vulgaire ?

– Un slip en forme de fleur. Génial, non ?

– Non, en fait. Dis-moi que tu ne vas pas mettre ça, c'est bon pour les pétasses.

– Mais il est propre, et je ne peux pas en dire autant de celui que je porte. Alors oui, je vais le mettre.

– Je peux te prêter mes caleçons de chez Calvin. Ils sont comme ça, tout serrés, et ils te font un très joli derrière.

– Je crois que… non. Je t'aime beaucoup, Teo, mais pas au point de mettre tes caleçons. Merci, mais je garde mon slip de pétasse.

– Comme tu voudras…

– Qu'est-ce que c'était, que je n'allais pas croire ?

Teo resta songeur.

– Ce que tu n'allais pas… ? Ah oui, chérie, c'est trop fort ! s'exclama Teo, faisant des moulinets avec la main. Tu dois venir dans ma chambre. Le Dr Jones et sa sœur sont en train de discuter dans la cuisine et on entend tout par le conduit.

Je me dégageai de Teo qui m'entraînait dans l'escalier en me tirant par le bras.

– Lâche-moi, Teo ! Je n'ai pas l'intention d'écouter en cachette…

– Ouh, mais moi, si, et j'ai besoin que tu me traduises, j'y comprends rien.

Malgré mes protestations réitérées, il parvint à me faire descendre l'escalier à sa suite, mettant en danger mon intégrité physique et morale. Il me poussa dans sa chambre et, voyant que je restais debout, très digne, devant la cheminée, il me poussa à nouveau sans égards dans le foyer vide.

– Allez, ma reine, traduis.

– Mon Dieu, on entend tout !

Effectivement, le conduit faisait office d'amplificateur, et on aurait dit qu'Alain et sa sœur se trouvaient dans la même pièce que nous.

– Quelle honte !

– Tais-toi et traduis. Ne me dis pas que tu ne meurs pas de curiosité…

Bien sûr que si, que je mourais d'envie de savoir ! Résignée envers Teo et moi-même, je collai l'oreille et traduisis.

– Qu'est-ce que c'est que cette histoire rocambolesque ? Qu'est-ce que c'est que ces façons d'arriver ? Défiguré, avec une allure lamentable, une fille qu'on ne connaît pas et un… pédé. Et tu me racontes une histoire de passage à tabac, de flics et de mille autres choses bizarres. Écoute, je ne sais pas si je ne suis pas plus scandalisée qu'inquiète…

– Je t'ai expliqué, non ? Je ne comprends pas pourquoi tu me fais la gueule.

– Bon sang, Alain ! Tu trouves normal de débarquer… comme ça, sans prévenir, d'annoncer que tu viens juste dormir et que demain, tu t'en vas ? Ce n'est pas un hôtel, tu sais ? Tu n'es pas revenu depuis la mort de grand-père, tu es parti sans dire au revoir après l'enterrement ; tu n'as pas daigné appeler une seule fois. Tu n'as même pas signé les papiers du testament !

– Tu sais que je ne veux rien…

– Mais il ne s'agit pas de ce que tu veux ou pas ! Le monde ne tourne pas autour de toi. Tu as toujours fait ce que tu as voulu : aller et venir, entrer et sortir sans rendre de comptes à personne. Tu as fichu le camp à Paris et grand-père t'a fait bonne figure et t'a donné de l'argent, tu t'es marié en grande pompe et tu as divorcé six mois plus tard, et ici, on n'a rien dit. Tu n'as jamais eu de fichue responsabilité vis-à-vis de cette famille. Tu venais deux fois par an et en plus, tu étais comme le fils prodige : grand-père débordait d'attentions pour toi. Quoi que tu fasses, pour lui, tu étais toujours la victime ou le héros ; tu ne commettais jamais d'erreurs et il ne fallait pas te faire de reproches, rien exiger de toi : pauvre Alain !

– Attends un peu, tu as oublié que quand grand-père est mort, il ne me parlait plus ?

– Non, tu te trompes complètement : c'est toi qui ne lui parlais plus.

– Tu es très injuste, Judith. Avant de mourir, il m'a passé l'une des plus grandes engueulades de sa vie. Je ne crois pas que tu aies jamais eu à supporter les choses horribles qu'il m'a dites.

Un bref silence s'établit. Je regardai Teo. Je me sentais très mal à l'aise, mais lui, il adorait.

– C'est ce que tu crois, n'est-ce pas ? reprit Judith. Eh bien, tu n'en as aucune idée, petit frère. Aucune idée de l'enfer que c'était de vivre avec lui. C'était un despote, un misogyne, un maniaco-dépressif qui faisait des scènes pour n'importe quoi, parce que la soupe était froide ou le ciel couvert. Et tu dis qu'il t'a fait une scène ? Pour une raison étrange, tu n'as jamais vu que son visage aimable…

– Ce ne devait pas être si terrible. Après tout, grand-mère et maman vivaient avec lui…

– Non, Alain, non. Grand-mère l'a quitté peu après la naissance de maman, et maman est partie à ses dix-huit ans. Moi, je voulais partir, mais je n'en ai pas eu l'occasion. Une fois de plus, tu t'es posé en héros pour grand-père : « Le pauvre, comment pourrait-il se retrouver seul à la maison à son âge ? Que Judith reste, comme ça, elle n'aura pas besoin de s'acheter un appartement. Cet Alain qui est si bon, qui pense toujours aux autres… Pauvre Alain, il est trop occupé à Paris avec son travail et sa fiancée millionnaire. » Mon mari est un vrai saint, sinon la cohabitation avec grand-père nous aurait valu le divorce.

– Tu ne m'en as jamais parlé ! Comment aurais-je pu deviner ?

– Tu t'en fichais, Alain, reconnais-le. Tu étais trop occupé à vivre ta vie. Je ne t'ai demandé de l'aide qu'une seule fois, précisément suite à votre énorme engueulade, qu'il m'a bien sûr fait payer… Je ne pouvais plus le supporter… Et qu'est-ce que tu as fait ? Tu t'en es foutu royalement…

– J'ai arrêté mes recherches !

– Oh, quel grand geste de ta part. Comme toujours, tu as joué les victimes. Et en bonne victime, tu n'as pas daigné venir ni décrocher ton téléphone pour arranger les choses… Et puis grand-père est mort…

– Tu insinues que je suis aussi responsable de ça ?

– Bien sûr que non. Si tu l'as interprété comme ça, j'en suis désolée. Ce n'était pas mon intention. Ce que je dis, c'est que de temps en temps, ce serait bien que tu arrêtes de ne penser qu'à toi et que tu te rappelles que tu as une famille.

– Une famille, Judith ? Quelle famille ? Tu es ma seule famille. Qu'y avait-il avant nous ? Qui sommes-nous ? Pourquoi personne ne nous l'a raconté ? Pourquoi grand-père a-t-il perdu la tête quand j'ai fait allusion aux Bauer et pourquoi son tiroir est-il en revanche rempli de photos de ces gens ? Qu'y a-t-il de mal à ce que je veuille savoir ce qui est arrivé ?

– Rien, mais… qu'est-ce que ça peut faire ? Arrête de regarder vers le passé ; les morts sont morts. Tu ferais mieux de regarder devant toi : si tu veux une famille, cesse de râler et de te lamenter sur ce que tu ne peux pas changer et crée la tienne, commence par le début, pose-toi… Mûris, Alain. Mûris !

– Mûrir ? Créer ma propre famille ?… J'ai pincé ma femme en train de baiser avec un autre dans notre lit !

Un silence tendu s'établit. Teo me regarda bouche bée, les yeux écarquillés. Je me rendis compte que j'avais traduit à mon insu quelque chose que je n'aurais pas dû répéter.

Avant que j'aie pu le regretter, Judith reprit, la voix saccadée et sur un ton plus posé. Teo me pria de poursuivre.

– Je ne… Je ne savais pas. Tu ne me l'avais jamais dit…

Elle semblait déconcertée, mais ne tarda pas à revenir à la charge.

– Mais ne me dis pas que tu n'as jamais songé que cela pourrait arriver. Bon sang, on parle de Camille !

Alain émit un soupir si sonore qu'on l'entendit très nettement.

– Je n'ai pas envie de remuer tout ça maintenant, tu sais ? Ce qui est clair, c'est que tu avais préparé la liste des torts que je t'ai causés…

– Comment aurais-je pu, puisque je ne savais pas si tu allais venir un jour ? Je suppose que c'est ton apparition farfelue qui m'a fait déverser les griefs accumulés pendant des années…

– Je ne sais pas quoi dire… Difficile de passer du statut de héros et de victime à celui de scélérat et d'agresseur en quelques minutes… Si tu n'as rien d'autre à me jeter à la figure, je vais aller prendre un peu l'air, pour voir si je peux digérer ça…

– Alain…

– Oops ! J'ai à nouveau l'air d'une victime… Désolé, je te jure que je ne le fais pas exprès.

– Ce n'est pas ça, Alain… Bon sang…

Il me sembla entendre le bruit de la porte de la cuisine puis Judith qui s'exclamait : « Merde ! »

Aucune réponse d'Alain ne parvint par le conduit de la cheminée.

Qu'est-ce qu'on va faire quand tout cela sera terminé ?

Je sortis en courant de la cheminée et me penchai à la fenêtre : Alain s'engageait dans le jardin par un sentier bordé de lavandes. Sans trop réfléchir, je décidai de descendre le chercher.

– Qu'est-ce que tu fais, chérie ? s'enquit Teo en me voyant franchir la porte.

Je me retournai dans l'intention de le lui expliquer, mais je n'en fus pas capable. Je secouai la tête afin de me débarrasser des idées sensées.

– Évite la question. Je n'en ai aucune idée.

Et je descendis rapidement l'escalier avant que les idées sensées ne reviennent et ne m'obligent à reculer.

Je le trouvai au bord de la piscine. Assis au bord d'un transat, la tête enfouie entre les mains. « Qu'est-ce que je fous là ? », me demandai-je alors. Les idées sensées sont vraiment rapides et avaient fini par me rattraper.

Au moment où j'allais faire demi-tour pour repartir par où j'étais venue, Alain leva la tête.

– Tes… Tes blessures te font mal ?

Je reconnais que je n'ai jamais été très douée pour me tirer avec naturel des situations embarrassantes.

– Un peu… Pas autant que d'autres qui ne se voient pas, murmura-t-il en détournant le regard.

Je l'observai en silence pendant une seconde en me demandant ce que je devais faire.

– Tu as envie d'un peu de compagnie, ou tu préfères rester seul ?

Alain sourit et frappa doucement le transat de la paume de la main, me montrant une place juste à côté de lui.

– J'ai envie de compagnie.

Je franchis la distance qui nous séparait et m'assis. Il resta silencieux, le regard plongé dans l'eau de la piscine parfaitement étale par cette nuit sans brise. En l'observant, je m'aperçus que des reflets dorés dansaient à la surface ; autour, une lumière blafarde découpait les silhouettes du jardin. Je levai la tête : une immense pleine lune brillait juste au-dessus de nous, accrochée à un ciel noir et net. C'était une belle nuit d'automne où l'air sentait la lavande et où un rossignol retardataire chantait, caché dans les oliviers. Nuit blanche et violette, couverte d'une brume qui estompait les formes et les tons comme sur les dessins au fusain d'Alain.

– Je me suis disputé avec ma sœur.

– Je sais, dis-je pour laver ma conscience. J'ai tout entendu par la cheminée de la chambre de ton grand-père… Je suis désolée, m'excusai-je en écrasant du gravier du bout de ma botte pour éviter de le regarder.

Ce fut lui qui chercha mon regard. Heureusement, il avait l'air plus amusé que fâché.

– Tu vois ? Teo et moi, on aurait dû dormir à l'hôtel, affirmai-je, tout en sachant que la pénitence arrivait à contretemps.

– Si tu étais allée dormir à l'hôtel, tu ne serais pas là, à me tenir compagnie, et je ne me sentirais pas mieux qu'il y a cinq minutes.

Je posai la main sur son dos courbé.

– Tu te sens mieux, vraiment ?

Alain soupira.

– Bof, Judith a voulu m'emmener faire un tour dans les coulisses de ma propre vie. Il se trouve que, derrière une jolie scène, il n'y a que des machins inutiles, des torchons sales et des mauvaises odeurs, et que je suis resté trente-cinq ans sans me rendre compte de rien… J'essaie d'assimiler ça, c'est tout…, ajouta-t-il en sortant une enveloppe de la poche de son jean.

– Qu'est-ce que c'est ?

– Mon grand-père m'a écrit une lettre avant de mourir… Je croyais que tu l'avais entendu.

– Non, pas ça. À ce moment, je devais discuter avec Teo pour savoir si on avait le droit d'épier votre conversation… Tu l'as lue ?

– Pas encore. Pour l'instant, je n'en ai pas envie… Plus tard, peut-être… Quand je me serai débarrassé de toutes les flèches que m'a décochées ma sœur.

Alain me faisait tellement de peine que j'aurais voulu pouvoir les lui enlever moi-même, lentement et avec soin pour ne pas accentuer la douleur, et souffler ensuite sur ses blessures visibles et cachées pour en atténuer la brûlure. Comme ses nièces un instant plus tôt, je glissai doucement les doigts sur son visage, sentant successivement la texture de la gaze et du sparadrap, la peau enflée, le sang séché… Il ferma les yeux. L'image de sa tête secouée entre les poings de ce sauvage me revint en mémoire, elle revenait sans cesse. Je frémis.

À ce moment, une douce brise qui agita les lavandes se leva et couvrit d'ondes l'eau de la piscine. Je remarquai que ma peau se hérissait sous la fine chemise et frissonnai.

Sans un mot, Alain passa le bras autour de mes épaules et m'attira vers lui.

– La nuit est trop fraîche pour ne porter qu'une chemise, me fit-il remarquer.

Il était trop tard pour le regretter, je me contentai donc de poser la tête sur son épaule. Il ne sembla pas s'en formaliser car il appuya lentement sa tête sur la mienne pour laisser reposer son cou endolori. Pendant quelques secondes, ce fut génial de ne rien avoir d'autre à faire que de contempler, dans les bras d'Alain, les ondes danser sur la piscine et la lavande voler en l'air avant de retomber dans l'eau.

– Et toi… Qu'est-ce qui se passe avec Konrad ? lâcha-t-il soudain.

« Zut… Konrad. Adieu la tranquillité. »

– On était là pour parler de tes blessures, pas des miennes.

– Appelle ça de la thérapie de groupe : je te montre mes blessures et tu me montres les tiennes.

Je devinai qu'il serait inutile de résister : j'étais trop fatiguée pour résister.

– On s'est disputé nous aussi, finis-je par avouer. Ce n'est pas la première fois, bien sûr. En fait, ce n'est pas ça qui m'inquiète.

– Alors ?

– Ce qui m'inquiète, c'est que je m'en fiche. Que je n'aie aucune intention de prendre mon téléphone pour essayer d'arranger les choses, et qu'à la seule idée qu'il puisse le faire, mes cheveux se dressent sur ma tête. En fait, je suis ravie que mon téléphone soit éteint.

– Ouh, ça ressemble plus à la gangrène qu'à une blessure…

Je me tournai pour l'observer : son visage esquissé au fusain brillait à la lumière de la lune.

– Tu ne m'aides pas beaucoup, tu sais ?

Il prit mon reproche avec bonne humeur et me sourit. Nos visages étaient si proches que je devais faire de grands efforts pour ne pas loucher en le regardant.

– Qu'est-ce qu'on va faire, Ana ? Qu'est-ce qu'on fera quand tout cela sera terminé ?

– Moi, je ne sais pas… Toi, tu reprendras ta vie, cette vie paisible et sûre que tu as perdue une nuit au Petit Palais.

À l'expression de son visage, je sus que ce souvenir lui était agréable. Mais je n'imaginais pas à quel point…

– Ce soir-là, tu étais si jolie que je n'aurais rien pu te refuser.

– Tu vas me faire rougir, et ce n'est plus de mon âge.

J'avais l'air de plaisanter, mais j'étais très sérieuse. En fait, les joues me cuisaient.

– Tu sais, tu n'as pas été très net non plus avec cette chanson de Keane, lui rappelai-je pour détourner son attention de mes joues.

– *Love is the End*… cita-t-il, prouvant sa bonne mémoire. Je t'assure que je ne regrette rien.

– Moi non plus… Du moins pas pour l'instant. Ce sera sûrement le cas quand je devrai retrouver le chemin de la maison et que je ne saurai pas comment faire.

Il me regarda alors tendrement et me caressa le dos. Je me sentis soulagée de lui avoir montré mes blessures et encore plus quand il eut ce geste.

Là, entourée de la brume et de la brise d'automne, des oliviers et de la lavande, de la lumière de la lune et de ses bras, si près de ses lèvres, j'aurais pu l'embrasser, quitte à simplement les frôler avec délicatesse sans appuyer sur la blessure. Et je l'aurais certainement fait si je n'avais pas entendu du bruit entre les arbustes… Il dut l'entendre lui aussi, car il leva la tête pour regarder.

Je me libérai non sans mal de l'enchantement, mais en voyant Judith se diriger vers la piscine par le sentier, je n'eus pas d'autre alternative.

– Je crois que je vais finir par aller prendre ma douche… murmurai-je.

Alain prit quelques secondes pour soupirer et me lâcher. Je me plus à penser qu'il aurait peut-être pu m'embrasser lui aussi.

Avril 1944

On croit généralement que Paris ne fut pas bombardée pendant la Seconde Guerre mondiale. Effectivement, elle ne le fut pas autant que d'autres capitales européennes, mais elle subit des bombardement de la part des Alliés, ciblant les quartiers ouvriers. Le plus dévastateur eut lieu dans la nuit du 21 avril 1944, dans le secteur de la Porte de la Chapelle, dans le XVIIIe arrondissement. Ce bombardement fit six cent quarante et un morts et trois cent trente-sept blessés ; ce nombre de victimes dépasse celles qui ont été comptabilisées lors des nuits les plus terribles du London Blitz – les soixante-seize nuits consécutives de bombardements sur Londres. Un autre objectif habituel des Alliés était le secteur de Billancourt, où se trouvait l'usine Renault, et qui fut entièrement détruit à la fin de la guerre.

Jacob n'était pas revenu chez Sarah. Il était parti depuis deux jours et la jeune femme ne savait rien de lui. Ce jour-là, elle ferma donc la librairie un peu plus tôt, mit Marie dans son landau et se rendit chez le Dr Vartan dans l'espoir d'y trouver Jacob ou, du moins, d'avoir de ses nouvelles.

Elle fut surprise que ce soit lui qui vienne ouvrir. À cette heure, elle le croyait à l'hôpital.

– Mlle Bauer… Entrez, s'il vous plaît… J'imagine le but de votre visite…

Sarah avança juste assez pour faire entrer le landau dans l'entrée et permettre au Dr Vartan de refermer la porte.

– Je ne vais pas vous déranger longtemps, docteur. Je voulais juste savoir si Jacob était là.

– Non, mais il est passé me voir. Il est venu me chercher avant-hier. Il était très perturbé et voulait que j'augmente ses doses de médicaments.

Le Dr Vartan se montrait circonspect et distant, chose habituelle chez lui, mais pour l'occasion son air grave avait intimidé Sarah ; il semblait fâché contre elle.

– Il vous a dit…

– Oui, confirma-t-il, tranchant.

Sarah le savait. Elle savait ce qu'on racontait sur les femmes qui frayaient avec les Allemands : même les prostituées des rues n'avaient pas pire réputation. Malgré tout, il n'était pas difficile de deviner ce que le Dr Vartan pensait d'elle.

– J'ai peur qu'il ne régresse, prévint le médecin. Ce genre de… d'expérience n'est pas bon du tout pour lui.

– Je sais…

Sarah se montra évasive. Elle pouvait veiller toute seule sur la santé de Jacob, elle n'avait pas besoin que le Dr Vartan lui fasse la leçon.

– Où puis-je le trouver ?

– Il viendra peut-être dormir ici ce soir. Mais je ne peux pas vous l'assurer.

– Vous pourriez lui dire que je suis passée ?

– Oui, bien sûr.

– Merci, docteur.

Sarah poussa le landau pour sortir. Le Dr Vartan lui ouvrit la porte.

– Encore une chose, Mademoiselle Bauer. Je crois qu'il est de mon devoir de vous prévenir que Jacob est parfaitement disposé à tuer cet homme. Et il le fera… Il en a du moins la volonté et les ressources nécessaires.

Non seulement le Dr Vartan ne le reprochait pas à Jacob, mais il applaudissait l'initiative : un nazi de moins était toujours une bonne nouvelle.

– Je vois. Merci. Bonsoir.
– Bonsoir, Mademoiselle Bauer.

Sarah laissa le landau à la librairie, prit Marie dans ses bras et un peu de pain qu'elle avait acheté en chemin, profitant des deux maigres heures d'ouverture des commerces pour les Juifs.

Elle gravit l'escalier, absorbée par ses propres pensées, aussi ne le vit-elle pas avant qu'il soit devenu une ombre qui lui fondit dessus sur le palier. Sarah étouffa un cri et fit un bond tout en serrant Marie contre sa poitrine. Le pain lui tomba des mains.

– N'aies pas peur, Sarah, c'est moi…

– Georg ?

Était-ce lui, cet homme sans uniforme et pas rasé, qui dissimulait ses yeux sous un chapeau enfoncé sur son front ?

– Sarah, mon amour…

Georg l'étreignit et elle se laissa tomber dans ses bras. Si elle l'avait pu, elle n'en serait plus jamais sortie. Mais le plaisir ne tarda pas à être remplacé par la mémoire.

– Georg ! Il veut te tuer ! Jacob veut te tuer !

Georg sourit avec une moue sarcastique.

– Eh bien, qu'il prenne son tour dans la queue…

– Que veux-tu dire ?

Il la regarda tendrement et lui caressa la tête comme à une enfant. Puis il embrassa une petite main de Marie sous le regard impatient de Sarah.

– Entrons, suggéra-t-il enfin.

Sarah lui tendit la petite, chercha les clés dans son sac et ouvrit la porte. Dès qu'elle l'eut refermée, elle insista.

– Que se passe-t-il, Georg ?

Devant l'insistance de la jeune femme, il cessa de câliner Marie, qui balbutiait et gigotait avec enthousiasme entre ses bras.

– Je dois fuir Paris… la France, en fait. Himmler veut ma tête et la Gestapo est sur mes traces : ils ne vont pas tarder à me retrouver.

Sarah était perdue, elle essayait de réfléchir vite, mais elle se sentait trop étourdie.

– C'est à cause du tableau ? Ils ont découvert qu'il était faux ?

– Non… Pas pour l'instant. Du moins je ne le crois pas. Il paraît que j'ai fait d'autres choses terribles qui ont offensé le Führer et que j'ai trahi l'Allemagne. Comme tomber amoureux de toi, par exemple.

L'angoisse de Sarah était telle qu'elle ne put savourer la douceur de cette déclaration. Elle garda le dos collé à la porte, les yeux grands ouverts et l'expression décomposée.

Georg s'approcha et saisit une de ses mains glacées.

– Ne t'inquiète pas, Sarah. Ils ne m'ont pas encore attrapé et ils ne sont pas près de le faire.

Sarah secoua la tête, découragée. Elle reprit Marie et la plaça dans son berceau. Les mains libres, Georg l'enlaça à nouveau. Il ne voulait rien faire d'autre que la prendre dans ses bras, l'absorber sous sa peau pour la protéger et, peut-être, fermer les yeux et mourir, mourir avec elle. Sa respiration devint rauque tandis que ses mains tentaient désespérément d'envelopper son corps, comme si à tout moment elle avait pu s'évanouir, se volatiliser et se transformer en une fumée blanche qui se serait élevée vers le ciel entre ses bras.

Il prononça son nom, sentant le souffle lui manquer.

– Sarah… Tu dois venir avec moi.

Et Sarah ne désirait rien d'autre. Elle savait que lorsque Georg partirait elle allait défaillir, comme à chaque fois qu'il n'était pas là. Mais elle avait compris que la séparation serait définitive et que sa vie deviendrait un profond trou noir par lequel elle se laisserait tomber dans le vide, sans avoir envie de rien d'autre. Sarah ne souhaitait rien d'autre que le suivre où il irait, n'importe où. Mais elle savait aussi que c'était impossible : comme le feu et la glace, ils ne pourraient jamais être ensemble.

– Tu sais que ce n'est pas possible, allégua-t-elle, le visage enfoui dans sa poitrine.

Georg l'obligea à le regarder.

– C'est la fin, Sarah. Pas seulement pour moi : quand ils m'auront pris, tu seras la suivante, et même s'ils n'arrivent pas à m'arrêter. Je ne suis pas le seul qu'ils cherchent, Sarah, ils nous cherchent tous les deux. Et je ne peux plus rien faire pour l'éviter. Je ne pourrai te protéger que si tu viens avec moi…

Georg la regarda avec angoisse : Sarah restait immobile, insensible à ses paroles.

– Sarah, je ne vais pas quitter Paris, dit-il sur un ton désespéré. Je ne compte pas m'en aller et te laisser entre leurs mains. Je préférerais passer devant le peloton d'exécution. Si tu n'es pas disposée à me suivre, je me livrerai…

Georg ne pouvait supporter la passivité de Sarah, cette façon de le regarder comme si elle avait déjà pris sa décision.

– Tu ne vois pas, Sarah ? Je ne peux pas vivre sans toi !

Les pensées s'entrechoquaient dans la tête de Sarah, s'emmêlaient comme dans un écheveau et voilaient son raisonnement. Et ses sentiments… Ses sentiments faisaient saigner son cœur jusqu'à le dessécher.

– Ne me fais pas ça, Georg. Tu dois comprendre que…

– Non, Sarah, l'interrompit-il avec véhémence. C'est toi qui dois revenir à la raison.

– Je ne peux pas ! sanglota-t-elle. Je ne peux pas venir avec toi. Je ne peux pas entraîner Marie là-dedans ; elle est trop jeune. Et je ne peux pas la laisser non plus ; je ne peux pas la laisser, c'est ma fille !

Alors c'était ça…

– Mais je n'ai jamais pensé te demander de l'abandonner, lui précisa Georg en regardant le berceau avec tendresse. Marie vient avec nous.

Des larmes d'impuissance jaillirent dans les yeux de Sarah.

– Georg… tu ne comprends pas. Tu ne sais pas ce que c'est que de fuir. Ça veut dire marcher sans relâche pendant des jours en regardant toujours derrière soi et le dos à découvert, dormir à la belle étoile en gardant toujours un œil ouvert, avoir faim et mendier de la nourriture, avoir froid et mendier un toit. C'est n'aller nulle part… Je ne peux pas faire ça à ma fille.

– C'est toi qui ne comprends pas. Oublie-moi. Et oublie-toi toi-même. Si tu ne veux penser qu'à la petite, pense à ce qui arrivera demain, quand tu seras tranquillement chez toi, parce que tu n'as pas voulu fuir, en croyant que ce serait mieux pour elle. Pense que des hommes vont frapper à ta porte, la prendront sans égards dans son berceau et l'emmèneront à Drancy, dans un baraquement où s'entassent des femmes et des enfants juifs, sales, affamés, mourant de froid et malades. Et quand tu croiras que rien ne peut plus être pire, ils la mettront dans un wagon de marchandises nauséabond, où tout le monde sera entassé comme des paquets, sans eau, sans nourriture et sans lumière, et elle commencera un voyage… vers nulle part, parce que, quel que soit le chemin ou la destination, la seule chose qui l'attend au bout est la mort. Pour elle et toi. Ouvre les yeux, Sarah : ils ne veulent pas seulement vous arrêter et vous enfermer dans des ghettos et des camps de concentration, ils veulent vous exterminer. Peu importe que Marie ne soit qu'un bébé innocent, c'est un bébé juif et ils la tueront, comme tous les Juifs d'Europe. Si tu veux faire quelque chose pour ta fille, emmène-la loin d'ici.

Sarah était paralysée par la peur et les doutes. Elle pouvait seulement regarder Georg, terrorisée, le visage couvert de larmes. Il l'enserra dans ses grandes mains qui la recouvraient presque.

– Écoute-moi, Sarah. On s'en va. Tous les trois. Il n'y a pas d'autre alternative.

*

Georg se cachait sous l'apparence d'un mendiant, il portait de vieux vêtements râpés, les cheveux en tignasse et la barbe négligée. Pour que personne ne se méfie de son accent allemand, il se faisait passer pour muet. Il avait loué une chambre dans une pension miteuse qui était également une maison close, dans une rue proche de la rue Saint-Denis, et il y passait ses journées enfermé sans voir le jour la plupart du temps.

Mais cette attente aux portes de la fuite lui vrillait les nerfs. Même s'il parvenait à se cacher dans les bas-fonds de Paris, combien de temps faudrait-il à la Gestapo pour venir chercher Sarah ?

« Donne-moi quelques jours, Georg », lui avait-elle demandé. Ils avaient besoin de faux papiers et d'une filière pour s'échapper ; Sarah ne voulait pas se lancer dans une fuite aveugle en emmenant Marie avec elle. Georg devait admettre ses réserves, mais deux jours faisaient deux mille huit cent quatre-vingts minutes et chacune d'elles représentait pour lui une torture.

Sarah tenta de se concentrer pour ne pas regarder en arrière, ne pas penser à tout ce qu'elle laissait à Paris, en France. Elle ne devait pas hésiter quand la vie de sa fille était en jeu. « Ils ne veulent pas seulement vous arrêter et vous enfermer dans des ghettos et des camps de concentration, ils veulent vous exterminer. » Quand elle se rappelait les paroles de Georg, son estomac se nouait : cela ne pouvait pas être vrai, pourquoi auraient-ils voulu exterminer les Juifs, pourquoi auraient-ils voulu tuer sa mère, Ruth ou Peter ? Elle voulait croire que cette idée insensée n'avait aucun sens et qu'elle se sentait vile et pusillanime d'avoir abandonné les siens et de s'être enfuie. Sarah avait besoin de s'accrocher à un espoir pour eux… Georg exagérait, en fait, la Gestapo ne voulait qu'elle, et donc Marie, mais tous les autres, tous ceux qui resteraient derrière seraient en sécurité, et un jour elle reviendrait les chercher…

Sarah avait besoin de l'aide de la Résistance pour s'échapper et Carole Hirsch était la seule personne à laquelle elle pouvait se confier. Marion allait la détester, Jacob la tuerait plutôt que d'y consentir, mais Carole Hirsch ne la jugerait pas de s'enfuir avec un *Boche*.

– Il y a une route vers l'Espagne, à travers les Pyrénées, par Perpignan, lui apprit Carole. Je l'ai utilisée à plusieurs reprises pour évacuer des enfants qui couraient un danger imminent et à qui on n'avait pas le temps de trouver de la famille en France. C'est la plus courte et la plus sûre : le gouvernement espagnol ne refoule pas les réfugiés juifs à condition qu'ils ne s'installent pas sur son territoire.

– Alors ?

– Eh bien, ton ami n'est pas juif… De toute façon, de là, vous pouvez tenter d'entrer au Portugal. Vous devrez aller en train jusqu'à Toulouse. Aux abords de la ville, à Colomiers, vous irez voir le prêtre, il vous indiquera le chemin jusqu'à la frontière et vous mettra en contact avec le réseau de contrebandiers espagnols qui vous aideront à la traverser. Une autre possibilité est de se procurer des visas. Il y a un jeune diplomate de l'ambassade d'Espagne qui en obtient pour les réfugiés sans poser trop de questions. Mais cela va prendre du temps…

– On ne peut pas attendre, Carole. La Gestapo est déjà sur nos traces, ils ne vont pas tarder à le retrouver, lui ou moi.

– En ce cas, qui plus est s'ils vous cherchent, vous aurez au moins besoin de faux papiers, surtout pour voyager en train, parce qu'il est assez probable qu'ils aient prévenu la police qui surveille le transit des voyageurs dans les gares. Nous allons fournir un nouveau passeport à ton ami, et tu devras changer de nom et ôter la mention « juive » sur tes papiers. Je ne crois pas qu'on puisse compter dessus avant demain après-midi…

Ils iraient à Toulouse par le train de nuit qui partait à 19 h 15 de la gare d'Austerlitz. Sarah se leva le matin très tôt et prépara deux sacs contenant l'essentiel pour Marie et pour elle. Puis elle descendit travailler à la librairie, comme un jour ordinaire. Elle ferma boutique à midi et mit Marie dans le landau : avant d'aller chercher les papiers que lui avait obtenus Carole Hirch, elle devait passer chez la comtesse.

– Alors tu t'en vas…

La vieille dame ne semblait guère surprise.

– J'imagine que tu pars avec ce Juif, le père de ta fille…

– Non. Nous ne sommes plus ensemble.

– Ah… Ils l'ont repris ?

La comtesse semblait se réjouir devant la seule éventualité que Jacob soit dans les mains de la police. Cela exaspéra Sarah.

– Bien sûr que non ! Il vit chez le Dr Vartan.

– Alors, tu t'en vas seule, avec la petite… ? C'est trop risqué.

– Ce n'est pas la question pour l'instant.

Sarah commençait à s'impatienter. Elle n'avait pas l'intention de se laisser sermonner par la comtesse.

– Je m'en vais, et je veux emporter mon tableau. Je n'ai pas beaucoup de temps.

Elle s'était préparée à se battre pour *L'Astrologue*, à le décrocher du mur de force si nécessaire. Cependant, à son étonnement, la comtesse se montra beaucoup plus coopérative qu'elle ne s'y attendait.

– Bien sûr. Après tout, *L'Astrologue* t'appartient... J'espère juste que tu sauras veiller sur lui comme il le mérite et que tu ne le donneras pas à qui ne doit pas le posséder.

– En parlant de doutes... Ce n'est pas précisément moi qui fraye avec l'ennemi.

La comtesse se retourna avec un regard froid et un sourire tordu.

– Ah non ?

Sarah devinait l'insinuation mais, à ce stade, elle ne se laissait plus intimider et, bien sûr, pas par la comtesse.

Elle évita les explications :

– Non. Vous vous trompez si vous croyez tout savoir... J'insiste, je n'ai pas de temps à perdre, j'aimerais emporter le tableau maintenant.

Voulant peut-être mettre ses nerfs à l'épreuve, la comtesse s'appuya sur sa canne et se leva avec une lenteur exaspérante. Elle s'approcha de Sarah, qui attendait debout, et du landau, pour jeter un coup d'œil au bébé.

– Voilà ce que je te propose, Sarah. Je vais te rendre un dernier service, puisque nous ne nous reverrons très probablement pas, et que tu n'es pas ma petite-fille pour rien. J'ai besoin de temps pour emballer *L'Astrologue* et le conditionner pour le voyage. Va régler tes affaires et laisse-moi la petite. Sans elle, tu iras plus vite ; ensuite, tu pourras venir les chercher tous les deux.

La perspective de laisser Marie à cette femme ne lui souriait guère. Mais la comtesse avait raison : ne pas avoir à pousser le landau dans tout Paris lui ferait gagner un temps précieux. Elle pourrait aller prendre ses papiers, passer par la maison pour y chercher ses bagages et, enfin, emmener Marie et *L'Astrologue* à la gare. Dans sa situation, mieux valait avoir l'esprit pratique, et la comtesse lui proposait une bonne solution. Et puis, ce n'était que pour quelques heures. Sarah finit par accepter.

Après le départ de sa petite-fille, la comtesse regarda à nouveau dans le landau. La petite était réveillée et lui rendit un regard curieux, sans cesser de sucer son pouce. C'était un beau bébé, elle avait les yeux de sa mère, pensa la vieille dame. Dommage que du sang juif ait coulé dans ses veines de bâtarde.

Elle traîna les pieds vers son secrétaire, en sortit une feuille de papier sur laquelle elle écrivit quelques lignes. Puis elle sonna et attendit son domestique. En moins de deux minutes, Áng Trang entra au salon, pencha la tête et attendit respectueusement les ordres de sa maîtresse.

– Va chercher l'homme juif à cette adresse, remets-lui ce mot et amène-le moi. Dépêche-toi, albinos ! Je veux qu'il soit là d'ici une demi-heure.

Pendant qu'Ahn Trang quittait la pièce, la comtesse souleva le combiné du téléphone.

– Opératrice ? Passez-moi le 93, rue Lauriston… Oui, la Gestapo.

Sarah arriva chez la comtesse juste à temps pour récupérer Marie et le tableau et partir à toute vitesse à la gare. Elle sonna et attendit, en proie à l'excitation : elle avait le cœur battant et toutes ses terminaisons nerveuses tremblaient. Le moment approchait, et tout irait bien.

Ánh Trang tardait. C'était étrange, d'habitude il répondait rapidement à la sonnette. Peut-être n'était-ce que le fait de son impatience. Elle sonna à nouveau.

Elle fixa la porte en bois, la poignée, le judas… La porte restait close. Sarah sonna encore.

Elle colla l'oreille : on n'entendait ni pas ni bruits de l'autre côté… La porte restait immobile. Sarah recommença, laissant le doigt collé sur la sonnette pendant plusieurs secondes.

Mais que se passait-il ? La sonnette retentissait. Rien d'autre. Rien ne bougeait. Quand elle cessait, la maison renvoyait un silence impeccable. Et une porte close. Que se passait-il, enfin ?

Sarah frappa contre le bois. La panique commença à l'envahir. Elle consulta sa montre : il ne restait pas beaucoup de temps. La porte ne s'ouvrait pas.

Sarah réclama à grands cris qu'on lui ouvre. La sueur perlait à son front. Tout son corps tremblait. La porte ne s'ouvrait pas.

Elle abusa de la sonnette, perdit la voix à force de crier et voulut passer à travers le bois avec ses poings jusqu'à les faire saigner. La porte ne s'ouvrait pas.

La sonnette, les coup, les cris… Elle ne s'ouvrait pas.

Face à l'entrée, ferme et inébranlable, Sarah comprit enfin. Elle tomba à genoux sur le sol, pleurant de rage et d'impuissance, déchirée par l'angoisse. Elle cria le nom de sa fille.

La porte ne s'ouvrit pas.

Une vie sans Sarah

Je me couchai morte de fatigue, comptant m'ensevelir sous les couvertures, enfouir la tête sous l'oreiller et dormir plusieurs heures. Et ce fut le cas : je m'ensevelis sous les couvertures, enfouis la tête sous l'oreiller et… commençai à me retourner, des dizaines de fois, sans fermer l'œil.

Je repérai le rythme de la respiration des filles et me familiarisai avec chaque ombre de la pièce : les ours en peluche, le tableau, la maison de poupées, les marionnettes délavées sur l'étagère, le réveil de Minnie… Je me couvris et me découvris, me recouvris. Je mis la tête sous l'oreiller, la ressortis. Je me mis à plat ventre puis sur le dos, puis à plat ventre. J'entendis également le pas d'Alain qui gravissait l'escalier et entrait dans sa chambre, juste en face de celle des filles. Je décidai alors de prendre un tranquillisant qu'on m'avait prescrit à l'hôpital. Je crois que je finis par m'endormir…

Peut-être pas complètement. J'étais encore lucide quand je sentis une main dans mon dos. Je me retournai et, de mon regard de myope, il me sembla apercevoir la silhouette en noir et blanc d'Alain.

– Je croyais que tu étais réveillée… murmura-t-il.

– Je dois dire que je n'en suis pas très sûre…

Je fronçai les sourcils ; ce fut la seule manifestation d'inquiétude que me permit de montrer l'assoupissement. Comptait-il entrer dans mon lit, le corps roué de coups et avec deux mineures dormant à côté ? Avec le nombre d'occasions plus propices qu'il avait eues ! Les hommes sont vraiment primaires…

– Excuse-moi… Mais je ne peux pas attendre demain : j'ai quelque chose à te montrer.

J'imaginai l'interprétation de ce commentaire qu'aurait pu faire Teo et ris sous cape.

– Maintenant ?

Alain confirma.

– D'accord… acceptai-je, prenant mes lunettes sur la table de nuit.

Par chance, le T-shirt de Teo était grand et recouvrait entièrement le slip rouge de la station-service. Et dans la pénombre, on ne voyait pas bien l'immense imprimé sur la poitrine représentant les pectoraux de Bruce Lee. Toujours est-il que j'avais une allure lamentable, mais j'essayai de ne pas y penser et suivis Alain sur le palier.

– Allons dans ma chambre.

– Dans ta chambre ? demandai-je, horrifiée. S'il te plaît, ne me fais pas venir à la lumière avec cette… dégaine.

Alain me regarda… Pas la dégaine, juste mes yeux.

– Ana…

Alors je vis son air étrange et sa mauvaise mine, comme s'il avait envie de vomir.

– Tu te sens bien ?

– Je… Je ne sais pas.

J'en eus la chair de poule et ma poitrine se contracta sous l'effet d'un mauvais pressentiment. Alain soupira.

– C'est la lettre de mon grand-père.

– Bon sang, tu m'as fait peur, affirmai-je après avoir imaginé les hémorragies cérébrales, les perforations du foie, les lésions de la colonne et toutes les autres complications peu probables dont on nous avait parlé à l'hôpital.

– Je veux que tu la lises.

– Mais… Je ne sais pas… C'est très personnel.

Je ne voulais pas m'avancer sur ce territoire où je me sentais mal à l'aise même s'il me le demandait. Je ressentais une pudeur étrange.

– S'il te plaît, me pria-t-il comme s'il était trop fatigué pour me convaincre.

Nerveusement, je tirai sur le bord du T-shirt de Bruce Lee en essayant vainement d'arriver aux genoux, et j'acceptai d'entrer dans sa chambre.

La fenêtre était encore ouverte, le lit, fait, et la lampe sur la veilleuse de la table de nuit, allumée. Alain se laissa tomber sur le matelas ; il semblait incapable de rester debout. Il me tendit plusieurs feuilles de papier qui portaient encore la trace des plis. Je les pris, non sans une certaine appréhension, m'assis à côté de lui et lui adressai un dernier regard.

– Je préfère que ce soit toi qui la lises, me répondit-il, devinant mes pensées. Je ne saurais pas comment te raconter ce qu'il y a dedans.

Résignée, je chaussai soigneusement mes lunettes et commençai à lire en silence.

« Fontvieille,
13 septembre 2010

Mon cher Alain

Peut-être seras-tu surpris de recevoir cette lettre après ma mort et te demanderas-tu pourquoi je n'ai pas eu le courage de te dire en personne ce que je couche maintenant par écrit… Simplement parce que tu n'as pas daigné répondre à mes appels. Et puis, je n'ai jamais eu la parole facile.

Je n'ai jamais pensé avoir conscience que mon heure était proche. Pourtant, une série d'événements récents, telle une conjonction planétaire, m'a annoncé l'issue funeste.

J'ai quatre-ving-dix ans, c'est dans l'ordre des choses. Je mentirais en disant que je n'ai pas peur : j'ai très souvent contemplé le visage terrifiant de la mort. Quel sera-t-il quand elle me tendra définitivement sa main glacée ?

Il est possible, si avant de partir je secoue la poussière de mes semelles et la boue de ma tunique, que tout soit plus simple. Je sais que là où je vais, je devrai rendre compte de mes péchés, mais il y a des choses que je ne dois pas emporter avec moi ; le voyage est long et la charge trop lourde : des années de rancœur et d'amertume… Je suis trop vieux pour cela.

Mais le passé, toujours noir et douloureux, revient maintenant habillé en ange blanc pour éveiller ma conscience d'une caresse. Le Bon Dieu m'a donné une occasion avant de m'appeler dans son sein. Je sais, mon cher petit-fils, pourquoi tu as rencontré les Bauer. C'était ton destin… et le mien. »

J'avais du mal à me concentrer sur la lecture. Le somnifère commençait à faire de l'effet et il m'en coûtait de soulever les paupières. Les lignes ondulaient comme une mer agitée et les mots sautaient sur le papier comme s'ils avaient été tridimensionnels. Mais l'un d'eux, juste un, me secoua le cerveau et fit sauter toutes les alarmes. Je regardai Alain, juste à côté de moi, dans une attente tendue.

– Il a écrit « Bauer » ?

– Continue à lire…

« Tu mérites une explication, et je ne vais pas te la refuser. Sans le savoir, tu as mis le doigt sur la plaie et tu as réveillé mes fantômes ; sans le savoir, en t'approchant des Bauer, tu t'es approché de ce que j'essaie depuis soixante-cinq ans de tenir éloigné de ta sœur et de toi, si fort était mon désir de vengeance. Et j'ai eu peur, peur d'affronter le passé.

C'est une longue histoire, mais avant de te la raconter, je vais te donner un élément. Une chose que je n'aurais peut-être jamais dû cacher, c'est que les marques de naissance ne peuvent s'effacer. Mon cher Alain, tu es un Bauer et ta sœur aussi. Vous êtes tous les deux les arrière-petits-fils d'Alfred Bauer, les petits-fils de sa fille Sarah, Sarah Bauer. »

– Mon Dieu… fis-je en lisant cette dernière ligne comme si j'avais espéré y trouver d'autres mots. Le papier tremblait entre mes mains. Mon Dieu…

Je posai la main sur Alain : elle était glacée.

– Comment est-ce possible ?

Ma question s'adressait à lui, mais aussi à moi, au monde, au destin et même à la Divine Providence.

– Je ne sais pas. Je n'ai pas continué… Je te l'ai dit : il ne parlait jamais de grand-mère, il n'y a pas une seule trace d'elle dans toute la maison. Pas une photo, pas un objet, pas un souvenir, pas une occasion où quelqu'un aurait dit : c'était à ta grand-mère. Elle a toujours été une figure plus qu'absente. Cette nuit, en discutant avec Judith, par exemple, j'ai appris qu'elle était partie à la naissance de ma mère… En fait, je n'ai jamais pensé que Sarah Bauer elle-même… Bon sang…

Je tendis la lettre à Alain.

– Tiens…

Il la reçut sans grand enthousiasme.

– Tu ne veux pas entrer dans le monde de Sarah Bauer ?

Je haussai les épaules.

– Bien sûr que si… Mais toi d'abord. Maintenant, les choses ont changé, il s'agit de ta famille.

– On va y aller tous les deux. On est d'accord sur ce point, tu te rappelles ? dit-il, reprenant sa phrase préférée. Et puis, je ne veux pas le faire seul.

Il se colla à moi, côte à côte, posa la lettre entre nous, et commença à lire à haute voix.

« Toutes ces années, j'ai tenté d'effacer la trace de Sarah car personne ne m'a causé de plus grande douleur qu'elle. Je l'aimais. Sarah Bauer fut mon grand amour et je n'ai plus jamais aimé personne comme elle. Mais elle m'a trahi, abandonné, me laissant seul et malade, vide et misérable. On dit que de l'amour à la haine il n'y a qu'un pas, un pas en avant que j'ai fait par une nuit d'avril 1944.

Mais l'histoire remonte bien avant, à l'époque où je n'étais qu'un garçon de quinze ans qui commençait sa première journée de travail chez les Bauer… »

Le grand-père d'Alain parla à travers son petit-fils. Et le récit s'anima à travers sa voix profonde. Une voix qui enveloppait les auditoires et inoculait des histoires, qui était capable de me tenir éveillée malgré la fatigue et le tranquillisant.

Ce récit produisait une impression étrange sur moi. J'essayais depuis des mois de reconstituer la vie de Sarah Bauer à partir de fragments décousus et soudain, elle était là, se faufilant méticuleusement dans une poignée de feuilles de papier, avec ces fragments intégrés à la perfection, prenant le sens dont ils avaient manqué jusqu'alors, et de façon apparemment simple, comme par magie. Mais le plus étrange était de partager les émotions sous-jacentes à ce récit à la première personne. Et dans chaque mot, dans chaque phrase et dans chaque scène, le grand-père d'Alain laissait apparaître ses émotions : la première fois qu'il vit Sarah jouer dans le jardin avec ses frère et sœur et qu'il sentit qu'il ne pouvait détacher son regard d'elle ; ses mains tremblaient quand il l'aidait à monter à cheval ou lui donnait les rênes, il l'observait en cachette tandis qu'elle brossait sa monture, il croyait toucher le ciel à chaque fois qu'elle lui adressait un regard, un sourire ou un mot… il était tombé amoureux de Sarah. Depuis, sa vie avait eu un sens parce qu'il l'aimait : il avait fui avec elle, avait lutté à côté d'elle, supporté la torture, la douleur et la peur pour elle, parce que sans elle, rien n'aurait eu de sens pour lui. Cette lettre débordait d'émotions qui éclatèrent avec violence en parlant d'un bâtard de nazi, le maudit nazi dont Sarah était tombée amoureuse : « J'aurais dû le tuer, parce que même le Troisième Reich tout entier dans sa dimension dévastatrice ne m'avait causé une douleur aussi forte que ce bâtard de nazi qui avait emporté la seule chose que j'aimais, ce que j'aimais le plus ; le maudit aurait mieux fait de m'ôter la vie… ».

Alain cessa sa lecture quand je m'allongeai sur le lit car je ne pouvais plus rester assise.

– Quelle triste histoire… murmurai-je, assoupie.

Il me plaça un oreiller sous la tête et m'ôta mes lunettes.

– Je suis désolée. J'ai pris un tranquillisant parce que je ne pouvais pas dormir… m'excusai-je. Il me pardonna d'un sourire complaisant.

– Tu veux que je continue à lire ?

– Tu dois le faire. Je ne m'endormirai pas avant de savoir ce qu'est devenue Sarah Bauer.

« Un après-midi, le sinistre domestique de la comtesse est venu me chercher chez le Dr Vartan : la vieille voulait me voir. À ce moment, je n'avais aucune idée de ce que cette foutue sorcière pouvait me vouloir, mais je savais qu'il n'y avait qu'une façon de le vérifier : accompagner l'albinos jusqu'à sa maison. Je fus très surpris en entrant dans le salon, quand je vis Marie près d'elle, dans son landau. La vieille ne tarda pas à m'expliquer : Sarah était disposée à fuir la France avec ce bâtard de nazi et à emmener notre fille avec elle. La comtesse assura que sa conscience ne lui permettait pas de consentir à une telle folie. Elle savait qu'elle ne pouvait rien faire pour éviter le déshonneur de sa petite-fille, mais qu'elle devait au moins sauver la petite, qui était aussi de son sang. "Vous êtes son père, emmenez-la et ne permettez pas à un nazi de se charger d'elle", me dit-elle. Je n'ai jamais cru aux bonnes intentions de cette vieille salope… Mais ce n'étaient pas ses intentions qui m'importaient le plus à l'époque. Je ne pouvais penser qu'à la trahison de Sarah ; toute ma haine se concentra sur elle et sur le mauvais tour qu'elle était disposée à me jouer, toute mon énergie se concentra sur ma vengeance. Je commençai par prendre la petite dans mes bras et par m'enfuir de là. Je n'étais pas sûr de pouvoir empêcher Sarah de me quitter, mais elle ne partirait pas avec la petite, je ne lui ferais pas ce plaisir.

En revanche, les intentions de la comtesse se révélèrent quand je quittai la maison. Dès que je traversai la cour et avant de gagner la rue, je les vis : deux policiers sur le trottoir d'en face. Je les fuyais depuis trop longtemps pour ne pas les repérer, car bien qu'ils soient en civil, tout dans leurs gestes de chiens de chasse les trahissait. Et ils arboraient de plus l'air scélérat des gestapistes, des policiers français, de sales Caïns qui collaboraient avec la Gestapo nazie. Je n'eus pas le moindre doute sur la personne qui les avait renseignés. Je profitai de l'obscurité due au passage des voitures pour revenir dans la cour et m'esquiver par la porte de service, avec une telle malchance que l'un d'eux me vit sortir. Ils me crièrent de m'arrêter, mais je me mis à courir, essayant de m'échapper par les ruelles étroites voisines de la place des Vosges. Je compris que porter Marie dans mes bras diminuait mes chances d'y parvenir : les policiers se rapprochaient de plus en plus et ne tarderaient guère à m'avoir à la portée de leurs balles. Je m'engageai dans une ruelle et posai la petite par terre, cachée entre des cartons… Je n'arrive pas encore à croire qu'elle n'ait pas pleuré, je suis convaincu que ce fut Yahvé lui-même, Notre Seigneur, qui posa Sa douce main sur elle pour qu'elle se tienne tranquille et soit en sécurité. Toujours est-il que, les mains enfin libres, je sortis le couteau que j'avais toujours la précaution de porter sur moi et me collai contre le mur, attendant l'apparition des crocs acérés de ces hyènes.

Je te mentirais si je disais que je me souviens de la façon dont tout se déroula. En fait, je n'en sais rien. J'ai la sensation de m'être jeté sur eux le couteau à la main, cherchant leurs cous ou quoi que ce soit à trancher. Mon seul souvenir précis est que j'essuyai comme je le pus le sang sur mes mains pour ne pas tacher la couverture de la petite en la reprenant dans mes bras, que j'enjambai les cadavres des gestapistes et que je courus loin de là comme une âme emportée par le diable. »

Alain interrompit soudain la lecture :

– C'est ma mère… Cette petite était ma mère…

Je ne pense pas qu'il se soit adressé à moi, car il regardait devant lui, les yeux vides.

– Mais Marie Bauer est morte bébé. Nous avons vu son certificat de décès… lui répondis-je toutefois.

Il ne parlait vraiment pas pour moi. Alain garda le regard perdu et se contenta de répéter :

– C'était ma mère…

Puis il poursuivit la lecture.

« Je fus tout de suite conscient de ce que cela signifiait d'avoir la petite avec moi, de la quantité de démons qui me poursuivaient pour cela, pas seulement la police. Et si Sarah voulait la récupérer ? Et si ce bâtard de nazi me l'arrachait ? J'aurais tué la petite plutôt que de la lui remettre. J'étais si bouleversé que je ne trouvais pas d'autre façon d'extraire le poison que je portais en moi et qui me détruisait dans des douleurs terribles. Penser à la souffrance de Sarah quand elle saurait que sa fille était morte me procurait un plaisir malsain. Elle devait souffrir comme moi, je ne pouvais consentir à ce qu'elle en ressorte indemne, je ne pouvais lui permettre de revenir un jour me réclamer la petite. Je devais la tuer et je l'aurais vraiment fait si, en la regardant, je n'avais pas compris que si je faisais ça, je deviendrais l'une de ces saletés de gardiens de Drancy qui tapaient avec acharnement sur des enfants sans défense, ou l'un de ces porcs qui laissèrent des centaines d'enfants mourir entassés dans des conditions inhumaines au Vél' d'Hiv. La fillette n'était pas responsable de ce que sa mère m'avait fait. Après tout, Marie était aussi ma fille. Et pourtant, je l'ai tuée. Je l'ai tuée pour Sarah.

J'avais appris à falsifier des documents en travaillant avec le Dr Wozniak. Ce fut facile avec deux certificats médicaux qui attestaient de la mort de Marie et de la mienne. Puis j'enregistrai légalement les deux décès : à l'époque, les fonctionnaires ne posaient pas trop de questions sur la mort : elle était à l'ordre du jour. Une fois morts, Sarah cesserait de nous chercher. »

– C'était ma mère… Je le savais, crus-je entendre dire Alain.

Le rêve commençait à être plus fort que ma volonté de rester éveillée et attentive à chaque détail de l'histoire.

« Sous une nouvelle identité, nous nous cachâmes dans des refuges souterrains, dans les égouts ou les catacombes, nous mangions en fouillant dans les poubelles ou en demandant la charité, nous survécûmes comme nous pûmes jusqu'à l'arrivée des Alliés. Alors nous ressuscitâmes littéralement d'entre les morts… Nous revînmes à la vie, une vie sans Sarah… »

Avril 1944

Les préparatifs pour le débarquement allié des troupes en Normandie commencent sous le commandement du général Eisenhower. Le 6 juin 1944, cent soixante-quinze mille soldats américains, britanniques et canadiens participèrent à l'opération qui permit d'ouvrir un front à l'ouest de l'Europe. Quelques semaines plus tard, le 25 août, Paris fut libérée, ce qui mit enfin un terme à quatre ans d'occupation allemande.

La gare d'Austerlitz était bondée de voyageurs qui se bousculaient dans les escaliers sans regarder autour d'eux, se déplaçaient comme des fourmis hors de la fourmilière sur le quai, grimpaient dans les trains avec l'angoisse de perdre leur dernier espoir. Georg se demanda combien parmi ces personnes au regard sombre et rivé au sol fuyaient comme lui ; elles semblaient toutes dans ce cas, le monde entier semblait fuir quelque chose... Ce n'était peut-être qu'une paranoïa de fugitif, le désir de se camoufler parmi une foule fugitive elle aussi.

Il faisait une chaleur suffocante, de vapeurs de machines et de foule, poisseuse et tachée d'escarbilles. L'air était lourd, quasi irrespirable à cause de cette forte puanteur, rude et piquante, de combustible et d'humanité. La gare ressemblait à une grande serre qui l'enfermait dans sa bulle de verre. Sarah était en retard ; le train sifflait déjà sur le quai envahi par la fumée.

Les yeux de Georg se mouvaient rapidement, ils semblaient tourner comme ceux d'un caméléon, de la pendule à la foule, de la foule à l'escalier, de l'escalier à la porte. Son esprit errait lui aussi entre des pensées décousues : de la gare à Sarah, de Sarah à la Gestapo, de la Gestapo à Elsie, d'Elsie à la lettre… Sur le chemin de la gare, il avait posté une lettre pour sa femme. Il l'avait écrite précipitamment avant de partir pour toujours ; des mots désordonnés et des phrases incohérentes d'un homme torturé. « Je regrette vraiment, Elsie, je regrette tout le mal que je t'ai fait. Je déplore les erreurs que j'ai commises, cela m'attriste que tu aies dû en payer le prix. Ma conscience s'est brisée en morceaux et je tente de la reconstruire. Mes valeurs se sont effondrées et je tente de les redresser. Je suis vraiment désolé, Elsie. Georg von Bergheim est mort ; je l'ai tué de mes propres mains. »

Cinq minutes de plus à la pendule. Un nouveau coup de sifflet. Une nouvelle bousculade sur le quai. Sarah était en retard.

Georg cherchait désespérément son visage parmi des milliers de visages. Et si le train donnait son dernier coup de sifflet et que Sarah n'arrivait pas ? Des milliers de visages, pas celui de Sarah. Un, puis un autre, et un autre… pas celui de Sarah. Ses yeux étaient douloureux, secs à force de ne pas battre des paupières. Il avait mal au cou à force de l'étirer et aux poings à force de les serrer. Pas sans Sarah. Il ne quitterait pas Paris sans elle. Il la chercherait sur chaque visage de cette maudite ville.

– *Sturmbannführer* von Bergheim…

Deux hommes s'étaient adressés à lui.

– Pardon ?

– Gestapo.

Georg baissa la tête et vit la plaque ovale dans une paume. La main se referma.

– Désolé, vous me confondez avec quelqu'un d'autre…

– À votre place, je ne ferais pas ça. Mon collègue vous tient en joue.

Le commandant vit l'arme quand l'homme ouvrit un peu sa veste. Il sortit la main de sa poche tandis que le policier y introduisait la sienne.

– Il vaudrait mieux que ce soit moi qui garde votre arme. Nous ne voulons pas que les gens prennent peur et que cela déclenche une pagaille.

Le sifflement du train, le dernier train. Les minutes à la pendule. La lettre à Elsie. Des centaines de visages autour de lui. Des fourmis qui recouvraient le quai. Aucune trace de Sarah…

– *Sturmbannführer* Georg von Bergheim, vous êtes en état d'arrestation. Veuillez nous suivre.

Ce n'est plus ton enquête ?

Je me réveillai au milieu d'un rêve agité, des types en uniforme nazi me poursuivaient dans Paris. Avec une sensation ressemblant à une gueule de bois, je me retournai dans mon lit… dans le lit d'Alain. La chambre d'Alain. Le T-shirt de Bruce Lee roulé sous la poitrine et le slip rouge à découvert. Je me redressai, comme propulsée par des ressorts. Qu'est-ce que je fichais là, à demi nue dans le lit d'Alain ?

– Ah, oui… La lettre.

Je commençai à reconstituer la nuit précédente. Mon Dieu, la lettre. Et le grand-père, les Bauer, Alain… J'avais pu rêver tout cela avant que des types en uniforme nazi ne s'introduisent dans mes rêves. Ce devait être un rêve, que Sarah Bauer soit la grand-mère d'Alain. Maudit tranquillisant… De quelle sorte de drogue s'agissait-il ?

Par les contre-fenêtres s'introduisaient des pans de soleil et l'on entendait des voix monter du porche. Je chaussai mes lunettes et consultai ma montre : il était plus de midi.

– Ouah, la honte…

Je passai dans l'autre chambre pour y prendre mes vêtements, m'habillai précipitamment et allai faire une toilette rapide dans la salle de bains.

En arrivant sous le porche, le soleil me brûla encore les yeux comme un soleil d'été. J'avais un besoin urgent de café.

– Bonjour, Belle au bois dormant.

Judith et Alain étaient assis à table, sous un énorme châtaignier dont les dernières feuilles tachaient tout d'ombre comme des touches grises sur une photo aux couleurs vives.

– Bonjour… Je suis désolée de m'être levée aussi tard, avouai-je d'un filet de voix honteux.

– Oh, ne t'inquiète pas. On a tous eu du mal à se lever aujourd'hui, m'excusa Judith. On a pris le petit déjeuner. Tu veux quelque chose ? Il y a du café, du jus de fruits, des croissants (Franck vient de les rapporter du village, ils sont tout frais), il y a aussi du pain, de la confiture, et je crois qu'il reste du beurre…

Elle souleva légèrement le couvercle du beurrier.

– Pas beaucoup, mais il y en a au frigo, je vais t'en rapporter…

– Non, non ! Ce n'est pas la peine, ne te dérange pas. Tout ce qu'il y a là est largement suffisant… Merci beaucoup.

Je lui adressai mon meilleur sourire, figé. Je me sentais assez mal à l'aise, une étrangère envahissant l'intimité familiale.

– D'accord, mais si tu veux autre chose, n'hésite pas à me le demander. Je rentre voir si j'arrive à faire s'habiller les filles. Elles jouent comme des folles avec Teo et les Barbies.

– J'imagine…

Judith se dirigea vers la maison, suivie par les deux bergers allemands, qui étaient sortis de leur cachette sous la table dès qu'ils avaient vu leur maîtresse se lever.

– Comment te sens-tu ? demandai-je à Alain.

– Hormis le fait que je n'ai pas fermé l'œil, que j'ai mal partout, que cette fichue attelle m'empêche presque de respirer, que les points à la bouche m'élancent et que j'ai la tête de Shrek, ça va.

– Même si tu te plains davantage qu'hier, tu as meilleure mine. L'inflammation a diminué et les hématomes ne sont plus aussi rouges… Maintenant, ils sont violets.

– C'est une consolation… Assieds-toi, m'invita-t-il. Je te sers un café ?

– Oui, j'en ai vraiment besoin.

Il chercha une tasse propre, ôta une petite branche qui était tombée dedans et y versa une généreuse quantité de café encore chaud du thermos. Il ajouta lui-même le lait et le sucre bien dosés.

– Merci.

Je pris la tasse, mais ne bus pas. En revanche, je jetai un regard alentour pour m'assurer que nous étions seuls.

– Avant d'avoir retrouvé ma lucidité et de ne plus oser te le demander, dis-moi : pourquoi me suis-je réveillée dans ta chambre ?

Le regard d'Alain devint moqueur. Je le méritais pour avoir posé ce genre de question.

– Tu veux que je te dise la vérité ?

– Oh, allez !

– D'accord. Tu t'es endormie pendant qu'on lisait la lettre, c'est tout. Si profondément que je n'ai pas voulu te réveiller, alors je t'ai recouverte d'une couverture, j'ai éteint la lumière et je suis allé dans la chambre des filles. Mais je t'en prie, ne va pas raconter que j'ai emmené une jolie femme dans mon lit et qu'elle s'est endormie, on a sa petite réputation…

– Dans ton état calamiteux, personne ne te jetterait ça au visage. Je t'assure que je ne me souviens de rien. Ce doit être le médicament que j'ai pris…

Alain ouvrit un croissant, le remplit de confiture rouge et brillante et me le tendit.

– Alors je n'ai pas rêvé la lettre ?

– Je crains que non.

Je bus une longue gorgée de café et laissai errer le regard sur la table du petit déjeuner.

– Bon sang… murmurai-je.

– Je vois. Je n'ai pas réussi non plus à aller plus loin. Et ce n'est pas faute d'avoir réfléchi à la question en profitant du fait que je ne pouvais pas trouver le sommeil.

– Tu as compris que tu étais l'héritier légitime de la collection Bauer et de *L'Astrologue* ?

– En partie… Ma sœur aussi. Mais c'est impossible à prouver. Devant la loi, Ève-Marie Bauer est morte et nous sommes les enfants d'Irène Lefranc.

– Mais il s'agit de la même personne. Je ne me suis endormie qu'après que tu eus lu cette partie de la lettre… Ton enquête est terminée, Alain. Exactement là où elle a commencé.

– Quelle ironie, n'est-ce pas ? Je suis censé me sentir fier ?

Ironique, déplaisant, dédaigneux… Ce n'était pas le style habituel d'Alain.

– Tu te sens bien ? Et je ne parle pas de ton état physique…

Il haussa les épaules.

– Je crois que mon cœur immature et matelassé ne peut pas supporter un seul drame familial de plus. S'il est vrai que mon grand-père a privé sa propre fille de sa mère, alors ma sœur a été en dessous de la vérité hier soir : le vieux était un vrai fils de pute. Ah ! Je me sens mieux de l'avoir craché.

Je pouvais comprendre son ressentiment. Certes, l'inondation émotionnelle après les fortes pluies de la nuit devait couler. Mais les inondations sont toujours des phénomènes incontrôlables qui ne coulent pas dans le bon lit. Il faut attendre un certain temps avant que les eaux ne reprennent leur cours.

– Difficile d'en juger. Il est normal que des temps extrêmes et des situations extrêmes entraînent des situations extrêmes. Tu as parlé à Judith ?

– Oui. Elle a pris les choses avec plus de philosophie. Je crois qu'elle s'était raconté moins d'histoires, elle connaissait notre grand-père mieux que moi. Et puis, pour elle, Sarah Bauer n'est qu'un nom, elle ne suit pas sa trace depuis des mois comme nous, qui vivons presque avec elle.

Alain ôta une mèche de cheveux qui m'était tombée sur le visage quand je me penchais pour boire.

– En fait, tu t'es montrée beaucoup plus émue qu'elle en lisant la lettre.

C'était vrai, l'histoire de Sarah Bauer me bouleversait parce que c'était comme si je l'avais vécue en suivant ses traces. Mais ce qui me touchait le plus était qu'Alain se trouvât au bout de cette histoire.

– On a partagé beaucoup de choses, Georg, Sarah, toi et moi, admis-je.

– Et ce n'est pas fini. Ton enquête n'est pas terminée, Ana. Tu ne sais toujours pas où est *L'Astrologue*.

Cet exposé m'attrista.

– C'est vrai… Tu sais maintenant qui est ta famille… Ce n'est plus ton enquête, n'est-ce pas ?

– Je ne sais pas… Je ne sais que répondre. Maintenant que j'en suis arrivé là, je ne suis plus sûr de vouloir aller plus loin… Je te l'ai dit, je ne peux pas supporter davantage de drames familiaux. Je commence à penser que Judith a peut-être raison : il vaut mieux cesser de regarder vers le passé et affronter le futur… Pour être honnête, j'ignore si je veux laisser entrer Sarah Bauer dans ma vie.

– Elle est peut-être morte… En réalité, la lettre n'apporte aucune précision sur ce point… Ou j'ai raté cette partie ?

– Non, tu n'as rien manqué. Le grand-père n'a plus jamais entendu parler d'elle. Ou alors, il a emporté son secret dans la tombe.

– Ainsi donc, on en est au point de départ : on doit aller à Barcelone et continuer à tirer sur le mince fil qui nous relie à Sarah Bauer…

J'essayai de nier l'évidence par un élan d'enthousiasme un peu artificiel. Cela ne donna bien sûr aucun résultat.

– Non, Ana. Je crois que je ne vais pas aller à Barcelone…

– Et… qu'est-ce que tu vas faire ?

– Je vais peut-être rester ici quelques jours, je vais peut-être rentrer à Paris… Je te suivrai peut-être demain quand tu commenceras à me manquer…

Je baissai la tête. Ses aumônes ne me suffisaient pas : les mots ne sont que des mots ; prononcés à la légère, ils n'ont pas le poids suffisant et le vent les emporte. Mais il n'était pas dans mes habitudes de montrer aussi ouvertement ma tristesse et ma déception. Normalement, j'affichais un sourire et j'assurais que tout allait bien, que rien ne pouvait me blesser.

– Eh…

Alain me pinça doucement le menton avant de prendre mes mains dans les siennes.

– Écoute, j'ai besoin de digérer tout ça… Vas-y, toi.

– Mais si je le retrouve ? Et si je tombe sur elle ou sur le tableau ? Ils font partie de toi ! Tu ne peux pas leur tourner le dos ! Que suis-je censée faire ? Continuer et faire comme si je n'étais au courant de rien ?

– Donne-moi du temps. Juste un peu de temps… Pour me remettre de mes blessures et de mes peines. Je verrai peut-être les choses sous un autre jour.

Il me tint les mains et me fit plier d'un geste et d'un regard, avec un de ces silences qui accablent bien plus que mille cris. Un silence qui n'appartenait qu'à nous, que même la bruyante irruption de Teo ne parvint pas à troubler.

– Vous êtes ici, les ravis ! Ces Barbies modernes, c'est génial ! Elles sont plus plates que l'encéphalogramme de Toutankhamon. Quel dommage, mon Dieu… Eh… J'interromps quelque chose d'important ?

Tout remettre en ordre

Judith nous emmena à Marseille pour me permettre de prendre un avion pour Madrid avec Teo. Avant d'aller à Barcelone, j'avais décidé de passer chez moi pour y prendre des vêtements et tenter de prendre contact avec le cabinet d'avocats.

– Appelle-moi à ton arrivée… Juste pour savoir que tout va bien… me demanda Alain avant de me laisser franchir les contrôles pour gagner la zone d'embarquement. Mais appelle d'un téléphone fixe, n'allume pas encore ton portable.

– Toi non plus.

– Bah, je ne suis pas en danger, sous le même toit qu'un inspecteur de police, plaisanta-t-il. Fais très attention, d'accord ?

– Ça suffit, les tourtereaux ! Déscotchez-vous, on va rater l'avion. Bisou bisou, Alain. Ne t'en fais pas, je veillerai sur elle comme si elle m'appartenait, parole de gay.

Teo m'entraîna derrière les portiques ; une fois dans la file, je ne me retournai pas.

C'était étrange de rentrer à la maison après une si longue absence. Les persiennes baissées, l'odeur de renfermé, le frigo vide… Malgré tout, retrouver mon foyer me procurait un certain bien-être, un arrière-goût douceâtre dans ma bouche amère. J'étais chez moi.

Je pris une douche, enfilai un pyjama propre – et à moi, quel plaisir ! – et, comme Toni était encore à Bilbao, je retrouvai Teo pour commander des sushis à dîner.

J'appelai Alain. « J'ai eu l'idée de fouiller à nouveau dans les affaires de mon grand-père. Il y aura peut-être quelque chose qui pourra t'aider à retrouver le tableau », me dit-il. Alain était revenu au jeu du début ; il avait quitté le front, mais il ne voulait pas abandonner la lutte, ne fût-ce qu'à l'arrière-garde.

Avant d'aller me coucher, je pensai à allumer mon portable pour voir si j'avais un message. Juste pour quelques minutes. Je savais ce que cela signifiait : retrouver une autre facette de la routine, retrouver Konrad… Je n'étais pas aussi sûre que cela m'apporte autant de bien-être que le retour à la maison.

Effectivement, dès que le téléphone fut ranimé, il se mit à vibrer comme la fillette de *L'Exorciste* et à cracher des messages et des appels perdus sur l'écran : un, deux, trois, quatre… Il y en avait deux de ma mère, un autre de ma sœur et seize de Konrad entre messages et appels perdus. Le contenu était toujours le même, la seule chose qui changeait était l'intensité du ton pressant. Je reconnus que je devais lui donner un signe de vie, que j'avais exagéré.

Konrad décrocha en utilisant mon prénom comme une interjection.

– Ana !

– Bonjour, Kon…

– Où es-tu ?

– À Madrid…

– Tu vas bien ?

– Oui…

– Mais enfin, *meine Süße* ! Que s'est-il passé ? Je t'ai cherchée comme un fou ! Hier soir, je suis arrivé à Paris et en entrant dans l'appartement, j'ai tout trouvé sens dessus dessous. Et il n'y avait pas moyen de te joindre. Ton foutu téléphone est éteint depuis des jours ou hors de couverture, mon Dieu ! Je suis allé au commissariat et on m'a expliqué ce qui s'était passé. Tout ce qu'ils savaient, c'est que tu avais quitté la préfecture samedi matin. Mais bon sang, pourquoi est-ce que tu ne m'as pas appelé ! J'ai même signalé ta disparition ! Et aujourd'hui, je vais devoir la retirer !

Quand j'eus constaté qu'il avait fini de sortir tout ce qu'il avait en lui et qu'il était disposé à me laisser parler, je lui résumai ce qu'avait été ma vie pendant cette période de déconnection.

La première réaction de Konrad à mon récit fut d'ordre éminemment pratique : tout remettre en ordre.

– Dès demain, va voir ma secrétaire et dis-lui de te donner un nouveau numéro. Je dois être à Berlin demain après-midi, mais mardi, j'irai à Madrid. Tu pourras rester tranquille d'ici là ?

Une fois que tout fut en ordre et sous contrôle, il prit congé d'un succinct « bonne nuit, *meine Süße* ». « Moi aussi, je t'aime, Konrad », pensai-je avec ironie en raccrochant. Puis j'appelai ma mère et ma sœur. Je finis épuisée après les deux conversations, et pourtant, avant de me coucher, j'écrivis un e-mail au cabinet Claramunt Avocats. Je m'adjugeai la charge d'assistante du Dr Alain Arnoux à l'European Foundation for Looted Art et prétextai que je tentais de retrouver les héritiers d'Alfred Bauer afin de leurs restituer leurs collections d'art. Je comptais traiter la question par courrier électronique, m'économisant ainsi le voyage à Barcelone. J'envoyai le message, éteignis l'ordinateur puis allai me coucher.

Le lendemain matin, je fus réveillée par le braillement du téléphone fixe. Je sursautai et cherchai le combiné, encore étourdie, sans avoir le temps de me demander qui pouvait bien m'appeler à sept heures et demie du matin.

– Oui ?

– Bonjour. Le Dr Ana García, s'il vous plaît ?

Devant le ton protocolaire de la réponse, je fis tout mon possible pour finir de me réveiller et dissimuler que je venais de me lever.

– Oui, c'est moi.

– Roger Claramunt, de Claramunt Avocats. Je vous appelais en réponse à votre courriel d'hier…

– Ah, oui, oui !

Je réexpliquai à M. Claramunt la raison pour laquelle j'avais pris contact avec son cabinet, en développant peut-être un peu le contenu de mon message.

– Je vois… Votre demande est un peu irrégulière. En raison du secret professionnel, nous n'aimons guère fournir les coordonnées de nos clients, hormis dans des cas très exceptionnels et parfaitement justifiés.

– Je vous comprends, Monsieur Claramunt, mais vous pourriez peut-être considérer ce cas comme exceptionnel et parfaitement justifié. Après tout, il s'agit de restituer à une personne ce qui lui revient de plein droit et qui lui été retiré illégalement. Il s'agit de faire justice sans que cela puisse causer de tort à votre client, vous ne croyez pas ?

Le silence à l'autre bout de la ligne ne laissait rien présager de bon. Je sentais le fil qui me reliait à Sarah Bauer, le seul et mince fil, m'échapper des mains.

– Je vois que vous n'êtes pas à Barcelone, docteur García-Brest…

– Non, mais je peux tout à fait m'y rendre et nous pouvons nous rencontrer dans votre bureau pour traiter la question personnellement, si vous le jugez nécessaire.

– Oui, ce serait formidable. Je pourrais ainsi obtenir des informations sur ce client et évaluer le cas avec vous. Que diriez-vous de demain après-midi ?

– D'accord.

– Laissez-moi consulter mon agenda… Dix-sept heures, ça vous irait ?

D'un papier à l'autre

« Mardi, j'irai à Madrid. Tu pourras rester tranquille d'ici là ? » Pendant que l'AVE traversait l'Aragon à presque trois cents km/h et que les arbres alignés le long des voies passaient devant ma fenêtre comme des taches de peinture, je pensais que j'allais devoir appeler Konrad pour lui dire que non, que je ne pourrais finalement pas rester tranquille d'ici là.

À ce moment, le BlackBerry vibra : c'était Alain.

– Bonjour, Dr Arnoux.

– Tu es encore dans le train ?

– Eh bien, on n'a raccroché que depuis dix minutes. Oui, je suis encore dans le train. Et toi ? Tu es toujours dans le bureau de ton grand-père ?

– Oui… J'ai devant moi une photo de Sarah Bauer à Paris, je pense…

J'ouvris de grands yeux.

– C'est vrai ? Comment est-elle ?

– Il s'agit d'un groupe, quatre hommes et deux femmes, à l'arrière d'une camionnette. Ils sont armés et montrent leurs fusils à l'appareil comme s'ils étaient le véritable motif de la photo. C'est incroyable à quel point l'une des femmes ressemble à ma sœur…

– Sarah…

– Je le crains… C'est curieux, avec la photo, j'ai retrouvé un emballage de chocolat… Le chocolat

Menier, c'est une marque ancienne. Ils sont retenus par un trombone.

J'entendis crisser des papiers à l'autre bout du fil.

– Joli, Alain… Imagine le nombre d'histoires et de souvenirs cachés derrière cette photo et cet emballage.

– C'est… étrange de regarder Sarah Bauer dans les yeux. Je ne sais pas comment l'expliquer…

C'était inutile, j'avais senti quelque chose comme ça en voyant Georg von Bergheim, c'était comme rencontrer le passé.

– J'aimerais que tu la voies.

– Viens me la montrer.

– Je le ferai peut-être, mentit-il, je le sus au bruit de son sourire au téléphone.

– Je t'appellerai quand la réunion sera terminée, d'accord ?

Claramunt Avocats occupait tout un étage d'un immeuble ancien du Paseo de Gracia. Le bureau de Roger Claramunt, vaste et extrêmement classique, n'avait probablement pas été refait depuis que Joan Carles Claramunt avait fondé la firme vers 1930. Quatre générations d'avocats s'étaient donc assises dans ce même fauteuil pivotant, face à ce même bureau en bois noble, sans parler du fait qu'elles avaient consulté les mêmes répertoires de jurisprudence rouges et blancs d'Arazandi qui, au fil des ans, avaient recouvert les murs comme le lierre. Le seul élément qui semblait moderne, quoique pas tant que ça, était la photo de trois enfants sur la table.

M. Claramunt était un homme d'une quarantaine d'années, aimable sans être expansif et avec l'air sérieux de qui porte quatre-vingts ans de tradition familiale sur le dos, comme son propre bureau. Mais j'appréciai qu'il commence par montrer de l'empathie vis-à-vis de la cause de l'European Foundation for Looted Art.

– Récemment, j'ai vu un documentaire de la BBC sur les spoliations des œuvres d'art par les nazis. J'ignorais ce fait qui m'a vraiment semblé intéressant. Chercher l'origine de toutes ces œuvres dispersées de par le monde afin d'en retrouver les propriétaires doit être très gratifiant.

– Oui, effectivement. Quoique, bon, je n'appartienne pas à la Fondation, je ne collabore que ponctuellement avec eux… Au fait, avez-vous reçu un e-mail du Dr Arnoux ?

– Oui, oui, il est arrivé hier.

– Je lui ai demandé de vous écrire parce que je comprends vos hésitations face à ma demande, et c'est précisément la raison pour laquelle je ne voulais pas que vous ayez de doutes sur la véritable raison pour laquelle je me suis adressée à vous, qui n'est autre que de retrouver un héritier des Bauer.

– Personne n'a réclamé la propriété de la collection ?

– Non, même si cela n'empêche pas la Fondation de tenter de la restituer. Pendant la guerre, la famille Bauer, comme la majorité des familles juives restées en France, a été exterminée. La seule possibilité de retrouver un descendant passe par l'une des filles : Sarah Bauer, qui a pu survivre à l'holocauste et à la guerre.

M. Claramunt plissa les yeux d'un air contrarié.

– Eh bien je regrette de vous dire que personne ne s'appelle Bauer là-dedans, annonça-t-il, faisant allusion au dossier jaune sur lequel il avait croisé les mains.

Je ne fus pas déçue. Après tous ces mois, j'étais vaccinée contre la déception, et je savais que cette visite ne serait pas la solution à tous mes doutes.

– Mais la personne qui a vendu la propriété de Strasbourg devait avoir la légitimité de le faire, et donc en être la propriétaire. Même si la vente s'est effectuée à travers une société, cette dernière devait bénéficier d'un pouvoir à cet effet.

– En principe, oui… Vous savez, docteur, cela remonte à plus de trente ans, c'est mon grand-père qui s'en est chargé. À première vue, le dossier ne présente rien de particulier : il s'agit uniquement de la constitution d'une société anonyme, parmi les actifs desquels figure la propriété en question. Il inclut également les pouvoirs accordés à Claramunt Avocats afin de s'occuper de l'achat-vente – le contrat proprement dit et toute la documentation annexe, notaire, registre foncier, etc. On peut dire que la société a été constituée dans le but de réaliser cette opération, car elle a été dissoute peu après.

– Et parmi les associés…

– Personne ne s'appelle Bauer, conclut-il, lisant dans mes pensées.

– Et il n'y a aucun moyen non plus de vérifier comment et auprès de qui la société a acquis cette propriété…

– Avec ce qu'il y a ici, je crains que non.

Là, je commençai à succomber à la désillusion : n'allais-je pas rapporter un seul nom ou un renseignement à exploiter suite à cette rencontre ? Cependant, avant que j'aie eu le temps de montrer ma déconvenue, M. Claramunt poursuivit :

– Mais, comme je le disais, cette affaire a été traitée par mon grand-père, qui vit toujours. Il a quatre-vingt-quinze ans, une santé de fer, et, ce qui est encore mieux, une mémoire prodigieuse. Il s'en souvenait à la perfection, car il se trouvait qu'il avait des liens d'amitié avec la personne qui l'en avait chargé. Quoique je sois désolé de vous informer que cette personne est décédée récemment.

– Allons bon…

Rien ne put m'empêcher de manifester ouvertement que cette réunion se transformait en une irritante succession de seaux d'eau froide.

– Ne vous découragez pas. Ce qui peut être une mauvaise nouvelle pour vous me permet de lever le secret professionnel…

– Que voulez-vous dire ? demandai-je prudemment, ne voulant pas me faire d'illusions.

– Je veux dire que si cette personne est morte, je ne vois aucun inconvénient à vous révéler son identité et ses coordonnées. Elles vous permettront peut-être de retrouver un membre de la famille qui vous fournira de plus amples informations.

Je sais que mon visage dut briller comme celui d'un enfant devant un bonbon. C'était peut-être pour cela que Roger Claramunt souriait avec satisfaction.

– Serait-ce possible ? Je vous en serais très reconnaissante. Il ne me reste guère de portes où frapper avant de me considérer comme vaincue.

Sa réponse fut active : il ouvrit le dossier, prit du papier, un stylo plume Montblanc et commença à noter. Il fit tout cela sans perdre le sourire

– Voici…

– Merci.

Je glissai un regard sur le papier :

Stéphane Debousse
L'Ametller, Camí de Cala Blau, s/n
Deià, Majorque

– Stéphane Debousse, lus-je à voix haute. Un Français ?

– Suisse.

Je considérai mon dernier trophée. D'un papier à l'autre, comme dans une chasse au trésor pour les enfants. Stéphane Debousse, suisse… Une fois de plus, chaque pas en direction de *L'Astrologue* semblait m'en éloigner davantage.

– Que vas-tu faire ?

– Je ne sais pas, Alain, avouai-je, découragée. La piste est de plus en plus floue, si elle a jamais été nette un jour. Que vient faire un Suisse (mort, à propos) dans tout ça ?

– Il n'y a qu'une façon de vérifier…

– Je sais. Mais j'ai peur de me retrouver définitivement dans une impasse, cette fois. J'ai peur que ça s'arrête…

– Tout ne va pas s'arrêter, crois-moi. Il y a toujours un après…

– Et tu es sûre que cela va te conduire à *L'Astrologue* ?

– Bien sûr que non, Konrad, reconnus-je, irritée. Je ne peux être sûre de rien. Mais c'est tout ce que j'ai…

– Après trois mois de recherches ?

– Ne commençons pas, s'il te plaît. Si tu dois me traiter comme un de tes comptables, je t'assure que je raccroche.

– D'accord, *meine Süße*, ne sois pas mélodramatique. Épuise ce que tu as. Ensuite, on verra.

Qui habite aujourd'hui dans la maison ?

Je louai une voiture à l'aéroport de Son Sant Joan et me renseignai sur l'itinéraire pour aller à Deià. Une fois arrivée, je mis à profit le matin d'automne méditerranéen, ensoleillé et doux, pour faire une pause dans un petit café qui avait sorti ses tables en terrasse. Je me laissai caresser par la brise qui apportait des saveurs salées et iodées et agitait les bougainvillées derrière moi tandis que je me délectais en observant chaque recoin de pierre, chaque ruelle en pente et étroite, un chat entre les géraniums sur un rebord de fenêtre ou les vues impressionnantes de le sierra de Tramontana.

– Bonjour, qu'allez-vous prendre ?

– Un café au lait, s'il vous plaît. Avec peu de café.

Avant que le serveur ne s'en aille, je lui montrai la carte portant l'adresse de Debousse.

– Est-ce loin d'ici ?

– Le Camí de Cala Blau ? Non, pas du tout… Vous devez tourner à gauche en sortant du parking, à deux cents mètres environ vous verrez la pancarte… Vous allez voir M. Debousse ? Mais ce monsieur est mort…

– Vous le connaissiez ?

– Bien sûr… Il habitait déjà là quand j'étais petit. Les dernières années, il venait tous les jeudis pour la partie de dominos… Sauf en été, quand c'est plein de touristes… C'était un homme âgé mais il avait belle allure, vous savez ?

– Qui vit dans la maison, maintenant ?

– Sa femme. Vous l'y trouverez certainement. Elle ne sort pas beaucoup depuis que son mari est mort.

Le Camí de Cala Blau était étroit et non goudronné, et il descendait de Deià jusqu'à la côte. Il était entouré de pins qui laissaient par endroits la place à un petit verger comportant des orangers ou des amandiers en terrasses. Au moment où j'aperçus la mer éclaboussée de soleil au bout de la route, et dans le nuage de poussière que soulevait ma voiture, j'arrivai à la seule maison des environs. Je me garai devant une grille en fer forgé qui servait de porte. Je descendis, étirai mon jean et mis mes lunettes de soleil. Comme un animal reconnaissant le terrain, je levai le visage au vent : l'air sentait le pin, la mer, et la rumeur des vagues se confondait avec celle de la brise dans les broussailles ; par-dessus, le son rythmique d'une houe contre la terre et des trilles hivernales. Je pris une profonde inspiration pour me charger de cette énergie naturelle avant d'atteindre la grille. De l'autre côté, un homme travaillait dans le jardin.

– S'il vous plaît ! l'appelai-je, me haussant sur la pointe des pieds devant la porte. Il cessa de piocher et se retourna. Madame Debousse habite-t-elle ici ?

Avant de me répondre, il s'épongea le front, essuya ses mains sur sa salopette de travail et s'approcha de la grille.

– Que voulez-vous ?

– J'aimerais lui parler d'une affaire… privée.

Je n'avais franchement pas envie d'expliquer au jardinier la raison complexe qui m'avait conduite jusqu'ici.

– Si vous pouvez lui remettre ma carte…

L'homme passa entre les grilles une main contenant des restes de terre et prit la carte par un coin.

– Attendez ici…

Je le regardai disparaître dans le jardin jusqu'à la maison cachée entre les arbres et les haies. L'attente ne fut pas longue, un peu plus de dix minutes que j'employai à marcher lentement sur la route menant à la mer, tout en me demandant si Mme Debousse me recevrait à l'instant, me ferait revenir à un autre moment, ou ne voudrait simplement pas me voir.

– Eh, dites ! me cria le jardinier depuis la porte ouverte.

D'une course légère, je le rejoignis.

– Madame va vous recevoir. Entrez…

Je suivis le jardinier sur un chemin en gravier entre des parterres de fleurs et des esplanades de gazon parsemées de citrons, d'oliviers, de sapins et de palmiers. La maison surgit de la végétation, comme si elle s'efforçait de préserver son espace au milieu du jardin, tout en observant avec impuissance le lierre qui grimpait sur sa façade de pierre et le jasmin qui s'infiltrait à travers les fentes de son heaume de bois, dans une invasion lente et silencieuse de ses domaines. Nous gravîmes quelques marches menant à un porche au-dessus de la piscine, qui offrait une vue spectaculaire sur la mer.

– Asseyez-vous, madame arrive, m'indiqua-t-il sèchement avant de s'en aller.

J'obéis au sévère jardinier et m'assis dans un fauteuil en teck avec des coussins écrus. Je regardai autour de moi : la maison semblait respirer par les fenêtres, les rideaux flottant au vent, gonflés comme les voiles d'un bateau ; du coton, de la pierre et du bois, rien d'autre. On aurait dit une belle femme, légèrement vêtue et sans maquillage, prenant le soleil dans un jardin dérobé à la montagne, qui se penchait d'en haut sur la Méditerranée pour ne pas mouiller la dentelle de son jupon… C'était le genre d'endroit où tout le monde voudrait vivre, et même mourir. Les Debousse étaient sans doute un couple privilégié. Je me sentis nerveuse, comme dans la salle d'attente du médecin ; j'appuyai le dos contre le siège et décroisai les jambes, essayant de me détendre. La brise marine caressa mon décolleté et mon cou et me fit dresser les cheveux sur la tête de sa main fraîche ; je nouai mon *foulard* serré et fermai ma veste.

Je me redressai en entendant arriver quelqu'un. Elle portait un plateau contenant deux verres de jus d'orange. Elle me dit bonjour, le posa sur la table basse et se retira. La beauté ridicule d'un jus d'orange qui brille au soleil…

– Dr García-Brest…

Je sursautai et me levai instinctivement en la voyant arriver sur la terrasse. Il lui fallut encore un moment pour me rejoindre.

– Mme Debousse, dit-elle. Je suis ravie de vous rencontrer.

Je lui rendis la politesse et nous nous serrâmes la main.

– Asseyez-vous, je vous en prie. Il fait un temps merveilleux. J'ai pensé que nous serions bien sur la terrasse, à profiter de ce soleil magnifique.

Sa voix était douce ; les années, loin de l'avoir abîmée, lui avaient donné la douceur des choses bien polies. Combien d'années… ? Beaucoup, sûrement, mais indéfinies. Il faut dire que les années pulvérisent le fer qui s'oxyde tout comme elles transforment le carbone en diamant. Dans le cas de Mme Debousse, les années avaient été aussi généreuses qu'avec le carbone. C'était une femme de haute taille, au port presque intact ; seules ses jambes semblaient ne pas vouloir fonctionner normalement. Elle avait une belle peau, ridée mais à l'aspect velouté, légèrement maquillée. Elle avait conservé une abondante chevelure teinte en blond qu'elle relevait en un simple chignon sur sa nuque. Elle portait avec une élégance sobre un tailleur crème et un chemisier en soie rose, et juste quelques bijoux, des boucles d'oreilles et un collier de perles ainsi qu'une impressionnante bague de saphirs et de diamants.

– On est très bien, ici : vous avez un jardin et une maison magnifiques, Madame Debousse. Je vous suis très reconnaissante de me recevoir bien que je me sois présentée à l'improviste.

– Il n'y a pas de quoi, répondit-elle en me souriant avec douceur. Je ne reçois guère de visites, un peu de compagnie est donc toujours bienvenu.

Mme Debousse s'exprimait dans un espagnol parfait, quoique mâtiné d'un accent que je ne parvins pas à identifier.

– J'ai vu sur votre carte que vous veniez du musée du Prado…

– Oui. Même si l'affaire qui m'amène n'est pas en lien avec le Prado, mais avec la European Foundation for Looted Art.

Mme Debousse ne sembla pas surprise, pas même intriguée. Elle continua à me montrer son sourire complaisant.

– Ah oui. Le Dr Arnoux…

Ce fut mon tour d'être surprise.

– Vous le connaissez ?

– Seulement de nom. Mais je sais que la Fondation et lui font un travail formidable.

J'acquiesçai en pensant à ce que j'allais dire ensuite, mais elle me devança.

– En quoi puis-je vous aider, alors ?

– C'est une histoire un peu… compliquée qui m'amène ici, mais je vais essayer de vous la résumer.

– S'il vous plaît.

Je racontai à Mme Debousse l'histoire de la collection Bauer et comment la recherche d'un héritier de la famille à qui pouvoir restituer les tableaux avait fini par nous mener à elle. Pendant mon exposé, elle resta pratiquement impassible. À la fin, elle resta silencieuse, sans faire la moindre observation. Elle but un peu de jus d'orange et m'invita à faire de même. C'était incroyable à quel point cette femme semblait ne s'étonner de rien.

– Que va-t-il se passer si vous parvenez à retrouver cette femme, Sarah Bauer, ou un de ses descendants ?

– Nous lui rendrons les tableaux… répondis-je sans ajouter « évidemment », par courtoisie.

J'avais la sensation de l'avoir clairement indiqué dès le début. J'espérais juste que l'ombre de la démence sénile ou d'Alzheimer ne planait pas sur nous. Après tout, je ne savais rien de cette femme.

– Du moins les vingt pour cent de la collection qui ont pu être retrouvés jusqu'à présent.

– C'est tout ?

La question me mit hors-jeu, l'astuce qui brillait dans son regard m'intimida.

– Euh… Oui… Oui, c'est tout.

Mme Debousse croisa les mains sur ses genoux comme pour prier, leva les yeux au ciel et soupira. Rien de cela n'effaça son sourire béat ni ne troubla l'aura de bienveillance qui semblait l'entourer. Elle aurait pu m'adresser les paroles et les gestes les plus horribles sans cesser d'être une belle personne.

– Ma chère Ana… Je me permets de vous appeler par votre prénom, cela ne vous dérange pas ?

– Pas du tout, m'empressai-je de reconnaître, attendant la suite.

– Je crains fort que vous ne me disiez pas toute la vérité. Je ne vous le reproche pas… Moi non plus, je n'ai pas été entièrement sincère avec vous.

J'eus l'honnêteté de ne pas la contrarier. En fait, plus que honteuse d'avoir été surprise à mentir, je me sentais intriguée par l'aveu de son manque de franchise. Que pouvait me cacher Mme Debousse ?

L'espace d'un instant, elle m'observa attentivement et ouvertement. Je ne fus guère rassurée qu'elle se montrât satisfaite de ce qu'elle voyait. Il ne suffisait pas que je lui plaise, il y avait autre chose.

– Venez avec moi, s'il vous plaît. J'ai quelque chose à vous montrer.

Je vous attendais

Quand l'esprit tente de penser à plusieurs choses à la fois, il perd généralement le fil de toutes ses pensées et ne va au bout d'aucune. Ce fut à peu près ce qui m'arriva en suivant la vieille Mme Debousse à l'intérieur de la maison. Je ne fus même pas capable de décider une chose aussi simple que de savoir si j'aimais la décoration du salon que nous traversâmes ou l'allure du vestibule ; je ne pus rien voir, tout en tentant de repérer chaque détail.

Elle ouvrit des portes coulissantes qui donnaient sur l'entrée et m'invita à passer dans ce qui ressemblait à un bureau. Le soleil baignait les meubles en chêne, les tapis aux couleurs douces, les livres et les vases contenant des fleurs mauves et jaunes. Les murs lisses et nus ne comportaient que quelques miroirs et une collection d'eaux-fortes représentant des paysages africains. La cheminée, éteinte, conservait les cendres d'un feu récent. C'était un endroit agréable pour travailler, voire pour attendre avec impatience une révélation.

J'aurais préféré rester debout, mais Mme Debousse m'invita à m'asseoir tandis qu'elle fouillait dans les tiroirs du secrétaire. Sous mon regard attentif et inquiet, elle sortit un dossier.

– Voilà…

Elle me le tendit et je le reçus, déconcertée. Je devais manifestement en inspecter le contenu, mais c'était si étrange…

– Allez, ouvrez-le, m'encouragea-t-elle en voyant mon indécision.

Je m'exécutai, et mes mains se mirent à trembler en tenant la première feuille, où je reconnus mon patronyme entier. Je continuai à tourner les pages avec une impatience croissante : mon nom ne figurait pas qu'au début, il était partout, comme celui de Konrad et même celui d'Alain. Il y avait des adresses, des itinéraires, des numéros de vol, des plaques d'immatriculation de voitures… Les trois derniers mois de ma vie apparaissaient résumés là. Mon estomac se noua, je commençai à avoir chaud, un étouffement qui me piquait et me donnait mal au cœur. J'appréciai d'être assise tout en observant, l'une après l'autre, des photos volées à mes mouvements : sortant de l'appartement de Paris, aux Archives nationales, parlant à Alain au pub irlandais, au Bundesarchiv, entrant à la Sorbonne, arrivant à Saint-Pétersbourg, à la Rossiiskaia Natsional'naia Biblioteka. J'arrivai au dernier paquet de photos, mis à part dans un dossier spécial intitulé *Posen Geist*. En reconnaissant ce nom, je fus prise d'une série de nausées qui s'accentuèrent au fur et à mesure que je tournais les photos : montant dans la Range Rover, gravissant les marches du *château*, écoutant le discours néonazi… J'ôtai mon foulard, je commençais à étouffer.

– Comme vous pouvez le voir, je vous attendais…

Je fus incapable de répondre. C'était ça : on m'attendait. C'était un guet-apens, un piège vers lequel je m'étais dirigée volontairement. Je m'étais mise toute seule dans la gueule du loup, en croyant naïvement approcher de la fin de l'enquête. Et c'était bien de ça qu'il s'agissait, de fin : dans une maison isolée, sans échappatoire possible. Ma fin.

Je commençai à me sentir mal, terriblement mal, sur le point de perdre connaissance. Je me rappelai le jus d'orange et compris : j'avais été droguée.

La panique s'empara de moi. Une sueur froide m'imprégna le visage. La pièce commença à tourner. L'image de Mme Debousse devint floue et même si je voyais qu'elle agitait la bouche pour parler, je ne fus pas capable de l'écouter. Elle approchait. Je voulus lui dire de ne pas me toucher, mais ma voix ne sortit pas… Je me sentais si mal…

Je ne me souviens de rien d'autre.

Maintenant que vous êtes arrivée jusqu'ici

J'ouvris les yeux. La lumière me fit battre des paupières. J'avais mal à la tête. En fait, je ne voulais pas ouvrir les yeux. Je voulais dormir…

Alors je me rappelai. Une succession de photogrammes explosa dans mon esprit : la maison, le jardinier, le porche, la vieille dame, le jus d'orange, les photos… mes photos. *Posen Geist. Posen Geist !*

Je soulevai les paupières d'un coup, jusqu'à la limite de ses cuisses, et voulus me redresser. Je sentis un élancement à la nuque.

– Doucement… Ne vous levez pas aussi vite, ou vous allez encore vous évanouir, entendis-je quelqu'un dire en français avec un accent allemand.

Je regardai alentour, à nouveau envahie par la panique. J'étais toujours dans le bureau de Mme Debousse, allongée sur le canapé. Mais il n'y avait aucune trace d'elle. À sa place, deux hommes m'entouraient : le jardinier et… Georg von Bergheim !

– Vous… murmurai-je, sans pouvoir en dire plus. Qu'est-ce que cela veut dire ?

– Vous vous êtes évanouie et en tombant, vous vous êtes cognée à la tête. Comment vous sentez-vous ? me demanda-t-il.

Je n'avais pas l'intention de répondre. J'avais une seule idée en tête : sortir de là.

– Je dois partir.

Je me relevai en oubliant la douleur.

– Je ne crois pas que vous vouliez partir maintenant que vous êtes arrivée jusqu'ici.

Il n'eut pas besoin de poser la main sur moi pour m'arrêter. Sa voix et son expression étaient aimables. Et sa phrase éveilla ma curiosité. Je l'observai attentivement. Il était jeune, peut-être même plus que moi. Cet homme n'était vraiment pas Georg von Bergheim.

– Qui êtes-vous ? me risquai-je à demander d'une voix tremblante. Je n'avais pas eu le temps de tirer des conclusions, mais je me sentis effrayée et nerveuse.

Avant qu'il ait pu répondre, la porte du bureau s'ouvrit sur Mme Debousse.

– Ah, vous êtes réveillée, sembla-t-elle se féliciter.

Quant à moi, tant de tranquillité, d'amabilité et de sourires me faisaient sortir de mes gonds. La scène devenait surréaliste ; le calme, tendu et artificiel.

– Vous m'avez fait peur. Ramiro, s'adressa-t-elle au jardinier, dites à la bonne d'apporter du thé et une aspirine. Vous en avez sûrement besoin…

– Non ! explosai-je, projetant toute ma tension dans un cri démesuré. Vous m'avez droguée !

Mme Debousse se montra déconcertée.

– Vous droguer ? Que voulez-vous dire ?

– Le jus de fruits ! Vous l'avez drogué !

Elle sourit comme si j'avais proféré une sottise si énorme qu'elle lui semblait même drôle.

– Mais enfin, qu'est-ce qui vous fait penser ça ? Absolument pas…

Elle fit mine de s'approcher. Cela me terrorisa.

Comme un animal traqué, je reculai jusqu'au moment où je me heurtai à la table. Elle continua à avancer, escortée par les deux hommes.

– Pourquoi ne pas écouter ce que j'ai à vous dire ?

Je fis demi-tour et, d'un mouvement rapide, pris un coupe-papier qui se trouvait sur la table. Je leur fis face en brandissant mon arme improvisée.

– Ne vous approchez pas ! criai-je, hystérique. Ne faites pas un pas de plus !

Le jardinier voulut s'avancer, mais Mme Debousse le retint d'un geste. Ils restèrent tous trois devant moi, évaluant probablement jusqu'où j'étais disposée à aller. Je l'ignorais moi-même. J'étais juste effrayée. Le coupe-papier s'agitait visiblement dans ma main tremblante.

– Laissez-moi partir, parvins-je à articuler.

– Vous pouvez partir, bien sûr, répliqua-t-elle. Personne ne vous retient…

Ce paradoxe surréaliste de vieille dame attendrissante et hapo de la mafia me vrillait les nerfs. La seule réaction qui me venait à l'esprit était de crier.

– Ah non ? Et personne ne m'a menacée, poursuivie, accusée, frappée ? Vous attendez que je passe la porte pour me tirer une balle dans le dos ? Qu'est-ce que c'est que cette folie ?

– Calmez-vous, s'il vous plaît, vous êtes hystérique…

Je vis en Mme Debousse une vieille dame psychopathe, une sorte de mère de Norman Bates dans *Psychose*. Dès que j'eus deviné qu'elle tentait de se rapprocher progressivement, je perdis le contrôle et, sans réfléchir, je voulus l'arrêter en me servant du coupe-papier. En la voyant en danger, le jardinier et l'autre garçon se jetèrent sur moi jusqu'à ce qu'ils aient réussi à m'immobiliser et à m'ôter mon arme. Je ne pus opposer de résistance, ma force était ridicule en comparaison de celle des deux hommes. Alors je me sentis définitivement perdue et la tension céda le pas au désespoir.

– Lâchez-la, leur ordonna la dame.

Ils hésitèrent avant d'obéir.

– Obéissez, et laissez-nous seules, s'il vous plaît.

– Mais… tenta d'objecter celui qui disait être Bergheim.

Elle l'interrompit.

– Il ne va rien m'arriver. Si j'ai besoin de toi, je te préviendrai. Laissez la porte ouverte en sortant.

Les deux hommes finirent par accepter de s'en aller, quoique sans cesser de regarder derrière eux.

Je ne tentai rien. Je n'avais envie de rien. J'étais disposée à accepter tout ce qui pouvait m'attendre.

– Partez si vous le souhaitez, concéda Mme Debousse en désignant la porte ouverte. Quoi que vous pensiez, personne ne vous retient ici. Vous êtes venue de votre plein gré et vous pourrez repartir de votre plein gré. Mais vous voudrez peut-être écouter auparavant ce que j'ai à vous dire…

Je la regardai les yeux écarquillés, d'un air soumis, comme un enfant puni.

– Voudriez-vous vous asseoir et sécher ces larmes ?

Je lui obéis avec méfiance, m'asseyant lentement sur le canapé et, du revers de la main, je me frottai les yeux jusqu'à ce qu'elle me tende un mouchoir. Je le pris en silence, sans même la regarder. Mme Debousse s'assit à mes côtés.

– Croyez-moi, je ne souhaite pas vous faire de mal, je ne l'ai jamais voulu… dit-elle de sa voix douce. Nous avions l'intention de le protéger. Nous avons peut-être un peu exagéré, je ne dis pas le contraire…

Je levai enfin la tête.

– Protéger quoi ?

– Ce que vous cherchez, me répondit-elle comme s'il s'agissait d'une évidence.

Que ce soit une bonne fée ou une méchante sorcière, les paroles de cette vieille femme me firent frissonner, comme si elle venait de prononcer un sort qui se serait infiltré comme un vent glacé par la fenêtre.

– *L'Astrologue*… dis-je dans un souffle, ayant du mal à prendre mes propres paroles au sérieux. Il est en votre possession ?

Elle acquiesça lentement.

Je soupirai et me dégonflai comme un ballon sur ma chaise. Cette expiration emporta avec elle des milliers de recherches sur Internet, des centaines d'heures enfermée dans des archives et des bibliothèques, d'innombrables documents relus, des dizaines de fausses pistes, diverses frustrations, quelques illusions, de multiples doutes, tout autant de tensions et de nombreuses insomnies… Une petite part de moi avait même pu s'en aller avec ce soupir.

– Mon Dieu…

– Je sais. Mais vous devez le croire, Dr García-Brest : vous avez trouvé.

– Comment est-ce possible ?

J'avais formulé cette question en aparté, mais elle y répondit :

– C'est simple, ma chère. Mon véritable nom est Sarah Bauer.

C’est là que tout a commencé

Cette déclaration me fit l’effet d’un coup de gourdin en plein sur la nuque. Je ne fus capable d’aucune réaction, j’étais glacée, contemplant l’image de cette belle vieille femme comme si elle avait été autre… l’image de Sarah Bauer.

Je ne sais pas très bien pourquoi ce fut ma première réaction. Peut-être pour solder une dette avant d’entrer dans le monde de Sarah Bauer, car je voulais le faire avec la conscience nette, et parce que j’avais besoin de me justifier, d’expliquer pourquoi j’étais devant sa porte. Or, je n’y pensai pas. Simplement, je pris ma sacoche et en sortis deux documents que je conservais comme un précieux trésor : la lettre et la photo du *SS-Sturmbannführer* Georg von Bergheim.

– C’est là que tout a commencé… lui révélai-je devant les deux pièces.

Elle les prit avec soin et les observa en silence. Je ne pouvais distinguer clairement l’expression de son visage penché sur la silhouette et les paroles de son ennemi, sur ces yeux clairs qui la regardaient et cette écriture ronde qui lui parlait à travers le temps.

Au bout d’un moment, elle glissa un doigt sur la photo… J’étais persuadée d’avoir mal interprété ce geste comme une caresse, jusqu’à ce qu’elle relève la tête et que, sur son sourire ému, je voie trembler les larmes au bord de ses paupières.

– Vous ne savez pas à quel point. C'est vrai, c'est là que tout a commencé…

Elle eut pour la première fois un ton hésitant et se montra vulnérable. Elle tarda quelques secondes à se reprendre, à essuyer pudiquement des larmes qui avaient à peine commencé à perler. Ce fut alors qu'elle me sembla vraiment vieille et que je commençai à la regarder avec tendresse.

– Si vous n'y voyez pas d'inconvénient, je crois que vous devriez rester déjeuner, me dit-elle. Nous avons beaucoup de choses à nous dire.

L'impression que je ressentais devant Sarah Bauer me fit oublier tout le reste. Soudain, je ne voulais entendre parler que d'elle, remplir les trous de son histoire. Ce qui ne la concernait pas était sans importance.

Je ne mangeai presque rien. Son récit m'absorba, très loin de cette salle à manger majorquine, et me transporta dans le Paris occupé par les nazis. Je ne vis pas qu'on retirait mon assiette où mon entrée était restée intacte, qu'on m'apportait le plat de résistance et peu après le dessert ; que mon verre d'eau et mon verre de vin étaient toujours pleins, que le soleil n'entrait plus par le balcon et qu'on avait allumé les lumières pour éclairer l'obscurité du crépuscule et la cheminée pour atténuer le froid. En fait, je n'étais pas vraiment là, je naissais, grandissais, fuyais, pleurais, luttais, souffrais, accouchais, souriais, mourais… et je tombais amoureuse de Sarah Bauer. De Georg von Bergheim. Quoique, en réalité, j'étais déjà amoureuse de lui.

– … Je compris enfin que la porte ne s'ouvrirait jamais. Qu'elle avait emmené ma fille, qu'elle me l'avait prise. Et je me laissai tomber par terre, résolue à mourir devant cette porte fermée…

– Mais vous ne l'avez pas fait… Que s'est-il passé ensuite ? demandai-je avec impatience, penchée autant que je le pouvais sur la table maintenant débarrassée.

Sarah eut un sourire mélancolique. Elle semblait beaucoup plus fatiguée et beaucoup plus âgée que le matin. Son visage ne brillait plus avec autant d'intensité, les années remontaient sous les restes du maquillage, comme si le fait de revivre sa propre histoire l'avait fait vieillir en quelques heures.

– Allons prendre le café au salon, devant la cheminée. Nous y serons mieux.

Je m'assis près de Sarah Bauer sur un canapé confortable. Le bois de chêne vert crépitait dans la cheminée et sentait le café et la soirée d'automne.

– Je me demande souvent si j'ai bien fait de partir ; tôt ou tard, elle serait revenue avec ma fille… réfléchissait-elle, le regard perdu dans les flammes dansantes. Mais j'avais les papiers de Georg : sans eux, il n'irait pas très loin dans sa fuite. J'étais abasourdie, j'avais du mal à réfléchir… Tout s'était passé si vite, tout s'était compliqué d'une façon si absurde et cruelle en même temps. Je consultai ma montre : le train allait partir, et Georg devait le prendre ou ils allaient l'attraper. Je sortis dans la rue sans autre pensée que d'arriver à la gare et de lui remettre les papiers. Je vis une bicyclette près d'un lampadaire et la pris tout simplement. Quelqu'un dut certainement crier « Au voleur ! »… mais je ne m'en souviens pas. Je ne pensais qu'à pédaler de toutes mes forces jusqu'à en avoir les genoux en feu. La fureur et l'angoisse me soutenaient tandis que je traversais les rues de Paris : le boulevard Bourdon, le quai de la Râpée, le pont d'Austerlitz… J'aperçus la gare se dressant comme un gigantesque cyclope dont l'œil me prévenait que j'étais en retard. Je descendis alors que les roues tournaient encore sous mes derniers coups de pédale et mon vélo tomba abandonné là où je le laissai. Je franchis les portes et demandai en haletant de quel quai partait le train pour Toulouse. Je jouai des coudes pour me frayer un chemin dans la foule compacte et assourdissante, je cherchai anxieusement son visage parmi des milliers d'autres… Les trains sifflaient et rejetaient de la vapeur, comme mon cœur emballé… Alors je le vis. Mais avant d'avoir pu courir vers lui, je me rendis compte que quelque chose clochait : deux hommes semblaient lui barrer le passage et le visage de Georg n'était pas précisément amical. Je me cachai dans la foule pour m'approcher ; ou je me trompais fort, ou la masse sous la gabardine de l'un d'eux était une arme braquée sur lui. Le train cria et cracha de la vapeur, il était prêt à partir… Je ne réfléchis pas, il ne le fallait pas arrêter car c'était une folie… Je le fis, tout simplement. Je m'élançai sur l'homme qui tenait l'arme et lui tombai dessus, nous roulâmes à terre. Tout se passa en quelques secondes… Je n'arrive pas à fractionner les souvenirs concernant ces brèves secondes… Je sais que j'entendis un coup de feu et des cris, les roues du train grinçaient près de moi. Je tentai de me relever, mais je ne trouvai pas d'appui, le corps de cet homme se tordait sous moi ; il se retourna et tenta de me retenir. Puis j'entendis un nouveau coup de feu et il s'affaissa. Quelqu'un me saisit le bras et me releva. Je me rappelle le visage de Georg à cet instant précis, il s'est gravé dans ma mémoire : des milliers d'expressions et de sentiments le déformaient comme un tableau barbouillé… Le train passa à côté de nous. D'un fort élan, Georg me souleva en l'air, et je me retrouvai juchée avec lui sur le dernier wagon d'un train qui s'éloignait, qui laissait derrière lui du tumulte sur le quai et deux corps près des voies… J'enlaçai Georg et me mis à pleurer pendant que Paris m'échappait des deux côtés…

Sarah Bauer interrompit son récit et j'en profitai pour me calmer : toute cette tension me tenait sur un fil. Je pris sa tasse de café vide et allai la poser à côté de la mienne sur la table.

– Je ne voulais pas le faire, je ne voulais pas quitter Paris sans ma fille. Je ne voulais pas monter dans ce train parce que je devais la retrouver, parce que j'étais disposée à soulever chacun des maudits pavés de chacune des maudites rues de cette maudite ville jusqu'à ce que je la retrouve… Mais Georg me tenait dans ses bras…

Mes mains tremblèrent et la porcelaine tinta à grand bruit avant d'arriver sur la table. Mon Dieu… Je savais où se trouvait sa fille ! Je connaissais cette partie de l'histoire que Sarah avait manquée !

– « Où est Marie ? », me demanda Georg… Je ne pus le lui expliquer que lorsque les larmes cessèrent de m'étouffer. « Je te jure, Sarah, que nous reviendrons la chercher et que nous la retrouverons. Mais pas maintenant. C'est trop tard. » Georg m'empêcha de regarder en arrière, maintint mon regard en avant jusqu'à la frontière… Je ne lui en veux pas ; je ne l'aurais jamais retrouvée… même si cela ne peut servir de prétexte à une mère.

Je me mordis les lèvres et tentai de reprendre la conversation.

– Alors, vous êtes arrivés à la frontière ? Tous les deux ?

– Oui… Même si ce fut plus difficile que je ne l'aurais cru. Georg savait que la Gestapo avait dû ordonner d'arrêter le train à la gare suivante et que, de toute façon, la police serait en alerte dans toutes les autres afin de nous capturer dès qu'on nous aurait identifiés. Nous n'eûmes donc pas d'autre solution que de sauter du train en marche et de nous engager sur des chemins peu fréquentés pour arriver à pied à Toulouse. Cela fait sept cents kilomètres, que nous parcourûmes en un peu moins de deux semaines. Je me faisais beaucoup de souci pour la jambe de Georg. Il ne se plaignait pas, mais je savais qu'il ne pouvait pas forcer et que plus nous marchions, plus il avait mal ; à la fin de la journée, il commençait à ralentir le rythme et à boiter de plus en plus, il finissait tous les soirs le genou enflé au point qu'un jour, il devint violacé et ne dégonfla plus. Parfois, quelqu'un nous faisait parcourir plusieurs kilomètres en charrette ou, avec beaucoup de chance, en automobile, mais, à la lumière du jour, nous tentions de nous éloigner des routes et des villages pour ne pas attirer l'attention. Ce furent deux semaines pénibles et interminables avant d'atteindre Toulouse. Là, bien sûr, nous fûmes accueillis par le prêtre dont nous avait parlé Carole et restâmes avec lui une semaine, essentiellement pour permettre à la jambe de Georg de récupérer car nous nous apprêtions à traverser la frontière à pied par des chemins de montagne difficiles et escarpés…

– Mais vous y êtes parvenus… fis-je pour couper court à davantage de souffrance.

– Oui, sourit-elle. Nous sommes arrivés en Espagne… sans avoir une idée précise de ce que nous allions faire de notre vie. Nous aurions pu passer au Portugal, et même aller aux États-Unis, en Amérique du Sud… Mais je ne voulais pas m'éloigner de la France ni de Marie, Georg m'avait juré de revenir la chercher. Nous acquîmes le statut de réfugiés et nous vécûmes jusqu'à la fin de la guerre dans des stations balnéaires et des hôtels de Barcelone que le consulat britannique avait habilités spécifiquement pour loger ceux qui fuyaient la France en guerre. Georg travailla pour les Anglais comme traducteur d'allemand et, toujours grâce au consulat, je trouvai du travail dans une fabrique de tissus du Vallés… Progressivement, nous nous installâmes et légalisâmes notre situation. À la fin de la guerre, nous regagnâmes Paris : j'avais un passé à reconstruire après avoir perdu de nombreuses pièces en chemin. La première chose que je fis fut de me rendre place des Vosges, pour voir la comtesse…

– Et vous l'y avez trouvée ?

– Oh, oui… Je l'ai trouvée, moribonde… On dit que la mauvaise herbe ne meurt jamais, mais elle avait elle aussi vu son heure arriver après avoir tenté pendant plus de quatre-vingts ans de faire entrer le monde dans un moule, le sien… Sur son lit de mort, ses péchés commencèrent à lui peser et elle eut l'immense chance que j'arrive juste à temps pour pouvoir alléger l'un d'eux : elle m'avoua qu'elle avait remis la petite à son père parce qu'elle ne voulait pas de Juif dans la famille, puis qu'elle nous avait dénoncés à la Gestapo. À ce moment, je fus prise d'une telle attaque de colère et d'impuissance que je lui aurais volontiers mis un oreiller sur le visage et appuyé jusqu'à ce que je sente que cette vieille garce avait cessé de respirer… ! Je ne le fis pas, car Georg m'en empêcha. Je dois vraiment le remercier de m'avoir arrêtée l'oreiller en l'air, parce que j'avais une trop longue vie devant moi pour porter ce poids. Elle, en revanche, allait mourir, le lendemain au plus tard, et elle aurait des comptes à rendre devant qui de droit ou, de toute façon, pourrir sous terre avec sa conscience toute noire.

– Mais vous avez emporté *L'Astrologue*…

– En fait, non. Je suis sortie de cette demeure asphyxiante en état de choc. J'avais accepté qu'on m'ait pris ma fille, mais pas qu'elle ait fini aux mains des nazis. À l'époque, chercher un proche disparu était une tâche non seulement angoissante et douloureuse, mais aussi harassante et longue, et truffée de démarches administratives. La guerre récemment terminée, tout le monde voulait retrouver un proche disparu au front, prisonnier ou déporté. Tout était un vrai chaos sur le plan de l'information : les nouvelles concernant les horreurs sur lesquelles tombaient les Alliés en Allemagne et en Europe de l'Est arrivaient au compte-gouttes ; la réalité des camps de concentration, de prisonniers ou de travail qui menaient en réalité à des camps d'extermination ne fut connue qu'après la guerre. Plus de dix millions de Juifs avaient disparu… Et parmi eux, je cherchais ma mère, mes frère et sœur, ma fille. Ce fut désespérant… Je m'adressai à toutes les institutions : la Croix-Rouge, le Central Tracing Bureau (une organisation créée par les Alliés pour retrouver les personnes disparues pendant la guerre), chacune des *mairies* de Paris… Je ne me rappelle pas combien de temps ils ont mis, ni même dans quel ordre sont arrivés les renseignements ; en fin de compte, ça n'a pas d'importance… Ce qui importe, c'est qu'ils sont arrivés, et, cela semble incroyable, mais le simple fait de savoir est un soulagement. Ma mère et ma sœur étaient mortes à Auschwitz, dans une chambre à gaz. Mon frère avait contracté le typhus et était mort à Treblinka, quelques semaines avant la libération du camp par les Russes. Je crois que d'une certaine façon, je m'étais préparée à ce genre de nouvelle. On ne perd jamais l'espoir, bien sûr, mais je n'avais pas de nouvelles d'eux depuis 1942, et cela faisait beaucoup d'années… En fait, pour moi, ils étaient morts depuis le jour où on les avait emmenés… Pourtant, Marie, ma petite… Quand j'appris qu'elle et son père étaient morts… Elle n'avait que huit mois… ! Je ne pus m'empêcher de me sentir coupable, je n'ai jamais cessé…

Devant le regard vitreux de Sarah, j'éprouvai un mépris soudain pour le grand-père d'Alain et sa rancœur. Avoir fait ça me semblait être une cruauté aussi retorse que les tortures nazies, une cruauté encore plus vile si possible car elle venait de son camp, de quelqu'un en qui elle avait confiance. Maintenant, il était trop tard pour réparer ce qui s'était passé : Irène, ou Marie, était morte de toute façon ; elle serait morte deux fois pour sa mère si Sarah découvrait la vérité. Une vérité qui me brûlait de l'intérieur, mais je ne me sentais ni la légitimité, ni le courage suffisant pour la révéler.

– Qu'est devenu Georg ? lui demandai-je, voulant accumuler tous les malheurs au même moment et les ventiler d'un coup au lieu de prolonger la souffrance par une longue Passion.

– Georg ? me retourna-t-elle la question, surprise.

– Oui… Je… J'ai vu son acte de décès… En 1946…

Surprise, je vis ce que je pensais être douloureux pour Sarah lui arracher au contraire un sourire malicieux et amusé.

– Mais Georg n'est pas mort, ma chère !

– Vraiment ? répondis-je, soulagée.

– Bien sûr ! La déclaration du décès a été faite à la demande de sa famille, qui n'avait pas de nouvelles depuis 1944. Mais on peut dire que Georg von Bergheim était mort, ou avait du moins disparu dans une pension miteuse à Paris. Il y est resté, avec son uniforme SS. Celui qui traversa les Pyrénées avec moi s'appelle, d'après les papiers, Stéphane Debousse…

J'écarquillai les yeux, émue comme si on venait de me donner des nouvelles d'un proche.

– Alors…

– Oui, c'était mon mari… Mon mari pendant soixante-cinq heureuses années. Jusqu'à l'année dernière : une nuit, il s'est endormi et ne s'est pas réveillé.

– Oh …

J'en avais la chair de poule, bien sûr. C'était si beau ! Cela signifiait que Sarah Bauer et Georg von Bergheim avaient obtenu leur récompense en dépit de tout pronostic ; ils avaient payé le prix fort et avaient tout perdu, mais ils avaient toujours pu compter l'un sur l'autre. Cela signifiait que, quoi qu'il arrive, il ne faut pas perdre espoir et qu'il faut croire que ce que le monde a de beau et de bon prévaudrait toujours. Cela signifiait le triomphe de l'amour sur tout, sur la guerre, les persécutions, la vengeance et l'envie, les conventions, la peur… Tant de jolies choses, que je ne pus éviter d'être émue.

– Vous allez me trouver stupide, mais j'ai été très touchée quand j'ai cru qu'il était mort en 1946. Je ne le connaissais pas, je ne savais rien de lui. C'était un nazi, et tout le monde veut que les nazis meurent à la fin du film ! Mais depuis le premier moment où j'ai vu sa photo, la première fois que je l'ai eu devant moi… Je ne sais pas comment l'expliquer…

– Je vous comprends, ma chère. Je vous comprends parfaitement, assura Sarah Bauer, tendant la main pour prendre le portrait de Georg von Bergheim. Il m'est arrivé exactement la même chose…

Nous le contemplâmes toutes deux à travers le temps et il nous renvoya son port altier et son regard affable, le regard de quelqu'un en qui on peut avoir confiance.

– Le destin nous avait programmés pour nous détester, dit Sarah en guise de réflexion, et pourtant, je n'ai jamais pu. Avec le temps, je me suis rendu compte que la guerre avait fait de nous ce que nous étions, en bien ou en mal. Georg, en revanche, est toujours resté le même, la même personne, quoique avec le mauvais uniforme ; par essence, un homme bon.

Oubliez la Table d'Émeraude

Il n'y avait plus de café dans la cafetière, de bois dans la cheminée, ni de doutes dans la vie de Sarah. Le cycle semblait clos. Cependant, avant d'abandonner ces lieux, il y avait encore une chose que je devais savoir.

– Vous appartenez à *Posen Geist*… ? Je sais que ça n'a guère de sens, mais en ce moment, il y a tant de choses qui n'en ont pas pour moi…

– Non, pas du tout.

Elle fut si catégorique que cela ne laissait pas de place au doute.

– Alors ?

Je désignai du regard le dossier qui résumait ma vie au cours de ces derniers mois. Sarah soupira tout en acceptant de m'en parler. Elle semblait se convaincre elle-même que l'heure de s'expliquer était venue.

– Allons-y progressivement, commença-t-elle. À ce stade, vous savez que *L'Astrologue* n'est pas un tableau quelconque. Quand vous avez commencé votre enquête, nous avons craint que son secret ne soit menacé. Nous avons donc voulu vous éloigner, mais aussi vous prévenir qu'il y avait d'autres agents en jeu, beaucoup plus dangereux. De la sorte, à mesure que nous effacions toute trace qui pourrait vous conduire au tableau, nous essayions aussi de vous montrer que si *L'Astrologue* tombait dans d'autres mains, les conséquences pourraient être terribles. Ils se sont chargés de vous suivre, de vous envoyer les SMS, de vous envoyer au cœur de *Posen Geist*…

– Eux ? Qui ça ?

Je crois que Sarah hésita avant de répondre à ma question. Effectivement, elle prit son temps pour mesurer les justes doses d'informations qu'elle était sur le point de me fournir.

– À la fin de la guerre, j'eus le temps de réfléchir à l'importance du legs sur lequel il m'était échu de veiller. Un legs millénaire qui avait emporté des milliers de vies… La charge était vraiment trop lourde pour un seul dos. Après tout ce qui s'était passé et ce qui allait encore arriver, l'Europe divisée en deux, la bombe atomique, la menace soviétique, la course à l'armement…, je me sentais incapable de garantir à moi seule la sécurité d'un tableau qui avait failli tomber entre mauvaises mains. Cet héritage me dépassait. Et puis, je savais qu'après les complications de mon accouchement, je ne pourrais plus avoir d'enfants. Qui se chargerait de *L'Astrologue* quand je mourrais ? Je ne trouvai pas de solution immédiate à ces problèmes, mais ils étaient là, à flotter en permanence au-dessus de ma tête tandis que je vivais avec un tableau sous le bras. Au long de notre existence, Georg et moi eûmes la chance de retrouver de vieilles connaissances, des personnes avec qui nous tissâmes de solides liens d'amitié et de confiance, qui constituèrent une partie importante de nos vies. Peu à peu, sans vraiment le vouloir, surgit l'idée de fonder une sorte de société qui protègerait le tableau, de sorte qu'il ne serait plus sous la responsabilité d'une seule personne, mais deviendrait une tâche collective qui offrait donc des garanties plus importantes de succès, une plus grande sécurité. Vous les connaissez tous…

Cela me surprit. Comment pouvais-je les connaître ? Sarah dut lire la surprise sur mon visage.

– Oui, ma chère. Vous ne les connaissez pas personnellement, mais vous savez qui ils sont : Carole Hirsch, Bruno Lohse et Frank Poliakov.

– Frank Poliakov ?

– Trotski, précisa-t-elle.

Alors je compris.

– Frank avait une mère française et un père russe. Un communiste pur et dur. Après avoir fui Paris suite à la dissolution du Groupe Alsacien, il combattit avec les maquisards et renforça ses contacts avec le parti communiste, où il entra en contact avec des agents du NKVD. À la fin de la guerre, il partit à Moscou. Là, il s'introduisit dans les cercles proches du gouvernement. Il devint agent idéologique de l'intelligence militaire soviétique, le GRU, précurseur du KGB, et occupa par la suite un important poste diplomatique à Paris. Il fut un membre éminent du ministère des Affaires étrangères et l'un des hommes de confiance de Brejnev. À la chute de l'Union soviétique, il devint toutefois un capitaliste féroce, observa Sarah avec ironie. Frank était réellement une personne influente de l'autre côté du rideau de fer et peut-être aussi le membre le plus opaque du groupe. En fait, nous devinions que tout n'était pas net chez lui, qu'il faisait des affaires avec les mafias de l'Est, qu'il était impliqué dans le trafic d'armes… Bref… Disons qu'il s'est toujours montré loyal envers nous. Et c'était un membre très utile.

– Et les autres ?

– Eh bien, j'ai retrouvé Carole Hirsch lors de mon premier voyage à Paris après la guerre. Je suis allée la voir en priorité quand je cherchais des indices sur l'endroit où pouvait se trouver ma fille. Dès lors, nous devînmes de grandes amies. Carole fut décorée de la Légion d'honneur et de la médaille de la Résistance pour son travail pendant la guerre. Elle épousa l'un des conseillers de De Gaulle, un grand homme politique très influent dans le monde de l'art. Nous nous voyions régulièrement, en France, en Espagne ; nous fêtions Noël ensemble (après tout, j'étais la seule juive), nous passions ensemble une partie de l'été.

Sarah se tut pendant quelques secondes, se délectant de la douceur des souvenirs. Mais elle ne tarda pas à revenir au présent.

– Quant à Bruno Lohse, il fut jugé pour sa participation à la spoliation et absous. Georg l'apprit par la presse, mais il n'eut plus jamais de nouvelles de lui. Retrouver Bruno des années plus tard fut donc une coïncidence incroyable. Ce fut lors d'un voyage à Munich. Quand nous partions, nous adorions aller fouiner dans les galeries d'art et les ventes aux enchères, à la recherche d'œuvres intéressantes pour notre collection. Quelles ne furent pas la surprise et la joie de Georg, en entrant dans une galerie, quand il fut reçu par Bruno Lohse en personne, devenu un marchand d'art réputé. Georg l'appréciait beaucoup, il n'avait jamais oublié que Bruno lui avait sauvé la vie en le prévenant que la Gestapo était sur ses traces. Dès lors, Bruno, qui n'eut pas d'enfants et ne se maria pas, devint un membre de la famille, une personne très chère pour nous, et il faisait de longs séjours ici, dans cette maison… Aujourd'hui, ils ne sont plus là, moi seule ai survécu, constata Sarah d'un air triste teinté de nostalgie. Mais ils ont tous laissé quelqu'un à leur place pour perpétuer la société et poursuivre la tâche à laquelle ils s'étaient engagés en leur temps.

– Ce garçon, celui qui se trouvait là tout à l'heure, celui qui m'a aidée à m'enfuir du *château*…

– Oui, il en fait partie. Il s'appelle Martin, me devança Sarah. Un jeune homme formidable, même s'il s'inquiète parfois trop pour moi. Il est devenu votre ombre pendant ces dernière semaines et il nous a fourni d'excellents rapports à votre sujet… C'est la raison pour laquelle j'ai décidé de vous laisser venir jusqu'à moi. C'est un garçon très intelligent et quelqu'un de très bien, il ressemble beaucoup à Bruno, de qui il a toujours été très proche depuis l'enfance. Martin a assuré la surveillance du tableau comme s'il lui appartenait et il est extrêmement engagé dans la protection du secret de *L'Astrologue*.

– La Table d'Émeraude… glissai-je, souhaitant amener la conversation sur le sujet.

– C'est ça, la Table d'Émeraude.

– Mais qu'est-ce que c'est vraiment ?

Sarah me regarda fixement. Je remarquai de la lassitude dans son regard, non seulement après cette longue journée, mais aussi après avoir porté toute sa vie une charge trop lourde.

– Une malédiction, conclut-elle mystérieusement comme si ce n'était pas à moi qu'elle s'adressait. Mais elle ne tarda pas à préciser : À vrai dire, je ne sais pas. On dit que son pouvoir est tel que même Dieu tremble devant elle. Qu'elle vient du Diable. Qu'elle n'est pas pour les hommes car nous ne pourrions pas la comprendre. Mais on le dit depuis cinq mille ans… Cela fait beaucoup d'années pour ne croire à rien. Qu'aurait-on dit il y a cinq mille ans de l'étincelle qui produit un courant électrique, de la lumière d'une ampoule, de l'image d'une télévision, d'un rayon laser qui tue ou soigne ? Qu'aurait-on dit d'une bombe qui réduit en cendres des villes entières comme s'il s'agissait du souffle de Lucifer… ?

– Alors vous ne savez pas ce que c'est ? Vous ne l'avez jamais vue ?

Devant mon insistance, elle se contenta de sourire en secouant lentement la tête.

– Ne posez plus de questions. N'essayez pas d'en savoir davantage. Oubliez la Table d'Émeraude. Vous pouvez choisir de rester en marge. Moi, je n'ai pas eu le choix… Écoutez, Ana, il y a des choses qu'il vaut mieux ignorer. C'est précisément de ces choses que nous tentions de vous protéger, tout en voulant vous prévenir de certaines autres, c'est tout.

– Oui, c'est vrai. Ils ne m'ont fait aucun mal. Mais les autres ? Anton Egorov, Camille de Brianson…

– Nous voulions juste éliminer des preuves, m'interrompit Sarah. On ne leur a fait aucun mal à eux non plus…

– Mon Dieu, ils ont failli tuer le Dr Arnoux sous les coups !

Devant cette affirmation, Sarah se redressa et fronça les sourcils.

– Le Dr Arnoux ? Nous ne lui avons rien fait, assura-t-elle.

– Envoyer deux gorilles chez lui pour le passer à tabac, je ne dirais pas que ce n'est rien…

Elle était toujours déconcertée et se montra offensée par l'accusation.

– Je vous assure que je ne vois pas de quoi vous me parlez. Je n'aurais consenti à aucun moment à ce qu'on fasse le moindre mal à quelqu'un, encore moins qu'on le passe à tabac. Ce n'est absolument pas notre façon de procéder.

Elle semblait sincère. En fait, après tout ce qu'elle venait de me confier, elle n'avait pas de raison de mentir.

– Alors ? demandai-je, confondue.

Elle haussa les épaules.

– Je ne sais pas. Mais je vous ai dit que d'autres agents étaient impliqués. Des organisations dangereuses et sans scrupules. Prêtes à tout pour parvenir à leurs fins. Nous avons tenté de vous prévenir le moment venu.

– *Posen Geist* ?

– Oui, c'est ça. Maintenant, je ne peux pas vous dire si ce sont eux ou nous qui ont attaqué le Dr Arnoux. Tout ce que je sais, c'est que nous ne l'avons pas fait.

– Mais qui est derrière cela ? Qu'est-ce que c'est que ce *Posen Geist* ? l'interrogeai-je, désespérée, devinant qu'elle avait réponse à tout.

Devant mon impatience, elle choisit le calme. Elle soutint mon regard pendant un certain temps, fixant sur moi ses beaux yeux verts un peu voilés par le temps, mais encore terriblement expressifs. Son silence lourd de secrets et son regard chargés d'émotions commençaient à me rendre nerveuse quand elle répondit sur un ton solennel :

– Ma chère Ana, si vous voulez vraiment savoir ce qu'est *Posen Geist*, vous devriez demander à Konrad Köller.

Je voulais te faire la surprise

Je sortis de chez Sarah Bauer dans un état quasi végétatif, comme si toutes ces émotions avaient activé dans mes sens le « mode hibernation » afin d'éviter un emballement soudain. J'appelai Alain, j'avais besoin de parler à quelqu'un, mais son téléphone était éteint. Je roulai jusqu'à Deià, où j'avais réservé une chambre d'hôtel depuis Madrid. Je me garai et traînai ma valise à grand bruit dans les rues pavées et silencieuses du village.

Je signai le registre à la réception. Je ne voulais pas dîner seule, je préférais rester l'estomac vide. J'allais remonter dans la chambre et rappeler Alain. Je ne me coucherais pas avant d'avoir parlé à quelqu'un…

Le téléphone vibra dans mon sac. Je pressai compulsivement le bouton vert en voyant le nom sur l'écran.

– Alain !

– Où es-tu ?

– Je viens d'arriver à l'hôtel. Et toi ?

Je me faisais des idées, ou il mettait trop longtemps à répondre ?

– Retourne-toi…

Je m'exécutai et il était là. Il me fallut quelques secondes pour le croire, mais c'était lui : entrant par la porte avec son jean usé, ses baskets et son grand pull ; la barbe assombrissait à nouveau son menton. Il traversa le hall avec un sourire espiègle pour me rejoindre.

– Je voulais te faire la surprise.

Le téléphone encore à la main, je l'observai, immobile et impassible comme une figure de cire aux yeux de verre. Et comme une figure de cire, sans rien pouvoir faire pour l'éviter, je remarquai que mon menton commençait à trembler jusqu'à ce que ma réponse s'échappât dans un sanglot spontané, prélude de pleurs spontanés et incontrôlables que même la pudeur ne domina pas. À la fin, je ne sais qui des deux fut le plus surpris.

– Hé… Qu'est-ce qui t'arrive ?

Alain me prit par les épaules et mes sanglots redoublèrent. Ce fut une manifestation de tension assez honteuse.

– Je l'ai vue, Alain, parvins-je à lui expliquer entre mes larmes. Mon Dieu, c'était tellement… Oh, mon Dieu… Tant de choses… Et tout à la fois.

Je cherchai un mouchoir dans mon sac, un fichu Kleenex que je ne trouvais pas parmi les milliers d'objets qu'il contenait toujours. Je tentai d'essuyer mes larmes, mais c'était inutile. Tout comme d'essayer de les cacher même en baissant la tête jusqu'à enfoncer le menton dans le cou…

– C'est elle… et son histoire… C'est tout. Tout cela… C'est trop.

– Mais qui est-ce ?

J'osai exposer mon visage rougi, congestionné et couvert de larmes à Alain.

– Sarah ! Sarah Bauer !

Alain prit son temps pour digérer cette gorgée corsée.

– Sortons avant que le concierge n'appelle la police… ou la télévision.

Nous nous assîmes sur un banc à la lumière dorée d'un lampadaire et à l'abri d'un mur. Le silence de ce village endormi était réconfortant, l'air frais de la mer et de la montagne parvint à me dégager l'esprit et à sécher mes larmes. Dans ce paysage de pierre, j'eus la sensation de me trouver dans une scénographie de sanguine ou sur la lithographie d'un livre ancien avec ses maisons dans une lumière tamisée et ses rues en pente s'achevant sur une embrasure sombre.

– Désolée, fis-je une fois débarrassée des pleurs hystériques, le Kleenex trempé et froissé encore serré dans mon poing. Je suis une idiote…

– D'avoir pleuré ?

– De m'être rendue ridicule… Je ne sais pas ce qui m'a pris.

– Tu t'es épanchée. Ça va mieux ?

– Je crois. C'était exactement comme ça que je me sentais : prisonnière, soupirai-je. Je t'ai appelé en sortant de chez elle, mais ton téléphone était éteint.

– Je l'ai coupé en montant dans l'avion… Tu sais que j'oublie toujours de le rallumer.

Je m'essuyai de nouveau les yeux et le regardai : son visage avait presque retrouvé son apparence habituelle. On lui avait ôté les pansements et l'attelle sur le nez, les boursouflures avaient pratiquement disparu et les hématomes étaient devenus de subtiles ombres verdâtres qui se trouvaient pour la plupart sous la barbe clairsemée.

– Je te trouve bien mieux. Tu ne ressembles plus à Shrek, plaisantai-je.

– Oui, je récupère bien. Hier, on m'a ôté les points de suture.

– À propos, qu'est-ce que tu fais là ?

– J'arrive à temps pour que tu pleures sur mon épaule.

En voyant mon air surpris, il décida de me donner la véritable raison.

– J'étais rentré à Paris pour un contrôle à l'hôpital et pour déposer les papiers de mon congé maladie à l'université. Après, je suis passé chez moi, j'y ai mis un peu d'ordre, si tu vois ce que je veux dire. Et quand j'ai eu terminé tout ce que j'avais à faire, je me suis dit : et maintenant ? Alors, je ne sais pas pourquoi, j'ai pensé à toi et à ce que tu as sur les épaules. Je suis retourné à l'aéroport et j'ai pris le premier vol.

– J'en suis ravie. Tu es vraiment arrivé au bon moment.

– C'est sûr ? Le type de la réception semble penser que je t'ai fait quelque chose de terrible.

Il parvint enfin à m'arracher un sourire.

– Tu as faim ?

Je haussai les épaules.

– Je devrais. Je n'ai presque rien mangé depuis le petit déjeuner.

– Alors je suis également arrivé à temps pour t'inviter à dîner. Je crois que tu as beaucoup de choses à me raconter.

Alain se leva et me tendit la paume de sa main, dans laquelle je posai la mienne.

– Voyons si on trouve dans ce village fantôme un endroit où on nous donnera à manger, dit-il en m'entraînant.

À chaque fois que je lisais une ligne de cette histoire

Il y avait un petit restaurant ouvert, non loin de l'hôtel, qui aurait probablement fermé tôt par cette soirée tranquille si nous n'y avions pas occupé une table. Avec quelques tapas et une bouteille de vin rouge, nous organisâmes un dîner où la conversation ne nous laissa guère manger. Au moment où Alain nous servait en finissant la bouteille, j'avais terminé mon récit sur Sarah Bauer, le reste était pour le dessert.

– Je ne m'explique pas encore ce que le vieux a fait à cette pauvre femme, dit Alain, le regard posé sur son verre, cherchant comme une voyante des réponses dans les ondes couleur rubis du vin. Lui faire croire que sa fille était morte… C'est d'un sadisme inconcevable.

– Tu vas aller la voir ? lui demandai-je, courant encore le risque d'avancer en terrain étranger et de me retrouver échaudée.

– Et qu'est-ce que je vais faire ? Me présenter là-bas et lui dire : « Je suis votre petit-fils, le fils de votre fille morte, qui n'est en réalité pas morte… ou si, mais pas quand vous le croyez. » ? C'est grotesque, conviens-en.

– Alors pourquoi es-tu venu ?

– Je ne sais pas… Pour être sincère, j'étais venu pour aller de l'avant et maintenant, je regarde en arrière. Ce n'est pas ce que je voulais…

Je ne parvins pas à bien comprendre ce qu'il insinuait, mais il ne fut guère plus explicite.

– Tu devrais le comprendre mieux que personne, Ana. Moi aussi, je me sens prisonnier, mais je ne pleure pas à cause de ce foutu orgueil masculin.

– Eh bien, pleure ! Libère-toi ! Sors ce que tu as en toi et réconcilie-toi avec ton passé. Ce n'est qu'à cette condition que tu te sentiras mieux…

Au lieu de pleurer, Alain sourit : un sourire tout aussi triste que les pleurs.

– N'oublie pas que tu as toi-même commencé, tu as voulu fouiller dans ce qui était enterré…

– C'est exact, mais je n'aurais jamais cru trouver autant de saletés…

– Ce n'est pas de sa faute, Alain. Et elle ne mérite pas de mourir en ignorant la vérité, en croyant ne rien laisser ici quand elle s'en ira… Elle n'a pas eu d'autres enfants, elle n'a pas pu après l'infection dont elle a souffert. Alors réfléchis : sa famille, ses origines, son histoire, tout s'en ira avec elle ; il n'y aura pas un témoin, pas un successeur, personne pour conserver le souvenir de Sarah Bauer. Ce doit être triste, de partir comme ça.

– Maintenant, tu es son témoin. Et sa protectrice : tu ne penses qu'à elle.

– Tu sais que ce n'est pas vrai. En fait, je pense à toi. Si le comportement de ton grand-père te fait du mal, ôte-toi cette épine du pied maintenant, ou tu supporteras cette douleur toute ta vie. Va parler à Sarah, dis-lui la vérité et…

– Et ma mère ? Qui va lui rendre la mère qu'on lui a prise, que ce salaud lui a prise ?

La colère d'Alain finit par remonter ; à sa façon, elle commençait à se libérer.

– Je crains qu'il ne faille confier cela à une autre justice… précisai-je dans un murmure timoré devant sa colère.

– Le problème est que je ne crois qu'en la justice d'ici, celle qu'on porte sur soi… Bon Dieu !

Alain donna un coup sur le table : les verres s'entrechoquèrent et les couverts sautèrent ; le serveur nous regarda depuis le bar.

– Tu me dis que moi seul peux permettre à une dame que je ne connais pas de mourir en paix, mais, et ma mère ? Que puis-je faire pour ma mère ? Je sais ce que c'est que de grandir sans une mère à ses côtés, sans que personne ne te borde le soir et ne t'embrasse quand tu te lèves, sans que personne ne souffle sur tes blessures ni n'essuie tes larmes du revers de sa main. Je sais ce que c'est de n'avoir personne avec qui se battre à quinze ans, ni qui pleure quand tu quittes la maison. Personne ne m'a emmené par la main au soleil en hiver et à l'ombre en été… Bien sûr, je sais ce que c'est, ce qui te manque même si tu t'efforces de ne pas penser à elle chaque jour ! Et Judith le sait probablement encore mieux que moi ! Qui nous rend ça maintenant, hein ? Qui ?

Alain cacha le regard sous ses mains. Il pressa son visage contre elles jusqu'à ce que ses joues rougissent…

Je l'observai en silence, essayant de le comprendre. J'imaginai à quel point cela avait dû être difficile de se convaincre lui-même qu'il était un enfant normal, que ses parents ne lui manquaient pas, qu'il n'avait rien à envier aux autres enfants. Cette recherche obsessionnelle de son passé cachait très probablement une sorte de carence affective et émotionnelle, un traumatisme dont il ne s'était pas encore remis. Mais cette nuit s'était enfin produite la catharsis. L'inondation d'émotions, de traumatismes et de carences enfouis avait coulé grâce à Sarah Bauer. Bien sûr, elle n'en était pas la cause, mais elle avait été la purge de tout le ressentiment accumulé en Alain.

Quand il ne put appuyer davantage le visage contre ses paumes, il soupira et relâcha peu à peu la pression sur ses yeux.

Avant de me regarder, comme s'il n'y avait pas encore été prêt, il se pencha et se mit à fouiller dans son sac à dos posé par terre contre la chaise. Il sortit un livre et, d'entre les feuilles, une enveloppe.

– Je t'ai apporté quelque chose…

Je l'ouvris : elle contenait la photo de ses grands-parents et l'emballage de chocolat, tous deux jaunis et déchirés par le temps.

– Pourquoi ? demandai-je en sentant quelque chose se serrer à nouveau dans ma poitrine devant ce pan d'une autre vie.

– Parce que tu en fais partie ; tu es en train d'écrire son histoire.

– Non, je me contente de la lire, et en cachette. C'est toi qui dois l'achever… Toi seul en fais partie, répliquai-je sans quitter l'image de Sarah du regard. Elle est toujours aussi belle. Elle possède la même beauté sereine et élégante.

– Tu viendras avec moi ? murmura Alain comme si la photo pouvait l'entendre. Tu m'accompagneras quand j'irai la voir ?

Mes yeux quittèrent la photo et rencontrèrent ceux d'Alain. J'acquiesçai d'un mouvement de tête sans pouvoir le faire avec des mots. L'émotion m'avait reprise, j'avais de nouveau la chair de poule, comme à chaque fois que je lisais une ligne de cette histoire.

De retour à l'hôtel, mon portable sonna en déclenchant un écho strident sur chacune des pierres d'un Deià silencieux et solitaire. Je m'empressai de faire taire d'une tape son cri impertinent.

– Oui ?

– Tu ne m'as pas appelé, *meine Süße*. Il est plus de minuit…

– Je suis désolée… J'étais très occupée. L'entretien s'est terminé tard…

– Comment ça s'est passé ?
– Bien…
Je regardais les bouts de mes chaussures apparaître et disparaître l'un après l'autre sur les pavés avec un tap tap au rythme de mes pas. Comme un métronome qui réglait la cadence de mes pensées à la recherche de la réponse adéquate.
– Bien ? Tu n'as pas l'air très contente…
En fait, il n'y avait pas de réponse adéquate. Il y en avait une ou non, et celle qu'il y avait ne me semblait pas convenir pour Konrad.
– C'était Sarah Bauer…
Silence à l'autre bout de la ligne.
– Elle vit… seule ?
Je fronçai les sourcils avant de répondre.
– Oui.
– Et le tableau ?
– Je ne l'ai pas vu.
– Mais elle l'a ?
Silence de mon côté.
– Elle l'a, *meine Süße* ?
– Je… ne l'ai pas vu, je te l'ai déjà dit.
– D'accord… Demain à la première heure, j'y vais…
Je m'arrêtai de marcher.
– Demain ?
– Oui. À midi au plus tard, ça dépend si je peux annuler des réunions… Ne bouge pas d'ici avant que je ne sois arrivé.
– Pourquoi viens-tu ? Ce n'est pas nécessaire…
– Si, ça l'est. Tu as fait ta part. Maintenant, c'est mon tour. Je dois lui parler.
– De quoi ?
– Du tableau, de quoi d'autre ? Donne-moi l'adresse exacte de ton hôtel.
– Je ne la connais pas. Je t'enverrai un e-mail tout à l'heure.

– Bien. À demain, alors… Au fait, *meine Süße*...
– Quoi ?
– Bon travail.
– Merci.
Je raccrochai et remis le téléphone dans mon sac.
– C'était Konrad ?
– Oui.
– Que t'a-t-il dit ?
– Que… bon travail…
Je repris l'alternance de mes pas sur le sol pavé, le regard inquisiteur d'Alain dans mon dos.

La vérité est embarrassante

Le lendemain, je retournai voir Sarah Bauer avec une lettre et une photo. Mais si la lettre et la photo de la veille auraient pu être placées dans une enveloppe dorée, pour celles-ci, il aurait mieux valu une enveloppe noire, car son contenu l'était.

Elle me reçut dans le salon, près de la cheminée allumée car la mer avait apporté de gros nuages gris et un vent humide et désagréable qui agitait les pins et cinglait les vitres. Je la trouvai plus vieille et fatiguée que la veille, plus voûtée et consumée ; c'était peut-être la lumière morbide d'un matin sombre.

– Vous revenez pour *L'Astrologue*, n'est-ce pas ? m'aborda-t-elle dès que j'eus franchi la porte, avant que j'aie pu m'expliquer ou même lui dire bonjour. Hier, j'ai été surprise que vous partiez sans vouloir le voir. En fin de compte, c'est ce que vous cherchez…

– Avant, oui. Maintenant, je ne suis plus sûre de chercher quoi que ce soit… Je ne suis même pas sûre de ce que je fais là…

– Alors ?

– Disons que je dois finir de lire une histoire, mais quelqu'un doit tout d'abord en écrire la fin.

Sarah fronça les sourcils.

– Peu importe, ne m'écoutez pas… Je peux m'asseoir ?

Elle me montra un fauteuil en face du sien. J'avais au moins réussi à éveiller sa curiosité.

– Je vous apporte des nouvelles.

– J'espère qu'elles sont bonnes… fit-elle d'un air sceptique.

– Jugez-en par vous-même.

Je lui montrai ma missive particulière. Elle ne tarda pas à réagir : l'emballage de chocolat accroché à la photo était un leurre puissant.

– D'où tenez-vous ça ? demanda-t-elle d'une voix rauque.

– Lisez la lettre, s'il vous plaît. Je ne suis que le messager…

Les mains de Sarah tremblaient quand elle ajusta ses lunettes ; elle les posa sur ses genoux pour tenir fermement la missive. À un moment, cela ne l'aida même pas à atténuer le tremblement. Peu après avoir commencé la lecture, Sarah leva soudain la tête.

– C'est une plaisanterie ?

Sa voix se voulait ferme, quoique chancelante, et son visage était décomposé.

– Elle est de très mauvais goût Je ne m'attendais pas à ça de vous. Je vous prie de sortir de chez moi…

– Écoutez-moi. Ce n'est pas une plaisanterie, je vous l'assure…

– Oh, bien sûr que non ! C'est bien pire, une vile ruse pour s'emparer du tableau. Quelle meilleure façon que de sortir un héritier de votre manche ? Je n'arrive pas à croire à une telle impudence !

– Non ! Ce n'est pas ça !

Je bondis de mon fauteuil par terre pour m'agenouiller près d'elle et saisir ses mains ridées.

– Je sais que c'est difficile à assimiler pour vous, trop de temps s'est écoulé, toute une vie à tenter de se faire à l'idée d'une réalité maintenant renversée en quelques lignes…

– Vous ne pouvez pas savoir. Vous ne savez pas à quel point j'ai souffert. Vous ne savez pas ce que c'est que de perdre un enfant… Une partie de moi est morte avec elle… Comment pouvez-vous me faire ça ?

Les larmes commencèrent à couler sur mes joues et arrivèrent à mes lèvres avec leur goût salé.

– Je suis désolée… sanglotai-je, en me relevant et en m'essuyant les yeux. J'ai cru faire ce qu'il fallait.

À chaque fois que je parlais, je me remettais à pleurer.

– Pourtant, je me trompais et il m'avait prévenue…

– Lui ?

– Votre petit-fils.

– Je n'ai pas de petits-enfants.

Sarah traîna les mots entre ses dents ; elle s'était cuirassée d'indignation.

Mais après cette scène et lasse d'être la cible dans un combat qui n'était pas le mien, je montrai que j'avais moi aussi du caractère, ne fût-ce que parce que je voyais mon honnêteté remise en question.

– Bien sûr que si ! Deux ! Et même si vous ne voulez pas le voir et préférez regarder ailleurs, c'est la seule vérité. Maintenant, si après tout ce temps, la vérité est embarrassante et si vous choisissez de vous en tenir au mensonge que d'autres ont forgé pour vous, ce n'est pas moi qui vais insister pour vous faire changer d'avis. J'ai eu mon compte en prenant des coups qui ne m'étaient pas destiné, lui assenai-je, essuyant mes dernières larmes.

Comme je n'avais rien à ajouter ni envie de le faire, je commençai à ramasser mes affaires dans l'intention de partir.

– Vous avez oublié ça.

L'orgueil ne quittait pas Sarah qui, aussi hautaine et acerbe que moi, me tendit la photo et la lettre du grand-père d'Alain.

– Gardez-la. Vous la relirez peut-être si vous comprenez que certains détails qu'elle contient ne pouvaient être connus que de cet homme et de vous.

J'enfilai ma veste et pris mon sac.

– Vous en conclurez au moins que je ne suis pas une menteuse. Au revoir.

Je me dirigeai vers la sortie et tendis le bras pour saisir la poignée de porte.

– Jacob.

La voix de Sarah m'arrêta juste au moment où j'ouvrais. Je ne me retournai pas.

– Jacob est le nom de celui qui a écrit la lettre. Et cet emballage était celui de mon chocolat préféré… Le chocolat Menier… Jacob en achetait une plaquette au marché noir à chaque fois qu'il voulait me faire un cadeau.

Lentement, aussi lentement que si on m'avait tenue en joue avec une arme, ne fût-ce qu'une arme chargée de mots, je me retournai. Sarah ne souriait pas, mais son regard n'était déjà plus aussi sombre.

– Et combien de petits-enfants ai-je, dites-vous ?

Maudit Astrologue

Sarah finit par accepter de rencontrer Alain. Après déjeuner, sous une pluie fine, nous quittâmes Deià pour la maison au bord de la mer de la vieille dame. Alain s'était rasé et avait échangé son T-shirt et son jean usé contre une chemise repassée de près et un pantalon de coton. Il n'avait pratiquement rien mangé.

– Tu es nerveux ?

– Oui… Je ne sais pas ce que je vais lui dire en la voyant…

– Tu ne le sauras que le moment venu… Ne t'inquiète pas, laisse les choses se faire, simplement.

Mais j'étais nerveuse moi aussi.

Le jardinier nous ouvrit la grille du jardin et nous accompagna jusqu'à la maison sur le chemin de gravier trempé et les pelouses qui sentaient l'herbe fraîchement coupée et la terre mouillée. L'employée nous attendait dans le hall. Elle prit nos manteaux et nos parapluies et nous conduisit au salon. Avant d'entrer, je pris la main d'Alain et la serrai doucement. Quand il me regarda, je lui souris et il me rendit mon sourire, un sourire flottant.

L'employée ouvrit la porte du salon et nous fûmes tout d'abord accueillis par l'arôme du café et par la cheminée allumée. Puis par Sarah. Elle se leva avec effort, regarda Alain, voulut avancer mais s'appuya sur le dossier du fauteuil.

– Je… J'ai… J'ai lu la lettre.

Sa voix se brisa.

– Mon Dieu…

Les larmes semblaient se cacher dans les plis de ses rides, mais les sanglots ne tardèrent pas à la trahir. Alain s'approcha ; à côté d'elle, il avait l'air énorme. Sans un mot, il l'enveloppa dans une longue étreinte dans laquelle elle disparut presque.

Et je me remis à pleurer. J'étais entrée dans une spirale de pleurs qui ne laissait pas de trêve à mes glandes lacrymales. Je recommençai comme à la fin d'un film ou l'on pleure encore même quand on croit ne plus avoir de larmes. Cependant, je ne me trouvais pas à l'orchestre, mais de l'autre côté de l'écran où l'image ne se confond jamais avec le mot « FIN », où les lumières ne s'éteignent jamais pour permettre de pleurer en cachette. Me sentant de trop, j'abandonnai discrètement la pièce et m'assis dans l'escalier du hall, où je pleurai à mon aise.

Au bout d'un moment, je sortis sous le porche pour contempler la mer, qui me reçut d'un baiser salé sur les lèvres. Elle arrivait avec la pluie et le vent, et s'introduisit entre les fibres de mes vêtements, me caressant la peau de ses doigts froids.

Ce n'était plus la mer bleue et huileuse de la veille, mais une grise et houleuse, comme une huile d'azurite et de fumée noire brossée avec des traits de céruse courts, dans le style de Courbet. C'était une mer inquiète comme moi, attendant un calme qui ne venait pas…

– Le café a refroidi et ils vont en refaire… Tu veux rentrer ?

Alain me sauva de la mer. Je lui souris.

– Oui. Je commence à avoir froid, lui montrai-je en serrant les bras. Quelque chose de chaud me ferait du bien.

Je me dirigeai vers lui en croyant que nous entrerions ensemble dans la maison, mais il resta sur le seuil.

– Regarde.

Il me tendit une autre photo. Celle d'un tout petit bébé endormi sur un coussin. Dans le coin, on pouvait lire : « Marie, novembre 1943 ». C'est ma mère…

– Elle est jolie, murmurai-je. C'était vrai, de la photo et de la petite.

– Sarah me l'a donnée… Georg l'avait toujours dans son portefeuille.

– Devine…

– Quoi ?

– J'ai la chair de poule…

Alain me sourit.

– Je n'en attendais pas moins de toi.

Je lui rendis la photo et il la contempla à nouveau.

– Tu vas bien ? lui demandai-je.

– Maintenant, oui.

– Et Sarah ?

– Je ne sais pas… Elle a beaucoup pleuré. Elle a l'air si âgée et si vulnérable… Je crois qu'elle n'a pas encore tout digéré.

Je soupirai et baissai la tête. J'éprouvais une sensation gênante, une houle intérieure comme celle de la mer derrière moi.

– Je ne sais pas si j'ai bien fait, lui avouai-je. J'ai peut-être forcé les choses…

Alain me caressa le menton et m'obligea à le regarder.

– Tu as bien fait. Merci…

En observant ses yeux de près, je m'aperçus que les femmes n'avaient pas été les seules à pleurer.

Quand nous regagnâmes le salon, il n'y avait que l'employée qui servait le café. Sarah était une femme coquette qui était montée dans sa chambre pour effacer les traces que les émotions intactes avaient laissées sur elle. Moi, en revanche, j'étais dans un état lamentable, les yeux bouffis et le maquillage délavé par les larmes, la pluie et le sel.

– Madame vous fait dire de prendre le café en l'attendant. Elle ne va pas tarder à descendre, nous transmit l'employée.

La tasse de café chaud me fit du bien, devant la cheminée, en silence, chacun plongé dans ses pensées. À ce stade, Alain et moi nous connaissions maintenant assez pour ne pas nous sentir obligés de nous faire la conversation par politesse, et c'était agréable.

Je finissais mon café quand Sarah arriva, un peu plus animée et dynamique que le matin.

– Excusez-moi pour l'attente mais, à mon âge, il faut deux fois plus de temps pour faire les choses les plus simples.

– Je te sers du café ? proposa Alain.

– Non, non, merci beaucoup. Le maquillage n'a pas réussi à me calmer. Je ne crois pas que le café me soit recommandé, en l'occurrence…

Après avoir décliné l'offre avec humour et un sourire, Sarah s'adressa à moi :

– Ma chérie, je te dois des excuses. Je me suis comportée comme une vieille têtue et grossière… Oh, ne cherche pas à le nier, c'est vrai.

– Peut-être, mais je vous offrais une pilule impossible à avaler. Je ne sais pas encore comment j'ai osé le faire…

– Tes bonnes intentions t'honorent, c'est tout ce qui compte. J'aimerais te dédommager pour cela.

– Me dédommager ?

Je fus prise au dépourvu, je n'attendais pas de dédommagement, et je ne croyais pas en mériter un.

Sarah sourit en guise de réponse, me débarrassa de ma tasse vide et la posa sur la table.

– Suis-moi…

Je me levai du canapé et pris le bras qu'elle me tendait.

– Toi aussi, Alain. Accompagne-nous.

Nous passâmes dans son bureau. Dans la pièce non éclairée, des braises brillaient dans la cheminée, et derrière les baies vitrées apparaissait un soir pâle et pluvieux. Sarah alluma la lumière et s'approcha lentement du mur d'en face. Il me sembla qu'elle appuyait sur un autre interrupteur avant qu'une bibliothèque ne se mette à tourner sur elle-même et ne se laisse engloutir par le mur. J'avais du mal à croire ce que je voyais apparaître à sa place.

– Le voici, annonça Sarah avec orgueil. *L'Astrologue*. J'ai pensé que tu aimerais le voir.

Je me rendis compte que j'avais tellement ouvert les yeux que je m'efforçai de remettre mes paupières en place, craignant que mes lentilles ne tombent. Je crois n'avoir, ni au cours de ma carrière ni durant ma vie de passionnée d'art, éprouvé plus grande émotion en contemplant un tableau, non tant à cause de la toile en soi que de son sujet. Et même ainsi, je le trouvais beau.

Les ocres et les verts ; le vermillon et l'oranger qui servent de point focal dans tous ses tableaux ; le double plan, les textures de la végétation, les tissus et la peau ; les visages de la Renaissance et le ciel couvert de nuages… Ce devait être un Giorgione première période, presque amateur, encore sous l'influence de Bellini, mais avec cette touche si caractéristique qui le différencia dès le début.

– Il y avait longtemps que je n'avais pas vu cette expression d'extase chez quelqu'un le contemplant, remarqua Sarah. Il est évident que tu observes le tableau et que tu ne cherches pas son secret.

– Je l'avais oublié, affirmai-je sincèrement. J'avais oublié qu'il en renferme un. Il est si beau, il représente tellement…

– Cela signifie que tu l'as découvert, ajouta Sarah.

J'en convins, sans pouvoir en détacher mon regard, comme si c'était le seul élément de toute la pièce, se montrant à nous sur le panneau de soie dorée et sous la lumière d'un halogène. Il me fallut encore quelques secondes pour me rappeler que je n'étais pas seule. Je fis un pas en avant et me plaçai à côté d'Alain, qui contemplait aussi le tableau depuis un second plan discret.

– Nous l'avons trouvé, murmurai-je. Tu peux le croire ? Combien de fois ai-je pensé qu'il n'existait pas, que nous perdions notre temps à la recherche d'une légende…

Alain ne répondit pas. Il ne me regarda pas non plus. Comme moi, il était resté absorbé par le tableau, et je pensai que, comme moi, il était ému et donc muet.

Sarah s'était assise dans la pénombre et sa voix nous parvint comme celle d'un narrateur invisible.

– Maudit *Astrologue*… Je ne sais pas s'il dissimule vraiment quelque chose, je ne l'ai jamais su de source sûre et je n'ai pas voulu le savoir. Que peut-on attendre après si longtemps et après être passé par tant de mains, de bouches, d'oreilles et de secrets si mal gardés ? Peut-être sous les couches de peinture à l'huile, dans les instrument du devin ou dans le symbole de son iconographie… Peut-être… Peut-être n'y a-t-il pas de secret et n'est-ce qu'un beau tableau… Je ne sais pas, mieux vaut ne pas savoir. Il y a des choses qu'il vaut mieux ignorer… Des terres qu'il vaut mieux ne pas retourner… Mais je crois que ce tableau a été en quelque sorte touché par le surnaturel. Il a conduit ma vie, l'a poussée et entraînée sur des chemins aussi tortueux que merveilleux. Il m'a tout pris et tout donné. Et maintenant, au moment où je croyais qu'il m'avait laissée tranquille dans la dernière ligne droite, il revient m'offrir un dernier cadeau, un cadeau d'adieu avant le grand voyage… Maudit *Astrologue*… Tu as toujours joué avec moi. Si je pouvais recommencer, je choisirais de te tenir loin, très loin de moi. Ou peut-être pas… Maudit *Astrologue*.

Sous un nuage noir

Nous entrâmes dans le hall de l'hôtel en secouant nos vêtement trempés par une pluie torrentielle. Je ne pensais qu'à monter dans ma chambre, à ôter mes lentilles, à prendre une douche et à mettre des vêtements secs, comme Alain, je suppose.

Nous montâmes en silence dans l'ascenseur. Les portes s'ouvrirent à mon étage. Alain les retint pour me laisser passer.

– Appelle-moi quand tu voudras descendre dîner, dit-il.

– D'accord. On parlera plus tard…

Il prit congé tandis que son visage souriant disparaissait derrière les portes de l'ascenseur. À peine étais-je entrée dans ma chambre et avais-je ôté mon manteau que le téléphone sonna. Comment avais-je pu oublier Konrad aussi facilement ?

– Ana !

– Konrad… Tu es déjà là ?

– Non, c'est bien le problème : je suis toujours à Madrid. Les choses sont plus compliquées que je ne pensais et je ne vais pas pouvoir venir.

Il avait l'air vraiment contrarié. De mon côté, je ressentis un soulagement immédiat à un malaise diffus.

– J'ai essayé de te joindre tout l'après-midi. Explique-moi pourquoi tu ne répondais pas. Tu as cette manie énervante, depuis quelque temps…

– Excuse-moi… Je ne l'ai pas entendu. J'étais chez… Mme Debousse.

J'imaginai son visage en train de s'illuminer ; tous mes manquements avaient été rapidement oubliés.

– Tu veux parler de Sarah Bauer, non ? Dis-moi, tu en as appris davantage sur le tableau ? Il est en sa possession ? murmurait-il avec autant d'enthousiasme que d'impatience.

Je ne voulus pas lui donner de réponse précise. J'avais décidé depuis longtemps de ne plus faire le lien entre Konrad et *L'Astrologue*.

– Non… On n'en a pas parlé.

– Mais… comment est-ce possible ? De quoi avez-vous parlé, alors ?

Je n'allais pas répondre à cette question non plus. Konrad ignorait tout du curieux renversement de situation qui avait fait de Sarah Bauer et d'Alain Arnoux des parents, et s'il devait l'apprendre, ce ne serait pas par moi. De toute façon, Konrad n'attendait pas de réponse non plus.

– Bon, ça ne fait rien. Je viens demain pour en parler directement avec elle…

Demain… Rien que de penser au lendemain, je sentis un nuage noir commencer à planer au-dessus de ma tête. Un nuage chargé de colère, de soupçons, de refus, et d'une ample variété de sentiments désagréables. Un nuage qui grossit à chaque mot supplémentaire de Konrad.

– J'ai l'intention de me présenter chez elle vers huit heures du matin.

Mon nuage noir grossit.

– Tu ne parles pas sérieusement…

En fait, si.

– Tu crois que ce sont des heures pour aller parler affaires chez quelqu'un ? À plus forte raison une dame âgée ! Ne va pas chez elle aussi tôt.

– Alors appelle-la et dis-lui que j'irai demain vers midi.

J'en avais ras le bol qu'il m'utilise comme secrétaire et, même si je ne répliquai pas par lassitude, mon nuage noir grossit encore.

– Ce n'est pas la peine, je sais que demain matin, elle ne pourra pas te recevoir. J'ai voulu prendre rendez-vous, et elle m'a dit qu'elle ne pouvait pas.

Ce n'était pas tout à fait vrai. En fait, Alain et sa grand-mère passeraient la matinée et déjeuneraient ensemble.

– Avec un peu de chance, tu devras attendre l'après-midi.

– Eh bien, la vieille a un emploi du temps de ministre ! Je ne te raconte pas mon programme : je ne peux pas perdre du temps selon les caprices de madame…

– Il faut se donner les moyens de ses ambitions, récitai-je avec un sourire mordant, me laissant tomber dans un petit fauteuil. Et puis, qu'est-ce qui te fait penser qu'elle va vouloir te vendre le tableau… si elle l'a ?

– Tout a un prix.

Ses yeux devaient étinceler comme deux pièces de monnaie.

Je hochai la tête.

– Tu crois que l'argent achète tout, mais tu vas peut-être connaître ta première déception. Pour commencer, je ne crois pas que l'argent l'intéresse ; elle a quatre-vingt-dix ans et je t'assure qu'elle est aisée. Ensuite, si ce qu'on raconte sur le tableau est vrai, il n'a probablement pas de prix.

– Mais enfin, de quel côté es-tu ?

– De celui qui pense qu'il vaut mieux laisser les choses en l'état.

– Tu es folle ? Avec tout le mal que je me suis donné pour en arriver là, avec tout ce que j'y ai investi, avec ce qu'on sait sur la signification de ce tableau, tu me demandes d'arrêter ? On dirait que tu ne me connais pas, *meine Süße*… Le concept « pour l'amour de l'art », très peu pour moi. Si j'aime l'art, c'est parce que je crois que je peux l'acheter et, par la suite, en tirer un bénéfice. Et c'est pareil pour tout.

Mon nuage noir gonfla encore. Non par la faute de Konrad, mais par la mienne : parce que je me rendais compte de ma stupidité de ne pas avoir voulu voir ce que j'avais toujours eu sous le nez.

Indignée, je me levai. Je ne pouvais pas rester là à l'écouter tranquillement. Je coinçai le téléphone entre l'épaule et l'oreille et commençai à enlever ma montre, mes bagues, à plier mes vêtements…

– Avec moi aussi ? Tu as tiré suffisamment de bénéfices de ma personne, Konrad ?

– Eh, un instant, *meine Süße* : ne me sors pas ça maintenant, et n'essaie pas de m'embrouiller. On est en train de parler de ce foutu tableau, pas de faire le bilan de notre relation. Je dois dire que je ne comprends ni pourquoi tu me parles sur ce ton ni pourquoi ça te dérange à ce point que je veuille l'acheter. Tu savais dès le début que ce serait comme ça, et tu as fait ton travail. Maintenant, laisse-moi faire le mien.

Je me tus et restai très calme, voyant le nuage noir grossir au-dessus de ma tête. Konrad mit à profit cette trêve précaire pour baisser le ton.

– N'en discutons pas maintenant, d'accord ? C'est la fin de la journée, on est fatigués tous les deux…

– Oui… Très fatigués. On ferait mieux de mettre un terme à cette conversation, répondis-je sèchement, souhaitant raccrocher ce maudit téléphone.

– Bien. On se voit demain.

– Oui… Au revoir.

Et je raccrochai sans qu'il puisse me dire au revoir.

Je restai immobile, l'appareil en main et le regard perdu sur une fenêtre qui me renvoyait mon propre reflet en surimpression de l'obscurité extérieure. La conversation avec Konrad m'avait embué l'esprit. Je m'assis au bord du lit, à côté de la table de nuit, soulevai le combiné du téléphone et composai le numéro de la chambre d'Alain.

– Désolée, je ne vais pas descendre dîner, lui dis-je. J'ai mal à la tête et je veux me coucher tôt.

– Tu as dû prendre froid cet après-midi. Tu n'aurais pas dû rester aussi longtemps dans le jardin…

– Non, je ne crois pas que ce soit ça. C'est juste de la fatigue accumulée… Au fait, Konrad veut aller voir Sarah demain après-midi. Tu peux lui dire que je vais l'appeler pour voir ce qu'elle en pense ?

– D'accord… Mais tu vas bien, c'est sûr ? Prends quelque chose contre le mal de tête. Tu as ce qu'il faut ? Tu veux que je t'apporte du paracétamol ? J'ai un assortiment digne d'une pharmacie.

– Ce n'est pas la peine. J'en ai. Merci beaucoup.

– Je peux te monter quelque chose à dîner. Ou une boisson chaude. Ça te ferait du bien…

– Non, non, vraiment. Tout ce que je veux, c'est dormir.

L'enthousiasme d'Alain sembla se diluer de l'autre côté du téléphone. Le mien s'était révélé volatile dès le début de la conversation, et mon nuage noir grossit encore.

– On se voit demain, d'accord ?, fis-je en essayant d'adoucir le ton. Après tout, il n'était pas responsable de mes problèmes.

– Bien sûr… Repose-toi, d'accord ?

– Oui… À demain.

– À demain…

J'ôtai enfin mes lentilles et pris une douche. Quand je me couchai, le nuage noir s'était transformé en une tempête, électricité incluse, qui pesait comme une menace au-dessus de moi.

Vous devriez demander à Konrad Köller

Le lendemain, je me levai tard et affamée, à jeun depuis la veille, après la nuit de diète. Comme l'heure du petit déjeuner était passée, je pris un brunch au bar de l'hôtel tout en feuilletant le journal dans une sorte de calme tendu : café, œufs bénédictine au saumon, biscuits avec de la crème et du caramel et yaourt au muesli et aux fruits ; des réserves plus que suffisantes pour arriver sans encombre au dîner. Je quittai la table sans m'être débarrassée du bourdonnement insistant qui m'avait réveillée et que ni le fait de manger ni de lire la presse n'avaient pu faire taire.

« Si vous voulez vraiment savoir ce qu'est *Posen Geist*, vous devriez demander à Konrad Köller. »

Si je restais à l'hôtel à remâcher tout cela, je finirais par devenir folle. De sorte que je profitai du fait que la pluie avait cessé pour aller me promener sans but, la promenade était plutôt intérieure.

Je m'engageai dans la côte qui sortait du village en pensant qu'on ne sait jamais exactement quand les choses commencent à se dégrader. C'est comme une vieille radio qui cesse un jour de fonctionner : si on tape dessus, elle semble repartir, mais il lui faut de plus en plus de coups, et elle marche de plus en plus mal, jusqu'au jour où on a beau taper, elle se tait définitivement. Alors, plus personne ne se rappelle quand elle fonctionnait vraiment bien… Ni pourquoi elle avait commencé à se dégrader.

Tout ce qu'on sait, c'est que c'est comme ça. Depuis quand tapais-je sur la radio pour qu'elle recommence à fonctionner ? Konrad ne s'en était peut-être pas rendu compte, mais chacune de mes colères ressemblait à un coup et je savais que la radio n'en supporterait guère plus.

Je crus pouvoir résoudre le problème par l'absurde : était-ce la faute des chaussures à talon, qui me faisaient de plus en plus mal, de la Mercedes SLK, de plus en plus couverte d'éraflures, de mon travail de relations publiques au musée, qui me donnait l'impression de m'éloigner progressivement de l'art ? Était-ce le fait de devoir aller chez le coiffeur toutes les semaines, ce que je détestais ? Ou de me sentir coupable de porter des lunettes au lieu de lentilles… ?

Que les raisons soient aussi superficielles (chaussures à talons, Mercedes, lunettes, coiffeur) ne me rassurait pas pour autant. Il n'était pas possible que je remette ma relation en question pour des broutilles de ce genre. Il devait y avoir autre chose… Mais j'étais incapable de désigner un coupable manifeste parmi les milliers de visages semblables qui défilaient devant moi dans cette ronde d'identification particulière. L'ombre de Konrad était peut-être trop étendue et m'empêchait de voir le soleil ; peut-être Konrad valait-il son pesant d'or, littéralement, et son pesant d'or m'empêchait-il de respirer ; peut-être m'étais-je lassée d'être cette « maison avec des possibilités » que Konrad s'amusait à rénover à sa guise… Au début, cela me plaisait, j'en avais besoin, cela me rassurait, je l'aimais. Ce fut facile et agréable tant que je fus amoureuse de Konrad… Je n'étais peut-être plus amoureuse de lui… C'était peut-être aussi simple que ça…

Simplement Konrad. Konrad avait changé. Je n'aurais pu préciser quand cela avait commencé précisément, ni quand il avait cessé d'être l'homme que j'admirais et aimais, l'homme dont je dépendais de façon maladive, pour devenir un être déséquilibré, irascible et sombre… Peut-être depuis qu'il m'avait rageusement enfoncé les doigts sous le menton et m'avait embrassée si violemment, jusqu'au sang… Depuis lors, ses doigts et ses lèvres étaient restés imprimés en moi comme une marque de feu, me rappelant à quel point il pouvait être sombre et à quel point il m'avait trompée.

« Si vous voulez vraiment savoir ce qu'est *Posen Geist*, vous devriez demander à Konrad Köller. »

À la porte de l'hôtel, je me retrouvai en proie au même soupçon corrosif qu'au début de ma promenade. Une promenade imprécise qui avait duré un temps imprécis et avait suivi un itinéraire imprécis. Je me demandai si j'avais juste tourné sur mon propre axe, tentant de trouver une issue à cette situation… La paralysie à cause de l'analyse : c'était un de mes défauts caractéristiques, l'un très lâche, qui trahissait le manque d'assurance. Qu'est-ce que cela pouvait bien faire, de savoir pourquoi ? Rien, absolument rien. Ce n'était qu'une ruse, une excuse pour ne pas devoir affronter la décision la plus difficile : jusqu'à quand ?

Jusqu'à quand étais-je décidée à rester aveugle et sotte par peur de ce que je pourrais découvrir derrière le sourire de Konrad ? Ce sourire dont j'étais un jour tombée amoureuse…

– Bonjour.

Je fis demi-tour et tombai sur Alain qui rentrait après avoir déjeuné avec sa grand-mère.

– Bonjour, répondis-je, un peu étourdie, sortant tout juste du puits noir de mes divagations.

Nous nous observâmes pendant quelques secondes : la conversation semblait s'être terminée là où elle avait commencé.

Je sentis les premières gouttes d'eau sur ma tête ; il pleuvait de nouveau. Contre toute prévision, Alain ne montra pas la moindre intention de se mettre à l'abri. Moi non plus.

– Tu arrives, ou tu sors ? s'enquit-il.

– J'arrive. D'une promenade… Comment ça s'est passé, avec Sarah ?

Le visage d'Alain s'éclaira à la seule mention de son nom.

– Bien. Parfois, c'est étrange… Mais c'est… beau. J'aime sa façon de me prendre dans ses bras ; personne ne l'avait fait comme ça auparavant.

– C'est une étreinte de grand-mère. Elles sont spéciales.

– Oui, je suppose… Comme les étreintes d'une mère… Ça a l'air un peu obsessionnel, non ?

Il n'attendit pas la réponse.

– Judith me dirait que je dois mûrir…

– Tu n'aurais pas pu le faire avant. Ni ta mère ni Sarah n'étaient là pour te prendre dans leurs bras. Ces choses-là sont également nécessaires pour grandir…

La pluie redoublait et nous commencions à avoir le visage et les vêtements mouillés. Alain haussa les épaules.

– On dit que le bonheur n'arrive jamais trop tard… Et ton mal de tête ?

– Ça va mieux…

– Et toi ?

Je fus prise au dépourvu.

– Moi ?

– Oui… Je te trouve… soucieuse… Tu as peut-être envie de prendre un café et de parler…

Je me débattais entre accepter l'invitation et me réfugier sous ma carapace, quand j'entendis Konrad crier mon nom :

– Ana !

Dans l'entrée, à l'abri de la pluie, il me faisait signe d'approcher. Je pris mon temps avant de décider de le rejoindre.

– Je suis désolé, j'ignorais que tu l'attendais… s'excusa Alain.

« Et je l'avais oublié », pensai-je. Cependant, je me tus et acceptai ses excuses d'un sourire avant de me diriger vers l'intérieur de l'hôtel. Il me suivit.

Ce ne fut qu'en entrant dans le hall chaud et sec que je vis que nous étions trempés. Konrad nous regarda avec un air de réprobation évidente.

– Tu es déjà là ? fis-je, constatant l'évidence.

Konrad s'approcha pour me donner un baiser rapide sur les lèvres.

– Si je suis déjà là ? Mon Dieu, Ana, je t'attends depuis deux heures ! Tu te rappelles que je t'ai dit que j'arriverais à midi ? Et bien sûr, tu ne répondais pas au téléphone…

– Je l'ai laissé dans la chambre.

– Ça va, Konrad ?

Alain ouvrit une parenthèse d'une main tendue vers nous. Konrad la serra et, remarquant qu'elle était mouillée, accentua sa grimace.

– Bien, bien, répondit-il en essuyant sa main sur son pantalon. Excuse-nous… euh… Alain. Mais j'aimerais que tu nous laisses seuls… Du moins, pour un moment.

Quand j'entendis ça, je fus pétrifiée.

– Konrad !

– Ça ne fait rien, me dit l'offensé sur un ton apaisant. Je vais monter dans ma chambre. On se verra plus tard.

– Oui, bien sûr.

Il me sembla déceler de la moquerie dans la courtoisie de Konrad.

Dès qu'Alain eut disparu en haut de l'escalier, je l'affrontai.

– Il n'était pas utile d'être grossier.

– On peut savoir ce que cet imbécile fait ici ? Doit-il toujours être dans tes jupes ?

– Ne commence pas, Konrad, s'il te plaît…

– J'en ai marre de ce type. L'enquête est terminée, alors j'espère qu'il va faire ses valises dès demain et ficher le camp.

Je n'essayai pas de lui rétorquer qu'Alain pouvait faire ce qu'il voulait. Cela ne servirait qu'à l'énerver encore plus. Il préféra lui aussi changer de sujet.

– Je vais aller voir Sarah Bauer. J'ai laissé mes bagages à la consigne, dis-leur de les faire monter dans ta chambre. Y a-t-il quelque chose que je devrais savoir avant de la rencontrer ?

– Non, rien.

– Eh bien, alors, je te vois plus tard.

Konrad fit demi-tour et s'en alla. Je restai dans le hall, le regardant s'éloigner à travers la porte vitrée. Soudain, comme si j'avais été victime d'une hallucination, l'image de son dos descendant dans la rue s'intercalait avec l'image de Sarah Bauer, avec son visage serein et plein de secrets. Et ma tête se remplit de phrases éparses qui semblaient m'attaquer de tous côtés comme une nuée de moustiques :

« Si vous voulez vraiment savoir qui est *Posen Geist*, vous devriez demander à Konrad Köller. »

« Le Dr Arnoux ? Nous ne lui avons rien fait. »

« Je suis arrivé hier soir à Paris, et en entrant dans l'appartement, j'ai tout trouvé sens dessus dessous. »

« Il y a des gens qui voudraient voir ce type mort, crois-moi. »

« … Vous devriez demander à Konrad Köller… Vous devriez demander à Konrad Köller… Vous devriez demander à Konrad Köller… »

Je montai dans ma chambre en courant. Par l'escalier, sans attendre l'ascenseur, en grimpant les marches deux par deux, secouant la tête pour en chasser toutes ces phrases.

J'ouvris la porte précipitamment, la refermai en la claquant et fouillai dans mes affaires à la recherche de mon mobile. Quand je le trouvai, je le gardai un instant dans la main, me donnant un peu de temps pour m'assurer que je voulais le faire, que j'étais disposée à affronter la vérité.

Finalement, je soupirai pour retrouver mon souffle et composai le numéro de téléphone de la dame qui faisait le ménage à l'appartement de Paris.

Après lui avoir parlé, je ressentis la même sensation de vertige que si je m'étais trouvée au bord d'un précipice, le même désir de sauter dans le vide… J'aurais préféré sauter dans le vide plutôt que devoir faire demi-tour et chercher mon chemin ailleurs. Je ne savais comment faire, je ne savais comment affronter Konrad… Je le détestais autant que je le craignais et ce sentiment me paralysait.

L'angoisse finit par me déborder et je m'endormis. Cela m'arrive quand je suis soucieuse. C'est comme un thermostat, mon cerveau se débranche quand il entre en surchauffe.

Il n'y aurait jamais de bon moment

Je me réveillai en sursaut. Il faisait nuit et il pleuvait toujours, l'eau tambourinait sur le toit. J'allumai la lampe de chevet. Il était tard et Konrad n'était pas encore revenu. Sur mon téléphone, j'avais un appel d'Alain.

– Je me suis endormie… lui avouai-je en le rappelant. Je suis désolée… tout à l'heure…

– Tu n'as pas à t'excuser. Tu n'es pas responsable de ce qu'il peut dire ou faire… Il est rentré ?

– Non, pas encore.

– Il sait que Sarah est ma grand-mère ?

– Je ne le lui ai pas dit…

– C'est mieux comme ça. Je ne veux pas qu'il ait une nouvelle raison de vouloir me casser la figure.

Cette simple insinuation me produisit un malaise physique. L'affaire était sérieuse.

– Mon Dieu, Alain, ne dis pas ça…

– Pourquoi ? Il me semble évident qu'il en a eu envie plus d'une fois…

Son insistance me rendait de plus en plus nerveuse.

– Je ne sais pas… Je ne sais pas… Laisse tomber, s'il te plaît…

Je commençais à hésiter, sans très bien savoir comment trancher.

Alain dut s'apercevoir de mon agitation car il changea radicalement de sujet.

– Je vais à Palma. Un vieil ami de l'université possède un bar dans le quartier historique : cocktails, blues live et expositions de jeunes artistes. Il m'invite depuis des années et je n'aurais jamais pensé que je finirais par accepter son invitation. Je suppose que tu ne voudras pas venir avec moi…

– Tu sais qu'en ce moment, il ne s'agit pas de ce que je peux vouloir…

– Bien sûr…

L'inconvénient du téléphone, c'est qu'il est trompeur. Je ne fus pas capable de vérifier ce qu'il y avait derrière son ton : de la désillusion, du ressentiment ou, simplement, de la résignation.

– Tu rentres cette nuit ?

– En principe…

– Je sais que maintenant tu as une grand-mère et que ce ne devrait pas être à moi de te dire ça, mais… fais très attention au volant si tu bois, d'accord ? La route est mauvaise…

– Ne t'inquiète pas, je ferai attention… assura-t-il sèchement.

En raccrochant, je me sentais déprimée. Je pris sans enthousiasme un livre dans l'intention de lire. Konrad, Alain, Sarah, *L'Astrologue*, *Posen Geist*… Trop de choses sautaient comme des puces entre les lignes, voletaient comme des mouches sur les phrases imprimées, serpentaient comme des vers de terre d'une page à l'autre. Je refermai l'ouvrage d'un coup. Je fermai les yeux. Juste une seconde… J'entendis la porte s'ouvrir.

Konrad entra en coup de vent, alla droit vers une table sur laquelle il vida le contenu de ses poches, sans un regard vers le lit sur lequel j'étais allongée.

– La vieille ne veut pas vendre… Cette maudite salope ne veut pas vendre, putain !

Le juron fut si énergique qu'il résonna par-dessus un coup de poing sur la table, tout aussi énergique.

Ses cris me firent me recroqueviller. J'aurais voulu me volatiliser comme un gaz et disparaître, surtout quand il se retourna vers moi, en furie.

– Et toi… Tu m'as menti ! Tu m'as dit que tu ne savais pas si elle avait le tableau alors que tu l'as vu hier de tes propres yeux ! Tu m'as menti ! Bon sang, qu'est-ce qui se passe, ici ?

J'avalai ma salive et m'assis sur le lit. C'était maintenant ou jamais, parce qu'il n'y aurait plus jamais de bon moment. Sans oser le regarder, en murmurant davantage que je ne parlai, je lançai ma première offensive :

– En parlant de mensonges, Konrad, dis-moi : qu'as-tu à voir avec *Posen Geist* ?

Soudain, l'inquiétude voila son visage rouge de colère.

– Quoi… ? De quoi parles-tu, bordel ?

Je le regardai enfin droit dans les yeux et j'eus la sensation de regarder un inconnu.

– Sarah Bauer m'a dit que si je voulais savoir ce qu'était *Posen Geist*, je n'avais qu'à te le demander…

Il fronça encore plus les sourcils et ses orbites s'assombrirent au point de devenir deux trous noirs.

– Cette fille de pute… Cette maudite fille de pute t'a farci la tête de conneries ! Voilà ce qu'elle a fait ! Elle t'a montée contre moi ! Comment peux-tu être aussi naïve et croire la première chose qu'elle te raconte ? Comment peux-tu être aussi sotte et ne pas voir qu'elle t'utilise ?

Pour toute réponse, j'agitai la tête, moins pour nier l'absurdité que pour montrer mon incrédulité devant sa défense pathétique.

– Tu n'as pas encore répondu à ma question.

Mon calme semblait l'énerver encore plus. Son visage rougi sembla sur le point d'éclater.

– Et je n'en ai pas l'intention ! Je n'ai pas l'intention de céder à cette folie ! Tu te comportes comme une idiote en la croyant ! Ton manque de loyauté est impardonnable ! Tu dois être de mon côté, bon sang !

– Je ne peux pas, Konrad ! Je ne peux pas si je ne sais pas de quel côté tu es !

Je me levai, hors de moi.

– Jusqu'à présent, je ne t'ai entendu dire que des sottises… Explique-toi !

– Quand ces types nous ont retenus prisonniers chez Alain, tu m'as dit que tu étais allé à Paris et que tu avais découvert notre appartement saccagé. J'ai parlé à la femme de ménage : l'appartement n'a pas été saccagé et tu n'y es jamais allé. Tu savais que l'un des tueurs avait dit qu'il irait chez moi pour y chercher les papiers de l'enquête, même s'il ne l'a finalement pas fait… Et je ne t'en ai pas parlé…

Curieusement, cela ne sembla ni le surprendre, ni le gêner.

– Et alors ?

Il semblait presque intrigué par ce que je pouvais avoir à dire.

– Tu le savais parce que c'est toi qui les as engagés. Tu voulais qu'ils passent Alain à tabac et tu les as payés. C'est pour ça qu'ils ne m'ont pas touchée et qu'ils ne sont pas allés à la maison pour y chercher les papiers… Ce n'était pas ce qu'ils voulaient.

Mon discours s'accéléra et se compliqua, et mon ton s'éleva au fur et à mesure que ma nervosité s'accentuait.

– Ils ont failli le tuer, Konrad !

Stupéfaite, j'observai son sourire satisfait. Il contourna un fauteuil et le coin du lit pour s'approcher de moi. Instinctivement, je reculai, mais je n'avais pas d'échappatoire possible. Konrad me caressa la joue, son sourire devenait lascif au fur et à mesure qu'il avançait la main sur mon visage, ma nuque, mon cou, mon décolleté…

– Ils ont failli le tuer… savoura-t-il comme si ces mots avaient été doux et délicieux. Vraiment ? Dommage qu'ils ne l'aient pas fait… Ce type n'est qu'un sale traître qui veut me prendre ce qui m'appartient.

– Mais qu'est-ce que tu racontes ? Comment peux-tu... ?

Je ne croyais pas à sa joie tandis qu'il essayait de me parcourir de ses mains moites et de ses lèvres humides, de son haleine chaude sur ma peau. Une vague de répugnance m'envahit.

– Ne me touche pas... Konrad, laisse-moi.

Je me tordis comme un lombric hors de terre, mais il semblait avoir des centaines de mains pour me maintenir et me tripoter.

– Laisse-moi... Lâche-moi ! fis-je en me débarrassant de ses mains avec violence.

Il me regarda d'un air pervers, plein de fureur et de haine. Il me jeta sur le lit d'une poussée, s'assit sur moi et me maintint fermement les poignets.

– Qu'est-ce que tu fais... ? Qu'est-ce que tu es en train de faire ? Konrad, s'il te plaît, tu me fais très mal à la main, elle n'est pas encore guérie... Konrad...

– Alors ça te fait mal, hein ? dit-il, ravi, en appuyant encore plus fort. C'est un juste châtiment de ton impuissance. La douleur t'apprendra à ne pas te mêler de ce qui ne te regarde pas. Et à ne pas frayer avec qui ne te convient pas... Moi seul sais ce qui est bon pour toi, *meine Süße*... Tu ne devrais pas me poser de questions...

Konrad enfouit le visage entre mes seins et commença à se frotter contre moi.

– Konrad... Konrad, pas maintenant...

Ignorant mes protestations, il souleva précipitamment ma robe en maille et introduisit la main dans mon slip.

– Qu'est-ce qui t'arrive, *meine Süße*... ? Tu le désires... Tu aimes ça...

– Pas maintenant... s'il te plaît... murmurai-je, angoissée, mais sans avoir le courage d'opposer davantage de résistance.

Il dégrafa sa ceinture et son pantalon.

– Pas maintenant… ? Pourquoi pas maintenant… ? C'est moi qui décide quand… Parce que tu m'appartiens… À personne d'autre… dit-il en haletant tout en laissant une trace visqueuse de sueur et de salive sur mon ventre.

En sentant son souffle entre mes cuisses, j'appuyai les mains sur sa tête pour le repousser, mais il fut impossible de l'arrêter. Au contraire, d'une forte secousse, il déchira mon collant, écarta mes jambes et s'agenouilla entre elles. En me regardant d'un air menaçant, il tenta de parler, la respiration saccadée.

– Moi seul peux te baiser… Et je sais que tu aimes ça… Tu aimes être sous moi et crier comme une vraie pute… Tu le fais toujours, ne résiste pas maintenant…

Il passa la main dans son caleçon, sortit son sexe et le tint entre ses mains.

– Je veux t'entendre crier, *meine Süße*, dit-il avant de m'embrocher.

Une fois qu'il fut en moi, il se laissa tomber de tout son poids sur mon corps et m'assaillit à plusieurs reprises contre le matelas. À chaque secousse, un fouet me parcourait la colonne.

– Crie de plaisir… Crie, *meine Süße*… Crie… Crie… Criiiiiie !

Lorsque Konrad jouit en moi, je criai, mais de douleur.

Pendant quelques secondes, il resta immobile ; son poids me laissait à peine respirer. Il se releva enfin. Debout au bout du lit, il m'observait pendant que je restais inerte sur le matelas. Il ne me quitta pas du regard pendant tout le temps qu'il mit à rajuster son pantalon, à remettre sa chemise, à arranger ses cheveux et à rajuster sa cravate.

– Voilà ce que j'aime, *meine Süße*, que tu pleures de plaisir… Tu as été fantastique… Tu vaux exactement ce que tu me coûtes.

Il ramassa sa veste et quitta la pièce.

Une fois seule, je me roulai en boule et laissai les larmes couler sans retenue tandis que je sentais le sperme de Konrad glisser entre mes cuisses.

Je n'avais pas réussi à fermer l'œil, aussi l'entendis-je rentrer. À quatre heures du matin et complètement ivre. Il se jeta sur le lit sans se déshabiller et s'endormit tout de suite, remplissant la pièce d'une désagréable odeur d'alcool rance.

Je quittai le lit, dégoûtée par sa simple présence. Je m'assis dans un fauteuil et attendis que le jour se lève.

Elle est morte

J'étais en train de boucler la dernière courroie de ma valise lorsque Konrad se réveilla.

– Que fais-tu ? me demanda-t-il aigrement depuis son oreiller, la voix embuée par le sommeil et la gueule de bois.

– Je m'en vais, répondis-je sans quitter du regard la boucle que je refermais.

– Je n'ai pas envie de me disputer, *meine Süße*. Ma tête va exploser… Trouve-moi une aspirine, tu veux ?

Avec l'inconscience propre à un dément, Konrad se comportait comme s'il ne s'était rien passé.

Avant que j'aie pu décider de lui répondre ou de l'ignorer, le téléphone sonna et je ressentis un certain soulagement.

– Ne réponds pas, me demanda-t-il.

Je regardai l'écran. Je fus étonnée qu'il s'agisse d'un numéro fixe, un numéro que je ne connaissais pas.

– Ne le prends pas, *meine Süße*. On est en train de parler, répéta-t-il sur un ton plus hostile.

Au moment où je prenais l'appel, Konrad cria :

– Je t'ai dit de ne pas répondre, bon sang !

– Allô…

J'ignore comment je réagis à cet appel. Je me rappelle juste avoir souri au début, un simple protocole, mais mon sourire s'effaça immédiatement, et je dus m'asseoir parce que mes jambes défaillirent et que je sentis une sorte de nausée me remonter dans la gorge. Mais ma réaction dut être beaucoup plus voyante parce que Konrad, qui avait commencé à donner libre cours à sa colère contenue et qui en serait probablement arrivé à m'arracher le téléphone des mains, se calma et resta debout devant moi, m'observant avec curiosité.

– Qui est-ce ? dut-il demander, quoique je n'en sois pas sûre : j'étais trop concentrée à répondre dans le combiné par monosyllabes.

Après quelques minutes de conversation, je raccrochai, en état de choc.

– Qu'est-ce qu'il y a ? exigea-t-il de savoir, indigné.

Je le regardai sans le voir, comme j'aurais pu regarder un inconnu, et je lui répondis sans très bien savoir encore ce qu'il avait demandé.

– Elle est morte.

– Mais qu'est-ce que tu dis, enfin ? Qui est mort ?

– Sarah… Sarah Bauer.

– Mais que… Qui t'a appelée ?

– Alain. C'est arrivé cette nuit, dans son sommeil. Quand ils sont venus la réveiller ce matin… Mon Dieu…

– Et le tableau ?

Je n'en croyais pas mes oreilles. Je crus même avoir rêvé. J'étais tellement abasourdie que je n'avais pas bien entendu. Mais Konrad dissipa mes doutes en revenant à la charge :

– Il t'a parlé de *L'Astrologue* ?

Il devait vraiment être malade et je voulus le plaindre. Mais la rancune et la colère prirent le pas. Je me levai comme une furie.

– Va te faire foutre, Konrad ! Toi et ton foutu tableau, vous pouvez aller vous faire foutre !

Je pris ma veste, mon sac, et sortis de la chambre en les fuyant, lui et ses explications ridicules.

Sarah Bauer avait un cancer depuis des années. On lui avait annoncé qu'à son âge, la maladie serait lente, mais elle n'aurait jamais pensé survivre à Georg. « Je partirai avec toi, Sarah. Je te prendrai par la main et nous irons ensemble. Nous serons toujours ensemble, mon amour », lui avait-il dit. Pourtant, il était parti seul... À sa mort, Sarah arrêta la chimiothérapie, demanda de la morphine et attendit la mort avec impatience dans un monde qui, sans Georg, n'avait plus de sens.

Ce fut ce que me raconta Martin Lohse, qui me reçut à mon arrivée chez Sarah. Il m'aborda dès que j'eus franchi le seuil.

– Dr García-Brest... dit-il simplement en me tendant la main. Nous nous connaissons déjà, mais je n'ai pas eu l'occasion de me présenter convenablement. Je m'appelle Martin Lohse.

– Je sais, Sarah me l'a dit... lui confiai-je avec un sourire triste.

La conversation fut agréable devant la cheminée du bureau et je constatai son dévouement vis-à-vis du couple.

– Sarah est... Était une femme incroyable... Mais Georg était un homme unique ; la meilleure personne que j'aie connue... Il y a des gens qui ne devraient pas mourir...

Cet homme triste et voûté ne ressemblait pas à l'homme imposant et audacieux qui m'avait aidée à échapper à *Posen Geist*. En fait, si on l'observait attentivement, il n'avait pas l'air d'un homme mais d'un enfant. Son visage terriblement aryen, yeux bleus, teint pâle et cheveux platine, avait un air enfantin ; il possédait une beauté incontestable quoiqu'un peu androgyne, comme celle d'un mannequin masculin qui déambule dans les défilés.

– Je te suis très reconnaissante, Martin. Tu m'as aidée à m'échapper, et puis, je sais que tu as dit du bien de moi à Sarah...

Martin sourit comme si c'était en fait lui qui était reconnaissant.

– J'ai tout de suite compris que tu n'étais pas la menace, mais la victime. Tu avais besoin d'aide et de protection… Et il est possible que ce soit toujours le cas… ajouta-t-il d'un air grave et sur un ton énigmatique.

Je préférai ne pas trop l'écouter : ni mon cerveau, ni mon cœur, ne pouvaient gérer davantage d'émotions.

Un espace de silence s'ouvrit. La conversation semblait terminée. Puis, Marin reprit la parole :

– Et le Dr Arnoux ? Pourquoi a-t-il tenu compagnie à Sarah ces deux derniers jours ? Et maintenant…

Je remarquai que Lohse semblait gêné par l'irruption d'Alain dans la maison ; peut-être supplanté.

– Sarah ne t'en a pas parlé ?

Il fit un signe de tête négatif.

– Alors, je crois que tu ferais mieux de demander au Dr Arnoux…

Comme si la mention de son nom l'avait fait venir, en levant la tête, je le vis entrer dans le bureau. Il sembla tout d'abord surpris.

– Ana… Depuis combien de temps es-tu là ?

– Un moment… Martin m'a tenu compagnie…

Ce dernier eut l'air troublé.

– Oui… Enfin… Maintenant, si vous voulez bien m'excuser…

Martin semblait pressé de s'en aller et de nous laisser seuls, comme s'il avait en quelque sorte pressenti la tension.

– Ce n'était pas la peine de venir, me fit remarquer Alain.

Son geste et son ton, soudain bourru, me laissèrent stupéfaite. Je tentai de me remettre du coup de griffe, je ravalai ma salive et tentai d'être aimable.

– Je m'en vais, si tu préfères…

– Il ne s'agit pas de ce que je préfère… dit-il, commençant à se montrer inquiet.

Il hésita avant de poursuivre.

– Peu importe, sembla-t-il s'interrompre lui-même. Fais ce que tu voudras.

Je voulais rester. Je ne souhaitais pas aller retrouver Konrad à l'hôtel. Je me sentais trop triste et, dans cette maison, ma tristesse me semblait justifiée. Même s'il s'agissait d'un deuil étrange : je ne connaissais Sarah que depuis deux jours et je ne me sentais pas le droit de pleurer, pourtant, quelque chose me piquait la gorge quand je pensais à la vieille dame. Quand je pensais à Alain aussi… J'avais de la peine pour lui, peu importait qu'il n'appréciât pas ma compassion. Peut-être s'effondrerait-il à un moment et aurait-il besoin de quelqu'un pour aller ramasser les morceaux ; tant d'hostilité était anormal.

De sorte que je restai et passai la matinée à déambuler dans les chambres froides et vides pendant qu'Alain s'occupait des démarches : le médecin, l'avocat, l'employé des pompes funèbres, l'heure de l'incinération, le faire-part de décès dans la presse locale… Il ne semblait pas au bord de l'effondrement.

– Il n'est pas là… Il a disparu, l'entendis-je dire derrière moi.

Il m'avait surprise dans le bureau de Sarah, regardant le mur doré où j'avais contemplé *L'Astrologue* deux jours plus tôt seulement, nu maintenant. La seule trace du tableau était la tache claire laissée par le cadre.

– Comment est-ce possible ?

– Je crois qu'elle l'a fait disparaître.

Je me retournai.

– Tu as demandé à Martin ?

– Ce n'est pas la peine… Sarah m'a demandé hier si je le voulais, expliqua-t-il sobrement. J'ai refusé… Je l'ai peut-être déçue.

Son regard fixait l'ombre du tableau. Il se mordit la lèvre inférieure, revint au présent et quitta la pièce comme si elle avait été vide.

J'étais restée dans le bureau, feuilletant un vieil album de photos d'un voyage en Égypte, me promenant dans un autre pan de la vie de Georg et Sarah.

Il devait être plus de seize heures quand la domestique ouvrit la porte pour laisser entrer Konrad.

Le simple fait de le voir me vrilla les nerfs et me mit de mauvaise humeur ; je me tins immédiatement sur mes gardes.

– Si tu viens pour le tableau, sache qu'il a disparu.

– Qu'est-ce que c'est que cette histoire ?

– À ton avis ? fis-je en désignant du regard un emplacement vide sur le mur sous un spot éteint.

Le visage plissé de mille rides de contrariété, Konrad s'approcha pour inspecter le mur de près. Avec obstination et opiniâtreté, il passait les doigts de façon compulsive sur la soie dorée, comme si, à force de la frotter comme une lampe merveilleuse, le tableau allait se matérialiser de nouveau à sa place.

Soudain, il me fit face.

– Où est-il ?

– Je ne le…

– Arrête ça !

Son cri démesuré produisit un écho sec sur les murs de la pièce.

– Plus maintenant ! Ce rôle de sainte-nitouche ne te va plus ! Tu m'entends ? Je ne te le demanderai qu'une fois de plus : où est ce maudit tableau ?

Je crus qu'il allait me sauter à la gorge et me secouer comme une bouteille jusqu'à tirer de moi la dernière goutte. Mais il s'abstint.

– Qu'est-ce qui se passe ?

La voix d'Alain le fit se retourner comme un animal en rut, complètement hors de lui.

– Toi… ? Toi ! Sale fils de pute… Maintenant je comprends…

Alain garda son calme devant les provocations pendant qu'ils s'approchaient tous deux avec précaution, mesurant leurs forces comme deux boxeurs sur le ring.

– Où est le tableau ? Qu'en as-tu fait ?

– Tu ferais mieux de partir, Konrad. Tu deviens ridicule…

– Tais-toi, prétentieux de merde… Mais pour qui tu te prends ? Sale maquereau… ! Qu'est-ce que tu as fait à la vieille, hein ? Tu l'as baisée pour lui piquer le tableau comme tu la baises, elle, pour l'écarter de moi ?

Je n'eus ni le temps de m'offusquer, ni celui d'intervenir. Stupéfait, je vis Alain exploser de colère et renverser Konrad d'un coup de poing à la mâchoire qui le fit rouler par terre.

Konrad se releva, étourdi, porta la main à sa bouche et regarda ses doigts couverts de sang. Après avoir pris conscience de ce qui s'était passé, il cria comme un sauvage, plus de colère que de douleur, se préparant à charger Alain avec la force d'un bélier. Ils auraient pu s'entretuer.

Sans réfléchir, je me jetai sur Konrad, le retins en l'enlaçant et l'embrassai sur la bouche. Il commença par résister, tenta de se débarrasser de moi, de se défaire de mon baiser ; il ne pensait qu'à se battre, à décharger toute sa fureur et sa rancœur sur Alain. Je me serrai plus étroitement contre lui, l'embrassai avec plus de force et sentis le goût de son sang sur ma langue. Je ne sais pas pourquoi… mais il finit par céder. Il me rendit le baiser et me pelota avec ostentation, étala le sang qui coulait de ses lèvres sur mes joues, comme si cela lui avait permis de me marquer. Il m'exhiba comme un trophée face à son adversaire, auquel il renvoya un regard de défi en me tenant dans ses bras.

Alain semblait déconcerté, il fixait le regard non sur son rival, mais sur moi, me réclamant une explication.

– Va-t-en, Alain… S'il te plaît…

Je crus agir pour le mieux en lui demandant cela. Je crus qu'il me comprendrait ; qu'il comprendrait qu'il ne s'agissait que d'une ruse pour éviter un affrontement inutile et dangereux. Je le croyais vraiment… mais je me trompais.

Alain sembla hésiter un bref instant. Il finit par ramasser son orgueil en miettes et sortit en silence par la porte. Dès que nous nous retrouvâmes seuls, je m'écartai de Konrad comme s'il brûlait. Il en profita pour se reprendre. Il palpa sa lèvre endolorie et essuya le sang.

– Allons-nous-en, annonça-t-il quand il eut fini. L'avion est prêt à décoller dans une heure. On rentre à Madrid.

– Je ne vais nulle part avec toi.

Il me saisit le poignet et me poussa vers la porte.

– Bien sûr que si, *meine Süße*. Prends tes affaires.

– Non… Tu avais raison, j'ai été stupide, naïve et sotte, mais on est arrivés là…

Konrad ne se troubla pas. En me pointant de l'index, il tenta de retrouver sa position de force.

– Tu te trompes lourdement : moi seul décide jusqu'où et jusqu'à quand ! Moi ! Et tu viens avec moi, ou… !

– Ou quoi, Konrad ? Que comptes-tu faire pour m'y obliger ? Me frapper ? Me traîner à travers la porte aux yeux de tout le monde ? Me jeter sur le canapé et me prendre de force ?

Le silence de Konrad fut tendu, comme celui qui suit l'éclair et précède le tonnerre.

– Admets-le : c'est terminé. On en a terminé, conclus-je.

Il me sembla l'entendre souffler, le voir rejeter des bouffées de cendre et de souffre comme un volcan qui se réveille. Il me sembla que cela annonçait qu'il allait exploser. Pourtant, il revint à la charge avec une tranquillité sadique, avec le calme d'une langue de lave glissant sur la pente et renversant tout sur son passage.

Il me saisit par les cheveux et tira en arrière jusqu'à m'immobiliser la tête. Son regard fit se contracter mon âme et mon corps. Ses paroles près de mes oreilles, si près qu'il les murmurait à peine, furent encore plus dures.

– Maudite salope… Qu'est-ce que tu croyais ? Avec n'importe quelle pute, c'est mieux au lit, moins cher, et elle n'est pas moins respectable que toi. Tu crois que je ne sais pas que tu restes pour baiser avec lui, que tu baises avec lui depuis tout ce temps ? J'aurais dû le tuer de mes propres mains… Mais n'oublie pas : tu ne peux pas me faire ça. Salope stupide et ingrate… Ce n'est pas fini, loin de là…

Il me lâcha avec mépris, ouvrit la porte et sortit.

Mon corps tout entier fourmillait comme si je venais de mettre les doigts dans une prise. Le silence me renvoyait ses insultes, la solitude m'enveloppait d'un halo de froid. Je me mis à trembler.

On ne pouvait pas jouer avec Konrad et gagner. On ne pouvait pas se battre avec lui et en ressortir indemne. Il était trop fort. Il savait vous écraser en trois phrases, vous réduire en quelques mots, vous faire courber la tête jusqu'à l'humiliation sans élever la voix. Il tuait avec des balles de fiel en plein cœur. Il venait de m'en tirer une et des larmes glacées se mirent à glisser sur mes joues.

On entendit des coups derrière la porte close. Je courus me pencher au balcon tout en m'efforçant d'essuyer mes larmes de mes doigts maladroits et imperméables.

– Où est-il ?

Je ne me retournai pas pour le regarder, je ne voulais pas montrer mon visage rougi à Alain. Il resta sur le seuil. Je tentai de me calmer pour qu'il n'entende pas ma voix chevroter.

– Il est parti.

– Et toi ?

– Qui, moi ?

– Pourquoi es-tu restée ?

Je ne pus répondre. Je me contentai de hausser les épaules.

Je comptai les secondes où Alain resta immobile derrière moi. Je comptai les secondes où il fut capable de me regarder sans s'approcher de moi ni prononcer un mot. Et les secondes où je dus retenir mes pleurs, dissimuler le tremblement de mon dos et supporter la brûlure des larmes sur mes joues.

Je comptai les secondes où j'attendis une phrase aimable ou une étreinte, un simple frôlement, un geste d'affection… Ils ne vinrent pas. Le *no man's land* est hostile, on n'y reçoit qu'une feu croisé.

La porte s'ouvrit doucement et je me retournai : la pièce était de nouveau vide et solitaire. L'ombre de *L'Astrologue* sur le mur.

Tout était fini. Mais plus rien ne serait pareil ; *L'Astrologue* n'avait pas seulement laissé son ombre sur le mur…

« Maudit *Astrologue* », me sembla-t-il entendre murmurer Sarah Bauer avant de quitter ces lieux pour toujours.

ÉPILOGUE

Quatre mois plus tard

Konrad se sentit traqué. Il eut envie d'ôter sa veste et de relâcher son nœud de cravate ; il était en sueur et les vêtements collaient à sa peau. C'était dégoûtant.

– *Herr* Köller, nous avons en son temps accepté votre candidature comme Chevalier de l'Ordre parce que nous avions confiance en votre parole… Aujourd'hui, ces rapports sont vraiment décevants.

Il trouvait l'ambiance qui régnait dans la pièce oppressante ; l'air, irrespirable. Konrad ne souffrait pas de claustrophobie, mais se sentir enfermé dans ce lieu lui inspirait une angoisse pathologique. Il aurait aimé se lever et ouvrir les lourds rideaux qui recouvraient les balcons, laisser la lumière et le courant entrer dans cette pièce sinistre.

Le *Großmeister*, le Grand Maître, et les douze Chevaliers de l'Ordre de *Posen Geist* le cernaient autour de la table, l'observaient avec des yeux sombres comme deux trous noirs dans des visages recouverts d'ombre. Konrad avala sa salive et se redressa pour se défendre de l'accusation.

– J'ai failli y parvenir. Les négociations avec la propriétaire semblaient suffisamment avancées, mais il n'était pas en mon pouvoir d'éviter sa mort et la disparition du tableau…

– Vos excuses n'intéressent pas le conseil, *Herr* Köller, l'interrompit le *Großmeister*. Si vous n'êtes plus en position de nous remettre *L'Astrologue*, votre promotion sera annulée sur-le-champ.

Konrad n'avait pas l'habitude d'être une proie. Bien au contraire, habituellement, c'était lui qui exerçait son pouvoir et son influence, qui menaçait et fixait des ultimatums au lieu d'en recevoir. Pour cela, il devait grimper à l'intérieur de l'Ordre, afin d'occuper la position qui lui revenait, pour cesser d'être l'instrument et devenir l'exécuteur ; son destin se trouvait tout en haut de la race aryenne.

Poussé par la détermination, il sortit les griffes : aucun sommet n'était à la portée des êtres pusillanimes.

– Bien sûr que je suis toujours en position de vous le remettre ! Une fois que l'on aura confirmé que *L'Astrologue* n'était pas un mythe, il sera facile de suivre sa piste. Je ne suis pas venu ici pour faire l'objet d'une censure, mais pour solliciter une prolongation. Prolongation qui, d'un autre côté, est légitime car le butin le mérite. Qui plus est maintenant que nous en connaissons le pouvoir ! Vous êtes conscients, messieurs, qu'il n'y a pas de demi-teintes en cette affaire : c'est tout ou rien. Je suis la seule personne qui puisse vous promettre le tout. Si vous voulez que l'Ordre de *Posen Geist* accède au plus grand secret de l'Histoire, vous allez devoir me renouveler votre confiance et m'accorder une seule chose : du temps.

– Du temps, *Herr* Köller ? Vous êtes un entrepreneur, vous devriez connaître le prix élevé de votre requête.

– Le prix des investissements est déterminé par le rendement qu'on en attend, déclara Konrad sur un ton suffisant. La dernière chose à laquelle je consentirais serait que cette bande d'odieux sectaires vous donne des leçons de finance. Dans ce cas, la valeur du temps est ridicule en comparaison de celle de *L'Astrologue*. En tant qu'entrepreneur, je sais qu'il serait stupide de mépriser l'investissement que je vous propose.

Il s'ensuivit un silence tendu. Konrad en profita pour cacher ses bras sous la table et essuyer ses mains moites en frottant ses paumes contre son pantalon. Le *Großmeister* regarda de part et d'autre, en quête d'un geste d'un de ses chevaliers circonspects et silencieux.

– D'accord, *Herr* Köller. Nous soumettrons votre requête au vote du conseil. Nous vous informerons d'ici peu du résultat. Vous pouvez vous retirer.

Konrad se leva, se mit au garde-à-vous et leva le bas droit pour faire le salut nazi.

La nuit tombait quand il quitta le château de Hürbenberg. L'Aston Martin l'attendait déjà devant la porte. Il s'arrêta malgré tout pour respirer un peu d'air frais afin de s'éclaircir les idées, un air propre et balsamique, à l'arôme de résine provenant des forêts environnantes. Tout en descendant l'escalier royal de l'entrée principale, il dénouait sa cravate et commençait à se sentir un peu mieux. Il récupéra la commande de la voiture des mains du domestique, l'ouvrit avec un bip et un clignotement de lumières, déposa sa veste et sa cravate sur le siège passager et s'assit au volant. Il inséra la clé de cristal de saphir dans la rainure, appuya sur le démarreur et le moteur rugit tandis que les *Carmina Burana* commençaient à résonner.

O Fortuna, velut luna, statu variabilis…

Les roues écrasèrent le gravier, l'imposante grille noire glissa lentement et la route s'ouvrit sous ses yeux. Il actionna le levier de vitesse et accéléra…

Le coupé Aston Martin DBS était son dernier caprice, et ses trois cent sept km/h de vitesse de pointe constituaient une excellente soupape pour évacuer la tension accumulée. Pendant qu'il appuyait sur l'accélérateur et que le moteur rugissait avec la sensualité d'un félin femelle, en avalant les virages et l'asphalte sans presque distinguer ce qu'il laissait sur les côtés, il pouvait donner libre cours à son agressivité sans que ses mains n'étranglent autre chose que le cuir du volant.

Vita detestabilis, nunc obdurat et tunc curat…

Saleté de Sarah Bauer… Maudite salope… Même morte, il la haïssait ; même morte, elle avait dû foutre sa vie en l'air. Juive de merde… On ne pouvait rien attendre de bon des Juifs, sa grand-mère le lui avait appris, comme elle lui avait appris à détester Sarah Bauer. Sa grand-mère avait été une femme sage, intègre, une bonne Allemande qui avait été trahie par son propre mari, un loup déguisé en agneau. Sans Sarah Bauer, le déshonneur et la honte ne seraient jamais tombés sur sa famille…

De zéro à cent en 4,3 secondes. En moins de cinq secondes, il roulait à cent soixante km/h, presque sans s'en apercevoir. Et il appuyait encore sur l'accélérateur.

Sors immanis et inanis, rota tu volubilis…

La vieille salope… Comme elle s'était amusée à jouer avec lui. « Tu es la dernière personne au monde à qui je remettrais *L'Astrologue*, avait-elle déclaré, cette maudite fille de pute. N'essaie pas de me cacher la vérité, tes yeux te trahissent : ce sont ceux de ton grand-père, assombris par la convoitise. Je te connais bien, Konrad Köller. Je ne sais que trop qui tu es, comme je sais qu'on t'a élevé dans la haine, le ressentiment et l'ambition. Il ne reste plus en toi de Bergheim que l'écho d'un nom… » La vieille salope… Cela constituait-il une offense ? Il avait lui-même effacé la trace du nom Bergheim, la tache de la trahison dans son passé aryen…

Soudain, ses pensées s'effondrèrent et tous ses sens entrèrent en alerte… Il avait freiné trop tard en abordant le dernier virage et avait perdu le contrôle des roues arrière… Il reprit possession de la direction et ralentit.

Obumbrata et velata, michi quoque niteris…

Il lui fallait *L'Astrologue* ! Ce tableau représentait son atout au sein de *Posen Geist*. L'Ordre de l'Esprit de Posen était une organisation clandestine héritière des directives des discours de Himmler sur l'holocauste. Konrad était convaincu, il l'avait appris au berceau, que ses ancêtres nazis étaient dans le vrai : Adolf Hitler, le Führer, était un messie, en avance sur son temps, qui avait été victime de l'incompréhension et de l'envie. Konrad regardait avec mépris une société décadente, soumise à la menace du terrorisme islamique, dominée par la conspiration judéo-maçonnique, affaiblie par une lâcheté déguisée en démocratie, progressisme et tolérance. C'était une société malade, moribonde, qui avait besoin d'un profond nettoyage ethnique et religieux, d'une rénovation de ses valeurs et structures. Seul *Posen Geist* disposait du capital et du pouvoir permettant de mener à bien une telle entreprise. Mais Konrad ne se contentait pas de grossir les rangs, il voulait les rênes de *Posen Geist*, et aussi celles de l'avenir de l'Europe… « Je ne remettrai jamais *L'Astrologue* dans les mains d'un membre de *Posen Geist…* ! » La vieille salope ! Comment pouvait-elle être au courant ? Il remarqua que la boîte de vitesse automatique passait la sixième. Il continua à appuyer doucement sur l'accélérateur ; dans la ligne droite, il allait pouvoir dépasser sans problème les deux cents km/h.

Il lui fallait *L'Astrologue...* ! Au cours des quatre derniers mois, il s'était consacré à essayer de retrouver sa trace, mais en vain. La terre semblait l'avoir englouti. Il avait surveillé la maison de Majorque, ce salaud de Dr Arnoux, Ana… Quelle garce ! Il s'était peut-être précipité en la répudiant… Elle seule pouvait suivre la trace du tableau…

La ligne était droite. Il appuya à nouveau sur l'accélérateur.

Sors salutis et virtutis, michi nunc contraria...

Ana… Il bandait encore en pensant à son corps brillant et doux, flexible au-dessus du sien pour lui donner du plaisir. Il y avait toujours des femmes, beaucoup de femmes, certaines gratuites et d'autres pas ; le sexe peut être un vice très onéreux quand il se transforme en addiction. Mais aucune ne lui ressemblait… Il s'agissait d'une bigote insignifiante qui se la jouait bohême, une victime de l'étroitesse de vues et de la morale inhérentes à la classe moyenne dont elle était issue, mais la baiser présentait une morbidité spéciale… Il devait reconnaître qu'il l'avait aimée… Tout au début. Il se rappelait être tombé amoureux comme un adolescent, et même s'être senti vulnérable. Une vulnérabilité passagère, une indisposition de l'esprit indigne de lui, une faiblesse redoutable et exécrable. Il était toutefois ressorti fortifié de ce mauvais rêve de dépendance : dès lors, posséder Ana, la dominer, la soumettre, la manipuler, l'anéantir, était devenu un défi, un besoin, sa nouvelle façon de l'aimer sans se sentir menacé… Et peut-être l'aimait-il toujours, à sa façon… Elle ne pouvait pas lui faire ça. Elle ne pouvait pas le trahir et le laisser planté là. Personne ne pouvait ! Il était Konrad Köller ! Pendant quatre mois, il avait ruminé sa vengeance, l'avait laissée refroidir, l'avait affûtée comme une bonne épée. Il ne pouvait en rester là. *L'Astrologue* et Ana. Ana et *L'Astrologue*. Ils seraient à lui ou à personne…

Deux cent dix avant d'amorcer la descente…

Des phares l'éclairèrent soudain. Il écrasa la pédale de frein. Trop tard. Il donna un coup de volant pour éviter un choc frontal et perdit le contrôle du véhicule.

L'Aston Martin heurta le rail de sécurité, sortit de la route entre des morceaux de carrosserie qui volaient en éclats et effectua plusieurs tonneaux avant de retomber sur l'asphalte sous forme d'un tas d'aluminium, de magnésium et de fibre de carbone.

Hac in hora
sine mora
corde pulsum tangite ;
quod per sortem
sternit fortem,
mecum omnes plangite !

*

Alain dut finir par admettre qu'il était tombé amoureux d'elle. Au début, il pensait que c'était juste quelqu'un avec qui il était agréable de travailler, une fille séduisante et sympathique. Il ne pouvait pas tomber amoureux de toutes les filles séduisantes et sympathiques qui croisaient son chemin !

À plusieurs reprises, il eut envie de l'embrasser, et d'autres fois, de lui ôter ses vêtements en cherchant le corps qui se trouvait dessous. Mais cela n'avait rien d'anormal, c'étaient juste des pulsions propres à un homme pourvu d'instincts et n'ayant pas aimé une femme depuis des mois.

Mais quand elle avait quitté Fontvieille et qu'il s'était rendu compte qu'il ne pouvait se l'ôter de la tête une seconde pendant des jours, il s'était avoué que sa voix et son sourire, ses yeux regardant par-dessus ses lunettes, sa façon de mettre une mèche derrière son oreille ou de passer la langue sur ses lèvres après avoir bu lui manquaient, tout comme sa façon de faire tourner ses bagues autour de ses doigts en parlant ou de chanter faux, les écouteurs du iPod dans les oreilles. « Ne sois pas idiot, Alain, cesse de chercher des fantômes et va la chercher. Ana est probablement ce qui t'est arrivé de mieux dans la vie. » Il avait suffi de deux jours à Judith pour comprendre ce qu'il refusait d'admettre depuis des semaines.

Il écouta sa sœur : il s'apprêta à regarder l'avenir. Mais il tomba nez à nez avec Sarah Bauer et *L'Astrologue*.

Maudit *Astrologue*… Ce tableau devait vraiment être maudit. Il ne l'avait contemplé qu'une fois et il représentait déjà une blessure sanglante dans sa conscience. Sa grand-mère l'avait pris entre deux feux en lui demandant s'il le voulait. Et il l'avait refusé sans réfléchir, écrasé par la situation et par une responsabilité qui lui était tombée du ciel, qui n'avait pas eu le temps de nicher en lui, au tréfonds de ses racines. Tous les Bauer étaient nés marqués par le stigmate de *L'Astrologue*, telle une tache de naissance. Pas lui. Il n'était même pas un Bauer, il ne l'avait pas été jusqu'alors, et *L'Astrologue* l'avait englouti comme une bouchée que l'on veut digérer très rapidement avec de nombreuses autres qu'il tentait d'assimiler en même temps. Sa grand-mère était morte trop vite, elle avait juste eu le temps de lui laisser un tableau, mais pas de lui transmettre un legs, un sentiment, une émotion, une sensation d'enracinement et d'appartenance à une cause…

Il était parti à Majorque pour y chercher Ana, pour ne pas devoir affronter un passé inopportun et exigeant. Offusqué, perdu, confus et étourdi, il avait renié le tableau. Il ne voulait pas *L'Astrologue* sans Ana. Il ne voulait rien sans Ana.

Et il ne tarda pas à comprendre que tout devrait se faire sans Ana. Cela se produisit dès son affrontement avec Konrad Köller : on ne pouvait pas lutter contre Konrad Köller, la bataille était perdue d'avance. Après avoir combattu Sarah Bauer et sa proposition intempestive, après avoir refusé la responsabilité familiale, il n'avait plus qu'à résoudre son propre destin : que faire alors qu'il reconnaissait qu'il était amoureux de la femme d'un autre, et pas précisément n'importe qui… Il chercha refuge dans le bar de son ami à Palma de Majorque. Là, entouré de l'œuvre néoconceptuelle d'un jeune artiste australien installé à Ibiza, sur un rythme très approprié de blues et après deux gin tonic, il décida de se retirer à temps avant d'en ressortir blessé… encore plus. Cette décision intervint toutefois tardivement, et la retraite s'avéra humiliante. Le coup de poing dans la mâchoire de Konrad Köller lui avait plus fait mal que tous les coups que l'Allemand aurait pu lui rendre. Ce baiser l'avait mis à sa place, une place sans Ana.

Mais s'il avait pensé que ce mauvais pas avait été douloureux, il ne pouvait même pas imaginer ce que cela signifierait d'en subir les conséquences.

Le premier mois fut un calvaire. Il crut que la routine serait comme un bon sirop à l'huile de ricin, aussi répugnante que thérapeutique. Mais elle s'avéra simplement répugnante. Il ne parvenait pas à se faire à l'idée que le nom de la jeune femme n'apparaîtrait plus sur son téléphone quand il sonnait ou qu'il n'aurait plus rendez-vous avec elle après ses cours pour travailler. Les week-end lui semblaient interminables sans la stimulation des promenades ensemble dans Paris pour parler d'art et, ne trouvant rien de mieux à faire, il les consacrait à se complaire dans la mélancolie et la nostalgie avec un plaisir malsain, tandis qu'il mettait un à un les vinyles qu'il avait écoutés avec Ana, affalé sur le canapé. Il restait souvent à regarder comme un idiot le coin du salon où elle se penchait pour feuilleter ses dessins au fusain, ou la chaise vide qu'elle occupait toujours dans la salle à manger. D'un gobelet en carton de Starbucks au stylo de Bob l'éponge avec lequel elle écrivait et qui était resté dans la boîte à crayons de son bureau, tout, chaque détail insignifiant, lui faisait penser à elle. C'était à devenir fou…

Il avait compté sur la tâche consistant à être le petit-fils de Sarah Bauer pour le distraire de tout le reste : tests ADN, plaintes judiciaires, révisions testamentaires, avocats, impôts, patrimoine, et une collection d'art qui avait déjà des propriétaires. Rien de cela ne servit à la chasser de sa tête. Bien au contraire, là où se trouvait

Sarah Bauer apparaissait toujours Ana, car elle lui avait ramené sa grand-mère.

Le mois suivant, il décida qu'il en avait assez de l'auto-compassion et de l'autodestruction. Il songea à repartir à zéro. Il crut que recouvrir une tache de mûre par une autre, verte, serait une bonne idée. Lourde erreur. Toujours est-il qu'il se coupa les cheveux, rasa sa barbe et commença à sortir avec l'amie d'un ami, une fille de vingt ans, réceptionniste dans une clinique vétérinaire. Hormis quelques parties de jambes en l'air très agréables et nécessaires pour apaiser un feu qui couvait maintenant depuis trop longtemps, le reste fut un désastre. À chaque fois qu'ils étaient ensemble, il ne pouvait éviter les comparaisons : Ana n'aurait jamais commandé ce plat ; Ana n'aurait jamais porté cette robe ; Ana aurait préféré un autre film ; Ana n'avait pas autant de poitrine, mais elle était plus jolie… Ana en aurait eu la chair de poule…

Il quitta la fille de vingt ans à la fin du troisième mois, sur une excuse lamentable dont il rougissait encore en se rappelant cet épisode ridicule : « Quand je suis avec toi, mon corps se couvre de boutons. Je crois que je fais une allergie aux poils des animaux qui doivent rester collés sur tes vêtements… ». Après, il commença à craindre que les drogues, la vie monacale ou la castration ne soient les seules issues viables à son épouvantable situation émotionnelle.

Un beau jour, à la fin d'une journée marathonienne de cours – son esprit n'était concentré sur une seule chose que lorsqu'il donnait des cours, il assurait donc les siens et ceux de tout autre professeur qui lui laissait les siens –, il passa dans son bureau pour y lire ses e-mails avant de rentrer chez lui. Il avait reçu entre autres la *newsletter* mensuelle du musée du Louvre. Elle commençait par une photo du tableau *Charles Quint à cheval vainqueur à Mühlberg*, qui illustrait l'annonce d'une exposition temporaire intitulée *Le Titien, peintre des Habsbourg*, réalisée en collaboration avec le musée du Prado. Avec l'exposition s'ouvrait un cycle de conférences consacrées au peintre vénitien. Il parcourait rapidement le programme d'activités lorsque ses yeux s'arrêtèrent soudain, relurent ce qu'ils croyaient avoir lu et s'ouvrirent comme des soucoupes tandis que son cœur faisait un bond :

« Le portrait vénitien de la Renaissance classique : Du lyrisme de Bellini et Giorgione au réalisme du Titien », 26 avril, 19 heures, Ana García-Brest, conservatrice du Département de peinture italienne, musée du Prado. »

Il ôta rapidement la poussière sur l'écran et seuls trois mots restèrent sur l'écran de l'ordinateur, l'occupant tout entier comme une énorme enseigne au néon : Ana García-Brest.

Elle allait venir à Paris ! Sa première réaction fut de rester caché dans la tranchée où il s'était replié après avoir renoncé à se battre contre Konrad Köller. Mais en constatant son état physique et mental pathétique dû au manque d'amour, il en vint à la conclusion qu'il avait été stupide et lâche en se retirant sans en découdre et que, si, après avoir battu en retraite, les drogues, la vie monacale ou la castration étaient les seules issues viables, il était clair qu'il semblait plus intelligent de se confronter à Konrad Köller pour Ana, car la douleur de perdre la guerre pour elle ne pouvait être pire que celle de vivre sans elle pour n'être même pas entré sur le champ de bataille.

Le Dr Arnoux chercha anxieusement le 10 mai sur le calendrier, entoura la date au feutre rouge et sourit de nouveau avec illusion.

*

Ana se sentit mal à l'aise en revenant à Paris. Trop de souvenirs ; à chaque carrefour, dans chaque rue, chaque restaurant japonais, chaque Starbucks, chaque moto, chaque magasin de primeurs tenu par des Vietnamiens… Même cette foutue tour Eiffel, omniprésente dans toute cette maudite ville.

Elle avait songé à appeler Alain. Plusieurs mois s'étaient écoulés depuis que sa relation avec Konrad était tombée à l'eau ; elle ne pouvait pas envisager qu'Alain soit son lot de consolation. « Qu'est-ce que c'est que cette histoire, ma chérie ! Reconnais que tu en pinces pour le Dr Jones depuis la première fois où tu as eu son corps négligé sous les yeux. Tu aurais dû te le faire depuis longtemps, je te l'ai dit. Parfois, ton indécision me fait sortir de mes gonds. » Teo avait essayé de la convaincre, sans succès.

Alain avait clairement exprimé que leur relation était strictement professionnelle, et elle avait pris fin au terme de leur collaboration. Et puis, elle n'était pas entièrement désintoxiquée des années passées avec Konrad. Ce dernier laissait des traces profondes là où il passait, des traces qui ressemblaient parfois à des blessures qui tardaient à se refermer. Reconstruire sa vie après ça était comme faire d'une grande ville un village tranquille de la sierra.

Entre novembre et décembre, elle se sentit émue devant la perspective du changement, presque euphorique. Elle démissionna du Département des relations publiques du musée et demanda à réintégrer son poste de conservatrice. Elle vendit la Mercedes et porta désormais des jeans et des chaussures plates. Avant qu'elle ne s'en aperçût, les fêtes de Noël arrivèrent. Elle se surprit à se rappeler qu'il pouvait s'agir de dates réellement agréables quand la relation avec la famille est saine et affectueuse, quand il n'y a pas d'éléments discordants ni perturbateurs, et que la famille est toujours un refuge auquel on recourt dans les moments difficiles, que les siens offraient toujours un appui inconditionnel et désintéressé.

En janvier, après avoir dépassé le dépit, l'indignation, l'euphorie et les questions purement pratiques qu'avait supposé le fait de réaménager sa vie comme les consommateurs béats des publicités Ikea, vint l'étape la plus difficile : s'habituer à vivre cette vie seule. Janvier est traditionnellement un mois de gueule de bois, froid et triste, routinier et terne. Ce n'est pas un bon mois pour rester célibataire. Son seul stimulant pendant le premier mois de l'année consistait à attendre le soir pour se jeter dans les bras de Teo et à se lamenter. Et passer les nuits à se lamenter dans les bras de son meilleur ami gay ne pouvait être un projet de vie sensé. « Tu le sais, chérie, ce n'est pas précisément Konrad que tu regrettes… » Teo était parfois une conscience assez embarrassante.

En février, elle apprit qu'elle allait être tante… Une tante un peu particulière. Teo et Toni avaient décidé d'adopter un enfant. « Tôt ou tard, nous voyons toutes se réveiller notre instinct maternel ; ça sera sympa de mettre une petite Chinoise dans notre vie. » Février est un mois court et, avec la nouvelle, il s'acheva en un clin d'œil.

En mars, la crise existentielle éclata. Elle en conclut que sa vie était vide et dépourvue de sens ; elle se persuada qu'elle avait besoin d'un changement à cent quatre-vingts degrés. Elle envisagea plusieurs options : faire le tour du monde en routarde, partir comme volontaire dans un pays sous-développé et de préférence en guerre, s'inscrire sur Meetic, se faire poser des implants mammaires ou s'acheter un chien. « Pourquoi toute cette agitation, ma reine ? Que ce soit comme routarde, volontaire ou accro à Meetic, tu vas rencontrer un mec et tout te fera peur. Il vaut mieux que tu t'achètes un chien. Bien sûr, les seins, ce n'est pas une mauvaise idée… » Elle finit par prendre peur et ne se décida pour rien.

Au début avril, elle se rendit compte qu'elle avait une conférence à Paris. Cela lui sembla être une aventure émotionnelle suffisante…

Elle mit un terme aux questions après la conférence. Elle reçut les félicitations du commissaire de l'exposition, son chef, et de son homologue français. L'assistance se leva, le volume sonore monta et tout le monde commença à se diriger vers la sortie, remplissant la salle d'un vrombissement digne d'une ruche.

– Je vais aller voir si je trouve un endroit pour fumer avant de tomber raide, lui murmura son chef.

– D'accord. Je te retrouve tout à l'heure. Je vais rester pour ramasser mes affaires.

Elle devait encore ranger quelques papiers, fermer le Powerpoint, éteindre son ordinateur, déconnecter le projecteur…

Elle ne regardait pas dans la salle, mais elle devinait qu'elle se vidait car la rumeur des voix et des pas était de plus en plus faible, jusqu'à disparaître pratiquement, et elle entendit à nouveau nettement le ventilateur de son portable.

– Excusez-moi, madame García-Brest, mais j'ai une question pour vous.

Ana leva la tête en sursautant car elle s'était crue seule.

– On dit qu'il existe un tableau énigmatique attribué à Giorgione, que d'aucuns appellent *L'Astrologue*. Est-ce exact ?

Elle mit plusieurs secondes à croire que c'était lui qui s'avançait du fond de la salle à grandes enjambées avec ses longues pattes. Elle plissa légèrement les yeux, croyant qu'il s'agissait d'une illusion de sa vue de myope ; ce n'était pas possible, elle portait ses lentilles. Elle devint nerveuse, perturbée comme une jeune fille de quinze ans en pleine révolution hormonale. Elle se redressa et tenta de garder contenance pour lui répondre d'une voix ferme et académique :

– Il n'est pas recommandé de prêter l'oreille aux rumeurs, il n'y a pas de preuves de l'existence de ce tableau… Quoique j'aie moi aussi entendu dire qu'il a été convoité par de nombreuses personnes, et pourtant dédaigné par d'autres.

Alain parvint au bout de l'allée, monta sur l'estrade et contourna la table pour être près d'elle.

– C'est pour ça que tu es fâchée contre moi ? Pour avoir dédaigné *L'Astrologue* ?

– Je ne suis pas fâchée contre toi.

Alain fut soulagé de voir qu'elle parlait avec un sourire.

– Et puis, tu as peut-être fait ce qu'il y avait de mieux. Je crois qu'une force obscure protège ce tableau ; il vaut mieux s'en tenir éloigné.

– C'était ce que je pensais : j'ai cru qu'il était maudit parce que rien que le fait de l'avoir devant moi m'avait ôté ce qu'il m'avait à peine laissé frôler du bout des doigts. Cependant, je n'en suis plus aussi sûr… Maintenant, je crois que chacun forge son destin… Que je dois assumer ma responsabilité et repartir à la recherche de *L'Astrologue*, mais je ne veux pas le faire seul…

Après son discours grandiloquent, Alain s'assit à nouveau sur la table, un peu plus près d'elle, et la contempla avec la satisfaction avec laquelle on contemple l'aube après une nuit entière passée à grimper au sommet de la montagne.

– Bonjour… murmura-t-il sans oser en dire plus.

– Bonjour…

Ana avait du mal à respirer. Elle commença à faire tourner nerveusement ses bagues autour de ses doigts.

– Ne crois pas que je ne sois venu que pour écouter une excellente conférence et te poser ensuite une question.

– Ah non ?

Les battements de son cœur s'accélérèrent.

– Ah, ah, fit-il, en hochant de plus la tête. En fait, je suis venu t'inviter à dîner. Et après, si tu veux, on peut éteindre nos portables, monter dans une 2 CV jaune et rouler jusqu'en Provence : j'avais pensé m'acheter une petite maison au milieu de la lavande. Un endroit tranquille où on pourrait s'allonger au soleil, contempler les étoiles, écouter de vieux disques de vinyle et parler d'art. Un endroit d'où on recommencerait à chercher ensemble *L'Astrologue*... Juste toi et moi.

– *L'Astrologue*... ?

Ana leva les pupilles pour l'observer, comme si elle avait regardé par-dessus des lunettes qu'elle ne portait pas. Le taux d'adrénaline d'Alain grimpa en flèche.

– Je sais où il se trouve. Sarah Bauer l'a laissé entendre : *L'Astrologue*, ce sont « eux » qui l'ont...

La tension artérielle d'Alain continuait à monter, ainsi que sa respiration et son rythme cardiaque.

– C'est un oui ? parvint-il à articuler.

– Non...

Ana avança d'un pas, l'accula contre la table et se haussa sur la pointe des pieds.

– Ça, c'est un oui...

Et il ne douta pas que ce fût le moment idéal pour se laisser emporter par son désir de l'embrasser.

Remerciements

Bien que le travail de l'écrivain soit solitaire, j'ai heureusement pu compter sur la compagnie, l'affection, l'appui et l'aide de nombreuses personnes pendant et après l'écriture de ce roman.

Je souhaite tout d'abord remercier Luis, mon mari, pour tout ce que je n'ose énumérer de peur d'ennuyer le lecteur. Mais je ne résiste pas à le remercier expressément pour tous les samedis après-midi où il a emmené les enfants en promenade afin de me permettre d'écrire dans un silence inhabituel.

Je remercie mon père et mon amie Gracia pour leur lecture critique du manuscrit au moment où il restait encore tant à faire. Et particulièrement mon frère Luis, écrivain lui aussi, bien meilleur que moi, et qui comprend parfaitement les émotions liées à chaque étape. Leurs points de vue, leurs conseils et leurs apports m'ont été extrêmement utiles pour sortir de ma bulle d'auteur et améliorer mon travail. Je remercie également ma mère, pour le simple fait d'être ma mère. Sur le plan technique, j'ai eu la grande chance de compter sur les inestimables conseils en neurologie du docteur José Carlos Bustos, éminent neurochirurgien et néanmoins ami, qui m'a fourni de nombreuses références sur l'état cataleptique induit par les drogues.

Sur le plan littéraire, je remercie David Trías d'avoir eu confiance en mon œuvre et en moi et de m'avoir permis de faire partie de la famille de Plaza & Janés. Et Emilia Lopes, mon éditrice, qui a travaillé au coude-à-coude avec moi pour finir de donner forme à cette histoire. Emilia, tu es une personne fantastique avec laquelle c'est un plaisir de travailler et, comme disait Humphrey Bogart dans la scène finale de *Casablanca*, je pressens que c'est le début d'une belle amitié.

Je ne saurais bien sûr oublier Cristina Castro. Chère Cristina, tu es ma psychothérapeute dans les moments de crise d'amour-propre, ma conseillère et mon guide littéraire et, plus que ma marraine, la bonne fée de mes livres. Nous nous connaissons depuis trois ans et tu es devenue bien plus que mon éditrice du Círculo de Lectores[1].

À vous tous : merci, merci, merci.

1. Groupe éditorial auquel appartient Plaza & Janés, qui publie Carla Montero en Espagne.

Table

RÉALISATION : IGS-CP À L'ISLE-D'ESPAGNAC
IMPRESSION : CPI FRANCE
DÉPÔT LÉGAL : JUIN 2016. N° 129697 (3017008)
IMPRIMÉ EN FRANCE